Hermana mía, mi amor

Joyce Carol Oates nació en Lockport, Nueva York, en 1938. Es una de las grandes figuras de la literatura contemporánea estadounidense. Ha sido galardonada con muchos premios, como el National Book Award, el PEN/Malamud Award y el Prix Fémina Étranger. En 2011 recibió de manos del presidente Obama la National Humanities Medal, el más alto galardón civil del gobierno estadounidense en el campo de las humanidades y, en 2012, el premio Stone de la Oregon State University por su carrera literaria. Es además una de las más firmes candidatas a recibir el Premio Nobel de Literatura. Ha escrito más de cincuenta novelas, entre las que destacan *Puro fuego*, *Un jardín de placeres terrenales*, *La hija del sepulturero*, *Mamá*, *Bellefleur*, *Ave del paraíso*, *Memorias de una viuda*, *Una hermosa doncella* y el ensayo *Del boxeo*.

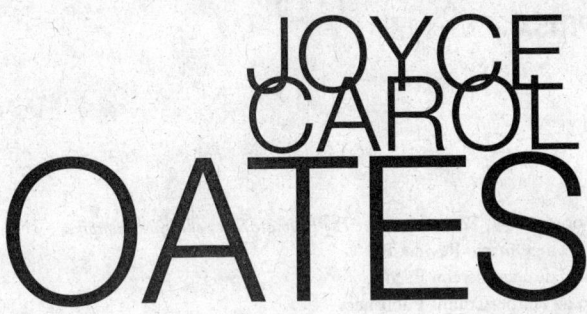

JOYCE CAROL OATES

Hermana mía, mi amor

Traducción de José Luis López Muñoz

punto de lectura

PRISA EDICIONES

Título original: *My Sister, My Love: The Intimate Story of Skyler Rampike*
© 2009, The Ontario Review, Inc.
Publicado de acuerdo con Ecco,
un sello de HarperCollins Publishers
© Traducción: José Luis López Muñoz
© De esta edición:
2013, Santillana Ediciones Generales, S.L.
Avenida de los Artesanos, 6
28760 Tres Cantos. Madrid (España)
Teléfono 91 744 90 60
www.puntodelectura.com
www.facebook.com/puntodelectura
@epuntodelectura
puntodelectura@santillana.es

ISBN: 978-84-663-2750-3
Depósito legal: M-22.118-2013
Impreso en España – Printed in Spain

Imagen de cubierta: Latinstock

Primera edición: octubre 2013

Impreso en BLACK PRINT CPI (Barcelona)

En memoria de mi hermana Bliss
(1990-1997)

Nota de la autora

Aunque *Hermana mía, mi amor: la historia secreta de Skyler Rampike* tiene su origen en un célebre «caso auténtico de crónica negra», acontecido en Estados Unidos a finales del siglo XX, no es más que una obra de ficción y no se propone en absoluto representar a personas, lugares o acontecimientos reales. Esto incluye a todos los componentes de la familia Rampike, a sus abogados y a sus amigos. Como tampoco la descripción del «Infierno de la Prensa Sensacionalista» quiere ser un retrato literal de la reacción de los medios ante el crimen.

La desesperación es una enfermedad del espíritu, del yo, y puede adoptar, en consecuencia, tres formas: la desesperación de no ser consciente de tener un yo; la desesperación de no querer ser uno mismo; la desesperación de querer ser uno mismo.

SØREN KIERKEGAARD, *La enfermedad mortal*

La muerte de una hermosa niña de menos de diez años es, sin la menor duda, el tema más poético del mundo.

E. A. PYM, «The Aesthetics of Composition»
[La estética de la composición], 1846

I. Corazón de tinta roja

No eres de este sitio

Hermana mía, mi amor

Skyler ayúdame   Skyler me siento muy sola en este sitio Skyler
tengo mucho miedo   me duele mucho Skyler   no me dejarás en este
sitio tan horrible   ¿verdad que no   Skyler?

Nueve años, diez meses, cinco días.

Esa voz infantil en mi cabeza.

«Superviviente»

Todas las familias disfuncionales se parecen. Es decir, son «supervivientes».

Soy el hijo «superviviente» de una familia norteamericana de infausta memoria, aunque lo más probable es que después de casi diez años no se acuerden ustedes de mí: Skyler.

Un nombre pegadizo, ¿verdad que sí? *Skyler* (*sky:* cielo).

Un nombre elegido ex profeso por mi padre, que esperaba grandes cosas de mí, por ser su primogénito, y varón.

Un nombre, según creía Bix Rampike, mi padre, que distinguiría a quien lo llevase del común de los mortales.

Mi apellido —Rampike— les ha hecho parpadear, ¿me equivoco? *Ram-pike.* Un apellido del que, a no ser que sean ustedes intencionadamente obtusos, o finjan estar «por encima de todo» (es decir, por encima de la tierra arrasada que son los Estados Unidos de la prensa sensacionalista), o mentalmente incapacitados, o tremendamente jóvenes, habrán oído hablar sin duda alguna.

«¿Rampike? ¿Esa familia? ¿La niñita que patinaba, la que...?»

«Y que quienquiera que lo hiciese, nunca se...»

«Los padres, o un maníaco sexual, o...»

«En algún lugar de Nueva Jersey, hace años, por lo menos una década...»

Que es la razón de que —¡por fin!— me haya forzado a empezar esto que estoy escribiendo y que no sé aún si será algo más que un documento personal —un «extraordinario documento personal»—, algo más que unas simples memorias, para tal vez convertirse en una verdadera confesión. (Dado que en algunos círculos Skyler Rampike es *sospechoso de asesinato,* pensarán que es mucho lo que tengo que confesar, ¿no es cierto?) Y como corresponde, este documento no será cronológico ni lineal sino que seguirá un camino de asociaciones espontáneas organizadas por una lógica interior férrea (aunque imperceptible): nada literario, un relato sin pretensiones, de una tosquedad desarmante de aficionado, que estará atormentado por los remordimientos, lo más adecuado para el «superviviente» que abandonó a su hermana de seis años a su «destino» en algún momento de la madrugada del 29 de enero de 1997, en nuestra casa de Fair Hills, Nueva Jersey. *Sí, soy ese Rampike.*

El hermano mayor de la niña de seis años más famosa de la historia de los Estados Unidos, o quizá de toda América del Norte o incluso del mundo, porque consideren ustedes: ¿de cuántos niños o niñas de seis años han oído hablar, en este país o en cualquier otro, cuyo nombre y cuyo rostro gocen de tanto «reconocimiento» como los de Bliss Rampike? ¿Cuántos niños hay con más de 500.000 menciones en Internet y cuántos que estén inmortalizados por más de trescientos sitios web, páginas personales y blogs mantenidos por admiradores leales o devotos enloquecidos? Hablo con estadísticas en la mano.

Lo irónico es que esa celebridad, que prácticamente todos los padres de niños de seis años de este país se morirían por conseguir, sólo ha alcanzado a mi hermana a título póstumo.

¿Y qué decir de mí, de Skyler? Tan anónimo y tan poco memorable como una pompa de jabón. De acuerdo, una pompa de jabón con un aspecto más bien raro. Si han seguido ustedes el caso de Bliss Rampike, lo más probable es que sólo hayan vislumbrado a Skyler de pasada. Habrán hecho caso omiso del hermano en su prisa por devorar, con remilgados y desaprobadores fruncimientos de ceño, los lascivos documentos ofrecidos en Internet, fotos pirateadas de la familia Rampike, fotos de la escena del crimen y fotos del depósito de cadáveres e informes de la autopsia conseguidos de manera ilícita, además de una provisión, en apariencia inagotable, de secuencias de vídeo de Bliss Rampike en la cima de su breve pero deslumbrante carrera como Miss Princesita del Hielo de Nueva Jersey 1996, «la más joven de todos los tiempos», patinando camino del triunfo sobre la fría y resplandeciente pista del War Memorial Center de Newark. Muy «parecida a un ángel» en un traje de satén color fresa con lentejuelas, con una alegre faldita de tul y braguitas blancas de encaje que apenas se vislumbran y diminutas chispas —«polvo de estrellas»— en el hermoso pelo rubio con tirabuzones de la niñita, al igual que en sus ojos húmedos y muy abiertos, sientes que se te encoge el corazón al verla, una criatura tan pequeña sola sobre el hielo, un gélido paisaje lunar que brilla por debajo de las relucientes cuchillas de sus patines y, ¡ah!, da un salto que provoca un colectivo grito ahogado en el público, seguido de una pirueta con los dos patines y a continuación con uno, se trata de ejercicios complicados incluso para campeones de patinaje de más edad en los que la más ligera vacilación o titubeo o gesto de dolor puede ser desastroso, y aunque hayas visto esta secuencia innumerables veces (si se tiene la desgracia de estar en mi lugar, Skyler Rampike, quiero decir), sin embargo empiezas a ser víctima del proverbial sudor frío mientras miras a la niñita sobre el hielo, rezando para que no resbale y se caiga... Pero cuando llegue el momento, la puntuación de Bliss será de 5,9 puntos de un máximo de 6.

Y todo esto con la música «disco» de rock suave de los años ochenta. *Do What Feels Right*.

(¿Hay alguien entre mis lectores, hombre o mujer, que padezca el SRC*? Las personas que estén en ese caso entenderán mi necesidad de repetir, reconsiderar y revisar hasta la saciedad determinados episodios de mi pasado y del pasado de mi hermana.)

En la frenética cima de la fama (o infamia) de mi familia, aproximadamente en los años 1997-1999, era imposible dejar de ver desgarradoras fotografías de la «patinadora prodigio» que había sido asesinada en su hogar en una próspera comunidad de Nueva Jersey, a menos de ciento treinta kilómetros del puente George Washington. Era casi imposible no ver fotos de la niñita con su familia, sobre todo la fotografía favorita de los medios de comunicación —hecha justo antes de la Navidad de 1996—, con los Rampike sentados delante de un abeto de tres metros, adornado en exceso, en la sala de estar de su casa de estilo colonial, «parcialmente restaurada», de Fair Hills, Nueva Jersey: Bruce *Bix* Rampike, apuesto y ancho de hombros, que es el papá de Bliss; Betsey Rampike, llamativamente vestida, sonriendo entusiasta, que es la mamá de Bliss; la pequeña Bliss con un vestido de terciopelo carmesí y adornos de piel (armiño), tocada con la resplandeciente tiara de Miss Princesita del Hielo de Nueva Jersey, medias blancas caladas, relucien-

---

* Síndrome repetitivo compulsivo. Nombre fácil de entender de una afección que sólo recientemente ha sido reconocida por la Asociación Norteamericana de Profesionales de la Salud Mental.

tes zapatos bajos de charol y la famosa sonrisa angelical, dulce y tímida, entre papá y mamá, ambos sujetándola con firmeza cada uno por un codo;[*] y, en el límite del retrato familiar, en una situación vulnerable que permite hacerlo desaparecer sin problemas de la foto, Skyler, el hermano mayor, sin talentos de ninguna clase.

Con «hermano mayor» quiero decir que en diciembre de 1996 tenía nueve años. Tres más que Bliss.

Y ahora, de manera sorprendente, soy trece años mayor que Bliss cuando murió. *¿Skyler? ¿qué te ha sucedido? ¿qué cosa terrible te ha sucedido también?*

Me parece que no voy a describir el aspecto que tengo ahora, todavía no, al menos. Un «narrador invisible» me parece una buena idea en este momento.

En la fotografía navideña de la familia Rampike de 1996 —que ulteriormente se imprimió para felicitar la Navidad y después pasaría a ser utilizada por mamá como foto oficial de la familia en sustitución de otra anterior, anticuada, hecha cuando aún no se había coronado a mi hermana como Miss Princesita del Hielo de Nueva Jersey 1996— soy un crío más bien canijo con una sonrisa tan entusiasta que se tiene la sensación de que me la han cortado con un cuchillo. En respuesta a la orden del fotógrafo, tediosa y reiterada, *¡Sonrían, por favor!*, y de nuevo, *¡sonrían, por favor!*, el crío canijo sonríe como si se le hubiera descoyuntado la mandíbula. Calculo —falsa modestia aparte— que, según me han contado, era «mono», «adorable», incluso un «caballerito», pero nadie me calificó de «angelical», y menos aún de «mágicamente fotogénico» como a mi hermana, y aquí ni siquiera soy «fotogénico». ¡Nada de traje navideño en mi caso! ¡Nada de tiara plateada! Dios sabe qué camisa arrugada, corbata de clip, blazer azul y pantalones de lana que picaban consiguió reunir mi madre para que los llevara yo después de consumir ella una hora de ansiedad maquillando la cara de Bliss, que requería que se la maquillara para irradiar aquel aire de belleza de muñeca de porcelana, de fragilidad y de inocencia por el que ha llegado a ser conocida, y que se le peinara el pelo lacio y demasiado fino a fin de conseguir una cascada de tirabuzones que realzasen la tiara, y después ves-

---

[*] Si se examina de cerca con una lupa esta fotografía tantas veces descargada de la Red, y con la minuciosidad monomaníaca que se exige de un admirador de Bliss Rampike, podrá verse que Bix Rampike, el «papá», también ha colocado la mano izquierda debajo del pie de Bliss, al parecer de manera casual.

tirla, desvestirla y volverla a vestir, por no mencionar los minutos todavía más tensos que mamá tenía que emplear en su arreglo personal con el fin de irradiar el aire glamuroso y sereno al mismo tiempo que cálidamente maternal que Betsey Rampike quería.* Mientras me pasaba, apresurada, un cepillo por el pelo y se agachaba para mirar mis ojos huidizos, procedió a suplicarme en voz baja *Skyler te lo ruego cariño hazle ese favor a mamá ¡trata de no moverte y no pongas caras horribles! Trata de parecer contento hazlo por mamá estamos en Navidades en casa de los Rampike y papá ha vuelto con nosotros y queremos que el mundo vea lo orgullosos que estamos de Bliss y qué familia tan estupenda y feliz somos.*

Lo intenté y lo hice por mamá. Verán ustedes lo mucho que me esforcé.

No podrían ustedes ver si tenía algún defecto físico, quiero decir en una simple fotografía como ésta, pero lo cierto es que en las fotos familiares con motivo de fiestas doy la sensación de que quizá me pasa algo o padezco alguna deformidad, encorvado en el límite del encuadre como si estuviera a punto de caerme. Sé que se tiene la tentación de mirarme más de cerca, para ver si quizá existen en mis piernas reveladores aparatos ortopédicos, o si tal vez estoy confinado en una silla de ruedas para niños, pero *no es verdad*.

Cierto, tenía problemas «físicos». «Mentales» también. Y se me «administraban medicinas» de niño. (Pero ¿es que había alguien en Fair Hills, Nueva Jersey, a quien no le sucediera lo mismo?)

Todo lo que ustedes recuerdan de Skyler Rampike, suponiendo que se acuerden de algo, es una entrevista en la televisión en horas de máxima audiencia en la que yo no aparecía. Se trata de la conocida entrevista con B. W., por entonces prominente personalidad televisiva, que se emitió varios meses después de la muerte de mi hermana cuando, siguiendo el consejo de sus abogados, mis padres no estaban «disponibles» para entrevistas con la policía de Fair Hills. La astuta señora W. recibió a Bix y a Betsey Rampike con grandes manifestaciones de afecto y les

---

* En esta fotografía, Betsey Rampike sólo tiene treinta y tres años, pero parece mayor, no tanto por el rostro (que es el de una chica rolliza de Renoir de mejillas encendidas) como por el cuerpo. Según la confidencia que mamá le hizo a Skyler en los años anteriores a que Bliss pasara por sus vidas como un cometa, siempre había tenido que «sostener» una «guerra con su peso». En aquellos años mamá llevaba su pelo castaño en un elegante estilo «ahuecado», muy de peluquería, por temor a que su cabeza pareciese demasiado pequeña en relación con su cuerpo. Y cuando le empezaron a aparecer las primeras canas, mamá se tiñó el pelo de inmediato. Pero eso vendrá después.

dio el pésame por «la trágica pérdida», para plantearles directamente, acto seguido, el «hecho» de que nunca se hubieran encontrado pruebas, en el lugar donde murió mi hermana, de que nadie ajeno a la familia Rampike, ningún intruso ni «secuestrador», hubiese matado a su hija: «¿Cómo lo explican ustedes?». Según se dice, a mis padres les escandalizó aquella pregunta, porque B. W. se había mostrado en un principio muy amistosa; y antes de que mi padre pudiera recobrar la compostura para responder, Betsey Rampike, mi madre, sonrió llena de valor y dijo: «Todo lo que podemos "explicar" es que Dios ha puesto a prueba nuestra fe y que no vamos a fallar en esa prueba. Un desconocido entró en nuestras vidas y se nos llevó a nuestra queridísima Bliss, ¡eso es todo lo que sabemos, señora W.! Porque yo no asesiné a Bliss, ni mi marido asesinó a Bliss, y... (haciendo una pausa y con un rápido y marcado fruncimiento del ceño y un rubor muy favorecedor en las mejillas) nuestro hijo Skyler tampoco asesinó a Bliss». Y B. W. exclamó: «"Su hijo Skyler", vaya, ese niño no tiene más que nueve años, señora Rampike». Y mi madre dijo, rápidamente: «Bien, en cualquier caso tampoco fue él».

Sin embargo, yo la quería. Los quería a los dos. Era terrible. Es terrible.

 *

---

* Agujero negro en el que el desesperado «memorialista» parece haber desaparecido de manera inexplicable durante un período de tiempo, aproximadamente cuarenta y ocho horas de parálisis catatónica y amnesia irrecuperable, para siempre perdidas en el olvido.

Quién soy y por qué soy el que soy - I

Me gustaría que esto fuera un «texto edificante», pero no lo es.

Los norteamericanos ansían saber *cómo hacer las cosas;* todo lo que estoy en condiciones de ofrecer es un relato de primera mano de *cómo no hacerlas.* (El primer título que se me ocurrió para este documento fue *No todos sobreviven. La historia sin cortes de Skyler Rampike.* Otro título: *Por el desagüe con Skyler Rampike.*) No se trata de un virtuoso relato cristiano acerca del pecado, del sufrimiento, de la iluminación y de la redención; la clase de memorias «desgarradoras», «conmovedoras», «genuinamente regeneradoras» de las que se habla en los programas de televisión de entrevistas para público femenino a primera hora de la tarde, antes de volver a la sobriedad masculina de las noticias de la noche.

QUÉ ES EN LO QUE CREO:
el pecado (original y derivado)
el mal (de las dimensiones del Holocausto y mezquino/insignificante/banal)
delito/actos delictivos (tal como los definen las leyes)
«indiferencia perversa ante la vida humana» (como ya se ha dicho)

Y creo en la redención y en el perdón. Para ustedes, los otros, aunque no para mí.

La única persona cuyo perdón podría «redimirme» llevará muerta, a medianoche del día de hoy, nueve años, diez meses y dieciséis días.

Skyler   dónde estás Skyler por favor   ayúdame

Se acerca el décimo aniversario de la muerte de mi hermana, suceso que es la razón de este documento. Acuclillado en la vía del tren, la locomotora se me viene encima. Miro sus luces cegadoras como si se tratara de una visión de Dios: hipnotizado, paralizado, incapaz de apartarme.

Skyler está tan oscuro aquí
Skyler no me dejes   aquí sola
Skyler ¿morirías   en mi lugar?

Y ésa es la pregunta clave, ¿verdad que sí? *Saber si moriría en su lugar.*

Lector, pregúnteselo: ¿hay alguien por quien daría la vida? ¿No un (simple) trasplante de riñón sino un trasplante de corazón? ¿Para salvar la vida de *alguien muy querido*?

Marque el cuadrado que corresponda:
- ☐ Daría la vida sin vacilar por cualquier *ser querido*
- ☐ Daría la vida, pero con titubeos, por cualquier *ser querido*
- ☐ Daría la vida por cualquier *ser querido* con el mismo ADN que yo
- ☐ Daría la vida (quizá) por sólo uno o dos *seres queridos* muy especiales con el mismo ADN que yo
- ☐ Daría la vida sólo por un *ser querido* muy especial con el mismo ADN que yo
- ☐ Lo siento, *queridos míos:* mi vida es algo demasiado precioso

(¡No se alarme! Se trata de una encuesta confidencial. Sólo tiene que marcar la casilla adecuada, arrancar la página comprometedora y destruirla y ¿quién se va a enterar de la aleccionadora verdad que ha descubierto sobre sí mismo?)

(¡Qué extraño deseo estoy sintiendo de terminar este documento antes de tiempo! Rociarme de queroseno y prender una cerilla. Una muerte aséptica con trasfondo ritual que es además francamente espectacular y un gran programa de relleno para la televisión sensacionalista.)

(¡Nosotros los Rampike! Como veteranos del Infierno de la Prensa Sensacionalista sabemos qué botones hay que apretar.)

(Lector, no se preocupe: quizá sea un chico egocéntrico, pero no soy cruel y no deseo prender fuego a toda una casa ni quemar a otros en mi pira funeraria, tendría buen cuidado, por supuesto, de «incinerarme» o «inmolarme» al aire libre. De preferencia en un escenario romántico y desolado cerca del temperamental río Raritan que no está demasiado lejos aunque tenga que ir cojeando.) (Sí, por supuesto, preferiría un escenario fúnebre más ardiente en una orilla elevada del río Hudson, mucho más pintoresco, un río majestuoso que inspira asombro, bajo un cielo invernal agitado por la tormenta, pero el río Hudson está condenadamente lejos, y tendría que pedir prestado el coche de alguien.) (Más práctico: detrás de esta residencia venida a menos en el límite meridional del campus de la Universidad Rutgers que ha crecido de manera descontrolada hay un callejón con cubos de basura, contenedores demasiado llenos, un remolino de desperdicios como si se tratara de una imitación de tomas descartadas en un film de David Lynch, todo ello aderezado con un acre olor a alcantarillas, y sin embargo —¡maravilloso prodigio!—, a menos de medio kilómetro, en Livingstone Avenue, se alza la cruz de oro falso que brilla valerosa en la Iglesia Evangélica Nuevo Canaán de Cristo Resucitado donde todos los domingos por la mañana y los miércoles por la noche, y también en otras ocasiones no especificadas, cristianos fervientes acuden para adorar a su escurridizo Dios y a su Hijo Unigénito. En este callejón, donde la cruz de oro falso de una incomprensible secta cristiana se halla sugerentemente a la vista, ¿qué escenario más apropiado para que Skyler Rampike se borre de la historia, como su hermana Bliss quedó borrada casi diez años antes?

SOSPECHOSO DE MUCHOS AÑOS POR
LA MUERTE DE SU HERMANA
SE INMOLA EN NUEVA BRUNSWICK,
¿SE REABRIRÁ EL «CASO YA FRÍO»
DE BLISS RAMPIKE DE 1997?

Quién soy y por qué soy el que soy - II

Las noches son duras. Las «horas de la madrugada» entre la una y las cuatro treinta, que fue cuando el doctor Virgil Elyse, médico forense de Morris County, certificó que Bliss, mi hermana, de seis años de edad, había muerto de «una herida contusa en la cabeza», aunque el cadáver no se encontró hasta casi las doce y media de la mañana y el «enfriamiento» del cuerpo se retrasó debido al calor del lugar (cuarto de calderas) donde fue hallado. De manera que, al menos durante esas «horas de la madrugada», al menos de las noches en las que no toma medicamentos, el «sospechoso de muchos años» no consigue dormir ni trata de hacerlo.

Los no profesionales no saben cómo contar historias, ni siquiera las de su propia vida, que les rebosan como lágrimas de sus marrones ojos caninos. Lo reconozco, porque tiendo por instinto a arrojarlo todo de inmediato sin guardarme nada, excepto que *escribir* es lineal y *diacrónico,* lo que significa que, si te desprendes de tu primera carta X, esa primera carta X ha desplazado a todas las otras cartas posibles: Y, Z, A, B, etcétera. Si hago saber que tengo diecinueve años —¡diecinueve camino de noventa!— eso disimula el hecho posiblemente más crucial de que desde la muerte de mi hermana, en las «horas de la madrugada» del 29 de enero de 1997, no se ha acusado a nadie, y menos aún se le ha procesado y juzgado; el conocido caso sigue «abierto», «sin resolver» o, según la manera de hablar de nuestro tiempo, «frío». ¿Y por qué? ¿Pese a más de treinta mil páginas de documentos de la policía (la policía de Fair Hills, la de la oficina del *sheriff* de Morris County y la estatal de Nueva Jersey) así como del FBI, informes médicos e informes forenses? Lector, va usted a tener ocasión de saber el porqué.

No es que yo haya leído esos informes. Buena parte del material es secreto, pero incluso el disponible me está prohibido. Porque me propongo enfocar este asunto únicamente desde dentro, como alguien que lo ha vivido en su propia carne. ¡Fíese de mí! Juro que sólo voy a contar la verdad *tal como la he vivido*.

¿Skyler?   ayúdame   por favor

Demasiado tarde, porque a Bliss ya la han despertado mientras está en la cama. Alguien ha entrado en su habitación de manera furtiva. La lámpara de Madre Oca en la mesilla de noche está encendida, con una luz muy suave. Sólo la suficiente para saber por dónde se va. Y una vez que todo esto ha empezado, ya no se puede detener.

No lo puede detener Skyler que está durmiendo en su cama en ese momento. Un mocoso que no tiene más que nueve años.

Skyler, que sigue teniendo nueve años.

A Bliss ya le han tapado la boca con esparadrapo para que no grite. Ya le han atado las muñecas y los tobillos con cinta adhesiva para que no forcejee. A una criatura tan pequeña que sólo pesa veinte kilos (como el doctor Elyse nos informa) la han envuelto con una manta (de cachemir de color rosa) retirada de su cama, a toda prisa la trasladan por un corredor a oscuras —dejando atrás el cuarto de su hermano Skyler— hasta una escalera igualmente oscura, por la que descienden hasta otra escalera todavía más oscura en la parte trasera de la casa y llegan al sótano mientras ella se esfuerza por soltarse, y por respirar, desesperada por respirar, un animal salvaje que forcejea desesperado por respirar, el corazón latiendo frenéticamente lo podrías sentir como un puño *Skyler socorro   ¡ayúdame!* pero Skyler no ayudará porque Skyler está durmiendo en su cama en su habitación sin tener conciencia del forcejeo de su hermana un sueño tan profundo tan denso como de plomo que se pensaría (posiblemente) que el niño de nueve años ha sido drogado porque a su madre muy asustada le costará mucho trabajo despertarlo horas después y ahora han pasado nueve años, diez meses y veinte días y todavía el condenado niño no ha terminado de despertarse.

«Una niñita pero que muy valiente»

... y ahora nuestra próxima aspirante al título de Miss Ice Capades de Atlantic City 1995, aquí, en el fan-tás-ti-co nuevo hotel y casino Trump, de Atlantic City, Nueva Jersey, señorass y señoresss, aquí tenemos a una patinadora que es de verdad pequeña y para la que no hay otra palabra que ¡exquisita! ¡angelical! ¡fan-tás-ti-ca! el público deja escapar un grito de asombro, qué espectáculo cautivador: cabellos de color rubio platino como algodón de azúcar que se derraman en tirabuzones   lleva un velo negro de encaje ¿una mantilla?   una prenda espectacular para una niña de cinco años   una de las más llamativas en esta velada fan-tás-ti-ca   ¡el público manifiesta claramente su admiración!   esta patinadora tan pequeña es una verdadera profesional   el hombro izquierdo atrevidamente descubierto   ajustado corpiño de lentejuelas negras   falda de tafetán negro pero que muy corta   braguitas a juego de encaje negro que asoman por debajo   medias negras caladas y patines con botas altas muy sexis de cuero negro   ¡decoradas con rosas carmesíes!   Hay que ver cómo lanzan destellos las cuchillas   ¡la niñita está patinando! baila Begin the Beguine *interpretado con un ritmo latino que acelera el pulso   aplausos para la señorita* BLISS RAMPIKE *de Fair Hills, Nueva Jersey   Ganadora en la categoría de debutante de Miss Peques sobre Hielo 1994   coronada como Pequeña Miss Star-Skate 1995   finalista en la competición de patinaje artístico de Nueva Inglaterra 1995 el mes pasado   ¡qué manera de patinar, señoras y caballeros!   vean ese elegante deslizarse la señorita Bliss es sin duda angelical   la multitud la adora   ¡ah! una pirueta casi perfecta   un triple ocho y a continuación   ¿se trata de una pirueta con salto?   y la señorita Bliss Rampike ha ejecutado el difícil ejercicio con mucha   valentía   quizá sea hasta ahora el punto culminante de nuestra velada aquí en el hotel y casino Trump   los espectadores están en el borde de sus asientos   encarnizada lucha por el trofeo de oro, el premio de cinco mil dólares, foto y currículo en todos los hoteles y casinos de la cade-*

na Trump material publicitario durante todo un año   Se rumorea
que Donald Trump en persona se encuentra entre el público   de in-
cóg-ni-to   podría ser señorasss y señoresss que tuviéramos aquí una fu-
tura medalla olímpica de oro una futura Sonja Henie (poseedora de diez
títulos mundiales: Sonja Henie) vaya según parece he hablado demasia-
do pronto   sólo una mínima vacilación   un momento de
duda   la patinadora se ha recuperado enseguida y ejecuta una piruetа-
ta sobre dos patines sin el menor   temblor   ahora una serie de pi-
ruetas   contengan la respiración señorasss y señoresss esto puede
ser   peliagudo   los jueces están tomando nota   los jueces están
impresionados   los jueces tendrán en cuenta la dificultad de estos ejer-
cicios en su puntuación   ahora   ¿se trata de...?   ¿una pirueta en
vuelo?   ¡qué sonrisa tan dulce!   pero parece que a Bliss se le está res-
balando la mantilla   vaya parece que ejecuta un ¿tirabuzón en el aire?
con cierta vacilación   ¿procura Bliss no forzar el tobillo izquier-
do?   rumores de una lesión anterior en ese tobillo   tenemos aquí
una niñita muy valiente   escuchen esos aplausos   la señorita Bliss
Rampike junto con la increíble Kiki Chang campeona (división juvenil)
de la competición de patinaje del hotel y casino Trump son sin duda al-
guna las favoritas del público hasta el momento en esta velada   ¡ah,
ah!   la condenada mantilla está sobre el hielo esperemos que los pati-
nes de Bliss no se enreden con ella   ahora una pirueta con salto sin vacila-
ción alguna   gesto de dolor al aterrizar sobre el patín izquierdo   el rit-
mo arrebatado de Begin the Beguine *se hace más alto, más fuerte   un*
segundo salto, ¡vaya! ha sido una pena   Bliss Rampike es una niñita
muy valiente y ha recuperado su aplomo no es en absoluto una persona
que se rinda   las lágrimas se deslizan por esas mejillas de muñeca en
absoluto alguien que se rinda   *el público en completo silencio   el*
público está tremendamente conmovido   el público estalla en aplau-
sos   el público se pone en pie   esperemos que de verdad el Jefe se
halle esta noche entre nosotros de in-cóg-ni-to *o de cualquier otra ma-*
nera   una actuación fan-tás-ti-ca la señorita Bliss Rampike cinco años
de edad de Fair Hills, Nueva Jersey, se merece una última ova-
ción   una niñita pero que muy valiente con un futuro extraordinario

Corazón de tinta roja

*Hazme un corazoncito rojo   ¿Skyler?   hazme un corazon-
cito rojo como el tuyo ¿Skyler?   por favor*

Dos días después Bliss cumpliría siete años. Y yo tenía nueve.
A la hora de acostarnos el día 28 de enero de 1997.

Skyler por favor   mamá no se enterará

Mamá miraba con desagrado los pequeños tatuajes con tinta roja que eran, por entonces, mi especialidad.* Se entiende que
mamá, como cualquier mamá, en especial cualquier mamá de Fair
Hills, Nueva Jersey (donde la norma eran superficies impecables,
brillos refulgentes, «sobriedad» en las apariencias), se opusiera a los
tatuajes con tinta en el cuerpo de sus hijos, tatuajes que eran «vulgares» y «sucios» y «difíciles de borrar». Por lo que dibujar con tinta un diminuto corazón rojo en la palma de la mano izquierda de
Bliss, pero que hiciera juego con la mía, era algo que tenía que hacerse en secreto, como en secreto me tatuaba figuritas diminutas en
las manos y en otras partes menos visibles del cuerpo (sobacos, tripa,
ombligo diminuto).

¡Secretos! Muchísimos.

Papá estaba de viaje. Papá estaba eternamente de viaje. Singapur, Tokio, Bangkok, Sídney, o quizá nada más que Nueva York,
donde tenía un apartamento. O, de la misma manera misteriosa,

---

* Tiene que haber sido que a la edad de nueve años Skyler se sentía ya subyugado por un
comportamiento «ritualista» («obsesivo-compulsivo»), sobre todo en relación con su insignificante cuerpecito de varón. El psicópata en agraz no sólo se dibujaba en la piel corazoncitos
de enamorado, sino también serpientes de un cárdeno iridiscente y colmillos descubiertos,
brillantes arañas y escorpiones negros, dagas de las que goteaba sangre, calaveras sonrientes
e incluso, en desvergonzada imitación de una pandilla de chicos mayores del colegio de Fair
Hills, esvásticas nazis. (¡Qué difícil es «tatuarse» una esvástica del tamaño de una uña con
tinta negra de bolígrafo en alguna parte oculta de tu cuerpo de niño! Nunca conseguí que me
salieran bien.) ¡Cómo se habría horrorizado mamá y qué repugnancia habría sentido papá!,
pero nunca lo supieron.

papá estaba en algún lugar más cercano, pero de todos modos no estaba en casa.

No teníamos que hablar de papá en momentos así, era el mensaje que se leía en los ojos temibles de mamá. No teníamos que preguntar por papá.

Y, sin embargo, papá podía llegar a casa de improviso. Como en una película de Disney de transformaciones e inversiones fantásticas, podía aparecer subiendo la escalera a saltos justo a tiempo de «arropar» al pequeño Skyler y a la pequeña Bliss en su cama; podía aparecer un papá atribulado, un papá feliz con una sonrisa de oreja a oreja, un papá con lágrimas en los ojos a causa del amor y (¡tal vez!, ésos eran los momentos más felices) papá y mamá cogidos de la mano y mamá sonriendo con valentía como si papá no se hubiera marchado nunca; y como si mamá no se hubiera encerrado nunca en el cuarto de baño sollozando, murmurando para sus adentros y negándose a darse por enterada de que Skyler llamaba tímidamente a la puerta diciendo «¿Ma-má?».

Skyler   a veces me siento tan mal
Nadie me quiere Skyler   ¿me quieres tú Skyler?

En el hogar de los Rampike en aquellos años cruciales había dos clases de tiempo: cuando Bliss patinaba y cuando Bliss no patinaba. Cuando Bliss patinaba había emoción en el aire semejante a electricidad estática antes de una tormenta y cuando Bliss no patinaba —si se había hecho «daño», por ejemplo, o si no había llegado a competir por algún «dolor fantasma»— había un sentimiento de terror en el aire semejante a electricidad estática antes de una tormenta.

De manera que siempre había electricidad estática antes de una tormenta.

El corazón de tinta roja la protegería, Bliss estaba convencida.

Sky-ler por favor   mamá no se enterará

Mamá había enseñado a Bliss a abrir mucho los ojos de color azul cobalto y a sonreír de una determinada manera: no a «hacer muecas», sino a sonreír tímidamente, de forma atractiva. A sonreír sólo lo suficiente para mostrar los dientes, tan preciosos como perlas. *Hazme un corazoncito rojo como el tuyo por favor Skyler.*

En Basking Ridge, en la clase de Física de último año, nuestro profesor, hombre ingenioso, nos contó que el tiempo es:

—finito; o

—infinito; o

—«fluido», y nos lleva con él; o

—«estático»: una cuarta dimensión en la cual todo lo que sucederá alguna vez ha sucedido ya y sigue sucediendo y no podría no haber sucedido y ¿cómo, entonces, se podría haber evitado nada?

La carrera de Bliss empezó con Peques sobre Hielo, en Meadowlands, el día de San Valentín de 1994. Y terminaría con el Festival de Patinaje Femenino Besos de Hershey, Pensilvania, el 14 de enero de 1997.

Skyler por favor   un corazón de tinta roja   de manera que me apoderé de la manita húmeda de mi hermana y dibujé con tinta en su palma un corazoncito rojo a juego con el mío

♥

«Sexi», «seductor», «misterioso»

¿Más sobre mí? ¿Les gustaría «verme»?

Supongo que no se lo puedo reprochar. Incluso el lector que no ha comprado este libro y está hojeándolo —¡por favor, no demasiado deprisa!— en el expositor de una librería tiene derecho a «ver» quién demonios le está dirigiendo la palabra. Porque evidentemente la ventaja para la mayoría de los escritores es que nadie los ve. El escritor es invisible, y eso proporciona poder.

Lo primero que notarían ustedes sobre Skyler Rampike, cuando, por ejemplo, va cojeando por Livingstone Avenue, que cruza Pitts Street, es que se trata de un chico muy raro.

El pelo, en particular.

Después de la muerte de Bliss, el pelo rizado de color castaño se me caía a puñados. Pronto me quedé calvo, con ojos de zombi que destacaban de manera llamativa y que miraban fijamente. ¿Víctima del cáncer? ¿Quimioterapia? ¿Leucemia infantil? Al cabo de un año más o menos el pelo comenzó a crecerme de nuevo pero lo hizo con el extraño color metálico, como de zinc, que sigue teniendo; un pelo que da la sensación de ser radioactivo y brilla en la oscuridad; y ya no es el pelo ondulado y suave de un niño sino ordinario y grueso como esa especie obstinada de malas hierbas de la que se dice que crece con fuerza en terrenos tóxicos. A menudo se me toma por una persona de más edad o por un enfermo de una dolencia muy repulsiva (lepra, sida) o las dos cosas. En mis años de colegio la estrategia de mis profesores consistía en algo así como no verme cuando estábamos en clase y, más recientemente, ahora que soy un adolescente «mayor» que se ha hecho alto y escuálido, la gente me mira por la calle con desconfianza.

El pelo de color zinc es tan tieso e hirsuto que parece como si me salieran de la cabeza cañones de plumas. La mayor parte del tiempo lo llevo afeitado casi al cero. (¡Y tengo un cráneo huesudo y con bultos!, y el cuero cabelludo enrojecido por sarpullidos que provoco al rascarme.) Algunas veces he llevado el pelo en una original coleta a la altura de la nuca y los lados de la cabeza afeitados al estilo nazi; eso hace que la gente se fije en mí. De manera que, quizás, aunque humilde de espíritu, deseoso de ser como un niño pequeño, resulto al mismo tiempo un arrogante hijo de puta no muy diferente de mi padre Bruce *Bix* Rampike, aunque no del tamaño de papá y sin su (así llamado) carisma.

(¿A ustedes les molesta tanto como a mí la palabra *carisma*? Sin embargo, no es fácil encontrar un sinónimo que funcione.)

Lo más sorprendente de todo es que Skyler Rampike, con su pelo como cañones de plumas de color zinc con o sin la original coleta, ha demostrado resultar atractivo para determinados psicópatas de ambos sexos. Mamá me pidió que le dejase teñirme el pelo del color que tenía antes —«Skyler, si Bliss te viese ahora, tan cambiado, con ese aspecto tan terrible, no te reconocería»—, pero le dije que *no*.

Porque si se cree en Dios, se podría decir que Dios me ha mandado el pelo de color de zinc como una señal.

Mamá se me quedó mirando sin atreverse a tocarme y sin atreverse a preguntarme «¿Una señal de qué, Skyler?» por temor a que le respondiera «Una señal de que estoy condenado, mamá. La marca de Satanás en la cabeza de tu hombrecito».

Otra cosa que notarían ustedes es que Skyler, el raro, cojea al andar, que es todo lo que le queda de sus días de gimnasta niño prodigio (sobre lo que se volverá más adelante, para los lectores con un interés morboso por el justo castigo a aquellos que se atreven a «ir por el oro»). Algunos días la cojera es apenas perceptible a primera vista pero en otros momentos no hay manera de disimularla, en los días invernales que hielan los huesos camino con un bastón y arrastro mi pierna tiesa (la derecha) con un dolor tan punzante como el que me producen mis viejos recuerdos infantiles. Durante años fue un espectáculo en extremo hilarante —*hilarante* como sinónimo rebuscado de *risible*— para los ojos groseros y crueles de los preadolescentes, cuando, preadolescente más pequeño de lo normal él mismo, Skyler Rampike cojeaba apoyándose en un bastón enano, como un extraño insecto con tres patas. (Ahora deberían ustedes verme cojear con un bastón de tamaño adulto con rapidez y aire beligerante y sin dejar traslucir apenas que advierto la presencia de los otros peatones quienes, llenos de alarma, se ven obligados a saltar para apartarse de mi camino; aunque, inversa, o perversamente, cuando cruzo una calle con tráfico o contra el tráfico, si camino con mi bastón, me lo tomo con toda la calma del mundo, pueden estar seguros. *¡Atreveos a atropellarme, hijos de puta!*)

Como había previsto mi preocupada mamá, más o menos para cuando cumplí los once años me había desaparecido la cara «mona», «adorable» del Skyler de nueve, por el procedimiento de sonreír y hacer muecas de manera compulsiva y de poner lo que mamá llamaba «caras de dolor». En décimo grado, estudiando ya secundaria, mi cara se había convertido en una cara de muchacho extrañamente recubierta por una máscara de líneas entrecruzadas semejantes a raíces de árboles. El pastor Bob ha dicho «Skyler, el alma te brilla en los ojos, nunca podrás ocultarla» pero ¿es eso cierto?

Sin embargo —¡para mi asombro e indignación!—, hay una multitud de psicópatas por ahí en el ciberespacio que aseguran encontrar a Skyler Rampike atractivo —«sexi», «seductor», «misterioso»— y que lo presentan en morbosas páginas de Internet en las que imágenes de mi rostro atormentado y de mi pelo nazi de color zinc aparecen encima de textos como

SKYLER RAMPIKE HERMANO MAYOR «SUPERVIVIENTE»
DE BLISS RAMPIKE ASESINADA PRINCESA DEL HIELO

Algo malo*

Skyler ayúdame hay algo malo   *en mi cama*

---

* Este enigmático capitulito es todo lo que queda de docenas de páginas escritas a mano durante las últimas setenta y dos horas. Porque el otro día estaba equivocado, lo que tuve (ahora que me he quitado definitivamente de los medicamentos psicotrópicos) no fue un «ataque de pánico» sino un «episodio maníaco» con todas las de la ley.

Fo pas

En interés de la revelación más plena hay que contarlo: Skyler ha faltado a su promesa de sobriedad.

Es decir, a su promesa más reciente de sobriedad.

Después de escribir el capítulo precedente, me vine abajo. Sin duda era un capitulito miserable y sin duda cualquiera de ustedes se lo hubiera despachado en unas pocas horas, pero a Skyler, sin embargo, se le retorció el estómago, se le destrozaron los nervios y enfermó, de manera que se vino abajo el día 59. Después de haber soportado cincuenta y nueve días de sufrimiento, en las primeras horas del día sexagésimo Skyler «recayó» con cierta hidrocortisona (medicamento genérico con la misma composición que el Vicodin) de aspecto sospechoso, fármaco proporcionado por unos negros hip-hop conocidos míos.

Como papá solía decir con una avergonzada sonrisa de arrepentimiento «Perdonadme mis *fo pas* como querríais que se os perdonaran los vuestros, ¿eh?».

Ha transcurrido mucho tiempo desde que tenía nueve años y desde que me mandaron fuera cuando encontraron a Bliss; nunca volví a ver a mi hermana y el pelo se me cayó a puñados; cuando creció de nuevo, creció mal. Y había algo en mi cabeza que también estaba mal.

Camilla

En el principio, ¡hace mucho tiempo!, no existía Bliss.

Tal es mi comienzo (el que me proponía). He escrito esa frase innumerables veces. He escrito esa frase en diferentes hojas con la esperanza de provocar una segunda frase y, con el tiempo, una tercera, aunque hasta ahora, tengo que decirlo, sólo ha salido a la luz esta única frase. Pero ya estoy sobrio de nuevo, y seguiré estándolo, lo prometo.

Aunque el pastor Bob ha sugerido que podría ser más fácil empezar *in medias red** y no al comienzo, dado que hay algo aterrador en el hecho de empezar, cosa que también sucede con el número (si es que es un número, estrictamente hablando) cero.

Un niño es incapaz de entender el cero. Como un niño tampoco entiende el inmenso contenedor del tiempo que ha precedido a su nacimiento.

Estoy sobrio de nuevo, ¿he anotado ya este detalle? ¡Seis cápsulas de hidrocortisona («Advertencia: puede provocar mareos, palpitaciones cardíacas, fallo hepático») arrojadas por el váter en plan bravuconada y encima tirando de la cadena como un personaje de televisión!

(Si bien el maldito váter, que compartimos varios aquí en el tercer piso, no funciona como es debido. Las cápsulas dieron vueltas y más vueltas, como riéndose, sin llegar a desaparecer y, aunque no me consta y, créanme, queridos lectores, ustedes tampoco quieren saberlo, uno de mis compañeros de inquilinato procedió a repescarlas para sus propios fines.)

Por pura casualidad piso una solitaria hoja de periódico arrastrada por el viento, entre la hierba húmeda y el suelo arenoso de la

---

* Elegante expresión latina para «en mitad de la acción». *In medias red* es como vivimos la mayoría nuestras vidas con anteojeras, entre tropiezos, sin referencias, sin saber adónde demonios vamos, ni tampoco en dónde demonios hemos estado.

parte alta de la manzana donde vivo. Un solar en el que abundan escombros, malas hierbas y toda clase de desechos, incluida una parte de la página veintidós del *Star-Ledger,* de Newark, con fecha del 2 de diciembre de 2006, desde la que el doctor Virgil Elyse me mira con ojos entornados y sonrisa macabra.

Y no es que yo supiera qué aspecto tenía el que fue durante mucho tiempo médico forense de Morris County (que es donde vivíamos, en Fair Hills, Nueva Jersey; Nueva Brunswick está en Middlesex County), porque no lo supe nunca.

El doctor Elyse había practicado autopsias, como amablemente señaló a un entrevistador al jubilarse (a la edad de sesenta y ocho años), «a un número de cadáveres que se situaba en las cercanías de los doce mil seiscientos» en sus cuarenta y tres años de ejercicio de la profesión. Rápidamente recorrí las borrosas columnas de texto impreso a la espera de que me saltara a los ojos el apellido *Rampike* como ya sabía que iba a suceder, así como el nombre *Bliss,* y también con toda rapidez le di una patada al periódico.

Pero antes había visto ya *el caso más famoso. El más controvertido.*

Aunque no había visto nunca al doctor Elyse con sus brillantes quevedos, me pareció en aquel instante que sí, que ya lo había visto. En aquel confuso paréntesis después de la muerte de mi hermana cuando el pequeño Skyler estaba muy medicado y dormía la mayor parte del día para despertar sólo, lleno de agitación, por las noches, entre la una y las cuatro, tumbado en la cama sin poder moverse y viendo al doctor Elyse acercarse al lecho de Skyler, que se había convertido en una camilla al transformarse el aire de su dormitorio en el aire frío con olor a formaldehído del depósito de cadáveres de Morris County. Allí aparecía el doctor Elyse (¿a petición de los Rampike de más edad?) con zapatos de suelas de goma que crujían, con un mandil blanco de carnicero lleno de manchas sobre un traje de calle, con los quevedos que le ampliaban los ojos como si fueran los de una mosca mientras una y otra vez alzaba la espantosa sierra de arco para abrirle el cráneo a Skyler con la intención de pasarle hábilmente un soldador por el cerebro (¿a petición de los Rampike de más edad?). Lo que explica por qué a partir de entonces a Skyler le cuesta trabajo recordar.

¡Y problemas con las matemáticas! Mientras que antes, aunque con una dislexia del demonio, no los tenía.

En rehabilitación los drogados decían: ¡nada como la metanfetamina cristalizada! Con la metanfetamina cristalizada se consigue el colocón que todas las demás drogas tratan de conseguir y no pueden.

Entonces por qué estáis aquí, era lo que Skyler quería preguntar. Si el colocón es tan fantástico. Si el colocón hace que merezca la pena morirse, ¿por qué quiere nadie vivir?

Skyler no tiene elección, Skyler tiene que vivir. Un día Skyler tiene que revelar todo lo que sabe sobre la vida y la muerte de su hermana Bliss. Es la responsabilidad de Skyler Rampike.

(¿He señalado que, cuando trincaron a Skyler y lo mandaron a rehabilitación, pesaba sesenta y dos kilos y media, descalzo, un metro ochenta y dos? Llevaba el pelo cortado casi al cero y habían empezado a crecerle cañones de plumas de color zinc en manchas como de sarpullido. Incluso los drogatas con tatuajes de calaveras en llamas y de viudas negras se mantenían a distancia de Skyler Rampike.)

Lo cierto es que la metanfetamina cristalizada me da miedo. Es una cuestión de clase social.

Fair Hills, Nueva Jersey, está muy lejos de Jersey City, Nueva Jersey.

Básicamente, no esnifamos ni nos inyectamos. Las agujas nos dan un miedo del demonio. «Tomamos pastillas» igual que nuestras mamás.

Sólo drogas «legales» en los barrios residenciales: las marcas que se compran en las farmacias.

Porque, pese a que nosotros las compremos en la calle, siguen siendo drogas «legales». Algún médico, en algún sitio, licenciado y colegiado, te las habrá prescrito a ti o a ella. Se trata de una clase más elevada de delincuente.

El pastor Bob dijo: Las drogas son una muleta, hijo. Lo sabes bien.

Le dije al pastor Bob: Cuando necesito una muleta, uso un bastón.

Le dije al pastor Bob que no era asunto suyo, ¿verdad que no?

Le dije al pastor Bob usted no me conoce. Deje de mirarme.

Le dije al pastor Bob váyase, tío.

El pastor Bob no me hizo ningún caso y dijo: El sufrimiento en tu cara, hijo. Lo vi de inmediato. ¿Sabes lo que vi, hijo? ¿En tu cara?

Le dije al pastor Bob nooo. Le dije que no quería saberlo.

El pastor Bob dijo: Tu cara refleja el sufrimiento de Jesucristo. En alguien con tan pocos años.

Le dije al pastor Bob: Sandeces.

El pastor Bob dijo: ¿Oyes tu voz, hijo? Hay temor en ella.

Le dije al pastor Bob: ¿Temor y temblor? ¿La enfermedad mortal?

Le dije al pastor Bob: Es antiguo. Ya se ha hecho. Nadie cree esa tontería.

El pastor Bob dijo: Tienes que descargarte el alma, hijo. Tienes que contar tu historia.

Le dije al pastor Bob soy disléxico, qué demonios. O algo por el estilo.

El pastor Bob dijo: Díctame tu historia, hijo. La historia de Bliss, tu hermana perdida. Con tu voz, hijo. Podemos empezar hoy.

Le dije al pastor Bob que no había «historia que valiera». Nooo.

Le dije al pastor Bob que tenía que estar loco. Que era un lunático religioso como, ese tipo, «Kirki-gard». Sandeces que nadie cree excepto patéticos cretinos con un CI caído a la altura de los tobillos. Pastor Bob, gordo del carajo, no me toque.

Con mucha calma el pastor Bob dijo: Tu hermana Bliss está en el cielo, hijo mío. Pero incluso en el cielo las personas que queremos sufren, a veces. Si somos desgraciados, sufren. Tienes que conseguir que el alma de tu hermana descanse, hijo mío. Eso lo sabes.

Le dije al pastor Bob que no me estaba escuchando, nadie podía pedirme semejante cosa, nadie en todo el mundo se había atrevido a pedirme semejante cosa; *¡nadie nunca jamás!* Y el pastor Bob se estremeció ante la indignación de Jesucristo enfermo en mi cara, pero me estrechó entre sus enormes brazos carnosos hasta que me tranquilicé, mientras decía: Hijo mío, estás equivocado. Confía en mí.*

---

* Demonios, claro que lo sé. También yo me estremezco. Con escenas tan torpemente redactadas se sufre al leerlas, pero aún más al escribirlas. Y aún es peor haberlas vivido... Como escritor aficionado que ha vivido mayormente una vida de aficionado, me gustaría que este documento contuviera pasajes construidos con mayor elegancia, como me gustaría que presentara unas *dramatis personie* [¿es así?] más refinadas, pero en documentos de carácter confesional no queda más remedio que trabajar con lo que se tiene.

¿Qué has hecho?

Skyler   despierta

No es su hermana sino su madre quien tira de él en la confusión de aquella mañana de hace mucho tiempo que no era una mañana sino una noche con negrura de tinta como en el fondo del mar.

Mamá despeinada, con los ojos llenos de nerviosismo. Mamá con uno de sus camisones de seda y sus pechos grandes, blandos, péndulos, apretados contra la tela. Skyler ha entrevisto al otro lado de una puerta cómo papá se apodera de ellos y los amasa con manos juguetonas y ahora, como entonces, Skyler aparta deprisa la vista.

¿Skyler? dónde está

Cerca del fondo del mar formas de vida muy extrañas, todo boca, afilados dientes brillantes, aletas, espinosas columnas vertebrales. Pero para que se despierte a un niño de un sueño tan dulce y aturdido, Skyler entiende que ha pasado algo muy malo porque mamá no está muy enfadada, mamá está preocupada y desconcertada y Skyler trata de apartar a mamá pero mamá es demasiado fuerte para él, con un gritito de exasperación aparta las sábanas debajo de las cuales Skyler —tan encorvado como un pretzel— descansa sobre el lado izquierdo, las dos manos apretadas entre las rodillas y las rodillas alzadas hacia el pecho como un polluelo que no ha salido aún del cascarón.

Skyler ¿está aquí   escondida aquí?

Mamá, frenética, palpa el pie de la cama de Skyler como si su hermana de seis años pudiera, de algún modo, estar escondida allí. Con un gemido o un gruñido se arrodilla para mirar debajo de la cama, llega luego a trompicones hasta el armario de Skyler, enciende la luz, pasa la mano por las cosas de Skyler que están colgadas, se arrodilla y busca a tientas por el suelo. Murmura para sus adentros *¡Dónde! Dónde está* y regresa tropezando como si estuviera borracha hasta Skyler de pie junto a su cama, confundido y asustado, en pijama, tiritando descalzo, esa mirada en los ojos de mamá, la inquietud en su voz, con energía saca a Skyler de la habitación, cruzan el pasillo hasta el cuarto de Bliss, es evidente que mamá ya ha estado allí, buscándola, la cama de Bliss está vacía. Mamá ha revuelto la colcha y las sábanas y habla sola en voz baja de la misma forma que Skyler con frecuencia cuando está solo habla en voz baja consigo mismo porque a mamá se le escapan los pensamientos de la cabeza como murciélagos en desbandada. Skyler se pregunta: ¿dónde está papá? ¿Se ha llevado a Bliss por la noche? ¿Se trata de la excursión a Nueva York para celebrar el cumpleaños de Bliss? Skyler está confundido. Skyler no recordará nada de todo esto con claridad, los acontecimientos de esta noche sobre la que se le preguntará y él se preguntará aunque recordando cómo en la habitación de Bliss (antiguamente un cuarto para niños muy pequeños con una puerta en la pared, semejante a una entrada mágica, que daba al gran dormitorio de papá y mamá) hay una lámpara en la mesilla de Bliss con la forma de Madre Oca que había sido en otro tiempo la lámpara de Skyler cuando era muy pequeño, es ahora la lámpara especial de Bliss que tiene que estar encendida por la noche porque de lo contrario Bliss no duerme o, si duerme, tendrá pesadillas acerca de cosas muy feas que se esconden debajo de su cama como en la oscura penumbra más allá de las pistas de hielo brillantemente iluminadas donde la multitud estalla en aplausos espontáneos sólo con ver a Miss Debutante en Peques sobre Hielo, a la Pequeña Miss StarSkate, a Miss Princesita del Hielo de Nueva Jersey, excepto que ahora estamos en otro momento, mamá no secunda los aplausos sino que agarra a Skyler por el brazo como si de algún modo fuese él quien tuviera la culpa mientras mamá mira la camita de Bliss con su cabecera de satén blanco, su hermosa colcha de satén rosa decorada con aplicaciones de patines con botas blancas, colcha que está ahora revuelta en el suelo con la ropa de la cama, y la almohada de Bliss parece como si la hubieran tirado al suelo con violencia. Y luego está el olor.

¡Niña mala! otra vez no

Lo hace a propósito para   fastidiarme

Mamá y Skyler, los dos, ven el colchón manchado y perciben el intenso olor amoniacal a orina y, peor que la orina, porque hay manchas de color barro oscuro con forma de estrellas en una de las sábanas blancas de lino. Y mamá está furiosa, ¿o asustada?, cuando hunde las uñas en los frágiles hombros de Skyler dentro de la chaqueta de su pijama de franela, y suplica a su hijo *Skyler ¿qué le has hecho a Bliss? ¿Dónde has llevado a tu hermanita?*

II. «La niñita más feliz de la tierra»

En el principio

En el principio, ¡hace mucho tiempo!, no existía Bliss.

Existía Skyler, pero Bliss no. ¡Bliss todavía no!

Nadie lo sabe. Nadie lo ha mencionado. De las decenas de millares de rendidos admiradores que han contaminado el ciberespacio con sus enloquecidos supuestos hechos y perversas elucubraciones, ninguno de ellos sabe que en el principio era Skyler quien estaba destinado a ser la estrella. Era Skyler el destinado a ser el prodigio del patinaje artístico de Fair Hills, Nueva Jersey. O a ser, al menos, alguna clase de prodigio.

—¡Skyler! Será nuestro secreto.

Una mañana muy fría de la segunda semana de diciembre de 1991. Mamá se había quedado sin aliento y estaba muy emocionada. Llevaba su largo abrigo rojo de invierno, acolchado y forrado con plumón de ganso de manera que apenas pesaba, y en la cabeza, bien ajustado sobre su pelo castaño, un gorro de punto con los colores más brillantes del arcoíris, un gorro con una borla de un tamaño descomunal, como algo que en la televisión se pondría un personaje de una película de dibujos o un payaso para hacer reír. A no ser que me hubiera equivocado, porque Skyler se equivocaba con frecuencia, al alzar la vista preocupado hacia los adultos gigantes que lo rodeaban y lo dominaban con sus sonrisas enigmáticas, sus ceños fruncidos, sus muecas, sus tics y sus señales misteriosas que nunca se tenía ni la más remota esperanza de descifrar, probablemente sí, Skyler, de cuatro años de edad, se equivocaba en cuanto al nuevo gorro de mamá, porque el gorro de punto con los colores del arcoíris y borla desmesurada quería ser estiloso, una compra reciente en The Village Arctic Shoppe, de Main Street, en cuyo escaparate el gorro de marras se exhibía sobre anoréxicas modelos adolescentes con esquíes o patines de hielo

45

colgados al hombro. El nuevo gorro de mamá con borla y con los colores del arcoíris era un gorro *serio*.

—... nuestro secreto, Skyler, que no le debes contar nunca a papá, ya sabes lo cruel que puede ser cuando se burla. ¿Me harás el favor, Skyler?

La cabecita entusiasta de Skyler asentía *¡Sí! Sí, mamá*.

—¡... me riñe por «derrochar gasolina»! ¡Por no quedarme nunca en casa! Lo siguiente será comprobar el cómo-se-llama de mi coche..., el *odórmetro*. Ya sabes, ese aparato que dice los kilómetros que has conducido. ¿Un pequeño indicador en el salpicadero?

Skyler asintió, menos seguro esta vez. No estaba seguro de saber qué era un «odórmetro», aunque sí sabía a qué se llamaba «salpicadero».

—Este paseíto en coche que estamos dando, con una... meta. ¡Y pienso que te va a gustar, Skyler!

Este paseíto en coche era un recorrido que habíamos empezado a hacer con frecuencia juntos, mamá y yo, en apariencia para ir a la ciudad y hacer recados, pero por un camino pausado, serpenteante, tortuoso, que nos obligaba a recorrer muchos kilómetros por los pintorescos alrededores del Casco Histórico de Fair Hills, Nueva Jersey (adonde nos habíamos ido a vivir hacía sólo unos cuantos meses, en septiembre), y sí, a menudo había una meta a la que mamá se dirigía, por aquellos caminos tortuosos, como si no pudiera evitarlo.

—No hace falta que papá lo sepa, Skyler. Lo que papá no sepa no nos hace daño a nosotros.

Mamá se reía, con un estremecimiento que era un escalofrío.

—¡Skyler! Hazme el favor de meter los bracitos en las mangas. ¡Maldición!: me he olvidado de «describir el escenario».

Estábamos en el garaje. Entrábamos a hurtadillas en el garaje a través de una puerta trasera de la cocina y hablábamos en susurros. Mamá susurraba con frecuencia y me había llegado a parecer normal que susurrase, lo que significaba que también uno debía hacerlo o mejor aún asentir con la cabeza *¡Sí, mamá!* Porque había un algo de urgencia en su voz. El teléfono había estado sonando buena parte de la mañana, pero ninguna de las llamadas era la que mamá esperaba, sólo proveedores, o personas que pedían dinero por teléfono para obras de beneficencia, de manera que mamá no iba a responder a ninguna llamada más, y dejaría que se ocupara el servicio de mensajes que mamá consultaría más tarde, lo que sería más que suficiente para ella, que no quería echar a perder aquel día tan especial. Con su estado de ánimo risueño y jocoso, embutida ya en su acolchado abrigo rojo que hacía parecer a mamá, bueno, un globo rojo que se balanceaba, con su borla de alegres colores cayéndole sobre la frente, mamá hizo una pausa para besar la naricilla respingona de Skyler aunque lo más probable es que estuviera goteando, tal como papá se quejaba: el condenado chaval, pobrecillo, parece estar siempre acatarrado. «¡Chisst! No queremos que María nos oiga.» A toda prisa mamá me estaba enfundando en una parka forrada de lana con capucha, que quedaba bien ajustada y cómoda, casi demasiado bien ajustada al tirar de unos cordones en el cuello manipulados por mamá. Y en mis cortas piernas de niño de cuatro años cálidos pantalones de chándal, y en mis pies también pequeños botas impermeables. Tanto la parka como los pantalones de franela todavía con las etiquetas puestas porque estaban recién comprados en The Village Arctic Kids Shoppe.

—¿Has oído, Skyler? ¿Es...?

Los ojos de mamá se dilataron con una expresión de miedo culpable. Escuchamos.

Débilmente a lo lejos, quizá: un tenue gemido. Podía ser una sirena. Podía ser un avión que volara muy alto. Podía ser el viento en la vieja chimenea de ladrillo de ciento cincuenta años de edad, chimenea sobre la que la señora Cuttlebone —la agente inmobiliaria desenfadada y astuta que había vendido al señor y a la señora Rampike la casa por un precio excesivo— había bromeado, nerviosa: «¡Fantasmas! Todas nuestras casas "históricas" de Fair Hills los tienen». Pero el peligro pasó, nadie abrió la puerta detrás de nosotros. Nadie se quedó mirando a mamá con ojos oscuros y socarrones para preguntarle cortésmente en un inglés con un acento muy marcado ¿cuándo creía la señora Rampike que volvería a casa?

—... no habrá ningún problema. No *me* necesita. Nadie *me* necesita. *Yo me necesito.*

En nuestro garaje para tres coches sólo quedaban dos vehículos aquella mañana. Porque papá estaba en la sede de la empresa Baddaxe Oil y había utilizado su reluciente Lincoln Continental de color negro, automóvil que no se consideraba oportuno que mamá condujera. En el garaje quedaba el Land Rover de papá, todavía más grande y pesado, de color gris acero, que era tan voluminoso y «difícil de maniobrar» que sólo se podía confiar en papá para conducirlo. Pero estaba además el Chevrolet Impala color verde lima de mamá (un modelo de 1994 que papá le compró para «alegrar a mi chica» cuando se mudaron de Parsippany, de donde mamá no se quería marchar, a Fair Hills) con el que iba a la ciudad al menos una vez al día. En el asiento de atrás del Impala verde lima mamá había colocado, sin explicación alguna, una voluminosa bolsa con cremallera.

Skyler, ojos de lince, preguntó:

—Mamá, ¿qué hay ahí?

¿Era la peque? ¿Mi hermana la peque? ¿La insignificante Edna Louise? ¿A quien mamá no quería o, en cualquier caso, no quería tan pronto después de Skyler? ¿De la que mamá está cansada porque llora todo el tiempo y la tiene despierta? Una peque fastidiosa, feíta, de ojos azules saltones, una peque casi calva con sólo unos pocos pelos rubios en la cabeza, una estúpida peque que no tiene una pitina de verdad como Skyler, una peque exasperante que siempre está pidiendo que le den de comer (el preparado para biberón con aspecto de tiza del que se encarga María), que siempre está pidiendo que le cambien el pañal, necesitada de que la bañen y de darle otra vez de comer y de que la vuelvan a cambiar de pañal, baño, secarla con la toalla, otro pañal; todo lo que hacen los niños muy pequeños es dormir, hacer pipí y caca y chillar como cuando se mata a un gato y además tratan de llegarte al corazón haciendo gorgoritos y «sonriendo» y extendiendo hacia ti sus dedos asombrosamente pequeños pero los peques son TAN ABURRIDOS, incapaces incluso de decir su nombre o de andar erguidos o de ir al cuarto de baño y tirar de la cadena. ¡No como Skyler, que es el hombrecito de mamá!

Detrás del volante del Chevy Impala verde lima del año 94 mamá tarareaba. Se podía ver que Betsey Rampike era *feliz*.

—Vamos a abrocharnos el cinturón, Skyler. «La seguridad ante todo.»

Como Skyler era todavía un poquito demasiado pequeño para ir cómodamente sentado en el asiento del pasajero al lado del conductor, mamá le había colocado un cojín. (¿Era legal aquello? El cinturón de seguridad le quedaba un poco flojo.) Aunque Skyler estaba muy orgulloso de haber superado el estúpido asiento para los muy pequeños en el que se iba atado y sujeto en el asiento de atrás y que, cuando había que transportar a la feúcha Edna Louise, se usaba exclusivamente para *ella*.

Skyler miró con disimulo la bolsa en el asiento de atrás. ¿Se estaba moviendo? ¿Había dentro una criatura viva? ¿*Era* la peque?

Skyler preguntó una vez más qué había en la bolsa y mamá dijo, con una sonrisa misteriosa, que pronto lo descubriría.

—¡En marcha!

El Chevy Impala salió del garaje marcha atrás como una explosión.

El aire invernal tenía un brillo cegador. Arriba el cielo era de un color azul de huevo de zorzal pechirrojo que parecía pintado. En el suelo la nieve formaba ventisqueros esculpidos y remolinos de un blanco tan intenso como detergente o espuma de poliestireno. (Perdónenme: es así como se me presenta el recuerdo en una avalancha cegadora como por efecto de la Dexedrina. Y también el corazón me martillea: ¡260 pulsaciones por minuto!) No te quedaba más remedio que llegar a la conclusión de que, si había «toxinas» transportadas por el aire en las idílicas colinas del centro y norte de Nueva Jersey, donde viven los ricos, dichas toxinas empujadas por vientos nocivos desde el «pasillo industrial» ochenta kilómetros hacia el este —procedentes de las chimeneas coronadas de fuego que bordean Nueva Jersey Hellpike— se transformaban, como por arte de magia, en la nieve blanca más deslumbrante. Mamá buscó a tientas para ponerse unas gafas oscuras con montura de plástico dorado, estilizadas y enormes, y Skyler parpadeó con ojos entusiastas que empezaron a llorarle. ¡Todos los breves paseos en coche con mamá eran una aventura!

¡Ravens Crest Drive, una calle llena de curvas! En mi cerebro febril, donde viajo sin parar como un astronauta dando tumbos por el espacio, existe la lista irreal de las casas de nuestros vecinos («vecinos» que eran completos desconocidos y cuyas casas apenas resultaban visibles desde la calle) y de las curvas, giros y vueltas de una calle demasiado estrecha donde el peligro inmediato era el tráfico en dirección contraria: esposas distraídas, como mamá, escorándose hacia el centro de la calzada, algo que mamá hacía de manera habitual, en vehículos demasiado grandes, como el Chevy Impala. Mamá tenía por costumbre conducir despacio por Pheasant Run, Hawksmoor Lane, Woodsmoke Drive y Great Road (por la que, en los años setenta del siglo XVIII, viajaban con frecuencia, según los libros de historia de tiempos pasados, el general George Washington y sus ayudantes), e íbamos dejando atrás, al borde de la calle, buzones con apellidos tales como «Tyce», «Hambruck», «McGreety», «Stubbe» y «Brugh». Aquella parte de nuestro *paseíto* me resultaba ya tan familiar que me había aprendido de memoria los apellidos y los pronunciaba, como hacía mamá, con tono admirativo, de asombro, de incredulidad: «Frass», «Durkee», «Bloomgren», «Hudd». Ya desde muy pequeño parecía darme cuenta de que, escondidos entre aquella letanía de nombres, estaban los apellidos de los futuros amigos de papá y mamá; como también de que el Golf and Country Club de Fair Hills (en Cross Tree Road esquina con Great Road), el Tennis Club de Pebble Hill (en Brookside Drive, una calle llena de cuestas), el Sylvan Glen Golf Club (en la laberíntica Sylvan Glen Pass, anunciada con carteles de CALLE PRIVADA SIN SALIDA que mamá, mordisqueándose el labio inferior, ignoraba audazmente) y (en el corazón del «barrio histórico», pequeño y apiñado, del pueblo de Fair Hills, en Idle Place) el Club de Mujeres de Fair Hills en su elegante palacete italianizante eran destinos futuros. «El Sylvan Glen Golf Club es mucho más selecto que el Golf and Country Club de Fair Hills», le explicó mamá a Skyler, a quien siempre interesaban las informaciones confidenciales de mamá. «... la señora Cuttlebone nos aseguró que si te invitan a hacerte socio de "El Sylvan", que es como lo llaman, puedes entrar en cualquier otro club de Fair Hills que te apetezca.» Acerca del Tennis Club de Pebble Hill, mamá explicó: «El hijo de la señora Cuttlebone se va a casar con la hija del presidente del club, y ha prometido presentarnos a tu padre y a mí en algún momento durante las próximas fiestas. Papá juega al tenis, igual que al golf, al squash y al raquetbol, pero en el club nos pueden dar clases de tenis a nosotros dos, Skyler, ¡a ti y a mí!».

¿He dicho que detrás del volante del Impala de color verde lima mamá se mostraba tan entusiasta y esperanzada como una jovencita? ¿O, si vamos a eso, como un jovencito? Su estado de ánimo era adolescente, anhelante: nadie querría coartar tales anhelos.

¿He dicho que mamá tenía hermosos ojos castaños (ansiosos, brillantemente húmedos, un poco demasiado juntos) que, al posarse sobre mí, Skyler, parecían penetrarme, llegar hasta las (modestas) profundidades de mi alma infantil? ¿Que yo quería a mamá desesperadamente antes incluso de que la desesperación llegara a nuestras vidas?

¡Aquellos paseos! Naturalmente, eres un niño y piensas que lo que *es* seguirá siendo siempre. Aquel período de ensueño en el que el «hombrecito» de mamá era por fin lo bastante mayor para acompañar a mamá pero no lo bastante aún para llevarlo al jardín de infancia. En la época en que papá era un joven ejecutivo «en alza» en la sede de Baddaxe Oil a menos de veinticinco kilómetros y la mayor parte de los días volvía a casa a las ocho para cenar. Y la hermanita de Skyler tan pequeña —tan insignificante— que podías fingir que no importaba. Y mamá estaba deseosa de escapar de la gran casa colonial blanca en la que el teléfono sonaba con tanta frecuencia y sin embargo: *no era nunca la llamada que mamá estaba esperando.*

—¡Skyler! Dime la verdad.

Dentro del abrigo rojo acolchado, mamá debía de estar sudando. Dado que mamá conducía el Chevy Impala como sobre las olas de un mar picado —apretando el acelerador y luego soltándolo, de nuevo apretándolo y una vez más soltándolo—, también el motor parecía tener hipo o estar a punto de calarse. Las delicadas ventanillas de la nariz de Skyler captaban un aroma familiar, mezcla de polvos de talco y de olor a mar, procedente de las axilas de mamá y de la hendidura en sombras entre sus pechos que era un consuelo del mundo de los sueños como el olor del pan recién salido del horno o el de la ropa de la cama en la que Skyler había dormido cuando se tapaba con ella la cabeza.*

—¿Skyler? —dijo mamá con voz cortante—. ¿Me escuchas? Dime: ¿por qué no le gusto a la gente?

—A mí me gustas —tartamudeó Skyler.

—¿A ti? Eres mi hijo. Qué sabrás tú.

Mamá se echó a reír para indicar que aquello quería ser divertido. Porque ya a la edad de cuatro años —más precisamente, cuatro años y nueve meses— Skyler se veía forzado a entender que el amor de semejante procedencia sencillamente no bastaba.

Mamá dijo, suspirando:

—Es mezquino, lo sé. Trato de rezar todas las mañanas «Que Dios me ayude a superar esto, que Jesús me ayude porque no sólo soy una pecadora sino una persona ridícula» y, sin embargo, la gente se

_____

* Maldita sea, ¿he podido escribir esto? ¿Con estas palabras? ¿Anoche, con lo que parece un colocón de Dexedrina? Quizá sea ésa la razón de que hasta el más leve tufillo a talco, a levadura o a sudor en una carne femenina de cualquier procedencia me provoque náuseas y me deje por completo impotente.

vuelve loca con Bix Rampike, y ¿por qué no *conmigo*? Quiero decir, ¿por qué no se *me pega* algo? ¿No te parece lógico? Soy la mujer de Bix. Por supuesto, no hablo de que se vuelvan «locos por mí» (nadie ha estado nunca loco por mí excepto algún crío chiflado por el sexo y eso no es «gustar»), no hay dignidad en eso. (Perdóname por hablar con tanta franqueza, Skyler, me doy cuenta de que eres un chico, y espero que seas un chico normal, sano, pero no un «chiflado por el sexo». ¡No mi Skyler! ¡No mi hombrecito!) Lo que me atormenta es por qué no les gusto a las mujeres. En Parsippany tenía amigas. Tenía unas cuantas amigas. Tu papá está subiendo tan condenadamente deprisa la «escala empresarial» que nunca nos quedamos en ningún sitio el tiempo suficiente para «echar raíces», no se puede contar a las esposas de los colegas de Bix, porque no son *amigas*. Aquí, en Fair Hills, todas esas mujeres que conozco y a las que doy mi número de teléfono, y a las que después llamo, o trato de hacerlo, ¿por qué no me devuelven la llamada? Fair Hills es un sitio odioso y esas mujeres son muy crueles, llevamos aquí casi cuatro meses, los hombres me miran, al menos algunos sí que me miran, pero las mujeres es como si no me vieran. ¿Por qué, Skyler?

El pobre Skyler, anonadado, sólo era capaz de repetir, en voz baja:

—Pero, mamá, a mí me...

—Maldita sea —le interrumpió ella—, me esfuerzo *tantísimo*. Siempre sonriendo, siempre de «buen humor» y «divertida» y «amable», estoy más que harta de ser «amable». En el instituto era una chica popular. Tenía amigas, no sólo chicos que me siguieran. Tuve amigas estupendas. Fui la tercera en votos cuando se eligió a la reina del baile en el último año de secundaria en Hagarstown, de un total de cuarenta y dos chicas. ¡No creas que es poco, Skyler! Concursos de popularidad como ése en el instituto son un puro infierno. Y cuando tenía catorce años, Skyler, ¡disfruté del día más emocionante de mi vida! Me clasifiqué para la competición de patinaje artístico femenino de los Tres Condados. Al año siguiente patiné en el torneo regional femenino de los Adirondack y no lo hice del todo mal si se tiene en cuenta lo asustada que estaba, y prácticamente a punto de desmayarme dada el hambre que pasé para poder meterme en el traje con el que iba a patinar. Es cosa conocida el prejuicio de los jueces contra las chicas «rellenitas» (con «rellenita» se designa un peso del todo normal, pero sucede que con un vestido para patinar tan ajustado como un traje de baño todos los bultos y los michelines *se notan*). Sobre el hielo nadie quiere silbidos, quiere aplausos. Si me hubieran animado, lo habría hecho mejor, y si no se me hubiera torcido el tobillo, pero, Skyler, *lo intenté*. Me crees, corazón, ¿verdad que sí?

Mamá me buscó a tientas, apartando peligrosamente los ojos de la estrecha calzada de grava que podría haber sido Charlemagne Pass, o Monument Lane, o Bear Mountain Road. Una lágrima solitaria rodó por su encendida mejilla. Sus labios carmesíes se habían contraído en una sonrisa que expresaba al mismo tiempo amargura y valor.

Skyler murmuró *¡Sí! Sí, mamá.*

(Seguro que lo hice, ¿no les parece? Aunque no tuviera ni la más remota idea de cuál era el tema, o cualquiera de los temas, de una importancia tan crucial para los adultos que me dominaban desde lo alto.)

—En Hagarstown, el apellido de mi familia era «conocido». Tu bisabuelo, a quien condecoraron como «héroe de la Segunda Guerra Mundial», fue alcalde cuando yo estudiaba secundaria y nuestra familia era la propietaria de la fábrica textil más importante del río Champlain, donde se confeccionaban prendas de punto para mujeres y niños. En una ciudad tan pequeña donde todo el mundo te conoce, era como ser de la Familia Real. En Hagarstown admiraban a los Sckulhorne y tenían puestas esperanzas en nosotros y, bueno, aquello podía ser un poco, cómo decirlo, «claustrofóbico», ya sabes, cuando respirar te resulta difícil. Que fue el motivo de que me escapara, quiero decir, ¡de que casi me escapase! A la Universidad del Estado en Albany. Trabajé a tiempo parcial para pagarme los estudios, ya sabes que me gradué en Comunicación Audiovisual y que trabajé en la emisora de televisión de SUNY en Albany, mi sueño era llegar a ser «presentadora» en la televisión, hasta que conocí a tu papá, en la fiesta más desenfrenada de una asociación de estudiantes durante un fin de semana en Cornell, ¡por favor, Skyler, no te comportes nunca con la temeridad de Bix Rampike y sus lunáticos cofrades de Ep Phi Pi! En cualquier caso —mamá suspiró, sonriendo, con una repentina mirada ausente—, lo demás es historia, supongo.

Detrás de nosotros sonó un claxon de manera muy grosera. El pie de mamá apretaba cada vez con menos fuerza el acelerador y una furgoneta se había colocado a pocos centímetros del guardabarros trasero del Impala. Mamá, la menos agresiva de los conductores, la que se dejaba intimidar con más facilidad, enseguida abandonó la calzada para meterse en el arcén y dejar pasar a la furgoneta.

Llegué a vislumbrar al conductor de mandíbula cuadrada, un tipo corpulento con gorra de carpintero, que miraba con ferocidad a mamá pero que luego, cuando por fin la vio de verdad, se ablandó y le lanzó de refilón una sonrisa indulgente.

Era verdad que mamá parecía gustarles a los hombres. Y Skyler entendía el porqué.

—Skyler, recordarás siempre este día: tu primero *sobre el hielo*.

La voz de mamá temblaba de emoción. Skyler miró fijamente. De algún modo había sucedido que estábamos en el parque conmemorativo que lleva el nombre de Horace C. Slipp, en una parte de Fair Hills nueva para mí. Teníamos delante una pista de patinaje que debía de utilizarse, con tiempo más cálido, como piscina infantil. En lo alto sonaba a todo volumen una música ligera. En la pista, donde el hielo brillaba amenazador, docenas de personas patinaban, en su mayoría niños y adolescentes. Los niños parecían ser varios años mayores que Skyler. Un grupo de chicos gritaba, se perseguía y se empujaba como jugadores de hockey sobre hielo. Las chicas, también adolescentes, llevaban vaqueros, gruesas sudaderas, la cabeza descubierta y el pelo largo, liso, resplandeciente, que les caía en cascada sobre los hombros. Había además unos cuantos adultos entre los que figuraban personas batalladoras de la tercera edad que patinaban a pesar de sus articulaciones entumecidas y de la fragilidad de sus huesos. Y también madres jóvenes y niñeras como María que instaban a chiquillos con patines a que salieran al hielo y que los ayudaban a levantarse cuando se caían. Chillidos, gritos, carcajadas estentóreas. Si había otros gritos de dolor, de desánimo, de miedo, parecían quedar ahogados. El ambiente general era de alegría, festivo. El corazón de Skyler, de por sí pequeño, se encogió todavía más. Se le había secado la boca.

—Mamá, yo no...

Mamá se había apresurado a preguntar:

—¿El hielo está liso? ¿Es... seguro? —pero las jóvenes patinadoras a las que mamá se atrevía a interpelar casi no la miraban, hacían caso omiso de aquella desconocida con un abrigo rojo que parecía un globo, un gorro estrambótico y un niñito trémulo a su lado, cuya mano apretaba con fuerza. Mamá estaba de un humor demasiado exultante para darse por enterada de la mala educación de las chicas, de manera que llevó a Skyler hasta un banco, le sacó las botas y las sustituyó por sus patines Junior Olympic, nuevos y muy bonitos, «reproducción exacta» de patines de personas mayores, las botas hechas de un tejido de color rojo oscuro con rayos zigzagueantes a los lados.

—¿Verdad que son preciosos, Skyler? Tu regalo sorpresa antes de Navidad por haber sido un niño tan bueno. ¡Mamá está impaciente por verte patinar!

En la bolsa misteriosa, además de los patines de Skyler, estaban también los de mamá, Lady Champ, de cuero blanco. *Porque mamá iba a patinar con su hombrecito.*

Skyler protestó:

—Mamá, tengo miedo —mientras con un mitón se limpiaba la nariz que goteaba—. Mamá, no me encuentro bien...

Pero mamá no le hizo el menor caso.

—Skyler —dijo—, el hielo te va a gustar muchísimo. A tu edad aprenderás muy deprisa. Los niños son atletas por naturaleza. Yo patinaba con desventaja porque había empezado demasiado tarde. No lo hice hasta los trece años y cuando ya era «madura» para mi edad. Llamaba mucho la atención, pero no por mi manera de patinar. Tú vas a empezar muy pequeño. ¡Se diría que aquí eres el más joven! Y papá no necesita saber nada de todo esto hasta que patines lo bastante bien como para actuar delante de él. ¡Te lo prometo, Skyler!

¿Qué era lo que mamá le prometía? Skyler no tenía ni idea.

Mamá le estaba atando, muy prietos, los cordones de sus patines Junior Olympic. Skyler supo, por sus pies, que estaba atrapado.

Mamá también se ató los hermosos patines blancos Lady Champ, se puso en pie y dejó caer sobre el banco el acolchado abrigo rojo como si fuera un salto de cama, y apareció, ante los asombrados ojos de Skyler, con un conjunto que el niño no había visto nunca: un precioso suéter morado de ochos a todas luces completamente nuevo, una minifalda escocesa de tablas con un gran imperdible ornamental de latón a un lado y leotardos morados en relieve que realzaban las bonitas piernas de mamá, la redondez de sus rodillas y parte de sus muslos, un poco excesivos. Y allí estaba el gorro de punto con los llamativos colores del arcoíris y la borla pensada para que flotase detrás de la patinadora mientras volaba sobre el hielo. Aunque Skyler era demasiado joven para haberse visto sometido a la crueldad de los bárbaros en edad escolar, captó de inmediato que su maravillosa mamá atraería en el parque Horace C. Slipp, Fair Hills, Nueva Jersey, una clase de atención no deseada, de la misma manera que de jovencita había conseguido en Hagarstown, Nueva York, la clase de atención que tampoco quería. Pero mamá se limitó a aplaudir con entusiasmo infantil:

—Vamos, cariño. Mira qué bien se lo pasan todos esos patinadores.

Cuando Skyler se resistió tímidamente, mamá lo alzó a medias del banco y lo llevó, renqueante y temeroso sobre sus patines —¡como si se pudiera caminar sobre las cuchillas de los patines!—, hasta el hielo. ¡Lo cierto era que Skyler no quería patinar! No quería caerse ni hacerse daño ni que se rieran de él, como le había sucedido en más de una ocasión en alguna de sus «citas para jugar» en suelo firme. La ruidosa música ligera se había hecho más feroz.

—¡Así, Skyler! No te quedes tan tieso. Mueve el pie derecho. Sólo unos cuantos centímetros. Vamos, Skyler, inténtalo.

Pero los tobillos de Skyler eran débiles, como sin huesos. Los patines resultaban demasiado altos, lo natural era caerse. Y a Skyler se le doblaban las rodillas. Y la condenada nariz le goteaba como un grifo estropeado.

—Mamá, me duele el estómago —se lamentó Skyler—. Tengo los pies helados.

Mamá le regañó:

—¿Eres mi hombrecito, o un pobre llorica?

Y Skyler sintió lo terrible del insulto, lo terrible de que mamá hablara de él de aquel modo, como de otro bebé que lloriquea, cuando ya había una niñita que no hacía otra cosa en la casa de la que mamá había huido, y Skyler *tenía casi cinco años y andaba erguido*.

Mientras mamá, retrocediendo poco a poco de espaldas sobre el hielo, trataba de remolcar a Skyler, un patinador casi chocó con ella, al tiempo que murmuraba: «Discúlpeme, señora», y mamá respondió, excusándose: «Perdóneme *a mí*. Hace veinte años que no patino...». Una segunda patinadora, tan flaca como un palo, con largos cabellos castaños, lisos y resplandecientes, con una chaqueta de colegiala de Fair Hills, viró bruscamente para evitar a mamá, y mamá también le gritó mientras se alejaba: «Lo siento mucho: llevo veinte años sin patinar, he tenido dos hijos y estos patines son nuevos». Skyler hubiera querido arrastrarse a cuatro patas para salir de la pista, la cara le ardía de vergüenza por mamá y por él. Se tenía la impresión de que un flujo continuo de patinadores pasaban volando a su lado, algunos haciendo caso omiso del dúo madre e hijo, otros mirándolos fijamente con muy poca educación. Varios chicos ruidosos de unos doce años iban dando bandazos a base de empujarse y de abrirse camino con los codos, hasta que el brazo en movimiento de uno de ellos alcanzó a Skyler en la espalda, provocando que se tambaleara sobre sus patines, perdiera su precario equilibrio y cayera; en un instante el hielo se alzó a toda velocidad para golpear con fuerza el trasero de Skyler, y el delicado hueso que su mamá llamaba rabadilla. A Skyler, acostumbrado a caer sobre superficies más blandas, como una alfombra, o como la hierba, le asombró *lo duro que estaba el hielo*. Demasiado sorprendido para llorar, Skyler se quedó sentado, boquiabierto, mientras mamá se esforzaba por levantarlo. Un chico corpulento pasó a toda velocidad, evitando de milagro la mano de Skyler —se le había salido el guante, sin darse cuenta— y añadiendo la lacónica observación de «¡Gilipollas!». Si mamá la oyó, no dio la menor señal. Pero sus carnosas mejillas ardían ya como si las hubieran abofeteado. Mamá le estaba suplicando a Skyler que se pusiera en pie.

—No te has hecho daño, corazón. Los huesos de un niño están hechos de goma, prácticamente. Tus huesos se doblarán, pero no se romperán. Has tenido una caída sin importancia. Es sólo tu primer día, cariño, y patinar es la cosa más *divertida* del mundo.

Qué fuerte era mamá, alzando el cuerpo flácido y desmadejado de Skyler, que aún tenía los pies atrapados en aquellos terribles patines, pero que, durante varios segundos de aturdimiento, como el personaje de dibujos animados que se lanza al vacío por un precipicio y aún no se ha dado cuenta de que es aire y no tierra sólida lo que le sostiene y por eso no se cae, consiguió permanecer erguido y mantener el equilibrio. Mamá procedió a darle instrucciones:

—¿Ves cómo muevo el pie, Skyler? Haz lo mismo. Sólo hace falta que empujes este pie, cariño, el pie derecho, como si no tuvieras más que los calcetines puestos y te deslizaras sobre el suelo, muy bien, ahora el pie izquierdo, cielo, no te pongas rígido, mamá te sostiene.

Mamá reía de manera entrecortada y sujetaba a Skyler por debajo de los brazos, como un saco de algo, y durante varios sorprendentes segundos mamá y Skyler «patinaron» —¡era muy divertido!—, pero de nuevo, con terrible brusquedad, el maldito hielo se alzó para golpear con fuerza el trasero de Skyler. Y también la pierna, el codo y el lado derecho de la cabeza. Por suerte la capucha de la parka aún se la tapaba.

—Skyler, ¿te has hecho daño? Cielo santo. ¿Qué le voy a decir a Bix si...?

Una de las patinadoras de pelo blanco se detuvo para ayudar. Con voz llena de amabilidad dijo:

—Su hijito es muy pequeño, querida. ¿Cuántos años tiene?

—Skyler tiene cuatro y medio, casi cinco —dijo mamá muy deprisa—. Cumple años en marzo. Es un niño precoz. Su capacidad de coordinación corporal está muy desarrollada para su edad. Le gustan todos los deportes y le encanta estar al aire libre. Sale a su papá. Lo está haciendo muy bien.

La patinadora con aspecto de abuela les proporcionó un clínex que se sacó del bolsillo, porque a Skyler la nariz le destilaba horriblemente. Mamá le dio las gracias, pero no era difícil darse cuenta de que estaba molesta. Mientras la anciana patinadora de cabellos blancos se alejaba con sorprendente facilidad, movió la cabeza, dubitativa:

—Su hijito parece un poco demasiado pequeño para patines de hielo, querida.

Entre dientes mamá murmuró:

—Vieja entrometida. Por qué no se ocupa de sus asuntos.

Pero a Skyler le dijo alegremente:

—No eres pequeño, cielo. No para tu edad. Es tu primera lección de patinaje sobre hielo, por el amor de Dios.

Cuando Skyler estuvo otra vez en pie, mamá le cepilló la ropa, le examinó la cabeza, frunció el ceño y le besó la nariz.

—Seguro que con mi condenada mala suerte, esa anciana entrometida resulta ser alguna «persona muy importante» en Fair Hills, o una de nuestras vecinas, o la presidenta del comité para aceptar nuevos socios en el Sylvan Golf Club, ¡eso sería la fatalidad!

Skyler, astutamente, se quejó de que le dolía la pierna, de que le dolía el codo, de que tenía revuelto el estómago, así que mamá se ablandó y dijo que de acuerdo, Skyler se podía sentar unos minutos y recobrar el aliento, mientras mamá le enseñaba unos cuantos movimientos sencillos. Con su hijito como público, mamá patinó en rígidas embestidas indecisas como alguien temeroso de que el hielo se le quiebre bajo los pies.

—Esto es un «deslizamiento», ¿ves? Te limitas a «deslizarte».

Mamá se resbaló varias veces y estuvo a punto de caerse. Skyler cerró los ojos, asustado. Pero mamá consiguió enderezarse, riendo.

—¡No estoy en forma! Cinco kilos por lo menos desde... el pasado invierno. Todo lo que necesito es un poco de práctica...

Skyler se estremeció al ver cómo los patinadores, al pasar, miraban a mamá, algunos divertidos, otros francamente curiosos, unos pocos descaradamente groseros. Los chicos jóvenes lanzaban risitas y se daban codazos, pero lo peor eran las estiradas adolescentes que se reían de mamá mientras se deslizaban, dejándola atrás sin esfuerzo. Skyler estaba indignado: ¿qué tenía su mamá de divertido? ¡Era la mujer con mejor aspecto en toda la maldita pista! Mamá era un espectáculo como la actriz de una película, o una mujer en un anuncio descomunal, con su cara redonda con «forma de luna» y su piel suave y encendida, los abultados labios carmesíes y el conjunto para patinar que era mucho más bonito que los aburridos vaqueros desastrados y las parkas de colores tristes que llevaban los otros patinadores. Su nuevo suéter se le ajustaba al pecho prominente como un guante y la minifalda escocesa de tablas se le arremolinaba alrededor de las caderas, mostrando sus piernas con leotardos morados, las rodillas y los muslos. De todos modos a Skyler le hubiese gustado que mamá no le llamara alzando tanto la voz, riendo y parloteando como si quisiera llamar la atención o, al menos, sin importarle atraer las miradas.

—¿Ves, Skyler? ¿Estás mirando? Ésta es tu lección, cariño. Mamá se está «deslizando», esto es un «deslizamiento», ¿ves qué fácil? Aquí tienes mi primer ocho en veinte años. ¡Huy!

De algún modo, mamá pareció perder el equilibrio. O se le dobló un tobillo. Porque, de repente, con un grito, cayó de culo sobre el hielo, con fuerza. Mamá quedó sentada, abierta de piernas, con una expresión de dolorido asombro y se pudo ver que mamá sólo llevaba los leotardos morados debajo de la minifalda y que tenía michelines en la parte alta de los muslos. Se le había torcido el gorro de punto con los colores del arcoíris y el aliento le brotaba en violentos jadeos humeantes.

Varios patinadores se detuvieron al instante para ayudarla a levantarse, y mamá los sorprendió echándose a llorar.

—¡Mi vida se ha acabado! ¡Me he quedado sin cuerpo! ¡No es justo! ¡Todavía soy joven! ¡Ya *no puedo* patinar!

Los patinadores que la habían ayudado a levantarse y que la llevaron renqueando junto a Skyler eran dos mujeres más bien jóvenes y un hombre más o menos de la misma edad con el pelo rizado de color marrón rojizo, gruesos labios carnosos, frente como una cúpula huesuda y una nariz ancha y roma como el pomo de una puerta. Vestía vaqueros lavados a la piedra y una chaqueta de fantasía de imitación de ante de color beis y los patines de botas altas llevaban rayos plateados a los lados y, en el lóbulo de la oreja izquierda, lo que parecía una anilla de plata. Parecía ser sólo un poquito más joven que mamá, de su misma altura pero más menudo y ¿por qué me estoy acordando de él?* Pues porque tuvo algo de maravilloso la manera en que se apoderó del brazo de mamá para devolverle la estabilidad y porque estuvo muy amable con ella y luego me miró detenidamente con su amplia sonrisa, mientras le decía a mamá:

—¿Es ésta su preciosa hijita, señora, o su precioso hijito?

Y mamá respondió, limpiándose las lágrimas de las encendidas mejillas:

—Skyler es mi maravilloso *hombrecito*.

---

* El lector astuto advertirá que tiene que haber una razón para resaltar al excéntrico individuo que aparece fugazmente en este capítulo como «amable» y en cierto modo siniestro. ¡No se olviden del joven de labios gruesos! (Si yo fuese un venerado autor de literatura, podría dar por sentado que los lectores están dispuestos a leer mi prosa, pongamos, con reverencia y cuidado. Pero no lo soy y por tanto no puedo. Pero adviértase que nada en este documento es superfluo.)

Que Dios me ayude

«Que Dios me ayude a superar esto, que Jesús me ayude porque no nací para ser, además de pecadora, una persona ridícula», de esa manera rezaba mamá llena de exaltación, pero ¿tuvo respuesta su petición? ¿Sucedió algo asombroso y del todo inesperado —«inmerecido»— a Betsey Rampike pronto, en el espacio de pocos años, aunque de una procedencia y en una forma humana que nadie, desde luego no Betsey Rampike, podría haber predicho?

Así que cuando la bendición de Dios nos alcanza, como un rayo, lo hace desde una fuente inesperada. Como el rayo, destrozará nuestra modesta envoltura mortal para hacer de nuestra alma algo acrisolado y puro.

¿Y tuvo éxito mamá en su campaña más inmediata para *hacer amigos* en Fair Hills, como deseaba con tanta desesperación? ¿Se vio finalmente recompensado su anhelo infantil, que resultaba tan penoso presenciar desde cerca? ¡Sí!

Para no mantener al lector en suspenso: Sí.

Excepto, tal como advirtió papá: «No de la noche a la mañana, Betsey. No harás la clase de amigas que te gustaría hacer, y que a mí me gustaría que hicieras, de la noche a la mañana. De manera que cálmate».

En el ínterin hay que reconocer que mamá no se hizo inicialmente *amiga* de las mujeres más populares, admiradas y socialmente ensalzadas de Fair Hills, las mujeres impecablemente maquilladas y elegantemente vestidas cuyas fotografías se publicaban en la sección «Estilo» del *Fair Hills Beacon* después de cualquier fin de semana que hubiera sido un «torbellino» de fiestas particulares, espléndidas recepciones, galas benéficas (el baile de Navidad de los Amigos del Centro Médico de Fair Hills, la cena, el baile y la Subasta Silenciosa del Día de San Valentín de los Amigos de la Biblioteca Pública de Fair Hills, el almuerzo de Planificación Familiar de Fair Hills, y demás), mujeres que parecían ser uniformemente rubias, uniformemente de la talla cuatro, uniformemente muy adineradas y sin edad reconocible excepto *no de edad avanzada*. Mamá se «hizo amiga» sobre todo de las esposas de otros jóvenes ejecutivos de Baddaxe y de hombres de negocios locales y de profesionales con los que Bix Rampike había empezado a jugar con frecuencia al golf, al squash, al tenis y al póquer, a medida que a papá se le «conocía» más (y se hacía más «popular») en Fair Hills. Nuestra iglesia era la Trinity Episcopal del siglo XVIII, en el corazón del centro histórico, del estilo que han visto ustedes incontables veces: vetustas piedras grises, vidrieras de buen gusto, campanario como los que suelen aparecer en los calendarios, con un carillón de sonoridad semejante a la resonancia de la majestuosa deidad episcopal en el cielo. (Aunque mamá admitía haber sido bautizada y formada en la Iglesia Metodista Unitaria y los antepasados de papá habían pertenecido a una secta calvinista radical del norte de Inglaterra cuyo principio fundamental era que toda la humanidad estaba condenada a causa del pecado original. Sin excluir a nadie.) Mamá y papá se casaron (¡Skyler no estaba presente, por supuesto!) en la Primera Iglesia Episcopal de Pittsburgh, donde vivía la acomodada familia de papá, porque, como Bix Rampike decía sabiamente, ser episcopaliano es mucho mejor que ser metodista en el mundo empresarial, ¡ya lo creo que sí!

«Dios, ayúdanos a triunfar, Skyler aprenderá a patinar si se pone a ello, sé que puede», era otra de las plegarias de mamá, susurrada mitad en broma mitad en serio, cuando Skyler podía oírla mientras, en el Chevy Impala de color verde lima, nos poníamos en camino, ustedes se estremecerán cuando se lo diga, para volver a la pista de patinaje en el parque conmemorativo de Horace C. Slapp, perdón, Slipp. ¡Sí, de vuelta a la pista! ¡De vuelta al hielo! ¿Se lo pueden creer? No una sino cuatro veces aquel invierno de 1991-1992, mamá insistió en llevarme allí para «intentarlo» de nuevo, porque mamá tenía una fe inquebrantable en el credo americano de que «si la primera vez no lo consigues, vuelve a intentarlo, ¡inténtalo de nuevo!», un lema inspirador que apareció originalmente, en alemán, sobre la entrada de Auschwitz, a no ser que estuviera grabado, en el italiano de Dante, sobre la puerta del Infierno. En un documento literario más elaborado, compuesto de «escenas dramáticas seleccionadas», la horrible lección inicial de patinaje recibida por Skyler habría sido también la última, pero, por suerte o por desgracia, este documento es un relato sin adornos, totalmente sincero, de nosotros, los Rampike, en los años de violenta agitación que nos llevaron a la madrugada del 29 de enero de 1997 y a lo que siguió después y no una simple ficción (que cualquiera que no supiera nada de nuestra familia podría inventar) y por tanto estoy obligado a decir aquí que sí, mamá regresó con Skyler para que recibiera humillaciones adicionales, de su mano, testaruda y obstinadamente y a menudo con una sonrisa luminosa, valiente, mamá llevó a Skyler al parque conmemorativo Horace C. Slipp empujada por la absurda creencia de que su hijo con toda seguridad —¡sin duda alguna!— había heredado por lo menos unos cuantos genes —cromosomas del ADN o lo que fuera— de su papá, grande, robusto (un metro ochenta y seis, noventa y cinco kilos de carne sólida casi en su totalidad), exatleta (fulbac en el equipo de la Universidad de Cornell en el curso 1981-1982), si es que no compartía con su mamá el apasionado anhelo de éxito y reconocimiento público. Extrañamente —¡qué triste!—, mamá nunca volvió a atarse los sensacionales patines nuevos Lady Champ; se limitaba a entrar en el hielo con sus botas y con el pobre y trémulo Skyler, al que sujetaba por los hombros a través de la parka, dirigiéndolo y empujándolo para conseguir un «deslizamiento» y alzarlo después cuando, de manera inevitable, se caía. Como tampoco (hasta donde Skyler supo) volvió nunca a ponerse el espectacular jersey morado de ochos ni la minifalda escocesa con tablas, ni el gorro de punto con los colores del arcoíris y la graciosa borla desmesurada. En el hielo con Skyler, como otras mamás con sus hijos, sólo se ponía unos pantalones y una chaqueta de lana, o el abrigo rojo acolchado que la hacía parecer un globo. Probablemente porque mamá seguía siendo, en el fondo de su corazón, una chica frugal del norte del estado de Nueva York, devolvería, o trataría de devolver, sus caros patines a la tienda Winter Wonderland, en el centro comercial Fair Hills Valley, pero se negó a devolver los Junior Olympic de Skyler porque no creía en abandonar sin pelear antes. Pero para decepción de mamá, y lo que dio la sensación de ser una auténtica sorpresa, las ulteriores lecciones de patinaje sobre hielo no tuvieron más éxito que la primera; y para la cuarta, el niño de ordinario dócil se estaba volviendo malhumorado, rebelde, caprichoso, e incluso más falto aún de coordinación, tan profundamente había llegado a temer, rechazar y odiar cualquier cosa que tuviera que ver con el patinaje sobre hielo. ¡Cualquier cosa que tuviera que ver con el hielo! ¡Con alegre música ligera! Muy pronto, Skyler empezó a gemir y a temblar sólo con ver el Impala verde lima del que había sido en otro tiempo pasajero tan privilegiado y feliz. De manera que mamá suspiró y dijo finalmente:

—De acuerdo, Skyler. Tú ganas. Ese corazoncito tuyo tan arrugado como una pasa, terco y perseverante, *ha ganado*. Donaré tus condenados patines a una de las tiendas, y algún otro niñito agradecido sabrá apreciarlos.

Dos mamás

¡Skyler!

Recuerdos intensos, pero a saltos, entrecortados e inconexos, como una película de bajo presupuesto rodada cámara en mano.

¡Skyler! llegó el grito, aunque débil y descolorido y era posible incluso que no se hubiera oído grito alguno *¡Skyler!* en el aire trému-lo, *el hombrecito de mamá, al que mamá quiere con toda su alma*. Aun-que posiblemente aquello se confundía en la cabeza del niño con las lágrimas de la nena, porque la nena lloraba con frecuencia, la nena se movía en su trona de la cocina y daba patadas y agitaba los puños de bebé, ¡oh, caramba!, qué manera de gritar, aunque María trataba de dar-le de comer, la nena con la cara muy encarnada y la boca como el pico de un pajarito, mientras barbilla abajo le escurría un alimento infan-til sin nombre, agua blancuzca con grumos, hasta caer sobre el babe-ro manchado ya, era muy pequeña pero asombrosamente fuerte, si te daba una patada, la sentías, y si te agarraba un dedo y apretaba el puño, también lo sentías, y si canturreaba y «sonreía» y te acercabas mucho a su carita encendida, con aquellos ojos azul cobalto recla-mándote como posesión suya, la nena se podía asustar de repente, y empezar a chillar y, ¡oh, caramba!, ¿qué has hecho para disgustarla, *Skyler malo, qué has hecho para hacer llorar a la nena*?

La nena era un bulto estremecido y ardiente en brazos de María, la guatemalteca. María sabía calmarla mediante arrullos, be-sos, murmurándole un ensalmo mágico en lo que había que suponer que era su idioma, tan incomprensible para Skyler como para mamá y que los excluía a los dos.

Pero ¿dónde estaba mamá?

María, la guatemalteca, asustada, se retorcía las recias manos de campesina, acudiendo a Skyler en un inglés inconexo y con un acen-to muy marcado, ¿dónde está la señora Rampike? Skyler, ¿dónde está tu madre?, pero Skyler no tenía ni idea de dónde estaba mamá. Skyler había estado llamando ¿mamá? ¿Ma-*má*? con voz quejumbrosa, mientras en otra habitación la nena chillaba o «tenía fiebre» o «había devuelto todo el desayuno», y ¿dónde estaba papá? Papá estaba «fuera». De hecho, papá se había marchado en avión a Burbank, en California, y no regresaría a Fair Hills hasta, más o menos, «finales de semana», ¿de qué semana?, se preguntaba Skyler, y el condenado teléfono sonaba y sonaba y nadie contestaba porque mamá no quería que María lo descolgara: quería que dejase que el servicio de mensajes se encargara de registrar las llamadas. Por la noche (quizá) mamá se ocupará de escuchar los mensajes con un vaso en la mano (el whisky escocés de papá, sin hielo), excepto que María acude a Skyler, ¿qué les digo a las señoras?, porque parece que la señora Higley y otras dos amigas acaban de presentarse para llevar a Betsey Rampike a uno de los almuerzos de la Sociedad (de la iglesia episcopaliana) de Damas de Trinity Church que se celebran en el Golf and Country Club de Fair Hills, porque la señora Higley es la esposa (espléndidamente perfumada y de pecho opulento) del reverendo Archibald *Archie* Higley, párroco de Trinity Church, de cabellos blancos como la nieve. La simpática y encantadora *Mattie* Higley ha sido en los últimos tiempos muy amable con Betsey Rampike, «tomándola bajo su protección», pero ¿dónde está Betsey Rampike, *dónde demonios se ha escondido mamá*? O, todavía más preocupante, toda una cuadrilla de obreros mexicanos de piel morena (¿carpinteros?, ¿pintores?, ¿techadores?, ¿jardineros?) que no hablan inglés acaba de llegar pero con qué fin sólo Bix Rampike podría saberlo, si bien papá está fuera y cuando mamá trata de llamarlo «al trabajo», con frecuencia papá «no se encuentra en su despacho», papá es tan popular y está tan solicitado que apenas parece que tenga un despacho en Baddaxe Oil, Inc., aunque papá no tiene una, sino varias ayudantes o secretarias con melifluas voces arrulladoras para aplacar a la esposa histérica, a mamá, a quien prometen que le dirán al señor Rampike que por favor llame a su casa lo antes posible. *Pero ¿dónde está mamá?*

POSIBLES ESCONDITES DE MAMÁ:
- Cuarto de baño. En la ducha con el agua muy caliente y a toda potencia, un lugar desde donde mamá no oye llorar a la nena. En teoría.
- Dormitorio. Venecianas cerradas a cal y canto contra la luz matutina y en la cama extragrande bajo un montón de sá-

banas con un glamuroso camisón negro de seda con escote vertiginoso que retiene apenas los blancos pechos de venas azules y pezones grandes, mamá maldice muy irritada a quienquiera que sea que trata, Skyler sin duda, de despertarla del más delicioso de los sueños cuando la pobre mamá acaba ahora mismo de dormirse después de una noche infernal de insomnio con la nena llorando en el cuarto contiguo *Skyler márchate maldito seas déjame en paz qué hora es no se lo digas a papá cierra la puerta cuando salgas* poniéndose una almohada encima de la cabeza para ahogar los lloros de la nena.

- Diferentes habitaciones de la casa incluidas las de huéspedes, los baños para huéspedes, el ático, y el escondite preferido en el sótano, que es el cuarto de calderas donde, con tiempo frío, no una sino dos calderas grandes que irradian un calor sin ventilación zumban, repiquetean, tamborilean y vibran y donde es imposible oír llorar a la nena aunque sólo esté un piso más arriba.

- Garaje. En el Chevy Impala de color verde lima, en el espacio interior (en sombras, sin luz), sólo una vez encontró allí Skyler a mamá pero sigue siendo un recuerdo memorable, la peste a gases del tubo de escape en el aire gélido y el capó del coche, todavía caliente cuando Skyler lo toca como si el motor, aunque no funciona ya, hubiera estado funcionando hasta hace un momento, porque mamá acaba de apagar el encendido. Mamá, en camisón, debajo del chaquetón rojo acolchado con la cremallera mal cerrada, tumbada detrás del volante y ahora sentándose deprisa, secándose la cara pálida, color masa de pan, sin maquillar, y mirando a Skyler entre los dedos con los que se la cubre: «¡Sorpresa! Te he engañado».

Mamá por qué estás llorando pregunta Skyler y mamá dice *No seas ridículo no estoy llorando* y Skyler pregunta *Mamá te hace llorar la nena* y mamá dice con vehemencia *No estoy llorando, la nena no tiene la culpa* y Skyler dice *Mamá, ¿no te gusta la nena?* y mamá dice con más vehemencia *¡Quiero a la nena! Qué cosas dices* y Skyler pregunta

¿No te gusta la nena, mamá? y mamá dice de nuevo *Quiero a la nena y quiero a Skyler y quiero a papá y me encanta mi vida aquí y todos los días doy gracias a Dios de rodillas por mi vida aquí, qué cosa tan terrible has dicho, ¡qué malo eres!* y Skyler, atormentado por la angustia infantil, por la ansiedad, dice *Mamá, ¿deberíamos darle la nena a alguien? Quizá alguien la quiera, como mis patines para el hielo* y mamá ríe con aspereza, mamá se limpia los ojos con las palmas de las manos y ríe con dureza mientras le riñe, *¡Skyler! Sabes muy bien que la nena es tu hermana Edna Louise, lleva el nombre de tu abuela y está aquí para quedarse.*

Existía también, sin embargo, la otra mamá distinta, espléndidamente vestida con un traje nuevo de cachemira de color beis champaña comprado en The English Shoppe, o un vestido de seda arrugada color arándano de la Renée's Fashion Boutique, o un vestido negro de cóctel para parecer más delgada comprado en Saks, cabellos castaños ahuecados con esmero en Evita's Beauty Emporium, donde también las uñas de mamá, inclinadas a ser pequeñas y a estar mordidas y rotas, habían sido reinventadas y convertidas con audacia en glamurosas garras carmesíes para ir a juego con su boca sonriente; aparecía así una mamá que ya no deambulaba descalza por la casa ni en zapatillas y haciendo mucho ruido, sino en zapatos de tacón alto que le daban una estatura inesperada, así como dignidad y determinación. Una mamá adorada por su hijo Skyler: «¡Mamaí-*ta*! ¡Qué guapa estás!». Una mamá que no era temida, compadecida y despreciada por María la guatemalteca (a la que seguirían, en entrecortada sucesión de instantáneas, María la mexicana, María la paraguaya y, con el tiempo, Lila la filipina), sino respetada y admirada: «¡Señora Rampike! Me gusta mucho su nuevo conjunto». Teníamos allí a una mamá con una sonrisa radiante que recibe feliz en la puerta a sus invitadas para el almuerzo. «¡Pasen! ¡Cómo me alegro de verlas! Julia y Francine y... ¿es Henrietta, verdad? ¡Y Mattie! ¡Adelante!» Una mamá con un suéter blanco de angora, cálido y cómodo, pantalones blancos de seda y lana, y zapatos dorados con tacones como pequeñas pezuñas ruidosas, que corre a abrazar a papá que acaba de regresar de Burbank, o de Dallas, o de Atlanta; mamá abrazada por papá: «¡Mi chica preciosa! No sabes cómo te he echado de menos». Y también está la nena recién bañada y con olor a talco infantil en lugar de a caca, la nena Edna Louise que no está inquieta ni chilla sino que agita puños diminutos, lanzando destellos con unos ojos también diminutos, que gorjea, que sonríe, que dice con su media lengua lo que suena como «¡pa-pa!, ¡pa-pa!» exhibida con orgullo en brazos de mamá. (¿Dónde está María la guatemalteca? No se la ve por ningún sitio.) Inclinado sobre mamá y sobre Edna Louise, la nena, papá está muy conmovido, y dice: «¡Mis dos chicas maravillosas! Diría que las cosas aquí, en el 93 de Ravens Crest Drive, marchan muy bien». Durante un momento, terrible, parece como si papá se hubiera olvidado de Skyler, que, tímidamente, se ha quedado un poco en segundo término, y papá lo ve, por supuesto papá lo ve, tiende los brazos y agarra a Skyler y lo alza con un brazo, sobre el codo, de manera que papá está abrazando a mamá, a Edna Louise y a Skyler: «Mi pequeña familia. Os he echado de menos a todos».

Y luego está mamá con un vestido de *chiffon* de color melocotón inclinándose sobre Skyler en su cama, con cuidado para que no se le corra el lápiz de labios al besarle en la mejilla, porque es Nochevieja y papá y mamá se van a una fiesta, o a varias.

—¡Feliz Año Nuevo, cariñito! El año nuevo será mucho, muchísimo mejor que el que se acaba. Te lo prometo.

Pero Skyler no tiene idea de qué año es.*

Estas dos mamás existen más o menos al mismo tiempo y en la misma casa. Como figuritas talladas en un barómetro —«buen» tiempo, «mal» tiempo—, cuando una mamá aparecía, la otra se escondía. Pero nunca desaparecía.

---

* ¡Pobre chico sin muchas luces! Debería haberse sentido aturdido y deslumbrado por el perfume de mamá y por los lechosos pechos de mamá en peligro de salirse del apretado corpiño de *chiffon* de color melocotón. Y quizá estaba también papá, o una imagen a lo Terminator, alta y fornida, de esmoquin, situado en el umbral, detrás de mamá. Según mis cálculos el año nuevo que mamá prometía tuvo que ser 1992. Una cosa es segura: no sería muy diferente del anterior.

«Sucio», «odioso», «abominable»*

Ya se señaló unas cuantas páginas atrás que mis antepasados Rampike habían vivido originalmente en el norte de Inglaterra y que pertenecían a una «secta calvinista radical»; de hecho, el antepasado más distinguido (¿el único?) de mi padre fue el celebrado, el famoso reverendo Joshua Rampike que trajo a su rebaño de creyentes, pequeño pero fanáticamente devoto («rebaño» —un lugar común, lo reconozco— es sin lugar a dudas la palabra más apropiada para aquellos antepasados míos cristianos y calvinistas), a la colonia recién establecida en Filadelfia en 1688; su esperanza era escapar a la persecución religiosa de la que habían sido víctimas en las colinas insondablemente deprimentes de Humberside, cerca del mar del Norte, y establecer una teocracia, bajo la jefatura tempestuosa del reverendo Rampike, en la que pudieran a su vez perseguir a otros cristianos. De los más de cuarenta colonizadores del rebaño de mi gran antepasado, menos de la mitad sobrevivieron a la infernal travesía del Atlántico, que supuso varias semanas de mareos, disentería y desesperación sólo para morir cerca ya del final del viaje; los colonizadores con suerte murieron al principio, cuando aún se divisaba la costa de Inglaterra. En el espacio de pocos meses, después de instalarse en Filadelfia, y aunque murieron más integrantes del rebaño de Rampike, incluida su mujer y varios de sus ocho hijos, el reverendo, extrañamente, pareció florecer en el Nuevo Mundo, volvió a casarse, concibió más hijos (diecinueve en total) y se abrió camino —en una región poblada sobre todo por cuáqueros pacifistas— con sus espeluznantes sermones sobre el pecado original, la predestinación, la depravación absoluta del género humano y la condenación de los niños.

---

* Este capítulo está destinado a los aficionados, entre mis lectores (posiblemente un porcentaje muy pequeño), a la historia de los puritanos. Todos los demás pueden saltárselo y pasar al párrafo que comienza con «Los cuáqueros —¡mucho más sanos, como nosotros!—...».

Como otros colonizadores cristianos del Nuevo Mundo, el reverendo Rampike creía apasionadamente que procrear, criar y «conducir a los niños a la salvación» era su tarea primordial; a diferencia de la mayoría de los cristianos de su época o de cualquier otra, estaba convencido de que los niños no eran «más que bestias en miniatura con una burda apariencia humana», y que necesitaban de «una disciplina dura y continua» tanto por parte de sus padres como de la comunidad: se advertía a las madres que no permitieran a sus pequeños ir a gatas «más allá de lo necesario» porque el parecido entre el «niño bestial que se arrastra» y la «serpiente que hace lo mismo» era un espectáculo «asqueroso». Las almas de los niños que tenían la desgracia de morir sin ser bautizados iban sin remisión al infierno; las almas de los que conseguían vivir más tiempo tenían una posibilidad de salvación algo mejor pero no mucho, porque el género humano estaba condenado en su mayor parte, sin que importasen los esfuerzos que hicieran para salvarse. La vida adulta era una cuestión de trabajo, excepto el domingo; a los niños había que exigirles que trabajaran desde los tres años, o incluso dos. Sin duda mi adusto antepasado calvinista, padre de diecinueve niños berreadores, tenía razones de primera mano para saber que los pequeños estaban «envilecidos por la mancha del pecado original, sucio, odioso y abominable». El reverendo Rampike reconocía sin embargo la posibilidad de que existiera, hasta en el más bestial de los niños, una chispa divina que el pecado original no podía apagar por completo. Era una chispa, predicaba Joshua Rampike, que «sólo el aliento de Jesucristo Nuestro Señor podía avivar hasta convertirla en llama de salvación».

¡Historia de la familia Rampike! Quizá estoy un poquito impresionado.

Los cuáqueros —¡mucho más sanos, como nosotros!— tendían a creer que los niños eran «puros», «inocentes», «cera blanda para ser moldeada» por las manos afectuosas de los adultos.

Skyler no estaba seguro de lo que creía cuando observaba de cerca a la nena.

Una vez que fue capaz de caminar erguida aunque tambaleante, Skyler tuvo que conceder que su hermanita sería una persona, aunque nunca una persona muy importante, como el mismo Skyler.

Porque la nena sería siempre una *chica*. Y Skyler era el *hombrecito* de mamá.

A los dos años Edna Louise empezó a dar bandazos y traspiés «metiéndose en todas partes como una especie de demonio» (como decía mamá). Parecía que Edna Louise era «muy bonita» si bien a veces se la veía «de lo más corriente, como yo» (en palabras de mamá). Las visitas señalaban los «hermosos» ojos azul cobalto de la pequeña, aunque también eran ojos incómodos que miraban con tanta fijeza que a veces parecían a punto de salírsele de las órbitas. (¡Puf! Skyler sacó en secreto los ojos azules de cristal sin pupilas de la cabeza de goma de la muñeca favorita de Edna Louise, se asustó ante las órbitas vacías y tiró a la basura todas las pruebas comprometedoras, donde nadie, ni siquiera María la mexicana, pudiera encontrarlas.) «¡Un verdadero ángel!» se extasiaban a cada momento las visitas, en especial las mujeres; Edna Louise, sin embargo, podía ser, desde luego, cuando se marchaban las visitas, «una niña muy mala» (como decía mamá).

¡Pobre Edna Louise! Mamá movía la cabeza. *Edna Louise* era un nombre muy feo.

(Preocupado, Skyler preguntó: ¿también Skyler era un nombre feo? Y mamá dijo muy deprisa ¡No! *Skyler* era un nombre precioso.)

A Edna Louise se la había llamado así en honor de la abuela Rampike, que era madre de papá, residente en Pittsburgh. La razón de aquello, dedujo Skyler, era hacer que a su abuela paterna le «gustase» Edna Louise, y le gustase mamá, más de lo que en el caso contrario le hubieran gustado las dos; porque aquella abuela era, como papá reconocía, «una chica mayor con un corazón de hielo» y con una sonrisa que era «exactamente» como sonreiría un lucio «si los lucios sonrieran».

(Skyler reía a carcajadas cuando papá decía cosas tan divertidas, porque con frecuencia papá no sonreía sino que hablaba con mucha seriedad, lo que le hacía aún más divertido. Y si mamá no se reía, sino que parecía incómoda o se ponía colorada, de algún modo era todavía más divertido. En especial Skyler reía cuando papá decía que la abuela y otros parientes de papá vivían en «Piggsburgh», ciudad de los cerdos, que era la ciudad de los Estados Unidos «donde más se gruñe y que peor huele».)

Papá, sobre todo, adoraba a Edna Louise. Skyler sentía una punzada de celos cuando papá se abalanzaba sobre la nena para alzarla en brazos, llamándola «mi chiquitina, la mejor y la más bonita». Pero papá no estaba en casa la mayor parte del tiempo. Mamá, sí.

Skyler observaba a mamá con Edna Louise y no sentía celos, porque Skyler se daba cuenta de que mamá no quería a Edna Louise. No, al menos, como quería a Skyler. Porque mamá matriculó a Edna Louise en el colegio Montessori cuando no tenía más que dos años, pero no había querido matricular a Skyler con esa misma edad porque Skyler era ya entonces el *hombrecito* de mamá y su acompañante en días de soledad.

María la mexicana cuidaba de Edna Louise la mayor parte del tiempo. Skyler oía cómo mamá le daba instrucciones deprisa y con aire distraído, como si su cabeza estuviera en otras cosas más importantes. Todas las mañanas que tenía que ir al colegio, María preparaba a Edna Louise y recorría con ella el camino de coches al final del cual la recogía el minibús de Montessori, mientras que era mamá quien preparaba a Skyler para ir a su colegio y con frecuencia lo llevaba a Fair Hills Day en el Chevy Impala de color verde lima y lo recogía luego, después de las clases.

A veces Edna Louise se sentía muy sola y, aunque se daba cuenta de que mamá no estaba de humor, no se apartaba de ella, lloriqueando y quejándose, porque quería que mamá la abrazara, hasta tal punto que mamá tenía que decir, exasperada: «Me agotas, Edna Louise. Tengo la sensación de que las dos llevamos juntas mucho, muchísimo tiempo. Vete».

Skyler sentía un mezquino estremecimiento de satisfacción al oír aquello. Si mamá le decía a Skyler que se fuera, estaba claro que no lo decía en serio.

Cuando mamá se ablandaba y le decía a Edna Louise que era una niña muy buena y que mamá la quería, Skyler advertía la falsa alegría en la voz de mamá y pensaba *¡No! Mamá me quiere a mí.*

Un día de invierno, Skyler vio a su rubia hermanita despatarrada en el cuarto de estar entre una profusión de muñecas que parecían cosas muertas. Había oído la voz cortante de mamá y la había oído subir las escaleras. (Por supuesto, mamá nunca daba una bofetada ni un capón a Edna Louise por mucho que se impacientara con aquella niña extraña y caprichosa, como mamá tampoco daba bofetadas ni capones a Skyler. ¡No era la manera de comportarse de mamá!) Y Skyler se acercó a Edna Louise y le preguntó qué le pasaba, por qué lloraba, y Edna Louise se sorbió la nariz, se la limpió con la mano, cosa que a mamá le hubiera disgustado mucho ver, y luego alzó los ojos azul cobalto llenos de lágrimas hacia Skyler, que era mucho más grande que ella y mayor, y más importante, y dijo con voz quejumbrosa:

—¿Por qué mamá no me quiere, Skyler, como te quiere a ti?

Y aquél fue el día en que Skyler empezó a querer a su hermanita. Sólo un poco.

El Gimnasio y Club de Salud Medalla de Oro - I

«¿Es que alguien se queja?» era una de las frases favoritas de papá en el hogar de los Rampike. También «¿De qué se trata?», «¿Cuál es el problema?», «¿Cuál es el quid de la cuestión?». Con alegre vehemencia papá afirmaba «¡No hay problema!», «¡Caso sentenciado!», *Fini-to* y *«Batta!»*, así como «¡Misión cumplida!», *«¡Homo homin lupus!»*. Los miedos y las lágrimas y los terrores infantiles desaparecían sin problemas con un chasquido de los dedos de papá porque papá tenía un dicho o una réplica cortante para cualquier situación. «¡Mantén el rumbo!» (papá, de pequeño, había sido cadete de la Academia Militar Bleak Mountain en Gallowsville, Pensilvania), «¡Rectifica a tiempo!» (papá se había marchado de Bleak Mountain al cabo de dos años), «¡Nunca digas jamás!» (papá había sido un atleta muy premiado en el instituto y en la universidad), «¡No tires el dinero por la alcantarilla!» (la esencia de la sabiduría financiera, adquirida de su padre empresario y financiero). Aunque se trataba de un hombre todavía joven, Bix Rampike había adquirido ya suficiente sabiduría mundana para rellenar el Gran Cañón del Colorado con galletitas chinas de la fortuna.

Yo lo quería y le tenía mucho miedo.

Como mamá. (¡Demasiado como mamá!) Porque incluso cuando retrocedías herido, indignado, con total repugnancia, no podías por menos —como un cachorro cobarde y maltratado— de querer a Bix Rampike, y desear que Bix Rampike *te* quisiera.

Papá era uno de esos machos alfa altos, torpes a la vez que despiertos y «competitivos», con cabeza greñuda de bisonte, atractivo rostro varonil y ojos castaños enternecedores que rezumaban comprensión y sinceridad. Grande, dinámico, afable y astuto, resultaba inmensamente atractivo tanto para las mujeres como para los hombres. (¿Están ustedes pensando en Bill Clinton? Bix Rampike era nuestro hábil expresidente con un toque de Ronald Reagan. En política, papá era todo Reagan.) Piel rubicunda como si le bombearan sangre todo el tiempo y los dientes grandes y sólidos y exhibidos con frecuencia en una alegre sonrisa carnívora. Los ojos —ventanas bien abiertas— estaban llenos de «empatía»: piensen en la gorda araña acuática que fija la mirada en la ranita de estanque paralizada y que en lentas e inexorables etapas «completamente naturales» le sorbe la vida. Sentías, daba lo mismo quién fueras, tan alto como Bix o más bajo, belleza deslumbrante o adefesio, VIP de Fair Hills (varón), ayudante *chic* de restaurador con minifalda negra o tan sólo otra de las Marías de pecho poderoso que todo el mundo en Fair Hills empleaba y de las que se quejaba; sentías, incluso aunque fueras el hijo alfeñique de Bix Rampike, que Bix Rampike te miraba hasta el fondo del alma y que «se ocupaba» *de ti*. Únicamente de ti.

Excepto que, seamos francos: en una habitación abarrotada, como en los vastos espacios de la vida, son tantos los *tú* con los que hay que relacionarse que, ¿cómo se podía esperar que Bix Rampike se acordara de todos?

Así es como yo lo veo, hijo: levanta el ánimo.

Mantén el rumbo, nunca digas jamás, recuerda que papá te quiere y que ése es el quid de la cuestión. Amén.

Tu madre me la ha enseñado, hijo. La cinta de vídeo.

Se ha destruido, hijo. Para protegerte. Lo que tienes que saber es que Dios perdonará.

No. No es eso lo que quiero contar, lector. Bórrelo. Lector, borre eso. ¡Aquí *tabboulah rasa* de emergencia!*

Botón de avance rápido para detenerse en: Bruce *Bix* Rampike es un papá burgués de treinta y tres años y por tanto todavía joven. Estamos en 1993. Skyler tiene seis años y anda (¡Dios del cielo,

---

* *Tabboulah rasa.* Esta maldita expresión extranjera no figura en mi diccionario, lo que es una señal ominosa de que quizá esté mal escrita. Da igual: para aquellos de nosotros educados sin orden ni concierto (aunque pagando mucho) y más pretenciosos que nadie, estudiantes que nunca llegamos a graduarnos deseosos de que se nos tome por expertos, políglotas, polimorfos y non plus ultra, significa, posiblemente en latín, «tablilla lisa o sin trabajar», es decir, «la mente en su hipotéticamente en blanco o vacío estado primario». (¡Suena bien!)

no se lo pierdan!) sin el menor indicio de cojera ni muecas de dolor, ni tampoco tiene que reprimir, con estoicismo, cuando camina, un gesto de dolor. Tenemos aquí a un niñito ingenuamente feliz, pensaría cualquiera: pero se equivocaría quien lo hiciese.

—¿Skyler? ¿Hijo? —aquí llega papá, que entra decidido en el cuarto de estar con una gran sonrisa muy suya, al tiempo que se golpea los pantalones de color caqui con las palmas de las manos, en un gran despliegue de exuberancia; aunque quizá se trate de la habitación de Skyler en el piso de arriba; debe de ser un sábado porque parece que no hay clases y papá no está trabajando ni, como sucede con frecuencia, se ha marchado fuera el fin de semana; y Skyler permanece furtivamente encorvado en el borde de la cama (sobre la colcha de color azul pálido con figuras náuticas: veleros, buques de guerra, arpones y anclas); absorto, Skyler frunce el ceño sobre uno de los libros de la serie científica para jóvenes que ha traído a casa de la biblioteca del instituto: *¿Héroes de la lanzadera espacial? ¿Aventuras de un cazador de microbios? ¿Cómo fabricar una bomba atómica: diversión con la química en casa? ¿Nuestros amigos venenosos: atención?*; pero no, no se trata de ninguno de esos títulos admirables; Skyler frunce en realidad el ceño sobre una de las revistas de mamá de papel satinado (prohibidas), esas revistas glamurosas que mamá trae a casa en su espléndido bolso de Prada; al Skyler de seis años de edad no le atraen las modelos pálidas, demacradas, de aspecto inquietantemente joven, vestidas, pero casi desnudas, en las portadas de la revista, ni tampoco los aromas seductores que quedan en libertad cuando se rasca una zona especial de papel en un anuncio de perfumes: a Skyler ni siquiera le atraen los chabacanos titulares de la portada CÓMO ATRAER, ATRAPAR Y PROPORCIONAR PLACER AL MARIDITO HASTIADO: SEIS ETAPAS INFALIBLES. ¿SOLA O CON OTROS? DIECINUEVE PASOS INFALIBLES PARA UN SUPERORGASMO. CONSEJOS INAPRECIABLES DE ABOGADOS DIVORCISTAS. MÁS ALLÁ DEL PROZAC, ¿BOTOX? CONFESIONES DE UN ENTRENADOR PERSONAL (MUY COTIZADO). ¿ES LA LIPOSUCCIÓN EL «ENTRENADOR PERSONAL» DEL FUTURO?, sino el deseo, patético en un niño de seis años con la dificultad para leer titubeante y febril de un disléxico en ciernes, de entender por qué mamá es tan desgraciada incluso ahora que Edna Louise ya no llora durante toda la noche y Skyler, el *hombrecito* de mamá, ha logrado tan buenas notas en el primer grado del colegio Fair Hills Day (caro, selecto) y se está «considerando seriamente su ascenso» a un grupo especial «altamente competitivo» (sobre lo que volveré más adelante, para desgracia mía); y antes de que Skyler pueda armarse de valor, o protegerse, le llega un coscorrón —¡jocoso!, pero con fuerza—, por lo que durante un instante de aturdimiento ve soles diminutos, meteoros de chispas neurológicas, mientras papá le arranca la revista de los dedos sudorosos sin mirarla, la arroja a un lado con una feroz risita también muy suya:

—Hijo, ya te has arruinado bastante los ojos con esa porquería «impresa». Vamos a salir. Tenemos una sorpresa en perspectiva. *Pear und feese,* ¿eh? *Viita!*

Cristo bendito. Quizá tampoco pueda sacar esto adelante, porque ha resultado ser el primer recuerdo del temido Gimnasio y Club de Salud Medalla de Oro. (Años de psicólogos, de terapeutas, de deprimentes adultos «con empatía», hurgando en la carne putrefacta y llena de gusanos de la infancia típicamente americana de finales del siglo xx de Skyler Rampike, han reducido mis recuerdos más traumáticos a designaciones taquigráficas; y los mismos sucesos originales, especialmente horrorosos en su aparente normalidad, por la manera tan inocente —antes indicada— con que comienzan, han quedado reducidos a algo que recuerda a rancios argumentos de comedias televisivas de situación.)

Pear und feese. ¿Qué significa? De vez en cuando papá me lanzaba esas palabras, acompañadas de una típica risita, y si mamá estaba cerca, papá me obsequiaba con un guiño malicioso de soslayo, como entre conspiradores, pero ¿qué significan? (Mamá tampoco lo sabía. «Uno de los "dichos" extranjeros de papá», se disculpaba vagamente.) *Viita!* sólo se pronunciaba a la conclusión de una frase, e iba de ordinario acompañado por un chasquido con los dedos, de manera que captabas la necesidad de ponerte en movimiento, de darte prisa: años después mi abuela me explicó que *Viita!* era una voz de mando italiana, a no ser que fuese francesa, predilecta de mi difunto abuelo Winston Rampike, el padre de papá, a la que acompañaba siempre un impaciente chasquear de dedos. Traducción aproximada: «¡Mueve el trasero!».

Quizá por el momento, dado que no me apetece mucho hablar de esto, se me permita dar marcha atrás un poco, alejándome del

78

Gimnasio Medalla de Oro hasta una época anterior. Quizá mi papá, desde la perspectiva de un niño muy pequeño, les recuerde a su papá de ustedes, al papá exclusivamente suyo. O quizá (¡qué buena suerte!), si nunca han tenido un papá así, sentirán una perversa punzada de envidia.

¡Bien! Papá era grande. (¿Lo he dicho ya?) Papá dominaba, papá descollaba. A veces, en broma (pero ¿cómo saberlo con seguridad?), o amenazadoramente, papá se cernía sobre ti. Papá daba pellizcos, papá te clavaba los dedos, papá hacía cosquillas. (¡Los «dedos de araña» de papá!) Papá siempre llegaba a toda velocidad de algún sitio (¿de dónde?) para abrazarte (¡«El Abrazo del Oso Grande», que te hacía desmayar!) y besarte (¡«Beso del Pavo», «Beso de la Boa Constrictor» que te hacía reír!). Como era tan alto, tenía que agacharse mucho y descender y recogerte con sus brazos poderosos, y luego te alzaba por encima de su cabeza de manera que la tuya rozaba el techo. Papá te daba vueltas, te lanzaba a lo alto y te ponía cabeza abajo. Papá tenía «apodos» que reservaba para ti: Tipejo, Chillón, Apestoso (muy al principio cuando Skyler empezaba a abandonar los pañales camino del orinal, nos lo podemos saltar), Pipí el Joven (también nos lo podemos saltar). Más adelante llegaron Tío Grande, Personaje, Hijo. También Chico. También Compinche. Papá no tenía ni mucho menos tantos apodos para la hermanita de Skyler y sólo unos cuantos para mamá a quien llamaba Preciosa, Mi Chica Preciosa, Mi Chica Preciosa Seductora y Pechugona, Mi Dulce Calabaza Culona, Mi Buena Exploradora Sólo Para Hombres, Mi Hembra Caliente, etcétera. (Algunos de aquellos apodos eran gruñidos en la garganta de papá mientras mamá entre risas, o con la cara encendida de vergüenza, o de fastidio, trataba de apartarlo; probablemente no se contaba con que Skyler los oyera. Así que también nos lo podemos saltar.) (Del mismo modo que me propongo prescindir de un inventario de los juguetes sexuales de Bix Rampike. No esperen que les hable de ellos.)

En casa estábamos muy orgullosos de papá. La abuela Edna Louise, la chica mayor con corazón de hielo y sonrisa de lucio, estaba, todos confiábamos en ello, orgullosa de papá. (Y se acordaría de él en su testamento con más generosidad que de sus restantes hijos, maquinadores, falsos, mendaces, fracasados, que eran, desde otro punto de vista, los «tíos» y las «tías» de Skyler.) Porque lo más probable era que papá fuese, en cualquier reunión, el varón más alto de la sala; y, durante mucho tiempo, era muy probable que papá fuese además el más joven. De Bix Rampike se decía que «llegaría lejos» y también se decía que los «cazatalentos» lo perseguían sin descanso. Cuando el tema salió un día a relucir en el hogar de los Rampike y sucedió que Skyler oyó la palabra, el tontorrón del niño alzó su vocecita para preguntar, asustado: «¿Cazadores de talentos? ¿Es que quieren cazar a papá?» y mamá y papá se rieron de Skyler, y se apuntaron su pregunta para repetirla, como un chiste, en años sucesivos; y explicaron a Skyler que quienes perseguían a papá eran cazatalentos «empresariales», que lo tentaban sin descanso con ofertas de los competidores de Baddaxe Oil, y que semejante interés «empresarial» era una cosa muy deseable y hacía «más valioso» a papá, ya que lo colocaba en una «posición muy buena para negociar». Mamá rio nerviosa, diciendo:

—Cariño, no podemos mudarnos otra vez. Acabamos de llegar.

Y papá dijo:

—Nunca digas jamás, cariño.

Y mamá rio de nuevo, aunque había miedo en sus ojos.

—Todavía echo de menos Parsippany —añadió mamá—; allí éramos felices, creo yo.

Y papá rio de nuevo entre dientes:

—Dijiste exactamente lo mismo, preciosa, cuando vivíamos en Parsippany: que echabas de menos Whippany. Y antes de Whippany, echabas de menos New Axis.

(Whippany, en Nueva Jersey, y New Axis, un barrio residencial de Filadelfia, eran sitios anteriores a Skyler que, por lo tanto, nada significaban para él, lugares que podrían haber desaparecido en enormes agujeros sin fondo o en un lago de asfalto, ¿a quién le importaba? Excepto que a mamá parecía importarle.) (A Skyler no le gustaba pensar en una época en la vida de mamá *antes-de-Skyler* y todavía menos que mamá afirmase ahora, entre lágrimas, que había sido «feliz» entonces.)

Papá hablaba de manera cordial, pero con cierta tensión en la voz; y mamá con titubeos, como si no supiera lo que estaba diciendo; y papá continuó:

—En cuestiones así, lo más prudente es cultivar una estrategia de *sand-feud*. Como en el campo de fútbol. O en el póquer. De esa manera, los hijos de puta no saben a qué atenerse.

Mamá preguntó, dudosa:

—¿No es *sand-freud*?

Papá rio:

—*Freud* es el psiquiatra judío. ¿Qué tiene que ver con todo esto?

Y mamá dijo:

—*Judío* suena mal, Bix. En Fair Hills la gente no habla así.

Y papá respondió:

—Los judíos se llaman a sí mismos «judíos» todo el tiempo. ¿Qué tiene eso de malo?

Y mamá dijo:

—De la manera en que tú lo dices suena diferente, Bix.

Y papá dijo, todavía con amabilidad:

—¿Diferente de qué?

Y mamá dijo:

—Hay muchos judíos en Fair Hills. Calle abajo incluso...

Y papá dijo:

—En el Sylvan Glen Golf Club, no; creo que allí no los hay.

Y mamá dijo, emocionada:

—¿El Sylvan Glen? ¿Has dicho *Sylvan Glen*? ¿Has jugado al golf allí, Bix? ¿Es ahí donde has estado hoy?

Se estaban alejando mientras hablaban y Skyler dejó de oír lo que decían.

En aquellos años *pear und feese* hizo acto de presencia en el hogar de los Rampike a intervalos irregulares. Skyler entendió que tenía que ver con papá dedicándole tiempo a él a exclusiva, y no (por ejemplo) a su hermana pequeña o a mamá. (Mamá dijo: «No querrás que Skyler se vuelva "gay" de mayor, ya sabes que un chico necesita un "modelo varón" al que imitar», y papá dijo, con una sombría risita entre dientes: «Es imposible que un hijo mío se haga "gay" de mayor. Es como si hubieras dicho una obscenidad, cariño».) (¿De verdad escuchó Skyler semejantes diálogos? ¡Con frecuencia!) En la sala de estar de la desmesurada casa de estilo colonial pintada de blanco de Ravens Crest Drive papá había instalado no una sino dos gigantescas pantallas de televisión último modelo para que, cuando coincidían eventos deportivos cruciales, papá pudiera presenciarlos al mismo tiempo, blandiendo sendos mandos a distancia. A veces algunos amigos íntimos de papá lo acompañaban para ver «cómo los Stags barrían a los Bruins», «los Pythons aplastaban a los Elks», «los Stingrays destruían a los Condors», «Crampas daba una paliza a McSween» y en todas aquellas ocasiones, que enardecían a Bix, Jim, Dan, Wade, Russ y Rich[*] hasta un paroxismo de ruidoso entusiasmo y les daban mucha sed y mucha hambre, papá presionaba a Skyler para que estuviera presente.

—¡Skyler! Di hola a mis amigos —era la jovial orden de papá— y corre a decirle a tu mamá que nos gustaría un servicio a domicilio lo más completo posible.

(¡Papá bromeaba, por supuesto!) Mamá se apresuraba a aparecer con unos zapatos de tacón cubano, un jersey de cachemira del color de fresas trituradas, vaqueros de diseño y pelo ahuecado, perfumado y lleno de vida, y procedía a ruborizarse complacida, sabiéndose muy admirada por los amigos de papá y, en consecuencia, por papá mismo, mientras les traía cervezas heladas, nacionales y de importación, cuencos rebosantes de pretzels y de patatas fritas, así como la salsa preferida de papá, además de sus anacardos favoritos; y, después de unos breves minutos de bromas insinuantes, sólo ligeramente atrevidas, mamá se retiraba a otra parte de la casa y Bix y sus amigos regresaban con avidez a las pantallas gigantes de televisión donde, durante la temporada de fútbol americano, megahombres, figuras humanoides con trajes extrañamente almohadillados y cascos tan resplandecientes como los refulgentes caparazones de los escarabajos, se arrojaban unos contra otros de manera inmisericorde, incansable, en persecución de un objeto que, desde lejos, parecía un cacahuete gigante. «¡Cristo bendito! ¡Anda y que te jodan! ¿Has visto *eso*?», los gritos repetidos de los hombres estallaban alrededor de Skyler dejándolo aturdido, desorientado. Pero sabía muy bien que no debía bostezar porque (como mamá señalaba con frecuencia, afectuosamente) papá tenía «ojos de piraña a los lados de la cabeza»

---

[*] ¿Acaso nos importan lo más mínimo los compinches deportivos de Bix, borrosos y bebedores? ¿Nos interesa conocer sus apellidos, sus fisionomías, dónde vivían y si sus mujeres eran muy amigas de mamá o más bien no? No nos interesa. Porque al cabo de pocos meses Bix Rampike abandonará a Jim, Dan, Wade, Russ y Rich, en el momento en que el joven ejecutivo «con mucho futuro» sea ascendido y se sitúe por encima y más allá del nivel de ingresos y categoría social de los otros, sin más pesar que una juvenil mirada atrás, levemente avergonzada.

y Skyler no deseaba que le reprendiese delante de sus amigos, aunque no lograra evitar que las lágrimas de aburrimiento se le deslizaran por las mejillas.

(En la cocina mamá reía. ¿Por qué se reía? Y ¿era una risa triste o una risa alegre? ¿Estaba Edna Louise con mamá? Skyler quería estar con mamá y Edna Louise, porque con ellas Skyler era el *hombrecito* y el centro de atención tanto de mamá como de Edna Louise.)

(Skyler no tenía celos de Edna Louise porque su hermanita no estaba contenta en el colegio Montessori, y el director la describía como «llorona» y «apática»; mientras que Skyler, en primer grado de Fair Hills Day, era uno de los mejores alumnos de su clase y leía ya «por lo menos a nivel de tercer grado».)

Pese a lo asombrosamente insípidos que eran los deportes en televisión, los intermedios y las interrupciones resultaban aún más horrorosos porque era entonces cuando papá trataba de desencadenar «conversaciones sobre deportes» entre Skyler y aquellos hombres, cada uno de los cuales estaba equipado al menos con un hijo atleta robusto y grandote llamado Mikey, o Dickie, o Kevin, o Charles y la pregunta que se lanzaba a Skyler era que nombrara su deporte favorito y Skyler no lo tenía, detestaba sobre todo los deportes duros, tumultuosos, de correr y gritar (fútbol europeo y fútbol americano) donde el único objetivo era el triunfo descalificador: NOSOTROS GANAMOS, VOSOTROS PERDÉIS. Se esperaba, sin embargo, que respondiera, más le valía no encogerse de hombros ni mascullar, papá sentía una violenta antipatía por las personas que hablaban entre dientes porque «sólo los perdedores farfullan» o quizá fuese «sólo los imbéciles», Skyler había sentido el *frisson* de orgullo cuando Bix Rampike lo había presentado a sus amigos *Éste es mi hijo. Esto es mi ADN* y no quería decepcionar a papá y por eso dijo, de manera imprecisa, al azar, por haber visto unos minutos de gimnasia olímpica en televisión, jóvenes atletas de China, Rusia, Ucrania, asombrosamente ágiles, «gimnasia». Los amigos de su padre miraron a Skyler con expresiones inescrutables y Bix, empuñando los dos mandos a distancia, maldijo para sus adentros sin que Skyler entendiera cuál era el motivo.

¡El partido había terminado! Uno de los partidos, al menos.

Debía de ser el primer tiempo. Los invitados estaban hablando. Se trataba de personas afables, simpáticas, joviales que, al igual que Bix Rampike, reían a menudo con grandes carcajadas. Existía una especie de competición entre ellos: quién hacía reír más a los otros. O quizá la competición fuera: quién reía más. Sin embargo, allí estaba papá diciendo:

—Cielos, echo de menos al equipo. Mis compañeros de equipo de Cornell, eso es lo que echo de menos. Ser joven. Ya me entendéis, tan joven como entonces. Días con doble entrenamiento, y mucho calor. Quiero decir, calor de verdad. Y luego, durante la temporada, todo va tan deprisa como una locomotora, jugábamos en el barro, nevaba y jugábamos en la nieve, nos zumbaban de lo lindo, en la cabeza y en la tripa y nos pasábamos la noche bebiendo y follando, y nos emborrachábamos y acabábamos hechos polvo y al día siguiente, a primera hora de la tarde, ya estabas listo para empezar de nuevo, Jesús bendito, aquello era vida —papá suspiró, limpiándose bruscamente la boca con el revés de la mano—. Una vida que hemos perdido para siempre.

Los amigos de papá aún sonreían, pero una expresión de duda o incertidumbre les había aparecido en la cara. Uno de ellos, Rich, o quizá Russ, lanzó un resoplido para indicar una suave burla, simple sentido común:

—Claro que sí, joder, pero hay compensaciones, ¿no es cierto? No puedes tener veinte años toda la vida.

—Está..., bueno, casarse —dijo otro alegremente—. Tener hijos.

Un largo silencio.

—Está hacer dinero.

Todos rieron, muy alto. Hubo un alegre entrechocar de botellas de cerveza contra dientes.

Pero papá insistió, de humor pensativo:

—Ésas son las cosas que consigues por perder la otra. Futuras generaciones de *Homo sapens* se las ingeniarán para no envejecer. «Ingeniería genética.» Tal como yo lo veo, el quid de la cuestión es que el *Homo sapens* se habrá extinguido en el espacio de un siglo, la antigua especie, quiero decir, porque tampoco nosotros somos nuestros enclenques antepasados, ¿os dais cuenta? Nosotros somos más altos, y más listos y vivimos más tiempo, aunque quizás no lo suficiente. «La humanidad es algo que hay que superar.»

—Móntate, Skyler. Ya te he dicho que se nos está haciendo tarde.

Papá tenía prisa. A papá no le gustaba que se le hiciera esperar. Impaciente, papá metió la llave en el encendido de su nuevo Jeep Crusher XL mientras Skyler se esforzaba por trepar hasta la cabina, tan alta que sólo su cabeza llegaba hasta ella. Papá no se dio por enterado de los jadeos y resoplidos de Skyler ni tampoco comprobó —como mamá lo comprobaba siempre— si se había abrochado al arnés del asiento.

Con una mano papá condujo el nuevo vehículo de color azul acero por la serpenteante Ravens Crest Drive al doble de la velocidad límite —ningún tipo corpulento con gorra de carpintero iba a poder pegarse a su coche y tocar el claxon para que acelerase, ¡seguro que no!— mientras con la otra manipulaba las entradas de aire del salpicadero, el control de la temperatura, la pletina. Papá vestía una sudadera de Cornell (desteñida), unos pantalones de color caqui arrugados y unas zapatillas deportivas Nike del 47; el pelo se lo había cortado hacía poco y le crecía recto, como hierba tupida. Su perfil parecía tallado en un tipo de piedra muy ordinaria (¿esteatita?), pero su expresión quería ser exultante, optimista. (Uno de los dichos favoritos más recientes de papá rezaba: «Si no eres optimista, ya te has convertido en fiambre».) La semana anterior había sido un período de más confusión de la habitual en nuestra casa, dado que papá había estado fuera varias noches seguidas sin que mamá pareciera saber adónde había ido ni cuándo volvería. En Great Road papá maldijo entre dientes porque tuvo que hacer un viraje brusco para evitar a una cuadrilla de trabajadores hispanos que, con aire abatido, aguardaban bajo la lluvia (parecía estar lloviendo) a que los recogiera un capataz. Papá dijo:

—Eso es algo que ningún hombre blanco, si tiene cierto nivel de educación, necesita hacer nunca.

Skyler preguntó tímidamente dónde iban, pero papá no se dio por enterado, porque estaba esperando a que cambiara el semáforo y vigilando a un tipo en un Road Warrior al otro lado del cruce, cuya luz intermitente señalaba su intención de torcer a la izquierda. Papá murmuró en voz baja: «Ni lo sueñes siquiera, amiguito». En el instante mismo en que la luz pasó del rojo al verde, papá pisó a fondo el acelerador y el Jeep Crusher XL se lanzó a toda velocidad para atravesar el cruce, y papá pudo reír entre dientes ante la expresión del otro conductor. La repentina aceleración del Jeep provocó que Skyler se enredara con el arnés de seguridad, aunque pudo librarse enseguida sin que papá se diera cuenta.

Con su voz entre meditativa y visionaria papá estaba diciendo:

—Tal como yo lo veo, hijo, tu generación de norteamericanos, nacidos a finales de los años ochenta, está a punto de echar a correr en cuanto le den la señal. Quizá no seas más que un crío (¿qué tienes?, ¿siete?, *¿seis años?*, pero ya a los seis, en otras partes del mundo, la nueva generación se está preparando para la lucha. El resultado final es la civilización como «mundos enfrentados». La civilización es «la ley del más fuerte». Ahora que los rojos han sido aplastados los Estados Unidos son la única superpotencia, lo que significa que todas las potencias inferiores nos tienen en el punto de mira de sus armas para superarnos. La cuestión es como sigue, Skyler: tu abuela Edna Louise nos presionó muchísimo a tu mamá y a mí para que te llamáramos Winston, como mi padre, pero ¿adivinas lo que pasó? Aunque tu mamá se rindió, yo puse reparos. Dije: «Madre, quería mucho a mi padre, pero a mi hijo soy yo quien le pone el nombre y el nombre que he elegido para mi primogénito es Skyler. Skyler Rampike. Un nombre espléndido. Cuando te tomé en brazos en el hospital, Skyler, ¡Cristo bendito!, el recuerdo todavía me trae lágrimas a los ojos. *Skyler* ha de alzarse sobre lo puramente común, hijo. En tu caso todo es posible, ¡tal es tu destino secreto! También mamá está convencida. Mamá tiene para ti las mismas esperanzas que yo. Por eso dimos ese paso extra, hijo mío, y te matriculamos en Fair Hills Day, para distinguirte de esos niños que van a escuelas públicas. Pero mamá me ha explicado que el director de tu centro le ha dicho «Skyler va a necesitar instrucción especial en cuestiones de forma física», ya que al parecer eso es lo que le ha transmitido el responsable de los deportes. Cierto, estás todavía en primer grado, pero, como he dicho, «la ley del más fuerte» comienza pronto. La mayor parte de la vida animal no sobrevive más que unos días: ¡demonios!, los primeros minutos —papá rio eufórico, como si aquello fuera divertido, o le estuviera bien empleado a la mayor parte de la vida animal—. ¿Entiendes?, para meterte en el curso EIP en el colegio...

—«EPI», papá —le interrumpió Skyler. Lo que papá había estado diciendo era difícil de seguir, y lo que lograba entender le resultaba terrible, pero Skyler sabía que era «EPI». (Aunque no tenía ni idea de lo que pudieran significar aquellas iniciales.)

—«EPI», «EIP», lo que sea. El resultado final es que se trata del curso acelerado en ese condenado colegio tan caro y no vamos a tirar por el retrete las posibilidades de nuestro chico para el resto de su vida porque necesite «instrucción especial» en materia de deportes. Ahora bien, los deportes de equipo eran mi especialidad. Ya jugaba al béisbol cuando apenas era capaz de sostener el bate. Y jugaba condenadamente bien, además. Cierto, ahora juego al golf, al tenis, al squash, pero cuando era un crío, y más adelante en la universidad, corría con los tíos, me mezclaba con los tíos, no hay nada comparable. La época más feliz en la vida de un hombre, cualquiera te lo tendrá que decir si es sincero. En el campo de fútbol, con tus compañeros, conoces la vida tal como es y lo demás son tonterías. La gimnasia es otra cosa completamente distinta. La gimnasia es para otro tipo de atleta y otra clase de cuerpo. Tengo que reconocerlo, Skyler, me sentí algo así como..., digamos, herido... cuando...

¿Gimnasia? ¿Era aquélla la sorpresa? ¿Papá le estaba llevando a... hacer gimnasia? ¿A un *gimnasio*? Skyler sintió que el arnés de seguridad se le pegaba a la garganta como una mano que aprieta.

—... pero hay que prescindir de los sentimientos personales, eso es algo que un padre aprende a hacer. La cuestión es que tenemos que empezar contigo cuando eres todavía muy pequeño, para mantenerte al nivel de tus competidores. En el Mundo Libre, que es donde vivimos, no disfrutamos de programas atléticos subvencionados por el Estado. Los particulares tienen que pagar. Eso es aparte del impuesto sobre la propiedad. «Nada de comidas gratis en el universo», ¿sabes quién dijo eso, Skyler? Einstein. También dijo: «Dios no juega a los dados con el universo». El padre de la bomba atómica. Einstein era judío y a los judíos nadie les toca los cojones, Skyler. Mi padre solía decir: «Quizá tenga algo de judío», guiñando un ojo, para dar a entender que tenía el cerebro judío para hacer dinero y a mí me gusta pensar que he heredado algo de eso y también te he pasado un poco a ti, Skyler. ¿Por qué me cambié de Rensselaer Polytech a Cornell y pasé de ingeniería química a gestión de empresas y nunca me he arrepentido? Si eres ingeniero haces lo que la gente te dice que hagas, a cambio de un sueldo; si eres ejecutivo, eres tú el que da las órdenes y el que contrata y no necesitas quebrarte la cabeza con las condenadas «matemáticas superiores». En la primavera de mi último año de universidad había equipos profesionales de fútbol que me querían contratar, al igual que las mejores empresas, y la cuestión es, Skyler, que para llegar a cualquier sitio hay que empezar joven y *mantener el rumbo*. ¿Quiénes crees que serán los ganadores del oro olímpico de tu generación, Skyler? Sólo los que...

Al torcer con el Jeep Crusher XL por Cross Tree Road, sonó el teléfono del coche, y papá maldijo entre dientes y buscó a tientas el aparato para contestar, «Rampike al habla», mientras Skyler lo miraba paralizado. Sólo había sido capaz de seguir a trozos las confidencias que papá parecía estar haciéndole, pero había entendido que algo crucial era inminente y que no debía en ningún caso defraudarlo de nuevo.

Por teléfono, papá hablaba en voz baja. Se le oyó murmurar «No. No puedo. Mañana. ¡De acuerdo!». Luego escuchó brevemente, gruñó algo monosilábico y colgó.

—Hijo, ¿te he contado alguna vez que jugué de fulbac en el instituto? ¿Y que jugábamos contra aquellos paletos hijos de puta de institutos rurales que eran de verdad tremendos, auténticos atletas, y sin esteroides de los cojones en aquellos días? —papá agitó la cabeza, admirativo a su pesar—. Me patearon las tripas hasta decir basta, pero aprendí de ellos. Aprendí que un muchacho tampoco debe tomar el camino fácil, como no lo hacen los hombres. Aprendí que los compañeros de equipo de un muchacho son sus verdaderos hermanos, con los que puede contar. Mi mejor amigo era Spit Hotchkiss, un deportista sin miedo a nada y muy listo. Pero aquellos palurdos hijos de puta se confabularon contra él. El primer partido fuera de casa, en el último año de instituto, le hicieron un placaje, cayó mal, la mitad del equipo contrario se le tiró encima, se le rompió el cuello y las vértebras cervicales y lo sacaron del campo en camilla y... —un sollozo ahogado se le escapó de la garganta mientras conducía hábilmente el Jeep Crusher XL entre el tráfico de Cross Tree Road—, el caso es, Skyler, que en aquella mañana crucial de nuestras vidas, mi amigo Spit se encontró confinado en una silla de ruedas, y a partir de aquella noche, y durante el resto de la temporada, en nuestros partidos, los compañeros de equipo de Spit lo sacábamos al campo antes de empezar, y nuestras animadoras de North Hills tenían una actuación especial para Spit que a los espectadores les volvía locos. Skyler, hijo, escucha lo que te voy a decir: en cualquier momento de tu existencia, pregúntate si, tal como está yendo tu vida, ¿habrá alguien que te saque al campo en tu silla de ruedas para vitorearte?

Y, de repente, ya habían llegado al Gimnasio y Club de Salud Medalla de Oro.

En el trémulo recuerdo de Skyler, el edificio blanco que dominaba toda una esquina del centro comercial Cross Tree era enorme, rodeado por un mar de vehículos resplandecientes. En la fachada sin ventanas había «mosaicos» de gigantescos atletas humanoides ocupados en arduas actividades deportivas: ¡saltos de trampolín!, ¡natación!, ¡atletismo!, ¡tenis!, ¡halterofilia!, ¡saltos con pértiga! Papá dijo alegremente:

—¡Ya estamos aquí, muchacho! Primer día de la nueva vida de Skyler.

Papá no se dio por enterado de cómo Skyler forcejeaba para librarse del condenado arnés de seguridad, ni de cómo conseguía bajar (o caerse) desde la cabina elevada del Jeep ni de cómo descubría en el proceso que algo se le había pegado a la suela de una de las zapatillas: una bola como de goma de mascar y un clínex tieso y seco y manchado de algo como kétchup o sangre.

—Quítate esa porquería del pie, Skyler —dijo papá, irritado, como si lo que se le había pegado al zapato fuese obra de Skyler—, antes de que entremos.

Skyler se quedó mirando lo que parecía ser un globito de goma deshinchado y húmedo pegado a la suela de su zapatilla: ¿qué hacía un globito de goma deshinchado y húmedo en el suelo del nuevo y reluciente Jeep Crusher XL de papá?* Y el clínex manchado. Rápidamente papá hizo entrar a Skyler en el Gimnasio y Club de Salud Medalla de Oro, quejándose de que llegaban tarde a su cita. Mamá había hecho que se retrasaran. Papá sin embargo parecía estar de

---

* ¿Qué demonios es esto? ¿Un condón usado? ¿Un crusher? ¿En el Jeep nuevo de papá? ¡Qué cabrón! ¡Qué embustero hijo de puta! Sólo ahora caigo en la cuenta de que papá debía de haber follado con una de sus ayudantes o, quién sabe, con alguna prostituta recogida en algún sitio. Skyler, pobre chaval infeliz, no tenía ni la sombra de una pista sobre lo que aquello significaba, porque todo lo que Skyler sabía sobre «sexo» era que acarreaba hacer cosas desesperadas para «evitar que tu esposo se vaya por ahí».

buen humor, como si el simple hecho de entrar en el ambiente especial del Medalla de Oro le alegrase. Con la sudadera de Cornell (desteñida) y los pantalones arrugados de color caqui, Bix Rampike se movía como un afable oso erguido que oliera una presa.

Una joven recepcionista que lucía un chándal rojo cereza con desmesuradas cremalleras de latón, cabellos crespos con mechas rubias y uñas brillantes de seis centímetros, recibió muy amablemente a aquel dúo de padre e hijo. Apuntó el apellido de papá e hizo una rápida llamada a «Vasili» en otra parte del edificio. Luego le dijo a papá, entornando los párpados:

—¿Sabe a quién me recuerda, señor Rampike? A Arnold Schwarzenegger.

Papá movió los hombros en un gesto de modestia juvenil, aunque ya le habían señalado aquel parecido en ocasiones anteriores.

—Ya me gustaría que fuera cierto, Chérie.

(Porque estaba escrito Chérie en letras doradas de satén sobre el pecho izquierdo color rojo cereza de la recepcionista.) Al ver que era la primera visita del señor Rampike al gimnasio, Chérie se ofreció a llevarlos a él y a su hijo a su destino:

—No querríamos perdernos, ¿verdad que no?

Skyler sólo se dio cuenta de manera imprecisa de que papá y la recepcionista se alejaban a buen paso cuando, como un cachorro con miedo a quedarse atrás, tuvo que trotar para mantenerse a la altura de los adultos, que parecían haberse olvidado de él. ¡Qué deprisa «hacía amigos» papá! A cualquier sitio donde fueran, en especial si mamá no estaba con ellos, papá conversaba sin dificultad con cualquier desconocido. Sobre todo mujeres.

Era una buena idea que Chérie acompañase a papá y a Skyler a su destino, porque el interior del Gimnasio y Club de Salud Medalla de Oro era vasto y laberíntico. Había pistas brillantemente iluminadas con nombres como RAQUETBOL, BALONCESTO, VOLEIBOL. Había zonas marcadas como ACUPUNTURA, QUIROPRÁCTICA, TERAPIA CON VITAMINAS Y HORMONAS. Había SAUNA, había MASAJE, había ENTRENAMIENTO FORTALECEDOR y había GIMNASIO: un amplio espacio, brillantemente iluminado, en el que resonaba una desenfadada música de rock, y donde personas de distintos tamaños forcejeaban con máquinas (Skyler reconoció Sendero Nórdico, Nautilus, cintas de andar y bicicletas estáticas, pero había además máquinas más siniestras, semejantes a potros de tortura, a las que se ataba a las personas con correas de cuero, que le hicieron estremecerse al verlas), mientras los frenéticos esfuerzos de sus usuarios se multiplicaban en una multitud de espejos como si se tratara de una burla. Había una piscina enorme, con líquido de brillante color aguamarina, y por sus calles varias personas nadaban como focas enloquecidas; a continuación había una SALA DE PESAS donde se divisaba a otros clientes, varones en su mayoría, que se esforzaban por levantar pesas, y hacían muecas y gruñían mientras, con disimulo, se miraban en otros espejos que iban desde el suelo hasta el techo y que parecían brillar suavemente con risas inaudibles. Skyler consideró un castigo cruel que los adultos no sólo tuvieran que esforzarse de aquel modo sino que además se vieran obligados a verse reflejados en espejos.

En la esquina más distante del edificio, como en una antecámara del infierno, había un LABORATORIO DE GIMNASIA. Allí la desenfadada música rock había sido suplantada por sombría música electrónica, un pulso lento, lánguido, apenas discernible por encima del zumbido del aire acondicionado.

—¡Vasili! Aquí están el señor Rampike y su hijo Skyler —Chérie se dirigió alegremente a un hombrecillo con aspecto de gnomo que vigilaba las dificultades de un chico desgarbado que parecía tener un pie atrapado en una anilla de cuero que colgaba del techo mientras el otro pie había logrado soltarse, de manera que el muchacho colgaba impotente cabeza abajo, unos cuantos centímetros por encima de una esterilla, como una lombriz clavada en un anzuelo. A Skyler se le llenó la boca del sabor del pánico. ¿Era *aquello* lo que papá quería que hiciera?

Antes de marcharse, Chérie deseó a Skyler «toda la suerte del mundo» y le dio a papá su «tarjeta personal» que papá se guardó en el pantalón de color caqui con un gesto sencillo e íntimo.

Papá empujó con habilidad a su hijo, sus dedos sujetándole con suavidad la nuca. Skyler advirtió con ojos asustados que era la persona más joven y con diferencia la menos voluminosa en el Laboratorio de Gimnasia. Parecía haber unos veinte o veinticinco gimnastas, y resultaba difícil precisar si se trataba de chicos o de chicas porque todos eran penosamente delgados. Los más enérgicos eran los que se columpiaban sobre anillas, alzando mucho los pies, brazos y hombros en tensión, y en cuyos rostros aparecían expresiones de dolorida concentración. Otros se ejercitaban en las barras paralelas o en las horizontales o sobre cuerdas de aspecto temeroso que colgaban del techo, mucho más arriba. También había una gran cama elástica sobre la que saltaban ruidosamente varios gimnastas más, que agitaban los brazos y daban volteretas hacia delante y hacia atrás, en saltos y embestidas caprichosos, como si estuvieran a merced de feroces ráfagas de viento. (¿No decían que las camas elásticas eran peligrosas? ¿No se rompen los niños el cuello y la espalda en caídas desde camas elásticas? Skyler se consoló con el convencimiento de que mamá nunca le dejaría subirse a ninguna maldita cama elástica, ¡nunca jamás!) En largas colchonetas sobre el suelo de madera noble varios gimnastas se dedicaban a las «acrobacias»: daban volteretas múltiples, también laterales, hacían el pino, curvaturas de espalda muy forzadas, aterradores «abrimientos» de piernas. Un gimnasta solitario (sin duda varón, adolescente, con insignificantes genitales del tamaño de uvas, claramente señalados en unas mallas de licra, cabeza abajo) se mantenía en equilibrio sobre la cabeza y los antebrazos, tan inmóvil como una estalagmita.

En la clase de educación física en Fair Hills Day, se había forzado a Skyler a hacer acrobacias sobre similares esterillas de color gris brillante, extendidas sobre el suelo, más que nada volteretas, rodando frenéticamente hasta el extremo de la colchoneta, donde, si no andaba con cuidado, o incluso a pesar del cuidado, Skyler de manera invariable se golpeaba una rodilla contra el suelo y hacía una mueca de dolor.

Eran las esterillas lo que Skyler detestaba: verlas y olerlas.

Serpientes aplastadas, eso era lo que parecían. O peor aún, esas criaturas submarinas de cuerpo plano, en apariencia sin ojos, llamadas rayas. El característico olor a goma y a plástico, húmedo y sudoroso, hacía que se le encogieran las ventanas de la nariz.

Skyler tiró del brazo de papá, murmurando: «Papá, no quiero estar aquí», pero papá ya se había dirigido a Vasili, con su aspecto de gnomo:

—¡Hola! Me llamo Bix Rampike y éste es mi hijo Skyler, que quiere ser el mejor condenado gimnasta que pueda usted hacer de él.

Vasili sonrió, sorprendido. Su sonrisa dejó al descubierto húmedas encías y dientes de color té, extrañamente separados. Pareció sobrecogido ante aquel papá americano que se cernía sobre él, extendiendo una mano para estrechar la suya, con inusitado vigor. El profesor de gimnasia medía tal vez un metro sesenta y cinco, frente al metro noventa de papá, y probablemente pesaba treinta kilos menos que papá. Podía tener cualquier edad entre treinta y cinco y cincuenta y cinco, con un cuerpo compacto, tenso, cubierto de músculos como cuerdas, semejantes al tejido de las cicatrices. El rostro surcado de arrugas y una expresión sagaz, con ojos diminutos, cautelosos, vigilantes. En un inglés exóticamente acentuado dijo:

—Ram-pick. Skeel-er. Sí, qué tal. Soy profesor aquí: «entrenador». Vasili Andrevich Volojomski. Ruso blanco. Gané medalla de plata de gimnasia, Olimpiada de Japón de 1972, cuando tenía dieciocho años. Abandoné la Unión Soviética en 1973. Ahora, ciudadano norteamericano. Sin falsa modestia, el mejor entrenador de atletas jóvenes en doscientos kilómetros a la redonda.

Papá dijo, impresionado:

—Es la primera vez que estrecho la mano del ganador de una medalla olímpica. ¡Extraordinario, Vasili! Y «ruso blanco»... Nosotros somos «norteamericanos blancos». En su mayor parte lo somos en esta parte de Nueva Jersey, excepto en algunos campos, como por ejemplo ordenadores, ingeniería, tecnología médica e investigación... —la voz de papá se fue apagando, ya era hora de empujar a Skyler para que también estrechara la mano de Vasili Andrevich Volojomski.

—¿Skil-er? Un nombre nada corriente, ¿eh? —Vasili soltó enseguida la manita flácida de Skyler como si temiera romperla—. Su hijo es muy joven, señor Rampike. Existen clases preescolares para gimnastas, pero aquí no. «Convertimos en estrella a cualquier gimnasta», de eso es de lo que presumen. Pero aquí no, aquí somos más serios, como puede usted ver.

—También soy yo serio —dijo papá—. Mi esposa y yo estamos ansiosos de apoyar a nuestro hijo, que sueña con ser gimnasta y no dispone del adecuado entrenamiento profesional en su colegio, eso es seguro. No tenemos tiempo que perder, francamente. Skyler tiene casi ocho años.

—¿Ocho? —Vasili miró a Skyler dubitativo—. Muy joven para ocho, y sus músculos son tejido blando, véalo usted mismo.

Papá rio con ganas, qué equivocado estaba Vasili. Papá flexionó hábilmente el bíceps derecho de Skyler, y apretó la minúscula cantidad de carne entre sus poderosos pulgar e índice.

—¿Ve? El chico tiene músculos. Músculos en ciernes. Y los de la pierna —papá apretó con fuerza la pantorrilla derecha de Skyler—

son todavía más impresionantes. Nada mal para un chico de un barrio residencial que pasa el tiempo sentado haciendo los deberes y leyendo a fondo las revistas sobre sexo de su mamá, ¿eh? —papá le guiñó un ojo a Skyler que se le quedó mirando con la boca abierta. ¡No era más que una broma!—. Claro que sí, Vasili, me consta que hay clases de gimnasia para chicos más jóvenes. Pero Skyler no es como otros muchachos de su edad. Esa sandez del «grupo paritario», compuesto por individuos que marchan hombro con hombro como robots socialistas, no es para nosotros. (Lo siento: quizá sea usted «marxista», ¿eh? Aunque si ahora es uno de nosotros, ciudadanos de los Estados Unidos, puede que el capitalismo le parezca más atractivo, ¿no es eso?) Como le he dicho, no tenemos tiempo que perder. He pagado por una hora de clase hoy y la estamos gastando en hablar. Ponga al chico a dar volteretas como están haciendo esos otros, no parece demasiado difícil. A un chico tan pequeño como Skyler se le darán estupendamente las colchonetas y esos ejercicios espectaculares que los gimnastas olímpicos hacen en las paralelas. Skyler puede trabajar hasta las anillas y las cuerdas. Doy por sentado que son más exigentes. Por mi parte —papá rio, moviendo los hombros en un gesto como de vergüenza—, yo sería un desastre para la gimnasia. Ya en primaria jugaba al fútbol americano y seguí haciéndolo hasta llegar a ser fulbac en Cornell y me hicieron unas cuantas ofertas para pasar a profesional, y ahora soy un golfista pasable, juego al tenis y al squash con gente de mi edad, pero ¿gimnasia? Demonios, me rompería el cuello en las colchonetas o se me caería el techo encima si me colgara de las anillas. De manera que le voy a confiar a usted el futuro atlético de mi hijo, Vasili, porque no es sólo un profesional que cuenta con las mejores recomendaciones, sino un medallista olímpico y evidentemente conoce los intríngulis de los deportes para *amateurs* y si los progresos que haga Skyler en los próximos meses son lo que yo espero, el quid de la cuestión es que ¡habrá una bonificación para usted, camarada! «El cielo es el límite», ¿se da cuenta?

Durante aquel apasionado estallido, el ruso blanco con aspecto de gnomo miraba con la boca abierta a Bix Rampike, que sobresalía muy por encima de él: a aquel americano fervoroso con su rostro franco, juvenil, e intensos ojos llenos de empatía, si bien había un algo astuto y carnívoro alrededor de la boca.

—Lo intentaré, señor Rampike. Skil-er y yo lo intentaremos con todas nuestras fuerzas.

Durante todo aquel tiempo, Skyler había estado mirando a un joven gimnasta cercano —pecho huesudo, prominentes huesos pélvicos dentro de un ceñido traje de licra de color azul marino, con una expresión rígida, fanática, en el rostro angular—, posiblemente una chica, de unos quince años, el pelo recogido sobre la nuca en una exigua cola de caballo, que se alzaba con desesperante lentitud hasta una barra horizontal y luego, de algún modo, por pura fortaleza trémula, más arriba aún, los tendones del cuello tensos y los brazos estremecidos por el esfuerzo. Los ojos vidriosos de la chica se clavaron en los de Skyler *¡Sal corriendo! ¡Vete de aquí! Si no es demasiado tarde para ti, ¡escapa!*

Skyler, sin hacerle caso, cerró los ojos.

El Gimnasio y Club de Salud Medalla de Oro - II

Usted, lector astuto y perceptivo, dotado de una veta de sadismo (secreta, sutil), sabe perfectamente adónde va a parar todo esto, ¿verdad que sí? El pobre y desventurado Skyler se queda en el Laboratorio de Gimnasia con Vasili Andrevich Volojomski mientras papá se dirige a otro lugar en el Gimnasio y Club de Salud Medalla de Oro con la admirable intención, como él explica, de levantar pesas, tal vez de correr sobre una cinta de andar, o lo que sea que hacen los papás inquietos y salidos como Bix Rampike a quienes con frecuencia jóvenes admiradoras como Chérie les dicen que se parecen a Schwarzenegger, Terminator en persona; pobre Skyler, cuyo destino se precipita ya hacia él como si fuera un enorme camión con remolque que se ha quedado sin frenos y desciende por una empinada carretera de montaña. Lo que uno hace es armarse de valor para el choque inevitable. Quizá incluso cerrar los ojos como hizo entonces Skyler, en el momento en que esto sucedió, una época sin precisar de 1993, cuando Skyler caminaba sin el menor indicio de cojera y cuando «Bliss Rampike» estaba aún por inventar.

Una época que debió de ser más feliz. Una época sin duda más inocente.

Porque *¿qué habría sucedido en el caso de que* Skyler prosperase como joven gimnasta? *¿Si* aquel día, en el Gimnasio y Club de Salud Medalla de Oro, Skyler hubiera puesto de manifiesto una capacidad atlética hasta entonces insospechada? *¿Si* el Rampike hijo varón, y no la hija, se hubiera convertido en el niño prodigio y en la celebridad de Fair Hills, Nueva Jersey?

Si... Estos recuerdos fragmentarios y deteriorados se presentan en este documento como si acabaran de producirse, lo que les da un carácter cinematográfico de «acción en ejecución» que es engañoso, porque, evidentemente, todo esto pertenece al pasado. En el Laboratorio de Gimnasia, a Skyler, en el primer día, se le hace agotarse mediante repetidos «ejercicios de estiramiento» sobre una colchoneta de un plástico parecido a la goma, con sólo unas pocas torpes volteretas supervisadas por el desdeñoso ruso blanco, *y sin lastimarse*. El papá de Skyler, misteriosamente en otro sitio, quién sabe dónde y con quién, regresa con cuarenta minutos de retraso al Laboratorio de Gimnasia para exclamar con una sonrisa amplia, torcida y avergonzada pero sin ofrecer disculpas: «Vamos a ver, camarada, ¿qué tal lo ha hecho el crío?».* El Gimnasio y Club de Salud Medalla de Oro dominó toda una esquina del centro comercial Cross Tree —con su fortaleza blanca y sus «mosaicos» de atletas humanoides— hasta que se declaró en quiebra, y el edificio mismo fue demolido, destruido por completo y reemplazado por otro para oficinas, de muchas plantas y de acero y aluminio. (Porque el centro comercial Cross Tree, una mejora deslumbrante en su momento, no podía competir con el gigantesco y mucho más deslumbrante Mall of Liberty, a menos de cinco kilómetros y con una entrada muy cómoda desde la interestatal 80.) *Sick transit gloria* o comoquiera que sea la expresión (latina), quizá lo sepa mi editor.

　　¡Cristo bendito! Estos avances vertiginosos hacia lo que suele llamarse el futuro también me asustan a mí.

　　Permítanme que regresemos a aquel primer sábado. Y avanzo a cámara lenta como en el montaje cinematográfico de un sueño: mientras papá me conducía, dedos en la nuca, guiándome con firme-

---

* «¡Nunca te disculpes, nunca expliques!» era una de las más alegres piedras angulares de la ética personal de Bix Rampike. De manera que en el hogar de los Rampike nunca se sabía dónde estaba papá, en especial en cualquier momento en el que pensarías que papá tendría que estar contigo. (Algo de lo que mamá había terminado por darse cuenta. Sin sentirse muy feliz por ello.) En este caso, en el Laboratorio de Gimnasia, cosa que se repetiría en los sábados que siguieron en el mismo sitio, cuatro en total, papá aparecía un tanto sin aliento, las mejillas arreboladas y al parecer distraído pero de muy buen humor como si, posiblemente, él y la glamurosa Chérie rubia con mechas se hubieran recluido en algún sitio para un escarceo romántico/erótico (había un aseo para impedidos en el corredor más allá del mostrador de la recepcionista, un espacio considerable y totalmente privado; había una lavandería para las toallas usadas; estaba el recinto de la masajista K. Chee, en aquel momento desocupado); o, menos interesante, y una desilusión (¡lo siento!) para el lector-mirón, papá había estado de verdad haciendo pesas o jadeando en la cinta de andar o trabajando en cualquiera de las aterradoras máquinas cardiovasculares o, quién sabe, podía haber abandonado el Gimnasio y Club de Salud Medalla de Oro para tomarse una cerveza o dos en el Cross Tree Bistro, que estaba muy cerca. Quizá había devuelto la llamada de quien se había atrevido a contactarlo, en una mañana de sábado en su zona residencial, por el teléfono del automóvil. «Eh, ¿no te lo había dicho? No me llames nunca cuando estoy en mi territorio familiar.»

za en el recorrido a la inversa por los laberínticos corredores del Gimnasio y Club de Salud Medalla de Oro en esta primera ocasión de mi aprendizaje gimnástico, y de nuevo al aire libre y a la luz del sol para dirigirnos al Jeep Crusher XL entre un mar de vehículos americanos todoterreno, de estilo militar, con el mismo brillo, caros, papá me preguntó cuál era mi impresión de la «sesión» con mi «entrenador personal» y, de un modo entusiasta, típico de Skyler (pese al mareo y al atontamiento debido a las volteretas sobre la colchoneta y a los dolores intensos en las rodillas por los golpes contra el suelo del gimnasio, sentí de verdad un rayo de... ¿se le podría llamar esperanza?), dije:

—Muy bien, papá. ¡Me ha encantado!

Y papá lanzó una breve exclamación de placer, me atrajo hacia sí con uno de sus poderosos brazos y me besó en la boca, diciendo, con ahogada voz paternal:

—Hijo, estoy condenadamente orgulloso de ti. Demonios, estoy *impresionado*.

¡Papá! Supongo que yo adoraba al muy hijo de puta, igual que todo el mundo.

(Mamá y Edna Louise preguntaron qué había aprendido Skyler en el gimnasio, de manera que, sobre la gruesa alfombra del cuarto de estar, Skyler, torpemente, repitió volteretas, hizo el pino una o dos veces, o lo intentó al menos, coronándolo todo con un tropiezo con una silla y el vuelco de una lámpara. Mamá se rio y mamá riñó. Edna Louise, que no era más que una niña muy pequeña, mucho menor que Skyler, y más ágil, imitó a su hermano mayor y cruzó la habitación dando volteretas en un movimiento casi fluido de su nervudo cuerpecito. Se mostró menos segura a la hora de hacer el pino. «No está mal para una chica», dijo Skyler.)

Las ulteriores visitas al Laboratorio de Gimnasia, como el lector astuto y perceptivo con una veta de sadismo podrá sospechar, no fueron siempre tan alegres, ni terminaron con papá abrazando y besando a su hijo. ¡No siempre!

Aunque, hagámosle justicia, Vasili trató de aplicar, sin arredrarse y sin dejar traslucir ironía alguna (si se exceptúa, a veces, poner en blanco los ojos inescrutables, o apretar las mandíbulas), los rigores y las recompensas del trabajo «elemental» sobre la esterilla; y de inculcar a Skyler, en un inglés lleno de seriedad y marcado acento, el catecismo del gimnasta: «Fuerza. Flexibilidad. Control. Ésas son nuestras metas. A las que añadimos: gracia, armonía de movimientos y control. A lo que añadimos: superar la incertidumbre y superar el miedo al dolor. "En gimnasia, cada alumno es una estrella en potencia." *Ése* es el convencimiento de Vasili Andrevich Volojomski, Skiler. El fracaso no tiene otra causa que la falta de voluntad».

Skyler sonreía débilmente. ¿Era una buena cosa superar el miedo al dolor? ¿No sería mejor, razonaba el sagaz niño de seis años, vencer el dolor? Mejor aún, ¿evitar el dolor?

El fracaso no tiene otra causa que la falta de voluntad.

Aquél, el más desalentador de los refranes rusos, todavía, hasta el día de hoy, hace que un escalofrío me recorra la espina dorsal.

Se equivocarían ustedes, de todos modos, si creyeran que, pese a cómo terminaron las cosas, carezco de buenos recuerdos del Laboratorio de Gimnasia y de las horas de «entrenamiento» bajo la tutela del ruso blanco con aspecto de gnomo, porque sí los tengo. ¡De verdad!

- La ocasión, bien emocionante, en la que, ayudado por las manos expertas y pacientes de Vasili, conseguí mantenerme en equilibrio sobre la cabeza y los antebrazos en la colchoneta, las piernas temblorosas completamente extendidas y los pies juntos, durante los segundos suficientes para provocar los aplausos espontáneos de varios jóvenes gimnastas que estaban presentes («¡Buen trabajo, Skyler!» «¡Estupendo, Skyler!») y elogios insinceros y demasiado efusivos de Vasili («¡Skil-er! Ya estás viendo que no es tan difícil, ¿verdad que no?»).

- Una deslumbrante demostración de habilidad gimnástica por parte de Kevin, el alumno estrella del Laboratorio, a petición de Vasili, compuesta por un salto a la carrera en la colchoneta, una sucesión de volteretas impecablemente ejecutadas sobre su superficie, para repetirlas acto seguido a la inversa; saltos mortales todavía más extraordinarios hacia delante y hacia atrás, realizados con valor fuera de lo común y en apariencia sin esfuerzo; demostración que provocó una sonrisa nada frecuente de Kevin al ver mi cara de asombro, lo que le llevó a murmurar la predicción de que, si yo «perseveraba», acabaría por ser «igual de bueno, algún día».

- Una pregunta formulada en voz baja por Vasili, de ordinario reservado, poco después de que papá abandonara el gimnasio una mañana con el aire de seguridad en sí mismo que le caracterizaba: «Tu papá, Skil-er, tiene que ser una persona muy importante, ¿no es cierto? ¿Un político, quizá?».

- Los amables ánimos de Vasili cuando, colgado de la barra horizontal, conseguí por fin elevarme —¡casi!— hasta la altura de mi barbilla, no una sino varias veces, e incluso, tembloroso por la tensión, mantenerme durante varios segundos de suspense hasta que el cansancio me pudo y caí sobre la colchoneta: «¡Muy bien, Skil-er! Cada paso, aunque sea pequeño, es un paso hacia el éxito».

(Por favor, no se burlen de mí: aquellas palabras sin importancia en el inglés exótico de Vasili todavía resuenan en el aire turbio de esta miserable habitación de Pitts Street, Nueva Brunswick, más de trece años después. Sé, por supuesto, que Vasili no era sincero, ni por lo más remoto, pero con todo y con eso, para aquellos de nosotros que tan pocas veces hemos recibido elogios, hasta la insinceridad puede llegarnos al corazón.)

Y entonces.
De manera inesperada.
Tan extrañamente...
Con una sonrisa forzada y mal afeitado, Bix Rampike, víctima del desfase horario y del mal humor por un viaje a Arabia Saudita (aunque Skyler había entendido Arabia Bonita), por asuntos relacionados con el petróleo, se retrasó al llevar a Skyler al Laboratorio de Gimnasia en aquel último sábado de un mes deprimente en Nueva Jersey (¿era invierno?, cielo encapotado como el interior de una tienda de lona muy sucia), con los hombros poderosos inclinados sobre el volante del Jeep Crusher XL y el carnoso labio inferior proyectado

hacia delante. Mientras que en sábados anteriores papá se había mostrado alegre y hablador y con el típico buen humor paterno, aquel día uno tenía la sensación de que papá no era un papá bueno, y apenas miró a Skyler, sujeto a su lado con el arnés de seguridad. Aquel mismo día, más temprano, Skyler había oído voces ahogadas en el dormitorio de sus padres y (a no ser que lo hubiera soñado) también alguna vez más durante la noche. Cerca del dormitorio de sus padres, sentada en el primer peldaño de la escalera, con su muñeca vestida al estilo de la América colonial en los brazos, estaba la pequeña Edna Louise en pijama, descalza y tiritando. Skyler la riñó, como habría hecho mamá: «Edna Louise, no deberías ir descalza. Hace *frío*». A Skyler le gustaba reñir a su hermanita, porque Edna Louise lo miraba suplicante, como si implorase ser perdonada; y a Skyler le gustaba perdonar. Skyler cogió la manita fría y flácida de su hermana y la llevó de vuelta al cuarto de los niños, que era como se llamaba todavía a la habitación de Edna Louise, y encontró unas zapatillas amarillas muy abrigadas para que se las pusiera. Eran las ocho menos diez de la mañana y la lámpara de Madre Oca, del tamaño de un ganso de verdad, había estado encendida toda la noche. Skyler, mucho más grande, de más edad y más listo que Edna Louise, y que ahora además se entrenaba para ser gimnasta, no necesitaba una lámpara encendida en su habitación para dormir. ¡Ya no!

Edna Louise, con los ojos muy abiertos, preguntó:

—Skyler, ¿adónde va papá cuando se marcha de casa?

Y su hermano respondió, dándose importancia:

—A Arabia Bonita. Por negocios de petróleo.

¿No son encantadores los niños? Por lo menos, antes de cumplir los diez años.

En el Laboratorio de Gimnasia, papá no saludó a Vasili Andrevich Volojomski con su habitual sonrisa de padre feliz, ni le ofreció su mano mastodóntica para estrechar la del instructor con un apretón de los que hacen crujir los huesos como está mandado entre hombres muy machos, aunque de tamaño y constitución corporal dispares. En lugar de todo eso, papá saludó con un frío «Hola» al diminuto Vasili. A continuación se quedó allí más tiempo del habitual —una señal ominosa, Skyler podría haberle dicho a Vasili— observando cómo su hijo recibía instrucción sobre las colchonetas del gimnasio; finalmente interrumpió a Vasili en voz baja, pero no tanto como para que no pudieran oírle todos los presentes:

—Perdóneme, Vas'li Andervitch... Kolonoskopi, o como se pronuncie, pero no veo muchos progresos. Sé que es usted un profesional, que ha ganado de verdad una medalla olímpica, y lo sé, camarada, porque he hecho una pequeña investigación sobre sus antecedentes, pero dados los precios que pago, tengo que reconocer que estoy un poco decepcionado, *verstayen?* Mi hijo no ha nacido con las condiciones naturales de un atleta, eso se lo reconozco. Sus dotes entran más bien en el campo que llamaríamos «intelectual», «cerebral». Eso estoy dispuesto a aceptarlo. Pero usted, Vas'li, no le está exigiendo lo suficiente. El maldito crío es tan torpe hoy como la semana pasada y la anterior y ése es el quid de la cuestión. Una de dos, o se hacen progresos o no se hacen. O se está mejorando o se jode la marrana. Al ver a Skyler hoy por la mañana, no me queda otro remedio que pensar que no mejora a un ritmo razonable. Críos más pequeños que él son ya gimnastas de categoría mundial y mírele... jadeando como un perro. Con los precios que pago, quiero algo mejor para mi hijo que un *tur de farsa**, ¿se da cuenta? Fui atleta durante mis años de estudiante. Disfruté de una serie de entrenadores tan buenos como el mejor, y nos hacían trabajar como a condenados en el infierno. Nos daban para el pelo y no nos ofendíamos. El quid de la cuestión, Vas'li, es que no estoy nada contento con lo que está pasando aquí. Volveré a hacer una comprobación dentro de algún tiempo y espero encontrar algún progreso «visible» en el rendimiento de este crío, Vas'li. Y nada de jadear como un perro, *ver-shstayzen-zie?*

Papá se marchó. Todos los presentes sentimos cómo se separaba el aire al pasar él. El pobre Vasili se quedó aturdido, inmóvil, como alguien a quien le acaba de atravesar un rayo que lo ha dejado clavado en el suelo al mismo tiempo que lo destripa. A Skyler no le hizo falta mirar al instructor con aspecto de gnomo para saber que un rubor encendido le había aparecido en el rostro lleno de pliegues y se le había extendido por el cuero cabelludo pese a que en cuanto a su postura aquel hombrecillo seguía estando más derecho que un huso.

---

* ¿*Tur de farsa*? Esa salida me tiene del todo perplejo.

Sobre la colchoneta, que era como una serpiente aplastada, con su olor nada intenso pero nauseabundo, un Skyler frenético empezó a dar volteretas cada vez más deprisa. Muy deprisa.

A tomar por saco: vamos a avanzar a toda velocidad. A concluir este triste episodio de la infancia de Skyler veinte minutos después: el chico (jadeante) se ha caído y se ha hecho daño. Yace, como un saco de arena húmeda, aturdido, bajo alegres anillas que se balancean, y empieza ya a gemir y a estremecerse sobre el suelo de madera donde el impulso de su vuelo temerario lo ha lanzado —de manera funesta— más allá de la colchoneta. El más estúpido de los errores para un gimnasta es no aterrizar sobre la colchoneta. Muy pocos segundos antes, el chico parecía no haber oído la orden de su instructor para que dejara de columpiarse a toda velocidad sin el menor control. «¡Eh, esto es muy divertido! ¡Lo sé hacer! Míreme, lo estoy haciendo», hasta que, como cabía esperar, su mano izquierda pierde su sujeción y Skyler cae, cae con fuerza, con más fuerza de la que cabría esperar que cayese un cuerpo tan insignificante, en un instante se ha hecho un esguince en la muñeca derecha, el lado derecho del cráneo se golpea contra el suelo, la pierna derecha se rompe por dos sitios (el fémur y el peroné), y este crío se convertirá en una novedad traumatológica en el centro médico de Fair Hills. Y aquí llega, trágico, Vasili Andrevich Volojomski dando traspiés hasta su alumno caído, viendo, en la figura del niño que se retuerce, cómo desaparece el sueño de la bonificación como un espejismo con el calor del sol, mientras el pobre Vasili grita en un idioma incomprensible que alguien marque el 911.

¿Lisiado?*

Dios bendito chico cuánto lo siento
¿Skyler cariño?   soy tu mamá   mamá te quiere mucho
te le juro, hijo   nunca quise empujarte   hijo
rezo por ti cariño   los dos mamá y
maldita sea el mejor pediatra   ortopédico
¡como nuevo, cariño!   mamá y papá te prometen
maldito Vas'ly   no hay que fiarse de un hijo de puta comu-
nista
      Edna Louise está aquí corazón   ¿puedes abrir los ojos co-
razón?
      un pleito por un millón de dólares a ese hijo de puta comu-
nista   y al Gimnasio Medalla de Oro (tienen que ser judíos: «Oro»)
      todos estamos rezando para que vuelvas a estar bien Skyler
te quiero mucho corazón
      si no hubiera sido tan imprudente, exhibiéndose en las anillas
      te quiero mucho corazón
      la mejor atención médica   o a alguien se le va a caer el pelo
      el hombrecito de mamá

---

* Esto es una artificiosa interpretación de voces incorpóreas que llegaron flotando hasta mi cama de hospital en el ala de niños lisiados —o era sencillamente el ala de niños— del centro médico Robert Wood Johnson de Nueva Brunswick, Nueva Jersey. Aquellas voces casi reconocibles apenas penetraban una bruma de dolor extrañamente punzante (piensen en lámparas de neón y en iluminación estroboscópica) pero enrarecido y casi convertido en pura espuma gracias a la magia farmacéutica del Nixil, el analgésico con codeína. Había muchas otras voces (médicos, enfermeras, auxiliares, visitantes, etcétera) que no me voy a molestar en registrar. Pocos días después de que ingresara en el hospital se presentó, de manera inesperada (cuando estás flotando sobre cúmulos, nubes de gasa blanca, muy por encima de tu cuerpecito destrozado, las cosas son, en su mayoría, «inesperadas»), una anciana de cabellos color acero con una ancha boca de lucio, para mirarme con una preocupación, con una ansiedad, hasta entonces insospechadas en mi abuela: «¿Es que mi guapo nieto va a ser un lisiado? ¿Es que este niño cojeará toda la vida?».

El nacimiento de Bliss Rampike - I

Para los lectores que han estado murmurando impacientes «¿dónde demonios está Bliss Rampike, por qué estamos tardando tanto tiempo en llegar a nuestra princesita del hielo?», este capítulo presentará por fin a Bliss: antes de que transcurran cinco meses desde la desaparición del *hombrecito,* nace «Bliss».

DE LAS CENIZAS DEL HIJO ROTO, EL AVE FÉNIX DE LA HIJA RESPLANDECIENTE.

(Se me había ocurrido que quizás esta frase atractiva se podría utilizar en la sobrecubierta de mi libro, o por lo menos en la cubierta chabacana de la edición de bolsillo, pero no le gustó mucho a nadie en el departamento comercial. Reconozco que no sólo es rimbombante y pretenciosa sino también ilógica. Se trata sin embargo de «lenguaje poético» y la mayoría de lo que he escrito hasta ahora ha sido prosa informativa más bien torpe y en modo alguno adecuada para transmitir las ambigüedades más sutiles y paradójicas de nuestra vida psíquica.)

Es un hecho, de todos modos, que mientras Skyler estaba aún en rehabilitación, «paciente externo» que cojeaba animosamente aunque con frecuencia con gesto hosco o de niño mimado con las muletas mínimas que necesitaba alguien del tamaño de un alfeñique, arrastrando una pesada pierna escayolada, con aire de momia, como si fuera un fragmento de la futura lápida de su tumba, sucedió, como en un cuento de hadas, uno de los más crueles de los hermanos Grimm, que Edna Louise, la hermanita de Skyler, que no había cumplido ni los cuatro años, se puso por primera vez unos patines de hielo y...

«Lo demás es historia.» (Imagínense en *off* una sonora voz masculina.)

Aunque no la historia del pobre Skyler: porque Skyler, primogénito, durante mucho tiempo apreciado y favorecido *hombrecito* de la familia Rampike, se apaga ahora tan rápida e irrevocablemente como el sueño o espejismo del pobre Vasili acerca de la bonificación tan tentadoramente prometida por papá. Como diríamos en el americano castizo de los jóvenes de hoy, *Skyler es un muerto vivo*.

—¡Mamá! Mira.

En la enorme pantalla de televisión que parece suspendida de una pared de nuestro cuarto de estar, patina una joven que se desliza, salta y hace piruetas acompañada por suntuosa música romántica. Una joven patinadora grácil y muy bonita con un hermoso vestido resplandeciente de falda muy corta que acto seguido alza sus brazos esbeltos, hace una reverencia y sonríe con apropiada modestia mientras la multitud que llena el estadio deportivo rompe en aplausos.

—Mamá, ¿me dejarás patinar también a mí? Mamá, por favor.

Tienen ustedes que imaginarse —es decir, me lo tengo que imaginar yo, porque Skyler no estaba en el cuarto de estar en aquel momento— la voz de la niña estremecida de esperanza y anhelo, y su sonrisa suplicante, dirigida a mamá, quien apenas parece darse cuenta de la presencia de Edna Louise, que mira a la pantalla de televisión en la pared.

Edna Louise no sabe si está viendo el rostro cariñoso de mamá o su otra cara.

La mamá cariñosa es la mamá que quiere a Edna Louise. La otra mamá es la que no quiere a Edna Louise.

(Pero ¿por qué? ¿Por qué pasa eso? Casi ya con cuatro años, Edna Louise ha descubierto que la mayoría de las mamás quieren a sus hijitas todo el tiempo. Se les nota en los ojos, se les oye en la voz, incluso cuando las están riñendo: se nota, sencillamente. Edna Louise se preguntaría *¿Por qué no me quieres todo el tiempo, mamá?* pero el caso es que no se atreve por miedo a la respuesta.)

De todos modos, Edna Louise no puede dejar de insistir:

—¿Mamá? ¿Me vas a dejar patinar a mí también? Sé que puedo, mamá, te lo prometo, *ten la seguridad*.

¿Era el Festival Olímpico de los Estados Unidos de 1993 lo que madre e hija estaban viendo aquella noche? ¿El espectáculo en la televisión nacional que supuso la deslumbrante aparición de Michelle Kwan, de trece años de edad, triunfadora en aquel concurso?

¿O era Skate America 1993, en donde Michelle Kwan fue una de las estrellas?

—¡Mamá! ¡Mamá! *Por favor...*

Es un hecho: mamá dice *no.*

En cuántas entrevistas «sinceras», «confidenciales», «íntimas», en el transcurso de un buen número de años, incluso de los que siguieron a la trágica muerte de su hija, la niña prodigio, reiría Betsey Rampike con incredulidad, apoyaría una hilera de uñas pintadas de esmalte rojo sobre sus pechos y agitaría la cabeza, asombrada: «Imagínese, dije no. ¡No!, a Bliss Rampike. En mi ignorancia».

Porque mamá apenas soportaba el espectáculo de las asombrosas jóvenes patinadoras en la televisión. Porque mamá —arrellanada en su asiento, con los brazos cruzados sobre el pecho y agarrándose los costados de una manera que sugería lo mucho que desearía hacerse más pequeña, ser de nuevo una niña— no podía por menos de recordar cómo, mucho tiempo atrás, había acariciado la esperanza de sobresalir en el patinaje sobre hielo hasta que se hizo un esguince en un tobillo: «Y aquello fue el final de mi sueño».

Con nostalgia, y frecuentemente, mamá hablaba de su «ilusión perdida» a Skyler y a Edna Louise, a quienes se hacía sentir, quizás de manera equivocada, que en cierto modo eran responsables de convertir a mamá en una «mamá», privándola con ello de su carrera. Mamá había aprendido a no aludir a su sueño perdido o a cualquier otra vida alternativa de Betsey Rampike cuando hablaba con papá, cuya reacción sería muy probablemente una risotada y un beso sonoro y húmedo a su «chica preciosa y pechugona», a lo que añadiría, torciendo el gesto para indicar profundidad: «Hay que rectificar a tiempo, cariño». «No tires el dinero por la alcantarilla.»

¡Bix tenía razón, por supuesto! Bix siempre tenía razón.

Betsey sin embargo había abrigado la vaga esperanza —«Sí, claro, terminé por darme cuenta de que era una ingenuidad. Creo que lo supe desde el primer momento»— de que el pequeño Skyler tuviera quizá algún talento para patinar sobre hielo.

Queriendo creer que el gen del talento pudiera ser una característica familiar. ¿De la madre al hijo?

(Ahora Skyler camina pesadamente con sus muletas por el piso de arriba. Incluso cuando trata de no hacer ruido y no se sale de las alfombras, su mamá lo oye.)

De manera que cuando Edna Louise, la hermanita de Skyler, dice que quiere patinar sobre hielo, mamá se muerde el labio inferior para no responder con tono malhumorado a la niña que tiene delante, expectante y exasperante, y que se mete en la boca la mitad de los dedos de una mano, mala costumbre nerviosa en la que ya se han fijado sus profesores en la escuela Montessori, al igual que en su costumbre de tirarse del pelo, o de rascarse por debajo de la ropa, puros nervios, nada más, o quizá la pequeña lo hace para molestar, para hacer que mamá la coja por los hombros minúsculos y a base de *zarandearla* le instile buenas maneras del mismo modo que, años antes, se las instiló a Betsey su madre exasperada, excepto que zarandear a los niños, en especial a niños pequeños como Edna Louise, no es una práctica que se apruebe en Fair Hills, Nueva Jersey. En absoluto.

Mamá sonríe a Edna Louise para suavizar la dureza de lo que tiene que decirle:

—Me parece que no, cariñito. Eres demasiado pequeña y no te mueves con mucha elegancia. Fíjate en cómo siempre te estás tropezando con las cosas, cómo todavía lo manchas todo cuando comes y te olvidas incluso de tirar de la cadena en el cuarto de baño. Esas jovencitas que patinan tienen muchos más años que tú. Y son chicas muy especiales, como puedes ver.

En la pantalla de la televisión, las patinadoras siguen deslizándose sin esfuerzo aparente, varias ya, las clasificadas en el primero, el segundo y el tercer puesto, asombrosamente elegantes mientras se deslizan, saltan y se dan la vuelta, giran, patinan de espaldas alzando los esbeltos brazos, sonriendo con la modestia adecuada mientras la multitud aplaude de nuevo. Se ve con toda claridad cómo esos aplausos son vida para las patinadoras y que sin los aplausos la vida no sería posible.

La niña Edna Louise capta esa verdad contundente de manera instintiva, aunque no habría podido formularla con palabras.

Esa tarea ha quedado reservada para mí, el «superviviente». Tal como ha dicho el pastor Bob, «Encuentra palabras, Skyler, para lo que no se puede decir, porque no hay palabras adecuadas, así que tendrás que crearlas, sacándotelas de dentro».

Aquel día, hace años, antes de que tomara cuerpo Bliss Rampike, o incluso la idea de Bliss Rampike, cuando sólo existía Edna Louise, que miraba a mamá con una expresión de pena y de esperanza confundidas, dice mamá, con el tono de alguien obligado a contar la verdad por el bien de su hija:

—Y tienes que ser bonita, Edna Louise. Mira a esas patinadoras, sus caras preciosas. Todas ellas. Tú tienes una cara huesuda y los ojos demasiado pequeños y muy extraños y *duros*. Siempre parece que miras fijamente y eso incomoda a la gente. Será mejor que lo sepas antes de que se te rompa el corazón.

—Pero tú, mamá, me puedes poner bonita, ¿verdad que sí? Como haces contigo, mamá, *por favor*.

Mamá ríe, sorprendida. Mamá no esperaba que Edna Louise protestara. Y menos en aquellos términos.

—¡Vaya! Quizás. Algún día.

Mientras tanto mamá apaga la televisión y la pantalla gigante que parece flotar sobre la pared se vuelve negra.

¡Imagínese! Dije no.
En mi ignorancia.

Pero ¿no les he advertido que esto es un cuento de hadas sacado de los hermanos Grimm? Porque sucedió de todos modos que Carrie Chaplin, una de las amiguitas de Edna Louise en el colegio Montessori, era, a la edad de cinco años, aprendiz de patinadora; y que los Chaplin, familia acomodada de Fair Hills, tenían dos hijas mayores, «promesas» ambas del patinaje artístico, a quienes daba clases en la pista de hielo de Halcyon Hills la ganadora de una medalla de bronce en los Juegos Olímpicos de Invierno de 1980.

Así que cuando, muy emocionada, Edna Louise le dijo a mamá que su amiguita Carrie la había invitado a patinar con ella, ¿cómo podía mamá decir *no*? Porque Betsey Rampike estaba deseosa de aceptar todas las invitaciones (relativamente escasas) de las madres de las compañeras de clase de Edna Louise en el colegio Montessori, de la misma manera que estaba deseosa de aceptar las invitaciones (todavía más escasas) de las madres de los compañeros de Skyler en el Fair Hills Day.

—Edna Louise, ¿has dicho «Chaplin»? ¿Los Chaplin que viven en Charlemagne Drive? —a mamá se le quebró la voz porque sabía de Henry y Patricia Chaplin por el *Fair Hills Beacon,* en cuya primera página y en cuya sección «Estilo» aparecían a menudo fotografías de tan destacados residentes—. Sí, claro que sí, Edna Louise. Por supuesto que puedes ir a patinar con Carrie Chaplin. E iré contigo, para asegurarme de que no te pasa nada malo.

Edna Louise parpadeó para limpiarse las lágrimas. Edna Louise quería *muchísimo* a mamá.

(¡Qué sentimental! ¡Y tan torpe cuando se pone por escrito! Skyler recuerda sin embargo cómo su hermanita se deshacía en lágrimas infantiles si la dominaba una alegría infantil; cómo abrazaba a mamá o trataba de abrazarla; cómo exclamaba: «Mamá, te quiero». No hay manera de convertir esto en respetable prosa literaria para adultos, ¿verdad que no? He de intentarlo, de todos modos.)

Llevar a niñas en edad preescolar a la pista de hielo de Halcyon Hills, casi veinte kilómetros al este de Fair Hills, requería, por supuesto, un buen número de llamadas telefónicas porque en Fair Hills nada se conseguía con facilidad, sobre todo si participaban niños. («Niños: nuestra mercancía más valorada» era la consigna de más de un establecimiento docente de Fair Hills, privado o público.) La señora Chaplin llamó a mamá y mamá llamó a la señora Chaplin. ¡Una llamada para Betsey Rampike que Betsey Rampike valoraba! Cuán sorprendente que la señora Chaplin (llamada Patricia, *Trix* para los amigos) se mostrara tan cálidamente amistosa con Betsey Rampike, por lo que, de un día para otro, a mamá le pareció que le resultaba más fácil querer a su feúcha y exasperante Edna Louise.

Se concertó que mamá iría en coche a casa de los Chaplin y que Trix Chaplin llevaría a todo el mundo a la pista de hielo en su Road Warrior SUV con ocho asientos. Vacilante, mamá preguntó si en la pista sería posible alquilar patines para Edna Louise, y se produjo una breve pausa antes de que Trix Chaplin respondiera:

—Bueno, no. Creo que no. Pero llevaré los patines del año pasado de Carrie para Edna Louise, porque ya se le han quedado pequeños. Estoy segura de que le estarán bien.

¡Mamá se mordió los labios! ¿Había incurrido, como diría Bix, su marido, en un *fo pas*?

(¡Qué poco dispuesta estaba mamá a comprar patines de hielo para una niña de cuatro años, en especial patines caros, del tipo que lógicamente se esperaba ver en la pista de hielo de Halcyon Hills!;

después, sobre todo, de lo mucho que mamá había pagado por los patines del pequeño Skyler, y que no habían servido para nada.)

Charlemagne Drive estaba a menos de tres kilómetros de Ravens Crest Drive, aunque al otro lado de un abismo social, como Betsey Rampike sabía muy bien. La serpenteante entrada privada para coches seguía la cresta septentrional del Village de Fair Hills y la casa de los Chaplin era una estructura hecha de encargo, con varios niveles, obra del arquitecto Shubishi, que descendía por un pequeño montículo y situada cerca del lago Sylvan (*no* fabricado por el hombre), frente a la granja de caballos del exsenador Mack Steadley, una propiedad de ciento cincuenta hectáreas de primera calidad; su casa, como Trix Chaplin se lamentaba, se les había quedado «pequeña» para la familia, estaban «amontonados», con sólo seis dormitorios (los Chaplin tenían cuatro hijos de los que Carrie era la menor), y además vivía con ellos la anciana madre del señor Chaplin; disponían también de una piscina cubierta, un pabellón para huéspedes, un cenador, pistas de tenis y un estanque (demasiado pequeño para que las chicas pudiesen patinar de verdad y de todos modos el hielo hacía ondas y no era lo bastante liso para patinar). ¡Todo aquello en menos de tres hectáreas! El señor Chaplin, Bud para los amigos, era responsable de inversiones en el Fiduciary Trust de Nueva Jersey y Trix Chaplin, licenciada en Derecho por Fordham, era «mamá a tiempo completo», «¿o quiero más bien decir una mamá que hacía horas extraordinarias?», exactamente igual que Betsey Rampike.

Sucedía que, en sus nostágicos *paseítos en coche* en el Chevy Impala de color verde lima, Betsey Rampike había recorrido varias veces Charlemagne Drive sin importarle los letreros que avisaban CARRETERA PRIVADA SIN SALIDA, pero nunca había visto la casa de los Chaplin, muy alejada de la carretera y frustrantemente escondida tras árboles de hoja perenne. Ahora, cuando entró por la avenida de grava de los Chaplin y se acercó a la casa de cristal y estuco con varios niveles, situada en una colina desde la que se divisaba el lago Sylvan, mamá la miró fijamente y dio la sensación de estar a punto de hablar, pero no dijo nada; y en el asiento junto a ella, Edna Louise preguntó, asustada: «¿Es ahí donde vive Carrie, mamá? ¿Es eso una *casa*?».

En la pista de hielo de Halcyon Hills, que era mucho más grande y más bonita que la pista al aire libre en el parque Horace C. Slipp, mamá trató de no sentirse intimidada por las otras madres con sus hijas patinadoras, todas ellas mayores que Edna Louise; se propuso no esperar demasiado de su hija, como le había sucedido, estúpidamente, con Skyler. En la pista había patinadoras que eran alumnas de primaria y de secundaria y que patinaban tan bien como Betsey de niña, o incluso mejor, entre ellas Michelle, la hermana mayor de Carrie Chaplin, que tenía diecisiete años y estudiaba el último curso en Fair Hills Day. Edna Louise parecía casi febril por las ganas de salir a la pista mientras mamá colocaba los patines que se le habían quedado pequeños a Carrie Chaplin (botas blancas de cabritilla, apoyos altos para los tobillos, exquisitamente cosidas) en los pies diminutos de su hija y caminaba con ella de la mano hasta el hielo donde otros niños y niñas resbalaban, se tambaleaban, perdían el equilibrio, caían sobre el hielo y eran alzados para intentarlo de nuevo, todo ello con una buena dosis de ruido; y allí estaba Edna Louise, con el ceño fruncido por la concentración, entornados sus extraños ojos penetrantes de color azul cobalto, en un primer momento insegura sobre los patines nuevos, desconocidos, pero poco a poco —mientras se agarraba con firmeza a la mano de mamá y seguía sus instrucciones: «Despacio, cariño: mamá te sujeta», «Avanza con el pie derecho, corazón: deslízate»— se tuvo la impresión de que Edna Louise sabía ya cómo patinar, de manera instintiva.

¡Las otras chicas le daban tantos ánimos! Trix Chaplin rio encantada:

—¡Qué bien lo está haciendo Edna Louise, Betsey! ¿Estás segura de que no ha patinado antes?

Fue en aquella primera sesión de patinaje, mientras contemplaba a Edna Louise sobre el hielo, con unos patines prestados, en compañía de June Chaplin, de once años, que llevaba a la niñita de la mano para darle instrucciones, cuando Betsey Rampike tomó conciencia por primera vez de que *¡Mi hija es una niña extraordinaria! ¡Mi hija ha sido bendecida por Dios! ¡Mi hija va a ser el camino para que Dios me recompense por mi fe en Él y por eso vamos a ver cómo Dios eleva a mi hija por encima de todas sus rivales!* *

_____

* ¿Se preguntan cómo sé todo esto? ¿Cómo Skyler Rampike, que ni siquiera estaba en la pista de hielo, podía tener conocimiento de los pensamientos más íntimos de su madre

Y así, casi por casualidad, en el otoño de 1993, mientras Skyler Rampike tenía aún que soportar el rigor y el dolor de las sesiones de rehabilitación tres veces por semana, su hermanita Edna Louise empezó a recibir clases de patinaje en la pista de Halcyon Hills, junto a las hermanas Chaplin; y Betsey Rampike, que tanto había anhelado llegar a estar un día entre las madres de alumnas de Montessori a las que se invitaba a casa de los Chaplin para su fiesta anual de Navidad, fue invitada aquel año, con Bix Rampike, su marido. Entre las patinadoras que de manera regular practicaban en la pista de Halcyon Hills Edna Louise era quien cautivaba la atención de los espectadores por su tamaño diminuto y su talento para patinar que parecía tan en desproporción con su tamaño. «¡Vaya, es un verdadero ángel!», empezó a oírse alrededor de Betsey Rampike, cuyo corazón latía con fuerza agitado por sus expectativas y por el miedo.

Tampoco pasaba inadvertido el hecho de que mientras otros patinadores de corta edad se caían con frecuencia sobre el hielo y lloraban, el «ángel» no se caía tanto y, cuando le pasaba, se limitaba a reírse para mostrar que no se había hecho daño, y rápidamente se ponía en pie y seguía patinando.

De manera que Edna Louise, casi con toda probabilidad, era la última niña que abandonaba la pista. La última niña que se quitaba los patines. «Como si su vida dependiera de patinar —señaló más de un observador—. Como si, pese a ser tan joven, viera en el futuro y entendiera su destino».*

Edna Louise Rampike, de cuatro años recién cumplidos, fue una de los treinta y tantos niños patinadores en el Carnaval de Invierno de Halcyon, una función de gala presenciada sobre todo por familias y parientes encantados, y aquella noche sobre el hielo, con traviesa música

---

aquella tarde? La explicación es sencilla: Betsey Rampike habló de su «momento de inspiración» muchas veces en numerosas entrevistas. Llena de la certeza que le proporcionaba su fe cristiana, Betsey nunca vaciló, nunca puso en duda que Dios la había designado, como también a su hija, para un destino fuera de lo corriente.

* Véase el documental de la cadena ABC *Creación y destrucción de una niña prodigio: la historia de Bliss Rampike*. Febrero de 1999. Estas observaciones crípticas o proféticas las hizo la profesora de patinaje Ivana Zuev, ganadora de una medalla olímpica de bronce, que fue la primera instructora de mi hermana en la pista de hielo de Halcyon Hills. Cito aquí a Ivana Zuev aunque en otro momento de su entrevista aquella mujer rencorosa dijo cosas crueles sobre Betsey Rampike de dudosa veracidad.

de Chaikovski (la *Danza del hada de azúcar*) convenientemente amplificada, Edna Louise era una atractiva figura diminuta con un traje de hada de satén rosa con alas sujetas en los hombros, cintas a juego en el pelo y grandes ojos asustados. (Mirando hacia el público en busca de ¿mamá?, de ¿papá?, aunque papá, por supuesto, no había podido asistir. Papá estaba en viaje de negocios y «lo sentía muchísimo».) Skyler, que no había visto nunca a su hermanita actuando en público, patinando tímidamente con un grupo de niñitas patinadoras, muy principiantes, vestidas de hadas, se estremeció ante el espectáculo, se armó de valor para la inevitable caída, cerró los ojos y, cuando volvió a abrirlos, allí estaba Edna Louise terminando su breve actuación, un tanto temblorosa, sin duda la más hábil del pequeño grupo, y todavía en pie. Los aplausos fueron inmediatos y generosos para todas las patinadoras: «¡Bravo!», «¡Formidable!». Junto con las otras madres, Betsey se apresuró a abrazar a su querida patinadora, mientras Skyler seguía sentado y mirando, desconcertado. Porque, ¿no se había caído Edna Louise en el hielo? ¿No la había visto caerse con toda claridad? ¿De la misma manera que Skyler se había caído en el hielo y desprendido de las anillas del gimnasio, lesionándose?

Con las lágrimas brillándole en los ojos castaños llenos de afecto, mamá estaba abrazando a una Edna Louise con aspecto aturdido. Mientras Skyler se dirigía hacia ellas cojeando, oyó la voz extasiada de mamá:

—¡Si papá te hubiera visto, cariño! ¡Qué orgulloso habría estado de las dos! ¡La próxima vez!

¿Sentía Skyler celos de su hermanita? Noooo, en absoluto.

¿Deseaba Skyler que se produjera un percance sobre el hielo, que su valiente hermanita se lesionara? Noooo, en absoluto.

(De verdad, ¡es así! Lo juro.)

Como saben perfectamente todos sus rendidos admiradores, Bliss Rampike no hizo su debut oficial en el Carnaval de Invierno de Halcyon de 1994, sino en los Peques sobre Hielo, de Meadowlands, Nueva Jersey, el día de San Valentín de 1994.

Peques sobre Hielo era un popular acontecimiento anual de Nueva Jersey, en el que podía participar cualquier joven patinador con aspiraciones cuyos padres estuvieran dispuestos a pagar doscientos dólares de inscripción a cambio de la posibilidad de ganar relucientes tiaras de imitación de plata y trofeos de imitación de bronce además de unos segundos en las noticias de la televisión local y algunas fotografías en las últimas páginas de los periódicos. Para padres ambiciosos o ilusos que pensaran en colocar a sus hijos como componentes del equipo olímpico, Peques sobre Hielo era ideal. Como Mary Baker Eddy dijo a las mil maravillas: «Nunca te arruinarás si calculas por lo bajo el buen gusto del pueblo americano».

O fue más bien «Todos los minutos nace un imbécil» lo que dijo la señora Eddy, vidente astuta donde las haya. Cualquiera de las dos.

En la pista de hielo de Halcyon Hills, donde Edna Louise Rampike se había convertido en un espectáculo familiar, tierno, uno de los jóvenes patinadores más entregados, y también de los que tenían más talento, se le sugirió a Betsey Rampike que inscribiera a su hija en Peques sobre Hielo, pese a que Edna Louise era muy joven e inexperta. (Había sólo dos divisiones para ambos sexos en Peques sobre Hielo: patinadores hasta los ocho años y patinadores hasta los once.) Las dos hijas mayores de los Chaplin habían patinado en anteriores ediciones de Peques sobre Hielo y la mayor, Michelle, había quedado segunda en su categoría cuando tenía diez años. Pero Trix Chaplin creía que, a los cinco años, Carrie no estaba aún preparada para competir; y que podía ser «imprudente», «prematuro», que Betsey inscribiera a Edna Louise.

—Sin duda es una patinadora de talento, pero no ha tenido experiencia con tanto público y tan ruidoso. Piensa en que el año que viene Edna Louise estará mucho mejor preparada.

Mamá, que había llegado a adorar a Trix Chaplin,[*] aunque por otra parte le tuviera miedo y, en cierto modo, le molestase y le

---

* Vaya, lo siento: no he descrito a la señora Chaplin —Trix para los amigos— aunque me consta que debo satisfacer a las lectoras con un morboso interés por los estilos de vida de los norteamericanos acomodados que viven en zonas residenciales. De hecho, Skyler alcanzó a ver a la señora Chaplin muy pocas veces y, como la mayoría de los niños de corta edad, apenas se fijaba en los adultos. Baste decir que Trix Chaplin era una de esas rubias sin edad celebradas en las páginas de sociedad de las publicaciones locales de todas partes: rica, con estilo, sonriente, esbelta y de talla dos inmutable. Junto a Trix Chaplin, la pobre Betsey Rampike (talla diez) parecía y se sentía baja, regordeta, de cara demasiado redonda, nada elegante y, como papá diría, con la boca desalentadoramente caída, ¡vaya contraste!

desagradara Trix Chaplin, sintió el aguijón de los celos femeninos. *¡Imprudente! ¡Prematuro!* Durante semanas, mamá había sentido los celos casi palpables, la envidia y el rencor encubierto de las madres de las otras patinadoras en la pista de Halcyon Hills, y recordaba al mismo tiempo los celos, la envidia y el rencor no tan disimulado de sus amigas del instituto en Hagarstown cuando Betsey Sckulhorne, hija de una conocida familia local, había ganado concursos de belleza y había patinado en competiciones regionales.

Y había mujeres en Fair Hills que envidiaban a Betsey Rampike su marido, atractivo, sociable, francamente sexi, y que murmuraban a sus espaldas «¿Qué puede ver ese hombre en una mujer así?» y, todavía de manera más ominosa, «Ahí tienes un matrimonio que no puede durar».

Cortésmente, mamá le explicó a Trix Chaplin:

—Haré lo que mi hija quiera. Y lo que sea mejor para su carrera.

¡Un sueño de una intensidad tal! Tres noches seguidas antes del día de San Valentín.

Era como si tuviera los ojos abiertos, el cuarto estaba lleno de luz cegadora, al principio me aterraba pensar que fuese el arcángel Gabriel, que se suele acompañar de una luz deslumbrante, pero, todavía más maravilloso, era mi hija quien se me presentaba transfigurada en luz y como si fuese un ángel rubio que me tocaba la cara con dos manos amorosas y decía mamá no soy Edna Louise, no me debes llamar con ese nombre equivocado porque soy BLISS*, soy tu hija* BLISS *y te traigo una visión de Dios para que sepas que estás bendita como lo estoy yo, con la bendición de Dios que hará realidad nuestro destino sobre el hielo delante de todos nuestros enemigos y no seremos derrotadas.*

---

* *Bliss* significa literalmente «dicha», «felicidad absoluta». *(N. del T.)*

El nacimiento de Bliss Rampike - II

Bix no salía de su asombro. ¿Cambiar el nombre de su hija? ¿De *Edna Louise* a... *Bliss*?

—Cariño, mi madre no lo va a entender. Se va a sentir muy herida.

Betsey murmuró que trataría de explicárselo. Le escribiría una carta a su suegra. Argumentaría que había recibido la visión con tal claridad, con tanta fuerza, que no podía haber sido un sueño ordinario, sino un mensaje de Dios mismo.

¿De Dios? ¿Un mensaje sobrenatural? Bix sonrió, dubitativo. Era una persona que creía incondicionalmente en Dios —el Dios cristiano, bíblico, el Dios de la raza blanca—, pero sin ningún deseo de hablar de Él, porque temas así le incomodaban. Igual que pronunciar términos clínicos como *coito, masturbación* le hubiera avergonzado en extremo, aunque en compañía de varones utilizara sin la menor vacilación palabras como *joder, follar, correrse*. El rostro se le encendió, lleno de resentimiento. Acababa de regresar a casa desde el aeropuerto de Newark, su vuelo desde Fráncfort había llegado con tres horas y media de retraso. Se había trasladado a la ciudad alemana enviado con urgencia por su supervisor en Scor Chemicals, Inc., un nuevo puesto para Bix Rampike y muy bien pagado por cierto, si bien implicaba viajar, en el presente y en el futuro, y un joven director adjunto de Desarrollo de Proyectos, ferozmente competitivo, requiere de su esposa y de su familia una cosa fundamental: que no le den sorpresas.

En el hogar de los Rampike las sorpresas corrían por cuenta de papá, en exclusiva. Ése era el quid de la cuestión.

Bix, sin embargo, sonreía. Aunque las pupilas se le habían reducido hasta el tamaño de cabezas de alfiler.

Y acariciaba el brazo de su mujer por encima del codo. Aunque con el pulgar y el índice apretaba el músculo, carnoso pero blando.

117

—Ya sabes cómo es mi madre, Betsey. Si se hiere su orgullo, pagaremos nosotros los platos rotos.

Sin mencionarla, marido y mujer no olvidaban la posibilidad de que la anciana señora Rampike los castigara excluyendo a Bix de su testamento. O, casi igual de cruel, dejando a Bix, su hijo preferido, sólo una fracción de lo que heredarían sus fracasados hermanos, eternos conspiradores.

—A mi madre no parece gustarle de manera especial su nietecita, ni siquiera ahora, aunque se llame «Edna Louise». ¿Crees que le va a gustar más si la llamas «Bliss», como una estrella de pop muy sexi o algún estúpido charlatán indio con pretensiones místicas?

Betsey se estremeció. ¡Bliss era un nombre tan hermoso!

—Bix, fue Bliss en persona, nuestra hija, quien se me apareció en el sueño. La habitación estaba inundada de luz y se presentó Bliss como un ángel para explicarme que nos habíamos equivocado con su nombre y que su destino era llamarse...

—¿Cómo se llama esa condenada medicina que estás tomando..., «Elixil»..., «Nixil»? ¿Es eso lo que te ha provocado la «visión»?

Betsey se zafó de Bix. En la parte superior del brazo quedaron marcas rojas de los dedos de su marido. Su rostro, como el de Bix, estaba encendido, y había un temblor de emoción en su voz.

—Mi visión vino de Dios. No me vas a privar de mi visión. Siempre hacemos las cosas a tu manera, «el quid de la cuestión» es lo que quiere Bix, pero en este caso sé que estoy en lo cierto y que la historia demostrará que tengo razón. Desde que empecé a llevar a Edna Louise, quiero decir a Bliss, a la pista de hielo, se me cayó la venda de los ojos. Nuestra hija es una patinadora nata, nadie en la pista se parece ni remotamente a ella, ¡y tan pequeña! La profesora, Ivana Zuev, que ganó una medalla olímpica de bronce, dice que nuestra hija tiene un «alma vieja», que «ha vivido muchas vidas antes de ésta» y que ha venido al patinaje sobre hielo en esta vida nueva con recuerdos de las antiguas. No pongas esa cara tan escéptica, Bix: estoy convencida de que Ivana no se equivoca. Nuestra hija está destinada para ¡algo grande! No me invento nada. De hecho, tomo menos cápsulas de Elixil de las que el doctor Tyde me prescribió. Bliss vino en sueños para decirme lo urgente que era rectificar nuestra equivocación con su nombre. Nuestra hija es «Bliss» y no «Edna Louise».

—Betsey, escucha..., por el amor de Dios...

—Es por el amor de Dios y por el amor a nosotros mismos. Bliss Rampike patinará mañana por la noche con su verdadero nombre en Meadowlands, porque «Edna Louise» ha dejado de existir.

¡Con qué fervor habló Betsey! Tenía los ojos dilatados, perdidos. Cuando Bix hizo un gesto para calmarla, o para contenerla, Betsey le apartó la mano con displicencia, como nunca se había atrevido a hacerlo en el pasado, y Bix se la quedó mirando asombrado. ¿Era aquella mujer la chica seductora y pechugona de Bix Rampike, que tartamudeaba cuando estaba emocionada y a quien asaltaba la timidez en los acontecimientos sociales? ¿Era aquélla la *mamaíta* de sus hijos? Por el corredor a oscuras junto al dormitorio, el pequeño Skyler, que se había acercado cojeando, atraído por la tensión en las voces de sus padres, vio que la puerta no estaba cerrada del todo y que podía escuchar sin llamar la atención: era la más inocente de las estrategias infantiles, y el pobre Skyler se había aficionado a escuchar los diálogos de sus padres cuando creían que nadie escuchaba. «¿Hablarán de mí?», era la esperanza del niño. «¿Qué dirán de mí?» Porque papá acababa de regresar de un viaje de negocios y llevaba días sin ver a su hijo y, sin embargo, ¿habrían ustedes adivinado que los Rampike tenían algún otro hijo, aparte de la nueva, de la misteriosa «Bliss»?

(¡Cristo bendito! Sí que es raro. Las páginas precedentes, lo que oí en el dormitorio de mis padres fue más o menos lo que he reseñado aquí, pero por alguna razón no suena bien. (¿O sí?) Creo que no he sido capaz de imaginar lo que Bix Rampike estaba pensando y sintiendo; ni lo que Betsey pensaba y sentía. ¡Nada fácil! Hay algo pecaminoso acerca de tales suposiciones cuando se trata de nuestros padres: un tabú, quizás. Al decidir llamar a mis padres Bix y Betsey, en lugar de papá y mamá, mi razonamiento era que durante gran parte del tiempo nuestros padres no se ven a sí mismos como padres per se, no como papá y mamá, sino como los individuos diferenciados que son, separados de nosotros. La paradoja es, sin embargo, que yo sólo los conozco como papá y mamá. Sólo los conozco como *mis* padres.)

—¡*Bliss*! Así es como te llamas ahora, cariño. «Edna Louise» se ha convertido en «Bliss»... ¿No es maravilloso?

La desconcertada niñita sonrió a mamá. ¿Era una buena noticia? ¿Era una sorpresa agradable? Por la expresión de mamá, eso era claramente lo que había que pensar.

—*Bliss*, tu nuevo nombre..., ¿cómo lo pronuncias?

—¿*Bli-zz*?

—*Bliss*. Bliss Rampike.

¡Los nombres eran una cosa tan extraña! ¿Por qué cualquier nombre es lo que es, y por qué está unido a cualquier persona o cosa? La pequeña Edna Louise, transformada en Bliss, sonrió insegura como si le hubieran hecho un regalo que no entendía —como, con frecuencia, de niños, adultos sonrientes que han sido muy buenos con nosotros nos ofrecen regalos y desean que se les reconozca como tales—, pero se daba cuenta de que era un regalo muy importante y de que tenía que estar agradecida.

—Así que, cariño, cuando la gente te pregunte cómo te llamas, sobre todo en la pista de patinaje, les dirás «Bliss». Que se deletrea B-L-I-S-S. Dios nos lo ha dicho en una visión. ¿Lo entiendes?

Edna Louise asintió con vehemencia.

—¡*Sí, mamá!*

¿No había estado practicando sus figuras bajo la ceñuda tutela de la señorita Zuev, cuyo rostro, sin ser el de una anciana, estaba atravesado por arrugas de impaciencia?; ¿no habían patinado juntas, ella y la señorita Zuev, en la pista de Halcyon Hills, día tras día, mientras sonaba la radiante melodía *Over the Rainbow*? —¡elegida por mamá!—; ¿y no se habían parado a mirar todos los que se habían dado cuenta, y no habían elogiado a la notable patinadora de tan pocos años? Ahora había salido a la luz el motivo: sobre el hielo Edna Louise no había sido en absoluto «Edna Louise», sino «Bliss».

¡Sí, mamá!

En aquella fría mañana de febrero, mamá entró decidida en la habitación de Skyler, donde María le estaba ayudando a vestirse para ir al colegio. Iba a haber un cambio en la familia Rampike a partir de aquel momento.

—Edna Louise tiene un nombre nuevo, a partir de ahora se llama *Bliss*.

¿Bliss? Skyler puso mala cara. Aunque no se puede decir que Skyler estuviera exactamente sorprendido.

—De ahora en adelante, Skyler, María, llamaréis *Bliss* a la hermanita de Skyler en lugar de *Edna Louise*. Nunca más *Edna Louise* —mamá se estremeció y se echó a reír, como si entre todos hubieran evitado por poco algo sumamente desagradable.

Acostumbrada a los caprichos y órdenes de la *gringa* de Fair Hills, que siempre se manifestaban con un tono de voz solemne, María la ecuatoriana murmuró cortésmente «Sí, señora». Mientras que Skyler, con mal humor de niño mimado, porque la pierna partida en dos, que se curaba muy despacio, dolía como un demonio y lo mismo la rodilla, y la dosis matutina de Nixil no le había hecho efecto aún, tuvo que preguntar «¿Por qué?».

—¿Por qué? Porque lo dice mamá, cariño. Mamá te lo ha explicado: tu hermanita ya no es *Edna Louise* sino *Bliss*. De ahora en adelante la llamarás *Bliss*.

—*Bliss* —Skyler se limpió la nariz goteante con el revés de la mano como hacen los golfillos de la calle en documentales demasiado realistas. No como hacen los chicos de Fair Hills, que se limitan a encogerse de hombros en sus blazers de color azul marino bordados con el escudo heráldico de Fair Hills Day en el que aparece un león rampante, bastones de mando o mazas cruzadas y un libro sagrado del que brotan llamas, todo ello en miniatura—. *Bliss* es un nombre estúpido, mamá. La gente se reirá —Skyler rio, no con demasiada amargura, como para hacer una demostración, pero mamá no estaba de humor para que su hombrecito le resultara divertido, no en aquel momento.

—Nadie se va a reír de tu hermana, Skyler, te lo aseguro. El cambio de nombre será legal tan pronto como nuestro abogado presente los documentos en el juzgado y mientras tanto limítate a llamar a tu hermana *Bliss,* un nombre mucho más bonito y más inconfundible que *Edna Louise*. Y no pongas cara de niño tonto.

¡Cara de niño tonto! A Skyler le escandalizó que su madre lo insultara así en presencia de la niñera.

Skyler vio que su madre tenía prisa por marcharse, pero le tiró del brazo para preguntar: «¿También yo tengo un nombre nuevo?», aunque sabía demasiado bien que no era así. Y mamá se rio y dijo:

—Cariño, no: ¿para qué querríamos papá y yo cambiarte el nombre? *Skyler* es un nombre muy hermoso y fuera de lo corriente, un nombre de persona «que busca» y del que deberías estar orgulloso.

Pero Skyler, perspicaz y malhumorado, sabía que no había nada de lo que debiera estar orgulloso.

Peques sobre Hielo, Miss Debutante 1994

«El día más feliz de mi vida.»
¿O fue una pesadilla? ¡Elijan lo que prefieran!

No fue por tanto Edna Louise Rampike, feíta e insignificante, sino la hermosa y transfigurada Bliss Rampike quien hizo su debut como patinadora, a la edad de cuatro años, en la pista de hielo de Meadowlands en la noche de San Valentín de 1994, entre nieve y ráfagas de viento. Mamá lloró de gratitud porque los responsables de Peques sobre Hielo se mostraron dispuestos a hacer el cambio de nombres en el último momento mediante el pago de un suplemento de cincuenta dólares.

No había programas impresos en la pista. No había localidades numeradas. Las entradas eran a doce dólares los adultos y a seis los niños, y luego tenías que buscar un sitio en los bancos corridos de la tribuna. El aire era frío pero estaba viciado: en un corredor, fuera de la pista, Skyler había visto montones de deprimentes jaulas de tela metálica, jaulas para perros, que se alzaban hasta el techo. (Sin duda se había celebrado una exposición canina el día anterior. Dominaba un olor desagradable a pelo de perros, a excrementos caninos y a perros asustados.) El suelo de cemento, lleno de manchas, estaba pegajoso por las bebidas derramadas y por los restos de comida. Los vendedores pregonaban ruidosamente refrescos, alimentos, equipamiento para patinar. En lo alto brillaban cegadoras luces fluorescentes. Los altavoces difundían a todo volumen un Chaikovski ensordecedor y acaramelado: la *Danza del hada de azúcar*. Las puertas de la pista se habían abierto a las seis de la tarde y para las siete menos cuarto ya había entrado una considerable multitud. Se veía a pocas acomodadoras, que eran jovencitas bien proporcionadas, vestidas de patinadoras, con zapatos rosas de tacones altos y gorras de satén también de color rosa con

Peques sobre Hielo 1994 en letras blancas. Tampoco había muchos guardas jurados, y todos eran negros de avanzada edad. El ambiente era ruidoso, festivo. Numerosos niños corrían y gritaban sin control de nadie. Los fotógrafos se paseaban inquietos, había personas con videocámaras, y los tres componentes de un desconcertado equipo de televisión de la New Jersey Network filmaban a algunas de las patinadoras de más edad y más glamurosas, con sus faldas cortas y sus ajustados corpiños semejantes a trajes de baño. Mamá había llegado a Meadowlands pronto, conduciendo con muchas precauciones el Chevy Impala y a velocidades titubeantes en la autopista, musitando fervorosas oraciones mientras el tráfico se arrastraba bajo la nieve zarandeada por el viento; mamá nos había organizado —a Bliss, a Skyler y a María— para que saliésemos de casa a las cuatro de la tarde, de manera que llegáramos pronto y consiguiésemos asientos en la primera fila, aunque viviéramos en peligro constante de que desconocidos agresivos nos disputaran aquellas localidades tan solicitadas: «¿Estáis sentados aquí? ¿Todos esos sitios, aquí?». Aparte de algunos hombres y muchachos, la mayoría del público eran mujeres, madres y familiares de jóvenes patinadoras: no mujeres del tipo de Fair Hills, sino lo que mamá llamaba, con gesto desdeñoso, «elementos más ordinarios de Nueva Jersey». El peso de aquellas representantes del sexo femenino era considerable. Hasta las más jóvenes, incluidas muchachitas y niñas, eran corpulentas. En semejante confusión, Betsey Rampike, con su abrigo oscuro de mohair con cuello de visón, botas italianas muy caras y los cabellos castaños elegantemente peinados, parecía casi esbelta, juvenil. Los labios de mamá estaban muy encarnados y sus ojos, húmedos de emoción. Una y otra vez marcó un número en el móvil sin conseguir establecer comunicación. A Bliss le dijo:

—Papá llegará a tiempo, estoy segura. Vendrá directamente desde la oficina. «¡No me puedo perder el debut en el hielo de mi superchiquitina!», me ha dicho. Sabe dónde está Meadowlands, le he dado instrucciones para venir hasta la pista. Todos esos estandartes para Peques sobre Hielo, es imposible equivocarse. ¡Papá tiene muchas ganas de verte patinar, Bliss! Te lo aseguro. Pero su nuevo trabajo no está tan cerca de la autopista como el antiguo. Scor Chemicals se encuentra casi en Paramus y es tan grande que tiene un código postal para ella sola.

Mamá parloteaba nerviosa. Bliss parecía no darse cuenta, inclinada hacia delante en el asiento, con el abrigo puesto, la mirada perdida y tiritando. ¡Tanto ruido! ¡Tanta gente! Peques sobre Hielo no se parecía en nada al Carnaval de Invierno de Halcyon, un espectáculo de carácter familiar. ¿Por qué no había allí ninguna conocida de mamá? ¿Ninguno de los otros patinadores de corta edad que recibían lecciones con Bliss? Parecía que esta vez Trix Chaplin había desdeñado Peques sobre Hielo porque la pequeña Carrie no patinaba lo bastante bien como para hacer su debut. (¿Tenía mamá la esperanza de que su amiga Trix acudiera con sus hijas para ver patinar a Bliss? ¿Para dar apoyo moral a Betsey y a Bliss?) Mamá estaba emocionada, inquieta. Permanecía de pie, para mirar detenidamente a la multitud. No cesaba de arreglarle el pelo a Bliss, que estaba bien, algo lacio y de un color poco preciso. Mamá la peinaba y le ahuecaba el flequillo, y le ajustaba las hebillas de satén rosa en forma de mariposa. Debajo de su abriguito, Bliss llevaba un vestido infantil de patinadora que mamá había encargado en el departamento para jovencitas de Lady Champ: corpiño de satén rosa, breve falda de tablas y braguitas del mismo color, un diminuto corazón rojo encima de su pecho izquierdo, o de lo que hubiera sido el pecho izquierdo en una chica de más edad, y alas transparentes. Mamá no había maquillado a Bliss porque sólo tenía cuatro años y Trix Chaplin le había comentado a Betsey lo «vulgar», lo «inaceptable» de que ciertas madres maquillaran a sus pequeñas patinadoras para que parecieran «chabacanamente glamurosas», pero ahora, en Peques sobre Hielo, mamá comprobó, consternada, que las demás debutantes, las que iban a competir con Bliss, habían utilizado lápiz de labios, colorete e incluso delineador de ojos. (Quizá, entonces, a toda prisa, ¿sólo un toque del lápiz de labios rojo cereza de mamá? Y, luego, para que Bliss no resultase tan espantosamente pálida, como si padeciera alguna terrible enfermedad infantil consuntiva como leucemia, ¿un discreto toque de rubor en las mejillas? Bliss hizo un débil intento de apartar las manos de mamá, pero no tardó en ceder.) También Skyler se había fijado en las otras niñitas patinadoras y en sus robustas mamás, que atosigaban a los Rampike y a María en sus asientos de la tribuna. E igualmente se había fijado en unos cuantos hombres solitarios, de distintas edades, pero sobre todo maduros, entre el público, con cámaras fotográficas. Skyler se estaba asustando al pensar que su hermanita iba a patinar delante de un público tan alborotador. Era cierto que a Skyler ya no le gustaba tanto su hermanita, desde que en los últimos tiempos había adquirido un nombre nuevo, fuera de lo corriente, pero al verla ahora tan diminuta en su asiento, con los pies, dentro de los patines, que no le llegaban al suelo, pálida y resignada, como uno de los pacientes externos que acudían como él al centro de rehabilitación infantil, Skyler extendió el brazo para darle la mano —la de Bliss estaba fría y flácida— y confortarla, pero por toda respuesta Bliss sólo se estremeció. Sus extraños ojos, severos, sin expresión, estaban fijos en el hielo y apenas parecía consciente de lo que la rodeaba. Skyler vio que mamá no se daba cuenta de lo asustada que estaba Bliss, porque a mamá le preocupaban las otras patinadoras (¡uñas pintadas!, ¡lóbulos con agujeros para los pendientes!, ¡unos vestidos tan chillones!, ¿en qué estaban pensando sus madres?) y porque sentía de continuo la necesidad de levantarse y de mirar hacia atrás con la esperanza de ver alguna cara conocida. (Pero Skyler lo sabía: papá no iba a venir. Si la mayoría de las veces papá no conseguía volver a casa a tiempo para cenar, no era probable que se presentara en Meadowlands; ni tampoco le apetecería aparecer en un sitio con semejante ambiente de «bajos fondos», tan poco atractivo.)

—¿Mamá? ¿Por qué no nos volvemos a casa antes de que empiece el concurso? —Skyler tiró de la manga del abrigo a su mamá, que no le hizo el más mínimo caso, ya que por fin había visto a alguien a quien conocía (¿una mujer?) varias filas por detrás en la tribuna. Mamá estaba de pie y saludaba y llamaba, pero nadie respondió a su saludo.

A mitad de una nota, el Chaikovski de muchos decibelios cesó de repente. Por el sistema de altavoces se hicieron anuncios ensordecedores relacionados con las salidas de emergencia, y con el desalojo del local en caso de incendio. Un individuo mastodóntico con cara de lagarto y reluciente esmoquin negro con un ancho fajín lleno de corazones de enamorados apareció bajo la luz de un reflector en el borde de la pista, con una amplia sonrisa, micrófono en mano. Parecía tener hinchados los párpados, y su actitud con el público era jocosa, familiar. Sus cabellos teñidos de color negro azabache que le llegaban al hombro estaban divididos por una raya en el centro de la voluminosa cabeza. La simple presencia de aquel llamativo individuo provocó los aplausos del público, vítores y abucheos en broma. El personaje con cara de lagarto aceptó las atenciones con una exhibición de fingida modestia. Su voz

—de barítono, pero áspera y sutilmente burlona— chirrió contra el micrófono como si lo raspara con las uñas.

—Qué tal, señorasss y señoresss y todosss losss demásss —pausa para carcajadas y risas ahogadas—. ¡Soy Jeremiah Jericho, vuestro humilde anfitrión para este abracadabrante y nada pueril Peques sobre Hielo 1994! —una salva de aplausos, risas y silbidos todavía más ruidosos se extendió por el estadio como agua jabonosa, ante lo cual, con cierta dificultad debido a su volumen, el señor Jericho hizo una reverencia—. Y nuestros estimados jueces, personalidades de prestigio internacional en el mundo del patinaje, regresan a este glorioso Meadowlands para otra velada memorable...

A una indicación de Jericho, tres individuos de edad y sexo indeterminados, todos de físico muy sólido, vestidos de negro pero con llamativas rosas rojas en la solapa, se alzaron de sus asientos en la primera fila para sonreír y saludar a la multitud. Skyler no estaba seguro de haber oído con claridad los apellidos de los jueces: ¿Krunk, Snicks, D'Ambrosia?

Mientras mamá y las madres de las otras debutantes preparaban a sus hijas para la primera competición, el maestro de ceremonias con cara de lagarto presentó a Tiffany Pirro, de Jersey City, Miss Peque sobre Hielo 1993, la ganadora del «Gran Premio» del año anterior, que inició el programa con una animada presentación en la que se mezclaban patinaje y baile, con fondo musical de la canción *I Will Survive* en un intenso ritmo «disco», sincopado y sexi, que provocó aplausos estruendosos. Tiffany era una jovencita de poca estatura, con muchas curvas y pecho abundante que probablemente no tenía más de doce años pero que resultaba muy madura para su edad, con cabellos de color bronce, un corpiño de tejido elástico y color azul marino, un chaleco al estilo vaquero tachonado de piedras preciosas artificiales, una falda acampanada insinuantemente corta sobre braguitas con manchas como de piel de leopardo, numerosos pendientes y labios de color rojo cereza en un constante mohín. Con velocidad espectacular, Tiffany ejecutó ochos, se deslizó de espaldas alzando hacia atrás una pierna vigorosa, dio bruscas vueltas y realizó giros para acabar con una repentina voltereta que la dejó jadeante y con los brazos y piernas extendidos sobre el hielo, sin que pareciera importar si había sido aposta o no. Porque el señor Jeremiah Jericho, de cara de lagarto, se apresuró a pedir al público:

—¡Rómpanse las manos aplaudiendo a Tiff! ¡Que se oiga!

Había un contingente de Jersey City que la aplaudió más que nadie y que parecía poco dispuesto a dejarla marchar, para que la reemplazaran patinadoras mucho menos espectaculares y sexis, con edades entre los cuatro y los ocho años, de cara a la competición de Miss Debutante 1994. Las candidatas eran nueve niñas, entre las que Bliss Rampike ocupaba alfabéticamente el séptimo puesto. Las primeras seis eran mayores que Bliss, pero se mostraron vacilantes y asustadas, y provocaron entre el público murmullos de comprensión y risas afables. Dos se cayeron casi de inmediato. Una hispana regordeta, de siete años, una pequeña belleza de piel aceitunada con reluciente pelo trenzado muy negro, consiguió patinar todo su número al ritmo de *I Wanna Be Loved by You* sin caerse ni tropezar y la respuesta del público fue entusiasta. A continuación se alzó de nuevo la voz chirriante y confidencial de Jeremiah Jericho:

—¡La pequeña Bliss Rampike, cuatro años de edad, de Fair Hills, Nueva Jersey! ¡Bienvenida, Bliss! ¿Y no es Bliss, *cielo santo,* no es de verdad *pequeña* esta niñita? ¡Y *muy-gua-pa*!

Aunque Fair Hills no tenía apoyo entre el público, y cabía incluso que hubiera provocado algunas risitas desdeñosas, tan pronto como la hermanita de Skyler salió a patinar sobre el hielo, temblorosa en un primer momento, y luego con más confianza, vestida de satén rosa con volantes, corpiño de encaje, falda de tablas, medias caladas y alas transparentes de mariposa, o de hada, sujetas a los omóplatos, el entusiasmo del público se desbordó. ¡Tan joven! ¡Cuatro años! ¡Tan pequeña! La sorpresa fue, como los espectadores no tardaron en apreciar, que aquella concursante diminuta patinaba de verdad, con la elegancia y la habilidad de una niña mucho mayor; pronto quedó patente, al ritmo radiante de *Over the Rainbow,* que Bliss patinaba mejor que Tiffany Pirro, con largos deslizamientos seguros, giros y lentas piruetas ejecutados con la precisión de una muñeca mecánica. Los ojos de Bliss resultaban sombríos bajo el ahuecado flequillo rubio, mientras la boca en capullo de rosa que mamá había pintado sobre su pálida boquita ofrecía una mínima sonrisa, entre tímida y dulce, que ella mantuvo hasta el final. Bliss patinando hacia atrás, y dibujando un ocho con elegancia, aunque de manera un tanto estudiada, fue lo que más asombró al público y provocó salvas de aplausos. En la pista de Halcyon Hills, Bliss había practicado tantas veces su actuación de seis minutos con *Over the Rainbow,* tutelada por los ojos de lince de Ivana

Zuev y de mamá, tan ferozmente se había concentrado en cada movimiento requerido, que al final de los seis minutos Bliss parecía haberse olvidado por completo de lo que la rodeaba, por lo que la sorprendieron los aplausos, lo que todavía le granjeó más el afecto del público entusiasta. Skyler, que había mirado con los ojos entornados a la espera del inevitable resbalón, tropiezo, caída, «¡Oooh!» de la multitud, parpadeó asombrado, tan sorprendido como su hermana, cuando los aplausos se extendieron por todo el estadio y un gran número de espectadores se puso en pie.

Incluso Jeremiah Jericho pareció sobresaltado:

—Señorasss y señoresss, ¡esto ha sido de verdad un *dei-biú* abracadabrante! ¡La respuesta de Nueva Jersey a Sonja Henie! ¡Precisamente aquí, en Peques sobre Hielo 1994! ¡Verlo para creerlo!

¿Había terminado ya la actuación de Bliss? ¿Tan deprisa? Aquellos fotógrafos que habían manifestado tan poco interés por las anteriores patinadoras ahora se abrieron camino para inmortalizar a Bliss, asustándola con sus fogonazos. El equipo de NJN-Televisión pasó de inmediato a la acción, filmando a la niñita, todavía con aire aturdido, y a su madre sonriente que declaró, ante el micrófono que le pusieron delante:

—Muchas gracias, gracias por sus aplausos, mi hija es una patinadora nata, mi hija *será* la próxima Sonja Henie, agradecemos mucho esta maravillosa oportunidad, es el día más feliz de nuestra vida, y sobre todo gracias a... —pero el micrófono de la NJN le fue retirado antes de que mamá pudiera decir *Dios*.

Después de regresar a sus asientos junto a Skyler y María, mientras la multitud se tranquilizaba poco a poco y Jeremiah Jericho, con su cara de lagarto, anunciaba a la siguiente patinadora de corta edad, mamá seguía abrazando a Bliss y procedió a colocársela torpemente sobre el regazo, patines incluidos. A mamá le caían las lágrimas por las mejillas, de tan feliz como era.

—Bliss, no sabes lo orgullosa que mamá está de ti. ¡Y papá! Espera a que papá se entere. Lo has hecho mucho mejor que todas esas otras niñas, *tienes que ganar*. Pero tanto si ganas como si no, cariño, mamá te quiere mucho. Y Dios también te quiere, esta noche lo ha demostrado.

Muy cerca, junto a las dos, Skyler trataba de introducirse en el abrazo de mamá. Trataba de sentirse igual que ellas, feliz y orgulloso y entusiasmado.

Y, sin embargo: ¿no se había caído Bliss en el hielo? ¿Mientras patinaba hacia atrás, exhibiéndose delante de la multitud? ¿No había visto Skyler tropezar a la descarada de su hermana y empezar a caer? Rápidamente había cerrado los ojos, para no tener que verlo. ¿Es que aquello no había sucedido?

El resto de la velada transcurrió en un delirio de confusión, de emoción, de expectativas crecientes. Mamá trató varias veces de llamar a papá con el móvil, pero sólo consiguió dejar un mensaje: «¡Bix, querido! Bliss acaba de patinar y lo ha hecho maravillosamente. Cariño, ¡el público se ha vuelto loco con ella! ¡Nuestra hija! Si puedes estar aquí para las diez, por favor, no dejes de venir. Todavía tienes tiempo, no se proclamará a los vencedores hasta el final de la noche, y si Bliss gana su concurso...».

Dominados por un hambre devoradora, compraron comida a los vendedores ambulantes, la clase de alimentos que mamá nunca permitía que se tomaran en casa: perritos calientes, grasientas patatas fritas, pegajosas porciones de pizza, coca-colas gigantescas. Bliss miraba la pista de hielo resplandeciente sin dar la sensación de verla. Skyler no era capaz de estarse quieto en su asiento. Con el pretexto de que necesitaba ir al aseo de caballeros, deambuló por el estadio buscando a... ¿papá quizá, a quien sabía que no iba a ver? (Sin embargo: tenemos que mirar.) En el sucio aseo para hombres, un individuo más bien joven de pelo marrón rojizo y sonrisa ansiosa se acercó a Skyler, que miraba ceñudo el mugriento lavabo mientras se preguntaba si debería lavarse las manos o volver a su asiento sin más dilación, para preguntarle:

—¿Niño? ¿Te has perdido? ¿O... estás buscando a tu papá?

Descortésmente, Skyler salió corriendo del aseo y volvió a su sitio.

Al fin, concluyó el programa. En medio de un derroche de música a todo volumen —no un Chaikovski torturado sino una versión en rock-and-roll del adagio del *Spartacus* de Jachaturián—, el gigantesco Jeremiah Jericho volvió a quedar iluminado para anunciar a los vencedores de la velada. Mientras mamá apretaba con fuerza tanto la mano de Bliss como la de Skyler, y sus labios se movían en una plegaria silenciosa, la voz rasposa y confidencial proclamó:

—Nuestra Miss Debutante 1994 no es otra que la favorita del público, ¡la señorita Bliss Rampike de Fair Hills, Nueva Jersey! ¡Señorasss y señoresss, aplaudamos como se merece a esta peque fan-tás-ti-ca en el comienzo de una fan-tás-ti-ca carrera!

Mamá gritó, mamá y María se abrazaron, y mamá condujo de nuevo a Bliss, aturdida por el agotamiento, dominada por la timidez, los dedos de una mano metidos en la boca, hasta la pista de hielo para aceptar del lascivo maestro de ceremonias un ramillete de rosas rojas de aspecto céreo, una tiara de «plata» liviana, un trofeo de «plata» igualmente liviana y una banda de satén rosa que la proclamaba Miss Debutante 1994. Jeremiah Jericho ayudó a la señora Rampike a colocar la glamurosa banda de satén en diagonal sobre el exiguo pecho de la pequeña Bliss, sin dejar todo el tiempo de bromear alegremente con mamá:

—¡Señora Rampick! ¿Dónde estaba usted cuando el pequeño Jerry Jericho era un ingenuo campeón de patinaje de Jersey City en los terribles tiempos ya pasados del rock-and-roll?

Mamá se ruborizó, azorada, provocando risas y un rugido aprobador del público que parecía haber decidido, al ver lo muy emocionada que estaba mamá, al ver cómo le brillaban las lágrimas en un rostro casi de niña, que, al fin y a la postre, les gustaba Fair Hills. Mientras mamá regresaba con Bliss a su asiento, los fotógrafos se abalanzaron sobre ellas dirigiendo a su rostro los flashes al tiempo que el equipo de NJN-Televisión las iba siguiendo.

—¡Sonríe para nosotros, Bliss! ¡Aquí, cariño! ¡Sonríe!

Los más entusiastas se arremolinaban a su alrededor como amigos de toda la vida, el ambiente era como de jolgorio provocado por excesos alcohólicos; además a la desconcertada niñita rubia se le pedían autógrafos, si bien, como era demasiado pequeña incluso para firmar, su risueña madre tenía que hacerlo por ella: BLISS RAMPIKE. Entre el público más marcadamente agresivo figuraban varios hombres con videocámaras y el más entusiasta de todos era un sujeto todavía joven, larguirucho, con labios gruesos como de goma en una sonrisa sin sentido, cabellos enmarañados de color marrón rojizo y una bufanda de seda roja tirando a naranja atada en torno al cuello que se inclinó sobre mamá y Bliss para recoger las palabras tartamudeantes de mamá:

—Éste... es... el día más feliz de mi vida.

Mamá, resplandeciente, tomó también a Skyler de la mano. Y se la apretó con tanta fuerza que su hijo tuvo la sensación de que le iban a estallar los huesos. Pero era un sentimiento de felicidad. A Skyler el corazón se le llenó de ternura: *Mamá también me quiere a mí.*

Posdata

¿Reconocen ustedes a esa persona? *Sujeto todavía joven, larguirucho, con labios gruesos como de goma en una sonrisa sin sentido...* Yo, de hecho, no lo reconocí. Y probablemente mamá tampoco. Sabemos, sin embargo, por acontecimientos posteriores, que Gunther Ruscha, de treinta y un años por aquel entonces, estuvo aquella noche en la pista de hielo de Meadowlands, sentado en el centro de la primera fila (¿solo?, ¿o con un acompañante de ideas afines?), dado que cintas de vídeo confiscadas en casa de Ruscha por agentes de la policía de Fair Hills mostrarían a todas las jóvenes patinadoras en el concurso de Peques sobre Hielo de aquella velada, incluida Bliss Rampike; y, mientras mamá medio arrastraba a Bliss de vuelta hacia su asiento, entre un zumbador enjambre de admiradores, Ruscha sostenía la cámara tan sólo a pocos centímetros de las dos. En aquella cinta borrosa y muy granulada, la carita pálida de Bliss se había distendido a causa del agotamiento y su glamurosa banda de satén rosa en la que se leía MISS DEBUTANTE 1994 PEQUES SOBRE HIELO se le había torcido sobre el corpiño, y el rostro redondo de mamá, encendido, brillaba con el sudor. Parece claro, por la cinta, que Gunther Ruscha hablaba con mamá y que mamá escuchaba y que Skyler, muy cerca, podría muy bien haber oído exactamente estas palabras:

—¡Señora Rampike, enhorabuena! ¡Su hija es una beldad! ¡Una patinadora nata! ¡Una verdadera campeona! ¿Me recuerda de cuando nos vimos en el parque Horace C. Slipp? Aquel día estaba usted con un guapo niñito patinador, y ahora tiene usted una hermosa niñita.

«Almas acuosas»

Y, ¿cuál es el día más feliz de tu vida, Skyler?
Todavía lo estoy esperando.

Los naturales de las islas Fiji,[*] entre todos los afortunados aborígenes que cuentan con el favor de los antropólogos, hablan de los niños muy pequeños como dotados de «alma acuosa», con lo que quieren decir que su alma es indefinida, indistinta, incompleta, hasta que a cierta edad se incorporan a la red de relaciones humanas recíprocas. Ser humano significa dejar de ser «acuoso» para pasar a estar definido por un sistema de parentesco, lo que significa que se tienen deberes que cumplir, que se aceptan responsabilidades y que se será castigado o recompensado de acuerdo con ello.

¡Castigado en cualquier caso! Seguro que sí.

De manera que me lo estoy preguntando: ¿llegó Bliss, que murió tan joven, a adquirir un alma humana? ¿Llegó Skyler, que murió tan joven —perdónenme, no que murió tan joven sino que «sobrevivió»—, a adquirir un alma humana?

O, quizá: ¿fue Bliss la única de nosotros que adquirió un alma humana?

Hazme un corazoncito rojo Skyler   *¿como el tuyo?*

---

[*] ¿Impresionados con mi erudición? Quizá no. Pero esta pepita de información científica me resulta muy llamativa. La afirmación es alucinante: *No existe naturaleza humana distinta de la cultura humana.* ¿Puede ser eso posible? ¿Que yo, Skyler Rampike, para adquirir algo más que un alma meramente acuosa, sin formar, tenga de algún modo que reconectar con el resto de ustedes, o de algunos de ustedes? ¿De algún modo?

La información está tomada de *La interpretación de las culturas* del conocido antropólogo Clifford Geertz que yo estaba leyendo, bueno, más exactamente ojeando, ayer en una librería local; más valdrá que lo confiese: soy uno de ustedes, el peor de todos, rara vez compro un libro, ni siquiera de bolsillo (no me lo puedo permitir), y adopto posturas inverosímiles en los pasillos de las librerías, impidiendo el paso de clientes más serios.

Mamá no se enterará

Y entonces me doy cuenta: ¡habría bastado con que Bliss perdiera aquella primera competición, en Meadowlands! ¡Habría bastado (como Skyler, el envidioso, había deseado a medias) que la encantadora niñita de cuatro años no hubiera ejecutado su número de patinaje como una muñeca a la que se da cuerda sino que hubiese resbalado y se hubiera caído graciosamente sobre su traserito! Lo más probable es que mi hermana siguiera viva en el día de hoy. Estaría acercándose a su decimoséptimo cumpleaños. Quizá estuviésemos juntos en este momento preciso. O quizá separados, pero vivos los dos. Quizá su nombre hubiera vuelto a ser Edna Louise.

Degradado

—Skyler, trata de no cojear. Puedes caminar de manera perfectamente normal si te esfuerzas. Y, por favor, evita ese tic nervioso, y el retorcerte y poner esas «caras de dolor»: sólo sirven para que la gente se deprima y procure evitarte.

La actitud de mamá con Skyler había llegado a ser de amable censura, de reprimenda. Pero de todos modos mamá siempre se inclinaba para besar a Skyler y darle un rápido abrazo y mostrar así que aún era el *hombrecito* de mamá. ¡Claro que lo era!

Por favor, no piensen que sus padres se olvidaron de Skyler cuando la buena estrella de su hermana se alzó de manera tan rápida durante los frenéticos años comprendidos entre 1994 y 1997. (¿Se alzan las estrellas? Quizá quiero decir meteoros.) Los detractores de Betsey Rampike que no saben nada de nuestra familia afirmarán que tanto ella como papá no me hacían ningún caso y se concentraban en Bliss, pero eso no era verdad, exactamente. Basta con decir que Skyler descendió al segundo puesto.

Segundo de dos. ¿Hasta qué punto es eso vergonzoso?

Aunque era cierto que mamá ya no se llevaba a Skyler a pasear en coche, porque estaba muy ocupada con Bliss. Era María quien ayudaba a Skyler a prepararse para el colegio por la mañana y quien se encargaba de que tomase sus medicinas y María quien preparaba muchas de las comidas de Skyler cuando nadie más parecía estar en casa, además de llevarlo a las temidas sesiones de terapia en el centro de rehabilitación de Fair Hills, de darle la mano y de consolarlo, insistiendo en un inglés con un acento muy marcado en que *¡Sí!*, en que Skyler mejoraba y pronto podría volver a andar con normalidad; y Skyler respondía con mucha seriedad y con una de sus caras de dolor llenas de arrugas: «Debes de considerarme de verdad un niñito estúpido si piensas que voy a creerte», lo que provocaba que María se sonrojase hasta la raíz del pelo, espeso y oscuro. Ahora era mamá quien preparaba a Bliss para el colegio y la llevaba en coche; por supuesto, mamá supervisaba las lecciones de patinaje de Bliss (a la ceñuda Ivana Zuev la sucedió Olga Zych, morbosamente alegre, también medallista olímpica) y mamá llevaba a Bliss a competiciones de patinaje, primero en Nueva Jersey, aunque con el tiempo, a medida que su estrella seguía ascendiendo, todavía más lejos. «¡Tan alto como la lleven sus alas, Jesús mío! En tu nombre, amén.»

El nuevo y complicado puesto de papá en Scor Chemicals, Inc. lo alejaba de casa (llevándolo a Tokio, a São Paulo, a Stuttgart, a Singapur) más incluso que su antiguo cargo en Baddaxe Oil, pero cuando estaba con nosotros en la casa de Ravens Crest Drive, exclamaba que *se hallaba en su hogar*. «¿Dónde está mi super-supermocita, Bliss? ¿Dónde está mi muchachote, Sky-boy? ¡Cuánto os quiero, chicos!» La cabeza como de bisonte peludo de papá se inclinaba en busca de un beso. Con los ojos, tan expresivos, desbordados de lágrimas sentimentales, papá cruzaba la puerta de una habitación frotándose las manos con energía mientras miraba a Skyler y a Bliss como si tratara de recordar quiénes éramos, y por qué nos quería. Encajadas con calzador en fines de semana, transcurrían las vacaciones de la familia Rampike así como sus excursiones; si papá estaba de humor festivo, jugábamos alocadamente al escondite en el laberinto de aquella casa tan grande, con lo que mamá se irritaba hasta casi llegar a las lágrimas:

—Bix, ¿qué sucede si Bliss se hace daño jugando a esa cosa tan tonta? No es una niña corriente, nuestra hija es Bliss Rampike.

Papá sentía de verdad no haber encontrado aún tiempo para verla patinar, si se exceptúa una de las pantallas gigantes de televisión en el cuarto de estar, gracias a una cinta de vídeo; la primera vez que vio a su niñita patinar con una habilidad tan inesperada, papá se quedó mirando lleno de asombro, se pasó las manos por el pelo greñudo y sonrió como un bobo: «Dios bendito. ¿Es ésa mi hija?». Con una cortante sonrisa de censura, mamá dijo: «Nuestra hija».

Papá también dedicaba tiempo, de manera exclusiva, a Skyler, ¡claro que sí!

En las primeras horas de la tarde de los fines de semana, veían juntos retransmisiones deportivas en la televisión, aunque el crío irritaba a su papá porque nunca parecía saber qué demonios estaba pasando en el partido, siempre inquieto y en continuo movimiento;

Bix lo llevaba en coche a sus citas de fisioterapia o, más recientemente, al cirujano de ortopedia pediátrica; o a las oficinas lujosamente amuebladas de los abogados Kruk, Burr, Crampf & Rosenblatt, donde en un murmullo entrecortado, que exasperó a Bix Rampike, su hijo hizo una «declaración» que fue convenientemente organizada por el astuto Morris Kruk como eje espectacular del pleito de Bix Rampike de seis millones de dólares contra el Gimnasio y Club de Salud Medalla de Oro y su (antiguo) empleado Vasili Andrevich Volojomski.* De regreso a casa un día borrascoso desde el despacho de Kruk, papá, como movido por un impulso, hizo una confidencia a Skyler, y vamos a permitirnos un primer plano del Gran Papá Bix haciendo una afectuosa confidencia al hijo alfeñique Skyler atado a su lado en el asiento del pasajero en el Jeep Crusher:

—Tal como yo lo veo, Skyler, un hombre nunca es demasiado joven para empezar a conocer las reglas de la confrontación en el campo de juego. Tienes... ¿cuántos años? ¿Nueve? ¿Diez? ¿Sólo ocho? —los ojos cálidos de papá se enturbiaron por un momento y volvieron a aclararse—. En cualquier caso, no es demasiado pronto para que nos sentemos uno de estos días, quizá con mamá, también, y con tu «consultor de orientación profesional» en ese colegio tan elegante al que te hemos mandado, para ver qué progresos estás haciendo, esa cosa EIP o como demonios se llame: el «curso acelerado». Mamá ha dicho: «Parece que a Skyler no le gusta el colegio», «Los profesores de Skyler dicen que no está desarrollando su potencial como debiera», «A Skyler no se le están curando las piernas de la manera que se esperaba», «No parece que Skyler tenga muchos amigos». No voy a dar demasiada importancia a toda la angustia neurótica de mamá preguntándote a quemarropa, hijo, si hay algo de verdad en todo eso, sino que voy a dar por sentado que mamá exagera para conseguir un efecto teatral, como le sucede a veces. El quid de la cuestión es que «Mañana es el primer con-

---

* Aquel pleito por lesiones, muy protestado por el abogado al servicio del Gimnasio y Club de Salud Medalla de Oro, Inc., se resolvería de manera extrajudicial por una cantidad nunca revelada, aunque según rumores en algunos medios se situaba entre 350.000 y 1.000.000 de dólares, de los que el menor «permanentemente afectado», Skyler, el más menor de los menores, nunca vería un céntimo. (¿Piensan ustedes que papá Bix reservó aquel dinero para pagarle en el futuro a Skyler sus estudios en una universidad de la Ivy League? Bonita idea.) Y poco después el Gimnasio y Club de Salud Medalla de Oro desapareció de nuestro centro comercial, para sumarse a los muchos olvidos de la memoria local.

denado día de tu nueva vida, de manera que no lo jodas». Di que quieres seguir los pasos de tu papá en el difícil mundo de la empresa, o que quieres hacer la guerra por tu cuenta en el campo del derecho, o de la medicina, o en biotecnología farmacéutica, y en ese caso vas a necesitar una educación de primera calidad en esos campos, y una sólida red de contactos que te ayuden a allanar el camino. ¡Piensa en tu generación, hombre! Necesitarás ser más listo que tus padres. *Homo homin lupus.* Mi padre solía citarlo, ¿sabes lo que significa? «El lobo es amigo del hombre» en griego. Lo que quiere decir que tienes que ser lo bastante hombre para dominar al lobo, hijo, la sangre de lobo que corre por tus «civilizadas» venas Rampike...

En aquel tenso momento, para alivio de Skyler, los interrumpió el teléfono del coche.

Y además, la mayoría de los domingos, nosotros, los Rampike, íbamos juntos a la iglesia.

En la episcopaliana Trinity Church, pintorescamente inglesa, bajo la mirada benévola y sonriente de Archibald Higley, el párroco, los Rampike se convirtieron, en el curso de la carrera «meteórica» de mi hermana, en una presencia luminosa en la tercera fila, casi en el centro del recinto. Como ya he dicho antes, mamá y papá eran cristianos de la especie más americana: incondicionales y categóricos. Mamá hablaba raras veces de su familia pero, por supuesto, se había criado en la fe cristiana, como papá. El éxito en el mundo es sin duda una señal de la gracia divina para los ojos de la mayoría de los cristianos —prescindiendo de lo que predicaran viejos teólogos mojigatos como Joshua Rampike, el antepasado puritano de papá— y, dado que a Bliss Rampike se la empezaba a ver como fuera de lo corriente, lo mismo sucedía con la familia Rampike; y puesto que los Rampike eran feligreses de Trinity Church, también a esa feligresía se la veía como fuera de lo corriente. Sobre todo se veía al reverendo Higley, nuestro párroco, como fuera de lo corriente. Que Dios los bendiga a todos, amén.

¡Qué misterio! A la edad de ocho años a Skyler se le hizo ver la suprema falta de lógica del mundo adulto: su hermana menor tenía el poder de conferir la calidad de «fuera de lo corriente» a otros, incluso desconocidos, que entraban en su órbita pese a que Bliss en persona fuese tímida, insegura y tuviese miedo de caerse en el hielo, como todos los patinadores.

¡Si me caigo, Skyler, nadie me querrá!

Y el cruel Skyler respondía *En ese caso, mejor que no te caigas, Bliss.*

Doloroso primer plano: en el coche de mamá, salimos por la nueva autopista de peaje de Nueva Jersey en Camden, para dirigirnos al sur, a Cumberland County, y mamá está hablando por su teléfono móvil con la voz nueva que ahora no vibra porque vacile, esté aprensiva o asustada, sino con celo y confianza empresariales, mientras Bliss descansa a su lado, tan inmóvil como una muñeca de trapo con un traje de patinar muy ajustado debajo del abrigo de invierno.

El pelo recién ondulado de Bliss ofrece un sorprendente resplandor de rubia pálida, y su rostro está maquillado en una astuta imitación de un rostro de muñeca de porcelana con una boquita «besable» de capullo de rosa. Bliss mira por la ventanilla del coche a la neblina sepia de las zonas urbanas de Nueva Jersey que se deslizan, en una rápida sucesión deshilvanada, como una masa de sueños gastados, y Skyler piensa con cruel satisfacción *Ahora está asustada, sabe que esta noche se va a caer* y Bliss se estremece y aprieta la frente contra el cristal de la ventanilla como si algo en aquel paisaje roto que se apaga tuviera un significado crucial, y Skyler (que las acompaña como apoyo fraternal para la pequeña Bliss y también como intérprete de mapas, porque mamá se pierde irremediablemente si tiene que lidiar con carreteras interestatales tan concurridas como la autopista de peaje de Nueva Jersey) se siente obligado a preguntar en tono calmoso para disimular el desasosiego que siente, ¿adónde van?, y mamá, que acaba de terminar la conversación por el móvil, dice con su nueva voz llena de vida: «Al War Memorial de Fort Street, Pennsauken, que es donde se celebra esta noche la Competición para Chicas de Nueva Jersey», y Skyler entorna los párpados porque la luz está desapareciendo y, con el mapa muy cerca de los ojos que se le llenan de lágrimas, localiza la salida para Fort Street, Pennsauken, y dirige a mamá para que abandone la autopista de peaje en busca de la corona resplandeciente, o del título, o de la bandeja de plata: «Miss Patinadora de Nueva Jersey: Debutante del Año», «Miss Royale de Nueva Jersey 1994», «Miss Princesita del Hielo 1994».

Con el tiempo Bliss Rampike ganará todas esas recompensas. ¡Y aún más!

Aventuras con compañeros de juegos - I

Cita para jugar: cita concertada por adultos para reunir a dos o más niños, de ordinario en la casa de uno de ellos, con el propósito de que «jueguen». Hoy en día las citas para jugar son una característica de la vida en las zonas residenciales de las urbes americanas, en las que los antiguos «barrios» han dejado de existir, y los niños ya no entran y salen de las casas de sus vecinos ni juegan en los «patios». En comunidades recientes, que tienen «entradas» cerradas, la ausencia de aceras hace que los niños no puedan ir andando a sus citas para jugar sino que han de llevarlos en coche los adultos, de ordinario sus madres. Una «cita para jugar» no es nunca iniciativa de los participantes (es decir, de los niños) sino de sus madres.

Para los lectores —¡millones en potencia!— con un ávido interés por las posibilidades de ascenso social en las zonas residenciales de las ciudades norteamericanas gracias a las citas para jugar, éste es el capítulo que han estado esperando. Porque en una de las habitaciones del piso de arriba de nuestra casa, donde mamá había creado un «espacio privado» suyo, había un elegante escritorio cuya superficie brillaba con lo que parecía plástico laminado de color rojo carmín, y en un cajón central de aquel escritorio una gran hoja de cartulina rosa contenía —escrita a mano— una complicada pirámide de nombres, algunos de ellos dentro de un recuadro, otros diferenciados por medio de *, **, o ***, con códigos misteriosos y flechas entrecruzadas, desconcertante a primera vista, aunque, como cualquier rompecabezas críptico, se dejaba vencer poco a poco por el escrutinio obsesivo de alguien que, como Skyler Rampike, de ocho años de edad, centraba su atención en él, como si su vida dependiera de descifrarlo. Debido a la soledad y a una morbosa curiosidad precoz, Skyler —cuando mamá estaba ausente—

se instalaba con frecuencia en la habitación con olor a perfume, vistosamente decorada, y no se avergonzaba de curiosear, por lo que descubrió así aquel documento en el cajón central, documento al que mamá había dado el título FAFH en letras mayúsculas, lo que quería decir, quizá, «Futuros Amigos de Fair Hills» (?), y cuyo patético significado incluso un niño de ocho años recién diagnosticado de dislexia incipiente fue capaz de discernir. Una pirámide de nombres, meticulosamente construida, como en

STEADLEY WHITTAKER WHITTIER McGREETY
KRUK HAMBRUCK FRASS STUBBE DURKEE O'STRYKER
FENN McCONE HOVER GRUBBE MARROW KLAUS BURR KLEINHAUS

... etcétera, etcétera, hasta la última línea de la hoja de cartulina rosa, donde a los apellidos, al ser más (era inevitable pensarlo), se los consideraba menos distinguidos, de menor importancia. No he intentado reproducir aquí los numerosos códigos que acompañaban a aquellos apellidos, como, por ejemplo, IG (¿iglesia?), BX (¿Bix?, relaciones de Bix), PT (¿patinaje?), HOS (Auxiliares del Hospital de Fair Hills, una de las organizaciones locales de «beneficencia» más accesibles, formada sobre todo por señoras acomodadas de Fair Hills más bien ociosas), FHCC (¿Fair Hills Country Club?), PHTC (¿Pebble Hill Tennis Club?), SGGC (¿Sylvan Glen Golf Club?), CMFH (¿Club de Mujeres de Fair Hills?), CFHD (¿Colegio Fair Hills Day?). A algunos de aquellos apellidos, de manera especial a McGreety, que ocupaba un lugar tan destacado, se les había añadido el código críptico CJ, «cita para jugar».

—¡Skyler! Por favor, trata de no cojear, trata de no temblar y no pongas esa «cara de dolor» que mete miedo. Una cita para jugar es una *ocasión de divertirse.*

Debió de ser en marzo de 1995 cuando sucedió aquello. Skyler sólo tenía ocho años, estaba en tercer grado en Fair Hills Day y su pierna derecha, rota por dos sitios, no se había curado aún por completo, pero ya se había conseguido el acuerdo extrajudicial con el Gimnasio y Club de Salud Medalla de Oro. (Por una suma «no revelada», como señaló discretamente el *Fair Hills Beacon.*) Papá hacía por entonces todas las semanas viajes de negocios para Scor Chemicals, empresa de capital americano, que había iniciado de manera agresiva en palabras de papá, «su fase global». Vivíamos la atribulada temporada en la que Bliss estaba empezando a patinar en competiciones regionales en las que, aunque no lograse el primer puesto, nunca quedaba por debajo del segundo o del tercero, si bien, casi con toda seguridad, sus rivales eran varios años mayores; una temporada en la que Bliss ya no iba a clase con las niñas de su edad y recibía en cambio clases particulares de una sucesión de tutores bajo la supervisión de mamá. (Bliss: «¡Echo de menos el colegio, mamá! Echo de menos a mis profesores y a mis amigas». Mamá: «No seas tonta, corazón: harás montones de amigos patinando; conseguirás contactos profesionales para toda la vida. Eres una niñita con mucha suerte, cariño».)

Aunque Betsey Rampike estuviera consagrada a la «floreciente» carrera de su hija, seguía decidida a proporcionar «contactos sociales» a Skyler, su problemático hijo, que parecía carecer casi por completo de amigos; o a quien, en cualquier caso, le faltaba la clase de contactos valiosos que mamá deseaba para él, contactos cuyos apellidos mamá había escrito a mano, con letra de imprenta, en las tablas hechas con cartulina de color rosa.

Rápido acercamiento a un diálogo, tipo televisión, entre mamá y Skyler.

—*McGreety.* He oído que uno de los chicos McGreety está en tu clase, Skyler, ¿es eso cierto? —una luz llena de astucia había aparecido en los luminosos ojos marrones de su madre y, aunque Skyler lanzó por toda respuesta un resoplido destinado a desanimarla, Betsey insistió—: ¿Cuál es el nombre de pila de ese chico, Skyler?

Y Skyler, retorciéndose, aun previendo cómo iba a terminar aquel diálogo, no tuvo otro remedio que revelarlo:

—Tyler.

—Tyler McGreety —dijo una mamá entusiasmada—. Debe de ser el hijo de Tyler McGreety, el «mago de las finanzas». Sin duda su madre es Thea, ¿Theodora? Su fotografía está siempre en la sección «Estilo» del periódico. Estoy segura de que he coincidido al menos una vez con la señora McGreety.

Tyler, Skyler. El hecho de que los nombres rimaran ya resultaba ominoso.

Saltemos ahora, en un elegante avance rápido, a mamá que lleva en coche a Skyler a su «cita para jugar» en la lujosa casa de los McGreety, de estilo normando francés, en East Camelot Drive; primer plano de la desilusión en el rostro de mamá, de sus ojos sorprendidos, parpadeantes, heridos, cuando quien la recibe en la gran puerta principal no es Theodora McGreety, con toda su preeminencia social, sino una criada de piel aceitunada que dice, con una forzada imitación de la sonrisa tan cortés como insincera de su señora *gringa*:

—¿Señora Ranpick? La señora McGreety lamenta mucho no poder estar aquí para darle la bienvenida. Me ha encargado que le diga que vuelva usted a las cinco para llevarse a su hijo, muchas gracias.

Mamá sonríe, valerosa, y empuja a Skyler con un codo al interior de la casa, donde lo recibe un chico rollizo de rostro cetrino que, con una sonrisa de suficiencia, acecha junto a una puerta: es Tyler McGreety, que murmura, de manera apenas audible:

—Hola.

Tyler. Skyler. Los dos niños de ocho años se contemplan con profundo desánimo. Mamá da un beso de despedida a Skyler:

—¡Pasadlo bien, chicos!

Una vez en el piso de arriba, en el dormitorio del anfitrión, que es dos veces más grande que ninguna habitación de niño que Skyler haya visto nunca, con cuarto de baño y jacuzzi anexos, Tyler se ablanda hasta cierto punto, e invita a Skyler a «echar un vistazo alrededor y, si encuentra algo que le apetezca hacer, lo haga». Tyler se tumba en la cama y observa a Skyler con unos ojillos muy juntos y borrosos que Skyler encuentra desconcertantes. La mayoría de las superficies disponibles, al igual que la cama de Tyler, están cubiertas de objetos con aspecto de ser caros y de estar, al mismo tiempo, desprovistos de interés: juguetes motorizados que funcionan con pilas, juegos electrónicos, maquetas de cohetes espaciales y de misiles, Robocop niño, Terminator niño, Star niño, reproducciones —del tamaño de ratas, pero alarmantemente realistas— de dinosaurios y de pájaros prehistóricos con aspecto de reptiles. Algunos se hallan en estanterías, y otros por las repisas de las ventanas e incluso en el suelo. Skyler tropieza con —¿puede ser cierto?— un muñeco que representa a un bebé, pero sin cabeza, del tamaño aproximado de un niño de carne y hueso, abierto en canal como con un cuchillo bien afilado, de un caucho de color carne sorprendentemente real. Con una sonrisita, Tyler dice desde la cama:

—Dale una patada para apartarlo, Sky. No te preocupes.

Skyler se estremece y retrocede. Hace intención de entretenerse con uno de los juguetes motorizados, EE.UU. ESCUADRÓN DE LA MUERTE, ¿no es eso lo que un invitado normal de una cita para jugar debería hacer? Tyler, mientras tanto, le informa de que es hijo «único».

—Mi madre y mi padre son un poco viejos, ¿sabes? En especial mi padre, el «mago de las finanzas», como lo llama la gente. Me tuvieron, ¿te das cuenta?, y decidieron echar el cierre —Tyler ríe entre dientes, enormemente divertido. Skyler ríe cortésmente—. ¿Tú?

—¿Yo? ¿Qué?

—Sky, ¿acaso tienes, ya sabes, «problemas mentales»? No haces más que preguntar «¿Qué?».

—No. Pero es que no sé lo que me estás preguntando.

—Te preguntaba si tus padres han tenido más descendencia o eres único como yo.

Skyler no está seguro. Las palabras de Tyler le suenan desagradablemente clínicas, como algo que, sin querer, oyes que el cirujano ortopédico les dice a tus padres y que luego preferirías no haber oído.

Con exagerada paciencia, como si estuviera hablando con un tarado, Tyler le pregunta si tiene hermanos o hermanas. Skyler dice que sí rápidamente:

—Mi hermana es Bliss Rampike.

Tyler hace un ruido grosero con los labios.

—¿Sí? ¿Y quién es Bliz Rampiuke?

Skyler se escandaliza. Para tratarse de alguien con una insignia EPI en la solapa, e hijo de padres ricos, Tyler McGreety resulta inesperadamente grosero. Y ¿cómo es posible que no haya oído hablar nunca de Bliss Rampike? Mamá no saldría de su asombro. Mamá no se lo creería. En el hogar de los Rampike se ha llegado a pensar que casi todo el mundo en Fair Hills, si no en todo Nueva Jersey, está al tanto de quién es Bliss Rampike, la patinadora prodigio de cuatro años...

Tyler le explica, filosóficamente:

—Entiéndelo, Sky: es más conveniente estar solo. Ser hijo único. Tus padres se concentran en *ti*. O si no es así, porque están demasiado ocupados, saben que deberían, y tú lo puedes manejar a tu favor. Como... todo esto —Tyler hace un gesto negligente que abarca los cientos (¿miles?) de dólares de juguetes caros repartidos por la habitación—, por no mencionar el dinero en metálico. Mamá está siempre gimiendo: «Tyler, ¿por qué no invitas a venir aquí a tus amiguitos del colegio, como hacen los niños normales?», pero mi impresión es que en Fair Hills Day nadie tiene mucho tiempo libre. No los del grupo EPI, eso es seguro —Tyler se muerde el labio inferior, sonriendo malicioso; luego, con franqueza infantil—: ¿Cómo te quedaste cojo?

Skyler no se lo esperaba en absoluto.

—No... no es-estoy co-cojo —responde tartamudeando.

—¡Demonios que no! Todo el mundo en el colegio sabe que cojeas.

—No *cojeo*. No soy un *lisiado*.

—Tartamudeas, además.

—*No* tar-tartamudeo.

—¿Tu pierna derecha es más corta que la otra? Da la sensación de que podría ser ése el problema.

Tyler mira ya pensativamente a Skyler. Ha abandonado la sonrisita maliciosa.

Skyler protesta:

—No lo es. No hay ningún *problema*.

—¿Me dejas que te la examine? Me estoy preparando para estudiar medicina.

Skyler se encoge.

—N-no.

—Bueno, chico, no te voy a hacer daño. Sólo se trataría de algo así como medirte las piernas. ¿Cómo te va a doler eso?

—He dicho que no. No te acerques.

—Hay una prueba estupenda, Sky: el neurólogo te clava alfileres en «extremidades» como los dedos de los pies, para ver si tienes «sensaciones». Es igual que un juego, consiste en comportarte como si no sintieras el alfiler, aunque lo sientas. ¿Lo intentamos?

—No.

Skyler se siente herido, está indignado. Durante todos estos meses había creído que disimulaba su cojera... Al igual que todos los chicos normales, asistía a EF, la temida Educación Física.

146

Como un joven médico entusiasta en prácticas, Tyler persevera y le pregunta a Skyler si el problema de su pierna es «congénito» o «relacionado con un accidente» y Skyler se oye reconocer que sí: que la pierna se le rompió por dos sitios cuando tenía seis años, y que la rodilla también se le «estropeó», pero que le han operado para arreglarla, que su pierna está «casi curada», ya nunca usa muletas y casi nunca necesita bastón...

Tyler pregunta cómo sucedió y Skyler responde, avergonzado:

—Me estaba en-entrenando para ser gimnasta. Me caí.

Tyler ríe.

—¿Gimnasta? ¿Tú?

—Mi padre quería. Fue idea suya.

Eso es algo que Tyler está dispuesto a aceptar. Las ideas paternas que descarrilan.

—Demonios, Sky. Yo también soy un lisiado. ¿Sabes guardar un secreto?

Claro.

—Desde antes de ir al colegio he sido PSNS —confiesa Tyler con orgullo apenas disimulado, aunque Skyler no tiene ni idea de lo que significa PSNS.

—¿Tú no *eres*? —Tyler parece decepcionado—. Pensaba que quizá, por la manera de comportarte en el colegio, porque eres más bien raro, nervioso, inquieto y malhumorado, serías uno de nosotros: «Paciente con el Síndrome de Niño Superdotado».

¡Niño superdotado! Skyler tiene que planteárselo: ¿quizá lo sea? Porque hay hechos relacionados con él que sólo conocen los directores de Fair Hills y su mamá, que pocas veces le cuenta a Skyler los resultados de los muchos tests a los que se ha visto sometido desde el jardín de infancia, tanto «cognitivos» como «psicológicos»; sólo tiene conocimiento de los tests que mamá le hace repetir, en ocasiones más de una vez, en un esfuerzo general, incesante por *subir su puntuación.*

¡El esfuerzo por *subir la propia puntación*! Los niños de Fair Hills entienden que se necesita toda una vida para eso.

Skyler pregunta qué quiere decir *síndrome* y Tyler se lo explica con precisión clínica:

—*Síndrome* es un conjunto de «síntomas», en apariencia relacionados, aunque posiblemente no, integrados en un conglomerado. Cuantos más síntomas, más alto es el «cociente patológico» del interesado. Algunos chicos de nuestra clase con el PSNS sólo están en el nivel D; yo estoy en el A —Tyler hace una pausa para permitir que su interlocutor capte la importancia de semejante hecho.

Skyler dice, como disculpándose, que acaba de ser clasificado como DI y TIDA (aunque para ser precisos a Skyler lo han situado, aunque por muy poco, por debajo del diagnóstico de TIDA).

Tyler no parece muy impresionado.

—«Dislexia incipiente», «trastorno incipiente de déficit de atención». Seguro. Pero en los casos de PSNS con un cociente alto tienes esas afecciones junto con un CI de 155 como mínimo. (No está bien visto revelar cuál es el tuyo, Sky. ¡Así que no lo hagas!) Tengo tantos síntomas en conglomerados, tanto «intermitentes» como «crónicos», que mi neurólogo de Columbia Presbyterian y mi psiquiatra de Robert Wood Johnson están los dos escribiendo artículos sobre mí. Quizá te hayas dado cuenta de que mi ojo izquierdo no está alineado con el derecho. Es como si estuviera mirando desde dos sitios al mismo tiempo, excepto que mi cerebro sólo trata un campo de visión cada vez. «Asombroso niño», le señaló Hannity, el director del colegio, a mi madre, hablando de mí; puedes estar seguro de que mamá lo ha repetido por toda la ciudad. (Mi madre padece el SRC, síndrome repetitivo compulsivo. En especial si se trata de algo que sabe que no debería repetir. La pobre es incapaz de callarse, de manera que trato de no culparla.) Me han diagnosticado una «afección del cerebelo» que se traduce en «deficiente coordinación de la motilidad» de manera que tengo excusa médica permanente para saltarme la EF mientras que el resto de vosotros, pobres tontorrones, tenéis que arrastraros al aire libre con un frío polar pegándole patadas a un estúpido balón de fútbol. (¿Sabías que los «balones» originales en los deportes de equipo eran cabezas humanas? ¿Las cabezas de enemigos decapitados? ¿No es estupendo?) Si te lo propusieras, podrías conseguir una DMP, dispensa médica permanente, en el colegio. Haz que tu madre presione un poco a Hannity, después de todo eres un lisiado.

Skyler hace una mueca: no es un lisiado.

Acto seguido protesta: quiere ir a clase de gimnasia como los demás, quiere ser normal...

—Críos raros como nosotros nunca pueden ser «normales» —dice Tyler con aire de suficiencia—. Nuestra generación presenta una nueva clase de «desarrollo evolucionario», dice mi psiquiatra. *Normal* no pasa de ser «medio», y eso no tiene ningún interés. Mi diagnóstico más reciente es de MAP, melancolía aguda prematura, de ordinario una dolencia de los últimos años de la edad madura, piensan que es genética, dado que Tyler padre la ha tenido también toda la vida. Por tu aspecto, es posible que padezcas MAP, Sky: esa expresión alicaída y cabreada de la cara, como si te hubieras tragado algo repugnante de verdad y no pudieras escupirlo. ¿Quieres probar algunas de mis medicinas? Son una cosa seria, te lo aseguro.

Skyler protesta débilmente y dice que mejor no, ya toma medicamentos tres veces al día, y no es aconsejable mezclarlos con otros. Por primera vez Tyler mira a Skyler con verdadero interés:

—¿Tomas medicinas? ¿Qué clase?

Cuando Skyler le dice Nixil, pero que su médico le ha estado reduciendo la cantidad, Tyler responde:

—Nixil está bien. Pero ¿has probado Excelsia, el nuevo antidepresivo que la FDA acaba de aprobar? Mi madre y yo lo tomamos los dos.

Con repentina energía, Tyler se levanta de la cama en desorden, se mete en el cuarto de baño y regresa con un puñado de cajitas de plástico que dispone con aire reverente sobre la cama, agitándolas antes para sacar píldoras de muestra. A continuación, con un gruñido, hurga debajo del colchón para sacar su «alijo»: una docena o más de «medicamentos psicotrópicos» que ha requisado del botiquín de otras personas, incluidos sus padres. Tyler, además, intercambia medicinas con chicos del colegio. ¡Cuánto se parece el gordito Tyler a un niño entusiasta que enseña a su amigo su preciada colección de canicas!: excepto que en Fair Hills los niños ya no coleccionan canicas.

—Tranquilizantes, anfetas, relajantes musculares, Ritalin. Una cosa de toda la vida: Dexedrina. Estas pastillas de colores tan raros son de la receta de mamá.

Skyler mira las píldoras verde brillante, otras cápsulas de un verde apagado, las tabletas de color blanco tiza, las amarillas más gruesas, unas, diminutas, de color beis y otras de aspecto letal de color sangre desteñida. Una o dos le resultan familiares, analgésicos y sedantes de los meses de pesadilla que siguieron a su caída en el gimnasio. ¿Por qué no probar? Quizás así le caiga mejor a Tyler McGreety y quiera ser amigo suyo y mamá esté contenta con él, porque no lo ha estado desde hace algún tiempo. Skyler se traga una píldora verde brillante, una de las amarillas más gruesas y una de las cápsulas de aspecto letal y color sangre. Tyler, que le observa, silba con suavidad entre dientes, parece a punto de detener a Skyler pero al final no hace nada.

—Sky: estupendo. Fantástico.

Tyler recoge una de las cápsulas de color sangre desteñida y se la traga en seco.

Sigue después, con los típicos resbalones, bandazos y saltos de una película acelerada, un período de tiempo indeterminado durante el cual el locuaz compañero de juegos de Skyler se confiesa con éste, respirando húmedamente con la boca abierta:

—... obsesionado con que «siga sus pasos», que es el motivo de que estudie álgebra este año y haya empezado con el mandarín, el único alumno EPI de tercer grado en una clase de cretinos de quinto y de sexto...

Mientras, Skyler tiene ya una sensación muy extraña (zumbidos, rumores, vibraciones) en la base del cráneo, muy probablemente en el cerebelo, y unos latidos muy irregulares de su frágil corazón, como si fuese una polilla atrapada en una telaraña...

—... papá está decidido a que yo sea otro «mago de las finanzas» como él, licenciatura de Yale, a su imagen y semejanza, miembro de Skull and Bones como él, luego la Wharton School y para coronarlo todo... «McGreety Père et Fils, Inc.», ¡delirios de grandeza! Excepto que Ty hijo tiene sus planes personales sobre lo que va a hacer con su extraña vida de PSNS, ¿sabes?...

La boca de Skyler tiene la sequedad de la tiza y su corazón de polilla le revolotea dentro del tórax. Más raro todavía, los ligeros dolores permanentes en las piernas parecen haber desaparecido; de hecho, sus dos piernas parecen haberse esfumado, incluso mientras Skyler luce una sonrisa de niño bobalicón y parpadea rápidamente para mantener enfocada la visión. *¡No decepciones a mamá de nuevo!* Mamá ha besado a Skyler al tiempo que le murmuraba esa frase en su avergonzado oído porque (como Skyler preferiría no recordar) varias citas para jugar recientes organizadas por una mamá muy esperanzada no habían sido éxitos ni mucho menos; porque las madres de los amigos de Skyler no habían vuelto a llamarla, ni tampoco, un motivo de dolorosa preocupación en Fair Hills, habían devuelto las repetidas llamadas de mamá. Por lo que Skyler está decidido a no decepcionar, ni molestar, ni ofender, ni aburrir a su compañero de curso —extrañamente agitado— que ha llevado a Skyler hasta su cama para mostrarle las páginas abiertas de descomunales libros de medicina que contienen grabados a todo color —Skyler bizquea, trata de ver— de húmeda carne rosada, terrible carne veteada de rojo, carne con inquietante color de tocino y piel entre amarilla y gris, un enrejado de huesos de absoluta blancura —Skyler se queda boquiabierto porque no ha visto en su vida nada como estas fotografías...

—... la anatomía patológica es lo más grande: como puedes ver, Sky, has de usar las técnicas del cirujano, pero ninguno de tus «pacientes» te va a dar la lata, porque están muertos. Tampoco necesitas hablar con ellos, y mayormente con nadie; organizas tu horario, trabajas por tu cuenta y nadie se va a quejar de ti ni te va a poner un pleito por «negligencia» —Tyler lanza una risita, estremeciéndose y limpiándose la boca mientras, muy despacio, con aire reverente, pasa las páginas del libro de medicina para que Skyler las vea—. Mamá siempre está haciendo incursiones en mi cuarto y quitándome estos libros, como si hubiera algo enfermizo en la profesión que he elegido. Papá le dice «Ty hijo acabará por superarlo, es cuestión de la edad», ¡como si de verdad supieran algo sobre *mí*! ¿Ves, Sky? Esto son los «pasos de una autopsia», tienes que usar una sierra de verdad en el cráneo y en la caja torácica, y el corazón lo sacas con la mano y lo colocas en tarros como éstos. Si quieres llevarte a casa alguna de estas ilustraciones te las puedo fotocopiar en el estudio de papá, dispone de una fotocopiadora a color. Por Internet se pueden encargar «equipos de anatomía patológica para jóvenes» y he intentado conseguir uno, pero alguien, tiene que ser mi condenada madre, los intercepta. Lo he intentado tres veces, pero no pienso renunciar. Estaba pensando, Sky, que quizá podría usar tu dirección. Te enviarían a ti el equipo. Luego podríamos tener una cita para jugar aquí y me lo traerías, ¿no es un arreglo de primera? Mira aquí: ésta es mi favorita. Como la han abierto, no enseñan la cara, pero se ve que es una chica, de nuestra edad o un poco más joven. ¿Verdad que es fantástico?

Skyler, mientras tanto, parpadea horrorizado ante lo que ve y acaba por alzar los puños, con los que golpea el rostro asombrado del otro durante los fugaces momentos que preceden a que algo como una ranura —¿una cuchillada?— se abra negramente para tragarse a Skyler.

A las cinco en punto, tal como se le ha pedido, sin atreverse a llegar ni siquiera unos minutos tarde, la madre de Skyler, con su chaqueta de cachemira color melocotón que le da un aire juvenil y festivo en contraste con su sonrisa crispada, se presenta ante la puerta de madera de roble de la gran casa de falso estilo normando de los McGreety, para recoger a su hijo con la esperanza de que Theodora McGreety, una de las personas que *mueven los hilos* en Fair Hills, le abra la puerta, si bien con otra parte de su cabeza, más sombría, sabe que Theodora no va a recibirla. Mamá no ha terminado aún de pulsar el timbre cuando se abre la puerta, como si alguien dentro estuviera esperando impaciente su llegada, y quien aparece es la criada de piel aceitunada con uniforme blanco (ahora un tanto manchado), no estirada y distante como antes, sino francamente alarmada, agitada; e informa en un revoltijo de palabras con un acento muy espeso a la «señora Ranpick» de que «su hijo» se ha puesto «malo», «algún tipo de gripe», ha estado «devolviendo», «un ataque», «como con ipi-lepsia», y que la señora Ranpick debería llevárselo ya, antes de que la señora McGreety vuelva a casa, porque se va «a disgustar mucho» con el «olor asqueroso» por «haberse puesto tan malo»; es evidente que a la criada le da mucho más miedo su rica ama *gringa* que la madre, también *gringa,* que la mira asombrada.

Y allí, en el vestíbulo —¿es posible que sea Skyler?—, está su hijo en un sofá enano, encorvado como un feto, tiritando dentro de una manta con la que, en apariencia, lo han envuelto a toda prisa y descuidadamente, el *hombrecito* de mamá, entre escalofríos y sollozos, pálido como un muerto, aturdido y pronunciando palabras incoherentes; además, cosa bien extraña, tiene la ropa y el pelo empapados. (Resultará que Ty, su anfitrión y compañero de juegos, se asustó ante lo que parecía una reacción mortal a la mezcla de medicamentos ingeridos y arrastró a su invitado de ocho años, presa de convulsiones, hasta el cuarto de baño anexo a su dormitorio y lo colocó bajo la ducha, cuya agua fría procedió a abrir «al máximo» en un intento de «calmar» a Skyler.) En el momento en que Betsey Rampike llega para llevarse a su pobre hijo, Tyler, el anfitrión, no aparece por ninguna parte.

—¡Dios mío, Skyler! ¡Qué es lo que has *hecho*!

El niño por fortuna parece revivir en el coche de mamá, camino del Centro Médico de Fair Hills, y procede a vomitar en el suelo del Impala un líquido amarillo con aspecto de gachas y a continuación insiste en que está bien, en que se siente mucho mejor, por lo que mamá opta por no llevarlo a Urgencias y también por no contar nada de un episodio tan desafortunado a su marido cuando regrese de Tokio, o de Singapur, o tal vez Bangkok. En casa ya, Skyler la oye hablar agitadamente por teléfono, con el tono engolado que utiliza para dejar mensajes de voz que sospecha inútiles: «¿Theodora? Aquí Betsey Ranpick, ¡Rampike!, ¿podemos hablar? Por favor, ¿tendrá la amabilidad de llamarme tan pronto como reciba este mensaje? Estoy algo preocupada por lo que ha sucedido en su casa, lo que mi hijo me ha contado que ha pasado en su casa esta tarde, no quiero decir que esté terriblemente preocupada, pero sí preocupada, ¿hará el favor de telefonearme? Skyler está mejor, mucho mejor ya, la tranquilizará saberlo, por favor dígaselo a su hijo, y Skyler confía, y yo también, en que los dos puedan intentarlo de nuevo, que podamos planear, ¿dentro de poco?, otra cita para jugar».

Aunque mamá telefonea varias veces, la señora McGreety nunca le devuelve la llamada y, cuando las dos se encuentran en Fair Hills, lo que no sucede con frecuencia, y siempre en presencia de terceros, la señora McGreety parece no saber quién es la señora Rampike.

Después de limpiar de los ojos de Skyler unas lágrimas que el niño ignora haber derramado, mamá murmura con ferocidad:

—¡No llores, Skyler! La próxima vez nos esforzaremos *todavía más*.

Aventuras con compañeros de juegos - II

—¡Skyler! No vamos a renunciar a que tengas una vida social, te lo prometo.

De manera que hubo más. Muchas más. Citas para jugar con otros niños de Fair Hills, en su mayoría varones, y en su mayoría compañeros de clase de Fair Hills Day o alumnos de la todavía más prestigiosa academia Drumthwrack, o hijos de familias pertenecientes a la episcopaliana Trinity Church, citas concertadas por mamá en su época más exigente, ambiciosa y esperanzada, en los intersticios de su vida más que ocupada como madre y entrenadora de Bliss Rampike en aquel período frenético desde 1995 hasta diciembre de 1996, porque a partir de enero de 1997 Skyler Rampike no tendría más citas para jugar, desde luego que no.

¡Ah, pero los recuerdos! ¿Qué es la infancia excepto un vertiginoso almacén de recuerdos? Salto veloz a Albert Kruk, de cara redonda, que pasaba de la hosquedad a las risitas tontas, un año mayor que Skyler, en cuarto grado en Fair Hills Day, a quien no se le había concedido la EPI, ni era un PSNS, tan sólo hijo de Morris Kruk, abogado criminal «muy prestigioso», y de Biffy, presidenta del Club de Mujeres del Village y una de las integrantes de la «plana mayor» de Fair Hills, cuya foto aparecía con frecuencia en la sección «Estilo» del *Fair Hills Bacon*. Quedó claro que a Albert Kruk no le apetecía jugar con Skyler Rampike pero lo llevó a «pescar» —así era como lo llamaba— a la inmensa terraza enlosada en la parte de atrás de la casa de los Kruk en Hawksmoor Lane, para aplastar con los pies a las desventuradas lombrices que habían ido a parar allí después de un reciente temporal de lluvias, pero Skyler no manifestó mucho entusiasmo por «pescar» y la cita con Albert Kruk no fue un éxito y nunca se repetiría. Y no hay que olvidar a Elyot Grubbe, alumno de cuarto grado de la academia Drumthwrack, con cuya madre (heredera de una gran fortuna) mamá se había relacionado gracias al reverendo Higley y a su señora: Elyot era un niño de inteligencia precoz (se afirmaba) aunque tan extrañamente lento a la hora de hablar como en sus movimientos, y tan ágil como un perezoso, con tendencia a quedarse mirando al vacío, como si estuviera algo sedado; un amigo con quien Skyler podía estar sentado, sin más, durante todo el tiempo que duraba la cita, de hecho sin decir una sola palabra, tanto en casa de Elyot como en la de Skyler, los dos muy concentrados en sus respectivos deberes para casa, sin que hiciera falta la consabida conversación sobre trivialidades: «¿Te gusta el colegio?», «No está mal. ¿Y a ti?», «No está mal». De sus amigos en las citas para jugar, Elyot Grubbe era el preferido de Skyler; si hubiera tenido un hermano, le habría gustado que Elyot Grubbe fuera ese hermano; quizá porque, si bien, como es lógico, Skyler no lo sabía aún, Elyot Grubbe se convertiría más adelante en personaje de un escándalo mediático (en abril de 1999, Imogene, la madre de Elyot, sería «brutalmente golpeada por un intruso que le causó la muerte» en la mansión neoeduardiana de los Grubbe en Great Road en el momento exacto en que A. J. Grubbe, el padre de Elyot, se dedicaba, con unos amigos, a la pesca de altura en el Caribe por la costa de St. Bart's en su velero de diez metros de eslora), como en anticipación de que su vida, al igual que la de Skyler Rampike, se limitaría a ser a partir de entonces una simple nota a pie de página.* Y también hay que mencionar a Billy Durkee, un compañero de clase de Fair Hills con excelentes habilidades matemáticas que enseñó a Skyler a jugar al póquer («Se juega con cinco cartas, muchacho, ¿entras?») con el fin de ganar a tan ingenuo contrincante su escasa asignación (escasa para los estándares de Fair Hills, doce dólares a la semana) y sus medicamentos —para entonces Skyler tomaba Ritalin para su TDA (trastorno de déficit de atención) ya activo, además del nuevo Balmil, analgésico para niños, aprobado por la FDA, muy

---

* Aunque el «asesino a sueldo» que en mayo de 1999 confesó haber matado a la señora Grubbe por 75.000 dólares (25.000 dólares como anticipo, el resto pendiente), supuestamente pagados por el señor Grubbe, fue juzgado en Morris County, declarado culpable y condenado a 260 años de cárcel, sucedió sin embargo que al astuto señor Grubbe, con gran eficacia defendido por el no menos astuto abogado criminalista Morris Kruk, le declaró inocente de todos los cargos un jurado de sus iguales, y poco después se marchó de Fair Hills para «distribuir su tiempo» entre Manhattan, Palm Beach, en Florida, y Jackson Hole, en Wyoming. Se volvió a casar enseguida y tuvo hijos pronto. El señor Grubbe decidió no llevar a su hijo Elyot a su nueva vida, y Skyler sólo supo qué había sido de su compañero de juegos y hermano imaginario a finales de verano de 2003.

promocionado por sus escasos efectos secundarios—; y también estaba Denton *Fox* Hambruck, cuyo padre era un antiguo colega de Bix Rampike en Scor Chemicals además de compañero de squash y cuya madre se había hecho amiga, hasta cierto punto, de Betsey Rampike. Fox Hambruck era famoso en el colegio por llevar consigo, dentro de la ropa, muy amplia, botellines con tapa de rosca con el whisky escocés de su padre, cuyo contenido compartía con unos pocos elegidos de quinto y sexto grado. En el colegio no se hubiera dejado sorprender ni muerto en compañía de un alumno de tercer grado, canijo y lisiado como Skyler Rampike pero, engatusado por su madre para aceptar una cita con Skyler, se mostró bastante amistoso, y ofreció enseñar a Skyler, con ocasión de su primera y única cita, lo que llamaba películas caseras de su padre:

—Son cintas de amigos importantes de mi padre, cintas que nadie conoce excepto yo —añadiendo con un guiño—, y mi padre no lo sabe.

Media docena de vídeos se guardaban bajo llave en una pequeña caja fuerte en el despacho del señor Hambruck (de la cual, por qué arte de magia Skyler no era capaz de adivinar, el astuto Fox sabía la combinación) en sombríos estuches negros, identificados únicamente por iniciales y fechas.

—¿Sabes lo que quiere decir clasificado X, Rampike? —Fox se burlaba del chico más joven—, bueno, pues esto es XXX. ¡Prepárate!

Tan pronto como Fox empezó con la primera cinta, y crudas imágenes en blanco y negro saltaron sobre la gran pantalla de televisión colgada de la pared, Skyler se sintió incómodo: ¿sin música ambiental?, ¿sin voz en *off*?, tan sólo una escena rudimentariamente fotografiada de... ¿una mujer adulta?, ¿una mujer adulta desnuda? Una mujer entrada en carnes como mamá, con grandes pechos suavemente caídos sujetos con ambas manos, pezones oscuros como ojos y una alarmante mancha de algo oscuro e hirsuto como una barba, pero en el sitio equivocado para ser una barba. Mientras Skyler miraba con la boca abierta, la mujer desnuda se acercó dando tumbos a la cámara, abriendo mucho los brazos como para abrazarla, como mamá solía hacer cuando Skyler era más joven, y el *hombrecito* de mamá; la mujer hizo gestos de besar y de chupar con labios cubiertos de espeso carmín y una ola de pánico se apoderó de Skyler: ¿era mamá aquella mujer? Aunque Skyler veía con toda claridad que la mujer era más corpulenta que mamá, que no era ni de lejos tan bonita como mamá, que tenía una nariz porruda en lugar de respingona como la de mamá, ¿se trataba de mamá? ¿Y si por alguna razón resultaba ser mamá? A sacudidas, la cámara se trasladó para mostrar una segunda figura femenina, mucho más joven, ¿una niña?, ¿de unos once años?, una chica de largo pelo liso y labios que dibujaban un mohín y que se parecía a una chica de sexto grado de Fair Hills Day, aunque no podía ser esa chica, por supuesto, porque esta otra estaba desnuda, y nunca se veía a chicas desnudas, y la de la película estaba glamurosamente maquillada como la mujer, maquillada, de hecho, para parecerse a la mujer, pensó Skyler, ¿quién era?, la madre de la chica, como mamá en los últimos tiempos maquillaba a Bliss para que se pareciese a ella cuando actuaba sobre el hielo y, como mamá decía, las luces quitaban todo el color de la cara de una niña, y hacía que sus ojos desaparecieran, por lo que no te quedaba más remedio que aplicarle maquillaje, incluso sombra de ojos, delineador, rímel; y a continuación la cámara oscilaba ebriamente para mostrar a un individuo maduro, barrigón, que también parecía estar desnudo, aunque llevaba calcetines negros como los de papá, que le llegaban a mitad de la pantorrilla, y un reloj del tipo que Skyler había aprendido a identificar como Rolex, porque papá llevaba un Rolex, y la persona de la película no era papá sino que se trataba de alguien mayor que tenía un cuerpo flácido y caído y el rostro quedaba desenfocado, porque al fotógrafo le faltaba firmeza y Fox decía, burlándose:

—¡Ése es papá! ¡Ése es papá! ¡Fíjate en lo que hace! —riendo y limpiándose la boca; y Skyler empujaba, desesperado, para apartarse de Fox, mientras Fox reía groseramente y sujetaba a Skyler diciendo que se tenía que quedar, ¡que tenía que verlo! Y Skyler se tapaba los ojos para no ver, como hacía Bliss con frecuencia en la sala de estar cuando ni mamá ni papá estaban con ellos; Bliss se protegía los ojos con los dedos —¿aunque quizá mirando a hurtadillas?— incluso pese a que a veces, según el criterio de Skyler, en la pantalla no estaba sucediendo nada que diese miedo o fuese triste, pero Bliss no era más que una niña pequeña, a quien preocupaban fácilmente los ruidos demasiado fuertes, las intromisiones discordantes y los cambios rápidos de escena y de música ambiental y se acurrucaba en el sofá parpadeando y mirando lo mucho que parecía venírsele encima —¿de dónde?, ¿del mundo de los adultos?—, un torbellino de imágenes, sonidos y sensaciones al que era imposible dotar de sentido, no si sólo tenías cuatro años, o apenas cinco, y en ese caso el único remedio era protegerte los ojos, mejor aún cerrar los ojos *¿Ya ha pasado, Skyler? ¿Se ha ido?* con una voz débil y temblorosa que hacía que Skyler se burlara *¡Qué pequeñaja! No hay nada ahí, tonta, más que tonta* pero ahora Skyler no se burlaba ni se reía porque había tenido un vislumbre de alguien, otro varón, ¿un rostro borroso pero alegre?,* más allá de la figura entrada en carnes del individuo desnudo del que se le había dicho que era el padre de Fox Hambruck, de manera que consiguió librarse de las manos que lo sujetaban y salió corriendo de la habitación (tan grande y tan llena de costosas posesiones infantiles como la de Tyler McGreety) para esconderse asustado y jadeante en un cuarto de baño de jabones perfumados y relucientes paredes blancas, cuya puerta cerró con pestillo para protegerse hasta que algún tiempo después oyó unos golpes secos en la puerta y le llamó una voz femenina:

—Tu mamá está abajo, Skyler. Es hora de que te vayas a casa.

—¡Qué gente tan agradable! Skyler, ya sabes que tu padre trabaja con el señor Hambruck, un ejecutivo de mucha categoría en Scor Chemicals. Cómo me gustaría que tú y Denton, ese pequeño tan fascinante, os llevarais bien y que él quisiera volver a verte y que no hayas decepcionado otra vez a mamá, cariño.

Siento darles la impresión de que la mayoría de las citas para jugar de Skyler fueron desastres,** o tuvieron lugar en las casas de otros. De hecho, hubo multitud de citas en las que no sucedió nada —intermedios «poco memorables», se las podría llamar—, que es el motivo de que las haya olvidado. Y hubo muchas citas en nuestra casa bajo la supervisión de la María de turno, cuando mamá había salido; aunque, a veces, si estaba en casa, mamá se cernía sobre Skyler y su infantil visitante como una anfitriona preocupada, preguntando si les gustaría beber algo. Si querrían pastas con pedacitos de chocolate, recién hechas (por María). ¿Pan de plátano y frutos

---

* He releído muchas veces este pasaje, he meditado sobre él y, sinceramente, no sé qué decir: ¿vislumbró de verdad Skyler a su padre en el segundo término del vídeo, o se asustó, imaginándose que quizá vislumbraba a su padre en el vídeo? ¿Ustedes qué creen?

** Exactamente como la mayoría de las «grandes obras» de arte, de cultura. ¿Por qué?

secos? Uno de los visitantes de Skyler dijo cortésmente: «Muchas gracias, señora Rampike. Pero estoy haciendo la dieta Atkins». Otro fue Calvin Klaus hijo, de inocente rostro pecoso, hijo de diez años de la rubia Morgan Klaus, flaquita y sexi, que, en un día no lejano, daría al inestable matrimonio de Bix y Betsey Rampike un empujón final para derrumbarlo, episodio sobre el que se hablará más adelante. Supongo.

—Me gustaría que fueras mi hermano, Skyler —la voz entrecortada de Mildred Marrow hizo una pausa, mientras ella se limpiaba los ojos humedecidos—. Me gustaría tener un hermano y que ese hermano fueses tú.

Mildred Marrow era una de las escasas chicas con las que Skyler tuvo citas para jugar. (¿Por qué pasaba eso? ¿Acaso temían nuestras madres toqueteos sexuales preadolescentes, «experimentos»? ¿Incluso entre los disminuidos de la nueva generación?) Mildred, una chica soñadora de quinto grado, y un año mayor que Skyler, era famosa en Fair Hills Day por su elevado CI —«el rádar no lo capta»—, y gozaba en general de pocas simpatías. ¿Cómo se podía tolerar a una chica que sonreía con suficiencia y que no sólo había sido elegida como EPI (¡en preescolar!) sino que estaba situada en el «percentil más elevado» de todos los alumnos EPI del colegio, desde jardín de infancia hasta el grado duodécimo? Mildred —hija de un senador estatal de Nueva Jersey, rico por su casa, y de una conocida figura social— era una chica larguirucha, de ojos meditabundos, boca temblorosa y cargada de hombros, a quien ya en cuarto grado se había catalogado de PSNS y también de AR (anoréxica en proceso de recuperación). El horario de Mildred era tan apretado y con metas tan precisas como el de Bliss, aunque más variadas: una chófer y niñera especial la traía y la llevaba al colegio y a sus clases particulares de mandarín, así como a las clases de equitación, tenis y baile; y también a sesiones de acupuntura y de terapia (jungiana); y, por lo menos una vez a la semana, a una cita para jugar con un niño como Skyler Rampike, que no parecía representar ninguna amenaza, ni intelectual ni de ninguna otra clase, para la delicada sensibilidad de Mildred. Con gran sorpresa de Skyler, Mildred parecía mirarlo con buenos ojos, ¿quizá porque se apiadaba de él?, sabedora de que Skyler no era EPI ni tampoco PSNS y que, aunque se esforzaba mucho por disimularlo, tenía una pierna claramente más corta que la otra, lo que le hacía cojear y, en ocasiones, incluso caminar con un bastón («Un esguince en el tendón de Aquiles en el gimnasio, sólo durante una temporada»), con lo que se ganaba el afecto de sus compañeras de clase aunque provocara el desprecio de la mayoría de los chicos.

Muy nerviosa en el colegio, Mildred se tranquilizaba en presencia de Skyler. Su «mejor entretenimiento» era ayudarlo con sus tareas para casa, sobre todo aritmética, que, según decía, le resultaba «relajante»:

—Conseguir que mi cabeza vaya más despacio, ir al mismo ritmo que tú, Skyler. ¡Me encanta!

Una vez, en un momento de reflexión, Mildred confesó su deseo de que Skyler pudiera ser su hermano y viviera en su casa:

—Mis padres, que son unos neuróticos, tendrían a otra persona con quien obsesionarse, no sólo conmigo.

Mildred era la única compañera de juegos de Skyler que hablaba de Bliss con franca admiración y envidia:

—Aunque sea una niña pequeña, tiene ya una carrera. Dentro de poco podrá vivir *por su cuenta*.

Skyler rio incómodo.

—¿Vivir por su cuenta? Sólo tiene cinco años.

Mildred, que no había visto nunca a Bliss en persona, sólo fotografías en las publicaciones locales, pareció no oírle. Le estaba mostrando a Skyler un recorte del *Fair Hills Beacon* con el titular EL «PRODIGIO» DE FAIR HILLS GANA EL TÍTULO DE PATINAJE ARTÍSTICO PARA CHICAS. El artículo incluía una fotografía de Bliss con su madre: el motivo era que había ganado el Concurso de Patinaje Artístico 1995 (división juvenil), celebrado en Roanoke, Virginia, pocos meses antes. Mildred dijo con añoranza:

—Tu hermana es muy bonita y muy pequeña. Me gustaría ser bonita como ella en lugar de fea; y me gustaría patinar como ella y que mi fotografía saliera en el periódico. ¡Qué *suerte* tiene!

Skyler se preguntó si Mildred bromeaba. ¿Mildred Marrow, una chica rica, famosa por tener el CI más elevado de todos los alumnos con EPI, y que era además PSNS y AR, sentía envidia de la hermana pequeña de Skyler?

—¡No me gusta nada ser quien soy! —dijo Mildred—. Es cierto que estoy prácticamente por encima de todo el mundo en el colegio, por lo menos en los malditos tests, pero ¿a quién le importa? ¡A mí no! Preferiría ser rubia y campeona de patinaje.

Skyler, al mirar a Bliss y a mamá en la foto del periódico, tuvo que suponer que, si no hubiera sabido que la hermosa muñequita de la foto era Bliss, no la habría reconocido. A Bliss, para su actuación, se la había transformado en una princesita de cuento de hadas, vestida de tul blanco, satén igualmente blanco, plumas blancas y un vislumbre de braguitas blancas de encaje debajo de la faldita; los tirabuzones estaban rociados con lo que mamá llamaba «polvo de estrellas» y sobre los cabellos se le había colocado una pequeña tiara de plata (o con baño de plata). Era cierto que Bliss parecía hermosa. Y tras ella, abrazándola, con la barbilla descansando suavemente en su hombro, también Betsey Rampike parecía hermosa.

Skyler había presenciado el concurso celebrado en Roanoke. Vio a su hermana obtener una «victoria inesperada» sobre unas exquisitas y prodigiosas gemelas de origen chino y diez años de edad, después de haber ganado a todas las demás competidoras del concurso juvenil. Skyler tenía muchas dudas de que, patinando al ritmo de una versión ligeramente sincopada del *Vals de la Bella Durmiente,* Bliss pudiera ganar; había cerrado los ojos y apretado los puños más de una vez, pensando *¡Ahora se va a caer! Se acabará todo,* pero de algún modo Dios había protegido a Bliss sobre las cuchillas silbantes de sus patines, como mamá había rezado para que sucediera. La niñita con el «brillo de las hadas» se había ganado el voluble corazón del público, alejándolo de las gemelas americanas de origen chino, y también los corazones de los jueces. De una puntuación máxima de 6, a Bliss se le había atribuido un 5,88 y el título de vencedora del Concurso de Patinaje Artístico 1995 (división juvenil). Y ahora Mildred Marrow, la más inteligente de todos los alumnos listos de Fair Hills, temida por sus compañeros de clase e incluso por algunos de sus profesores por su lengua sarcástica, estaba diciendo, al tiempo que suspiraba:

—Skyler, tus padres deben de estar *muy orgullosos* de tu hermana. Bliss Rampike tiene que ser la niñita más feliz de la tierra. ¡Seguro que sí!

La niñita más feliz de la tierra

Si me caigo, ¿seguirá queriéndome la gente?
Si me caigo, ¿me seguirás queriendo tú?

Porque a veces se caía, sí, se caía de repente, y se caía estrepitosamente. No (todavía) mientras actuaba en público (aunque también eso llegaría, de manera inevitable) pero sí mientras se entrenaba. Durante los ensayos son frecuentes las caídas. Porque cuando ensayas todos los días, hasta dos horas diarias, y estás aprendiendo además movimientos nuevos, todavía más complicados, titubeas a veces, como es lógico, y resbalas a veces, y a veces te caes, y te caes estrepitosamente. Y sigues tumbado, sin moverte, sobre el hielo helado, que no es tu amigo sino tu enemigo, tan rígido como el más duro de los suelos de cemento; y sientes cómo laten todos los pulsos de tu cuerpecito por el susto y la vergüenza y el terror de que cuando trates de levantarte, no seas capaz de sostenerte; de que cuando trates de patinar, de iniciar el deslizamiento más elemental con el pie derecho, no seas capaz de conseguirlo. Y, sin embargo, la música grabada continúa, la música que mamá ha seleccionado; continúa como burlándose de ti, porque te has caído, y están las lágrimas cegadoras que te brotan de los ojos, mientras te muerdes los labios para no llorar. Y enseguida se inclinan sobre ti, te tiran de los brazos, mamá y Olga Zych que es tu entrenadora, están asustadas, y gritan desde muy cerca *¡Bliss! Bliss, ¿te has hecho daño?* No es posible esconderse en ningún sitio, porque todo el mundo en la pista te está mirando ya, y Bliss eres tú.

¡Vendarle el tobillo! ¡Podemos vendarle el tobillo! No se le ha torcido, se ve que no es un esguince, sólo le duele un poco en el sitio donde se le dobló. ¡Bliss no se ha hecho daño! El tobillo izquierdo de

Bliss es su mayor debilidad. Podemos darle analgésicos. Escuchen a la pobre niña *Mamá, no me he hecho daño, mamá, quiero patinar, mamá, ¡quiero patinar!* Bliss se sentirá defraudada si después de todo lo que hemos trabajado nos retiramos del concurso del sábado. Hemos rezado tanto. Todos nuestros partidarios han rezado muchísimo. Y esta vez su papá ha hecho planes para verla patinar. Bliss se sentirá destrozada si defrauda a su papá. No se consolará si decepciona a su mamá y a su entrenadora. Podemos vendarle el tobillo para que no se le vuelva a doblar, y podemos darle calmantes. Y el codo izquierdo, que se golpeó contra el hielo, no tiene un esguince ni se le ha roto, sólo un cardenal y un bulto, nada que no se pueda disimular con maquillaje. Maquillaje en pasta, que es como masilla. Exactamente del tono de la piel de Bliss. ¡Qué chica tan valiente es Bliss, que apenas llora! Aunque en realidad no se ha hecho mucho daño, como aquella otra vez. Se le habrá curado para el sábado, y un poco de maquillaje le tapará los moretones en la pierna y en las rodillas. No es más que una niña pequeña, los niños pequeños son torpes, se caen todo el tiempo, aunque desde más abajo que nosotros, y tienen unos huesos muy flexibles. Son como de tejido elástico. Y después de Wilmington, Bliss podrá descansar algún tiempo. Después de Baltimore, y después de los interregionales de los Tres Estados, después del StarSkate Ice Capades y después de la Pequeña Miss Royale de Nueva Jersey. Y después de Lady Champ (categoría juvenil). Y después de Atlantic City. Podrá descansar. Hacer menos fuerza con el tobillo. Podemos darle calmantes. El doctor Brea ha dicho que Balmil es perfecto para los niños y que no crea dependencia. Balmil, a diferencia del maldito Nixil, lo han retirado del mercado, ¿se había enterado?, no tiene efectos secundarios. Balmil es lo último para atletas jóvenes. Como el complejo vitamínico superconcentrado. Como el SuperGrow. Bliss descansará durante las vacaciones. Hasta enero y el Festival Besos de Hershey, para entonces ya estará como nueva.

... ver patinar a Bliss. Verla cuando estaba sola y nadie la miraba. En la pista de entrenamiento después de que las otras chicas y sus preparadoras se hubieran ido. También Olga Zych. Y mientras mamá hacía llamadas telefónicas desde algún sitio. (Mamá estaba siempre haciendo llamadas telefónicas, juvenil y emocionada. Mamá

reconoce riendo ¡cómo hemos podido vivir sin los teléfonos móviles!)
Última hora de la tarde en la pista de Halcyon y sólo Bliss patinando,
sin exhibirse, sin esforzarse, sin arriesgarse a tener accidentes, sólo
patinando, utilizando la pista en su totalidad, largos deslizamientos
lentos y giros distraídos, en silencio. Sin otro sonido que el de las cuchillas de los patines sobre el hielo. En los días en que, de manera impulsiva, mamá ha invitado a Skyler a ir con ellas a la pista: «¡Bliss te
necesita, para que la mires!». Y Skyler siente un cosquilleo de gratitud,
y la expectativa de un descanso lleno de paz cuando las otras patinadoras, y también sus madres y sus entrenadoras con sus voces agudas,
se hayan marchado. Cuando la música haya cesado. Cuando Bliss
esté libre y sola, mientras mamá hace sus numerosas llamadas con el
teléfono móvil, y la niña patine en silencio, sin adultos mirándola,
juzgándola. Sólo Skyler la observa, desde el borde de la pista. Sólo
Skyler, que es el hermano mayor de Bliss —ocho años— y su amigo.
El único amigo de Bliss. (Porque de un modo u otro ha sucedido que
Bliss ya no ve a sus amiguitas y compañeras de clase puesto que ya no
va al colegio, y «se educa en casa», con tutores, bajo la supervisión de
mamá.)

—¿Skyler? Ponte unos patines, ¡patina conmigo!

Bliss, que se siente sola, llama a Skyler, agitando el brazo
mientras se desliza sobre el hielo, pero Skyler mueve enseguida la cabeza: *No*.

Skyler quiere a su solitaria hermanita, por supuesto. Pero
Skyler se regodea con la existencia de secretos familiares de los que él
está al tanto y que Bliss no conocerá nunca.

Por ejemplo, lo que papá dice a veces. Lo que dice papá y lo
que le responde mamá a altas horas de la noche en su dormitorio con
la puerta cerrada y con sólo una delgada línea de luz que se filtra por
debajo.

«¿Me quieres decir cuánto nos está costando esta historia,
Betsey?» La voz de papá es apenas audible a través de la puerta, y
mamá se ríe como si se tratara de una pregunta impertinente en el
transcurso de una entrevista en la televisión, pregunta que en realidad
no se espera que conteste, de manera que papá insiste: «¿Cuánto, Betsey?». Y rápidamente mamá dice, como si recitase frases preparadas

de antemano: «¡Nuestra hija es una patinadora prodigiosa! ¡Nuestra hija es, en potencia, una campeona del mundo! ¡Bliss podría ser la próxima Sonja Henie, Bix!». Pero papá insiste con su voz más firme, con su voz de no-me-vengas-con-sandeces: «¿Cuánto, Betsey?». Y mamá dice, entre impertinente y coqueta, protestando amablemente, como si todavía se tratara de una entrevista: «¡Bix! Has visto patinar a nuestra hija, has oído los aplausos, al menos en vídeo. ¡Sabes que ya ha ganado títulos! Cómo puedes dudar de nosotras, Bix, tienes que saber lo mucho que las dos hemos trabajado». Y papá dice: «Lo sé, cariño, lo sé, y estoy de lo más impresionado, demonios. ¡Mis dos chicas maravillosas en los periódicos! Pero: ¿cuánto?». Y mamá ahora suena como si se sintiera herida, trata de discutir y (Skyler parece saberlo, a través de la puerta) retrocede alejándose de papá o, de manera todavía más audaz, se da la vuelta, como para irse, algo que (Skyler lo sabe) mamá no debería hacer, porque un acto así es «insultante» —«una provocación»— para papá, como cuando papá reprende a Skyler (con suavidad, amablemente), y sin embargo él se retuerce, se escurre, pone una de sus caras de dolor e intenta escapar de su padre que lo retiene, eso es «insultante» y «una provocación» y no muy buena idea para Skyler porque papá amable se puede transformar bruscamente en papá furioso; mamá sin embargo sigue queriendo alejarse de papá, y dice, tratando de darle largas: «¡No sé cuánto, Bix! No con exactitud, ¿no podemos hablar de eso por la mañana?». Y papá dice, ahora con una tensión en la voz, Skyler se asusta por mamá porque parece como si viera a través de la puerta cerrada los ojos de papá entornados ya y fijos en su presa como los ojos de un pit bull: «Esas facturas, esos gastos con tarjetas de crédito, cheques cobrados, ¿creías que no los iba a descubrir? Esa tal *Zych*, la lesbiana, y sus *honorarios,* pagos en las pistas de hielo, facturas de hoteles y restaurantes, condenadas facturas de médicos, más facturas de más condenados médicos, primas de pólizas de seguros, ese *publicista* que has contratado, estoy calculando un mínimo de sesenta mil dólares para este año, Betsey». Y mamá grita: «¡Sesenta mil! Eso es ridículo». Y papá responde: «¿Estás diciendo que me equivoco, Betsey? ¿Que soy ridículo, Betsey? ¿Es eso lo que estás diciendo, Betsey?». Y mamá se apresura a responder: «No, pero no... no me parece... Bix, estoy segura de que...». Y papá dice: «Sesenta mil este año, y el año que viene será más, por supuesto, si sigues como hasta ahora. He estado informándome sobre el mundo del patinaje de aficionados, patinaje artístico femenino, y entiendo que Bliss promete, que Bliss lo está haciendo muy bien para una niña tan pequeña, que ha ganado unos cuantos trofeos y que puede ganar más, pero que pasarán años antes de que gane dinero de verdad, ¿y si se lastima? ¿Qué pasa entonces?». Y mamá dice: «¡Bliss no se va a hacer daño, Bix! Te lo prometo». Y papá dice: «¿Cómo demonios me puedes prometer una cosa así, Betsey? ¿Es que ves el futuro?». Y mamá dice, suplicante ya, mientras Skyler, desde el otro lado de la puerta del dormitorio donde permanece absorto e inmóvil, prevé cómo mamá cae de rodillas delante de papá, mamá con su camisón de seda, un tirante cayéndosele del carnoso hombro desnudo, el pelo sobre la cara y las mejillas encendidas y sus hermosos y cálidos ojos, húmedos de lágrimas. Mamá se agarra de las manos de papá, mamá es como una ciega que busca a tientas a papá que se alza delante de ella, mamá suplica: «Confía en mí, Bix. Ten fe en mí y confía en mí, cariño, nuestra hija es nuestro destino».

Papá te quiere pero no te quiere tantísimo. Y quizá mamá tampoco.

DESTINO:
1. Algo a lo que una persona o cosa está destinada: FORTUNA.
2. Una predeterminada sucesión de acontecimientos que a menudo se asegura que son consecuencia de un poder o de una entidad irresistibles.

(Skyler, por supuesto, miró la palabra en el diccionario. Skyler-con-una-pierna-más-corta-que-la-otra, destinado a no ser el destino de nadie.)

—¡Sky-ler! Te quiero.

La dulce Bliss, la solitaria y pequeña Bliss, se cuelga con mucha frecuencia del cuello de su hermano mayor y lo cubre de besos, lo que avergüenza a Skyler, porque ¿qué niño de ocho años quiere ser abrazado y besado por su hermana pequeña con tanta frecuencia? Además, los delgados brazos de Bliss poseen una fuerza sorprendente y le hacen daño cuando tiran de él. Skyler sabe que los chicos no abrazan ni besan a sus hermanitas pequeñas a no ser que se vean forzados, lo que sucede a veces cuando los fotógrafos están delante y mamá pide a sus dos adorables hijos que se abracen y se besen para la cámara. Y allí aparece Skyler Rampike, con esmoquin de niño, corbata negra de lazo que se sujeta con un clip, resplandeciente camisa blanca con puños vueltos, en la solapa un clavel carmesí que hace juego con las cintas de satén carmesí entre los tirabuzones de Bliss, mientras acompaña a su hermana hasta el borde de la pista de hielo donde la aguarda un reflector, lo que provoca que el estadio abarrotado (¿dónde era esto?, quizás haya sido Baltimore) estalle en aplausos; o, en la alegre recepción del StarSkate Winners' Circle que sigue al concurso, en la sala de baile B del hotel Marriot, guiado por mamá («Cariño, ¡no cojees! ¡Y no pongas caras!»), acompañando a la Pequeña Miss StarSkate 1995, recién coronada, con sus vaporosas galas de color rosa y blanco, hasta superar el acoso de los flashes cegadores, de las cámaras de televisión y de los admiradores boquiabiertos.*

¿Interesados en una continuación de la precedente escena cursi? Cuando mamá vio las fotos de Bliss y Skyler en la recepción StarSkate, casi se desmayó. Porque StarSkate Deportes de Invierno, Inc. había manifestado su intención de utilizar fotos de sus vencedores de 1995 para anuncios nacionales de sus artículos de patinaje, y

---

* Probablemente algunos de ustedes, de inclinaciones escépticas, se estarán preguntando ¿dónde aparecen semejantes fotografías «de actualidad»?, ¿el metraje en televisión sobre acontecimientos tan insignificantes de la historia cultural de nuestra gran nación? Con toda franqueza, no estoy seguro. Aunque sí recuerdo a mamá recortando con avidez artículos de publicaciones tales como *Netcong Valley Bee, Ashbury Park Weekly, East Orange Sentinel, Delaware Valley Beacon* y, por supuesto, nuestro *Fair Hills Beacon,* que nunca dejaba de recoger, a menudo en la primera página, al «último prodigio y el más joven» del patinaje artístico de Nueva Jersey; no tardaríamos en encontrar un artículo en la página tres de la sección dominical para Nueva Jersey del *New York Times* y un reportaje de cinco páginas en *New Jersey Lives,* publicación lujosa en papel satinado; si teníamos suerte, podría darse una fugaz aparición de la pequeña Bliss Rampike, hermosa y rubia, patinando o sonriendo tímidamente hacia la cámara, o ambas cosas, al final de un programa de la New Jersey Network. Mamá estaba convencida, su fe fortalecida por Samantha Sullivan —su nueva publicista y amiga, mujer enérgica, a la que había contratado para promocionar «con garra» la carrera de Bliss—, de que la fama puede ser, para algunos, cuestión de una constante acumulación de publicidad; de repente se llega a un «punto de saturación» y de la noche a la mañana, al parecer, todo el mundo conoce tu nombre y tu rostro. «Por supuesto», como Samantha advertía, «Bliss tiene que ganar títulos».

mucho dependía de las fotos de los adorables niños Rampike, pero: «Oh, Dios mío. Qué es esto. *Oh*». Porque, al parecer, si bien Bliss sonreía con dulzura, aunque lánguidamente, hacia la cámara, con el aspecto exquisito de una muñeca de porcelana, el pequeño Skyler, con su esmoquin infantil, parecía un niño gárgola, extrañamente encorvado, la cara contraída en una mueca, y los dientes al aire en una sonrisa de animal depredador.

—¡Cómo! ¡No es posible! ¿Cómo ha pasado una cosa así? Skyler no estaba haciendo muecas cuando se sacaron esas fotos. Yo lo estaba viendo. Skyler sonreía, lo juro. ¡Y tampoco estaba encorvado! Lo estuve vigilando segundo a segundo, y parecía absolutamente adorable, y todo el mundo lo dijo, nada que se pareciera a ese... *monstruo*.

En aquella ocasión, relativamente infrecuente, en la que papá estaba en casa con su pequeña familia un sábado por la mañana, y se esforzaba por dedicarle tiempo de manera exclusiva, se rio de la alarma de mamá, diciendo:

—Vamos, cariño, exageras. Te va a dar un soponcio. Reacciones tan excesivas pueden ser contagiosas para los niños, deberías saberlo.

Pero cuando cogió las lustrosas fotos para examinarlas, se le escapó un silbido entre dientes:

—Cristo bendito. Tu mamá tiene razón, chico. Pareces «el más buscado de los Estados Unidos». Mira aquí, ¿qué clase de cara de cretino es ésa, para ponerla mirando a la cámara? ¿En un momento así? ¿En público? ¿Con tu hermanita al lado? ¿Te parecía muy divertido?

Asustado, Skyler protestó:

—Papá, no fue así, no puse caras...

—No trates de engañarme, muchacho. ¡Aquí está la prueba!

Skyler miró fijamente, asombrado. Era como mamá había dicho: en las fotografías hacía muecas, tenía «cara de dolor», con un toque de hilaridad demencial, con un aspecto que se parecía a la expresión de Tyler McGreety cuando, de tanto en tanto, por pura casualidad, y contra el deseo de los dos, Skyler y Tyler se encontraban de repente en el colegio, y cara a cara. (Porque después de su única cita para jugar, los dos hacían todo lo que estaba en su mano para evitarse.)

Pero Skyler sabía que no había puesto su «cara de dolor» mientras lo fotografiaban con Bliss en aquella recepción, y también que había tenido cuidado de no cojear durante la velada, cuando tantas personas lo estaban mirando. Maldita sea, *estaba seguro*.

Mamá se secó los ojos, furiosa:

—¡Tan... feo! ¡Tan desagradable! Skyler, ¿cómo pudiste traicionarme y traicionar a tu hermana? ¡En el mismísimo momento de su triunfo! Sabes que StarSkate está interesado en que Bliss recomiende sus productos si gana el título de Miss Princesa del Hielo de Nueva Jersey el año que viene: ¿estás tratando de sabotear nuestros esfuerzos? ¡Vergüenza debería darte!

Mamá le dio un cachete a Skyler, que siguió protestando, indignado, mientras papá intervenía:

—Quizás no lo pueda evitar, Betsey. Quizá se trate de alguna hormona masculina preadolescente. *Homo homin lupus.* Nuestra sangre de lobo de los Rampike, que hace acto de presencia.

Mamá solventó el problema de las horribles fotos eliminando cuidadosamente a Skyler con unas tijeras de manera que sólo quedara Bliss en todo su esplendor, con aire aturdido, deslumbrada y sumamente pequeña, ante los fogonazos de las cámaras. Y aunque aquellas fotos, como es lógico, no se pudieran utilizar en la futura campaña publicitaria, un representante de la compañía le aseguró a mamá que StarSkate estaba todavía «muy interesada» en Bliss, en el caso de que ganara el título, muy codiciado, de Miss Princesa del Hielo de Nueva Jersey 1996.

(Maldita sea: recuerdo este incidente totalmente desconcertante e inexplicable y estoy en condiciones de asegurarle al lector escéptico que, aquella noche —con mi esmoquin de niño, el esmoquin que mamá insistió en que llevara, como insistió en que el pelo, por entonces de un color castaño claro muy ordinario de chico normal, me lo lavaran con champú y me lo ahuecaran con un secador en el salón de belleza de Fair Hills—, no puse caras durante la sesión de fotografías, sino que SONREÍ SIN PARAR, tal como insistían los condenados fotógrafos. «¡Bellísimo!» «¡Adorable!» «¡Ahora besa a tu hermanita! Síí.» Hice exactamente lo que mamá me dijo que hiciera y sin embargo —¡por alguna razón!— las fotografías resultaron feas, y cuando pienso de manera retrospectiva en aquel incidente, veo que a partir de entonces mamá dejó de quererme, o por lo menos dejó de quererme tanto como antes; y que quizá fuese el inicio de lo que papá llamó la puesta en marcha *de la sangre de lobo de los Rampike.*)

Noviembre de 1995. Terminado el concurso para el título de Miss Nueva Inglaterra de patinaje artístico, donde Bliss quedó segunda en la categoría juvenil (hasta diez años) después de haber vuelto loco al público, vestida de coqueta vaquerita de mejillas con colorete y trenzas al viento debajo de un sombrero tejano ladeado con gracia, deslizándose, saltando, retorciéndose y haciendo piruetas con una faldita de ante con flecos, brillantes braguitas de color perla y un diminuto chaleco también con flecos en el que resplandecían diamantes falsos, y donde patinó al ritmo de una versión sincopada de *Streets of Laredo,* ahora estaba tumbada allí, en la parte de atrás del Buick Lady Toro, esperando a mamá que, dentro del estadio, impugnaba acaloradamente la decisión de los jueces, y a Skyler, muerto de cansancio una vez que había desaparecido la tensión del concurso, cuando llegaba ya el momento de trasladarse en coche al Sheraton Inn Brunswick para pasar la noche (Skyler tenía que saber dónde estaban, en algún sitio del estado de Massachusetts o posiblemente en el estado de Maine, dado que había sido el guía con el mapa de carreteras, pero ahora estaba demasiado dormido para recordarlo), le conmovió oír a Bliss hablar muy seriamente con su muñeca favorita, una vieja criatura de trapo muy maltrecha, casi de su mismo tamaño, con una dulce sonrisita, brillantes ojos de botones y un pichi de tela de algodón a cuadros muy manchado que mamá había intentado numerosas veces quitarle, porque Bliss tenía una docena de hermosas muñecas muy caras. Y es que Skyler oyó a Bliss dirigirse a aquella muñeca con una imitación sobrecogedora de la voz de mamá:

—La próxima vez trabajaremos más, y rezaremos más y Jesús se encargará de que *seamos la número uno.*

Skyler le preguntó a Bliss cómo se llamaba su muñeca, porque nadie parecía saber el nombre de aquella vieja muñeca tan maltrecha, y Bliss se negó a responder con un vehemente movimiento de cabeza antes de añadir que era un «se-creto». Pero Skyler, inclinándose por encima del respaldo de su asiento, insistió, prometiendo que no se lo contaría a nadie, hasta que por fin Bliss admitió, apretando la muñeca contra su pecho completamente plano:

—Se llama Edna Louise.

Skyler guardó el secreto de Bliss. Nunca se lo contó a nadie.

Las bodas de la curruca y el petirrojo

¡TE QUEREMOS BLISS!
¡ERES NUESTRA PREDILECTA!
¡NUESTRAS ORACIONES TE ACOMPAÑAN!
¡QUE DIOS TE BENDIGA BLISS!

De manera gradual, aunque acelerándose contra toda lógica en las semanas finales de 1995, a raíz de la heroica actuación de Bliss en Atlantic City en diciembre,* empezaron a llegar a casa de los Rampike en el 93 de Ravens Crest Drive, Fair Hills, Nueva Jersey, flores para la SEÑORITA BLISS RAMPIKE. (¿Cómo se había «filtrado» hasta el público nuestra dirección familiar? Papá estaba furioso. Mamá insistía en que ella «no tenía ni idea».) No sólo llegaban a nuestra casa flores recién cortadas, de todas las variedades, cantidades y precios, por medio de las camionetas de reparto de los floristas, sino también

---

* ¡Lo siento! Véase Primera Parte: «Una niñita muy valiente», donde ya he reseñado este doloroso episodio. De todos modos, he aquí una versión «poética» (sueño/pesadilla) de lo sucedido: cerca ya del final de su número, a Bliss se le torció de repente un tobillo, perdió el equilibrio y casi se cayó, pero consiguió, valerosamente, patinar (tambaleándose) hasta el final de un vibrante y cálido *Begin the Beguine* incluso mientras la llamativa mantilla de encaje negro se le caía, se le enredaba en las piernas y casi la derribaba... Bliss, sin embargo, había estado patinando tan maravillosamente antes de aquellos percances que la multitud del hotel y casino Trump la aplaudió a rabiar; y su actuación se haría famosa, pasaría con frecuencia por la televisión, en incontables canales por cable, en especial después de su muerte. Junto con su galardonada actuación en el concurso Princesa del Hielo de Nueva Jersey de 1996, su número con *Begin the Beguine,* con una Bliss Rampike de cinco años vestida con sexi encaje negro y tafetán, y maquillada como una chica mucho mayor, es el vídeo que más probablemente verán ustedes de ella si entran en alguna de las numerosas páginas de Internet sobre Bliss Rampike, porque en algún lugar del ciberespacio el vídeo se está poniendo sin descanso. ¿Es ésa nuestra inmortalidad? ¿No el Cielo, si es que alguna vez ha existido, sino la posibilidad de que en algún sitio, alguien, quién sabe quién, quién sabe con qué motivos, compasivo, morboso, «simplemente curioso», se baje nuestros momentos más heroicos, trágicos, humillantes, para ponderarlos como si pudieran tener algún significado?

macetas de todas las especies desde orquídeas color sorbete a cactos florecidos y pequeños bonsáis. ¡Era bien extraño! Después de cada una de las actuaciones de Bliss, tanto si quedaba primera, segunda, nada más que tercera o, en el caso desastroso y triunfal de Atlantic City, quinta entre concursantes de su categoría, siempre llegaban tarjetas con mensajes de felicitación:

FELICIDADES TE QUEREMOS BLISS RAMPIKE
ERES UNA NIÑITA MUY GUAPA Y VALIENTE
PERMANECE FIEL A TU VISIÓN BLISS
TE QUEREMOS Y REZAMOS POR TI

¡Mensajes así, de desconocidos! Al principio vecinos de Nueva Jersey (no de la estirada Fair Hills, sino de «la otra» Nueva Jersey), pero a la larga gente de muchos estados, incluidos algunos remotos e improbables como Idaho, Alaska, Hawái y países tan distantes como Dinamarca, Alemania, Japón y Australia. La mayoría de aquellos «admiradores» no la habían visto patinar nunca, hay que suponer que habían visto vídeos en televisión, quién sabe en qué contexto: «patinaje artístico femenino», «deportes de invierno americanos», «actuaciones de niños guapos», «explotación de niños americanos». Mamá examinaba todas las felicitaciones con cuidado, asegurándose de que no contenían mensajes alarmantes o misteriosos, ni señales o símbolos crípticos, antes de pasárselas a Bliss para que las viera y de retirárselas luego para incluirlas en el álbum de Bliss, cada vez más voluminoso, en el que se guardaban fotos, recortes de prensa, material publicitario y tarjetas de admiradores.

También se recibían regalos: muñecas y animales de peluche; gorros de lana con borlas tejidos a mano, bufandas hechas a mano, mitones, calentadores para las piernas; falditas y chalecos para patinar igualmente hechos a mano con telas poco frecuentes como fieltro, tafetán, pana. Pequeñas tiaras de oropel artesanales. A menudo fotografías de Bliss patinando bajo luces muy brillantes y, en ocasiones, desde demasiado cerca, fotos hechas por admiradores a menos de un metro, o incluso a pocos centímetros, para pedir un autógrafo que Bliss escribiría con su letra infantil:

para ser devuelto en sobres franqueados y con el nombre y la dirección del remitente.

Bliss preguntaba, esperanzada:

—¿Me quieren todas esas personas, mamá?

—¡Sí, cariño! —respondía Betsey, llena de orgullo—. Quieren a «Bliss Rampike», son nuestros «admiradores».

Los regalos más bonitos solían ser trajes completos para patinar, algunos de ellos de telas muy caras, terciopelo arrugado, seda plisada, resplandeciente lamé dorado, con diminutos corpiños cubiertos de aljófares, cristales aurora boreal, polvo de oro. «Lo llevaba mi querida Crista cuando fue coronada Miss Princesa Real del Hielo en el Torneo Miss Royale Ice Capades en Bangor, Maine, en 1957, cuando tenía diez años, por favor, llévalo en recuerdo de Crista. Que Dios te bendiga, querida Bliss, te queremos mucho.»

—¡Mira, Skyler! ¿Eso es... para mí?

Lo era. Por supuesto que sí. El 30 de enero de 1996, en el sexto cumpleaños de Bliss, recibimos muchas felicitaciones y regalos de admiradores, pero el más extraño y el más maravilloso de todos fue un obsequio singular.

Las bodas de la curruca y el petirrojo era un *tableau* con pájaros de tamaño natural, con plumas de verdad, y todos ellos vestidos a la vieja usanza. Los pájaros estaban rígidamente colocados dentro de un cubo de plexiglás cuyos lados medían aproximadamente veinticinco centímetros, de manera que el espectador podía mirar el interior de la caja desde cualquier ángulo y, si se alzaba la tapa con cuidado, podía tocar los pájaros. La señorita Curruca, la recatada novia, era un pajarito de pico delicado, alas como de gorrión y plumaje pardo por encima y blanco por debajo, con un vestido de encaje que le llegaba hasta los pies, larga cola y velo; el señor Petirrojo era un novio distinguido, considerablemente más grande que la señorita Curruca, de cabeza alzada más bien gris, ojos chispeantes que casi se podría haber pensado que eran de verdad y un espléndido pecho de color rojo anaranjado, vestido de chaqué. Casaba a los novios un pájaro negro de pico robusto y mirada bondadosa aunque un tanto perdida, y los asistentes eran una docena de aves algo más pequeñas con exquisitas reproducciones de atuendos ya antiguos de seres humanos: gorriones, herrerillos, jilgueros. ¡Y cuánto realismo en las plumas de los pájaros, aunque ellos mismos, sus exiguos cuerpos, estuvieran colocados de manera rígida y torpe!

Aquel regalo sin precedentes había llegado por correo expreso, según explicó María: a ella se lo había entregado el «repartidor», que se ofreció a meterlo dentro de casa, ofrecimiento innecesario, dado que el paquete no era pesado. María lo colocó sobre una mesa, junto al correo ordinario del día, en la habitacioncita que daba al vestíbulo, y que mamá llamaba la leonera; y cuando Skyler volvió del colegio aquella tarde le apeteció abrirlo, como abría la mayoría de los paquetes que llegaban para su hermanita mientras Bliss lo miraba hacer, pero tuvo que esperar a que mamá y Bliss regresaran. (Porque mamá y Bliss estaban siempre fuera: además de las clases de patinaje y de las prácticas cotidianas en la pista de hielo, en alguna de las citas de Bliss: la peluquería, donde sus cabellos «naturalmente descoloridos», como mamá los calificaba, tenían que ser «aclarados»; el ortodoncista, porque Bliss sufría «un desajuste al morder que tenía que ser corregido»; el nutricionista, porque Bliss necesitaba inyecciones semanales de vitaminas y «estimulantes del crecimiento» que le permitieran «mantenerse en la competición».) Y cuando por fin Skyler abrió el paquete tan primorosamente envuelto y se pudieron ver *Las bodas de la curruca y el petirrojo,* los niños y las dos personas adultas se quedaron mudos de asombro.

Bliss miró con ojos muy abiertos el cubo de plexiglás. Skyler vio aparecer una expresión casi de temor, de miedo, en la carita pálida de su hermana: *Las bodas de la curruca y el petirrojo* eran algo demasiado maravilloso para asimilarlo.

—¡Mira, Skyler! ¿Eso es... para mí?

Skyler tuvo que contenerse para no darle la respuesta cruel «¿Para quién si no? Sabes demasiado bien que a mí nadie me regala nada».

¡Qué encantadora, una boda de pájaros! ¡Y unas aves tan exquisitamente ataviadas! La pequeña curruca con su traje de novia, en la postura tímida de una novia joven en la vida real, y el petirrojo de aire arrogante, vestido de chaqué, la cabeza ladeada con gracia, el pico robusto apenas abierto. Mamá se echó a reír.

—¡El señor Petirrojo! Tiene el mismo aire que papá, ¿no es cierto?

Mamá buscó la tarjeta que Skyler, típico niño descuidado, había arrugado junto con el papel de envolver, y descubrió que era una felicitación, pasada de moda, para el día de los enamorados, con un corazón rojo de satén en la cubierta. Mamá leyó en voz alta:

FELIZ CUMPLEAÑOS ENHORABUENA BLISS
CARIÑO Y BESOS POR SIEMPRE JAMÁS
TU DEVOTO ADMIRADOR NÚMERO UNO QUE MORIRÍA POR TI
G. R.

Ni Bliss ni Skyler estaban muy interesados en la identidad del misterioso *G. R.;* mamá, en cambio, sí sentía curiosidad, mamá tenía sospechas mientras buscaba en el papel de envolver rasgado la dirección del remitente, pero no parecía haber ninguna. Para entonces su delicado olfato estaba captando un olor muy extraño, aunque en cierto modo familiar, un olor desagradable, todavía débil, remoto, pero alarmante, de manera que mamá, la señora *gringa* nunca escasa de recursos, reclutó a María para que levantara la tapa de la caja, «mete la cabeza dentro y dime a qué huele». Y así vino a suceder, para sorpresa de Bliss y de Skyler, que *Las bodas de la curruca y el petirrojo,* absolutamente maravillosas, se envolvieron de manera precipitada en el rasgado papel de envolver y María, con gesto muy serio, procedió a llevarse el regalo mientras Bliss empezaba ya a protestar:

—Mamá, eso es mío. ¿Dónde se lo lleva María? Me lo han regalado a mí: «señorita Bliss Rampike». Lo he visto. Es mío.

—Esa cosa no es para ti, Bliss —dijo mamá—. Ese «regalo» no debería haber entrado nunca en casa, ha sido una equivocación.

—No es verdad. No ha sido una «equivocación».

Bliss empezaba a alzar la voz más de la cuenta. Un gesto de furia, lleno de intensidad, apareció en su rostro al tiempo que entornaba los ojos. Era una expresión que sólo aparecía a veces en la cara de Bliss durante un momento, de manera fugaz, como el encendido de una cerilla, cuando se equivocaba al patinar o se caía. También Skyler estaba preguntando:

—Mamá, *¿por qué?*

Los dos niños habrían corrido tras María, pero mamá les cerró el paso. Con arrugas muy marcadas en la frente, y un apretar de mandíbulas de bulldog inflexible, mamá dijo:

—¡Nooo! ¡Nada de eso! Los dos. Subid a vuestro cuarto y haced vuestros deberes. No hay más que hablar. Tú, Bliss, celebrarás tu cumpleaños con tu familia esta noche, papá va a estar en casa con nosotros. Y tendrás tus regalos, mucho más bonitos que...

—¡Quiero ese regalo! Quiero *La curruca y el petirrojo,* me lo han traído a mí.

—Bliss, estás haciendo que mamá se enfade. Mamá te ha dicho que subas a tu cuarto. No vas a jugar con ese «regalo» repulsivo, de manera que haz como si nunca hubiera llegado. María se equivocó cuando lo dejó entrar en casa, y...

—Es *mío,* mamá. Es *mío.* ¡Son mis pájaros, mamá! ¡Han llegado para la «señorita Bliss Rampike» y ésa soy *yo, no tú,* mamá! —Bliss empezó a gritar, intensamente pálida y furiosa mientras mamá forcejeaba con ella.

Skyler presenciaba asombrado la escena porque su hermanita casi nunca se exaltaba; nunca levantaba la voz, incluso cuando otros gritaban y se desgañitaban, y hacía todo lo posible por contener estoicamente los sollozos cuando algo le dolía.

—¡Quiero mis pájaros! —gritó ahora, furiosa—. ¡Quiero mi regalo! ¡Me lo ha mandado un amigo particular! ¡Alguien que me quiere! ¡Me pertenecen, son míos, mi amigo me los ha enviado! ¡No me los puedes quitar, mamá! ¡Están pensados para *mí*! Soy *yo* quien le gusta, y no *tú.* ¡Es amigo mío! ¡Quiero estar con él! Los pájaros son míos, mamá, no me los puedes quitar, ¡se lo contaré a papá! Papá me dijo una vez, Cuéntame si mamá te hace daño, si mamá te obliga a hacer algo que no quieres hacer, y ¡le contaré a papá que *sí*! ¡Le contaré lo que me haces hacer! ¡Montones de cosas que *haces*! ¡Le diré a papá que me has robado los pájaros! ¡Te aborrezco, le diré a papá lo que hace el médico! ¡No quiero que me pongan inyecciones! Me duele el trasero, donde me siento, de las inyecciones. ¡Y no quiero llevar esa cosa en la boca! ¡No quiero llevar ese asqueroso «aparato» en la boca! ¡Se lo voy a decir a papá! ¡Quiero mis pájaros! ¡Los pájaros que me han mandado a *mí*! Mis pájaros...

Mamá llamó a María a toda prisa para que se llevara a Bliss:

—Esta niña está histérica. Se porta de la manera más ridícula. Llévesela a su cuarto, María, y cálmela. Es lo menos que puede hacer, ha sido usted la causa de todo esto por su falta de cuidado, lléve-sela arriba *ahora mismo.*

Y así se hizo, aunque no sin resistencia por parte de Bliss, mientras Skyler, asombrado por el estallido de su hermanita, pregun-taba a mamá dónde estaba el problema. ¿Por qué Bliss no podía que-darse con el regalo? Y mamá dijo, arrugando la nariz:

—Esa cosa es..., cómo se llama..., taxidermia. ¡Pájaros de ver-dad! ¡Son reales! Se notaba, tenían un aire muy extraño, no con el as-pecto de pájaros fabricados, e incluso a través del cristal el olor me ha parecido extraño. Los han tratado con algo como formol, les han puesto un relleno, y los ojos son de cristal, pero los cuerpos no, los cuerpos son de verdad, como las plumas, y huelen a podrido. ¡Qué asco! No se lo cuentes a tu padre, Skyler. Ni una palabra de todo esto.

Skyler, el pequeño adulador, se apresuró a asegurar a mamá que nunca se lo contaría a papá:

—Te lo prometo, mamá.

La pobre mamá estaba muy agitada, temblorosa, como no le sucedía desde hacía tiempo, y atenazaba el hombro de su hombrecito hasta que le dolió, pero el hombrecito de mamá no parpadeó siquie-ra. Qué parecido a los viejos tiempos fue aquel intermedio: una fréne-tica llantina infantil en algún lugar del piso de arriba, y Skyler y ma-má, a cierta distancia del alboroto, solos los dos.

Las bodas de la curruca y el petirrojo en su cubo de plexiglás desaparecieron al instante de la casa de los Rampike como si nunca hubieran existido, y nunca se volvieron a ver; pero en la habitación que daba al vestíbulo, y que mamá llamaba la leonera, no desapare-ció durante mucho tiempo un leve olor nauseabundo a descomposi-ción y podredumbre.

«G. R.»

¡Están pensados para mí*! Soy* yo *quien le gusta, y no* tú. *¡Es amigo mío! ¡Quiero estar con él!*

El lector atento ha reparado ya en esas palabras misteriosas y desconcertantes proferidas por mi hermana a mitad de su inesperada rabieta. Pero ¿qué significado atribuirle? ¿Qué piensa el lector atento y «objetivo»?

¡Ya me gustaría saber a mí qué demonios pensar! Esas adivinanzas me ponen la carne de gallina, como si me atacara un ejército de piojos, dado que, al igual que es inútil tratar de agarrarlos con los dedos, porque el ejército de piojos no disminuye, y aparecen nuevas generaciones de parásitos mientras se los combate con saña, lo mismo sucede con las ideas obsesivas, que se repiten una y otra vez: ¿Conocía Bliss de verdad, como afirmaba, a G. R? ¿Era G. R. de algún modo amigo de Bliss, o sencillamente estaba Bliss provocando a nuestra madre como los niños pequeños hacen a veces, incluso los niños «buenos», cuando los ataca la locura pasajera de un berrinche?

O, una posibilidad todavía más perturbadora: ¿cabe que el pequeño Skyler estuviera tan atónito ante el comportamiento de su hermanita que oyó mal lo que Bliss decía o, al tratar de recordarlo después, sencillamente se equivocó al reproducirlo?

Al final de *Hermana mía, mi amor,* el lector sabrá por qué tales detalles tienen importancia. Por qué, si Bliss de verdad había «conocido» a G. R., en el sentido de que G. R. (de algún modo) se puso en contacto con ella, habló con ella, estableció una relación, una cosa así —si es verdad— sería crucial para el misterio (todavía sin resolver) de quién asesinó a Bliss Rampike.

¡Famosos!

¡Aquellos años! ¡Años vertiginosamente felices! Y no muchos, porque lo que comenzó con Peques sobre Hielo 1994 terminaría a finales de enero de 1997 y por tanto se trata apenas de una fracción de una vida, aunque, en cierta manera, una vida muy americana: oscuridad, fama, fin.

En aquellos años de la ascensión de Bliss Rampike sucedió que Bix y Betsey Rampike pasaron a formar parte de la estela de su hija, como trozos de papel arrastrados por el torbellino de aire que provoca el paso veloz de un camión con remolque. Porque sucedió, maravilla de maravillas, como mamá apenas habría podido atreverse a soñar en sus ya remotos *paseítos* con Skyler por delante de los espléndidos hogares de ciertos vecinos de Fair Hills, que los Rampike se convirtieron en personas famosas para sus estirados vecinos de Fair Hills.

Incluso Skyler empezó a ser un niño al que solicitaban para citas de juego sus compañeros de Fair Hills Day, o, al menos, sus madres. Incluso el alfeñique con cara de pasa y una pierna más corta que la otra.

¡Famosos! ¿Es que importa alguna otra cosa en Estados Unidos?

Las publicaciones locales habían ofrecido breves artículos halagüeños de «interés humano» sobre Bliss desde Peques sobre Hielo y, ya en la vertiginosa primavera de 1995, *New Jersey Lives,* una revista cara, de papel satinado, publicó un artículo de cinco páginas con fotografías sobre «la patinadora prodigio de cinco años que algunos comparan ya con Sonja Henie». En el otoño de aquel año la sección sobre Nueva Jersey del *New York Times* publicó un artículo acerca de Bliss Rampike y Betsey, su «abnegada entrenadora y madre», al que siguió muy pronto una foto en la portada, con artículo en las páginas interiores, de *Garden State Galleria,* una nueva publicación también cara y de papel satinado, que imitaba el estilo vistoso, falsamente aristocrático, de *Vanity Fair.* En *Galleria* aparecieron ocho páginas de prosa decididamente aduladora —«Los expertos del patinaje predicen que antes de su décimo cumpleaños esta rubita de Fair Hills, patinadora prodigiosa, habrá ganado el Triplete del patinaje artístico femenino, consiguiendo tres coronas...»— y presentaba fotografías, en poses teatrales, de la pequeña Bliss con uno de sus trajes de lentejuelas, sobre el hielo, realzada por un halo de luz celestial; de Bliss vistiendo el mismo traje, con mamá detrás, abrazándola y en parte envolviéndola en una capa de cachemir a modo de alas plegadas, la barbilla descansando suavemente sobre la rubia cabecita de Bliss; de Bliss con ropa de fiesta: pichi, blusa, diminutos botines blancos, con su familia —mamá, papá, Skyler a los ocho años— en la que todos posan sonrientes[*] en la sala de estar de su «hermosa casa de estilo colonial del siglo XVIII restaurada en parte y situada en una calle tranquila de uno de los barrios más prestigiosos de Fair Hills». (¿Prestigioso? ¿Era aquello cierto? Mamá debió de sentirse encantada, aunque incómoda. En términos de propiedad inmobiliaria de Fair Hills, Ravens Crest Drive sólo recibía un aprobado.) La mayor parte del reportaje estaba consagrada a una entrevista con mamá: «¡Para nosotros la familia es lo primero! Nuestra preocupación fundamental no es la carrera de Bliss, sino su felicidad», «Nosotros, los Rampike, somos una familia muy unida, nunca faltamos a los servicios dominicales de Trinity Church», «Sí, claro, por supuesto: protegemos a nuestra hija de los focos de la publicidad», «Entrenamiento y oración, oración y entrenamiento, ¡ésa es nuestra fórmula para el éxito hasta el momento!». También se citaba a Bix Rampike: «Crucial para mantener la perspectiva, como dice Betsey: ¡la familia es lo primero!», «El quid de la cuestión es nuestro amor por nuestra hija, no nuestra ambición», «Nunca digas jamás: va con nuestra familia, un Rampike nunca tira la toalla». La entrevistadora, que firmaba como Adriana Fyce, parecía encantada con papá, a quien describía como «alto, de constitución atlética, con un apretón de manos que aplasta los dedos», «podría pasar por un primo nacido en Pittsburgh de uno de los Kennedy nacidos en Boston», «un apuesto ejecutivo joven con mucho futuro en el más reñido de los sectores empresariales, el desarrollo de proyectos, en Scor Che-

---

* Bueno, mamá, papá y Bliss «posan sonrientes», mientras que el pequeño Skyler, en el borde de la foto, mira a la cámara con el ceño fruncido y la sonrisa torcida de la víctima de un infarto.

micals, Inc., con un agudo sentido del humor y una conmovedora devoción por su hija». Aunque se decía poco de los antecedentes de Betsey Rampike, si se exceptúa que había nacido en la parte norte, «remota», del estado de Nueva York, y que «había patinado en competiciones, brevemente» en secundaria, se señalaba con admiración que Bix Rampike había sido «un atleta destacado» en sus años de formación: que había jugado al fútbol universitario en Cornell y que durante su último año había recibido «repetidas veces» ofertas de varios equipos profesionales, entre otros los Pythons, de Indianápolis, y los Stingrays, de St. Petersburg.

El reportaje de *Galleria* terminaba con el paroxismo final de un párrafo de estremecida prosa femenina: «Al preguntarle qué era lo que más deseaba para su brillante hija, todavía tan joven, Bix Rampike hizo una larga pausa, mientras una expresión de meditativa ternura aparecía en sus cálidos ojos, y su rostro, de rasgos tan decididos, se suavizaba: "Ojalá se le conceda belleza, aunque no belleza que trastorne la mirada de un desconocido. Es lo que dijo un poeta irlandés, y yo añado Amén"».[*]

¡Famosos! Porque ahora los teléfonos del 93 de Ravens Crest Drive, que durante tanto tiempo habían atormentado a Betsey Rampike porque permanecían silenciosos, parecían *sonar-todo-el-tiempo*. Y las llamadas que mamá hacía tan estratégicamente, siguiendo la lógica de la pirámide de nombres —escrita con minuciosidad y letra de imprenta— de los residentes de Fair Hills y alrededores que, según mamá entendía, eran Personas Muy Importantes, ahora *eran devueltas*. Y casi todos los días llegaban por correo, además de tarjetas y paquetes concienzudamente dirigidos a la SEÑORITA BLISS RAMPIKE, invitaciones a cenas, comidas, recepciones y cócteles para SEÑOR BIX RAMPIKE Y SEÑORA.

—Es como celebrar las Navidades todos los días —le dijo mamá a Skyler, con una sonrisa de aturdimiento, la mano sobre el corazón—. Noto el afecto de nuestros vecinos, me dan ganas de llorar.

---

[*] ¡No se lo pierdan! ¡Sandeces propias de mi padre dándose aires! Me costó años dar con esta cita, sólo para descubrirla por casualidad en una antología de poesía en la academia de Basking Ridge: los versos son de «Una oración por mi hija», de William Butler Yeats.

Mamá sintió de hecho la necesidad de contratar a otra ayudante (Ardis Huddle, con antecedentes en el negocio de la propiedad inmobiliaria y de las relaciones públicas) para que le ayudara a gestionar la carrera de Bliss, cada vez más complicada, con especial hincapié en la exploración de lazos con agencias de modelos infantiles, agencias de publicidad y apariciones para recaudar fondos; y como no cabía esperar que María se ocupara de tantas llamadas y de tanto correo, dado que también limpiaba la casa, cocinaba para la familia, preparaba las complicadas cenas que mamá empezó a programar más o menos al ritmo de una cada dos semanas, y luego tenía que recogerlo todo después de aquellos acontecimientos, vino a trabajar para nosotros una segunda María, procedente de Perú, más joven que la primera, de piel más oscura, ojos negros asombrosamente hermosos y un inglés todavía más exóticamente acentuado.

María la pequeña, María la grande. Por pura casualidad Skyler tuvo ocasión de presenciar el encuentro inicial, en el vestíbulo del piso de arriba, entre papá (que acababa de regresar, con el correspondiente desfase horario, olor a cansancio y no en el mejor de los humores, de Bangkok o de Singapur) y María la pequeña (que llevaba un barreño de plástico de color naranja lleno de la ropa que acababa de salir de la secadora): papá la miró fijamente, parpadeó y se paró en seco; una sonrisa se abrió camino sobre sus sólidos dientes mientras se pasaba la maleta a la mano izquierda para dejar libre la derecha —grande, fuerte, aplastahuesos— para un apretón de manos que la pobre María, debatiéndose con el barreño de la colada, apenas pudo completar. Con voz de barítono, cálida, acogedora, papá murmuró:

—¡Bu-ena vista, señorita!* ¿Qué cojones de hora es? ¿*Nach-a*? Yo soy Bix *Gringo Mandamás* Rampike, y ¿quién podría ser usted, *très* bella señorita?**

---

* Literalmente en el original. *(N del T.)*.
** En cualquier caso, algo parecido. Entre las amargas heces de la memoria, las estúpidas fanfarronadas de papá sólo se pueden recordar en pequeñas dosis. En la novela romántica de una escritora que vende, tanto en cartoné como en rústica, millones de ejemplares al año, aparecería la frase «Una inconfundible mirada profética pasó entre ellos, el propietario *gringo* alto y apuesto y la exótica joven María de ojos oscuros» o alguna esperanzada estupidez semejante pero, si he de ser completamente sincero, como me he propuesto serlo, en el caso de que mi padre y María la pequeña cruzasen sus miradas, Skyler no lo captó. Skyler no tuvo la menor pista, Skyler se escondió en su armario ropero a la espera de que dejara de oírse el terremoto de las pisadas de su papá.

¿Qué otra posibilidad le quedaba a María excepto entregar su mano morena a la blanca del *gringo,* señor de la casa? ¿Qué otra posibilidad excepto sonreír tímidamente mientras su nuevo amo se cernía sobre ella sonriendo y relamiéndose? ¿Y qué otra posibilidad tenía el pequeño Skyler excepto volver a esconderse rápidamente en su habitación antes de que Bix lo divisara y lo dejara sin aliento con un abrazo, a modo de saludo, de un padre que siempre resultaba descomunal?...

—Es como Navidad, cariño, ¿verdad que sí? ¡Tres fiestas este fin de semana! E Imogene Stubbe me ha invitado a presidir con ella la comida de los voluntarios de Fair Hills para la fiesta de Spring Madness y Gwendolyn Burr acaba de telefonear porque quería invitar a «tu encantador muchachito» a una cita para jugar con su hijo Baxter...

Por supuesto, Bix Rampike había caído bien en Fair Hills desde el primer momento, pero era inequívoca la manera en que, en la primavera de 1995, y aún más en la temporada social de otoño e invierno, los Rampike entraron de repente en la lista de invitados de todo el mundo; y Betsey Rampike, aunque incómoda e insegura entre sus vecinas más glamurosas de Fair Hills, empezaba a sentirse aceptada: como si valiera tanto como su carismático y apuesto marido, que estrechaba la mano con tanta energía, por quien competían las anfitrionas y de quien querían hacerse amigas. Skyler no tenía necesidad de husmear en el escritorio de mamá para entender que algunos de los apellidos con asteriscos que formaban la pirámide mágica en la cartulina de color rosa ostentaban desde hacía poco un círculo triunfal: STUBBE, BURR, MARROW, MCCONE, HAMBRUCK, KRUK. Y también estaban EDSON, ROMNEY, BLOOMGREN, FRASS, HULTS. E incluso WHITTAKER. ¡Y KLEINHAUS! (Aunque no MCGREETY. Ni, para permanente desilusión de Betsey, tampoco CHAPLIN.) Durante el período surrealista de la temporada de fiestas —alegre, vertiginosa, prolongada—, que en Fair Hills se extendía desde antes de Navidad hasta Nochevieja y Año Nuevo y luego a Reyes, se tuvo la impresión de que varios de los residentes con mucho dinero y de ordinario distantes —propietarios de las grandes fincas rurales o dedicados a la cría de caballos en la lozana y ondulante campiña al norte de Fair Hills, entre los que figuraban famosos millonarios de

Nueva Jersey de muchas generaciones como el exsenador Mack Steadley y su esposa Irma, y el magnate de los medios de comunicación Si Solomon y su esposa Mimi, y el multimillonario Fritz Vizor y su esposa Fanny— estaban deseosos de incluir entre sus amistades a Bix y a Betsey Rampike o, por lo menos, de invitar a la joven pareja a sus hogares. En ocasiones tan excepcionales incluso Bix estaba nervioso y con tendencia a beber más de la cuenta, porque no se le ocultaba que aquéllas eran personas que raras veces hacían vida social con otros multimillonarios como los jefes de Bix en Scor Chemicals; que se trataba de personas que no sabían nada de las cruciales distinciones vigentes en Fair Hills entre el Golf and Country Club y el Tennis Club de Pebble Hill o entre el Club de Mujeres del Village y el Sylvan Glen Golf Club, porque se trataba de gente que nunca quería incorporarse a aquellos clubs por muy «exclusivos» y «prestigiosos» que fueran.

Papá entendía, pero mamá no, mamá sufría: ¿cómo podían invitar ellos a Mack Steadley y a su mujer Irma (¡la heredera de los Forbes!) a una cena en la casa colonial de los Rampike, tan poco original, decorada de manera tan «ordinaria», ¡y con un terreno de sólo una hectárea!, cuando los Steadley poseían cientos de hectáreas de campiña de Nueva Jersey más allá del lago Hopatcong; cómo podían invitar a los Vizor, que vivían en una mansión aristocrática semejante —también por el tamaño— a un castillo francés, y que criaban ganado Black Angus de pura raza; cómo podían invitar a los legendarios Solomon, que eran dueños de periódicos, revistas, canales de televisión y vivían en una casa de estilo «clásico contemporáneo» con cuatro niveles en una montaña de su propiedad, aunque Mimi fuese «una mujer tan divertida, encantada de hablarme de su "carrera de patinadora aficionada" cuando era jovencita...».

Pero papá la interrumpió:

—Deja de soñar, Bets. Desarrolla tu cerebro. Si tu CI se pusiera a la altura del tamaño de tu sujetador, serías la Einstein de Ravens Crest Drive. Esa gente nos estaba poniendo a prueba. Nada más. Habían visto alguno de los artículos sobre los Rampike: «Padres de...», «Patinadora prodigio», «La próxima Sonja Henie». No volverán a invitarnos. Eso quedó decidido incluso antes de que abrieras la boca por primera vez para extasiarte con «la maravillosa casa». Les bastó con tu aspecto, corazón. Y quizá también con el mío. No nos volverán a invitar y puedes apostar lo que quieras a que ninguno aceptaría una invitación a cenar en Ravens Crest Drive. ¿*Comprehendez,* cariño?

Comprehendez.

(Reconócelo, Sky: no eres capaz de acabar esta escena. No puedes seguir con ella un momento más, pero tampoco acabarla. Necesitas cortar deprisa, pero en ese caso el lector desconfiado sabrá que el autor *amateur* no sabe controlar su material cuando le resulta demasiado doloroso. Sin duda esta escena entre mis padres concluyó, a la larga; pero aún tardó varios minutos más, mientras se desnudaban para acostarse; lo que yo había oído me llegó a través de la puerta (cerrada) de su dormitorio y no pude ver la expresión de horror en los ojos de mamá, la aflicción en su rostro; ni tampoco vi a papá cortando por lo sano, alejándose de la manera que papá sabía hacerlo, en este caso metiéndose con decisión en el cuarto de baño. Debió de ser ya de madrugada, un fin de semana, papá y mamá habían estado fuera, bebiendo durante horas en una u otra de las deslumbrantes fiestas de Fair Hills a las que iban todo el tiempo o que daban ellos.)

Salto rápido a:

—Se diría que hace muchísimo tiempo, ¿verdad que sí, Skyler? ¡En otra vida! Cuando mamá no era muy feliz, y nos dábamos aquellos paseos en coche por Fair Hills y nadie me llamaba nunca, y estaba tan sola, y la..., cómo se llamaba esa niñita..., siempre llora que te llora, sin parar nunca. ¡Si hubiera podido ver las cosas como están ahora, Skyler! Me habría ahorrado unas cuantas lágrimas.

En la mano triunfante de mamá, una invitación, con letras en relieve, para la fiesta de Nochevieja en casa de los Whittier.

Ausencia de muebles. ¡Lo siento!

Cuando mamá se quejaba de que su casa era «poco original», «corriente», el lector debería disponer de un «escenario visual» (como en una película), de manera que las palabras adquiriesen toda su carga irónica. Porque, de hecho, la casa de los Rampike estaba llena, sin reparar en gastos y de manera obsesiva, de «muebles de época» en la

185

mayoría de las habitaciones del piso de abajo, preparadas para enseñarlas, como en un museo. Los lectores, probablemente del sexo femenino, con un interés morboso por los muebles y la decoración de interiores deberán consultar fotografías de *Stately Homes of New Jersey: A Guided Tour* [Hogares señoriales de Nueva Jersey: una visita guiada], de Jacqueline Bigelow, porque en las páginas 48 a 53 de ese libro aparecen muebles que se parecen a algunos de los que había en nuestra casa.

Durante el invierno de 1995 a 1996, en la estela de los nuevos y sorprendentes triunfos, de los títulos y trofeos de Bliss Rampike (el más divulgado: Concurso Regional de Patinaje Artístico femenino de los Estados del Atlántico, en cuya categoría juvenil Bliss Rampike acabó primera con una puntuación de 5,7 sobre 6), llegaron en rápida sucesión, como deseos cumplidos en un cuento de los hermanos Grimm de ambiguo significado, nuevas invitaciones, cartas con los escudos de armas de bastiones de privilegio de Fair Hills como el Golf and Country Club de Fair Hills, el Tennis Club de Pebble Hill y el Club de Mujeres del Village de Fair Hills; mamá se puso contentísima, lanzó un grito de alegría juvenil y se arrodilló para dar las gracias a Jesús: «Tuviste fe en mí cuando yo no la tenía». Mamá se hubiera asociado entusiasmada a todos —¡sin esperar un minuto!— de no ser porque papá le aconsejó «aguantar» a la espera del Sylvan Glen Golf Club, el más prestigioso, que, como todo el mundo estaba al corriente, incluía entre sus «muy selectos» asociados a todos los megamillonarios más venerados de Fair Hills, y olvidarse de todos los demás.

—Pero ¿y si el Sylvan Glen no nos invita a hacernos socios y los demás retiran sus invitaciones? —alego mamá.

Y papá dijo:

—De acuerdo, acepta el club de mujeres. Sólo son mujeres. Pero no lo eches a perder del todo para mí, cariño. Déjame que juegue esta carta como es debido.

(Vamos a ver: ¿creen ustedes que Bix «jugó su carta como era debido»? ¿Creen ustedes que Bix tenía razón? ¿Están ustedes de su parte? ¿Desdeñan ustedes el Golf and Country Club de Fair Hills con su considerable número de socios que incluye, desde finales de los ochenta, unos cuantos miembros de la «minoría étnica», y son partidarios, como es el caso con Bix, del Sylvan Glen Golf Club, más pequeño, más elitista, menos conspicuamente «integrado»?* Lo que me saca de quicio es que pese a presentar con el mayor dramatismo, con indignación moral consecuencia de una observación detenida, a un personaje como Bix Rampike al que se considera un hijo de puta absoluto sin redención posible, un bravucón «carismático» y un imbécil y un depredador y (¿quién sabe?) el agresor brutal de su hija de seis años,** algunas de ustedes, una fracción que nunca falla de mis lectoras, admirarán de todos modos a Bix; y se imaginarán, como de manera invariable se imaginan las mujeres que se sienten atraídas por hombres así, que esos individuos nunca las maltratarán sino que las querrán con toda su alma.)

Salto rápido a:

—¿No es un encanto? ¿Verdad que sí? ¡Y tan rubia! Y tan *pequeña.*

Porque la diminuta Bliss Rampike —y también el pequeño Skyler— están ayudando a ofrecer las bandejas con aperitivos (champiñones rellenos, riquísimas salchichitas picantes, tartaletas con carne de cangrejo) en la gran fiesta de gala de mamá y papá que es la fiesta con más invitados que mamá y papá han dado nunca en Fair Hills, una fiesta sin reparar en gastos, según afirmación de papá, una fiesta de verdad con clase y hasta servicio de aparcamiento (un grupito de chicos entusiastas en edad escolar contratados por papá: «De invitados como los nuestros no hay que esperar que aparquen en la calle y luego *caminen*»). Desde la calle, la espaciosa y antigua casa colonial en

---

* ¿Existen lectores que reconocen sentir interés por los clubs de campo? ¿Clubs privados, «selectos» y «prestigiosos» como éstos? Si tal es el caso, esta melancólica estupidez es para ustedes. (Para saber si Bix jugó sus cartas con astucia, o de manera imprudente, y ganó, o perdió, el envite para incorporarse al Sylvan Glen Golf Club, tendrán que seguir abriéndose camino por estas páginas, hasta, más o menos, el próximo capítulo.)

** *Agresor brutal de su hija de seis años.* ¿Es esto posible? ¿He escrito de verdad esas palabras terribles? Es evidente que las escribí en un ataque de rabia y debería suprimirlas ahora, y, sin embargo, creo que las voy a conservar. Y si papá quiere poner un pleito a su hijo con quien no se trata ya, que lo haga. Los periódicos sensacionalistas esperan nuevos escándalos de los Rampike.

el 93 de Ravens Crest Drive está iluminada como un árbol de Navidad. Dentro se han colocado espléndidos arreglos florales, y no hay uno sino dos bares «con servicio constante», atendidos por bármanes profesionales y, caminando entre la multitud de invitados, atractivas camareras jóvenes con uniformes blancos. Entre un babel de voces agudas y de risas se oye el nostálgico rasguear gaélico de un arpa desde el descansillo de la escalera en el primer piso donde una arpista de aspecto etéreo está tocando con largos dedos esbeltos. ¡Tanta animación! ¡Tanta gente! Porque si estás en el candelero como Bix y Betsey Rampike, y te invitan con tanta frecuencia, tienes, como es lógico, que invitar a tu vez: «corresponder». Tienes que «agasajar» a tus amigos. Skyler ha estado oyendo esto con frecuencia. Una fiesta es como muchas citas simultáneas para jugar, lo que supone reunir todos los nombres que sea posible de la pirámide de mamá en cartulina rosa. Papá está demasiado ocupado para intervenir en los planes de una fiesta, como es lógico, aunque a papá le encantan las fiestas, y a veces incluso regresa del aeropuerto, del «extranjero», para ducharse y afeitarse a toda prisa y hasta volver al piso de abajo al mismo tiempo que llegan los primeros invitados, para ofrecer la manaza amistosa de Bix Rampike en un apretón aplastahuesos. Y papá tiene el «veto final» en la lista de invitados, por supuesto: no se invita a nadie a casa de los Rampike porque a mamá le guste, o le dé pena, o porque haya sido «amable». ¡La primera regla de la vida social! Cuando mamá protesta débilmente: «Caramba, Bix, ¿no podemos hacer una excepción con...» papá agita su gran dedo índice en cómica amenaza como Jack Nicholson en *El resplandor*: «*Batta*, cariño. *Bat-ta*».

¿*Bat-ta*? Parece querer decir caso cerrado, según ha aprendido Skyler.

—¡Ah! ¡Tú eres *Bliss,* no es eso? ¡He visto tu foto en el periódico, creo! Bessie..., no, no... ¡Betsey! ¡Qué *orgullosa* tienes que estar de esta niña!

Antes de que pase una hora, cuando ya sea de noche al otro lado de las ventanas de la casa iluminadas por la fiesta, una de las Marías recogerá a los pequeños Bliss y Skyler y los trasladará al piso de arriba para bañarlos y acostarlos, justo cuando la sangre de Skyler repiquetee febrilmente, cuando haya una sonrisa dolorida en la carita de Skyler, porque a Skyler se le ha metido en su dura cabecita que mamá, que es Betsey Rampike en esta reunión, Betsey que es la

188

mujer de Bix, y la madre de Bliss, debe ser protegida contra cualquier daño o dolor: de qué procedencia, Skyler no tiene ni la menor idea. Porque una fiesta es un acontecimiento feliz, ¿no es eso? Una ocasión alegre, vertiginosa, como una montaña rusa, donde los adultos beben porque son felices y quieren serlo todavía más, una ocasión mágica, tan llena de misterio como un barco que se adentra por aguas desconocidas, por un mar picado, turbulento, la proa cabeceando, las cubiertas inclinándose, imposible saber si tanta animación es una cosa buena o no tan buena. Skyler, mientras lleva una bandeja de aperitivos, también atrae cierta atención: al menos, los invitados de sus padres hacen una pausa para apoderarse de las deliciosas exquisiteces y darle las gracias. ¡Qué adorable hombrecito! ¿Es éste... Scooter? ¿El hijo de Bix y Betsey? María la pequeña ha humedecido el pelo castaño y ondulado de Skyler para peinarlo y lo ha vestido con su blazer color verde militar de Fair Hills Day, que luce la insignia del colegio sobre el bolsillo del pecho, con camisa de algodón blanco a imitación de la camisa blanca de papá, corbata de clip que es la corbata de color verde oscuro del colegio, y pantalones de pana, según la moda para niños de los almacenes Gap. Dado que mamá le ha confiado la responsabilidad de «ayudar» —pasar una bandeja de aperitivos entre los invitados—, Skyler se da cuenta con preocupación de que tanto mamá como papá pueden estar vigilándolo, y se ha jurado que no va a cojear, ni siquiera a poner todo el peso sobre una pierna, para convertirse, sin darse cuenta, en un espectáculo risible (porque, en Fair Hills Day, Skyler ha sufrido la vergüenza de ver a ciertos de sus malévolos compañeros de clase burlarse de él dando bandazos al andar como si una de sus piernas fuese más corta que la otra, para regocijo de los espectadores), mientras adultos desconocidos con una copa o un vaso en la mano se ciernen sobre él, y los empujan a él y a su hermanita, que sostiene su bandeja de aperitivos con una inclinación peligrosa, porque Bliss es una niña torpe y poco coordinada en tierra firme, por muy grácil y decidida que resulte sobre el hielo, y a quien ataca la timidez como si se tratara del sarampión, pese a sus deseos de ayudar a mamá en este día crucial, porque mamá ha estado planeando esta fiesta durante semanas, mamá está celebrando el triunfo de Bliss en su carrera y los muchos triunfos que todavía quedan por llegar —¡hay «tratos» pendientes de los que nadie sabe nada excepto Betsey!—, y mamá ha vestido a Bliss como si fuera una reproducción a modo de muñeca de Betsey Rampike: madre e hija llevan glamurosos vestidos de baile de rayas de cebra de terciopelo rizado, corpiños provocativamente ceñidos, faldas con mucho vuelo, medias negras con dibujo de rombos y relucientes zapatos de charol adornados con rosas rojas de tela. ¡Todo un espectáculo! ¡Podrían haberlas pintado Velázquez o un Goya que estuviera de buen humor! (¿Renoir? ¿Whistler? ¿Otto Dix?) El casco de lustrosos cabellos de color castaño oscuro de mamá centellea con «polvo de estrellas»; los cabellos rubios de Bliss, con tirabuzones, también brillan con «polvo de estrellas». De manera experta, con un toque muy ligero, porque Betsey Rampike no aprueba en absoluto a esas madres del patinaje artístico que «maquillan» a sus hijas como si fueran «pequeñas cortesanas». Mamá ha transformado el rostro insignificante de Bliss en el de una hermosa niñita por el procedimiento de reforzarle las cejas casi inexistentes con un lápiz marrón claro y añadiendo después un poquito —nada más que una pincelada— de lápiz de labios rosa coral a los labios, tan pálidos, de Bliss. Y quizá un poquito de maquillaje líquido, y un delicado «toque» de colorete. (Y es que la ironía consiste, como pocas personas saben, y no, desde luego, los admiradores incondicionales de Bliss Rampike, en que Bliss no es particularmente bonita, ni siquiera lo que se podría llamar graciosa; pero una cara de niña es mucho más fácil de embellecer, si se sabe cómo, que un rostro adulto. ¡Y Betsey Rampike ha aprendido!) Mamá misma está muy guapa esta noche, piensa Skyler, porque sus ojos brillan como gemas, espectacularmente resaltados con rímel negro tinta; y sus labios se muestran llenos, carnosos, brillantemente carmesíes, y las arrugas y las patas de gallo que tanto la han irritado y deprimido en los últimos meses, y que le han hecho quejarse de que no hay nada tan injusto como las arrugas causadas por *sonreír,* por ser amable y por *sonreír,* se han desvanecido de manera misteriosa después de varias citas con el doctor Screed, el dermatólogo y otorrinolaringólogo de Fair Hills, al que tanto recomiendan las nuevas amigas de mamá. En especial, a mamá le encanta llevar a entusiastas recién llegados hasta su hija, a la que ha colocado como una princesa de cuento de hadas en un rincón del cuarto de estar; qué contenta se pone Betsey cuando sus amigas, con los ojos dilatados por el asombro y la envidia, se maravillan ante Bliss:

—¡Aaah! ¡Qué niña tan adorable! Y la madre y la hija vestidas a juego: *asombroso.*

Pero mamá sonriente es también mamá vigilante, que se fija en que su hija no alza su carita de ángel hacia la señora Frass (esposa de juez), ni mira a los ojos a la señora Muddick (esposa de megamillonario), sino que mira fijamente a un punto en el espacio como una muñeca mecánica. Con una parte de su cabeza hipervigilante (¿dónde está Bix?, ¿adónde se ha escabullido Bix y *por qué*?), mamá es consciente de casi todo lo que está sucediendo en su fiesta fuera de su campo de visión, incluso al mismo tiempo que, sin llamar la atención, pellizca la carne suave del antebrazo de Bliss y la reprende con suavidad para que le dé un beso a la señora Fenn, ¡por favor! (La señora Fenn, otra esposa de promotor megamillonario, que sólo unos meses antes había desairado a la pobre Betsey Rampike en la gala de las Voluntarias de Fair Hills para recaudar fondos destinados a la alfabetización.) Bliss consiente, pero con una estremecida mueca sólo detectable por los perspicaces ojos de mamá; como también Bliss permite que Harry Fenn en persona la abrace, la alce en brazos y la «besuquee». Mamá sin embargo siente hasta qué punto Bliss se resiste a complacer a los invitados de mamá, y a mamá no le gusta ese pequeño núcleo (secreto, subrepticio) de resistencia de su hija (semejante a un cáncer de médula ósea, invisible al ojo confiado), como *tampoco le gusta* que Bliss se saque de la boca por la noche la férula de plástico y la esconda debajo de la almohada o, todavía peor —como si mamá no fuera a enterarse, porque mamá puede entrar cuando quiera a ver a su hija por la puerta del cuarto de los niños que da al dormitorio de papá y mamá—, la tire debajo de la cama. «Bliss: ten cuidado, corazón. ¿Eeeh?» Sólo una suave advertencia, disfrazada con un beso materno, y un ajuste del corpiño de rayas de cebra.

Aunque, a decir verdad, ¡mamá está hoy de buen humor! Bebe el vino tinto más delicioso, vino francés muy caro del que papá ha comprado varias cajas por mediación de Mel Hambruck, su amigo y mentor en Scor Chemicals. Mamá ha jurado que no se sentirá enojada, ofendida, nerviosa por la insubordinación de Bliss, *eso no sucederá*. Skyler quiere proteger a mamá, y le apena ver que bebe demasiado y que, sin darse cuenta, se ha derramado vino tinto sobre el corpiño de su vestido de rayas de cebra; Skyler está decidido a no sentir celos esta noche de la pobrecita Bliss, aunque Bliss es la niña que los invitados quieren ver o, al menos, algunos invitados, sobre todo mujeres, que se extasían ante la «criatura angelical», que les recuerda a sus hijas, no tan jóvenes ya, y ni de lejos tan semejantes a muñecas angelicales. En su mayoría estas damas admirativas son mujeronas como Mattie (talla catorce), la mujer del reverendo Archie Higley; como la señora Cuttlebone, la agente inmobiliaria que vendió a los Rampike su casa; como la señora Whittier (la amiga y mentora de mamá que la propuso como miembro para el codiciado Club de Mujeres del Village), y como la señora Stubbe y la señora Burr, todas ellas con un olor tan poderoso a perfume que Skyler siente la inminencia de un estornudo, una sensación de cosquilleo en la nariz, o quizá sea resultado, en el caso del travieso Skyler, de beberse de manera subrepticia, de las copas abandonadas, vino tinto, vino blanco, whisky diluido con cubitos de hielo derretidos, ¡deprisa antes de que mamá lo vea! ¡Deprisa, antes de lo vea papá! Un par de piernas (masculinas) chocan con Skyler.

—Vaya, lo siento, ¿Scooter? Lo siento, hijo, no tenía intención de derramarte encima la copa, no te culpo por mirarme mal, hijo, pero lo siento, Scoot. *De verdad*.

No lejos, al otro lado de una mesa de centro llena de copas y platos sucios, mamá no presta atención a la angustia de Skyler porque está exhibiendo a Bliss ante varios recién llegados que deben de ser personas importantes a juzgar por la voz trémula de mamá mientras se la presenta a la señora Klaus (una de las esbeltas rubias acaudaladas de Fair Hills, de habla patricia, sobre la que volveré más adelante), a la señora Kruk (Biffy, directiva del Club de Mujeres del Village y madre de Albert Kruk, de cara sebosa, psicópata en ciernes, notable excompañero de juegos) y a la elegante señora O'Stryker (una vecina de Woodsmoke Drive, esposa de Howie O'Stryker, fiscal del distrito de Morris County y contrincante de Bix en partidos de squash), mientras Betsey insta a Bliss a que alce los ojos y diga hola, ¿corazón?, ¿una sonrisa?, mientras otra mujer con los labios pintados de un color muy brillante se inclina sobre Bliss —¿la señora Marrow?— poniéndole delante una servilleta de cóctel:

—¿Me firmarías un autógrafo para mi hija, cariño? No sabes lo mucho que significará para mi Mildred, la pobre niña quiere a toda costa hacer patinaje artístico, aunque le falta por completo la coordinación física necesaria, mucho me temo.

Mamá ayuda a Bliss alisando sobre una mesa la arrugada servilleta de papel, de manera que la niña pueda imprimir en ella, con la letra incierta de alguien que está cerca de cumplir los seis años...

Bliss

... al tiempo que Skyler, aturdido y mareado y con el estómago revuelto por los restos de las bebidas abandonadas que ha ido bebiéndose a hurtadillas, acaba por darse cuenta de que *La fiesta no terminará nunca, estamos atrapados aquí para siempre, no soy capaz de proteger a mamá, ni tampoco a Bliss; ni siquiera soy capaz de protegerme yo.*[*]

Salto rápido a: papá.

Tuvo que ser pocos minutos después, cuando Skyler entra a toda velocidad, aunque tambaleándose y cojeando, en uno de los dos baños para invitados del piso de abajo (de ordinario prohibidos para Skyler, como también lo están para Bliss, porque Betsey no quiere que las mugrientas manos de sus hijos echen a perder las costosas pastillitas de jabón, especialmente perfumadas, con forma de conchas, de tortugas y de pájaros diminutos, ni sus delicadas toallas de lino irlandés), y vomita una mezcla repugnante de líquidos ácidos y tartaletas, salchichas picantes y champiñones rellenos ya masticados y reducidos a pasta y que no sabía que hubiera devorado en tan gran cantidad, y reaparece luego tambaleante pero con la cabeza despejada y «sobrio», al tiempo que sonoras voces masculinas lo llevan a observar a papá en un rincón del comedor, cerca de uno de los bares con servicio continuo, en compañía de un grupo de hombres entre los que Bix Rampike es el más joven y ¡qué presencia la suya! Ancho de hombros, de facciones bien marcadas, un tipo norteamericano incuestionable y bien parecido, de sonrisa fácil, que también se ofende con facilidad, dispuesto a darte hasta la camisa que lleva puesta, o a darte un puñeta-

---

[*] El lector escéptico reacciona con incredulidad: «¡Qué demonios! Un crío de ocho años, que toma tranquilizantes, medio borracho, no es capaz de tener una "epifanía" tan profunda; esto es un cuento chino». Pero le aseguro, querido lector, por escéptico que sea, que eso fue exactamente lo que sintió Skyler Rampike mientras veía firmar a su hermanita en una arrugada servilleta de cóctel.

zo en la tripa si insultas a sus hijos, o a su mujer, o a su bandera, o a la empresa para la que trabaja, o a su Dios. Con una arruga de concentración en la frente, destellos en sus ojos castaños enternecedores, lleva una chaqueta cruzada muy cara de pelo de camello que está atractivamente arrugada. Todos los hombres del grupo lucen lo que parecen ser Rolex de pulsera, pero el de Bix es el menos llamativo, porque Bix es el más joven de todos estos hombres fornidos, la cabeza inclinada en un ángulo respetuoso mientras escucha las indignadas palabras de Mel Hambruck, su mentor y amigo, al tiempo que Morris Kruk, de rostro arrebolado, Howie O'Stryker, de un metro noventa de estatura, y otro oyente no identificado (de raza blanca y maduro pero todavía joven) emiten esos gruñidos y vehementes asentimientos de cabeza que significan *¡Sí! ¡De acuerdo! Te sigo.* Mel Hambruck dice, despectivo:

—Alarma global, el mayor fraude, maldita sea, desde el Holocausto, pero ¿sabéis lo que pasa? Si vas y lo dices, la prensa judía de izquierdas te crucifica. De manera que ¡punto en boca! Sabemos lo que sabemos, ¿verdad que sí?

Se produce una pausa, y los presentes alzan su copa para beber o tal vez para meditar, aunque posiblemente en el festivo estruendo de la fiesta no haya necesidad de meditar, mientras Bix Rampike viene al rescate:

—Creo que quieres decir «calentamiento global»*, Mel, y en realidad me parece que hay algo de verdad en ello. Leo muchos textos científicos, estoy suscrito a *Scientific American,* donde se pueden ver los gráficos. «Casquetes polares», «mar Caspio». Excepto que dejan algo fuera: olvidan que el calentamiento global es un hecho geológico. Acordaos de la Edad de Hielo que precedió en millones de años al *Homo sapiens.* El *Homo sapiens* sólo lleva unos cincuenta mil años sobre la Tierra y la diferencia trascendental es que tenemos «pulgares oponibles» y que además caminamos erguidos y hemos aprendido a cultivar la tierra para alimentarnos, en lugar de ir cazando por ahí con el culo al aire por la jungla, como todavía lo siguen haciendo los «ab-originales» en algunas partes del mundo. Ahora bien, cincuenta mil años ¡no son más que un abrir y cerrar de ojos en el tiempo! A nivel de las galaxias el tiempo es relativo. Es como espaguetis

---

* En inglés, la diferencia entre *warning* («alarma») y *warming* («calentamiento») es de una sola consonante. *(N. del T.)*

a medio cocer, retorcidos sobre sí mismos, doblados y enredados. No hay un adelante o un atrás. El tiempo es las dos cosas. Si el mundo no se hubiera calentado después de la Edad de Hielo, ¿dónde estaríamos nosotros? El *Homo sapiens* no habría salido del condenado huevo. ¿Es un hecho trascendental, sí o no? A veces pienso, cuando me despierto a medianoche y se me ocurre ¡Cristo bendito! Podríamos no haberlo conseguido, nuestra civilización misma pende de un hilo. Así que el «calentamiento global» no es más que la manera en que las cosas funcionan en la naturaleza. Es a lo que se refería Darwin con el término *evolución.* Y nosotros somos de lo que hablaba Darwin con la palabra *evolución,* me refiero a nosotros, en Fair Hills, Nueva Jersey, «los frutos de la selección natural».

El joven Bix Rampike habla de forma tan convincente, y con tanta elocuencia, que sus oyentes sólo tienen que lanzar un gruñido para manifestar su vehemente asentimiento, porque ¿qué es lo que se puede añadir al notable discurso de Bix excepto, como exclama Howie O'Stryker, impresionado: «Precisamente lo que yo iba a decir, amigo mío. Brindemos por las palabras de Bix»?*

Y así lo hacen.

Salto rápido a: solárium, parte de atrás de la casa. Habitación favorita de mamá, que la ha decorado con muebles blancos de mimbre, cojines y almohadones de brillantes colores tropicales, plantas del caucho y naranjos en macetas de loza. Para la fiesta, el solárium está iluminado con velas, pero la mayoría casi se han consumido y unas cuantas se han apagado y no hay nadie allí, excepto Skyler, que se ha alejado del bullicio que ya declina, pasada con mucho su hora de acostarse, si bien, astutamente, ha conseguido que nadie se fije en él. Skyler tiene la molesta sensación de que Bliss lo está esperando arriba, en la cama, Bliss duerme con la lámpara de Madre Oca encendida toda la noche, porque

---

 * ¿Están ustedes pensando que Bix Rampike debería presentar su candidatura a alguna elección para un cargo político? ¿Senador estatal y, a la larga, senador de los Estados Unidos por el Partido Republicano? De hecho, los republicanos de Morris County lo sondearon más de una vez en los años de declive de la administración Clinton, al sentir que iba a producirse un cambio sísmico, pero papá puso reparos: había mucho más dinero en el mundo empresarial y no era necesario conseguir que te eligieran para ningún cargo; el cargo lo ocupabas sin más.

le da miedo la oscuridad, aunque su habitación sigue siendo la misma
que cuando no era más que un bebé, con una puerta que da al dormitorio de los papás, Bliss se siente triste y sola y le duele el tobillo, pero
Skyler no se va a sentir culpable por su hermanita, no en este preciso
momento. Después de beber un buen sorbo de vino tinto y otro de vino
blanco, Skyler tose, se ahoga, sigue bebiendo, parece no haber aprendido la lección sobre el consumo de bebidas alcohólicas en las fiestas. Ha
oído a chicos de su colegio presumir de haberse emborrachado con los
restos de fiestas como ésta: ¡maldita sea! Le gustaría ser amigo de Fox
Hambruck, el bueno de Foxie apreciaría el jactancioso relato de Skyler
sobre cómo se había emborrachado no una vez sino dos sin que sus padres se dieran cuenta. Al oír que alguien se acerca al solárium se agacha
torpemente detrás de una mecedora de mimbre; en el umbral una pareja susurra y ríe, Skyler vislumbra a un hombre alto, a una rubia con el
pelo rizado y una risa gutural, las manos del hombre acarician la espalda casi desnuda de la mujer e incluso un alfeñique asexual de ocho años
entiende que estos dos no son matrimonio.

Cristo bendito qué hermosa eres   cuándo te puedo ver
Maldito mentiroso   no me llamaste la semana pasada
Cariño   he estado viajando
Vamos Bix   si alguien ve
Di que tu   coche no funciona   te llevaré a casa
¿Estás loco?   qué hacemos con Cal
Que le den por culo   ¿está aquí?   no lo he visto
Claro que está aquí   borracho
No te puede llevar a casa si está borracho ¿no es cierto?
No lo puedo dejar aquí por el amor de Dios Bix
Loco por ti corazón
Y qué hay   de tu mujer
¿Qué le pasa a mi mujer?

Salto rápido. ¡Cualquier sitio excepto aquí!
La patinadora. De noche en el cuarto de los niños, flotando en
la cama de niña pequeña con el cabezal de satén blanco decorado con
diminutas patinadoras en satén rosa y oro, Bliss está durmiendo. No un
sueño tranquilo, sino estremecido, sudoroso, entre gemidos, porque

Bliss está patinando en un sitio desconocido e inhóspito y un violento reflector la sigue: si Bliss gira de pronto sobre el hielo, si hunde las cuchillas en el hielo para torcer en una dirección inesperada, el foco salta tras ella, de hecho salta por delante de ella, asombroso y ávido, como una criatura viva. Bliss no ve bien, tiene los ojos llenos de humedad. Mamá se ha dado cuenta últimamente, otros también lo han notado, los ojos de Bliss parecen estar llenos de humedad la mayor parte del tiempo, las lágrimas le brotan de los ojos y le surcan la cara aunque no esté llorando. «Bliss, ¿qué te pasa?» Mamá suplica pero no hay respuesta, Bliss no tiene respuesta cuando se vuelve para alejarse patinando, y cierra los ojos para evitar el foco cegador. Aunque Bliss tiene casi seis años y ya no es en realidad una niña pequeña, mamá ha insistido en que siga en el cuarto de los niños, al lado del dormitorio de sus padres con la puerta en la pared que se puede cerrar con llave por un lado (el de papá y mamá) pero no por el otro. Mamá ha vuelto a pintar y a amueblar el cuarto de los niños de manera que se ha convertido en una preciosa habitación de jovencita, y tiene cortinas de organdí rosa con volantes y espejos con marco de mimbre blanco y en las paredes rosa y crema fotografías enmarcadas de los éxitos de Bliss en sucesión cronológica, empezando con el ya histórico Peques sobre Hielo 1994, cuando la pequeña patinadora es una figura diminuta entre mamá, que sonríe feliz, y el enorme Jeremiah Jericho con su llamativo esmoquin. Cuando duerme tiene la costumbre de rechinar los dientes, de respirar sonoramente por la boca como si jadeara, porque hay algo que no está bien en el hielo debajo de las cuchillas de sus patines, el hielo no está liso, sino áspero, y con ondulaciones, y el foco cegador hace que le duelan los ojos. Está embutida en un atuendo tan ceñido como un bañador, ¿es el traje de cisne con lentejuelas blancas y plumas igualmente blancas que se agitan, o el traje *Bolero* con el corpiño (sólo ligeramente) almohadillado y la falda con abertura lateral y las braguitas caladas de encaje negro debajo? Bliss está empezando a sudar dentro del vestido en el que mamá la ha embutido, Bliss ha empezado a sudar dentro de la máscara cosmética que mamá le ha aplicado en la cara como masilla, o quizá sea la ropa de la cama que se ha retorcido debajo de Bliss, el camisón de franela rosa que se le ha enredado entre las piernas. A Bliss le tiembla el párpado izquierdo, una repentina punzada de dolor en el tobillo izquierdo de Bliss, un dolor conocido, es el tobillo izquierdo de Bliss Rampike el que la va a traicionar. Mamá ha dicho «¡Hemos de mantenerlo en secreto! Nuestras rivales se regodearían». Con la excepción de un refresco dulce de cerezas y unos pocos aperitivos de la bandeja que ha estado pasando entre los invitados, Bliss se ha acostado con hambre, cuanto más frenéticamente patine menos hambre tendrá, gira sobre las cuchillas de los patines, gira con demasiada violencia, el público murmura algo en la sombra, o es el sonido que llega del otro lado de la pared, voces a través de la puerta cerrada, es muy tarde, incluso en sueños Bliss entiende que ya es muy tarde, que los invitados de sus padres se han ido por fin a sus casas, se han oído las portezuelas de los coches al cerrarse, se les ha oído irse, se han apagado las voces altas, alegres, que reían, el servicio uniformado también se ha ido, al igual que las dos Marías, papá se ha marchado a algún sitio con su coche y al regresar ha tropezado en las escaleras mientras murmura para sus adentros, y en el dormitorio grande mamá lo está esperando *¡Cómo has podido! ¡Humillarme! ¡En un momento así! ¡Delante de nuestros amigos! ¡Te aborrezco!* incluso mientras Bliss patina por el fondo de la pista de hielo, tratando de no oír las voces al otro lado de la puerta, decidida a no oír, patina, se desliza, gira aunque el tobillo izquierdo le palpita de dolor, y le duele la cabeza, tiene las mejillas húmedas de lágrimas, la boca muy seca y, ¡oh!, la sensación en la boca del estómago que significa peligro, su vejiga protesta, pero no puede dejar de patinar, tiene que completar su ejercicio, el ritmo del *Bolero* se acelera, más deprisa, cada vez más deprisa, mientras el público empieza a aplaudir, Bliss siente que su vejiga estalla, no consigue despertar de su sueño a tiempo para detener el primer chorro caliente de pis que le mancha el camisón de franela rosa, que le empapa las sábanas rosa y crema, y el colchón que está debajo, ésa es la cosa mala que a Bliss le han enseñado a evitar desde que era una niñita a la que se enseñaba a utilizar el orinal *¡niña mala! ¡Edna Louise mala! Eres mala aposta, verdad que sí, no te estás esforzando, verdad que no, qué niña tan sucia, de quién es hija una niña tan sucia. ¡Ah! Mira a esta niña mala, vergüenza para Edna Louise la niña mala, nadie te quiere en esta casa, mamá y papá te van a devolver ¡sucia fea Edna Louise!* pero ahora es Bliss, es Bliss y no Edna Louise, que se despierta confundida en su cama, asustada y culpable en su cama, porque la humedad se está enfriando deprisa y huele mal, y el colchón se ha empapado, y las sábanas y el camisón y no habrá ningún sitio donde esconderse y en el que mamá no la encuentre.

¡Niña mala! - I

Se hace pipí en la cama.
Trata de esconder las pruebas.*

Sonámbula.
Sale de noche de su camita en el cuarto de los niños.

Con los ojos abiertos, pero dormida, sin saber según parece dónde está ni lo que hace, como explicará después —«igual que en un sueño», «algo me estaba obligando, no era *yo*»—, ronda por la casa a oscuras y tropieza con distintas cosas, baja las escaleras de modo temerario, se cae por ellas y, pese a estar alfombradas, queda atontada y gimiente en el descansillo del primer piso, al que confunde con su cama, «donde se suponía que estaba durmiendo».

¿Eran más frecuentes los episodios de sonambulismo cuando Bliss se preparaba para una competición de patinaje? ¿Cuando Bliss practicaba en la pista de hielo durante más de tres horas al día? Tal fue la pregunta que hicieron uno u otro de los psicólogos, neurólogos, terapeutas infantiles a los que se llevó a Bliss en aquel año final de su vida.

---

* ¡Pobre Skyler! Cuando Bliss tenía sus «accidentes» y mojaba o ensuciaba la cama, ¿a quién acudía sino a él? La niña abría la puerta del dormitorio de su hermano (que, por ser la puerta del cuarto de un niño, no se podía cerrar con llave) despertándolo sin miramientos y suplicándole: «¡Skyler, ayúdame!», «¡Skyler, ha pasado algo en mi cama!», «Skyler, hay algo malo en mi cama», con la petición de que Skyler retirase para ella la sábana mojada, maloliente, repugnante, y la cambiara por una sábana limpia; y Skyler estaba siempre de mal humor cuando lo despertaban, pero de ordinario aceptaba ayudar, porque su hermana estaba tan nerviosa, y arrepentida, aunque el colchón de la cama de Bliss seguía húmedo, y manchado, y olía, y María, cuya tarea interminable era hacer la cama de todos los Rampike, probablemente informaría a mamá de lo sucedido.

Desaparecía.

Skyler, ¿dónde está tu hermana? ¿Dónde se ha metido esta vez esa niña mala?

Mamá reía, aunque estaba nerviosa, porque mamá tenía que saber que, aunque Bliss no estaba en su cama, ni en su habitación, ni en el baño, ni en ninguna de las habitaciones en donde mamá había mirado, ni tampoco debajo de las camas en esas habitaciones, ni debajo de los sofás, ni detrás de las cortinas, tenía que estar, sin embargo, en algún lugar de la casa, porque nadie la había raptado, mamá tenía que saberlo.

¡Para preocuparme! ¡Para fastidiarme! ¡Para que sufra! ¡Lo hace aposta esa niña mala!

A veces, sin embargo, Bliss estaba (casi) a la vista: acurrucada y dormida, como un animalito en un cuento para niños, por ejemplo, en el hueco en sombra debajo de la escalera principal. Y a veces en el sótano, hecha un ovillo en el acogedor sofá de tejido nudoso del cuarto de estar que los Rampike no usábamos nunca, como si se tratara de una habitación perteneciente a una familia de fantasmas que compartía la casa con nosotros y a la que nunca veíamos: se abría la puerta y allí estaba Bliss dormida, su carita pálida vuelta hacia arriba, despeinada, respirando ruidosamente por la boca medio abierta, descalza y estremecida, su bonito camisón rosa con bordados lleno de manchas.

El escondite más extraño de Bliss: el suelo tiznado del cuarto de la calefacción, donde dos calderas gemelas, semejantes a grandes animales, latían y vibraban cuando hacía frío.

Si bien es verdad que Bliss insistía en que no se estaba escondiendo. Lo que hacía era *soñar*. Y el sueño la llevaba a donde fuera, *tenía que dormir*.

¡Se chupaba el pulgar!

¡Se chupaba los dedos!

Una costumbre provocada por el nerviosismo. Un hábito infantil que una niña de casi seis años debería haber superado años atrás. (Como orinarse en la cama.) (E incluso algo todavía peor que hacerse pis en la cama, lo que también sucedía a veces.) Costumbres tan desagradables ya eran muy fastidiosas en casa, cuando sólo mamá y Skyler eran testigos, pero totalmente inaceptables en público, donde otros podían verla, en la pista de patinaje por ejemplo, y aún peor cuando Bliss estaba siendo entrevistada, ¡entrevistada en televisión con luces brillantes y cegadoras!

¡Bliss, cómo has podido! ¡Delante de la televisión! ¿No te hemos dicho una y otra vez que tengas las manos lejos de la boca? ¡Sólo los niños muy pequeños se chupan el dedo! ¡Tienes las manos llenas de gérmenes asquerosos! Y resulta..., sí, cariño, resulta terrible.

¡Nerviosa, inquieta! ¡Agitada! Lo peor de todo era la iglesia, los domingos por la mañana en el banco familiar de los Rampike, casi directamente delante del púlpito, cuando el reverendo Higley pronunciaba su sermón, cuando el coro de la Trinity Church cantaba himnos con voces muy altas y alegres que se te metían en la cabeza como abejas zumbadoras, porque era entonces cuando Bliss estaba más inquieta, víctima de su «pierna saltarina» —por mucho que se esforzara por estarse quieta, inmóvil como una buena chica, de manera invariable le aparecía una sensación de cosquilleo en la pierna izquierda que Bliss se esforzaba por «controlar» al hacerse cada vez más irresistible hasta que por fin «saltaba»—, incluso aunque Bliss tratara de sujetarse la pierna con las dos manos y apretara con fuerza el pie contra el suelo, la pierna rebelde se soltaba de todos modos y hacía que la gente que estaba cerca la mirase preguntándose qué le pasaba. Y la pobre mamá trataba de sonreír, mordiéndose el labio para no gritar, porque no había nada que disgustara tanto a Betsey Rampike como verse avergonzada en público, en el lugar de Fair Hills donde la gente bien rendía culto a Dios, por el mal comportamiento de sus hijos.

Seguro que puedes controlar esa agitación si te lo propones, Bliss. Yo aprendí —¡aprendimos todos!— y tú también podrías, si te lo propusieras.

Incluso en la pista, Bliss se portaba a veces mal.

Se alejaba de pronto, patinando hasta el extremo más distante del hielo, totalmente ajena a las otras patinadoras que se la quedaban mirando y a mamá y a Masha Kurylek, su (nueva) entrenadora, que la llamaban.

Había estado practicando su número para la inminente competición Royale Ice Capades 1996 (en la que Bliss patinaría con la música de *El pájaro de fuego*), o quizá había sido para la competición Miss Princesita del Hielo de Nueva Jersey 1996 (en la que Bliss iba a bailar con el ritmo sensual de la canción de música «disco» *Do What Feels Right*), y de repente, sin aviso ni explicación, se alejaba patinando, como si Masha Kurylek no estuviera con ella sobre el hielo dándole instrucciones, y mamá no se hallara sentada en la primera fila de asientos, hablando por el móvil; mamá, como es lógico, lo dejaba de inmediato para correr al borde de la pista y llamar a «Bliss, ¿adónde vas? Bliss, ¡vuelve aquí ahora mismo!».

Mamá, con sus elegantes botas de cuero muy ajustadas que le llegaban hasta la rodilla, no se atrevía a salir al hielo por temor a resbalarse y caer. De manera que Masha Kurylek (medalla olímpica de plata, patinaje artístico femenino 1991) tenía que patinar a toda prisa detrás de Bliss para traerla de vuelta, sujetando con fuerza la manita de su alumna.

—¿Por qué te has marchado de esa manera? —preguntaba mamá con voz temblorosa, y Bliss parecía en un primer momento no saber cómo responder, sonriendo tímidamente, o sonriendo desafiante mientras murmuraba:

—... ha sido mi pierna saltarina la que me ha hecho hacerlo, mamá. No he sido *yo*.

¡Mentía!

¡Decía terribles cosas falsas!

Y con la voz más sincera del mundo, que le haría jurar a cualquiera que semejantes mentiras tenían que ser verdad.

En una de sus escasas citas para jugar, por ejemplo, con una compañera que había conocido en el colegio Montessori, y cuyo apellido, «Hover», figuraba de manera destacada en la pirámide materna de nombres mágicos de Fair Hills, Bliss dijo de repente, mientras veía con su amiguita *La Cenicienta* de Disney:

—Soy adoptada. Me encontraron en algún sitio.

—¡Oh! ¿De veras? ¿Dónde te encontraron?

—Nunca te dicen dónde. Nadie te lo cuenta.

Bliss dejó escapar una risita y luego se echó a llorar.

Como es lógico, la pequeña Miranda pasó aquella sorprendente información a su mamá y, naturalmente, la señora Hover difundió la historia por Fair Hills por intermedio del Club de Mujeres del Village, cuyas asociadas se reunían con frecuencia para almorzar, y de ese modo la invención de Bliss acabó por llegar a oídos de Betsey Rampike, que se quedó de una pieza.

—¡Eso no es verdad en absoluto! ¡No hay ni pizca de verdad en semejante mentira!

Y sintió la necesidad —a sabiendas de que con toda probabilidad no era prudente dejar traslucir una emoción tan intensa en un sitio como Fair Hills— de hacer numerosas y frenéticas llamadas telefónicas para asegurar a sus amigas y conocidas que su pequeña Bliss no era de ningún modo adoptada, sino que tenía la traviesa costumbre de inventar, de cambiar la realidad:

—El neurólogo de Bliss, el doctor Vandeman, lo llama «fabular», y dice que todos los niños fantasean y que no es anormal ni inusual, que es señal de una sana imaginación, pero en el caso de Bliss no hay ni un gramo de verdad en lo que ha dicho: yo soy su madre biológica y Bix su padre biológico. *Es hija nuestra.*[*]

Desobediente. Artera y ladina.

No se podía contar con que comiera los alimentos dietéticos especiales que mamá hacía que María le preparase (abundantes proteínas y fibra, pocos carbohidratos y azúcares) porque mamá temía que su niñita ganara peso, se hiciera «rolliza» como había sido ella de niña, en detrimento de su carrera: «Si Bliss pudiera seguir siendo una niña diminuta para siempre, no más de veinte kilos, ¡qué maravilloso sería!». Tampoco se podía confiar en que Bliss se tomara las numerosas píldoras, tabletas y «suplementos dietéticos» prescritos para

---

[*] Hasta el día de hoy, sin embargo, pese a los esfuerzos de mamá, diseminada por el pozo séptico del ciberespacio, encontrarán ustedes la falsa información de que Bliss Rampike fue adoptada cuando era bebé por Bix y Betsey Rampike que no podían tener hijos. En algunos ambientes se cree que nuestros padres nos adoptaron a los dos a fin de «explotarnos» y «maltratarnos». Naturalmente, ha habido cierto número de «madres biológicas» que se han presentado audazmente para reclamarnos, y si alguna de ustedes, «madres biológicas» o, si se diera el caso, alguno de ustedes, «padres biológicos», está pensando en contactar con Skyler Rampike cuando se publique esta memoria, ABSTÉNGASE, POR FAVOR. ¡Ya no soy hijo de nadie, se lo juro!

ella por el doctor Muddick, el pediatra deportivo de Fair Hills, y que María —de ordinario María la pequeña— le daba, o trataba de darle, ya que tenía que estar muy vigilante para que la astuta niña de seis años no fingiera tragarse los (caros) medicamentos para escupirlos luego cuando se quedaba sola. Skyler (que tenía su propia colección de medicinas que tragar, o fingir que tragaba, tres veces al día) escuchaba con mucha frecuencia la siguiente obrita corta (doméstica) al estilo de Beckett:

> MARÍA: Bliss, ¿te has tomado las pastillas?
> BLISS *(murmura una respuesta, que suena como):* Sí, María.
> MARÍA: Bliss, ¿de verdad te has tomado las pastillas?
> BLISS *(murmura una respuesta, que suena como):* Sí, María.
> MARÍA: Entonces, ¿qué es esa fea cosa blanca debajo de tu
>   plato?
> BLISS *(murmura una respuesta, algo así como):* No sé, María.
> MARÍA *(perdida la paciencia, con fuerte acento hispano):* Como
>   no te tomes todas las pastillas tendré que contárselo a tu
>   madre.
> *Bliss, con un gemido ahogado, se rinde.*

Cuando la llevaban los viernes por la mañana a la consulta del doctor Muddick para sus inyecciones —SuperGrow, vitamina C superconcentrada, CHCJA (concentrado de hormonas de crecimiento para jóvenes atletas)—,* Bliss se mostraba todavía más malhumorada y contrariada, al tiempo que su actitud, en palabras de nuestra exasperada madre, era «autodestructiva» e «irracional» en el asunto de la férula dental que se suponía que estaba obligada a llevar en casa, para corregir su desajuste, «de poca importancia pero que la afeaba», y que le impediría, le había dicho a mamá más de un consultor en materia de patinaje artístico, alcanzar las metas más altas en el patinaje de competición: medallas olímpicas, campeonatos del mundo y Grand Prix, al igual que las promociones más lucrativas de

---

* ¿Qué creen ustedes? ¿Se trataba de alguna variante de los siniestros esteroides? ¿Estaba mamá en connivencia con el doctor Muddick para inyectar esteroides a una niña de seis años para «mejorar» su rendimiento sobre el hielo? A mi manera de torpe aficionado he tratado de averiguar más sobre el controvertido medicamento CHCJA, pero lo retiraron del mercado en 1999 y el rastro parece haberse perdido.

productos como Elite Sporting Goods, StarSkate Sportswear, Flawless Cosmetics.

Cuando papá ponía objeciones, como sucedía a veces, a lo que llamaba la «super-micro-gestión», por parte de mamá, de la carrera de Bliss, mamá respondía al instante:

—Bix, no sabes absolutamente nada sobre patinaje femenino, pero *yo sí*. Nadie quiere reconocer que las competiciones son básicamente concursos de belleza, pero no tienes más que echar una ojeada a la próxima que retransmitan por televisión, y fijarte en los primeros planos de las concursantes: verás como te das cuenta de que *lo son*.

—¿Y qué si es así? Nuestra hija no tiene que competir, ¿verdad que no?

Durante un momento mamá se limitó a mirar fijamente a papá, que se cernía (¿amenazador?) por encima de ella, demasiado desconcertada para hablar.

Para decir después, una mano sobre el pecho, con voz entrecortada por la risa:

—¡Oooh, Bix! Maldito seas, me has engañado, ¡por un momento creí que hablabas *en serio*!

O a veces, en momentos así, mamá le decía a papá, pasándole una mano por el brazo, sexi, suplicante, vehemente:

—Cariño, te he dicho que tengas confianza en mí. Nuestra hija es nuestro destino.

(De acuerdo, esto ya lo han oído antes. Pero créanme, si hubieran vivido en la casa de los Rampike, en Ravens Crest Drive, una calle llena de curvas, en el centro neurálgico del síndrome repetitivo compulsivo, lo habrían oído muchas, muchísimas más veces.)

Malhumor, hosquedad. Testarudez.

En aquellos ojos de color azul cobalto, tan taimados, *que estaban en otro sitio*.

Mamá, impaciente, barría las excusas de los tutores:

—Si no puede usted enseñar a mi hija conocimientos básicos, y no digamos nada de un idioma extranjero, mucho me temo que voy a tener que prescindir de sus servicios. Y, por favor, no me pida una carta de recomendación, soy incapaz de *mentir*.

(Y aquello era cierto, creo yo. Betsey Rampike era incapaz de *mentir* de manera consciente y deliberada y con premeditación. Las no verdades que Betsey contaba una y otra vez no eran más que variantes de la verdad, tal como mamá las percibía. ¡No la juzguen con demasiada dureza!)

En la mansión de estilo español de la abuela Edna Louise frente al violento océano Atlántico en Palm Beach, marzo de 1996. Donde mamá, Skyler y Bliss estaban pasando cinco días, y en donde papá —siempre muy ocupado— se reuniría con ellos durante el fin de semana, ¡imposible que Bix fuera a perderse una ocasión tan señalada! Mamá deseaba durante unos pocos días un «cambio de ritmo» para Bliss —¡y para ella!—, lejos de la pista de patinaje, al menos de manera que Bliss pudiera «descansar», «jugar», «como una niña corriente de seis años». Pero en la casa de la abuela Edna Louise, que era suntuosa y con el ambiente ceremonioso de un pequeño hotel, Bliss, para irritación de mamá, sufría de insomnio y persistía además en la maldita costumbre del sonambulismo; se mostraba agitada e inquieta como alguien a quien le falta una extremidad sin saber del todo cuál, incapaz de «descansar», de «distenderse», de «tomar el sol» en la terraza o en la playa, de «nadar en la piscina de la abuela, o chapotear en las olas» con su hermano, de «jugar con muñecas, ver vídeos, leer», las cosas que hacen las niñas corrientes de seis años: porque Bliss echaba de menos la pista de patinaje, eso era evidente. *Bliss estaba triste lejos de la pista de hielo,* incluso en la soleada Palm Beach y en un ambiente muy lujoso donde se daba por sentado que disfrutaría además con la consideración (nueva) de su abuela, al convertirse en nieta favorita de la anciana Edna Louise, la de la boca de lucio. (Lo que también engrandecía a mamá: aunque mi pobre y nerviosa mamá aún tenía que recorrer un largo camino antes de convertirse en nuera favorita de Edna Louise.) (¿Y qué pasaba con Skyler? El chico tenía que reconocerlo, su acaudalada abuela apenas se fijaba ya en él, hablaba muy poco con él y en esas contadas ocasiones el tema de conversación era Bliss.)

—¿No estás orgulloso de tu hermana, Skyler? ¡Tu madre me ha estado enviando los vídeos más asombrosos de las actuaciones de esa niña! ¡Y uno de estos días, muy pronto, espero verla competir! Espero verla coronada..., ¿cómo es?... Tu madre me lo ha estado contando... «Princesita del Hielo de Nueva Jersey»... ¡y en televisión! El más hermoso y sorprendente *prodigio* de la familia Rampike, por fin —acentuando de tal manera la palabra *prodigio* con un tableteo entusiasta de sus formidables dientes postizos de un blanco deslumbrador que Skyler tuvo que preguntarse si el error de pronunciación era deliberado, como parecía con frecuencia que las pronunciaciones incorrectas y los barbarismos de su hijo Bix tenían que ser deliberados—.[*] ¿Y bien, Skyler? ¿Por qué tan despectivo? ¿No estás orgulloso? Deberías estarlo.

Skyler parpadeó como si padeciera miopía ante la anciana desaprobadora. Se había estado acordando del horror y de la consternación de su abuela al ver a su nieto de seis años, en su cama de la sala de Niños Lisiados en el centro médico Robert Wood Johnson de Nueva Brunswick, tan débil y enfermizo y con dos fracturas en la pierna y de cómo se preguntó si quedaría cojo para toda la vida... Pero ¿de qué estaban hablando? ¿Cuál era el tema?

Probablemente Bliss, supuso.

—Sí, abuela. Es de lo único que estoy orgulloso: de Bliss.

(¡Skyler no se burlaba! Estaba seguro.)

(Víctima de un nuevo ataque galopante de SRC [¿recuerdan? Síndrome repetitivo compulsivo, del que se decía que se estaba exten-

---

[*] ¿Se preguntan ustedes cómo reaccionó la anciana Edna Louise cuando Bix le reveló (hemos de suponer que a regañadientes y excusándose) que su nieta homónima de cuatro años ya no se llamaba Edna Louise, que había dejado de llevar su nombre, y que era ya, legalmente, *Bliss,* un nombre para el que, en la familia patricia de los Rampike, no podía existir precedente? ¿Se preguntan si la presumida anciana se llevó una sorpresa tal que durante un buen rato no fue capaz de hablar, luego resopló burlona y acabó por colgar el teléfono? (Porque Bix la había llamado poco después de ceder a las demandas de Betsey.) ¿Se preguntan si durante cierto tiempo las perspectivas de recuperar el aprecio de la anciana fueron más bien inexistentes? ¿Peor que inexistentes? Hasta que, por fin, Bliss Rampike empezó a ganar competiciones de patinaje y empezó a ser «conocida», y la anciana Edna Louise cambió de opinión. Y, tal como Bix le explicó, durante cierto número de llamadas de hijo contrito, cambiar el nombre de su hija, hacer el cambio legal, era después de todo un *fate accomply* (es decir, un destino realizado).

207

diendo como la antigua peste bubónica entre norteamericanos de clase media y clase media alta de todas las etnias, sobre todo entre adolescentes y menores «precoces»], Skyler observaba su reflejo en los espejos y en otras superficies una docena de veces al día, probablemente más de dos docenas de veces, para ver si ponía lo que su madre, desquiciada, llamaba *tus malditas caras de dolor* y a Skyler le parecía que no. *No las ponía.*)

Su abuela, sin embargo, se iba a llevar una desilusión con Bliss, que nunca manifestó, en los días de su visita a Palm Beach, ningún rasgo de personalidad que se pudiera calificar de fuera de lo corriente: gracias a la insistencia de mamá, Bliss nunca dejó de mostrarse dulce y tímidamente cortés con su abuela, aunque se ponía rígida cuando la abrazaba, como si la anciana le estuviera haciendo daño; le dedicaba las sonrisas más lánguidas y melancólicas ante preguntas insistentes aunque bienintencionadas y murmuraba respuestas casi inaudibles con el significado de *Sí, abuela. No, abuela. Gracias, abuela.* Skyler escuchó algunos de aquellos intercambios y sonrió malévolamente: el *prodicio* sobre hielo no era un *prodicio* en tierra firme, ¿verdad que no? La más penosa de aquellas escenas tuvo lugar cuando Edna Louise invitó a una docena de viudas —acaudaladas vecinas suyas de Palm Beach— para que conocieran a la familia de su hijo, si bien es verdad que el hijo brillaba por su ausencia (aunque se esperaba que llegase por fin a la mañana siguiente): se trataba de que las señoras de Palm Beach se regalaran los ojos con la premiada nieta de Edna Louise y asediaran a Bliss con sus preguntas, pero, pese a los ánimos de mamá, la niña de seis años quedó paralizada por la timidez cuando le preguntaron «qué se sentía» cuando se patinaba tan maravillosamente, se recibían los aplausos de tantas personas y su fotografía se publicaba en todas partes.

Bliss guardó silencio mientras se chupaba un pulgar o varios dedos a la vez.

A la mañana siguiente, la abuela decidió llevarse a Bliss, cogida de la mano, después del desayuno. En la veranda de la casa que daba al océano, le pidió a Bliss que, por favor, la llamase «abuelita», porque eso significaría mucho para ella, mucho más de lo que nunca había pensado que pudiera significar.

—Sólo «abuelita», cariño. ¿Lo harás?

¿Qué estaba pasando? ¿La anciana de boca de lucio y ojos de mirar acerado que había insistido en que todos sus nietos la llamaran «abuela» y en que su aterrorizada nuera, Betsey, utilizara «madre» suplicaba ahora, con voz insegura y un tanto coqueta, a su nieta, el *prodigio* que patinaba, que la llamara «abuelita»? Varios músculos se contrajeron en la cara de Skyler, transformándola (Skyler tuvo que suponerlo) en el rostro de una horrible gárgola.

—«Abuelita.» Inténtalo, cariño: *abuelita*. Cuando ganes el título de Princesa del Hielo y te entrevisten en la televisión, puedes saludar con la mano, sonreír y decir «¡Hola, abuelita!» y yo te estaré viendo, cielo, te lo prometo. Nadie me ha llamado nunca «abuelita», no sé por qué, tengo ochenta y dos años y estoy muy *sola*.[*]

Se hacía pipí en la cama. (Incluso en casa de la abuela.)
Trataba de esconder las pruebas.

¡Niña mala! ¡A tu edad! Debes de hacerlo para fastidiarme.

---

[*] Al mismo tiempo que esta incómoda escena con fondo del proceloso océano Atlántico, otra escena igualmente incómoda se está desarrollando en la puerta nueve del aeropuerto de West Palm Beach. Porque mamá ha insistido en ir en coche a recoger a papá. Pero el vuelo de las 11.08 procedente de JFK acaba de aterrizar y a las 11.19 todos los pasajeros han salido del avión y ¿dónde está papá? ¿Dónde está Bix Rampike? Mamá trata de no dejarse dominar por el pánico y consigue a duras penas hacer una llamada con su móvil, pero en la luminosa pantallita azul aparecen las palabras crípticas LLAMADA EN ESPERA.

¡Niña mala! - II

—Es una maldición para una joven atleta. Lo he visto muchas veces, en los mejores patinadores jóvenes, porque les da miedo su talento. Hemos de luchar, luchar mucho, ¡luchar para impedirlo! —así hablaba apasionadamente Masha Kurylek, mientras en su garganta brillaba como fuego la crucecita de oro.

Y mamá la corrigió con entonación sombría:

—Hemos de *rezar*.

Cómo las sacaba de quicio que, a mitad de un ensayo casi perfecto, Bliss se tambaleara de repente sobre las cuchillas de sus patines, agitase los delgados brazos y se cayera. Masha Kurylek miraba incrédula. Mamá no lo soportaba, lo veía todo rojo *¿Por qué, Jesús mío? Para fastidiarme, pero ¿por qué? ¿Cuando soy la única que conoce el corazón malvado de esa niña y la quiere a pesar de todo? ¿Por qué?* Mientras Bliss trataba de ponerse en pie, de alzarse sobre los patines lo más deprisa posible, como si no se hubiera caído, aunque blanca como el papel y mordiéndose el labio inferior para no gemir de dolor.

Una mirada a mamá y una expresión inconfundible de vergüenza culpable en los ojos de Bliss.

Una chica tan mala y descuidada: ¿por qué?

¿Para hacerte daño, para hacérmelo a mí? ¿Por qué?

Nadie lo entendía. En la pista de hielo, las otras patinadoras se detenían a menudo en sus entrenamientos para ver a Bliss Rampike quien, bajo la tutela de la exigente Masha Kurylek, patinaba con tanta precisión, tanta elegancia, tanto valor, pero a quien, sin embargo, inesperada como un estornudo, fea y desgarbada como un estornudo, llegaba en un instante la pérdida de concentración, el paso en falso, la caída.

La niña se apresuraba a tartamudear:

—M-mamá, no me he he-hecho daño. *De verdad que no.*

Y también:

—Mamá, no quiero dejarlo, no me he hecho daño. Por favor, mamá, puedo seguir patinando.

Skyler recordaría toda su vida cómo suplicaba la débil voz trémula de la niña: *Por favor, mamá, puedo seguir patinando.*

Dependiendo de la opinión de Masha Kurylek, mamá permitía a veces que Bliss siguiera. En otras ocasiones, cuando la niña cojeaba de manera demasiado evidente, o ponía cara de dolor, mamá murmuraba, a punto de estallar, «¡Jesús, dame paciencia!», envolvía a Bliss en su anorak rojo de plumón muy suave (que era un regalo de cumpleaños de papá, o de la «secretaria personal» de papá en el trabajo) y la llevaba al servicio de Urgencias del centro médico de Fair Hills para que le hicieran una placa; si la caída parecía exigirlo, mamá solicitaba una resonancia magnética en el centro médico Robert Wood Johnson de Nueva Brunswick, donde Betsey Rampike había empezado a ser conocida. El gran temor de mamá era que la manera descuidada de patinar de Bliss se tradujera en lesiones graves de la columna vertebral o del cuello. ¿Qué decir de una conmoción cerebral? ¿Costillas rotas? Torcerse o romperse un tobillo, aquello podía ser el fin de Bliss Rampike, prodigio del patinaje artístico.

—¡El coste no importa! Estamos asegurados contra «infortunios». Y en los casos en que el seguro no lo cubra todo, Edna Louise, mi maravillosa madre política, ha dicho que «ayudará».*

A raíz de que Bliss tuviera un percance mientras preparaba su número para la Royale Ice Capades 1996, de que se cayera cuando ejecutaba un «giro de mariposa» con los ritmos frenéticos de *El pájaro de fuego,* de éxito seguro entre el público, y hubiera que llevarla (en ambulancia) a Nueva Brunswick, empezó a susurrarse en la pista de Halcyon que Bliss Rampike, entre todas las patinadoras, se había vuelto propensa a los accidentes.

¡Propensa a los accidentes! Como señaló Masha Kurylek, la maldición del patinador con talento.

---

* Así era, en efecto: para asombro de papá, la anciana Edna Louise había manifestado finalmente un inesperado interés por la más pequeña de sus nietas. Debió de ser la publicidad en la sección dedicada a Nueva Jersey del *New York Times* o el reportaje de cinco páginas en *New Jersey Lives.* Mi astuto padre entendió que aquello era también un buen presagio para él: el hijo favorito que había cabreado a su madre al casarse, como Edna Louise insistía en decir sin importarle la banalidad del tópico, «por debajo» de la familia Rampike. Porque quizá fuera cierto, tal como mamá había predicho de manera tan extravagante, que *Nuestra hija es nuestro destino.*

Y, sin embargo, a Bliss le encantaba patinar. No era una exageración, no era una falsa afirmación por parte de su madre y entrenadora. Cualquiera podía ver, sin esforzarse, que a Bliss le encantaba patinar. No importaba que fuese una niña tímida, retraída, en apariencia no demasiado despierta ni bonita, con la costumbre desesperante de chuparse el dedo: sobre el hielo se transformaba, decidida y atrevida y volando sobre las cuchillas silbantes de sus patines, un verdadero placer para la vista. Incluso veteranas experimentadas del circuito de patinaje artístico femenino sonreían ante el espectáculo de Bliss Rampike. Incluso Skyler, su hermano mayor, que la había visto casi tantas veces como su madre, aún llegaba a dejarse encantar por ella. Y, en consecuencia, a sentirse muy orgulloso.

Es lo que hubiera querido ser yo. Si Dios me hubiera amado a mí en lugar de a ella.

Tanto Skyler como su hermana sintieron un gran alivio al volver de nuevo a casa después de la tensión y el sol deslumbrante de Palm Beach. Skyler entendió que algo no funcionaba entre mamá y papá, que llevaba ya algún tiempo sin funcionar, pero que (quizá) estaba empeorando, aunque mamá no hablaba de ello excepto para decir con una sonrisa acentuada por el brillante carmín de sus labios «Ya sabes lo que pasa con papá: ¡siempre está muy ocupado!», ni tampoco papá, cuando estaba en casa, hablaba de ello, excepto para hacer un aparte con Skyler, de hombre a hombre, colocar un índice poderoso sobre sus labios (los de Skyler) y murmurar con enigmático tono paterno: «¡Skyler, hijo! Lo más fastidioso es que los problemas del *Homo sapiens* empezaron cuando decidió andar sobre las condenadas patas de atrás y las nalgas femeninas cambiaron de sitio con relación a los órganos olfatorios del varón. ¡Es una lata!».

Después de Palm Beach, Bliss estaba MUY CONTENTA de volver al clima frío de Nueva Jersey. (La época, finales de marzo de 1996.) MUY CONTENTA de volver al hielo. (Como dijo Bliss: «El hielo te puede hacer daño pero es tu amigo, Skyler».) CONTENTÍSIMA de volver a sus patines de niña pequeña de la talla dos y libre del exilio en la villa española de la abuela Edna Louise junto al océano Atlántico, donde parecían no existir pistas de hielo, ni interés por el patinaje sobre hielo ni nada que hacer durante todo el día excepto *estar*.

Sin duda Palm Beach, pese a su belleza, era un sitio odioso porque papá, al fin y a la postre, no se había reunido con ellos para disfrutar de unos días de «descanso y recreo» como había prometido. Hubo llamadas telefónicas, hubo una conversación «privada» entre mamá y la abuela Edna Louise (que Skyler no consiguió oír) y al final una mamá de ojos enrojecidos y parpadeantes explicó a sus hijos que papá había tenido que volar de repente a Singapur, o era Sídney, en razón de un negocio inaplazable. Papá sentía muchísimo perderse aquella reunión con su familia y su madre, pero esperaba «resarcirlos con creces» a todos ellos cuando regresara.

Y papá prometía además ver patinar «a su chica incomparable» en la próxima competición, y verla *ganar*.

—«Dolor fantasma.» Es esa maldición, señora Rampike. ¡Espero que Masha esté equivocada!

(Un rasgo encantador de su carácter, o un rasgo alarmante, el hecho de que Masha Kurylek, la nueva entrenadora de Bliss, feroz piel pálida, feroces ojos hipertiroideos, feroces ventanillas palpitantes de la nariz, hablara a veces de sí misma en tercera persona: «Masha».)

Al ejecutar el difícil «giro de mariposa» con la música martilleante y fogosa de *El pájaro de fuego* en preparación para la Royale Ice Capades 1996, una importante competición televisada que se celebraba en Wilmington, Delaware, Bliss había sufrido una de sus caídas más graves, y se le hicieron radiografías y una resonancia magnética sin que se le detectaran lesiones «visibles» en la columna, el cuello, el cráneo, la muñeca derecha; sus lesiones no pasaban de ser cardenales, chichones y rozaduras menores, percances que el doctor Muddick, el pediatra deportivo más admirado de Fair Hills, trató con discretas dosis del socorrido analgésico Codeine 7. Bliss insistió en que no tenía dolores, en que estaba deseosa de volver a patinar, aunque en los entrenamientos quedó pronto muy claro que algo no iba bien: al cabo de unos cuarenta minutos sobre el hielo Bliss empezó a cansarse, a respirar por la boca, a apoyarse con desconfianza en la pierna derecha. (Mientras que antes le preocupaba más la izquierda.) Incluso en los ejercicios más sencillos —lazos en ocho, piruetas sobre dos patines, espirales sobre un patín— su coordinación fallaba de manera llamativa, el «brillo ensoñador» que había alzado a Bliss hasta el título de Pequeña Miss StarSkate 1995 quedaba tristemente apagado. Al observarla de cerca mientras patinaba, Masha decidió que Bliss tenía dolores, aunque lo negaba por temor a decepcionar a mamá; Masha creía que aquel dolor «fantasma» era muy probablemente la imprecisa «tensión de las vértebras cervicales» que ella misma había padecido a los dieciséis años, y que «casi había destruido la carrera de Masha, todavía incipiente». Insistió en colocarle a Bliss un collarín de gomaespuma de color carne que le sujetaría la cabeza y reduciría la tensión en el cuello y parte superior de la columna, sin interferir por ello con el patinaje.

Mamá protestó:

—Pero Bliss tiene un aspecto lastimoso cuando actúa sobre el hielo con ese collarín, como si fuera una inválida. ¡Qué sucederá si la fotografían! ¡Si los cámaras de la televisión de Nueva Jersey se enteran de esto!

—Sólo de momento, señora Rampike —aconsejó Masha—. Para que la columna cervical de la niña recupere su fuerza y recobre su antigua confianza, lo que nos permitirá retirárselo unos días antes de la Royale Ice Capades.

Embutida en su collarín de gomaespuma, Bliss patinaba alicaída e insistía en que no le dolía nada. *¡Nada en absoluto!* Las asquerosas píldoras prescritas por el doctor Muddick hacían que «le pesara la cabeza», eso era todo. Y le dejaban mal estómago. No le gustaba nada tomar Codeine 7 —cápsulas viscosas de color almeja—, como tampoco sus otras medicinas, ni la fastidiosa «férula» de plástico y alambre que hacía que le doliera la boca, ni tener que ir al salón de belleza con mamá para que le aclarasen el pelo con productos químicos de olor desagradable que hacían que le picaran los ojos y que le destilara la nariz y al llegar a aquel punto mamá interrumpió la letanía de Bliss compuesta de las cosas que detestaba y que enumeraba con voz progresivamente más alta, la voz que se alzaba peligrosamente camino de la rabieta y que mamá no podía arriesgarse a permitir que estallara fuera de la privacidad del hogar de los Rampike, y menos que en ningún otro sitio en un lugar público como la pista de Halcyon donde otras personas la oirían, otras patinadoras y sus madres y sus entrenadoras, y se sorprenderían, escandalizadas y felices, al presenciar cómo la angelical Bliss Rampike montaba en cólera como cualquier otra patinadora demasiado mimada.

—¡Bliss, cariño! Estás conmigo. Y Jesús también está contigo.

De manera instintiva, mamá se apresuró a abrazar a la niña estremecida. Para contener la furia convulsa que hacía que le temblaran los músculos y que la llevaba a apretar los dientes con terrible fuerza. Nadie había pensado en abrazar a Betsey Sckulhorne cuando tenía seis años, nadie la había querido así. Nadie había conocido sus sentimientos. Para Betsey, que ahora tenía treinta y tres años, todo aquello era agua pasada. Pero para Bliss, que era Betsey Sckulhorne en esta nueva forma mucho más hermosa y afortunada, sería su destino.

Mamá acarició los cabellos de su hija, que eran tan delicados, luminosamente rubios y que olían a decolorantes químicos. Mamá le besó la frente, que estaba fría aunque sudada. Mamá, admonitoria, le habló al oído, como se podría hablar a una niña muy pequeña.

—¡Jesús te quiere, Bliss! Jesús nos quiere a las dos. Eso lo sabemos y no necesitamos saber nada más.

¿Sentía Skyler celos mientras miraba? ¿Sentía celos Skyler al ver que todo el mundo estaba pendiente de Bliss tanto dentro como fuera de la pista de hielo, y al oírlos murmurar «¡Hola, Bliss!» y «¡Buenas noches, Bliss!» como si la simple emisión de *Bliss,* aquel monosílabo mágico, les resultase placentera, de la misma manera que el amante disfruta al pronunciar el nombre de la amada? ¿Sentía celos al ver las sonrisas de los desconocidos mientras seguían a su hermana con los ojos, y miraban a través de Skyler como si su cuerpo fuese transparente y sin más sustancia que su alma, es decir, como si no existiera? ¿Sentía celos Skyler en el viaje en coche de vuelta a Fair Hills, en el asiento trasero del Buick de mamá, donde se amontonaban otras muchas cosas mientras Bliss se arrellanaba en el asiento del copiloto, su cabecita de un rubio luminoso contra el hombro de mamá?

Zambulléndose hacia el sur en la noche que caía muy deprisa sobre la Route 15 de Nueva Jersey. Con los faros de los coches que viajaban en dirección contraria corriendo hacia ellos. Y con el parabrisas del Buick salpicado de lluvia y cada gota de lluvia brillante como un ojo.

Bliss es lo que Skyler sería si Dios le hubiera querido a él.
Si Skyler existiera. Si existiera Dios.

Skyler le preguntó a mamá qué era el «dolor fantasma» del que había oído hablar a Masha, y mamá frunció el ceño en el espejo retrovisor encima del parabrisas buscando los ojos de Skyler. Al niño

215

le parecía a menudo que su madre se olvidaba de su presencia y que su voz era algo así como un codazo que la sacaba de su ensimismamiento.

—Vaya, Skyler. No creía que estuvieras escuchando. Pensaba que hacías tus deberes para casa... «Dolor fantasma» es un dolor que sólo existe en la imaginación, como Bliss parece que se lo imagina. Cuando el dolor no está de verdad ahí.

—«Cuando el dolor no está de verdad...», ¿dónde, mamá?

—No está *ahí*. En el cuello, o en el tobillo. En una articulación, o en un músculo —mamá hizo una pausa, mirando a Skyler en el espejito rectangular. Con el brillo cambiante de las luces en dirección contraria, su rostro adquiría una forma extraña, como de luna aplastada, y los ojos, que de ordinario a Skyler le parecían tan hermosos, eran protuberantes y brillaban húmedos, como las salpicaduras de la lluvia. Cuidadosamente mamá dijo—: Está sólo en tu cabeza.

Con la pedantería de un niño de nueve años, Skyler dijo:

—El dolor *está* en la cabeza, mamá. En el cerebro. Me lo contó el profesor de Bliss, me enseñó un artículo científico sobre el cerebro humano.

—¿El profesor de Bliss? ¿Quieres decir Rob? ¿Qué hacía ese joven perdiendo el tiempo contigo? Es a Bliss a quien se supone que da clases, y no parece que lo haga muy bien —mamá estaba indignada, de repente. Frunció los labios de la manera con la que conseguía que papá le tomara el pelo diciendo que se le ponía cara de pit bull—. El dolor de Bliss, si le duele algo, cosa que ella niega, ¡ya sabes lo retorcida que es esa niña!, sólo existe en su cabeza, lo que quiere decir que es imaginario, como dice el doctor Vandeman: no es real.

Pero Skyler insistió, inclinándose mucho hacia mamá por detrás, mientras ella conducía bajo la lluvia que repiqueteaba sobre el parabrisas.

—Pero el único dolor que sentimos está en nuestra cabeza, mamá. Sólo nuestro cerebro registra el dolor y si lo sentimos es *real*.

Mamá rio, irritada. Skyler debería haberse dado cuenta de que aquella risa era un aviso.

—Jesús nos quita el dolor si quiere. Si nos lo merecemos. Ya sé que no crees, Skyler. Te he visto poner cara de gárgola durante los servicios religiosos, eres un escéptico en ciernes como tu padre, y Jesús te toca el corazón tan poco como si fuera una pasa vieja y arrugada, pero es *verdad* de todos modos. El dolor de Bliss no es «real» y si es «real», Jesús se lo quitará. Y Bliss Rampike será coronada Pequeña Miss Royale 1996, y papá estará con nosotros cuando la coronen, y esa noche lo celebraremos como nunca y papá volverá a casa con nosotros. Ése es nuestro destino, Skyler: ¿cuál es el tuyo?*

---

* ¡Caramba! ¡Dios del cielo! Eso es poner en su sitio al insoportable renacuajo, ¿verdad que sí? Con aquellos estallidos repentinos, con aquellos cambios repentinos de suave música pop a Puccini, tenías la sensación de que mamá, de que la Betsey Rampike que todós creíamos conocer, era en realidad otra persona distinta.

Pregunta

¿Coronaron a Bliss Rampike Pequeña Miss Royale 1996, y estuvo papá presente para ver a su maravillosísima hijita aplaudida a rabiar por un estadio lleno de desconocidos, y hubo después una celebración en el hotel «más prestigioso e histórico» del centro de Wilmington, en Delaware, y volvió papá a casa con su familia a la mañana siguiente?

Sigan leyendo.

¿Buen recuerdo?[*]

—El *Homo sapiens* asolará este planeta en los próximos cincuenta años, pero un *Homo sapiens* «evolucionado», mejorado por la ingeniería genética, podrá quizá trasladarse a otros planetas. Ésa es nuestra única esperanza.

¡Cuánto se parecía Rob Feldman al padre de Skyler en momentos como aquéllos, mordaces y optimistas! Aunque Rob fuese un joven larguirucho, estudiante graduado en Biología Molecular de veintidós años (anteriormente en la Universidad de Columbia, ahora de regreso en Fair Hills, temporalmente alojado con su familia) y Bix Rampike, sin duda, fuese uno de los ejemplares de *Homo sapiens* que ya habían evolucionado y podrían ser «trasladados» a otro planeta, para iniciar de nuevo la tarea capitalista del saqueo de los recursos naturales.

Rob Feldman, uno de los primeros amores de Skyler. O quizá eso sea una exageración de un momento de debilidad. Porque ya es hora de un «buen recuerdo», ¿verdad que sí? En el fondo de mi corazón, aunque sea como una pasa arrugada, continúo siendo Skyler Rampike, un soñador raquítico y alfeñique de nueve años.

Recuerdo cómo, al regresar a casa del colegio, Skyler, que se sentía muy solo, se incorporaba a las clases que recibía su hermana en el solárium de la parte de atrás del hogar de los Rampike. Skyler se presentaba inocentemente en el umbral para murmurar «¿Os importa que os haga compañía?», a lo que el profesor, sentado en la mesa

---

[*] Este breve intermedio, descaradamente sentimental, no está colocado de manera estratégica para generar lo que críticos despectivos llaman «suspense barato»: ¡lo juro! Ni tampoco deseo (en fácil estilo posmodernista) destrozar para siempre la cronología ya tan dañada de este documento. Sólo quería, en medio de tantas cosas que son oscuras, retorcidas, que se han malogrado, que son siniestras y causan pesadumbre, antes de lanzarme a un relato «desgarrador» de los meses finales de la vida de mi hermana, reconocer que existieron, ahora y entonces, en la joven vida de Skyler, lo que las empresas que fabrican tarjetas de felicitación llaman Buenos Recuerdos.

frente a la pequeña Bliss, alzaba la vista con una sonrisa esperanzadora y murmuraba a su vez «¡Por supuesto que no!».

Alivio al ver que el inesperado visitante era el pequeño Skyler y no la señora Rampike, presentándose para «controlar» cómo iba la lección. Alivio al comprobar que el visitante era Skyler, el hermano mayor de Bliss, tan deseoso como un cachorro de atención, de conversación, de «contacto visual».

Como ya he mencionado a Rob unas cuantas páginas antes, un Rob Feldman que había sido el penúltimo en la sucesión de jóvenes profesores contratados y luego despedidos por mamá, parece indicado que diga unas pocas palabras más acerca de él. La otra noche, cuando me hallaba en esta miserable habitación, sudorosamente inmerso en el capítulo «intensamente sentido», «íntimo sin reservas», titulado «¡Niña mala! - I», me encontré de repente recordando a los profesores particulares de Bliss, en quienes no había pensado desde hacía casi diez años: Tiffy, Brooke, Sam, Lindsay, y también Jennifer, Jason y Rob; este último fue, al parecer, a quien le caí mejor.

Es decir, Skyler. No yo: *yo* es un drogadicto de diecinueve años en exilio autoimpuesto en una pensión de Pitts Street, Nueva Brunswick, sucio, descalzo y en asquerosa ropa interior, embarcado en la misión quijotesca —«imposible»— de escribir el único relato verdadero de la vida, asesinato, repercusiones, etcétera, de su hermana. *Yo* sería una sorpresa y un escándalo para Rob Feldman quien, a estas alturas, andará por los treinta y tantos y quizá esté casado y disfrute de un trabajo remunerado, convertido en uno de los admirables adultos de este mundo. Qué hacer con este raro e inadaptado sospechoso de asesinato que te tira de la manga y dice: «¡Qué tal, Rob! ¿Te acuerdas de mí? ¿De Skyler Rampike, que te adoraba como a un hermano mayor?».

(Idea para otro proyecto: una sucesión «terriblemente original» y «audazmente posmodernista» de estampas ensambladas de manera ingeniosa que tendrían como foco individuos que hubieran «adorado» a una figura menor de los medios de comunicación como Bliss Rampike. Algunos de esos individuos serían completos desconocidos para el objeto de su adoración, otros estarían más cerca, y otros aún —¡miembros de su propia familia!— la conocerían íntimamente y quizá no la adorasen del todo. Y la figura en el centro de la narración, idealmente una variante de «el tema más poético del mundo» —es decir, una hermosa niña-muchacha de no más de diez años de edad—permanecería inaccesible para el lector: un misterio total.)

Rob Feldman, ¿notaste algo «que estaba terriblemente mal» en el hogar norteamericano cien por cien de los Rampike en el 93 de Ravens Crest Drive? ¿Fue ésa la razón de que, entre la sucesión de jóvenes y atractivos profesores particulares, te convirtieras en el único que se marchó antes de que Betsey Rampike lo despidiera?

¿Qué fue lo que notaste?: ¿cardenales en los brazos de Bliss cuando quedaban al descubierto?, ¿cardenales en el cuello? ¿Una leve cojera en la pierna izquierda? ¿Explicado todo ello, ¡de manera muy convincente!, como lesiones inevitables de la joven atleta «propensa a los accidentes»?

Ninguno de los profesores de Bliss tardó en darse cuenta de que tratar de enseñar al prodigio del patinaje artístico de seis años de edad un currículo mínimo de primer grado no iba a ser tarea fácil. Porque cuando Bliss Rampike no estaba dentro de sus centelleantes patines blancos de piel, volando por la brillante superficie del hielo, ni los adultos la fotografiaban, la filmaban, la abrazaban, la besaban, la mimaban y la alababan generosamente, su espíritu mismo parecía retirarse a algún lugar detrás de los húmedos ojos de color azul cobalto; una melancolía más aguda que la MAP (melancolía aguda prematura) de Tyler McGreety hijo, el precoz condiscípulo de Skyler, se apoderaba de ella. Todo un misterio, porque Bliss parecía, en un primer momento, una niña despierta, alegre, inteligente, y una «niña buena» que, de manera inexplicable, era incapaz de concentrarse en sus clases, que pasaba a «distraerse», que se «confundía», que «se desanimaba fácilmente», que se mostraba «inquieta y apática». Cuántas veces oyó Skyler que Bliss le decía a su profesor con voz avergonzada de niña muy pequeña «No lo sé hacer, no me acuerdo..., me saldrá mal».

A Bliss se le enseñaba repetidamente el alfabeto, memorizaba la sucesión de las letras en conjuntos, las recitaba despacio y con dolorosa concentración; luego, la vez siguiente, cambiaba el orden o las olvidaba por completo. Bliss memorizaba una y otra vez la tabla de multiplicar que, poco después, confundía u olvidaba. Si durante más o menos una semana Bliss era capaz de «leer» —a la manera de una niña ciega que atraviesa a trompicones una habitación—, de forma también misteriosa perdía durante el sábado y el domingo aquella habilidad, para desconcierto de sus profesores e indignación de su mamá.

—Mi hija no es *disléxica*. Le han hecho pruebas muchas veces, electroencefalogramas, su cerebro es «perfectamente normal», como nos ha dicho su neurólogo. No hay razón para que no pueda aprender a leer al menos tan bien como su hermano, que *sí es* disléxico.

(Si Skyler estaba presente, siempre pedante, podía intervenir diciendo: «Mamá, también padezco el TDA. Eso lo sabes».)

En un primer momento, algunos de los profesores tuvieron mejor suerte con Bliss que otros. Se notaba —al menos Skyler se daba cuenta— que Bliss se esforzaba mucho. Sucedía, sin embargo, de algún modo, que después de unos pocos embarazosos contratiempos, lágrimas, una rabieta, Bliss parecía rendirse, permanecía indiferente en la mesa del solárium, los brazos cruzados y apretados contra el pecho. Tanto en la expresión de sus ojos azules como en el gesto trágico de su boca estaba la declaración *No lo puedo hacer, no me acuerdo. Me saldrá mal.*

Lo más memorable fue que Rob le pasó a su amiguito Skyler ejemplares de revistas de «ciencia ficción especulativa» y los tebeos *underground* de R. Crumb[*] después de arrancarle la promesa de que no enseñaría a sus padres aquellos ejemplares, algo que por supuesto Skyler no tenía la menor intención de hacer. R. Crumb impresionó profundamente a Skyler a la tierna edad de nueve años y pronto sus sagas salvajes se convirtieron en la lectura favorita de Skyler después de acostarse, y trató incluso de dibujar historietas en el estilo inimitable de R. Crumb. En todo Fair Hills no había nadie que se pareciera a los extraños personajes de R. Crumb y, sin embargo, ¡qué familiares le resultaban a Skyler! Fulanas pechugonas, de nalgas y piernas macizas, que se tambaleaban sobre tacones ridículamente altos, cretinos de cabezas minúsculas con enormes pies blandos... Y enclenques figuras con aire de gárgolas, parecidas a Skyler, que lo observaban todo con lascivas sonrisas diabólicas.

—¿Rob? ¿Qué quiere decir «¿No aflojes»? —preguntó Skyler.

Y el profesor respondió:

—Significa... «no lo dejes».

—Sí, pero ¿por qué? «No lo dejes»... ¿por qué?

---

[*] Eran algunos de los primeros tebeos *Zap* que Rob Feldman debió de comprar en una tienda de segunda mano. Desaparecidos hace mucho tiempo, destruidos. Véase más adelante, a cientos de páginas de distancia, el capítulo de este documento titulado «Post mórtem».

—Pregúntale a tu papá, Skyler. Es el más indicado para saberlo.

Skyler era ingenuo pero no hasta el punto de preguntar a su padre algo de cuya posible respuesta no tenía una idea clara.

R. Crumb, el subversivo, fue el regalo de despedida de Rob Feldman a Skyler. Bruscamente el profesor desapareció. Era la primavera de 1996. Por la reacción indignada de su madre, Skyler supuso que Rob se había despedido antes de que mamá pudiera echarlo:

—¡Ese Feldman es un falso! ¡Y yo le he confiado a mi hija! ¡Y a mi hijo! Si se imagina que le voy a dar una carta de recomendación...

Pero cuando mamá se quejó a papá de la «traición» del profesor, papá no pareció convencido:

—Un judío, con su sentido trágico de las persecuciones a lo largo de los siglos, se escapará de manera instintiva de un barco que se hunde, ¿le puedes culpar por ello? Por eso en Scor les hacemos firmar contratos vinculantes, para que no se puedan escabullir con nuestros secretos para vendérselos a nuestros enemigos.

¿Bromeaba papá? ¿Era una parrafada del más retorcido de los padres? Porque se apresuró a mirar a su hijo y a guiñarle un ojo —de hombre a hombre—, mientras la pobre mamá echaba chispas, nerviosa, y se mordía el labio para no llorar.

Bliss no tardó en querer ver cuál era el tebeo que Skyler trataba de copiar, pero Skyler le dijo «no».

Bliss preguntó por qué.

—Porque este tebeo no es para niñas.

Bliss preguntó por qué.

—Porque R. Crumb es feo y divertido. Y se supone que una niña como tú no se ríe de cosas feas.

Bliss preguntó por qué.

—Porque no. Porque lo digo yo.

Sí, dijo Bliss, pero *¿por qué?*

Nada más atravesar el umbral del dormitorio de Skyler su hermana de seis años se le quedó mirando con una peculiar sonrisa melancólica e insolente. Su voz era al mismo tiempo de súplica y de exigencia. Allí estaba la niña angelical y la mocosa taimada. Durante buena parte de aquel día Bliss había estado practicando en la pista de Halcyon bajo la tutela de Masha Kurylek debido a un interregno durante el cual las temidas clases privadas a domicilio quedaban suspendidas mientras mamá buscaba un nuevo profesor particular. La piel de Bliss estaba moteada como si se la hubiera estado pellizcando, y las ventanillas de la nariz parecían inflamadas. No se la había bañado y vestía el mono de franela rosa de los entrenamientos, lleno de manchas, que tenía estampadas en el pecho con satén blanco las letras *B L I S S*. Estaba claro que no había tomado aún sus diferentes medicamentos de la tarde, de manera que se mostraba veleidosa e irritable, y era imposible que se tumbara para una siesta antes de la cena porque mamá había salido y llevaba horas fuera de casa y la más joven de las Marías había sido despedida recientemente por «insubordinación», «incompetencia» y «relajación moral», en palabras de mamá.

Bliss corrió riéndose hacia su hermano con intención de arrebatarle el tebeo de R. Crumb, pero Skyler consiguió ponerse de rodillas en la cama y alzar la revista fuera del alcance de su hermana.

—Lo prometo, Skyler, no me reiré, por favor.

Y Skyler dijo de nuevo, con toda la mojigatería de la que puede ser capaz un niño de nueve años:

—Ya te lo he explicado: este tebeo no es para niñas pequeñas.

—No soy una «niña pequeña». Tengo mil años.

Bliss arremetió sin contemplaciones contra Skyler, tratando de arrebatarle la revista y rasgando las páginas. Cada vez que Bliss lo atacaba de aquella manera a Skyler le sorprendía su fuerza y su agilidad y recordaba la advertencia de papá: «¡Nunca pegues a una chica!». En defensa propia, Skyler arrojó a R. Crumb al otro extremo de la habitación, y Bliss corrió para apoderarse del tebeo, y procedió a examinar las figuras humanoides rudimentariamente dibujadas como si fuera corta de vista.

—Te lo he dicho —exclamó Skyler—, no es para niñas. Devuélvemelo.

Skyler escuchaba con atención porque temía que mamá volviera a casa. Por si oía el ruido del automóvil de Betsey en la entrada para coches, o el ruido de la puerta trasera del piso de abajo al abrirse. Cuando ni mamá ni papá estaban en casa había en el hogar de los Rampike un aire de tensión nerviosa como la atmósfera que precede a una tormenta eléctrica, tensión que exacerbaba la llegada de uno u otro de los adultos, casi siempre mamá, porque papá solía estar de viaje «por motivo de negocios».

Con los pies en el suelo, Bliss pasaba las páginas del chabaca-no tebeo. ¡Qué figuras tan feas! Cosas tan «desagradables», tan «su-cias», no estaba bien que las viera una niña. Skyler oía respirar a Bliss por la boca. Desde luego no parecía que se estuviera riendo, ni siquie-ra sonriendo. Tampoco Skyler se había reído mucho con el tebeo. Con el aire de dolorosa concentración con el que se enfrentaba a de-terminadas lecciones antes de que llegara la desilusión, Bliss siguió examinando las páginas y, finalmente, después quizá de cinco minu-tos, devolvió la revista a Skyler sin el menor comentario.

—¡Qué te había dicho! —exclamó Skyler—. R. Crumb no es para niñas. Si se lo cuentas a mamá, te retorceré el cuello.*

Bliss abandonó a toda prisa la habitación.

Mamá llegó a casa muy poco después. Para entonces María la mayor estaba bañando a Bliss, que ya se había tomado las medici-nas. Skyler, por su parte, había escondido su ejemplar rasgado de R. Crumb en un rincón del armario, debajo de varios pares de viejas za-patillas malolientes, donde a mamá nunca se le ocurriría mirar, ni por lo más remoto.

* ¡Dios mío! ¿De verdad dije eso? ¿Amenacé de verdad a mi hermana de seis años con retorcerle el cuello? No me había vuelto a acordar de nada de todo esto desde hacía diez años y ahora de repente me inunda de nuevo y quizá sea una equivocación estar haciendo lo que estoy haciendo y además, en las garras del SRC, me da miedo sentirme empujado a revelar cosas todavía peores...

Respuestas a las preguntas del capítulo anterior titulado «Pregunta»

No, no y no.

¡Ay!

—¿Lo habéis notado, niños? Vuestro padre se ha marchado.

Skyler la miró fijamente: no estaba seguro de qué era lo que mamá había dicho.

Bliss también la miró fijamente: tampoco estaba segura de qué era lo que mamá había dicho.

Mamá ocupaba el umbral del cuarto de estar. Con una luz cegadora, como de llamas devoradoras, detrás de ella, los niños desconcertados no soportaron mirarla de frente y por ello Skyler, que había estado escribiendo chuletas para un test sobre «habilidades cognitivas» programado para el día siguiente en el colegio, apartó la vista y Bliss, absorta y feliz viendo *The Ring of Kerry Irish Skate-Dance Troupe,* que era su vídeo de patinaje preferido, cerró los ojos. Y mamá dijo:

—¿Por qué sonríes, Bliss? ¿Te parece una noticia divertida?

Bliss parpadeó antes de abrir los ojos. ¿Acaso sonreía? Una contracción y un temblor en la mejilla izquierda, fáciles de confundir con una sonrisa insolente. Sentada en el sofá junto a Skyler, Bliss buscó de reojo el apoyo de su hermano, pero Skyler miraba en otra dirección.

Diciéndose *¡Claro que papá se ha marchado! Sabía que iba a pasar.*

En realidad, Skyler no lo había sabido. O si lo había sabido con una parte de la cabeza, no se había *enterado*. Porque incluso un niño despierto, que escucha a escondidas con la concentración nerviosa de un gorrión picoteando la tierra, *se entera* de muy poco a no ser que un adulto se lo confirme.

Era cierto que papá no se había reunido con el resto de la familia en Palm Beach el mes anterior. La pobre mamá había ido en su busca al aeropuerto para llevarlo a casa de la abuela Edna Louise, donde todos lo esperaban ansiosos. La cocinera cubana había preparado un espléndido almuerzo para servirlo en la amplia veranda blanca con vistas a la playa y al océano, pero pasó una hora, y luego otra,

y finalmente mamá regresó con los ojos encarnados y el aliento olién-
dole a algo dulzón y volátil como gasolina, y le dijo a la abuela que
papá no estaba en el avión en el que tenía que volar desde JFK, así
que había esperado en el aeropuerto al vuelo siguiente, procedente de
Newark, con la idea de que papá habría perdido el primero pero llegaría con el segundo, sin haber tenido tiempo para llamar y explicar
lo sucedido, pero tampoco llegó, de manera que mamá no se sentía
muy bien y quería subir a su habitación y no quería que nadie la molestara y cuando la abuela Edna Louise trató de retenerla, mamá se
quitó de encima los dedos de la abuela, que eran como garras, con un
gritito agudo: «¡No! No me toque».

(¿Había sido Skyler testigo de aquello? Quizá.)

Más adelante se llegaría a saber que por espacio de semanas
papá había estado envuelto en «negociaciones cruciales» con los abogados de Scor Chemicals, decididos a no perder a Bix Rampike pese a la
agresiva campaña de contratación de la megamultinacional Univers
Bio-Tech, Inc., negociaciones en las que lo que se había prometido que
iba a ser la hora final quedó en suspenso de manera dramática por la inesperada aparición de la también megamultinacional Vortex Pharma-
ceuticals, Inc., igualmente deseosa de contratar a Bix Rampike, por lo
que se había producido un tira y afloja entre tres, cuyo objeto era el
papá de Skyler y de Bliss: «Muy halagüeño, pero demasiado agotador».

Desde entonces papá había estado cada vez más tiempo fuera de casa y, cuando no estaba de viaje «por negocios», regresaba tarde para cenar, raras veces a tiempo para dar un beso y las buenas noches a Skyler y a Bliss en la cama. Mamá había dicho con su sonrisa
de mamá valiente que era «una época de transición» y que papá estaba «muy solicitado» en el mundo empresarial; desde Singapur, desde
Tokio, desde Sídney, desde Río de Janeiro y desde la central de Scor
Chemicals en Paramus, Nueva Jersey, llegaban mensajes telefónicos
para Skyler y para Bliss en solícitos tonos paternales «Hola, chicos,
vuestro papá os echa de menos, ya sabéis que vuestro papá os quiere
con locura, ¿verdad que sí?».

Skyler había sabido desde siempre que su padre era una persona muy importante —¡por supuesto!— pero aquel sentimiento se
había visto recientemente corroborado cuando en Fair Hills Day, su
colegio, no sólo el despreciativo Tyler McGreety sino hasta el altanero Fox Hambruck, que de ordinario hacían caso omiso de Skyler, se

esforzaron por hablarle en el comedor del colegio, incluso por sonreírle y por preguntarle qué tal estaba el «señor Rampike», una pregunta tan desconcertante para Skyler en aquel momento que sólo fue capaz de tartamudear:

—Pa-papá está bien, creo.

Pero aquello parecía ser algo distinto. *Vuestro padre se ha marchado* tenía el sonido ominoso de algo no relacionado con el mundo empresarial.

—¡Skyler, deja de hacer muecas! A tu madre le rompe el corazón ver que te pones tan trágico. Y Bliss, ¿por qué sonríes? ¿Es que hay algo que sabes, algo que tu padre te ha dicho y que no nos ha dicho ni a Skyler ni a mí? ¿Sonríes por eso? ¿Para burlarte de nosotros?

Mamá hablaba como podría hablar alguien con piedras en la boca y con los codos apretados contra los costados como para mantenerse erguida. El carmín había desaparecido en parte de sus labios, lo que significaba que no se había mirado en un espejo desde hacía algún tiempo, y el pelo se le había levantado en un lado de la cabeza y aplastado en el otro, como si hubiera estado durmiendo de costado, con la ropa arrugada. En los últimos días, Skyler había oído hablar a mamá por teléfono con tono cortante y aquella tarde, al volver a casa del colegio, allí estaba Mattie Higley, la esposa del reverendo Higley, que se marchaba en aquel momento en el automóvil familiar de su marido, con una sonrisa radiante con el significado de *¡sé valiente!* dirigida a Skyler y que él no había querido interpretar. Skyler vio que el esmalte de uñas de mamá estaba agrietado y que le temblaban las manos, y rápidamente dijo, en defensa de su asustada hermanita:

—Bliss no sonríe, mamá. No quiere decir nada con eso, no lo puede evitar.

Los ojos dilatados de mamá se volvieron bruscamente hacia Skyler, quien, por un momento, temió que también él pudiera estar sonriendo. Pero mamá sólo avanzó tambaleándose y tropezó con el respaldo del gran sillón de cuero de papá de color caramelo como si no lo hubiera visto, suspiró y dijo:

—Vuestro padre tiene otra vida, por lo que parece. Otra vida que prefiere a su vida con nosotros. «Querré siempre a mi pequeña familia», ha dicho. «Pero no puedo respirar en esa casa.»

De manera instintiva, Skyler y Bliss se llenaron los pulmones muy deprisa.

—¿No puede respirar? ¿Papá? ¿Está *enfermo*?

Bliss dejó escapar un gritito convulso, como atacada de un dolor fantasma en los pulmones.

—«No puede respirar.» Eso es lo que vuestro padre ha declarado. Después de que te cayeras y te hicieras daño en Atlantic City, aquélla fue la primera vez. Papá vio el vídeo, ¿sabes? Insistió en verlo. Traté de evitarlo pero insistió. Y la semana pasada en Wilmington, cuando cancelaste tu actuación, creo que fue demasiado. ¡Tu padre había planeado asistir, Bliss! Tenía intención de estar con nosotros en el hotel. Había reorganizado su calendario para estar con nosotros. «Para ver patinar a mi maravillosísima hijita, y para verla ganar.» Pero no sucedió de esa manera. Vuestro padre no es un hombre de fe, chicos. ¡No es como yo! Sí, claro, dice que lo es: «Creo en un Ser Supremo», «Creo en un Salvador Personal». Pero a ese hombre hay que darle pruebas repetidamente. Como todos los norteamericanos, ¡al menos los machos «alfa plus»!, su corazón es veleidoso. Que su familia es merecedora de su amor se le tiene que probar una y otra vez. Dice que nos quiere, pero ¿es eso cierto? Sabe lo mucho que todos hemos estado trabajando para la Royale Ice Capades, ¡cómo hemos vivido, respirado, soñado con *El pájaro de fuego* durante meses!, y cuando rechazaron a Bliss, aquello, para vuestro padre, fue como un reproche, dada su manera masculina de pensar —mamá hizo una pausa, la boca torcida en una sonrisa amarga—. Pero no es culpa tuya, Bliss, y nadie te acusa. Masha está muy decepcionada, por supuesto, pero no te culpa. Y yo tampoco. El «dolor fantasma», sea lo que sea, puede afectarle a cualquiera de nosotros, en cualquier momento. Si nuestra fe es débil. Si sucumbimos.

La semana anterior Bliss no había conseguido clasificarse para la Royale Ice Capades. Porque de algún modo había sucedido que, en contra de las expectativas de mamá, Jesús no había conseguido quitarle a Bliss su dolor fantasma, así que, durante la actuación para clasificarse, Bliss había experimentado un dolor tan evidente que los organizadores se negaron a permitirle que compitiera y amenazaron con presentar, de manera oficial, una queja contra mamá ante la Asociación de Patinaje Artístico de los Estados Unidos por violar alguna de las normas de su *Reglamento*. El resultado fue que no se coronó a Bliss Rampike Pequeña Miss Royale 1996 como muchos habían predicho que sucedería. Y papá no había estado con su pequeña familia en Wilmington aquella noche ni parecía estar ya en ningún sitio cercano al 93 de Ravens Crest Drive.

—Nadie te culpa, Bliss —dijo mamá con mucha calma—. Los accidentes suceden con mucha frecuencia cuando se patina. Las carreras más prometedoras acaban bruscamente si nos falta fe. «Muchos son los llamados pero pocos los escogidos», nos ha advertido Jesús. Y «A aquel que no tiene se le quitará incluso lo que tiene».

Quizá mamá hubiera añadido nuevas reflexiones sobre el tema, pero el sonido impaciente de un teléfono en la habitación vecina la distrajo. Skyler tenía cerrados los ojos y los párpados apretados y cuando los abrió mamá se había ido. Y Bliss estaba todavía encogida sobre el sofá a su lado, tensa e inmóvil y con las rodillas pegadas contra el pecho. Skyler la empujó:

—La culpa es *tuya*. ¡Papá no está aquí! Maldita seas.

¡Ay! Se trata de un recuerdo penoso.

(*¡Ay!*, sin embargo, tiene una resonancia cómica, ¿verdad que sí? *¡Ay!* se ve exclusivamente en dibujos animados e historietas. *¡Ay!*, *¡ay!*, *¡ayayay!*, gritan los extraños humanoides de R. Crumb. Pero su dolor es risible, despreciable. Los antropólogos quizá nos digan que sólo nos podemos reír del dolor de otro si el *otro* es suficientemente otro y en modo alguno nosotros.)

—¿Bliss? Eh, vamos. Lo siento, no lo he dicho en serio... Mamá no está aquí. ¿Bliss?

Aquella misma noche, buscando a su acongojada hermanita en el piso de arriba, en su dormitorio, y abajo y de nuevo arriba —¿no había buscado bien la primera vez?—, la encontró escondida debajo de su cama. Apenas visible a la escasa luz de la lámpara de Madre Oca estaba Bliss tumbada de lado sin moverse, las rodillas contra el pecho y el pulgar en la boca, y muy abrazada a Edna Louise, la harapienta muñeca vieja. Skyler extendió los brazos para tocarla, pero eran demasiado cortos.

—Bliss, no te sientas mal, ¿me oyes? Mamá no quería decir eso.

Dada la escasez de luz, los ojitos húmedos de Bliss eran apenas discernibles y los de Edna Louise nada más que órbitas vacías.

¿Cuántas veces mamá, exasperada, no le había quitado a Bliss su muñeca vieja y se había deshecho de ella y sin embargo, de algún modo, Bliss conseguía recuperarla —«como una urraca»— a no ser que Bliss hubiera encontrado una muñeca vieja parecida, abandonada en una de las pistas de patinaje, se hubiera apropiado de ella como si fuera la suya y hubiese regresado a casa con ella dentro del abrigo, susurrándole en secreto, como para provocar a su madre que, entre risas, admitía «no saber ya qué hacer» con su hija de seis años que era al mismo tiempo la cosa más maravillosa en la vida de Betsey Rampike y la más irritante? Como si Dios, o Jesús, hubiera enviado Bliss a Betsey: «¡Aquí tienes! Tu salvación o tu condena». Porque así se quejaba mamá a Skyler, con una risa de mamá valiente. Porque era del todo cierto que los organizadores de la Royale Ice Capades habían amenazado con presentar una queja contra Betsey Rampike, madre y representante de Bliss Rampike. Era cierto que a Bliss se le había ordenado que «descansara», «que se mantuviera lejos del hielo» al menos por espacio de dos semanas. El doctor Vandeman le había recetado dosis diarias del nuevo «medicamento milagroso», aprobado por la FDA para niños, el anticonvulsivo Serenex, y el doctor Muddick, dosis diarias del antidepresivo Excelsia y del analgésico Codeine 7, y la doctora Bohr-Mandrake (especializada en psicofarmacología de niños anormales), dosis altamente concentradas de Zomix para el TCAA* de Bliss, que, en el transcurso del último año, parecía haber empeorado claramente.

—¿Bliss? Por favor. Lo siento y apuesto a que mamá también lo siente.

Bliss, sin embargo, seguía indiferente e inmóvil debajo de la cama. Skyler oía sus rápidos jadeos con los que apenas se llenaba los pulmones. El aire atrapado debajo de la cama estaba demasiado caliente, viciado, apestoso. Las ventanillas de la nariz de Skyler se contrajeron al advertir el familiar olor a amoníaco del colchón y de la ropa de la cama de Bliss. La doctora Bohr-Mandrake creía que Zomix «minimizaría» los «accidentes» nocturnos de Bliss, y Skyler esperaba con toda el alma que así fuera.

---

* TCAA: trastorno compulsivo antiautoridad. Sólo recientemente reconocido por la Asociación Americana de Psicólogos Infantiles, Psiquiatras Clínicos y Médicos de Salud Mental, pero señalado sin embargo en el *New York Times* como «epidemia virtual entre los preadolescentes americanos».

—Bliss, papá te quiere. Papá nos quiere a los dos, lo dice todo el tiempo. Es sólo que papá está «ocupado», quizá esté cambiando de trabajo. Pero nos va a ver la semana que viene, lo ha prometido. Cuando me hice daño en el gimnasio, fue una equivocación estúpida por mi parte, pero papá no dejó de quererme —Skyler hizo una pausa, preguntándose si aquello era cierto. Como cualquier niño despierto de nueve años (pese a la dislexia y al trastorno de déficit de atención), se daba cuenta de que el padre de cualquier crío podía quererlo más (aunque sólo fuera un poquito) si resultaba ser un gimnasta excepcional y no un alfeñique lisiado que los demás niños despreciaban. Sin embargo se apresuró a argumentar—: Si papá dice que «no puede respirar aquí», ¿por qué va a ser eso culpa nuestra? En las revistas de mamá hablan sin parar de algo que los adultos hacen todo el tiempo: «adulterio». Es una cosa mala que se llama «adulterio» porque lo *hacen* los adultos.

Sin embargo, pese a leer detenidamente gruesas revistas de mamá en papel satinado como *Self, Moi!, Cosmopolitan, Chic, Glamour,* etcétera, durante muchos meses, Skyler no había sido capaz de entender qué era «adulterio» y qué era lo que hacían los «adultos», al parecer maridos en su mayoría, para disgustar tanto a su pareja.

Después de diez o más minutos de suplicar inútilmente a su exasperante hermanita, escondida debajo de la cama, Skyler se rindió. El cuello le dolía por lo incómodo de la postura y tanto si el dolor era real como si sólo era «fantasma», a Skyler no le gustaba.

—¡Anda y que te zurzan, Bliss! En esta maldita casa todo tiene que ver contigo.

PSDBS*

Frotándose las manos —manos grandes de papá—, Bix apoya los codos en la mesa y se agacha para colocarse al nivel de nuestros ojos.

—¡Vosotros, chicos! Sabéis que papá os quiere, ¿verdad que sí?

Skyler, siempre deseoso de agradar, asiente.

Chupándose un dedo, Bliss mira a papá en silencio.

—... sólo que, ¡maldita sea qué difícil es decirlo!, llega un momento... —los ojos de papá se humedecen y parecen perder foco, bruscamente se los limpia con el borde de la mano—, en un matrimonio de... larga duración... en una familia... —hace una pausa como si fuera incapaz de continuar. A papá se le cierra la garganta mientras mira con fijeza los rostros inmóviles y absortos de sus hijos, son como roedores fascinados, fascinados por, ¿se trata de una cobra?, fascinados por una criatura que se balancea, que proyecta su lengua de color rojo cinabrio, que los mira con húmedos ojos de basilisco—, una familia en la que el papá está muy cerca de sus hijos emocional y espiritualmente pero es, sin embargo, víctima de su «éxito empresarial» —papá hace una pausa, ríe, aunque hay un poso de amargura en su suave risa paternal— y la madre, también, es una mujer abnegada, una supermamá se podría decir, una mujer notable de gran elocuencia, imaginación, ambición... Ha sido un privilegio y una alegría conocerla... y amarla. Excepto... —la voz titubeante de papá se interrumpe. Papá vacía su vaso de Johnnie Walker con hielo y con un cambio casi imperceptible en las densas cejas hace una señal al camarero que, discreto, ha estado dando vueltas alrededor de la mesa de papá y en ese instante los niños Rampike se liberan del estado de trance provocado por el padre para encontrarse... ¿Dónde están? ¿En el comedor elegantemente refrigerado del Sylvan Glen Golf Club?

---

* Para cuando se acabe este lastimoso capítulo, sabrán ustedes lo que significa este título. Si no es así, lo siento.

Tiene que tratarse del Sylvan Glen. Bix y Betsey Rampike habían sido *admitidos*.

Sabemos lo «exclusivo», lo «prestigioso» que es el Sylvan Glen, y estamos impresionados.

Papá ha insistido en reservar una mesa junto a la ventana, que domina el campo de golf, suavemente ondulado, de dieciocho hoyos, del que se dice que ha sido modelado de acuerdo con un famoso campo de golf en Inverness, Escocia. Nadie imaginaría, al contemplar el panorama al otro lado del gran cristal que cubre la ventana, que se está tan cerca de la zona residencial de Fair Hills. En el recuerdo (mohoso) de Skyler, la escena tiene lugar en una época invernal, porque las colinas esculpidas del campo de golf parecen estar cubiertas por algo blanco y rizado como espuma de poliestireno y no se ve a nadie que esté jugando al golf. Skyler entorna los ojos y ve a lo lejos una alta figura paterna blandiendo un palo de golf, una pequeña figura filial que sostiene insegura otro palo de golf de tamaño infantil y, en el suelo, una bolita blanca, no mayor que un perdigón, a la que hay que golpear de manera que vuele por el aire y corra por el suelo y desaparezca en un hoyo... «¡Tú y yo, hijo! En el campo de golf, en cuanto llegue la primavera», había prometido papá, aunque no hace poco.

(¿A no ser que esto sea material literario de un «narrador poco fiable»? ¿De un niño de nueve años muy medicado y de emociones inestables que confunde su recuerdo de aquel almuerzo con papá —que se sale por completo de lo corriente— con una escena real en el mundo al otro lado de la ventana?)

¡Qué singular sábado con papá resulta aquél para los hermanitos Rampike, tan preocupados en estos últimos tiempos! No sólo su apuesto papá les obsequia con un almuerzo en este lugar tan elegante —«¡Solos nosotros tres! ¡Como en los viejos tiempos!»— sino que además les ha prometido llevarlos al fabuloso Vast-Valley Shopping Mall, una de las maravillas arquitectónicas de la zona centroseptentrional de Nueva Jersey, por tamaño el segundo emporio comercial más importante del Estado, para asistir a la primera sesión de *¡Benji pierde la cabeza!*, el éxito más reciente en la categoría de comedia para toda la familia. Aunque papá se ha esforzado al máximo en su calidad de progenitor discreto por quitar hierro a los aspectos nada festivos de este sábado, no es un secreto que a partir de hoy papá dejará de vivir en la casa de Ravens Crest Drive. Cuánto tiempo va a faltar papá no les ha quedado claro ni a Skyler ni a Bliss —«¡Sólo durante una temporada, lo prometo!», «Hasta que las cosas se arreglen entre vuestra madre y yo»—, ni tampoco con exactitud dónde vivirá papá excepto «¡No lejos!», «¡Muy cerca!», «¡Para poder ir y venir en el día!». Durante toda una mañana de agitación, papá había estado empaquetando sus cosas en la casa, apresurado, de manera descuidada, subiendo y bajando escaleras con gran estruendo, acarreando maletas y bolsas hasta el Road Warrior XXL, con su brillo mate, en la entrada para coches, cuadrado y triunfante, como un tanque conquistador. ¡Ah! A Skyler se le cortó la respiración al ver la ropa de gigante de papá llevada en alto en simples perchas. Las corbatas de seda de papá que se deslizaban y caían como serpientes para retorcerse debajo de los pies. En cajas de cartón papá se había llevado una selección de libros.

(Una nota esperanzada: entre los libros que ha seleccionado está *A Daddy's Guide* [Una guía para papá]. Y el hecho de que papá no se lleve la mayoría de sus libros, sino que los deje para la «biblioteca» familiar —donde Skyler, con ayuda de María, los colocará—, sugiere que papá tiene intención de volver, ¿no es cierto?)

Por la mañana, a las ocho menos diez, mamá se había marchado de casa. Porque durante la noche anterior parecía haber conseguido una fuerza especial —¿espiritual?— para soportar la «crisis matrimonial» —el «terrible golpe a nuestra familia»— y casi parecía alegre, con ropa elegante al estilo de mamá, botas italianas de tacón alto, agachándose para dar a Skyler un beso de despedida junto con un violento abrazo:

—Si no he vuelto a casa a la hora en que vuestro padre os traiga a ti y a tu hermana después de esa ridícula película, María estará aquí, por supuesto, y os preparará la cena. ¡Sé valiente, corazón! Y sé bueno.

Durante días —¿semanas?— mamá había estado «disgustada», «nerviosa», «profundamente descorazonada», «furiosísima». Pero ¿ahora?

Skyler suponía que mamá había programado aquel sábado funesto para acumular en él toda una vorágine de citas: una sesión en el salón de belleza de Fair Hills con Ricki, la estupenda peluquera y experta en teñidos; almuerzo con señoras muy leales, cristianas y dispuestas a apoyarla, como Mattie Higley, Frances Squires y Adelaide Metz, quizá en el patricio Club de Mujeres del Village; seguido de una agradable tarde de compras en la Plaza de la Moda de Fair Hills o una sesión «revivificadora» con el doctor Screed («Para quitar arrugas del alma hay que empezar por extirpar arrugas de la cara»), o una sesión «reveladora» con la doctora Helene Stadtskruller, pscicoanalista y terapeuta formada en Berlín, «especialista en traumas», cálidamente recomendada para este tiempo de «crisis» por muchas de las conocidas de Betsey Rampike.

(Skyler había oído a su madre afirmar valientemente por teléfono a una u otra de sus amigas que la «crisis» con su marido —y su «terapia de choque contra la crisis» con la doctora Stadtskruller— podría convertirse en un «momento definitorio» de toda su vida: «Por lo cual, algún día, daré las gracias al falso de mi marido».)

Papá había dormido la noche anterior en un cuarto de invitados del piso de abajo y cuando se presentó tambaleante en la cocina por la mañana mamá se había marchado ya en el Buick amarillo canario sin una mirada atrás ni un mensaje para papá, tarareándose en voz bastante alta el himno militante «¡Ven, Redentor mío!» como un personaje de la televisión con una vida secreta.

Ahora, en el comedor del Sylvan Glen, papá parece ligeramente aturdido, desorientado, aunque ésta es una celebración, por lo que está obligado a sonreír repetidamente. Con el pelo de punta, la mirada turbia, ojeras y un aire que se podría interpretar como pesaroso y arrepentido, papá se ha cortado al afeitarse por la mañana debido a su nerviosismo y diminutas gotitas de sangre coagulada son visibles en la parte inferior de la mandíbula. Pero papá no lleva la ropa cómoda que se pone los sábados en casa: pantalones sin planchar de color caqui, sudadera y zapatillas de deporte; como quiere hacer honor a la ocasión, se ha molestado en vestirse de punta en blanco para almorzar en el Sylvan Glen Golf Club, con un blazer azul marino con botones dorados, una camisa azul pálido abierta en el cuello (lo que deja al descubierto el vello rizado de color castaño con indicios de canas), pantalones oscuros con raya razonablemente marcada. Aunque papá es por naturaleza un tipo «simpático», «sociable», «carismático», como corresponde a un exatleta, o a un político, está haciendo un esfuerzo especial para centrar su atención exclusivamente en el pequeño Skyler y en la pequeña Bliss, sin permitirse mirar a otros comensales, muchos de los cuales, es evidente, conocen a Bix Rampike y han estado lanzando miradas amistosas e inquisitivas en su dirección. (¿Qué hace Bix solo con esos adorables niños? ¿Dónde está la mamá? ¿Qué hay de verdad en el emocionante rumor de que los Rampike se separan? *¿Hay otra mujer y, en ese caso, alguien que conocemos?*)

Mientras se chupa un dedo, Bliss murmura algo que papá no entiende. Skyler traduce, vacilante:

—Bliss pregunta si es que ya no quieres seguir siendo nuestro papá.

—¡Bliss! Qué cosa tan horrible —papá mira a la niña, consternado. Alza la vista con disimulo para ver si alguien lo ha oído. Papá está escandalizado como si la niñita rubia con el pichi de mohair rojo cereza y blusa blanca, pelo seductoramente trenzado (por María) y un collarín infantil de gomaespuma hubiera dicho algo obsceno—. Nada podría estar más lejos de la verdad. Mi vida como padre vuestro es mi verdadera vida. ¿Qué es lo que he estado tratando de explicarte, cariño? ¿A ti y a tu hermano? Por supuesto que papá te quiere, y a Skyler, y también a mamá. Eso es lo verdaderamente importante, que os quiero *de verdad*.

Con el rostro encendido por el esfuerzo para no enfadarse, papá extiende las manos por encima de la mesa como un mago cuyo truco no está dando el resultado que esperaba y se pregunta si el público se ha dado cuenta.

—A Bliss le preocupa —dice Skyler— que ya no quieras vivir con nosotros. Mamá dijo...

—Olvídate de lo que mamá haya dicho. Me tiene sin cuidado lo que mamá haya dicho. Las palabras de mamá..., las ideas de mamá..., son «átomos en el vacío»...,* pura fantasía, sin lógica ninguna. ¡Me gustaría poder protegeros de ella a los dos, tan impresionables como sois! Claro que quiero vivir con vosotros y espero que viváis conmigo, quiero decir que vengáis a verme los fines de semana, y en vacaciones, cuando no esté viajando con tantísima frecuencia. Espero que vuestra madre haya dejado claro que este nuevo arreglo es temporal, lo que se llama una «separación temporal», no se trata en abso-

---

* «Átomos en el vacío»: Lucrecio (98-55 a. de C.), filósofo y poeta romano. El muy fantasma de Bix no podía haber pasado mucho tiempo consultando el *De rerum natura* de Lucrecio, ¿verdad que no?, así que probablemente pilló el eslogan en uno de los libros de divulgación científica repartidos por los alrededores del sillón de cuero color caramelo en el que, para consternada fascinación de Skyler, se reconocían, si uno quería, las huellas, marcadas por el uso, de las nalgas de su ocupante.

luto de un «divorcio», estaré viviendo en Paramus, a menos de una hora de distancia, es decir, temporalmente en Paramus, hasta que se resuelvan las cosas con Scor, si siguiera en Scor, vicedirector de la división de Desarrollo de Proyectos a nivel nacional es el ascenso que me han ofrecido..., han sido unos cuantos meses de locura, chicos, como imagino que habéis comprendido: Scor, Univers y Vortex compitiendo por vuestro papá. «Mis hijos son lo primero para mí», es lo que les he dicho a los responsables de la contratación. La cuestión es, Skyler, Bliss, que a veces en un hogar, en una casa, da lo mismo lo estupenda que sea la casa, y lo mucho que se quiera a las personas que viven en ella, un hombre, una persona, un papá encuentra que le resulta difícil respirar —durante este largo párrafo papá da la sensación de respirar con esfuerzo, como si tuviera atascada la cabeza.

—Pero, papá —protesta Skyler—, ¿qué significa eso? No poder respirar.

—¿Qué significa, Skyler? —pregunta papá lleno de paciencia—. «No poder respirar» significa lo que dice.

Skyler, perspicaz, impertinente, señala:

—Si no pudieras respirar, papá, estarías muerto.

—Bueno, hijo mío, tú lo has dicho.

Papá ríe. No una risa de papá feliz, sino una risa de papá dolido. Y quizá, apenas de manera perceptible, los ojos empañados y de párpados caídos de papá desvían la mirada para comprobar la hora en su Rolex.

(¿A qué hora empieza la desternillante *¡Benji pierde la cabeza!*? Papá tiene que estar pendiente de la hora.)

Skyler pregunta, vacilante:

—¿Podemos ir contigo, papá? ¿A Paramus?

—¡Por supuesto que no, Skyler! A tu madre se le rompería el corazón, nunca lo permitiría. Tú estás en el colegio y Bliss tiene su patinaje, y los niños quedan en la mayor parte de los casos bajo la custodia de las madres. Como los cachorros. Seguro, Skyler, que no has visto cachorros arrastrándose detrás de su papá, ¿verdad que no?

Skyler no ceja:

—Algunos chicos de mi clase viven con su padre. Y también está la «custodia compartida». Cuando la gente se divorcia y se vuelve a casar...

—¡Ni hablar, Skyler! *Bat-ta*. Nosotros los Rampike no nos planteamos ni de lejos la «custodia compartida» y de ningún modo estamos cerca de «casarnos de nuevo». Por favor, no hables de semejantes cosas delante de tu hermana, mira cómo la estás preocupando.

Durante la mayor parte del almuerzo, Bliss ha estado jugueteando con el molesto collarín de gomaespuma que le roza la sensible piel del cuello. Y apenas ha comido. Con voz quejumbrosa pregunta:

—¿Papá? Podríamos ir a Para-mus contigo ahora, ¿verdad que sí? Ahora no voy a patinar hasta que se vaya el dolor fantasma, lo dice mamá.

Papá, alarmado, ingiere un buen trago de su bebida y sus grandes y sólidos dientes chocan contra el vaso. Una rápida mirada al comedor en su conjunto, temeroso de ser estrechamente observado, vigilado. (Porque Fair Hills es un caldo de cultivo de rumores, Skyler lo sabe por haber oído a mamá hablar por teléfono con sus amigas.)

—Cariñito, ¿no te he explicado que el sitio donde voy a vivir en Paramus será temporal? Es un apartamento de soltero en una torre elegante pero aséptica al lado de la autovía Garden State, con un ruido infernal. ¡No hay sitio para niños! ¡Ni zonas donde jugar! Además, todavía tengo que viajar la mayoría de los fines de semana. Si decido marcharme de Scor, no me quedaré en ese apartamento; y si sigo en Scor, tampoco me quedaré mucho tiempo ahí. Si me ascienden a vicedirector de la división de Desarrollo de Proyectos, querré una casa mucho más grande, ¡al menos dos veces el tamaño de nuestra casa actual, niños! ¿Qué tal os parecería poder invitar a vuestros amiguitos a visitar una «casa de campo hecha a la medida» con su propio «centro recreativo familiar», piscina (interior y exterior), gimnasio, pista de hielo? Para Bliss Rampike, su pista de hielo particular.

¿Hasta qué punto papá habla en serio? ¿Hay un mínimo de seriedad en lo que dice? Skyler se acuerda de la exuberancia campechana pseudoviril del gigantesco Jeremiah Jericho con su esmoquin, y Skyler siente una sombra de dolor en su pierna «débil». Bliss se está rascando la piel ya enrojecida debajo del collarín de gomaespuma que le obliga a levantar la barbilla hasta un ángulo incómodo.

Bliss sonríe insegura y dice con una vocecita ronca:

—Cuando esté lo bastante fuerte para pa-patinar de nuevo, ¿vendrás a verme, papá? ¿Incluso aunque no gane?

—¡Cómo, corazón! Qué pregunta. Ya sabes que sí —papá extiende el brazo sobre la mesa para acariciar la mejilla de su hijita: un gesto que se propone ser tierno pero que hace que Bliss se estremezca—.

Cariño, iba de camino para verte patinar en Filadelfia, ¿no es cierto? ¿Wilmington? Pero el trato se vino abajo, y la gente de *People* canceló la entrevista.

Papá tiene cuidado de no dar la sensación de que hace un reproche, pero Bliss de todos modos lo siente como una reprimenda y hasta Skyler, que no es responsable de nada, siente una nueva punzada de dolor.

A diferencia de otras niñas de su edad —a diferencia, también, de los niños de su edad—, Bliss llora raras veces. Como dice mamá, hay algo *perverso* y *desconcertante* en lo que a Bliss se refiere, como si no fuera de verdad una niña de carne y hueso sino una muñeca animada, con una ingeniosa apariencia de vida, de la especie que, tan pronto como apartas los ojos de ella, te lanza una mirada de absoluta insolencia. En los sitios públicos, Bliss ha aprendido a mantener la expresión de niñita suavemente embelesada, que sonríe tímidamente a medias, y también ha aprendido a estarse muy quieta, porque en cualquier momento es posible que alguien la esté observando (con toda seguridad aquí, en el comedor del Sylvan Glen, donde fácilmente la mitad de las comensales han estado mirando con pensativa tristeza y curiosidad en dirección a nuestra mesa, tanto a Bix Rampike, ancho de hombros, con el pelo de punta y blazer de color azul marino, como a la angélica Bliss con su pichi de mohair rojo cereza y su collarín de gomaespuma, aunque nadie ha sido tan torpe como para acercarse hasta la mesa para preguntar con tono cantarín muy sexi «¿Dónde está Bethie? ¿O es Betsey?»). A Bliss, sin embargo, le tiemblan los labios, de manera que Skyler interviene deprisa, para desviar la atención de papá.

—¡Nunca me llevaste a pescar en alta mar en Palm Beach, papá! Cuando estábamos en casa de la abuela, esperándote. Estuvimos esperando y esperando, papá, y tú habías prometido que vendrías a pasar unos días con nosotros, que alquilarías un barco y me llevarías a pescar marlines, pero no viniste nunca y nadie me llevó a pescar. Y me lo habías prometido.

—¿Eso hice? Cristo bendito.

Papá parece sorprendido de verdad. Es evidente que el papá culpable ha olvidado por completo aquella promesa exagerada, hecha a su hijo, si es que llegó a hacerla, en un aparte despreocupado, posiblemente cuando había estado bebiendo, y no para ser tomada en serio, pero Skyler la aprovecha, tan indignado como un abogado criminalista cuyo caso no marcha bien. (¿Es posible que papá haya olvidado el llamativo episodio de Palm Beach, grabado a fuego en las memorias respectivas de Skyler, de mamá y de Bliss?) Papá tartamudea confundido.

—... quizá no «a pescar en alta mar», Skyler, sólo «a pescar marlines», pero, este verano, si Bliss y tú venís a visitarme en la costa de Jersey..., o, no... —papá hace una pausa, mordiéndose los labios. ¿Qué está diciendo papá? ¿Qué demonios es lo que ha reconocido? Skyler sabe de antemano que mamá querrá interrogar a su hombrecito, y por añadidura espía, sobre las observaciones más casuales de papá, cuanto más casuales mayor el interés de mamá, de manera que Skyler está decidido a no escuchar demasiado atentamente, sino a mirar fijamente el rostro encendido de papá con una expresión de resentimiento infantil que se transforma en credulidad igualmente infantil mientras papá continúa—... o en la casa de mi madre en Nantucket, allí podríamos salir a pescar... ¿qué?, ¿pejerrey, lubina? ¿Cómo te suena eso, Skyler? Y tú, Bliss, también serás bienvenida a bordo, corazón. Puedes poner el cebo en los anzuelos.

Con la servilleta muy arrugada ya, papá se limpia la boca. Las tonterías que tiene que decir un papá es trabajo duro, a veces uno se olvida.

—¿Postre, niños? O... —una mirada directa al Rolex— quizá no.

Este almuerzo histórico en el Sylvan Glen —la primera vez, también la última, que papá ha llevado allí a sus hijos— casi ha terminado. Por muy arduo que fuese para Bix Rampike, si queremos hacernos una idea de lo que supuso para Skyler y para Bliss, hemos de multiplicar el tiempo empleado por dos o por tres, o por cuatro, dado que los niños pequeños tienen una experiencia del tiempo mucho más lenta que los adultos. (Permítaseme una confesión: sólo recuerdo trozos inconexos de lo que Skyler soportó, y me resulta imposible tratar de imaginar lo que sintió Bliss durante aquella dura prueba. En este documento sobre pérdidas y anhelos, incluso el pasado de Skyler me resulta esquivo como una polilla golpeándose contra una ventana a gran altura: *todo son conjeturas*.) Pese a su desazón, señalada por una película de sudor en la raya del pelo y algún indicio de que también se le había humedecido la camisa de tela de Oxford debajo del blazer, papá ha conseguido devorar casi hasta la última migaja del menú especial del Sylvan Glen, con patatas paja y guarnición de aguacate y arándanos, y consumir dos, ¿o han sido tres?, Johnnie Walker de un tamaño generoso.

Mientras papá estudia con el ceño fruncido la cuenta, Skyler se arma de todo su valor de niño impertinente para hacer a su padre una pregunta que lleva semanas ensayando:

—Papá, ¿qué es *adulterio*?

Y papá lo mira indignado y parpadea, un buey picoteado por un gorrión.

—*Adulterio*. ¿Has dicho *adulterio*, Skyler? ¡Jesús bendito!

Skyler repite su pregunta de niño bobo y papá recobra la compostura de padre y consigue incluso sonreír:

—*Adulterio* es para adultos, muchachito. Algún día lo sabrás.

Con esta nota críptica, los Rampike podrían abandonar el comedor del Sylvan Glen si no fuera porque, de repente, salida de no se sabe dónde, aparece una mujer junto a su mesa, lo que provoca que papá se ponga en pie galantemente e intercambie animados saludos que incluyen, por parte de la mujer, un beso amistoso y coqueto que roza la sólida mandíbula de papá; efusivos saludos a los adorables hijos de Bix, sin perder mucho tiempo con el peculiar jovencito y extremando las efusiones con Bliss:

—¡Ah! ¡Eres una niña tan encantadora, Bliss! ¡Mira esas trenzas! ¡Y los ojos! ¡Tan azules! Hemos sentido muchísimo que te hicieras daño en el cuello, leímos la noticia en el *New Jersey Monthly* y esperamos, de verdad, de verdad, que estés del todo recuperada a tiempo para el concurso de Miss Princesita del Hielo, que es el importante, ¿verdad que sí? Llevé a mi hija Tracey a que te viera patinar, Bliss, y ganar, en el concurso StarSkate, y hemos visto filmaciones tuyas en NJN. Tracey tiene diez años y toda su ilusión está puesta en competir en patinaje sobre hielo, como tú, y tú y Bei-Bei Chang sois sus ídolos, y no sé si Bei-Bei también es el tuyo. Tracey *no se lo va a creer* cuando le diga que he estado contigo. Si no es demasiada molestia, Bliss, y si a tu papá no le importa, sería estupendo que me firmases esto para Tracey, no sabes lo que te lo *vamos a agradecer.*

Con una dulce sonrisita estereotipada que mamá le ha enseñado a utilizar, Bliss accede sin la menor vacilación, se apodera de la servilleta de cóctel SYLVAN GLEN ligeramente arrugada que le tiende la señora Hennepin, así como el elegante bolígrafo de plata Univers Bio-Tech de papá y, torpemente, mientras el collarín de gomaespuma le irrita el cuello, consigue escribir con letra infantil

Bliss

mientras Skyler, que la contempla desconcertado, siente un repentino ataque de náuseas, porque la masa semisólida de los sándwiches de pavo sin digerir, de las grasientas patatas fritas y del cóctel para niños MoonGlo que ha sorbido en su totalidad con la paja correspondiente se le revuelve en el estómago *Esto no terminará nunca, estamos atrapados aquí para siempre, no soy capaz de protegerla y ni siquiera soy capaz de protegerme yo*[*] mientras se levanta de la silla y tartamudea una disculpa a su papá porque tiene que ir al aseo, y deprisa.

Me gustaría poder dar por terminada esta escena espantosamente prolongada en el momento en que los Rampike —papá de anchos hombros, Skyler cojeando y Bliss que también cojea con su collarín de gomaespuma— trepan, felices, al Road Warrior de papá en el aparcamiento del Sylvan Glen y, con una nubecilla de gases blancuzcos, los enormes neumáticos negros transportan al vehículo y a sus ocupantes hasta la confusión del tráfico de sábado por la tarde en Great Road, de allí a la Route 15 y desde ésta a la I-80 dirección este para incorporarse a la autovía Garden State y pronto, como en una película de ensueño, alcanzan el blanco alabastrino, como de cuento de hadas, del Vast-Valley Mall y asisten a la proyección de la hila-

---

[*] *Déjà vu*, ¿no es cierto? ¿El lector atento comparte con Skyler la enfermante sensación de que ya ha estado aquí antes? Pues sí, es cierto. Hemos estado. Porque incluso en la vida de una celebridad menor como mi hermana, los acontecimientos se repiten interminablemente; también las personas —en especial las personas— se reciclan sin fin, dicen las mismas cosas, piden las mismas cosas, te dan las gracias exactamente de la misma manera. ¡Mucho peor aún cuando se trata de la vida de alguien célebre de verdad! (Nadie es sincero en el caso de las personas célebres: sus vidas son superaburridas.) Seguro que esto no es lo que Friedrich Nietzsche, el filósofo alemán precursor de Freud, del existencialismo y de la teoría de la deconstrucción, llamaba el Eterno Retorno, ¿verdad que no? Las Mismas Malditas Cosas Sucediendo Una y Otra Vez.

rante *¡Benji pierde la cabeza!* —mientras los tres Rampike, *père* enorme *und* pequeños *kinder,* devoran el contenido de un enorme recipiente de palomitas «calientes y con mucha mantequilla» y se mueren de risa como otros americanos normales que acuden a los multicines— pero, desafortunadamente para Skyler y Bliss, la escena no avanza en absoluto en esa dirección. ¿No pensaría cualquiera que en el guion aquí no cabe ningún fallo: papá (acongojado por el sentimiento de culpabilidad) lleva a los chicos a comer y a una película imbécil? Pero de hecho, ya cuando Skyler reaparece estremecido del aseo para caballeros del primer piso del Sylvan Glen Golf Club, limpiándose de la boca, de manera subrepticia, algo acre y con consistencia de tiza, pese a que antes se la ha enjuagado en un lavabo del aseo, o ha tratado de enjuagársela, no muy a fondo porque no había tiempo, de manera que con olor y sabor a vómito y con la esperanza (desesperada) de que nadie lo note, un papá con el ceño fruncido le arroja a Skyler su chaqueta: «¿Por qué demonios has estado tanto tiempo ahí dentro, chico? *Vita-vita, pronto,* deprisa», chasqueando los grandes dedos paternos en dirección al humillado niño; para aumentar el ambiente de confusión, tan frecuente en las escenas en que Bix Rampike ocupa mucho espacio en primer término, en este momento dramático aparece de repente una mujer en el vestíbulo del club, una mujer morena de aspecto familiar con un suntuoso tres cuartos de piel de zorro con cinturón y acabados de ante y unas elegantes botas italianas de tacón alto muy parecidas a las botas de mamá, aunque más esbeltas y, en el caso de esta mujer, con más estilo; una mujer más o menos de la edad de mamá, con un rostro más esculpido, menos redondo, encantadoramente sin aliento, como si hubiera tenido que correr para alcanzarlos:

—¡Oh, Bix! ¿Pensabas que llegaría tarde? ¿*Llego* tarde?

En su papel de padre galante y censurador, Bix Rampike, sexi y fanfarrón, dice, irónico:

—Glenna, llegas exactamente a tiempo. Te cité a la una y media, dando por sentado que estarías aquí a las dos, y es eso lo que has hecho.

Glenna, sin aliento, con el suntuoso tres cuartos de piel de zorro, rio encantada como alguien que ha quedado al descubierto, un momentáneo vislumbre de desnudez, de culpabilidad e inocencia al mismo tiempo:

—¡No es verdad, Bix! Pero *sí*. De acuerdo, Bix. En ese caso, no tengo que disculparme por llegar tarde, ¿verdad que no?

Mientras Skyler y Bliss los miran, totalmente desconcertados por las bromas de los adultos, de la manera en que alguien que no ha visto nunca un partido de ping-pong a toda velocidad se puede quedar con la boca abierta ante las diminutas pelotas blancas volando de derecha a izquierda, de izquierda a derecha, la mujer saluda a papá con una variante del ritual de Fair Hills: le roza ligeramente con los labios pintados la mejilla, intercambia un abrazo rápido entre amigos, un rápido estrechar de manos. A los dos niños Rampike les queda muy claro que papá recibe con mucho más agrado este saludo ritual que el de la señora Hennepin (criatura sin gracia, con más de cuarenta años) pocos minutos antes.

—Chicos, ésta es la señora O'Stryker, amiga de mamá. Conocéis a la señora O'Stryker, ¿verdad que sí?

Skyler hace un vago gesto de asentimiento, porque está seguro de que ha visto antes a esta mujer morena, llamativamente vestida; Bliss la mira descaradamente, chupándose un dedo. Porque, en esencia, las mujeres de Fair Hills tienden a parecerse unas a otras de una manera asombrosa. Entre el ajetreo de ponerse los abrigos, y de salir, y el intercambio como fuego graneado de las preguntas rituales entre adultos —«¿Qué tal Betsey?», «¿Qué tal Howie?», «¿Qué tal estás *tú*?», «¿Y *tú*?»—, parece ir configurándose, para asombro de los niños, que no se encaminan al Road Warrior de papá, sino al Suburban Charger de la señora O'Stryker: que la glamurosa señora O'Stryker los va a devolver a la casa de Ravens Crest Drive y que, después de todo, su papá no va a llevarlos al Vast-Valley Cinemax para ver *¡Benji pierde la cabeza!* Skyler protesta:

—¡Papá, lo prometiste! Prometiste que nos llevarías a ver *¡Benji pierde la cabeza!*

Y papá dice, como sorprendido de verdad:

—¿*Benji* quién? ¿Qué es eso?

Y Skyler insiste, furibundo como un pomeranian que intenta morder las patas de un san bernardo:

—¡Lo prometiste, papá!

Y papá dice, dirigiéndose hacia el Road Warrior, las llaves en la mano:

—Estoy seguro de que no fue así, Skyler. El plan es que la señora O'Stryker os lleve a casa a ti y a tu hermana, para hacernos un favor, de manera que yo pueda montarme en mi Road Warrior, que está cargado con mis cosas, y vaya directamente al Parkway y a Paramus, para llegar allí justo antes que la limusina de la compañía que tiene que recogerme y que me permitirá estar a tiempo en el aeropuerto para el vuelo de las seis y cuarenta y ocho desde Newark a Nueva Delhi.

Mientras Bliss se deja llevar, como atontada, de la femenina mano enguantada de la señora O'Stryker hacia su vehículo, Skyler sigue protestando, atreviéndose a agitar un puño mínimo hacia papá:

—¡Papá! ¡Papá! ¡Lo prometiste! ¡No puedes faltar de nuevo a tu promesa!

Qué es exactamente lo que sucede a continuación no está claro: según una versión, un papá con el rostro encendido se vuelve en dirección a Skyler y, con un puño inmenso, golpea al niño deslenguado en un lado de la cabeza, enviando profundas vibraciones a su cerebelo, vibraciones que todavía siente incluso en este mismo momento; según otra versión, la más probable, un papá igualmente colorado simplemente alza el puño como para golpear al niño descarado en un lado de la cabeza, murmurando con tono sombrío: «Esa cuestión la discutiremos en otro momento, Skyler. De hombre a hombre». Mientras tanto, Bliss se ha soltado de la mano de la señora O'Stryker para correr cojeando hasta papá y gritar, con voz ronca, lastimera:

—¡Papá, no te vayas y nos dejes! ¡Algo malo nos va a suceder!

Y papá, exasperado pero tratando, en atención a Bliss, de hablar con ternura, responde:

—Cariño, no me marcho y os dejo, sólo me voy durante una temporada. Os vais a quedar con mamá, tú quieres a mamá y pronto estarás patinando de nuevo y ganarás toda clase de premios y saldrás en la televisión y en *People* y cuando las cosas se hagan con un poco más de sensatez, y nuestro ínterin de «átomos en el vacío» se haya resuelto, podrás venir a visitar a papá en Paramus o dondequiera que sea. ¡Ahora, adiós, chicos! Os quiero.

Mientras papá trepa al Road Warrior, pisa a fondo el acelerador y se dispone a escapar rápidamente, Bliss, en un repentino frenesí, empieza a clavar las uñas en el collarín de gomaespuma que lleva alrededor del cuello y a dar patadas a la señora O'Stryker que trata de sujetarla.

—¡Quiero irme contigo, papá! ¡No quiero estar con mamá todo el tiempo, le tengo miedo!

En el Road Warrior papá se está dirigiendo hacia la salida, mientras Bliss corre tambaleándose delante del coche, pero papá consigue evitar a la niña al tiempo que grita por la ventanilla:

—¡Chicos! ¡Vuestro papá os quiere más que nunca! ¡Ése es el quid de la cuestión!*

III. Miss Princesita del Hielo

No eres de este sitio

¡Amenaza!

—¡Eh, Rampike!

En el colegio, ¿hay algo más aterrador que oír cómo una voz masculina, burlona y hostil, te interpela por el apellido?

En el espejo salpicado de agua, situado encima de un lavabo en el aseo para chicos del segundo piso en el ala este del colegio Fair Hills Day, se reflejaba un alumno de quinto grado, de cara huesuda aunque simpáticamente pecosa, bastantes centímetros más alto que Skyler, cuyos gélidos ojos azules estaban fijos en los marrones, húmedos y asustados de Skyler; su barbilla, triangular como la de una cobra, se proyectaba agresivamente hacia delante.

—He dicho «Eh, Rampike». ¿Estás sordo, imbécil?

Skyler sonrió, valiente, y, ateniéndose a la idea del intercambio de apellidos, tartamudeó lo que sonaba como:

—Hola, K-Klaus.

Aquella respuesta, lejos de provocar una sonrisa en el rostro adusto del otro, o de aplacarlo, pareció ofenderlo. Calvin Klaus hijo dio con las dos manos un empujón a Skyler por la espalda, presionándolo contra el borde del lavabo.

—«Ram-puke.» «Sky-ler Ram-puke.» Tú y yo, «Ram-puke», ¿es que se supone que somos hermanos? *¡Ni hablar!*

A la manera de un acertijo, aquellas palabras de reproche saltaron de la boca de Calvin Klaus hijo, contraída por un extraño furor de adulto, y, antes de que Skyler se pudiera defender, o agacharse y escabullirse como, a lo largo de varios años, había aprendido a hacer en las refriegas del colegio, Calvin lo agarró por la manga del suéter del emblemático verde militar de Fair Hills Day y lo lanzó contra la pared de azulejos mientras otros chicos miraban, sorprendidos, asustados o entre sonrisas por la emocionante posibilidad de una pelea.

¿Una pelea? ¿En Fair Hills Day, un colegio «prestigioso», «selecto»? ¿Donde la expulsión podía ser rápida e inapelable y perjudicar las posibilidades de que al expulsado se le admitiera en una de las mejores universidades del país y, a partir de ahí, echar a perder el resto de su vida?

Skyler no iba a enzarzarse en una pelea, porque Skyler sabía que llevaba todas las de perder. (Skyler perdía siempre.) En la confusión del momento pudo darse cuenta, sin embargo, de que, apenas visible en la muñeca derecha de su enfadado atacante, debajo del puño de la camisa, había un tatuaje con tinta roja que tenía algo de críptico.

Podría haber sido una calavera. O una daga de la que gotease sangre.

O una esvástica.

¿Era un ataque ordenado por una pandilla? ¿Era Calvin Klaus, de diez años de edad, un «pandillero» al que se había encargado atacar a Skyler Rampike, de nueve años, una «víctima elegida al azar» por una de las pandillas o fraternidades (secretas) del colegio?*

Skyler quería protestar, ¿no era Calvin amigo suyo y uno de sus compañeros de juegos?

Skyler quería protestar *Pero si siempre me has caído bien.*

Entonces apareció Billy Durkee, que se abrió paso a empujones entre el círculo de mirones para agarrar a Calvin del hombro y apartarlo de Skyler, acurrucado en el suelo.

—Déjalo tranquilo, Klaus... Ese chico es un lisiado, por el amor de Dios.**

---

* Aunque todos los alumnos de Fair Hills Day tenían que firmar un contrato comprometiéndose con el tradicional código de honor del colegio y prometían no incorporarse a «ninguna de las sociedades secretas», se rumoreaba sin embargo que había dos pandillas o fraternidades dominantes: los Krippes (con tatuajes secretos en tinta negra) y los Bloods (con tatuajes secretos en tinta roja). A imitación de la cultura pandillera de los jóvenes negros que trabajaban de camellos, cultura que llegaba hasta ellos en gran parte a través de los videojuegos y la televisión, los compañeros de Skyler (de raza blanca y de clase media alta) también se ataban a veces tiras de nailon en la cabeza cuando abandonaban las instalaciones escolares.

** Sólo los lectores con una capacidad retentiva de lo más anormal recordarán a Billy Durkee, que apareció hace muchas páginas. Partícipe en citas para jugar, astuto, de mentalidad matemática, manipulador, había enseñado a jugar al póquer al ingenuo crío dentro de ciertos límites, de manera que pudiera ganarle algo así como unos treinta dólares a lo largo de varios meses. En el colegio, Billy saludaba a Skyler con una insincera sonrisa amistosa pero nunca lo invitaba a sentarse ni con él ni con sus amigos a la hora del almuerzo. Skyler ignoraba si mamá había «prescindido» de la señora Durkee, que no contestaba a sus llamadas telefónicas, o si era en realidad mamá quien había dejado de llamar a la señora Durkee. ¡La intensa vida social de nuestros padres!: misteriosa, enmarañada y tan tabú para los hijos como su vida sexual.

¿Es que se supone que somos hermanos? ¡Ni hablar!

En Fair Hills Day había llegado a abrirse camino, entre otras jergas juveniles de corta duración, palabras de moda, blasfemias y obscenidades seleccionadas del estercolero de la cultura popular de la televisión, una torpe especie de ironía que agrupaba afirmaciones a las se añadía *¡Ni hablar!* Como en: «¿Acaso me pareces un tío legal, Skyler? *¡Ni hablar!*». «¿Qué tal te parecería un beso, Skyler? *¡Ni hablar!*»

Sin embargo, al recordar el ataque en el aseo, y la misteriosa observación de Calvin, Skyler quedó prendido de la palabra *hermanos*.

¿Se supone que somos hermanos?

¡Hermanos!

«¿Quizás a Calvin le caigo bien? ¿Quizá Calvin quiere que seamos *hermanos*?»

No parecía probable. (¿O sí?)

¿No había hablado Mildred Marrow con nostalgia de tener a Skyler por hermano? ¿Para que, de esa manera, por un sistema de lógica mágica, Mildred, torpe y nada atractiva, pudiera llegar a convertirse en Bliss Rampike, prodigio del patinaje sobre hielo?

Skyler meditó durante días después del ataque, mientras Calvin Klaus lo evitaba con manifiesta frialdad, y a Skyler le faltaba valor para acercarse a Calvin y preguntarle qué había querido decir. Tampoco habló del ataque con ninguna persona mayor. (¡Oculta tus magulladuras como ocultas tu roto corazón! Los críos aprenden pronto. Durante aquel intervalo, cuando papá ya no vivía con nuestra familia en Ravens Crest Drive sino en un «apartamento» que su hijo no había visitado aún, Skyler estaba deseoso de proteger a mamá de nuevos disgustos de cualquier clase; y cuando papá llamaba, porque papá se preocupaba de llamar por teléfono al menos una vez a la semana, desde luego no quería disgustarlo ni irritarlo confesándole que le habían empujado, arrojado contra una pared, vencido por completo en el aseo del colegio, y además delante de testigos.)

En un capítulo anterior, titulado «Aventuras con compañeros de juegos - II», Calvin Klaus hijo, de diez años, sólo aparecía brevemente y era apartado de inmediato por el preocupado autor, afectado por una variante neurológica del SPS (síndrome de la pierna saltarina), que no soportaba tener que detenerse en la crisis inminente de la familia Rampike. De hecho, Skyler y Calvin habían visitado sus casas respectivas en diversas ocasiones para ver populares vídeos para niños (*Chucky I, Chucky II, Chucky III, Terminator I, Terminator II, ¡Robo-Boy pierde la cabeza!, La venganza de Robo-Boy,* etcétera) y para ser supervisados por alguna María. Skyler, el más joven y menos seguro de sí mismo, no tenía ni idea de si Calvin Klaus disfrutaba con aquellas visitas o sencillamente las soportaba, como otros niños de Fair Hills soportaban tantas cosas para complacer a sus preocupadas madres. Todo lo que consigo recordar de las muchas palabras que aquellos dos tuvieron que intercambiar es «¿Qué tal te van las cosas en el colegio?» y la respuesta acompañada de un encogimiento de hombros «Bien, supongo. ¿Y a ti?».

Durante días, a raíz del ataque no provocado, Skyler siguió a Calvin Klaus, sin llamar la atención (esperaba), a una discreta distancia, como un enfermo de amor o un perro apaleado, siempre que el horario de sus clases se lo permitía. En el «comedor» del colegio —no se lo llamaba «cafetería», porque se trataba de Fair Hills Day, donde las matrículas eran tan caras como en los centros de enseñanza secundaria más prestigiosos— Skyler se sentaba en sitios estratégicos desde donde podía observar, sin llamar la atención (esperaba), al chico de más edad y a sus amigos de quinto y sexto grado. Qué atractivo le resultaba Calvin a Skyler, con su rostro enjuto, angular, de huesos marcados, de piel «inocentemente» pecosa, como la piel de cualquier muchacho en una añeja ilustración de Norman Rockwell, y su aire de animal depredador al bajar la cabeza cuando comía o se reía. Si en algún momento Calvin miraba hacia donde estaba Skyler y lo veía vigilándolo, apartaba la vista de inmediato. *El acechado se había convertido en acechante.*

Me gustaría tener tiempo para profundizar en este tema. Cómo nos sentimos atraídos y llegamos a adorar y luego recordamos durante décadas, cuando nuestra vida está repleta de miríadas de otras personas, precisamente a aquellos individuos que, cuando éramos niños, nos aterrorizaron.

El astuto Skyler organizó las cosas para que María fuese a recogerlo al colegio una hora después de terminar las clases para poder quedarse en la parte de atrás y ver así cómo iban a buscar a Calvin

Klaus, de ordinario una criada hispana y de cuando en cuando su madre; la recompensa de Skyler era ver por unos instantes, o más de unos instantes, a Morgan Klaus, una mujer glamurosa, de pómulos prominentes, ojos desconcertantes de color azul hielo, una manera gutural de hablar, como si le costara trabajo separar las mandíbulas, discreta ropa chic y cabellos rubios elegantemente rizados: ¡la señora del solárium!

Skyler cerró los ojos. El corazón golpeándole dentro del pecho al ver los dedos extendidos de Bix Rampike —los dedos muy grandes de papá, que podían agarrar, y apretar, y zarandear si querían— sobre la espalda de la mujer, donde la piel, pálidamente cremosa, estaba al descubierto —¡desnuda!— por encima del vestido negro de seda.

Cristo bendito qué hermosa eres
Cuándo te puedo ver
Loco por ti   corazón

¡Pobre mamá! Mientras mamá era una mujer insegura, que sonreía demasiado, se maquillaba demasiado y se excedía en elegancia a la hora de vestirse, con su lustroso casco de cabellos «teñidos» que incluso un niño de nueve años se daba cuenta de que estaba pasado de moda, la madre de Calvin Klaus estaba tan segura de sí misma, tenía tal atractivo en su porte, que apenas llegaba uno a darse cuenta de que no era hermosa. Algunos días, la señora Klaus se presentaba en la entrada de atrás de Fair Hills Day en un Porsche de techo muy bajo y brillante color aguacate; otros días, al estilo de una mamá entregada, porque Calvin Klaus jugaba al fútbol después de clase, en un brillante Reaper SUV negro, lo bastante grande para acoger a medio equipo de fútbol aunque quien montaba en el SUV fuese sólo Calvin y con aire malhumorado. En una ocasión, Skyler oyó a la señora Klaus dirigirse a su hijo con aquella voz suya, gutural y sexi:

—Venga. Nada de castigarme con esa estúpida actitud pasivo-agresiva. Soy tu condenada madre, no tu maldito chófer.

¡Aquélla era una madre! *Loco por ti.*

Muchas veces Skyler abrigó la esperanza de que Morgan Klaus se fijara en él mientras esperaba solo en la acera, soportando con estoicismo el peso de una mochila cargada de libros sobre su reducido cuerpo, ya que aún se le podía considerar un niño «encantador» según la mayoría de los criterios maternales; pero los desconcertantes ojos de color azul hielo se limitaban a deslizarse sobre él como si fuera invisible; y Calvin Klaus, una vez que se dio cuenta de que Skyler tenía la esperanza de ser visto, hizo, impávido, caso omiso de su presencia. Sólo una vez, cuando Skyler estaba solo, tiritando bajo la lluvia, en el momento en que la señora Klaus detuvo muy cerca su macizo Reaper, la madre de su condiscípulo, con una sorprendida sonrisita, advirtió su presencia:

—¿Es ése... Scooter? ¿Rampike?

Al dar Skyler un paso al frente, deseoso de que le ofrecieran llevarlo a casa, y que se fuese al infierno quienquiera que se presentara a recogerlo pocos minutos después, Calvin lo apartó groseramente de un codazo, diciendo en voz muy alta y áspera:

—No, mamá. No es él.

Dado el tono amenazador con que fueron pronunciadas aquellas palabras, Skyler no consideró conveniente discutir el tema de su identidad.

—Tu padre y mi madre «se lo montan». ¿Sabes lo que es eso?

¿Montárselo? ¿Se subían uno encima de otro? Skyler hizo una mueca sin querer pensar en lo que aquello podía significar.

No estaba seguro, pero Skyler murmuró: sí.

—¿Lo sabes?

Skyler murmuró que sí, más o menos.

—Es como *joder*. ¿Sabes lo que es eso?

Joder y *jodido* eran palabras que Bix Rampike murmuraba casi para sus adentros o, si estaba de verdad furioso, en voz alta. *Joder* y *jodido* tenían que ser algo que de verdad te repugnara, te enfadase y te sacara de quicio. Todavía menos seguro, Skyler murmuró: sí, quizás.

—Y un cuerno lo sabes, canijo. No lo sabes, me apuesto cualquier cosa —Calvin Klaus rio despectivamente—. Yo sí lo sé. He visto fotografías.

¿Fotografías de Bix Rampike y Morgan Klaus? ¿O... fotografías de desconocidos? Echándole valor, Skyler trató de recordar las imágenes que había procurado no ver de las escabrosas «películas caseras» de Fox Hambruck. En el recuerdo de Skyler se habían mezclado con imágenes igualmente indeseables de las autopsias del morboso Tyler McGreety.

Habían pasado diecinueve días desde la agresión en el aseo de los chicos. Calvin Klaus había vuelto a arrinconar por fin a Skyler Rampike en un corredor desierto del colegio. Aunque estaba asustado, temiendo ser aporreado y aplastado contra una hilera de armarios, Skyler no trató de escapar: había decidido *ser valiente. Es lo que papá querría*. Pero Calvin parecía menos enfadado ya con Skyler, como si en los días transcurridos se le hubiera gastado la indignación. O como si, después de haber visto a Skyler Rampike seguirlo con aire de perro sin amo, hubiera decidido compadecerse de él.

—Adulterio. Eso es lo que es —dijo Skyler, dejándose llevar por un impulso.

—*Adulterio*. ¿Qué es eso?

—Lo que hacen —Skyler hizo una pausa para darse importancia. Le temblaba la voz al hablar de aquellas cuestiones—. Adultos que no están casados.

Calvin miró a Skyler un tanto desconcertado. Entre sus compañeros de clase, Skyler estaba adquiriendo cierta reputación por ser raro de una manera intrigante: un chico distinto, con extrañas peculiaridades, arrebatos gnómicos y silencios meditabundos, pero también como algo más que un tipo raro. Se había llegado a saber que el padre de Skyler era un VIP en el mundo empresarial y que su hermana pequeña, una niña demasiado peculiar para ir al colegio, se estaba convirtiendo muy deprisa en una patinadora famosa a la que se podía ver en televisión y cuya foto aparecía en los periódicos. Vagamente se rumoreaba que Skyler también había sido un niño prodigio como gimnasta hasta que un accidente lo había apartado para siempre de la competición. Se rumoreaba además que los Rampike eran ricos y tenían muy buenas relaciones políticas.

¿Cómo saberlo? Tal vez el mismo Skyler Rampike fuese un genio. Uno de aquellos legendarios alumnos de Fair Hills cuyo CI se decía que quedaba «fuera de las gráficas» aunque su trabajo en clase, por razones neurológicas, psicológicas, patofisiofarmacéuticas, no parecía pasar de corriente.

Desdeñoso, Calvin dijo, con la beligerancia de una figura humanoide en un videojuego:

—Vamos a ver, sabelotodo: ¿qué *hacen* los adultos? Díme-lo tú.

Skyler, desesperado, trató de pensar: ¿qué *hacen* los adultos? ¿Y *por qué*? Mientras Calvin le golpeaba el pecho con un dedo hue-sudo, Skyler veía los tatuajes con tinta roja (un corazón y una da-ga de los que goteaba sangre) en la parte inferior de la muñeca del otro.

Aunque Calvin fuese un iniciado reciente de los Fair Hills Bloods (un grupo secreto, prohibido), su desacuerdo con Skyler no parecía relacionarse con el mundo de las pandillas sino que era un asunto personal.

—De acuerdo, gilipollas. Te lo voy a explicar. Es con esto —dijo Calvin, señalándose la entrepierna de sus bien planchados pantalones de pana, con un gesto al mismo tiempo libidinoso y as-queado— con lo que «se lo montan». La mujer tiene un agujero entre las piernas en el que encaja la polla del hombre. A veces hacen un niño. El líquido blanco que sale de tu insignificante pijo, eso es el «se-men». Sale disparado dentro de la mujer como un spray y puede engan-charse allí y convertirse en un bebé, como una solitaria que se hace enorme —Calvin hizo una pausa y tragó saliva con dificultad; se ad-virtió un principio de náusea en su rostro pecoso—. A veces, como le oí una vez a mi madre cuando hablaba por teléfono con una de sus amigas, se «libran» de ese conato de niño y lo tiran por el váter, como cuando cagas. Podrías haber sido tú, o yo, así que podríamos haber sido hermanos, gemelos, ¿te das cuenta? Si tu padre y mi madre se lo hubie-ran montado hace mucho tiempo. Y si se casan, lo seremos.

Calvin hablaba con gran animación pero no con mucha cohe-rencia. Skyler lo miró desolado. Un fragor repentino en los oídos. ¿Hermanos? ¿Gemelos? *¿Si se casan?*

—Tú, mequetrefe, ¿por qué me miras así? —dijo Calvin, in-dignándose—. ¿Es que no me crees? Mi madre se quiere divorciar del pobre tonto de mi padre, que básicamente está en la inopia sobre todo esto, y casarse con tu padre, excepto que tu padre se ha ido de Fair Hills, según tengo entendido. «Bix Rampike» fue un jugador de fút-bol importante, ¿no es cierto? Mi padre tiene rifles, ya te lo digo. Y mi madre se emborracha, y está de mala leche, y le dice toda clase de co-sas para que se enfade con ella, de manera que a tu padre más le vale estar atento no sea que alguien le vuele la cabeza —esta vez sí que

Calvin empujó a Skyler contra la hilera de armarios metálicos, aunque sin violencia, podría decirse que amistosamente, su aliento cálido y angustiado en el rostro de Skyler—: Si no lo hace mi padre, quizás lo haga yo.*

---

* ¡Vaya! Suena como si Calvin Klaus, de diez años, amenazase con volarle la cabeza a Bix Rampike, ¿no es cierto? Y que al contarle a Skyler sus intenciones le está haciendo cómplice; quizás, incluso, desde un punto de vista moral, se trate de colaboración en un delito. En una obra de ficción, semejante anuncio presagiaría violencia futura o, al menos, un intento de violencia; en este documento, aunque Calvin Klaus pronunció exactamente esas palabras, la amenaza del consternado niño no tendrá consecuencia ninguna. Skyler se marchó estremecido, con la premonición de que algo muy malo iba a sucederle a alguien de su familia, y que sería culpa de su padre; y también que no se podía hacer nada porque todo ello pertenecía a la región de los «adultos» y del «adulterio» y quedaba fuera de su alcance.

¿Amigos de mamá?

... la mujer tiene un agujero entre las piernas en el que encaja la polla del hombre.

¿Así que es eso lo que *hacen* los adultos?

La explicación tenía una simplicidad básica. Algo así como un enunciado geométrico.

Skyler, sin embargo, le daba vueltas, nada convencido.

¿Para *qué*?

—¡Vaya, Betsey Rampike! Cariño, ¿cómo estás?

En Fair Hills, Nueva Jersey, como en toda comunidad residencial norteamericana de clase media alta, existe un tipo característico de varón: campechano, jovial, sin pelos en la lengua, de fríos ojos azules, que aplasta huesos cuando estrecha una mano. Corto de piernas, fornido. Uno de esos hombres cuya piel se vuelve rosada a medida que su pelo —cortado a cepillo para disimular su escasez— se vuelve blanco. Bix Rampike se movía sin problemas con hombres así, con los que sentía cierto parentesco, aunque se considerase superior (más alto y en mejor forma, más apuesto y más joven), pero no así Betsey Rampike, porque Betsey se inclinaba a creer a hombres así cuando se abatían sobre ella galantemente en reuniones sociales a las que (con valentía, desafiante) acudía sola a raíz de la marcha de su marido, y se apoderaban de su mano suave, flexible, para decirle:

—Betsey. Qué condenadamente guapa estás. ¿Dónde demonios te has estado escondiendo todo este tiempo?

En el círculo amplio y siempre cambiante de las relaciones sociales de los Rampike, Tigger Burr era quien encajaba en esa descripción. Hasta donde el pensativo Skyler sabía, el fornido y canoso señor Burr estaba casado y tenía hijos en edad de estudiar secundaria: uno de ellos era Jimbo Burr, alumno de último curso en Fair Hills Day,

y a quien los más jóvenes tenían buen cuidado de evitar por su jugue-
tona costumbre de clavarles los nudillos en la cabeza, o de empujar-
los contra una pared, así que ¿cómo era que el señor Burr «se dejaba
caer» por la casa de Ravens Crest Drive con tanta frecuencia para ver
a mamá, por qué estaba mamá tan deseosa de salir con el señor Burr
«a tomar unas copas» o «quizá una cena ligera a primera hora» en el
Fair Hills Inn?; ¿por qué estaba mamá con tanta frecuencia al teléfono, riendo de manera estridente como si le hicieran cosquillas?

—Tigger, no puedo. Esta noche, no. Tengo a los niños. He
estado todo el día en la pista con Bliss y viendo a médicos y además
está Skyler, mi hijo, te lo he contado: Sky-ler, tiene nueve años y está
muy necesitado de afecto y por tanto no puedo, no debería... Bueno,
pero sólo un ratito, imagino. Pero no debería.

¡Necesitado de afecto! Skyler *no estaba necesitado de nada*.

Investigó en el colegio y se enteró de que el padre de Jimbo
Burr era el propietario de Burr Real Estate & Home Insurance y se
hallaba en la situación de *estar separado* de su mujer, situación que
se parecía a la de Bix Rampike, de manera que quizá fuera ésa la relación. Skyler se quedaba levantado hasta tarde para ver a mamá regresar de sus «salidas a última hora de la tarde» con el señor Burr y subir
las escaleras de la casa poco menos que completamente a oscuras con
muchísimo cuidado, descalza, en la mano los zapatos de tacón alto,
murmurando para sus adentros, riendo en voz baja, o chasqueando la
lengua como con desaprobación, haciendo una pausa en lo alto de
la escalera para recuperar el equilibrio y llevarse una mano a la frente
como para ahuyentar una sensación de mareo.

—¡Skyler! ¿Se puede saber qué haces levantado? Le dije a María que te acostara a las nueve, te diera las medicinas y se asegurase de
que te quedabas en la cama.

—Mamá, ¿estás borracha?

—¡Skyler! ¡Cómo! ¡Qué cosa tan terrible para decirle a tu madre!

—¿Lo estás?

Mamá intentó abofetearle, perdió el equilibrio y se hubiera
caído de no ser porque Skyler, lleno de arrojo, aguantó en buena parte su peso suavemente cálido y sorprendido y la sostuvo en pie y trémula de indignación. Era muy tarde para un día de entre semana:
medianoche pasada. En el cuarto de los niños Bliss gemía en sueños
y abajo, en la habitación para el servicio semejante a una cueva y que

daba a la cocina, María se había quedado dormida sin apagar el televisor enano que iba con el cuarto. Un dulce aroma acre en el aliento de mamá, su perfume especial y el peculiar olor de mamá inundaron las ventanillas de la nariz de Skyler.

—Sííí, estoy borracha. Estoy borracha de esperanza, y estoy borracha de felicidad. Estoy borracha de libertad porque soy por fin una mujer.

Skyler ayudó a mamá a acostarse. Mamá se apoyó mucho en Skyler mientras iban dando tumbos. Skyler estaba descalzo y en pijama. Una idea aterradora se le ocurrió cuando mamá empujaba la puerta de su dormitorio para abrirla. *¿Y si papá ha vuelto? ¿Qué sucederá si papá ve a mamá así?* Pero el dormitorio estaba vacío.

—Mamá, el señor Burr está casado.

—Y yo también, listillo.

—No te vas a casar con el señor Burr, ¿verdad, mamá?

—¿Y qué si así fuera? ¿Qué tiene que ver *contigo* la «vida amorosa» de mamá?

—Es que no quiero ser el hermano gemelo de Jimbo Burr, mamá. Me escaparía de casa, si tuviera que serlo.

Mamá estaba sentada en el borde de la amplia cama con cuatro postes y trataba de recuperar el aliento. Tenía el pelo caído sobre la cara y se le había corrido la pintura de labios. Mamá miró a Skyler con una expresión en la que se mezclaban culpa y desafío.

—¿Hermano gemelo de Jimbo Burr? ¿De qué demonios estás hablando?

—Lo detesto, mamá. Lo detesto más que a nadie. Por favor, mamá, dime que no te vas a casar con el señor Burr, *por favor.*

Skyler se echó a llorar, mamá se conmovió y permitió a su *hombrecito* dormir con ella en la enorme cama de matrimonio por primera vez desde hacía mucho tiempo; y después de aquella noche, Tigger Burr nunca más volvió a «dejarse caer» por la casa de los Rampike.*

Y luego apareció Roddy McDermid.

---

* ¡Nadie piense que a causa de esta escena sensiblera aunque sentida! En una novela, la llorosa súplica de su *hombrecito* habría sido el factor determinante para que mamá rompiera su amistad con el fornido Tigger Burr; pero en este caso, para decepción de mamá, Tigger Burr perdió al parecer interés por ella, nunca más la telefoneó ni devolvió sus llamadas. (Quizás porque, desde la astuta perspectiva de Tigger Burr, la abandonada esposa de Bix Rampike estaba demasiado necesitada de afecto.)

Uno de esos maravillosos hombres con barba que son padres de otros niños, grande, desapacible y áspero, pero afectuoso, como un oso, aunque no la especie de verdad, que se parecería más a Bix Rampike y te destrozaría la cara con los dientes, sino la fantástica que encarna un muñeco de peluche. El señor McDermid tenía una barba frondosa, con mechones grises, en la que daba la sensación de que algunos pajaritos podrían anidar, y hasta en los días más fríos llevaba sandalias de cuero con calcetines de lana; el señor McDermid era un investigador ecologista que trabajaba para el estado de Nueva Jersey, además de tocar el oboe en la orquesta de cámara de Fair Hills. Priscilla, la hija del señor McDermid, estaba en la misma clase que Skyler y ése fue el motivo de que mamá y el señor McDermid se conocieran; poco después mamá concertó una cita para jugar y Priscilla vino a casa de los Rampike, a lo que siguió una nueva cita para jugar en casa de los McDermid, que era un edificio de ladrillo más bien pequeño en una calle del Village nada distinguida donde Betsey Rampike no conocía a nadie; para sorpresa de Skyler, sin embargo, a mamá parecieron gustarle los McDermid, tanto el señor McDermid como su mujer, que parecieron corresponderle; a no ser que los McDermid se compadecieran de mamá, que vivía en una casa tan cara en un barrio muy prestigioso de Fair Hills y que sin embargo parecía no tener a nadie a quien llamar excepto al señor McDermid en su trabajo, con voz suplicante, para pedir a Roddy que hiciera el favor de pasarse por su casa de camino a la suya al volver del trabajo para comprobar qué era el «extraño pitido» que se oía en una de las habitaciones de invitados y que resultó tratarse de un detector de monóxido de carbono con las pilas gastadas, que emitía un chillido agudo como el de un murciélago. En septiembre, mamá llevó a Skyler y a Bliss a un concierto de la orquesta de cámara de Fair Hills en el salón de actos del instituto local, para ver al señor McDermid tocar el oboe y luego hablar y reír con él en la recepción con refresco de frutas que siguió. ¡Qué celos sintió Skyler de Priscilla, su compañera de clase, que no parecía darse cuenta de que su padre barbudo y grande como un oso era una persona tan maravillosa! Skyler casi estuvo a punto de desmayarse cuando el señor McDermid se agachó para darle un abrazo de era —«¡Buenas noches, hijo!»— después de que los McDermid invitaran a mamá, a Bliss y a Skyler a una cena en la cocina de su casa que les trajeron de un restaurante chino. Al día siguiente Skyler le dijo a Bliss, nostálgico:

—Quizá el señor McDermid podría ser el nuevo marido de mamá y nuestro nuevo papá.

Pero Bliss, sin apartar siquiera la vista de la pantalla gigante de televisión colgada de la pared, donde la Ring of Kerry Irish Skate-Dance Troupe —que patinaban con trajes de terciopelo de amplios escotes redondos e idénticas tiaras resplandecientes— estaba actuando una vez más, replicó:

—No. Papá es nuestro papá para siempre.

¡Redimida!

... como si una luz hubiera brillado para mí en la oscuridad. Y una luz brilla dentro de mí donde antes no había más que oscuridad. Y dondequiera que voy, tanto si se me reconoce como madre de Bliss Rampike como si conservo el anonimato, sigo bañándome en este resplandor que es un don de Dios. *Estoy redimida.*

Betsey Rampike, citada en «Bliss Rampike, niña prodigio del patinaje artístico, y su madre y entrenadora», *People,* 14 de octubre de 1996.

... ¡tan agradecida! Durante los últimos meses, como saben aquellos de ustedes que siguen la carrera de mi hija, una sombra se había abatido sobre nosotros, porque Bliss estaba aquejada de un misterioso trastorno, un «dolor fantasma» que amenazaba con destruir su carrera. Desde que la primavera pasada tuvimos que renunciar a que participase en el concurso Pequeña Miss Royale, cuando me di cuenta de que patinaba con dolor, no pasó un solo día sin que me suplicara que se le permitiera volver sobre el hielo: «¡El dolor ha desaparecido, mamá! Te lo juro». Por supuesto, esta niñita tan valiente siguió sin acercarse al hielo, porque esos meses tenían que ser una temporada de «curación» y ahora, por la gracia de Dios, hemos quedado liberadas del dolor y Bliss ha reanudado su carrera. *Estamos muy agradecidas.*

Betsey Rampike, en «Íntimo y personal en Nueva Jersey», entrevista, New Jersey Network Television, 22 de octubre de 1996.

¿Saben lo que me gustaría? Que *Hermana mía, mi amor: la historia secreta de Skyler Rampike* no fuese un documento (lineal) que desgraciadamente sólo constara de palabras, sino un film, o un *collage* fílmico, o una «instalación de vídeo», de manera que en este momento me estuviera permitido derramar un torrente de imágenes, fragmentos de película, secuencias televisivas para acelerar la (enredada) narración. *Algo muy malo le va a suceder a alguien de la familia Rampike y Skyler no podrá hacer nada por evitarlo.*

Que es la razón de que el relato se retuerza y sea de una lentitud obsesionante: Skyler (de diecinueve años) lleva muy mal tener que regresar a escenas todavía más traumáticas de la vida de Skyler (de nueve años) *y sin embargo tiene que hacerlo (tengo que hacerlo).*

En un documento visual, al autor le basta con unir, o reunir, documentos visuales: no necesita crear nada, maldita sea, excepto unos cuantos rótulos aquí y allá. O tal vez una voz en *off* de la que se encargaría un profesional. Como en el documental de la cadena ABC (no autorizado y sin escrúpulos) de febrero de 1999 titulado *Creación y destrucción de una niña prodigio: la historia de Bliss Rampike,* en el que el noventa y ocho por ciento del material se tomó de fuentes preexistentes, fragmentos de película, fotografías, etcétera, de dominio público. En mi versión, sólo se utilizarían unas cuantas imágenes —«simbólicas»— seleccionadas, y sólo algunas de las entrevistas más «reveladoras» con mi madre como la de *People* y la de la televisión de Nueva Jersey que se recogen al comienzo de este capítulo.

La tan deseada entrevista en *People* se publicó por fin, para deleite de mamá, después de que Bliss regresara, para triunfar, al patinaje competitivo en octubre de 1996 y ganara el título de Miss Princesita en la competición Patín de Oro en Hartford, Connecticut. La entrevista y el reportaje tenían una extensión de casi cuatro páginas de un semanario que es escandalosamente popular (¿millones de lectores?, ¿miles de millones?), e incluían fotos impresionantes de Bliss patinando —a mitad de un salto, a mitad de un giro— y un retrato sumamente favorecedor de Betsey Rampike, madre y entrenadora, en «actitud devota» al borde de la pista. Cuando la entrevista se publicó, mamá recibió incontables llamadas telefónicas: «Cualquiera pensaría que antes de *People* "Betsey Rampike" no existía casi». Aunque mamá hablaba irónicamente, tuvo que enjugarse una lágrima porque estaba terriblemente conmovida.

¡Celebridad! ¡Despertar interés! En Fair Hills Day, donde antes Skyler Rampike se movía, invisible, entre sus condiscípulos más ontológicamente definidos y, en general, siempre por debajo del rádar de Pearce Hannity III, el simpático director, de repente Skyler empezó a despertar interés: ¿por qué? Incluso chicos de más edad, de los que se rumoreaba que pertenecían a «pandillas» (secretas, prohibidas) y que lucían tatuajes con tinta (secretos, prohibidos) en la parte interior de la muñeca, lo saludaban por los pasillos: «¡Eh, Rampike! Se te ve bien, ¿eh? Hasta las chicas más bonitas y con más éxito entre los varones lo buscaban, en el comedor por ejemplo: «¿Skyler? Te llamas así, ¿no es eso? ¿Skyler? ¿Os gustaría a ti y a tu hermana Bliss venir a mi casa y hacernos una visita? ¡Di que sí!». Y, lo que resultaba todavía más alarmante, también se presentó Hannity, el director, que se abatió sobre Skyler para estrecharle la mano desconcertada:

—Hijo, tú y tus padres tenéis una invitación permanente para el «té con el director», también se sirve jerez, la cita es en mi casa, dentro del recinto del colegio, los domingos a las cinco. Un círculo pequeño, pero ¡selecto!, de profesores prestigiosos, padres y alumnos, miembros del consejo rector, donantes. Nuestra oficina enviará invitaciones pero mientras tanto, hijo, informa a tus padres. «Té con el director» celebrará su ciento cincuenta aniversario el próximo domingo.

Debería avergonzarme admitirlo, y me avergüenza, pero lo cierto es que Skyler se enorgullecía de ser el centro de tanto interés. Lo mismo que le había sucedido cuando se esforzaba sobre la colchoneta de falsa piel de serpiente del gimnasio y el nervudo Vasili había dicho con fingido entusiasmo: *¡Muy bien, Skil-er! Cada paso, aunque sea pequeño, es un paso hacia el éxito, ¿no?*

Estaba deseando contarle a mamá sus buenas noticias y decírselo también a papá la próxima vez que telefoneara y preguntase por él, aunque no se le ocultaba que estaría probablemente demasiado ocupado para asistir al «té con el director».

(Y ¿dónde vivía ahora papá? En Paramus ya no, porque había aceptado la «fantástica» oferta de Univers Bio-Tech, Inc., cuyos espléndidos edificios centrales, muy extensos, estaban en Univers, Nueva Jersey, menos de veinte kilómetros al noreste de Fair Hills.)

(Y ¿quería papá divorciarse de mamá y casarse con la madre de Calvin Klaus, rubia, de pelo rizado, proporcionando de esa manera a Skyler un hermano sexi, miembro de una pandilla y ligeramente mayor? Skyler no tenía ni la más remota idea.)

(Porque mamá, muy ocupada con «deberes profesionales» relacionados con la carrera de Bliss, pasaba fuera de casa la mayor parte del tiempo y, cuando regresaba, y seguía de ordinario colgada del teléfono, se negaba a hablar de Bix con sus hijos.)

No mucho después de la entrevista en *People,* mamá recibió una llamada de algún familiar suyo en Hagarstown, Nueva York. Skyler la oyó concluir la conversación diciendo con mucha calma y sin alzar la voz, de una manera tan digna que sin duda papá habría quedado impresionado:

—¿Venir a vernos? Pero ¿por qué? Mi hija no os conoce a ninguno y, después de tanto tiempo, yo tampoco.

Acto seguido colgó tranquilamente el teléfono y sonrió.

¡La emoción de la venganza! Como una corriente eléctrica, aquella deliciosa sensación también recorrió a Skyler.*

¿Skyler? ¿Volverá papá alguna vez a vivir con nosotros?
Quizá. Si vuelves otra vez a patinar, y ganas.

Tuvo que haber sido el Zomix que le recetaron, o las inyecciones de SuperGrow, vitamina C superconcentrada y CHCJA que le ponían todos los viernes por la mañana en la consulta del doctor Muddick, a no ser que fuera el Serenex, un preparado contra las convulsio-

---

* ¡La emoción de la venganza! Skyler no tenía ni idea de por qué su madre, que se creía la más cordial, generosa y «cristiana» de las mujeres, y que en las entrevistas hablaba de su «devoción por la familia», parecía estar tan distanciada de sus parientes «acomodados», «socialmente destacados», que vivían en la remota Hagarstown, Nueva York, en la frontera con Canadá, un lugar que Skyler imaginaba como un paisaje en el que se acumulaba la nieve y esencialmente inhóspito. Acaso no hubieran pensado ustedes que este niño supuestamente precoz sentiría curiosidad por enterarse, como en el caso de cualquier otro chico normal, de por qué sólo tenía una abuela (de ojos helados y boca de lucio) y no dos, como otros niños; y ningún abuelo; y, por el lado de la familia de su madre, ni tías, ni tíos, ni primos. Entre los Rampike, que era la familia de papá, había demasiados parientes para seguirles la pista a todos y, en cuanto a éstos, papá era reticente en sus afectos: «Una familia comparte el ADN. Eso es un hecho biológico. Pero está la "rivalidad entre hermanos", posiblemente la fuerza más destacada del *Homo sapiens*. Como dicen nuestros hermanos musulmanes: "Mi hermano, mi primo y yo contra usted; mi hermano y yo contra mi primo; y yo contra mi hermano". Ése es el quid de la cuestión, hijo».

nes, o el antidepresivo Excelsia, o el doctor Rapp, el nuevo psicoterapeuta de Bliss, cuya especialidad eran los niños prodigio en atletismo, o Kai Kui, su nuevo nutricionista y experto en acupuntura, a quien las amigas de mamá habían recomendado con tanta insistencia, o tal vez fuera la perspectiva de trabajar con Anastasia Kovitski, su nueva entrenadora (medalla olímpica de plata en 1992, campeona de patinaje artístico de los Estados Unidos en 1992-93), y, por primera vez, con un coreógrafo, Pytor Skakalov, natural de Uzbekistán, o alguna combinación mágica de todos esos elementos, porque para septiembre de 1996 se tuvo la impresión de que el dolor fantasma que debilitaba a Bliss había desaparecido, o casi; había recuperado el peso que perdiera por una manera «melindrosa» de comer; e incluso se había reducido la frecuencia de sus «accidentes» nocturnos.

Momentos destacados de aquella temporada deslumbrante:

- El Festival de las Patinadoras de los Grandes Lagos, en Búfalo, Nueva York, en octubre, en el que Bliss lució un brevísimo traje rojo de lentejuelas que reflejaba las luces de los focos como una llama, y en el que patinó a los tempestuosos acordes de *El pájaro de fuego* de Stravinski y quedó segunda en la categoría femenina de principiantes con una nota de 5,6 sobre 6.
- El concurso femenino Patín de Oro en Hartford, Connecticut, donde a primeros de octubre, con un traje de tela de algodón a cuadros estilo «Gretel» y un corpiño muy ajustado, cofia blanca de lechera sobre los cabellos rubios trenzados y un vislumbre de braguitas blancas de encaje, Bliss Rampike patinó con la poderosa melodía de *Hansel y Gretel*, de Humperdinck, ganándose el corazón de los jueces al igual que se ganó el del público con sus admirables evoluciones sobre el hielo (piruetas en vuelo, piruetas con salto, series de piruetas), y conquistó el codiciado título de Miss Princesita Patín de Oro 1996 con una puntuación de 5,8 sobre 6.
- La Gala del Hielo «Mejor Patinadora Americana» en Bangor, Maine, a principios de noviembre, donde, con un traje de *showgirl* de Las Vegas, bronce y naranja, con deslum-

brantes lentejuelas blancas y delicadas plumas del mismo color, mangas largas muy ajustadas con adornos de armiño en las muñecas, polvo de estrellas en el pelo cardado y en los párpados y braguitas de encaje carmesíes que se insinuaban por debajo, Bliss Rampike sedujo tanto a los jueces como al público con una actuación danzada de *Kiss of Fire*,* tango sensual, un clásico del pop norteamericano, consiguiendo de nuevo el primer puesto en la categoría infantil de «Miss», con una puntuación de 5,9 sobre 6.

¡Gracias, Jesús!

¡Gracias, Jesús, por haber hecho que le desapareciera el dolor a Bliss!

Si el dolor de Bliss reaparece, dame a mí su dolor, y líbrala a ella. Porque soy la madre de Bliss Rampike y ésa es mi bendición. Para todos los días de nuestra vida AMÉN.

---

* *Kiss of Fire:* la influencia mercenaria —pero de éxito seguro entre el público— del suave coreógrafo uzbeko al que mamá contrató en el verano de 1996 para trabajar con Anastasia Kovitski, la nueva entrenadora de Bliss, y por quien durante un breve lapso de tiempo, el período devastador en el que papá no vivió con nosotros, mamá pareció «interesarse». En una «memoria» más subida de tono, más dada al chismorreo, el Skyler evidentemente celoso y despechado hablaría del untuoso Pytor Skakalov en términos hirientes; habría al menos una penosa escena en la que Skyler, al haber vislumbrado a mamá y a Skakalov juntos en un momento de intimidad, la reconvendría: «¿Qué pasará si papá vuelve y te ve con él? ¿Y si papá aparece por la pista de patinaje para darnos una sorpresa y te ve con él y se vuelve a marchar? ¡Ma-má!».

En la montaña de hielo

¿Sucederá algo malo? Pero *¿cuándo será eso?* Aquella idea había quedado fija en la cabeza de Skyler como un objeto que repiqueteara, agitado por el viento.

Porque Calvin Klaus[*] así lo había prometido. O alguien lo había anunciado.

Si bien el otoño de 1996 fue una temporada de sorpresas, la mayoría buenas, y «¡Más por llegar!, quizás», como dijo mamá con aire de misterio. Eran inminentes en el calendario de patinaje de Bliss las competiciones femeninas más prestigiosas del noreste, porque las vencedoras de las tres competiciones: Miss Desafío sobre el Hielo de Nueva Jersey; Miss Princesa del Hielo de Nueva Jersey; y Miss Princesita del Hielo de Nueva Jersey— recibirían como premio contratos para trabajar como modelos con Junior Elite Skates & Skating Equipment, Inc., lo que significaba brillantes anuncios en revistas de mucha circulación como *Teen People, Teen World, Teen Life* y en canales exclusivos de televisión por cable.

—Aunque nosotras no patinamos por dinero. Ni por fama.

Mamá insistía en ello y parecía creérselo.

—Pero si empezamos a ganar algún dinero, ¡por fin!, para ayudar a sufragar costes, podremos hacer planes para el futuro: Ska-

---

* ¡Calvin Klaus! Hasta el momento presente, ese nombre, elegantemente chic, sexi y altanero, me hace temblar de emoción y de aprensión, ¿o se trata de miedo? En noviembre de 1996, más o menos en la época aproximada de los acontecimientos descritos en este capítulo, Skyler quedó (secretamente) deshecho al enterarse de que su antiguo condiscípulo había sido expulsado de Fair Hills Day por ser miembro de una «sociedad secreta» o quizá retirado del colegio por sus preocupados padres, a raíz de un intento de 1) escaparse de casa, llevándose consigo una de las pistolas de su padre, o 2) «herirse» con una de las pistolas de su padre. Bruscamente, aquel atribulado «hermano» de Skyler desapareció de su vida al tiempo que los embelesados vislumbres a escondidas de Morgan Klaus, la rubia del pelo rizado, también desaparecían de su vida para reaparecer más adelante en escenas eróticas en las que participaba un adulto que se parecía a Bix Rampike, en los sueños pubescentes de Skyler.

te America, Grand Prix America, Campeonato de Patinaje Femenino de los Estados Unidos, las Olimpiadas. «Sigue tu sueño» es nuestro credo, «dondequiera que te lleve».

Mamá había estado hablando a Bliss de la manera en que a menudo mamá se dirigía a Bliss con un flujo de palabras murmuradas como si pensara en voz alta, palabras que Bliss apenas daba sensación de escuchar, o que no necesitaba escuchar, mientras Skyler, si sucedía que se situaba lo bastante cerca como para oír, no podía por menos de preguntar:

—«Sigue tu sueño», ¿cómo, mamá? ¿Se puede ver un sueño? ¿Es como una mariposa o algo parecido, que puedes ver volar y seguirla?

Skyler hacía preguntas como aquélla con la mayor seriedad, aunque disimulada por una entonación de sabelotodo adquirida en Fair Hills Day de condiscípulos miembros de pandillas.

(En el otoño de 1996, Skyler estaba en quinto grado, aunque no cumpliría diez años hasta marzo de 1997. Y Bliss, que no frecuentaba ningún centro de enseñanza, y estaba en aquel momento sin profesor particular, tenía seis años y diez meses.)

Llena de paciencia, mamá dijo:

—Un sueño es una *visión,* Skyler. Un sueño está dentro del alma, que es donde Dios nos habla... —mamá hizo una pausa, teniendo cuidado de no dejar traslucir la irritación que le producía la pregunta de Skyler. Y acto seguido se corrigió—: Donde nos habla a algunos.

Nos habla a algunos. Skyler captó aquello.

—¿Me hablará Dios a mí, mamá?

—¡Pregúntaselo!

Mamá rio alegremente. Bliss, en el sofá a su lado, con sueño por la práctica de patinaje a primera hora de la tarde, pero esforzándose por leer un libro ilustrado para niños, no alzó la vista.

La manera que tenía Bliss de leer suponía tal esfuerzo físico que se sentía la tensión cuando trasladaba el índice por debajo de las hileras de palabras y movía los labios para dar forma a letras fantasmales.

Skyler, cauteloso, dio marcha atrás:

—¿Qué es «sufragar costes», mamá?

Una arruga apareció entre las cejas de mamá, que procedió a decir, con mucho cuidado:

—*Sufragar* significa «reducir»; «reducir gastos». Cuando ganemos el título de Miss Princesita del Hielo de Nueva Jersey, y Bliss empiece a hacer de modelo para Elite Skates, y disfrute de «atención nacional», seremos por fin capaces de ganar dinero, y cuando eso suceda, tu padre ya no podrá seguir poniendo objeciones.

Tu padre. Una manera infrecuente de hablar. Pocas veces pronunciaba mamá palabras tan penosas como *tu padre* y hacía meses que de la boca de mamá no salían las palabras *papá, Bix* o *mi marido.*

Skyler, al menos, no las había oído. De lo que mamá decía en conversaciones telefónicas privadas, encerrada en su habitación con el pestillo corrido, Skyler no tenía ni idea.

—¿Por qué «pone objeciones» papá?

—Pregúntaselo a él.

¡Aquello era una crueldad! Cómo preguntar a *su padre,* dado que Skyler llevaba semanas sin echarle la vista encima y que, cuando llamaba para hablar con «Sky-boy» y con «mi maravillosísima niñita, la pequeña Bliss», no se podía interrumpir con semejante pregunta el tumulto de palabras de un papá lleno de fervor.

—¿Es porque patinar resulta caro? ¿Lo que hace Bliss es caro? ¿Cuánto cuesta al año? ¿Mil dólares? ¿Un millón?[*]

—¡La carrera de tu hermana es una inversión, Skyler! Una inversión es algo que producirá resultados en el futuro y devolverá con creces el coste inicial —mamá hizo una pausa, apretándose el pecho con una fila de uñas esmaltadas de rojo, porque había empezado a hablar con animación, como si la estuviera entrevistando un periodista hostil u obtuso—. Pero, como he dicho, no patinamos por dinero ni patinamos tampoco por la fama.

Burlonamente, Bliss alzó los ojos de *Tres ositos en la montaña de hielo* para decir:

---

[*] ¿Y cuánto creen ustedes que podría haber costado, hace diez años, lanzar a una «niña prodigio» en el mar de los, así llamados, deportes *amateurs,* infestado de tiburones? (*Amateur* utilizado aquí como útil eufemismo para preprofesional.) Según mis cálculos, si se tienen en cuenta los sueldos del «personal» al servicio de Bliss, siempre en aumento y siempre cambiante (entrenadora, coreógrafo, ayudantes personales de mamá, relaciones públicas y otros), la lista siempre creciente y siempre cambiante de costosos profesionales de la salud (Muddick, Bohr-Mandrake, Rapp y demás), pagos a la pista de hielo de Halcyon y los gastos de inscripción en numerosos concursos de patinaje, más gastos de ropa, maquillaje, peluquería, viajes y hoteles y las primas del seguro médico y del seguro de vida (para el otoño e invierno de 1996 Bliss Rampike estaba asegurada por 3 millones de dólares), la cifra aproximada son 200.000 dólares.

—Que yo patine no cuesta nada, Skyler. Es lo que Dios quiere que haga. No es como otras cosas que cuestan dinero, Skyler. Es especial.

Al ver la mirada de advertencia en los cálidos ojos castaños de mamá, al borde de las lágrimas, Skyler, el sabihondo, guardó silencio juiciosamente.

La buena sorpresa - I

Desde lo alto suena, ensordecedor y empalagoso, el *Vals de la Bella Durmiente,* de Chaikovski. La gran pista de hielo brilla con el reflejo de innumerables luces que se mueven. Es la noche del 30 de noviembre de 1996. Se va a celebrar el muy esperado Miss Desafío sobre el Hielo de Nueva Jersey en la pista del War Memorial Center, Newark, Nueva Jersey.

Déjà vu! Como un olor a amoníaco.

Skyler, sin embargo, está tan preocupado ahora como la primera vez. Como lo está cada vez que su hermana patina competitivamente en estadios así, ante semejante multitud. Porque ésa es la maldición de los *déjà vu:* aunque ya lo has vivido antes, no logras recordar cómo termina. Ni siquiera si llegaste a sobrevivir.

—¡Skyler! Quédate con tu hermana, cariño. Mamá vuelve enseguida.

Betsey besa alegremente a Skyler en su nariz de cachorro. Y le deja una mínima mancha de lápiz de labios, con lo que (sin saberlo) el hermano mayor de Bliss Rampike se parecerá a un payaso enano.

¡Bellísima pista! ¡Pista deslumbrante! ELITE SKATES & SKATING, floreciente subsidiaria de ELITE SPORTS EQUIPMENT INTERNATIONAL, no ha reparado en gastos. Engalanan la pista ramos de lirios blancos como la cera y rosas de color rojo sangre intrincadamente entrelazados a modo de genitales femeninos en agraz; y, dentro de la pista, bien visibles a través del hielo azulado, hay carteles que anuncian ELITE SKATES & SKATING ELITE SKATES & SKATING ELITE SKATES & SKATING en grandes letras de color rojo sangre que dan la vuelta a la pista como una serpiente que se muerde la cola.

La velada largamente esperada, veintidós concursantes, con edades entre los seis y los dieciocho años, que representan la *crème de la crème* del patinaje artístico *amateur* femenino de Nueva Jersey van a competir con extraordinario vigor por dos títulos: Miss Princesa del Hielo de Nueva Jersey 1996 (la categoría de las mayores), y Miss Princesita del Hielo de Nueva Jersey 1996 (para las más jóvenes). Como el concurso de las mayores es el más esperado, las pequeñas hacen de teloneras. ¡Qué animación! ¡Qué expectación! ¡Tensión en el aire como la que existe antes de una tormenta! ¿Qué sería de los Estados Unidos sin esos momentos en los que se retiene el aliento? ¿Sin esos momentos tan dramáticos? ¿Casi insoportables? En todos los puntos del estadio el público está cada vez más inquieto, más animado. Quien tenga una mentalidad libidinosa —cosa que no le sucede en absoluto a Skyler, payaso enano prepubescente, que no está en condiciones de detectar tales corrientes subterráneas— podría advertir impulsos sexuales en las mejillas encendidas de las mujeres, en los ojos furtivos de los varones. Familias enormes —«clanes» familiares al parecer—, con identidad étnica caracterizada por la piel morena, ocupan al completo hileras de asientos, y se distraen pasándose refrescos con avidez. El público parece ser sobre todo femenino —de todas las edades, de todos los tamaños, de todas las tonalidades de piel— aunque también es posible ver, repartidos por el estadio, a varones de distintas edades, entre los que predominan los maduros. Algunos de esos hombres son sin duda familiares de las patinadoras, y están sentados con las familias numerosas, mientras otros, con la esperanza de pasar inadvertidos, incluso mientras sostienen sobre el regazo cámaras, videocámaras y prismáticos, parecen estar solos. Porque, de manera inevitable, en semejantes competiciones de jóvenes e inocentes patinadoras aparecen espectadores de esas características.

¿Está aquí? ¿Gunther Ruscha? Tiene que estar aquí en la pista de Newark en la velada del 30 de noviembre de 1996, pero ¿dónde?

No se espere de mí que escudriñe el hervidero que es la multitud como si fuera una cámara de televisión, porque tengo el corazón en un puño. Aunque esta velada «histórica» sucedió hace mucho tiempo, estoy demasiado inquieto y la aterradora sensación de *déjà vu,* que es como un tufillo de amoníaco, no debería incapacitarme ahora. Podemos dar por sentado que Gunther Ruscha, de pelo color de rábano y acentuada palidez, se hallaba entre el público aquel día, en una de las localidades de primera fila, ansioso por aclamar a su adorada Bliss Rampike, pero si por casualidad Skyler lo vio, no lo recuerda.

Le da la mano a su hermana mientras piensa *Algo malo va a suceder. ¿Cuándo?*

Quizá Skyler lo pueda evitar. Skyler es el *hombrecito* de mamá y el *hermano mayor* de Bliss, ¿no es así?

Y permanece sentado, muy cerca de Bliss, para protegerla, en sus localidades de segunda fila, en la zona reservada a los participantes, donde su madre los ha colocado antes de marcharse corriendo. El ruido en el gran estadio va en aumento de manera exponencial[*], rebotando desde el techo en cúpula a gran altura. En los abarrotados pasillos los vendedores pregonan sus habituales bebidas de colores fosforescentes y salchichas que parecen lustrosos zurullos, camisetas de felpa con y sin mangas así como gorras con el rótulo Miss Princesa del Hielo de Nueva Jersey 1996, además de programas en papel satinado con muchas ilustraciones que se venden por tres dólares. Skyler aprieta la manita fría de Bliss para confortarla, pero Bliss, perdida en pensamientos ignotos, apenas responde. A diferencia de sus rivales, las otras patinadoras, que se esponjan con la atención de la multitud, a Bliss la ataca la timidez en sitios públicos; vive en una especie de aterrorizada catatonia cuando no tiene puestos los patines y no está sobre el hielo. Durante todo este largo día Bliss ha permanecido en silencio. En el viaje hasta Newark en el nuevo llamativo miniván Renegade XXL de color rojo lápiz de labios, Bliss estaba muy tranquila mientras mamá le hablaba en un suave murmullo cantarín, como hacía siempre mamá en tales ocasiones, asegurándole «Patinarás perfectamente, actuarás a la perfección, Jesús lo ha decretado, Jesús nos ha librado de nuestro dolor terrenal y lo ha reemplazado por Su gracia». (Y ¿qué piensa Skyler de estas afirmaciones de mamá, que parecen haber aumentado exponencialmente durante las semanas, los meses trascurridos desde que papá se marchó de casa? ¿Es Skyler un niño cristiano, «cree» Skyler? En el hogar de los Rampike en el que, en tiempos de crisis, con toda probabilidad, hermanas en el cristianismo como Mattie Higley consolarán a mamá, es difícil no «creer» en algo. Aunque el astuto Skyler ha decidido que rezar es sobre todo ha-

---

[*] *Exponencial.* Palabra con clase, ¿no es cierto? Encontrarán ustedes *exponencial* utilizado sólo en la mejor prosa, por personas que no tienen ni la más remota idea de su verdadero significado, o de si ese significado se aplica a la situación de que se trate. (Santo cielo, ¡qué poco me gusta escribir! Una condenada frase tras otra para hacer pensar al lector «¡Vaya! Esto es real; esto pasó de verdad; cómo me alegro de que no me sucediera a mí».)

blar con uno mismo, preferiblemente en voz baja y sin esperar a que Dios conteste.)

Skyler pasa las páginas del programa en papel satinado hasta la once, donde hay una llamativa foto publicitaria de su hermana y debajo el siguiente pie:

Bliss Rampike, 6 años
Peques sobre Hielo, Miss Debutante 1994
Miss Princesita Patín de Oro 1996

Como Bliss tendría dificultades para leer la cita entre paréntesis que se le atribuye, Skyler se la lee en voz alta:

¡Me encanta patinar! ¡Soy muy feliz cuando patino! Mi mamá me compró los primeros patines Junior Miss Elite de cabritilla blanca (¡talla uno!) cuando tenía cuatro años, me llevó a la pista de hielo y me dijo: «¡Ya puedes empezar!».

Skyler se pregunta: ¿es cierto eso? Está seguro de que nunca ha oído decir a su hermana nada que se parezca a esas frases.

Bliss está mirando la lustrosa foto publicitaria de Bliss Rampike en el programa. Una niñita que más parece tener cuatro que seis años, con grandes ojos de color azul oscuro y densas pestañas, una sonrisa tímida y modesta que parece un capullo de rosa, pelo rubio platino que le cae en ondas hasta los estrechos hombros. Está colocada sobre el hielo, con unos hermosos patines de cabritilla blanca Junior Miss Elite y con el nuevo vestido de satén y lentejuelas de color fresa con su alegre falda de tul estilo *ballerina,* ajustado corpiño, medias de malla gruesa de color carne y un vislumbre de braguitas blancas de encaje por debajo de la falda. Es el traje de «modisto» con el que Bliss patinará dentro de unos minutos al ritmo sexi y lleno de vida de la pieza «disco» *Do What Feels Right* (una favorita de mamá de toda la vida) que Bliss ha estado practicando durante horas todos los días —uno tras otro— bajo la rigurosa supervisión de Anastasia Kovitski, su nueva entrenadora, y Pytor Skakalov, su nuevo y exigente coreógrafo. «¡Repítelo! —insisten los adultos—. ¡De nuevo, otra vez! Lo puedes hacer mejor, tienes que hacerlo mejor, tienes que ganar». Bliss toca con añoranza la foto de Bliss Rampike y susurra al oído de Skyler:

—¿Se supone que ésa soy yo? *No* soy yo.

Y Skyler responde con tempestuosa autoridad de hermano mayor, como mamá querría que lo hiciera:

—No digas tonterías que algún desconocido podría oír y repetir. *Claro que eres tú*.

Desde primera hora de la mañana mamá ha estado aludiendo a una «sorpresa» —«una hermosa sorpresa»— más allá de la victoria que mamá espera hoy, y por eso Skyler ha estado pensando *¿Significa eso que papá está aquí? ¿Está papá aquí?*, si bien se trata de una posibilidad tan familiar que ha adquirido ya un gusto un tanto rancio, de manera que Skyler no tuerce el cuello para mirar hacia atrás en el estadio, a las hileras de asientos.

Bliss no mira. Bliss no mira nunca. Aunque Bliss esté pensando (en secreto) *¿papá está aquí?* es ya toda una experta en no dejarlo traslucir.

—¿Bliss? ¡Sonríe para nosotros, corazón!

Los fotógrafos ocupan el pasillo entre los fogonazos de los flashes. Una periodista rubia de NJN-Televisión, que ha entrevistado en el pasado a mamá y a Bliss, se esfuerza por halagar a la niña para que sonría. Mamá regresa, el rostro encendido e indignada. En los círculos del patinaje *amateur* femenino del noreste de los Estados Unidos, Betsey Rampike ha conseguido la reputación de ser una de las madres y entrenadoras más agresivas. Hace un momento ha estado protestando por el sitio asignado a Bliss en la lista de participantes: tendrá que entrar en la pista demasiado pronto o quizá le haya tocado ser una de las últimas. Mamá está decidida a que Bliss gane esta noche el codiciado galardón de Miss Princesita del Hielo de Nueva Jersey: «Es el triunfo por el que llevamos trabajando dos años y medio». Y: «Miss Princesita del Hielo de Nueva Jersey será el "trampolín" de Bliss Rampike para las competiciones nacionales». Mamá está abrazando a Bliss, murmurándole al oído lo que debe de ser una oración precipitada, y a continuación mamá conferencia de nuevo con Anastasia Kovitski, la entrenadora de Bliss, y con Pytor Skakalov, su coreógrafo, mientras Skyler, a pocos pasos de distancia, trata de no ver cómo el uzbeko de mirada untuosa, frondoso bigote negro y cabellos enmarañados que le llegan hasta el hombro, se halla desagradablemente cerca de mamá y le aproxima en exceso la boca al oído. Peor aún, la mano de Skakalov cae sobre el hombro de mamá y ya no se mueve.

Skyler se retuerce en su asiento. *¡Si papá está aquí! ¡Si papá lo ve!*

Por otra parte: las últimas noticias de papá que oyó Skyler eran que estaba de camino a una «cumbre empresarial» en algún sitio lejano. ¿Moscú?

Skyler piensa que su madre nunca le ha parecido tan ¿vehemente?, tan ¿decidida?, como esta noche. Skyler sabe que se ha sometido a una dieta en las últimas semanas y ha perdido peso y también que le han estado «trabajando» la cara en la consulta del doctor Screed, nada tan drástico como un estiramiento facial ni liposucción, aunque Skyler no está seguro de lo que es una «liposucción», tan sólo «inyecciones milagrosas» para alisarle las arrugas de la frente. Para el acontecimiento de hoy mamá lleva un brillante vestido nuevo de satén color fresa con un escote vertiginoso que muestra el inicio de sus pálidos pechos cremosos; el vestido imita el modelo para patinar de Bliss, de falda con vuelo. No tiene nada de extraño que Betsey Rampike atraiga a fotógrafos y a equipos de televisión, lo que también sucede con la «angelical» Bliss Rampike entre todas las niñas patinadoras.

Pytor Skakalov, el de las miradas untuosas, debe de haberle dicho algo muy estimulante porque mamá, de manera impulsiva, le da las gracias con un rápido beso que le roza un extremo del frondoso bigote.

¡Si papá lo ve!

—Qué tal, señorasss y señoresss y todosss losss demásss... —de manera brusca, en mitad de una nota, cesa la música de Chaikovski, generosamente interpretada en materia de decibelios. Un individuo mastodóntico con cara de lagarto y reluciente esmoquin negro (¿podría tratarse de Jeremiah Jericho?) aparece bajo la luz de un foco al borde del hielo. Su peculiar pronunciación, decididamente confidencial, desata un coro de silbidos y amistosos abucheos—. *¡Bien*-venidos! *¡Bien*-venidos a New-ark! ¡La respuesta de Nueva Jersey a la antigua Atenas! ¡La más grande de nuestras ciudades y un emporio cultural que nadie iguala! Esta noche...

Skyler escucha petrificado con la alarmante sensación de *déjà vu* alzándose dentro de él como una náusea. ¿Puede haber una náusea del alma? Skyler ha vivido esto antes, y también Bliss, porque no hay manera de escapar, el tiempo es una cinta de Moebius que gira lánguidamente en un aire frío y viciado, aunque Jeremiah Jericho, el maestro de ceremonias, parece ligeramente más viejo e hinchado que dos años antes en Meadowlands. Su rostro, entre cordial y burlón, está maquillado de manera conspicua con una base de un moreno anaranjado, y sus cabellos negros, lacios y brillantes, parecen recién teñidos. Skyler siente una punzada de asco ante el personaje, pero ha de reconocer que hay algo reconfortante acerca de Jeremiah Jericho. *Como si cualquier cosa vieja y estúpida fuese más consoladora que algo nuevo, porque sabes que has sobrevivido.*

—... y ahora, señorasss y señoresss, vamos a levantarnos, ¡todos en pie!, para la más sagrada de nuestras músicas, nuestro himno nacional, emociónense, amigos, con *O! Say Can You See...*

Como un titiritero, con los ojos empañados, Jeremiah Jericho hace que la multitud se ponga en pie tambaleándose, dirigiéndolos en una interpretación vociferante del himno nacional a la que siguen ensordecedores aplausos autosatisfechos. A continuación Jeremiah Jericho hace una presentación jocosamente subida de tono, con lascivia de abuelito, de Miss Princesa del Hielo 1995, una chica «estelar», «todo menos pueril», «una fuera de serie», Miss Princesa del Hielo 1995, Courtney Studd, dieciocho años, de Hackensack, que patina y hace ondular su cuerpo al ritmo de una jadeante versión «disco» de *Bolero,* el viejo clásico repetitivo de Ravel, con un centelleante vestido de corista de Las Vegas, y se la premia con un aplauso ensordecedor.

—Y ahora, señorasss y señoresss —Jeremiah Jericho se frota las carnosas manos con aire vicioso—, la primera competición de la velada, ¡once seductoras niñitas con mucho talento que se disputan el codiciado título de Miss Princesita del Hielo de Nueva Jersey! Estas fan-tás-ticas muñequitas tienen edades comprendidas entre los seis y los doce años y la primera en patinar para nosotros es...

Cuando se anuncia a Bliss Rampike, la quinta en competir, se oye una reconfortante salva de aplausos, silbidos y gritos de «¡Bliss, te queremos!», que consiguen que Skyler se sienta incómodo, dado que puede considerarse un mal augurio que su hermana sea en este momento la favorita del público, porque las multitudes aficionadas al patinaje son notoriamente inconstantes.

—La jovencita Bliss Rampick, seis años de edad, Fair Hills, Nueva Jersey, aquí está nuestra valiente muchachita, Miss Debutante 1994 en Peques sobre Hielo, Jeremiah Jericho, vuestro servidor, fue maestro de ceremonias en aquella memorable ocasión. ¡Bien-venida, Bliss! ¡Bien-venida a New-ark! Que las palmas echen humo, amigos, para...

Mientras el estadio se llena con los cálidos ritmos muy marcados de *Do What Feels Right*, aquel éxito «disco» de otros tiempos, Skyler, con la boca seca y paralizado por el pánico, contempla cómo Bliss parece salir volando sobre el hielo y cómo silban las cuchillas de sus patines. ¡Y qué espectáculo con su traje de satén y lentejuelas de color fresa, la desenfadada falda de tul y las braguitas caladas. *Y ahora se torcerá el tobillo y se caerá...* Pero cuando Skyler abre los ojos que ha cerrado con fuerza, Bliss no se ha caído sino que realiza un deslumbrante deslizamiento hacia atrás, a continuación gira sobre un solo patín, ejecuta una espiral, un círculo, una «mariposa en vuelo», un «salto con doble rotación», mientras el público estalla en un aplauso espontáneo. Esta niña rubia, que tiene un aspecto tan frágil, parece mucho más joven que sus rivales, y resulta tan angelical en su porte que los públicos la adoran. Durante unos pasmosos minutos Bliss actúa impecablemente con el rápido ritmo de *Do What Feels Right,* una sonrisa permanente en el rostro, rizados cabellos rubios que le caen en cascada hasta los hombros (estrechos, desnudos), un giro final, una «mariposa» y una reverencia deslizante a un público que aplaude a rabiar mientras Jeremiah Jericho jadea ante el micrófono:

—¡*Mag*-ní-fi-co, Blizz! ¡*Fan*-tás-tico! ¡He aquí un angelito que patina como un demonio! ¿Dónde estabas, cariñito, cuando Jerry Jericho tenía ocho años y hambre de movimiento? Amigos, lo vais a oír directamente de la vieja boca de la verdad: ¡Blizz Rampick ganará un día una medalla olímpica de oro! ¡Un día será campeona del mundo de patinaje artístico! Amigos, que las palmas echen humo por nuestra Blizz Rampick de Far Hills, Nueva Jersey...

De manera que el público del Newark War Memorial, en la histórica velada del 30 de noviembre de 1996, se entusiasma *una vez más* con Bliss Rampike.

La buena sorpresa - II[*]

—Y hoy por la noche puede haber otra sorpresa para nosotros.

A Skyler el corazón le latió con fuerza en el pecho. *¿Papá?*

Bliss se chupó el dedo, sin atreverse a preguntar.

—... no es seguro, pero podría ser. «Nuestro cáliz rebosa»...

Podría ser.

Mamá rio alegremente, limpiándose los ojos empañados por las lágrimas.

—¿Es una sorpresa buena, mamá? —preguntó Skyler, dubitativo.

Mamá rio de nuevo. Pese a los esfuerzos del doctor Screed, una arruga muy nítida, como hecha por la hoja de un cuchillo, le había aparecido entre las cejas.

—Por supuesto que es una «sorpresa buena», Skyler. Todas las sorpresas de mamá son buenas.

¿Era cierto aquello? Skyler se mordió el labio inferior y no respondió, pero su hermanita, sentada delante en el minivan, y él compartieron el mismo pensamiento: *¡No! No todas las sorpresas de mamá son buenas.*

—... el día más feliz de mi vida. ¡Por fin!

Mamá no hablaba con Bliss, desplomada en el asiento del pasajero, ni con Skyler, detrás de ella, sino consigo misma, como si hubiera olvidado que la acompañaban sus hijos. Y había en las palabras que acababa de murmurar tanto de asombro como de triunfo porque

* Mi título original para estos capítulos enlazados, que recogen los acontecimientos del 30 de noviembre de 1996, era «Suspense barato», pero mi editor insistió en que lo cambiara. Y tengo que reconocerlo, ¿cuándo no es barato el suspense? ¿Existe un suspense «costoso», «caro», «con clase»? Por otra parte, el resultado de la participación de Bliss en el concurso de Newark es un dato de todos conocido, de manera que, hablando técnicamente, no podía haber ningún suspense: todos ustedes saben que Bliss ganó el codiciado título de Miss Princesita del Hielo de Nueva Jersey 1996, lo que supuso el «punto culminante» y también el «punto final» de su carrera.

aquí está el misterio de la vida de Betsey Rampike: *un recipiente pequeño rebosa enseguida.*

Por la mañana regresarían triunfantes a Fair Hills. Se planeaban celebraciones en honor de Bliss Rampike, celebridad infantil local, que acababa de ser coronada Miss Princesita del Hielo de Nueva Jersey 1996. Habría festejos y más entrevistas. Fotógrafos, equipos de televisión. Pero mamá había reservado, para pasar la noche, una suite en el hotel Garden State Marriott, en una de las salidas de la I-80, veinte kilómetros al norte de Newark: mamá estaba aturdida de felicidad y de agotamiento y no podía arriesgarse a conducir una hora más, de noche, hasta Fair Hills. Después del delirio por la victoria de su hija, mamá se había impuesto el límite de una o dos copitas —¡no más de tres!— de vino tinto barato en el vestíbulo del War Memorial (con corrientes de aire) y aunque mamá no estaba ni mucho menos borracha, el miniván le creaba dificultades porque el condenado volante parecía burlarse de ella con su tendencia a irse hacia la izquierda; y con el pie apretaba demasiado el acelerador o demasiado poco. «*Ma*-má. Ten *cuidado.*» Mirando por encima del hombro derecho de mamá a la veloz calzada manchada de lluvia a punto de convertirse en aguanieve, Skyler pensó con sombría satisfacción que si no le quedaba otro remedio, se apoderaría del volante. Si a mamá le derrapaba el miniván. Si mamá perdía el control. Skyler, de nueve años, los salvaría a todos y nadie lo sabría, ni siquiera papá.

Y si se mataban, pensó Skyler, la culpa sería de papá.

Bajo el resplandor cambiante de las luces de los coches con los que se cruzaban, relucientes por la lluvia, el rostro de la madre de Skyler estaba humedecido por lágrimas de gratitud y parecía brillar desde dentro con una extraña belleza lunar.

—... el día más feliz. *Mi vida.*

¡Un día muy feliz! Felicísimo. La garganta de Skyler estaba en carne viva de felicidad porque los jueces habían puntuado a su hermana con un 5,9 sobre 6 y ninguna otra patinadora de su categoría entre seis y doce años había conseguido más de un 5,7. ¡Increíblemente feliz! Mamá había gritado y llorado y se habría arrodillado para dar gracias a Jesús de no ser porque su ayudante Dale McKee (una chica joven) la disuadió. Delirio y aplausos ensordecedores. Vítores, silbidos, gritos de «¡Te queremos, Bliss!». Al mastodóntico Jeremiah Jericho, con cara de lagarto, le conmovía Bliss Rampike, era evidente. Incluso al abuelito de los guiños libidinosos con el elegante esmoquin que le apretaba la tripa. ¡Hasta *él*! Llegó a predecir que la chiquilla rubia de Far Hills —perdóneme, señor Jericho, *Fair* Hills— conseguiría algún día la medalla olímpica de oro y sería campeona del Mundo y (mamá lo sabía: mamá se encargaría de ello) una de las superestrellas del espectáculo Disney sobre Hielo, un talento de muchos millones de dólares. Betsey Rampike conmovió el corazoncito del público de Nueva Jersey, porque lloró con tanta gratitud que el rímel le resbaló mejillas abajo y riachuelos de lágrimas corroyeron su denso maquillaje. Tenían delante a una madre absolutamente sincera. Tenían delante a una madre vulnerable. A una madre merecedora de la victoria de su hija.

—Miss Princesita del Hielo de Nueva Jersey 1996, que Dios te bendiga.

Porque, en aquel instante, la voz burlona de Jeremiah Jericho se quebró mientras con manos reverentes colocaba la tiara de «plata» de tamaño infantil sobre la cabeza de la niña. Una banda de satén de color fucsia brillante con MISS PRINCESITA DEL HIELO DE NUEVA JERSEY 1996 se colocó —¡con mucho cuidado!— sesgada sobre el pechito plano de Bliss. Todavía llorando, Betsey Rampike aceptó de Jeremiah Jericho un voluminoso ramo de rosas de plastilina de color rojo sangre y un certificado, con su marco, que conmemoraba el título de su hija y un sobre que contenía una «pequeña prueba de nuestro aprecio» (¿cuánto? Skyler descubriría más adelante que sólo se trataba de 500 dólares) y, para deleite del público, Betsey Rampike se ruborizó apropiadamente cuando Jeremiah Jericho depositó un sonoro beso en su mejilla encendida, «¡Reúnase conmigo esta noche en el país de los sueños, ssseñora Rampick!», mientras con gran habilidad el maestro de ceremonias con cara de lagarto sacaba a la madre y a la hija de la pista de hielo y de la iluminación de los focos para dar paso a la coronación —más importante— de Miss Princesa del Hielo de Nueva Jersey 1996.

—¡Ahora vuestra sorpresa, niños! Si es que hay sorpresa.

Mamá parecía menos segura ya. Apretaba contra el pecho la tarjeta de plástico que era la llave de la suite 1822 del Garden State

Marriott como si temiera perderla. Al subir al piso dieciocho del hotel en el ascensor con paredes de cristal, Skyler estaba al mismo tiempo aturdido por la fatiga y preocupado por lo que pudiera suceder a continuación; mamá y él sostenían entre los dos a Bliss. Abajo, en el vestíbulo, Miss Princesita del Hielo de Nueva Jersey 1996, con su tiara de plata todavía en la cabeza, aunque ladeada, con su abrigo de mohair rojo y sus deliciosas botas blancas de cabritilla, había provocado miradas de curiosidad y sonrisas, pero mamá rogó a sus dos hijos que se apresurasen, poco dispuesta a entretenerse. En otro momento le hubiera encantado presentar a Bliss y presentarse ella y explicar quién era Bliss, si es que resultaba necesario; sucedía con frecuencia que mamá intercambiaba nombres y direcciones con desconocidos que se mostraban amistosos. Pero no esta noche, porque era muy tarde: las once menos diez.

—¿Skyler? Tú eres el del toque mágico.

Mamá entregó alegremente a Skyler la tarjeta de plástico que abría la puerta de la suite 1822. Tiempo atrás había quedado así establecido entre ellos, y era una cuestión de cierto orgullo para el *hombrecito,* que raras veces tenía problemas para abrir las puertas de habitaciones de hotel que a mamá le resultaban tan desconcertantes.

De manera que Skyler insertó la tarjeta. Pero sin éxito: sólo brillaron diminutas luces rojas junto a la cerradura, pero no verdes.

Skyler insertó de nuevo la tarjeta y la retiró. No demasiado deprisa, ni tampoco demasiado despacio. ¡Maldita sea, le temblaba la mano!

Lucecitas rojas, no verdes.

Skyler estaba a punto de protestar, la cerradura tenía que estar rota, cuando, de repente, se abrió la puerta y ¡*allí estaba papá!*

Un papá avergonzado. Un papá juvenil con cara de culpable.

A papá se le quebró la voz por la emoción. Agachándose para abrazar a sus asombrados hijos, mientras las lágrimas le caían por la mejillas.

—¡Hijos míos! ¡Cristo bendito! Vuestro papá os quiere, vuestro papá cometió una equivocación terrible, ¿perdonáis a vuestro papá? —abrazó a Bliss con un brazo y a Skyler con el otro, mientras mamá miraba sonriente como podría sonreír alguien desde la cubierta de un barco que se balancea, ebrio, en un «mar agitado por la tormenta», hasta que papá consiguió incluirla también en su abrazo, cuatro Rampikes tambaleándose y tropezando juntos dentro de la habitación del hotel. Como un hombre desesperado, papá besaba y abrazaba a sus hijos y acto seguido los besaba y abrazaba todavía con más fuerza; cubría sus asombrados rostros con ardientes y sonoros besos; trató de alzarlos a los dos en brazos pero tuvo que conformarse con sólo Bliss, que lo miraba con ojos dilatados, parpadeando muy despacio, la tiara de «plata» escurriéndose de la cabeza. Papá gemía como un animal herido—. ¡Hijos míos! ¡Dejadme veros! Dulces, hermosos, inocentes criaturas que papá no se merece. Y mi hermosa mujer que tampoco me merezco. A ninguno de vosotros, mi queridísima familia, os merezco en absoluto. ¿Vais a poder perdonarme?

¡Sí, sí, sí! *Sí.*

—¿Me aborrecéis? Deberíais. Dios del cielo, ya lo creo que me lo merezco, ¿me aborrecéis? ¿Me detestáis? ¿Bliss? ¿Skyler? ¿Betsey?

¡No, no, no! *No.*

La habitación en la que habían entrado a trompicones era una sala de estar generosamente decorada en donde ya mamá había dejado nuestras maletas durante el día, antes de presentarse en el War Memorial. Ahora la habitación estaba repleta de globos de todos los colores, algunos de ellos retorcidos para adquirir torturadas formas de animales; brillantes tiras de papel colgaban de las pantallas de las lámparas y de la araña sobre nuestras cabezas; un carrito del servicio de habitaciones cubierto con un mantel blanco estaba lleno de alimentos: quesos, fruta, gambas, una pizza de buen tamaño (dentro de su caja), un trozo de jamón con pan recién cortado y mostaza *gourmet,* fresas bañadas de chocolate, bombones con sabor a menta, agua mineral con gas, una botella de vino tinto y otra más grande de champán Dom Pérignon. Mamá se rio de papá:

—¡Bix! ¿No te has pasado un poco? ¡Se diría que has comprado la tienda! —con voz de reproche.

Y papá dijo:

—Tienes toda la razón, ¡ya lo creo que he comprado la tienda! Y más que está por venir.

Torpemente, papá abrazó a mamá, que lo rechazó como se rechaza a un niño demasiado grande, pero papá perseveró y besó a mamá en la boca con fuerza y Skyler y Bliss no habían visto nunca a papá besar a mamá.

Aunque tan sólo unos minutos antes se caían de agotamiento, los dos niños estaban ahora despiertos, curiosos. Skyler tenía en los ojos la sensación de haber mirado llamas. Su corazoncito le latía con fuerza y muy deprisa, y Bliss respiraba por la boca, que era algo que no había hecho nunca mientras se esforzaba sobre el hielo para realizar los ejercicios más extraordinarios. Poco a poco los niños se iban dando cuenta de que papá había vuelto y de que papá estaba *allí*.

Mientras se chupaba el dedo, Bliss preguntó tímidamente si papá iba a quedarse con ellos toda la noche, y papá volvió a besarla en la boca y dijo:

—Demonios, sí. Sí, sí y sí. Hoy toda la noche y todas las noches futuras, cariño, para siempre. Y papá pone a Dios por testigo.

Skyler sentía celos de las atenciones que Bliss estaba recibiendo de papá, de manera que se apretó contra sus piernas como podría hacerlo un niño mucho más pequeño, y le tiró del brazo, si bien, durante un largo instante de frustración, no consiguió desplazar su mirada, fija en Bliss, a la que no había visto ¿durante cuánto tiempo?, ¿varias semanas o eran meses?, como si fuera la hija de un desconocido, su rostro de huesos delicados mortalmente pálido, con la saliva que le brillaba entre los labios separados.

—Bliss, cariño, me he esforzado todo lo que he podido por llegar a Newark a tiempo para verte patinar. Bien sabe Dios que lo he *intentado*. El condenado avión de los mismísimos* salió del maldito Fráncfort con cinco horas de retraso, no se podía hacer nada. ¡Y luego cuarenta minutos dando vueltas sobre el aeropuerto de Newark! Pero te he visto en la televisión, cielo. Encendí el televisor justo a tiempo, ha sido como si Dios me llevara de la mano, todos estos meses Dios había abandonado a Bix Rampike, pero de repente le ha devuelto la cordura, y he visto a mi chiquitina patinar como un ángel, ¡no podía creer lo que veían mis ojos!..., y he oído a esa multitud volverse loca con ella; he visto primeros planos de mi hermoso ángel patinando como no podía verla nadie dentro del estadio, y, ¡cielo santo!, cuando los jueces han dado a Bliss Rampike cinco puntos con nueve sobre seis, sabía ya que ibas a ganar; no me hacía falta esperar a que lo anunciaran, yo ya *lo sabía*. Y he llorado a moco tendido como un niño de pecho. Y cuando a Bliss la han co-

---

* Para no herir los tiernos oídos de sus hijos. Un detalle de delicadeza empleado a veces por malhablados recalcitrantes como él.

ronado «Miss Princesita del Hielo de Nueva Jersey» he vuelto a llorar igual que la primera vez.

Era cierto: los ojos de papá estaban enrojecidos e hinchados.

Mamá se quitó despacio el abrigo, que era de mohair rojo (a juego con el abriguito de Bliss) y cuello de visón. Mamá se alisó el resplandeciente vestido color fresa sobre sus caderas bien proporcionadas, y uno se daba cuenta de que papá también miraba fijamente a mamá: porque mamá había perdido peso y tenía ahora la «talla diez» y había reparado cuidadosamente los estragos en el maquillaje después de la llantina en el War Memorial, de manera que resultaba muy atractiva, pensó Skyler.

Llena de energía, mamá dijo:

—¡Bien! Vuestro padre ha vuelto, niños, y todos le queremos; y como somos cristianos le perdonamos, por supuesto.

Mamá se rio de una manera gutural y sexi que le recordó a Skyler a ¿quién?, ¿a la madre de Calvin Klaus?, y procedió a besar suavemente a papá en la boca, que parecía aplastada: se veía que ahora residía en mamá una fuerza misteriosa, una fuerza que sus hijos no habían visto antes.

También papá se balanceaba como si estuviera cansado, aunque feliz. Y bien podría ser: su aliento tenía un olor dulce y también a humo: ¿whisky escocés Johnnie Walker? Estaba además despeinado y su piel había adquirido un color gris y una textura basta que Skyler asociaba con sus vueltas a casa cuando regresaba de un vuelo transatlántico; sus poderosas mandíbulas quedaban oscurecidas por una barba de dos días. Llevaba además pantalones oscuros con los fondillos muy arrugados, y también la camisa blanca de algodón de manga larga estaba muy arrugada y tenía manchas.

—¿Habéis echado de menos a vuestro papá, chicos? Espero de verdad que no, pero... ¿me habéis echado de menos?

Papá los miraba con una expresión de hambre tan extraña que Skyler tuvo miedo de que se le escapara una carcajada.

—Los niños te han echado de menos, Bix, un poco. Y yo también te he echado de menos, un poco. Sobre todo al principio —mamá hablaba con un tono de reproche burlón, acariciando el brazo de papá como se podría acariciar a un perro inquieto para tranquilizarlo—. Ahora todo es perfecto de nuevo. Jesús nos ha librado del dolor y lo ha reemplazado con su gracia y tú mismo has visto los frutos de esa gracia esta noche: nuestra hija es Miss Princesita del Hielo de Nueva Jersey 1996. Nuestra hija ya está *lanzada*.

—Nuestra hija está *lanzada*. Amén.

Papá descorchó la botella de Dom Pérignon, con la torpeza que adoptaba cuando quería ser divertido. Mamá sacó la pizza (salami y queso, a Skyler la boca se le hizo agua) de su caja y abrió, para Skyler y para Bliss, una botella de agua mineral con gas. Era muy tarde —¡había pasado con mucho la hora de acostarse!— pero Skyler tenía mucha hambre y empezó a comerse la pizza; Bliss, que no había comido prácticamente nada en todo el día excepto yogur, uvas y las delgadas galletas crujientes de «siete cereales» que le daba Anastasia Kovitski, devoró varias fresas cubiertas de chocolate antes de poder contenerse, con expresión compungida. Papá, aturdido, sirvió champaña espumoso en copas de pie alto para mamá y para él y alzó la suya para brindar con la de mamá mientras el vino espumoso le escurría entre los dedos.

—Dios es testigo, Betsey. Aquí me tienes, delante de ti, humillado y avergonzado. Y estoy en casa.

¡Pero aún había más! Papá traía regalos para su pequeña familia: para Sky-boy, un Terminator Boy XXL, emocionante y realista, de más de cuarenta centímetros de altura, con «ojos de láser»; para Bliss «la maravillosísima niñita de papá» una capa de armiño de talla infantil, con forro de seda carmesí; y para mamá, un hermoso brazalete de resplandecientes piedras verdes, «esmeraldas indonesias».

Mamá se quedó mirando asombrada, abrió la boca y los ojos se le llenaron de lágrimas. Con voz apenas audible dijo:

—¡Oh, Bix! Este brazalete es... es tan hermoso. Jesús ha oído mis oraciones y ha respondido. Mi marido ha vuelto. Hoy ha sido el día más feliz de mi vida... «Mi cáliz rebosa.»

Las lágrimas de mamá no eran las ácidas lágrimas furiosas de los últimos meses que tanto habían asustado a Skyler y a Bliss, sino alegres lágrimas centelleantes de la clase reservada de ordinario para las luces deslumbrantes de un estadio de patinaje artístico, cuando se estaba coronando a Bliss Rampike. Y papá, abrazado a mamá con fuerza, en una demostración de humildad de papá torpe, escondió, buscando el perdón, el rostro enrojecido en el cuello de mamá ruborizada, y empezó también a llorar.

Hondos sollozos incontrolados provocaron que Skyler pensara *Pero esto no ha sucedido antes y por lo tanto no puede suceder de nuevo. ¿Verdad que no?*[*] (Editor:[**] ¿Necesitamos saber que se trata de «un sueño profundo, producto del agotamiento», «un verdadero sopor con la boca abierta», «un sueño extraño en el que los ojos de color cobalto permanecían abiertos en parte, aunque sin ver nada»?)

Otro final, necesario para un elegante tránsito al capítulo siguiente (¿es *tránsito* la palabra adecuada? Un tipo modernoso de palabra, pero a menudo útil):

Aquella noche, al despertarse bruscamente, sin saber en un primer momento dónde estaba, en una cama desconocida, y con su hermana Bliss durmiendo en el lecho gemelo junto al suyo, Skyler escuchó un sonido repentino, un sonido de protesta, un sonido de forcejeo, un ruido sordo, de golpes repetidos y —¿era risa?— la risa de mamá, aguda, sorprendida, involuntaria, una risa como un gemido, y lo que tenía que ser la respuesta de la resonante voz grave de papá, el pobre Skyler no tenía ni idea de lo que estaba oyendo, ¿debería asustarse, debería llamar a la puerta entre las dos habitaciones, o no era más que mamá riendo, mamá riéndose con uno de los chistes sin gracia de papá? De manera que Skyler se tapó la cabeza con la almohada; si mamá

---

[*] ¡Pobre Skyler! Al igual que los intestinos se pueden retorcer y acto seguido supurar en la cavidad abdominal, el cerebro puesto a prueba en exceso de un niño se puede retorcer y supurar. Y, sin embargo, creo que sabemos lo que Skyler quiere decir aquí, al final de esta escena tan recargada de «realismo doméstico».
Aunque la escena no terminó aquí. Ninguna escena en literatura, ni en el cine, termina como está indicado, sino que se arrastra, interminable, como una serpiente con la columna vertebral rota. He aquí el final primitivo, más completo:

¿Y qué tal Skyler metiéndose en la boca una porción de pizza cubierta de pegajoso queso coagulado, salvajemente hambriento como si llevara días sin comer? Skyler mirando a sus padres diabólicos y pensando sin poder remediarlo *Pero esto no ha sucedido antes y por lo tanto no puede suceder de nuevo. ¿Verdad que no?*

Además, a continuación, un final «patético»:

En un sofá de la suite, envuelta en la nívea capa de armiño como en una mantita, Miss Princesita del Hielo de Nueva Jersey se ha quedado dormida mientras se chupaba el pulgar y algún dedo más.

[**] (¡Ningún editor respondió a esta consulta! Lo que significa, imagino, que ningún editor se la leyó. De manera que voy a dejar que siga aquí, por puro rencor.)

era feliz, y papá volvía a vivir con ellos, entonces Skyler sería feliz, Skyler sería muy feliz, y Bliss también lo sería.

Ya entienden ustedes por qué prescindí de este final: está pasado de rosca y transmite su significado con demasiada claridad. Preferimos algo más indirecto.

¿Juguetes eróticos?

En el cajón más bajo de la cómoda de caoba profusamente tallada y situada en el dormitorio principal de los Rampike, debajo de los calzoncillos (planchados, doblados) de papá, cuando mamá y Bliss pasaban fuera la tarde y Lila, la filipina, la nueva criada, estaba muy lejos, en el piso de abajo, ocupada en el cuarto de la plancha, Skyler descubrió un día, con asombro, los siguientes objetos desconcertantes:

- un arrugado pañuelo de seda carmesí de unos ochenta centímetros de largo y menos de quince de ancho, con algunas manchas poco importantes;
- varias prendas de ropa interior de señora, una de seda negra, otra carmesí con encajes, una tercera de color champaña casi transparente: bragas lo bastante grandes para ser de mamá, pero —¡qué cosa tan extraña!— sin entrepierna; sujetadores lo bastante amplios para ser de mamá pero hechos de un tejido tan endeble que nunca hubieran podido sostener los pesados pechos de mamá, con orificios estratégicamente colocados;
- un liguero de seda negra y medias de seda negra enrollados juntos;
- dos antifaces: uno de seda negra y otro de seda carmesí;
- varias cadenas de un metal ligero imitación de oro, con eslabones en forma de corazón;
- una reproducción de color carne de lo que parecía, a los ojos asombrados de Skyler, la «cosa» de los chicos, monstruosamente ampliada, con una misteriosa correa de cuero unida a la base;
- «Aceite de Eros» Gaspard de la Nuit, en un frasco de dos decilitros que parecía no haberse abierto nunca;

- «Chocolate para lamer» Gaspard de la Nuit, en un frasco similar, que sí parecía haber sido abierto, porque quedaba menos de la mitad de su contenido.

Fascinado, Skyler se atrevió a alzar el antifaz de seda negra para mirar a través de los ojos; y también se atrevió a oler (aunque sin probarlo) el «Chocolate para lamer» Gaspard de la Nuit; igualmente llegó a enrollarse alrededor del cuello el pañuelo de seda carmesí, se secó con él la cara encendida e inhaló su aroma, entre frutal y perfumado. ¡Tyler McGreety sabría qué hacer con cosas como aquéllas! Pero no Skyler Rampike, cuyo corazoncito latía tan deprisa, hasta sentir que se podía desmayar.

—¿Sky-ler? —una voz femenina se alzó lejos, en el piso de abajo.

Pasmado ante lo que había descubierto, sabiendo sólo que aquellos objetos, al igual que el *dormitorio principal,* le estaban vedados, Skyler escondió muy deprisa todo aquello bajo la ropa interior de papá, y huyó.*

---

* Tal vez se pregunten ustedes si llegó a descubrirse la desobediencia de Skyler. La respuesta es no. O quizá sí.

«¿Juguetes eróticos?» como título de capítulo procede del S. R. de diecinueve años, no del de nueve, que no tenía ni idea de qué era lo que estaba viendo.

Niños que fabulan

Si Skyler imaginaba lo que *era,* Bliss imaginaba lo que *no era.*

Nada disgustaba tanto a mamá como «las invenciones» —las «fabulaciones»— de Bliss en presencia de extraños. Mamá, sobre todo, tenía que mantener la guardia alta en sitios públicos: si, por ejemplo, una entrevistadora agresiva pinchaba a Bliss para que —en directo, en la televisión— dijera «inconveniencias» cuando mamá no podía ejercer la censura, ni siquiera recortar sus palabras, como en esta notable entrevista con una locutora astutamente malintencionada poco después del éxito de Newark:

ENTREVISTADORA: ¡Patinas con tanta facilidad, Bliss! ¿Cuántos años tenías cuando aprendiste a patinar?

BLISS *(larga pausa, con timidez):* ... antes de estar aquí, en aquel otro sitio.

ENTREVISTADORA: Y ¿dónde estaba ese «otro sitio», Bliss?

BLISS *(larga pausa, dedo en la boca):* ... estaba oscuro. Yo no estaba allí todavía.

ENTREVISTADORA: No te entiendo bien, cariño. ¿No estabas «allí todavía»...?

(Sentada muy cerca, al lado de Bliss, un brazo sobre los hombros de su hija, se nota que mamá está inquieta, aunque sigue sonriendo feliz.)

BLISS: ... antes de nacer.

ENTREVISTADORA: ¡Vaya, Bliss! ¿Tienes recuerdos de antes de nacer?

BLISS *(asiente con tanta vehemencia que la tiara de plata casi se le cae):* Fue una época tranquila, nadie se enfadaba conmigo. Nadie me gritaba. Había hielo, había hielo por todas partes donde está la autopista, se podía patinar y patinar y...

MAMÁ *(riendo con nerviosismo endereza la tiara de Bliss y con suavidad le saca el dedo de la boca):* Lo que Bliss está tratando de decir es «hace mucho tiempo», cuando sólo tenía cuatro años. Porque ya aquel primer año, 1994, se la proclamó Miss Debutante en Peques sobre Hielo, ¡la más joven en toda la historia de la competición!

¿Divertido? A una apesadumbrada Betsey Rampike no se lo pareció.

En otra ocasión, en un momento anterior de la carrera de Bliss, y toda una sorpresa para Skyler (que veía la retransmisión en casa, solo con una de las Marías), a raíz de la victoria de su hermana en la competición StarSkate, otra entrevistadora felicitaba a Betsey Rampike por lo «angelical», por lo «esplendorosamente bella» que era su hija, cuando Bliss, de repente, se puso muy nerviosa, agitó la cabeza de manera vehemente y, antes de que mamá se lo pudiera impedir, consiguió quitarse algo pequeño y de color blanco perla de uno de los incisivos, dejando al descubierto, en un revelador primer plano televisivo, una melladura en el diente.

Sacudida por risitas incontenibles, Bliss tartamudeó ante la cámara de la televisión:

—Me porté mal. Me caí y me rompí el diente. No soy *como parezco.*

¡Pobre Betsey Rampike! Forzada ante la cámara a una intervención de lo más torpe y abochornada, trató de sonreír al tiempo que se disculpaba profusamente ante la entrevistadora y se esforzaba por sujetar a la escurridiza Bliss con un firme abrazo materno al tiempo que le retiraba de los dedos la funda del diente mellado antes de que se cayera al suelo.

Aquello sí que *fue* divertido. Skyler estuvo riendo mucho rato.

Luna de miel - I

Al igual que en una vida adulta (sexual/matrimonial) existen las proverbiales «lunas de miel» —intervalos de paz, de calma idílica, con las expectativas románticas más elevadas e ingenuas—, se dan también en la vida de las familias paréntesis de luna de miel, valiosísimos (¡aunque desgarradores!) cuando se vuelve la vista atrás. Estoy pensando en las semanas de diciembre de 1996 y de enero de 1997 en las que, empujados como una goleta antigua por vientos templados y agradables hacia aguas tropicales, en apariencia tranquilas, los Rampike entraron en una fase así, a raíz del regreso de papá, que había prometido ser en el futuro un marido y un padre «condenadamente bueno».

Mientras que en otro tiempo papá se quedaba hasta tarde en el trabajo, o viajaba gran parte del tiempo, ahora volvía a casa todas las noches, o casi, para cenar con su familia. Y también pasaba con su familia casi todos los fines de semana. Si papá iba a llegar tarde, aunque sólo fuese media hora, ¡llamaba! Un papá entusiasta abrazaba, daba besos y traía a casa regalos sorpresa adquiridos en el gigantesco Vast-Valley Mall que le quedaba de camino a casa desde Univers Bio-Tech: «Sólo porque papá os quiere». Un papá sonriente dedicaba tiempo a su familia «en exclusiva» siempre que tenía oportunidad y hacía planes para dedicarle más:

—¿Qué tal suena la frondosa isla tropical de St. Bart's para las vacaciones de febrero? Los Rampike han hecho la reserva en un hotel sobre el agua.

Y:

—¡El próximo julio iremos al Parque Nacional de Grand Teton!

Era la época de los planes de papá. Porque Bix Rampike era el más norteamericano de los papás, tan rebosante de planes como lo está de gusanos un cadáver putrefacto.

¡El más emocionante de todos sus planes era una casa nueva!

—Incluso una casa fantástica como la nuestra, con un emplazamiento también extraordinario, se puede mejorar. Está en la naturaleza del *Homo sapiens* dar un paso *adelante.*

Papá se frotaba las manos con energía. Una luz penetrante, como de láser, aparecía en sus ojos ante la perspectiva de *dar un paso adelante.*

En el primer fin de semana después de su vuelta al redil, terminados los servicios religiosos del domingo, papá extendió sobre la mesa del comedor hojas descomunales de dibujos arquitectónicos para que su asombrada familia los admirase.

—El arquitecto no es otro que H. H. Stuart, de la ciudad de Nueva York, que construyó aquí la casa del exsenador Stealley. Y tengo un sitio de ensueño para la Casa Soñada de los Rampike: casi tres hectáreas de «suaves colinas verdeantes» en East Quaker Heights, Nueva Jersey.

Mamá tartamudeó:

—Pero Bix..., ¡no es posible que hables en serio! ¡No puedes querer que nos vayamos de Fair Hills, donde conocemos a gente tan maravillosa y donde han hecho que nos sintamos como en casa! Quaker Heights debe de estar a más de treinta kilómetros de aquí y no conoceríamos a nadie —mamá se estremeció como si le hubieran golpeado el corazón.

Durante los servicios religiosos dominicales en Trinity Church, mamá se emocionaba con frecuencia, y llegaba incluso a llorar; Skyler se avergonzaba de su madre, vestida con tanta elegancia, glamurosamente maquillada, que escuchaba con tanta atención los sermones, afablemente monótonos, del reverendo Higley y que, cuando se le indicaba, se alzaba feliz de su banco para «recibir la comunión» con gesto de alegre agradecimiento. Pero ahora se estaba poniendo tan nerviosa que papá sintió la necesidad de hacer un guiño a Skyler y a Bliss para indicar *¡Qué tontita es mamá! ¿Verdad que sí?* aunque a continuación se dirigiese respetuosamente a ella para explicar que, sí, que hablaba en serio.

—Es una posibilidad, cariño, he hecho las negociaciones preliminares para comprar la propiedad. Quaker Heights es un lugar *très* prestigioso, Bets. Si es que te preocupan los vecinos. Y no te importe no conocer a nadie allí, se trata de que tu emprendedor maridito ya conoce a determinadas figuras clave en Quaker Heights, mis nuevos socios en Univers, que me están rogando con insistencia que demos ese paso. *Verstayeh?*

Hasta Skyler había oído hablar del «Village» de Quaker Heights. Era una de esas comunidades «pintorescas», «históricas», del siglo XVIII, donde el general George Washington y sus hombres se habían «alojado» durante la guerra de Independencia y que ahora había pasado a ser propiedad de acaudalados americanos de raza blanca, que eran quienes la gobernaban.

Un zarpazo de inquietud desgarró el corazón de Skyler: ¿nuevos compañeros de juegos? Se escaparía de casa.

Mamá trató de hablar con calma:

—Bix, me doy cuenta de que Quaker Heights está unos cuantos kilómetros más cerca de la sede de Univers que Fair Hills, pero ¡piensa en los amigos tan queridos que tenemos aquí! Los maravillosos clubs a los que pertenecemos, el círculo de amigos, tan fuera de lo corriente, la iglesia episcopal, donde todo el mundo sabe quién es Bliss y se enorgullecen de que haya contribuido tanto al renombre de nuestra comunidad. Y, además, Bix, ¡todo el mundo te aprecia tanto! A todas las anfitrionas de Fair Hills se les rompería el corazón si Bix Rampike se marchase. He trabajado tanto, Bix. He trabajado como una fiera, Bix. No puedes, sin más, volver a destruir esto, Bix. No me puedes convertir de nuevo en un cero. Y la carrera de Bliss alcanzará muy pronto el nivel nacional, y todavía consumirá una parte mayor de mi tiempo. Sabes hasta qué punto fue un trauma para mí mudarme a Fair Hills. Nadie se interesaba por mí, sabes lo «existencialmente aislada» que me encontraba. La doctora Stadtskruller piensa que mis migrañas obedecen en parte a un «trauma no asimilado» debido a aquella mudanza cuando acababa de tener un... un bebé —mamá miró de reojo a Skyler y a Bliss como para determinar cuál de los dos había sido el niño conflictivo—. Y Skyler tiene su colegio, con el que está encantado. ¡Y Bliss tiene aquí tantas amistades y admiradores! ¿Por qué no podemos construir una casa nueva en Fair Hills, Bix? Hay parcelas a la venta en la nueva urbanización de Woodsmoke Drive donde los Frass acaban de construir una espectacular casa de estilo normando con dos hectáreas de terreno al menos, y Glenna O'Stryker me estaba diciendo...

—Podemos hablar del emplazamiento en otra ocasión, cariño —dijo papá pacientemente—. Cuando no estemos tan dominados por nuestras emociones.

Un fogonazo de algo como furia apareció en el rostro sonriente de papá y desapareció casi demasiado deprisa para ser detectado.

Skyler fulminó a mamá con la mirada. ¿Acaso quería que papá los abandonara de nuevo?

—Esa casa parece de verdad estupenda —dijo rápidamente Skyler—. Debe de ser una «McMansion».

Pero no era aquello lo que había que decir, Skyler se dio cuenta enseguida, porque papá rio sin ganas y se apresuró a corregirle.

—Lo que tienes delante no es una «McMansion», hijo. El estudio de arquitectos que he contratado no construye «McMansions». Nuestra nueva casa será una «Chesterfield contemporánea», hecha de encargo, totalmente original y en dos niveles, no una de esas cajas, todas iguales, del tamaño de un Wal-Mart. Estamos hablando de la «casa de ensueño» de Bix Rampike, el regalo de papá a su familia.

Mamá dijo, insegura:

—Por supuesto es una... sorpresa... maravillosa, Bix, pero ¿no te parece que deberías haberme consultado? Quiero decir..., quizá debería haber hablado de esos planos contigo y con el arquitecto.

—Tendrás mucho que «tratar» con el arquitecto, Betsey. Y con sus ayudantes, hay un montón de ayudantes en H. H. Stuart. Pero ándate con ojo: los arquitectos facturan por horas. De manera que cuando uno del equipo te llama, dice «hola» y te pregunta qué tal estás, recuerda que el cronómetro se ha puesto en marcha y que si le das a la sinhueso, pagas —papá rio con lo más hondo de la garganta, pero había un punto de advertencia en su voz.

—¿Y nos podemos permitir una casa de ese tamaño, Bix? ¿Con tanto terreno, en Quaker Heights? Ya sé que ganas más en Univers de lo que ganabas en Scor, pero...

—¿Gano más? Debes de estar bromeando, cariño.

—Pero ¿por qué dices eso? Yo creía...

—Claro que «gano más» en Univers, Betsey. ¿Por qué demonios crees que dejé Scor, donde tenía unas condiciones fantásticas, y acepté en cambio una reducción de sueldo? El quid de la cuestión está, y Skyler también necesita oírlo, para información con vistas al futuro, en que el «sueldo» es sólo una fracción de los ingresos empresariales. Dado el acuerdo al que Bix Rampike ha llegado con Univers, no necesitaría tener un sueldo. El gran atractivo, y quiero decir GRANDE de verdad, son las primas, las opciones de compra de acciones, los valores reservados y los «beneficios». Y si se trata de inversiones con impuestos diferidos en un campo de vanguardia como la biotecnología, no estamos hablando de PEQUEÑECES. En su calidad de miembro más joven del equipo ejecutivo de Univers, Bix Rampike es, digamos, el atleta más popular del instituto y, si bien no afirmo merecer tanta estima, me propongo colmar las expectativas de mis mayores, y aún más. ¡Condenadamente más! «Mi familia tiene precedencia sobre todo» fue lo que dejé bien claro cuando estaban valorando mi candidatura para el puesto, y *Homo homin lupus* (la sabiduría de mi padre), expresión griega para «El hombre es amigo del lobo». Lo que quiere decir que el hombre tiene que ser «lo bastante hombre» para reconocer la sangre de lobo en su alma y para utilizarla. ¡Utilizar esa sangre dominándola! Y dejadme deciros que quedaron impresionados. Ahora mirad aquí —papá fue mostrando los grandes dibujos detallados, que cubrían hoja tras hoja de papel vegetal; sólo en una de las hojas había dibujos de una casa, que parecía ser enorme, y que producía en el espectador ese escalofrío de vértigo que se siente al contemplar los laberínticos dibujos de M. C. Escher.* Mientras mamá examinaba, nerviosa, los planos de la casa, Bliss los miraba con un dedo metido en la boca y Skyler se inclinaba mucho para ver dónde señalaba con su gran dedo índice, papá dijo orgullosamente—... Un proyecto personalizado, con seiscientos cincuenta metros cuadrados de superficie, seis dormitorios más una «suite para invitados» con sauna privada. Y la «suite principal» (¡eso quiere decir mamá y papá, chicos!) dispone de una entrada privada y de un pasillo atajo para la piscina que es cubierta, y también al aire libre, con tecnología de vanguardia. No estamos hablando de nada PEQUEÑO. No estamos hablando de nada FRUGAL. Estamos hablando de piscina «olímpica», «épica». Sala de estar más baja que el resto de doce metros. Dos comedores: uno para celebrar fiestas y otro para los días de diario. Más un «rincón para el desayuno» con vistas a la terraza. Aquí está la sala de estar: nuestro «centro de diversión». Televisor último modelo, CD y DVD y lo que quiera que les dé por inventar en el nuevo milenio. En la puerta vecina, el «centro de buena forma física», donde papá pueda fortalecer sus pectorales y mamá sudar esta materia

---

* Sí, Skyler sabe quién es M. C. Escher, dado que pasó por una fase Escher en la preadolescencia, como también pasó por una fase de R. Crumb. Los lectores y editores sabihondos que dudan de los amplios conocimientos de Skyler quedan por la presente refutados.

esponjosa y repulsiva —pellizcando juguetonamente el muslo de mamá, mientras mamá reía y hacía una mueca de dolor— y, si Skyler sintiera la necesidad de poner al día sus tendencias gimnásticas a una edad más madura, eso sería fantástico. Y en último lugar, pero no por ello menos importante —rodeando a Bliss con el brazo y rozando con los labios la delicada vena azul que se le marcaba en la sien—, algo para la maravillosísima niñita de papá: una pista de hielo.

¡Una pista de hielo! Bliss miró fijamente y parpadeó.

Desde su vuelta a casa, papá se había mostrado inusualmente consciente de la presencia de Bliss, como si se fijara en ella por primera vez. Y ahora pasó a murmurar en el oído de Bliss, como si mamá y Skyler no estuvieran presentes.

—La idea me vino la otra noche cuando tuve una inspiración súbita, corazón, al ver en televisión a mi hija, ¡mi hija!, que patinaba como un demonio, era aplaudida por todos aquellos desconocidos y ganaba por todo lo alto: Miss Princesita del Hielo de Nueva Jersey. Fue lo más parecido a una visión, no pude contener las lágrimas, ¡Dios santo y qué conmovido estaba! De inmediato, la primera cosa, llamé a mi arquitecto y dejé un mensaje para añadir una pista de hielo a los planos del hogar de los Rampike. Y así lo ha hecho. Tiene buena pinta, ¿eh?

Skyler, que miraba por encima del hombro de su hermana, y sentía cerca, tras él, a su madre, registró el atisbo de un pensamiento secreto que pasaba en un instante entre mamá y Bliss aunque ninguna de las dos llegó siquiera a mirar a la otra *¡La pista es demasiado pequeña! ¡Demasiado pequeña para Bliss Rampike! ¡Una estúpida pista de hielo de niña pequeña para Bliss Rampike!* Sin embargo, después de una pausa, Bliss dijo en un susurro: «¡Gracias, papá!» y con una sonrisa de oreja a oreja Bix abrazó a su niñita y le dio un feroz beso caliente de papaíto.

—Pensé que te gustaría, corazón.

Skyler se marchó cojeando, enfermo de celos. Más celos de su hermanita de los que nunca —bueno, raras veces— había sentido.

Pero después pensó con calma *Gracias a Bliss se quedará más tiempo con nosotros. Nos querrá más a todos.*

—Sonrían, por favor.

Sonrían sonrían sonrían *por favor*.

En famille, se fotografía a los Rampike sentados en un sofá delante de su árbol de Navidad de tres metros de alto, suntuosamente decorado: papá, mamá, Bliss y Skyler. Es la Navidad de 1996 y será la última foto navideña de los Rampike, la foto que se utilizará en las felicitaciones de Navidad y en los materiales de promoción distribuidos por Bliss Rampike, Inc. Excepto que como esta foto de mi familia es la que se ha reproducido ad náuseam —como ciertos vídeos de Bliss patinando, de Bliss coronada en una competición, de Bliss sonriendo hacia focos deslumbrantes con una dulce sonrisa de niñita que rompe el corazón—, es la más «descargada» de todas las fotografías familiares de los Rampike, pueden ustedes estar seguros de que la evitaría por completo, porque el doloroso recuerdo de aquella sesión fotográfica, que duró más de noventa minutos y que el pobre Skyler soportó con unos pantalones que le picaban, con el blazer de Fair Hills Day y con la ñoña corbata del colegio que se sujetaba con un clip, le resulta tan agradable como un ataque de diarrea. (Sí, ataque que Skyler también sufrió, después de sesiones tan estresantes como la fotográfica, pero dejémoslo estar.)

Ésta es la fotografía en la que los dos Rampike adultos han conseguido abrazar simultáneamente a la rubita Bliss como gemelos siameses extrañamente unidos y con una gran muñeca rígida metida a presión entre los dos; con aparente sencillez papá ha ahuecado su manaza izquierda para colocarla debajo del piececito derecho de Bliss, con su reluciente zapato de charol.

Con mucha gravedad se ha señalado que todas las fotografías son póstumas.[*]

Con mucha gravedad se ha señalado que llegará un día en que nuestro «yo fotográfico» sobrevivirá a quienes hayamos sido fotografiados.

El peculiar horror de esta foto de mi familia en la Navidad de 1996 es que se trata de nuestra última foto navideña y que *ninguno de nosotros podía haberlo imaginado por entonces.*

---

[*] *Tout les photographies sont posthumous.* Cita atribuida al estimado filósofo francés Jacques Lacan, muy reverenciado en algunos círculos y en otros, en Nueva Jersey, poco conocido, o rechazado como farsante, o las dos cosas.

Ni siquiera Skyler, que pone mala cara en el extremo del acogedor grupo familiar, podría haberlo adivinado. Mocoso inquieto que no está ni agarrado ni sujeto por ninguno de sus progenitores. Y ahora, una década después, al recordar con... ¿nostalgia?* —¡la más necia de las emociones!— el maravilloso aroma de las agujas de pino, la belleza del árbol recién cortado y el emocionante ritual (sí, era emocionante, y sí, el malhumorado Skyler participaba) de podar el árbol; cómo, mientras el fotógrafo y su ayudante se preparaban para la sesión, apareció mamá, con aspecto muy glamuroso pero también preocupada, cepillo en mano para pasarlo por el pelo enmarañado de Skyler, hábilmente los dedos de mamá le ajustaron la corbata de lazo torcida y mamá se agachó para mirar los ojos de Skyler que la rehuían y sin que los otros pudieran oírla suplicarle: «Skyler, te lo ruego, cariño, hazle ese favor a mamá, ¡trata de no moverte y no pongas caras horribles! Trata de parecer contento, hazlo por mamá, aunque Bliss sea la "estrella" de la familia, recuerda siempre que mamá te quiere a ti más, porque mamá quiso antes que a nadie a su hombrecito; ésta es nuestra Navidad más feliz porque papá ha vuelto con nosotros y queremos que el mundo vea lo orgullosos que estamos de Bliss». ¡Y qué entrenadora tan rigurosa era mamá, porque no estaba programado que Bliss volviera a patinar en público, en competición, hasta el Festival de Patinaje Femenino Besos de Hershey, el 14 de enero de 1997, en Hershey, Pensilvania. Porque en los Estados Unidos se ha decretado que esta época sea una *temporada familiar*. (¡Muéranse de envidia, ustedes, lamentables criaturas solitarias que no tienen familia! Pese a lo melancólico que es el Día de Acción de Gracias, la época de Navidad y de Año Nuevo es mucho peor, dura muchos más días, y proporciona un inmenso caudal de oportunidades para la automedicación, el colapso mental, el suicidio y los tumultos públicos con armas de fuego. De hecho, se puede defender que la temporada de Navidad y Año Nuevo que empieza abruptamente después de Acción de Gracias es en la actualidad la época medular de la vida norteamericana misma, el significado de la vida norteamericana, su punto descarnadamente existencial. Cuánto deben de envidiarnos, ustedes que no tienen familia, a nosotros que disfrutamos del amor de nuestros padres, junto al resplandor de los troncos de Navidad que se queman en chi-

---

* De nostalgia o de añoranza se puede morir.

meneas avivadas por los robustos atizadores de nuestros papás, a nosotros que nos atiborramos hasta el punto de reventar con el frenético cocinar festivo de nuestras mamás; cómo les gustaría ser nosotros, niños mimados y protegidos que rasgamos caros envoltorios de costoso papel de plata de paquetes demasiado numerosos para contarlos, reunidos en torno al árbol en la mañana de Navidad mientras mamá nos riñe amablemente: «¡Skyler! ¡Bliss! ¡Enseñad a papá y a mamá lo que acabáis de abrir, por favor! Y guardad las tarjetitas, para que sepáis quién os ha regalado esas cosas tan estupendas».)

Era una época de salidas organizadas por papá: almuerzos familiares en el Golf and Country Club de Fair Hills, en el Tennis Club de Pebble Hill, en el Sylvan Glen Golf Club y en el Charity Hill Club (al que se había invitado hacía poco a incorporarse a los Rampike de más edad), viajes en familia a Nueva York para ocupar una lujosa suite en el Carlyle, en el Four Seasons o en el New York Palace y para ver lujosos espectáculos como el navideño de Radio City, éxitos de taquilla de Broadway tan agresivamente ruidosos y optimistas que los dos Rampike pequeños se dormían en sus localidades como soldados en las trincheras de la Primera Guerra Mundial, y el espléndido y espectacular *Stars on Ice Capades 1996* en el Madison Square Garden, que, por espacio de dos horas, mamá y Bliss contemplaron fascinadas. (Mamá, con los ojos llenos de lágrimas: «¡Un día Bliss Rampike estará en esa pista con esa compañía! ¡Sobre ese hielo! Bliss Rampike estará entre esas estrellas».)

Mamá tengo miedo   tengo mucho miedo   a veces
Sí pero es un miedo bueno Bliss   Dios nos ha elegido para
nuestro destino   no es miedo lo que sentimos sino su amor abrasador

Luna de miel - II: «Cosas de hombres»

—Sólo tú y yo, hijo. Parece que no hemos estado en contacto, ¿eh? *Non communicado?* Ya es hora de que tengamos una conversación seria entre hombres.

Porque incluso en enero continuaba la luna de miel de papá, como un maremoto que ha pasado su momento culminante pero está todavía lleno de espuma, furioso, letal. Aunque papá había vuelto al trabajo —«Un mínimo de sesenta horas a la semana, es lo menos que Bix Rampike puede hacer por su empresa»— y Skyler había vuelto (¿a regañadientes?, ¿aliviado?) a los rigores inflexibles de Fair Hills Day, papá se esforzaba sin embargo por dedicar tiempo a su hijo, sobre todo los fines de semana y sobre todo al volante de un Road Warrior SUV del 97, último modelo. Porque mamá y Bliss estaban con frecuencia en la pista de Halcyon, o yendo y viniendo de las numerosas citas de Bliss, preparándose para el ya próximo Festival de Patinaje Femenino Besos de Hershey: «Hasta el momento Bliss no ha participado en ninguna competición tan exigente».

De manera que los dos Rampike varones tenían la posibilidad de ver películas para hombres, o de examinar las últimas disponibilidades en lo que papá llamaba admirativamente «aparatitos electrónicos» en Cross Tree Best Bargain, en el Vast-Valley Whiz o en Crazy Andy's en la Route 33. Al volante de su coche nuevo, que era como un carro de combate, papá se divertía mucho, y manejaba aquel vehículo de muchas toneladas con el brío de un veterano jinete de rodeo al agarrarse a los cuernos de un novillo corcoveante. Skyler, en consecuencia, se sentía invadido por oleadas de cautelosa felicidad. Era lógico pensar *¡Algún día también yo!*

—Como ya te he dicho, hijo, necesitamos hablar. Te juro que tenía la esperanza de que durante las fiestas tú y yo pudiéramos, ¿sabes?, pasar más tiempo juntos, pero tu mamá había planeado «acontecimientos» sin descanso, que eran estupendos, no me interpretes mal, y lo que las familias tienen sin duda que hacer en Navidad, pero, Sky-boy, más bien acaba con las oportunidades para un *raport* entre padre e hijo. Ahora bien, tu mamá y yo hemos conseguido volver a abrir las líneas de comunicación que habían quedado taponadas por la falta de uso, y eso hace que me sienta contento. Tu madre es una mujer absolutamente estupenda.

Papá hizo una pausa como si esperase que Skyler se mostrara de acuerdo pero, sujeto por el arnés de seguridad en el asiento del pasajero, mientras el Road Warrior SUV se lanzaba al tráfico matutino del sábado en Cross Tree Road, a Skyler no se le ocurría ninguna respuesta adecuada. *¿Era* mamá una mujer absolutamente estupenda?

—Pero tu madre es mujer, y las mujeres nacen con algunos cromosomas extra: «sensibilidad», «intuición», «instinto anidador». El quid de la cuestión es que las hace propensas a la monogamia, mientras que el macho de la especie es naturalmente propenso a la poligamia, y nosotros tenemos que entender esa distinción. «En la vida familiar como en el palacio del emperador, *sand frua* es el consejo más prudente», ésa es la sabiduría antigua de Confucio, hijo. Cuando se trata de sabiduría vetusta, los chinos de antaño tienen todas las ventajas sobre nosotros, bárbaros yanquis. Disponemos de una civilización condenadamente inmadura en América del Norte. Pero el vínculo padre-hijo es universal. Tu madre dice: «¡Skyler te ha echado mucho de menos! Más incluso que Bliss, muy ocupada con su patinaje, porque Skyler sólo nos tiene a nosotros. Un chico necesita un modelo de conducta masculino para que, cuando madure, se convierta en un saludable varón heterosexual».

¡Heterosexual! ¡Sexual! Skyler se retorció dentro del arnés de seguridad como un pequeño roedor atrapado.

A continuación, ante la insistencia de papá, siguieron varios incómodos minutos en los que Skyler habló, titubeante, de sus clases en el colegio, de sus profesores y de sus «actividades», en respuesta a lo cual papá gruñía entre sonrisas *¡Ajá!, ¿sí?, ¡de acuerdo!*, sin nuevas preguntas; cuando Skyler dijo que echaba de menos a un chico que había sido trasladado a otro colegio —«Calvin Klaus», «se portaba muy bien conmigo»— papá no respondió nada, torciendo con calculado brío hacia una vía de acceso a la I-80 dirección este. Skyler insistió:

—Calvin era mi amigo. Lo echo mucho de menos o, al menos, eso es lo que me parece.

¿Era cierto aquello? Durante largos períodos Skyler ni siquiera pensaba en Calvin Klaus. Ahora, sin embargo, lo echaba mucho de menos.

—Calvin... ¿qué? —preguntó papá.

—Calvin Klaus. Quizá mamá conozca a la señora Klaus.

—Es posible.

Skyler estuvo pendiente de su padre sin notar en absoluto que diera el menor indicio de saber quién era Calvin Klaus o de quién pudiera ser hijo; ni el menor indicio de malestar o de culpabilidad. Cualquiera pensaría que Bix Rampike no había oído nunca el apellido «Klaus».

—Siento que eches de menos a tu amigo, Sky-boy. Pero, ¡seamos realistas!, seguro que hay otros muchos chicos en tu colegio de los que puedes ser amigo, ¿no es cierto?

Skyler pensó con alivio *¡Nunca ha sido verdad! Lo de papá y la señora Klaus.*

En el centro comercial, lo que atraía al padre de Skyler eran las tiendas de electrónica, donde estuvo preguntando a los dependientes sobre los ordenadores, las impresoras de láser, los televisores, las cámaras de vídeo y los equipos de sonido más caros. Estaba claro que papá disfrutaba con aquellos briosos intercambios que le permitían poner de manifiesto, mediante una sucesión de preguntas cada vez más sagaces, hasta qué punto era un experto en electrónica; y cómo se enorgulleció Skyler de su padre cuando un vendedor, impresionado con Bix Rampike, le preguntó cuál era su profesión: ¿ordenadores?, ¿ingeniería electrónica?

—¡Demonios, no! —rio papá—. Pero leo *Scientific American.*

Con frecuencia parecía que papá estaba a punto de hacer una compra, nada menos que el ordenador más caro de la tienda, pero entonces decía bruscamente:

—Bien. Ha sido estupendo hablar con usted, Tod. Deme su tarjeta, ¿eh? Me pondré en contacto con usted.

Skyler se apresuraba a escabullirse tras su padre al advertir las miradas de sorpresa y decepción en el rostro de los dependientes.

En el Vast-Valley Mall, cuando un sábado por la tarde salía de The Whiz con su padre, Skyler vio a una voluminosa figura desgalichada que se movía en su dirección: un hombre de cara colorada, cejas feroces y barba sin recortar, con una parka impresentable de piel de oveja y deformes pantalones de trabajo y, Skyler se estremeció al verlo, sandalias de cuero con gruesos calcetines grises de lana.

—¡Skyler, hola! —el señor McDermid sonrió cariñosamente y se hubiera detenido a hablar con Skyler, y a presentarse al padre de Skyler, de no ser porque, sin la menor vacilación, como pasa el balón un hábil *quarterback* sin que sus confundidos contrarios puedan detenerlo, el padre de Skyler desvió la trayectoria de su hijo acompañándose de una seca inclinación de cabeza en dirección al señor McDermid.

—¿Quién es ese chiflado?

Skyler se sintió lleno de pesar. No soportaba la idea de volverse, porque estaba seguro de que el señor McDermid debía de haberse quedado mirándolos, perplejo.

—¿Uno de los amigos de tu mamá? Parece un profesor de matemáticas de instituto —papá rio, despreciativo.

Skyler murmuró que no sabía, pero que no pensaba que fuese amigo de mamá. Porque Betsey no había hablado ni una sola vez de los McDermid y con toda seguridad no los había telefoneado desde la vuelta de papá a casa.

En otra ocasión, cuando Skyler y su padre salían del centro para rehabilitación de lesiones deportivas y de fisioterapia de Fair Hills,* una mujer que entraba, vestida con elegancia pero con un collarín de gomaespuma, exclamó: «¡Bix!» y se acercó al padre de Skyler para rozarle la mejilla con los labios y apoderarse de sus dos manos:

—Me alegro mucho por Betsey y por ti, juntos de nuevo.

Era la señora Frass, la mujer del juez, a no ser que se tratara de la señora Fenn, la esposa del promotor inmobiliario, el multimillo-

---

* ¡Maldición! Me había propuesto no aludir al tema deprimente de los continuos problemas médicos de Skyler. Para consternación de sus padres, tres años después del accidente gimnástico Skyler seguía con dolores «crónicos intermitentes» en la pierna derecha rota por dos sitios: fémur y peroné. También en la rodilla. Además de dolores en el cuello. Así como una anestesia latente en el lado derecho del cuero cabelludo que, en ocasiones, «se le introducía» en el cerebro. Dolores tan distintos se le trataban con una serie siempre cambiante de analgésicos y (Skyler tenía motivos para creerlo) placebos. (¿Cuántos niños de nueve años son plenamente conscientes de la naturaleza de los «placebos»? En Fair Hills, bastantes.) Bix Rampike estaba disgustado en especial por los problemas físicos de su hijo y ¿se lo puede reprochar alguien? ¿Cómo se siente un padre en compañía de un hijo que cojea? ¿Un hijo que cojea y que se ve obligado a usar un bastón enano? Nada tiene de sorprendente que, para cuando la charlatana señora Fenn, o señora Frass, entrase en escena, el intermedio «cosas de hombres» se acercara muy deprisa a su fin.

nario; una mujer de mediana edad de aspecto juvenil y, sin duda, amiga íntima de los Rampike, aunque Bix sonrió, sorprendido, y se apresuró a decir que no sabía de qué hablaba:

—Betsey y yo nunca nos hemos separado.

Al ver la expresión de incredulidad en los ojos de su interlocutora, papá se corrigió:

—Aunque es verdad que viajé mucho el año pasado. Pero ahora que estoy en Univers, eso no va a suceder. ¿Qué tal está Hayden?

Skyler lo vio: no apareció la menor sombra de vergüenza, ni de culpabilidad, en el rostro de papá.

De hecho, es demasiado deprimente recordar las últimas salidas de Skyler con su padre: *Alerta roja III* en el Cinemax de Cross Tree (cuando papá se disculpó a mitad de la película «llena de acción trepidante» y desapareció hasta el final para irse Dios sabe dónde o con qué fin, aunque también es cierto que estaba fuera esperando a Skyler cuando terminó la proyección, con una cálida sonrisa y fumando un cigarrillo); rápidos almuerzos, sin salir del coche, en Jack in the Box, Taco Bell, Cap'n Chili, Wendy's (donde papá no renunciaba a pedir vino tinto en vasitos de plástico); una «lección de golf» en un campo de minigolf (bajo techo) en la Route 33 (donde, provisto de un palo de golf de tamaño infantil, Skyler atacó animosamente la estúpida pelotita blanca hasta que, con otra cálida sonrisa, papá declaró *fi-ni-ta* la lección y todo un éxito); una «clase de natación» todavía más humillante en la piscina de agua caliente (cubierta) del Country Club de Fair Hills (donde papá hizo varios largos como una gran foca frenética y entabló conversación con un nadador de unos once años que se movía con la rapidez y flexibilidad de un pez en el brillante líquido de color aguamarina que irritaba los ojos, hijo de otro socio, y de quien Skyler, que nadaba obstinadamente «estilo perro» en el extremo menos profundo de la piscina, se esforzó por no sentir celos), y, para concluir, la visita de Skyler al despacho de papá en Univers Bio-Tech, Inc.

En aquel domingo soleado y ventoso de principios de enero, olvidándose del plan que ya estaba programado para aquella tarde, papá sugirió:

—¿Qué tal te parecería ver el sitio donde trabaja tu papá, Sky-boy? —por el tono de voz de su progenitor, Skyler entendió que, hasta aquel momento, papá se había estado aburriendo mortalmente.

¡Cosas de hombres y además en secreto! Porque mamá no tenía que saberlo.

De manera que papá y Skyler recorrieron a toda velocidad la I-80 hasta la salida 14B UNIVERS.

—La empresa tiene su salida propia a la autopista y su propio código postal, Sky-boy: disfrutamos de una independencia como nunca has visto nada parecido —y casi de inmediato aparecieron ante sus ojos, en medio del paisaje de invierno, semirrural, las amplias instalaciones—. Ciento cincuenta hectáreas declaradas «espacio verde», lo que significa exención de impuestos aunque se trata de propiedad inmobiliaria de alto nivel, y edificios de acero y cristal, agrupados, unidos entre sí. Nuestro modelo arquitectónico es el Pentágono, hijo. La forma «mística», «inexpugnable» por antonomasia, de todas las figuras geométricas tal como lo reveló Pitágoras, el griego de la Antigüedad, siglos antes de Jesucristo.

—Un sitio bien guay, papá —Skyler habló con la entonación entusiasta de sus compañeros de clase más populares.

Aunque era domingo, había varios vehículos estacionados en los aparcamientos. Debía de ser que los papás se impacientaban durante los largos fines de semana con la familia y sentían la necesidad de «volver a hurtadillas», como Bix Rampike, «nada más que para un rápido control».

En la parte trasera de uno de los impresionantes edificios que brillaban como minerales, papá facilitó a Skyler los números que tenía que marcar para poder entrar en Desarrollo de Proyectos. ¡Qué orgulloso se sintió Skyler cuando se abrió la maciza puerta!

—Acuérdate de no contarle ni una palabra de todo esto a tu madre —dijo papá, con una risita afectuosa—, se preocuparía si supiera que te he traído aquí. Y Bliss se sentiría excluida, ¿entiendes? Ése es el quid de la cuestión.

—Sí, papá. Lo prometo.

Así de solemnemente habló Skyler. Papá le pasó por la cabeza los nudillos de una mano con suavidad y lo empujó hacia el interior.

El despacho de papá se hallaba en el quinto y último piso del edificio: BRUCE RAMPIKE   DIRECTOR ADJUNTO DE DESARROLLO

DE LA INVESTIGACIÓN. Se veía enseguida que era un despacho muy importante, porque sólo se podía llegar a él a través de un antedespacho y porque ocupaba toda una esquina del quinto piso, con enormes ventanas que daban a un estanque pintoresco al pie de una ladera, cubierto de algo con plumas y ondulante, ¿barnaclas del Canadá? Eran sin duda rollizas aves acuáticas con aire de que llevaban mucho tiempo sin volar.

—¡Sky-boy! Bienvenido al futuro, porque el futuro está *aquí*.

Papá se frotó las manos con energía. El hecho de entrar en su «lugar de trabajo», como él lo llamaba, parecía haberle infundido considerable vigor.

—¿Papá? ¿Puedo ver lo que haces?

—Te aburrirías, Sky-boy. ¿Por qué no te vas a jugar a algún sitio?...

Papá había dejado de hacerle caso tan pronto como —en un lustroso sillón giratorio que crujió de manera reconfortante bajo su peso— se instaló detrás de su imponente mesa de trabajo con cubierta de cristal. Skyler lo miró, indeciso.

—Recuerda, muchacho —dijo papá con voz distraída—, no hay más que dos subespecies de *Homo sapiens:* la de los que actúan con decisión y la de aquellos sobre quienes se actúa. Quienes creen que «mi primer acto de libertad es creer en la libertad» y quienes son esclavos de instintos atávicos, costumbres y hábitos de pensamiento que excluyen el «libre albedrío». Univers, Inc. trata de forjar el futuro mediante el «libre albedrío», la «empresa libre», hijo mío. Y la tarea de tu papá es ayudar a nuestro director de Desarrollo de la Investigación a localizar a los genios de nuestro tiempo que están a la vanguardia de la ciencia, sacarlos de donde demonios quiera que se encuentren y contratarlos para que se pongan a trabajar para nosotros...

Las palabras exaltadas de papá se fueron apagando a medida que fijaba su mirada en la pantalla del ordenador. Skyler sabía que papá se disponía a leer su correo electrónico y que no querría que se le molestara. Para sorpresa de Skyler, papá se había puesto unas gafas con montura metálica que le daban un especto remilgado y ceñudo.

—Papá, ¿qué *hace* Univers?

—¡Qué *hace* Univers! —Bix siguió mirando la pantalla del ordenador, al tiempo que tecleaba y utilizaba el ratón a toda velocidad. Como si repitiera unas palabras familiares, dijo—: Univers, Inc.

está al servicio del futuro, hijo. Muchos de nuestros experimentos de biotecnología son «confidenciales» y no se deben revelar ni siquiera a la propia familia, pero el quid de la cuestión es que «Univers acude allí donde el futuro llama».

Skyler hojeó un folleto de Univers, Inc. en papel satinado que se hallaba sobre una mesa de centro con cubierta de cristal. Columnas de letra impresa se arremolinaron ante sus ojos y aquí y allá llamaron su atención una o varias palabras: *modificación genética, moléculas de ADN, quimera, proyecto del genoma humano, genética molecular, embriones «mejorados», ser posthumano.*

—¿Cosas como «clonar», papá? Sé lo que es eso.

—Podría ser, hijo, que «supieras lo que eso es» y podría ser que «no lo supieras». Demonios, papá no sabe qué *es* clonar, sólo cómo aprovecharlo. ¿Por qué no te vas a jugar a algún sitio hasta que papá esté listo para irse? En el tercer piso hay un Fitness Center con gimnasio que tal vez esté abierto.

Skyler, testarudo, sacó el labio inferior y entonó:

—*El ser humano asolará este planeta en los próximos cincuenta años, pero un* Homo sapiens *«evolucionado», mejorado por la ingeniería genética, podrá quizá trasladarse a otros planetas. Ésa es nuestra única esperanza.*

Aquello logró que papá se interesase. A través de las gafas con montura metálica, los ojos ampliados de Bix Rampike parpadearon.

—¿Qué es eso, Skyler? ¿Lo que acabas de decir?

Skyler no estaba seguro. Sonrió estúpidamente. Ignoraba por completo si debía agradarle tímidamente que Bruce Rampike, detrás de la imponente mesa de trabajo con cubierta de cristal, lo mirase con algo parecido a... ¿sorprendido interés?, ¿respeto?, ¿alarma?, o si debería asustarse, ya que al repetir las palabras del tan vilipendiado Rob Feldman había dicho lo que no debía y, al cabo de un momento, la mirada furiosa de papá que tanto miedo le daba aparecería en los ojos de su progenitor.

—¿Cuántos años tienes, hijo?

—Nu-nueve.

—¡Nueve! ¿Estás seguro? Hace muchísimo tiempo que tienes nueve años.

¿Era aquello una acusación? ¿O sólo un hecho? Skyler sintió que había tenido nueve años durante la mayor parte de su larguísima vida.

—Tendré diez en mi próximo cumpleaños, papá. En el mes de marzo.

—Cabe que seas un chico muy listo, Skyler, listo y neurótico como un demonio, a diferencia de nosotros, los graduados en Gestión de Empresas, y que te dediques a las ciencias y emprendas un «camino hacia el éxito» que otros sólo están en condiciones de envidiar. Se me ocurre que quizá te falte la sed de sangre de los Rampike, y que más bien te orientes hacia una solución cerebral y no te tires a la yugular como tu papá. De manera que quizá algún día Univers, Inc. vaya a buscarte para uno de sus proyectos. Eso es algo que sí te puedo revelar, Skyler: Univers, Inc. está en la línea de fuego de la tecnología. Esos edificios sin ventanas más allá de los gansos, ¿los ves? Son algunos de nuestros laboratorios de investigación. Y tenemos otros. Y aún otros más que financiamos. Por razones que no es necesario divulgar, disponemos de laboratorios de investigación en muchos puestos de avanzada en el globo terráqueo, en China, por ejemplo, donde la ciencia pura está en condiciones de florecer libre de «imperativos éticos», ¡ésa es la visión del futuro! La mayoría de nuestros científicos han nacido en el extranjero, e incluso entre los nacidos aquí los hay que no son blancos: indios, coreanos, judíos —papá hizo una pausa como si esperase que Skyler le replicara, pero Skyler no sabía cómo contestar. ¿Era él «blanco»? Le parecía que sí—. Entonces, vamos a ver. ¿Por qué no te vas a jugar hasta que papá acabe aquí?

Bix volvió a su ordenador. Skyler sintió una punzada de soledad. El plan para aquel domingo por la tarde había sido que papá lo llevaría al Museo Laboratorio de Thomas A. Edison en West Orange («se exhiben muchos inventos originales»), pero por alguna razón inexplicada papá había cambiado de idea. Ahora papá se levantó del sillón giratorio y desapareció en una habitación adjunta, debía de tratarse de un cuarto de baño, porque la puerta quedó entreabierta y Skyler empezó a oír el ruido crepitante de un adulto orinando durante mucho tiempo. Si mamá estuviera allí, se habría ofendido: *¡Maldito seas, Bix, cierra esa puerta! ¡Ya no vives con tus hermanos de Ep Phi Pi!*

Sin pensárselo dos veces, Skyler se deslizó hasta la imponente mesa de papá para ver la pantalla del ordenador: no había más que largas columnas de números, de símbolos. Skyler, lleno de audacia, dio a la tecla para pasar a la pantalla siguiente: más columnas de números y símbolos. Precipitadamente, Skyler dio a la tecla de retroceder, como para dar marcha atrás en el tiempo; pulsó varias veces aquella tecla, pero la pantalla siguió sin mostrar otra cosa que números, símbolos, «percentiles» y «proyecciones». Le recorrió un escalofrío *Ésta es el alma verdadera de papá, insondable.* Abrió un cajón de la mesa: hojas de cálculo impresas. Otro cajón: más listados de ordenador. El cajón que estaba más abajo: también hojas de cálculo.

El corazoncito de pájaro de Skyler le latía con fuerza en el pecho: ¿qué había esperado encontrar en aquel último cajón?

Pañuelo de seda arrugado. Esposas, antifaces. ¿Chocolate para lamer?

—¡Skyler! No desordenes el trabajo de papá.

Skyler se preparó para un rápido coscorrón en un lado de la cabeza —¡nada fuerte!, «instructivo»— del tipo que el Rey León da a su batallador cachorro favorito, pero papá sólo fruncía el ceño como si, en el gran despacho amueblado con opulencia, no estuviera seguro de quién era.

—Papa ha dicho: *vete a jugar.*

Había una puerta en la pared junto a la mesa de papá que llevaba directamente al corredor, de manera que Skyler deambuló cojeando por el pasillo y fue dejando atrás, a cada lado, puertas cerradas que tenían un rectángulo de cristal esmerilado en la parte superior y placas mucho más pequeñas que la elegante de latón para identificar a Bruce Rampike   director adjunto de Desarrollo de la Investigación; aunque con la vaga preocupación de que podría perderse, Skyler descendió un tramo de escaleras y luego otro; corredores alfombrados se alejaban en todas direcciones, como en un hormiguero; de cuando en cuando zonas de descanso parecían invitarlo a acercarse, inundadas por la luz del sol de última hora de la tarde. A través de cristaleras que llegaban del suelo al techo se veían otros edificios sobre las laderas circundantes, una parte del estanque y la bandada de barnaclas del Canadá, con aspecto de estar demasiado bien alimentados, que también se veían desde el despacho de papá en el piso superior. «Papá ha dicho: *vete a jugar.*» Skyler hizo una pausa, sonriendo extrañamente, «papá ha dicho: *ve y quítate la vida*».

¡Los niños lo hacían a veces! Aunque nunca se descubría cómo.

Con intención de localizar el Fitness Center, de manera que pudiera decirle a papá que lo había encontrado, Skyler se descubrió cojeando a lo largo de un corredor con despachos más pequeños, uno de los cuales parecía ocupado porque la puerta estaba abierta. Una joven, con aire sorprendido, salió hasta el pasillo.

—Perdóname. ¿Niño? ¿Eres... de carne y hueso?

Skyler se sonrojó y murmuró *Sí*.

Detrás de la joven, sobre una mesa mucho más pequeña que la de papá, había un ordenador. En la pantalla, lo que parecían ser columnas de números, de símbolos. A Skyler se le cayó el alma a los pies al darse cuenta de que aquél era el verdadero mundo de los adultos, mucho más real que los extraños objetos de papá en el cajón de la ropa interior. Pantallas de ordenador, columnas de números y de símbolos.

—Creía que eras un fantasma, chico. Pareces casi..., bueno, como un fantasma.

La joven se echó a reír, aunque parecía estar nerviosa. Llevaba una sudadera con las letras BRANDEIS casi borradas y unos vaqueros arrugados, el pelo oscuro recogido con un pañuelo. Con la única diferencia de que era unos pocos años mayor, le recordó a una de las profesoras particulares de Bliss.

—¿Te has perdido? ¿Qué estás haciendo aquí? ¿Dónde están tus padres?

Skyler murmuró que su papá estaba trabajando en su despacho.

—¿Y quién es tu papá?

Skyler murmuró que su papá se apellidaba Rampike.

—¡Rampike! Oh.

El efecto fue inmediato. Una expresión de cauteloso respeto apareció en el rostro de la joven.

—¿Tu padre es el señor Rampike? ¿En el quinto piso?

—¿Conoces a papá?

La joven se mordió la uña del pulgar. Los ojos le brillaron como zinc. Era más joven que su mamá, pensó Skyler, ni de lejos tan guapa, y su rostro angular, inteligente, no resultaba atractivo sin maquillaje.

—Conozco a tu «papá», por supuesto. El señor Rampike es mi supervisor.

Skyler era demasiado tímido para preguntarle dónde estaba el Fitness Center, de manera que murmuró «¡Adiós!» y se dio la vuelta. A todo lo largo del corredor sintió que la joven lo estaba mirando y al final lo llamó:

—Dile a tu papá que Alison está aquí, trabajando duro un domingo por la tarde.

Había un temblor en la voz de la joven que Skyler no deseaba interpretar: ¿reproche insinuante?, ¿reproche irritado?, ¿nostalgia?, ¿esperanza? El niño apresuró el paso sin volverse a mirar.

Bruscamente la alfombra gris se había convertido en verde oscuro. Sin cambiar de edificio, Skyler había entrado en otra ala: DE-PARTAMENTO DE GESTIÓN DE PERSONAL. Sin embargo, era el tercer piso donde se encontraba, ¿no era eso? Las palabras *Alison está aquí, trabajando duro un domingo por la tarde* se le repetían dentro de la cabeza con un tono que ahora se había vuelto ya burlón, acusador. Se le quería convertir en transmisor de un mensaje cifrado, pero no iba a cooperar. Como cuando mamá le preguntaba sobre lo que su padre y él hacían cuando se marchaban juntos de casa *¿Has estado con papá todo el tiempo? ¿Se ha escabullido? ¿Se ha encontrado con alguien? ¿Habla de mí?* Skyler empezó a tener la sensación de creciente insensibilidad en el cuero cabelludo, lo que hacía que quisiera hundirse las uñas en la cabeza y rascar con fuerza. Bliss a veces se rascaba de manera parecida. Era una costumbre muy mala. A mamá la desesperaba que sus hijos tuvieran unas costumbres tan malas. También sintió una punzada de dolor en la pierna izquierda —que era su pierna «buena»—, lo que significaba que el dolor no era real sino lo que mamá llamaba dolor fantasma; como el dolor fantasma de Bliss en el tobillo izquierdo, reaparecido al reiniciar las sesiones dobles de entrenamiento en la pista de Halcyon a comienzos de enero, mientras se preparaba para el Festival de Patinaje Femenino Besos de Hershey, que iba a ser televisado por la cadena ABC. El dolor fantasma de Bliss era un secreto que papá ignoraba, porque mamá tenía miedo de que si papá se enteraba, no querría que Bliss se entrenara tanto; o todavía peor, no querría que Bliss participase en el festival.

¡No me duele! ¡El tobillo no me duele! insistía Bliss limpiándose las lágrimas mientras apretaba los dientes.

Skyler se daba cuenta de que, en Nochevieja, algo malo había sucedido entre papá y mamá. Se suponía que iba a ser una ocasión alegre, porque los Rampike estaban invitados a tres fiestas de fin de año, incluida una en casa de Si y Mimi Solomon, que era una fiesta muy especial a la que no se había invitado a otros amigos de los Rampike. Vestidos de punta en blanco —papá con su esmoquin, mamá con un deslumbrante vestido de lamé de oro muy ceñido y con un escote muy pronunciado—, los Rampike de más edad se habían despedido, felices, de Skyler y Bliss con un beso, pero en algún momento después de medianoche mamá había regresado a casa sola tropezando y maldiciendo y Skyler no estaba seguro de cuándo había regresado papá porque se había quedado dormido y se despertó, aturdido y confuso, al oír la voz enfurecida de mamá «No vas a empezar otra vez, Bix. Por favor, no lo hagas, te lo pido por Bliss, sabes la presión a la que estamos sometidas». Y la voz de papá que suplicaba «Betsey te aseguro que no. Tienes una idea equivocada. Cariño, te lo juro».

¡Skyler encontró por casualidad el Fitness Center! El cristal en la parte superior de la puerta le quedaba demasiado alto para ver si había alguien dentro, pero al empujar la puerta le pareció que el cavernoso espacio interior, sólo en parte iluminado, estaba vacío.

Alineadas contra la pared del fondo había varias cintas para andar y correr. Había también pesas amontonadas y las máquinas usuales con asientos de cuero y correas y el aire era frío pero también viciado. Skyler sonrió dubitativo. A papá le agradaría que hubiera conseguido encontrar el Fitness Center... Al adentrarse en la sala vio, en un espejo horizontal que corría a lo largo de la pared, la pálida carita de un niño flotando como si la hubieran cortado a la altura de los hombros.

Skyler huyó a toda velocidad.

Con una creciente sensación de pánico trató de volver sobre sus pasos y llegar al despacho de su padre. ¿En qué piso trabajaba papá? ¿En el quinto? Pero el despacho de papá estaba en el último piso del edificio y ahora el quinto piso parecía no ser el último. Y las vistas desde las ventanas no le resultaban familiares. Y el sol se hallaba cada vez más bajo en el cielo. Después de diez, quince, veinte minutos frenéticos, Skyler oyó una voz de hombre y se encontró al final de un pasillo que no conocía, mirando dentro de un despacho a un hombre, visto de espaldas, muy echado hacia atrás en su sillón giratorio, que se rodeaba la nuca con una mano y que hablaba en voz baja, íntima, indignada, por teléfono:

—... no me puedo arriesgar a marcharme..., ahora..., está obsesionada con nuestra hija..., ha sacado de quicio todo este asunto del patinaje y de Bliss, no hay manera de saber lo que esa mujer podría hacer, si...

¡Aquel hombre era papá! Skyler retrocedió con el corazón en un puño.

¡Nuestra hija! Y ni una palabra sobre *nuestro hijo*.

... ni una palabra sobre *nuestro hijo**

---

* Momento en el que Skyler Rampike, de nueve años, comprendió, de manera irrevocable, que en la vida de sus padres, a los que quería tan desesperadamente, al igual que en el vasto mundo que quedaba más allá del hogar de los Rampike, Skyler Rampike no era, como mucho, más que una nota a pie de página.

¡Nota a pie de página!*

---

* En un texto que reflejara con más precisión su argumento, el resto de esta narración consistiría exclusivamente en notas a pie de página. Porque es aquí abajo, EN LAS NOTAS A PIE DE PÁGINA, donde Skyler Rampike vivía en realidad. (¿Y qué me dice de usted, lector escéptico? ¿Es doloroso advertir que también usted no es más que una nota a pie de página en otras vidas, cuando hubiera deseado imaginar que era el texto?)

321

¡EPI!

—No *me* quieren. Ninguno de los dos.

En este estado de aturdimiento, malhumor, resentimiento, y de murmurar para sus adentros que a veces se acercaba a una especie de catatonia ambulante, Skyler seguiría su camino como un sonámbulo (palabra más elegante para «el que camina dormido») a lo largo de lo que le quedaba de vida.

Esperen. No de *su* vida. De la vida de su hermana.

—¡Skyler! Enhorabuena, hijo.

¿Era aquello un chiste sangriento? ¿La mano adulta, carnosa y húmeda, de Hannity, el director del colegio, apoderándose de la de Skyler, húmeda y minúscula, en un *apretón*?

Porque —¡de manera bien extraña!— en aquellas rápidas semanas que precedieron a la muerte brutal de su hermana en la madrugada del 29 de enero de 1997, en el colegio Fair Hills Day, Skyler Rampike consiguió por lo visto no parecer distinto de lo habitual; no más «estresado», «agitado», «inseguro» que otras veces entre sus nerviosos condiscípulos: fue de hecho otro niño, un alumno de sexto grado, quien «se puso como una hidra» en el aula de su curso, atacó a otro chico con un compás de geometría de puntas muy afiladas y, cuando su profesor trató de intervenir, también lo atacó y hubo que reducirlo y llevárselo. ¡Otro chico, y no Skyler Rampike!*

De algún modo —¡no me pregunten cómo!— Skyler consiguió estoicamente ocultar a sus condiscípulos al igual que a los inescrutables adultos que lo rodeaban que no era *más que una nota a pie*

---

* El alumno era Albert Kruk, hijo de Morris Kruk, abogado criminalista de gran prestigio, y sólo en una ocasión «compañero de juegos» de Skyler, además de exterminador de lombrices.

322

de página; y logró, gracias a pura concentración vehemente, obtener una puntuación tan elevada en la serie de tests conocida como «integral de quinto grado» que se le clasificó, por fin, como EPI (Elevado Potencial para Ivy League).

—Skyler, tengo muy buenas noticias para ti. Está claro que has hecho un decidido esfuerzo para mejorar tu rendimiento académico en una serie de tests altamente competitivos. Tu profesor me ha informado de que en la actualidad se te han recetado varios «fármacos», y que esos «fármacos» están dando muy buenos resultados. De manera que, según parece, ¡hay que felicitar al alumno diligente, al profesor dedicado y al hábil pediatra y neurólogo! Vamos a enviar una carta oficial a tus padres dándoles la buena noticia de que el semestre que viene pasarás a nuestro plan de estudios avanzado. «Elevado Potencial para Ivy League» es una denominación que te seguirá durante tus años de formación, Skyler. Porque la Ivy League es en sí misma una «jerarquía», una «hegemonía», no una simple democracia. Nuestra meta no debe ser cualquier institución en la Ivy League, sino sólo las mejores: Harvard, Princeton, Yale. En la meritocracia norteamericana, Fair Hills Day apuesta por que alumnos como tú, Skyler, pongan en lo más alto nuestro pabellón.

En la manaza carnosa y húmeda del director había un pequeño estuche en el que estaba grabado el escudo de armas del colegio.

—Es para ti, hijo. Te lo has ganado.

Maravillado, Skyler recogió la cajita, la abrió y dentro ¡había una brillante insignia dorada EPI para poner en el blazer de Fair Hills Day!

Pensó *¿Ahora me querrán más? ¿Un poquito?*

Escenas rápidas

—¡Vaya, Skyler! Qué sorpresa tan agradable.

Distraída, mamá besó a su *hombrecito* en la ruborizada frente justo cuando —desafortunadamente para el *hombrecito*— llegaba al móvil de mamá una llamada muy esperada de la agencia de modelos Starbright.

—¡Sky-boy! ¡Felicidades! EIP, ¿no es eso? Y una fantástica daguita de oro para lucirla en la solapa, ¿eh? Imagino que es algún tipo de «sociedad secreta». Creía que estaban prohibidas en ese colegio tuyo, pero, qué demonios, demuestra que vales, hijo. Una insignia en la solapa, dentro de unos años, será como la insignia Ep Pi de papá, y quién sabe qué puertas te podrá abrir de par en par en el futuro.

Distraídamente, papá pasó unos nudillos juguetones por la cabeza de Skyler de camino para prepararse el whisky que le hacía tanta falta.

Y allí estaba Bliss, obligada a parpadear al esforzarse para ver mejor la diminuta insignia de oro con forma de antorcha que su hermano le mostraba.

—¿Es para mí, Skyler?

Skyler rio con aspereza.

—¡No! Por una vez es una cosa para mí.

Aquello era injusto. Cruel. Bliss adoraba a su hermano mayor. Y Skyler lo sabía de sobra.

—Es muy bonita, Skyler. ¿Es como... una insignia? ¿Para ponérsela?

Skyler le explicó:

—EPI, «Elevado Potencial para Ivy League» —lo que el director le había dicho y cómo le había estrechado la mano. Lo importante que era llevar una insignia EPI si eras alumno de Fair Hills Day, porque eso significaba que estabas en el percentil más elevado.

—Per-cen-til... ¿Qué es eso?

—Lo más alto de lo alto.

Incluso mientras presumía, Skyler sintió la vacuidad de su fanfarronada. Porque allí estaba su hermanita mirándolo con admiración y abatimiento mientras se chupaba el dedo.

¡Pobre Bliss! Había pasado la mayor parte del día entrenándose en la pista de hielo. Ensayaba hora tras hora su número para la competición Besos de Hershey que iba a celebrarse una semana después. A última hora de la tarde mamá la había llevado a la doctora Bohr-Mandrake para una sesión de terapia y al doctor Muddick para sus inyecciones. Dado el mucho cuidado con que Bliss se sentaba en el borde de la cama, Skyler dedujo que le dolía el trasero.

Según lo que Skyler había oído de pasada en los últimos tiempos, Bliss no patinaba todo lo bien que mamá quería. Skyler suponía que era otra vez el condenado dolor fantasma en el tobillo izquierdo de su hermana, el dolor que saltaba de la pierna derecha de Skyler al tobillo de Bliss, y del tobillo de Bliss a la pierna de Skyler, como la gripe pasaba y repasaba entre hermanos.

Skyler dijo, ablandándose:

—¡A las chicas más listas del colegio les gustaría ser como tú, Bliss! Campeonas de patinaje artístico.

Bliss sonrió débilmente:

—¿Les gustaría? ¿Por qué?

—¡Porque todo el mundo estaría pendiente de ellas! Saldría su foto en el periódico y aparecerían en televisión.

Bliss sonreía aún, débilmente. (A veces Skyler se impacientaba con ella: cualquiera diría que era una *tarada*.)

En uno de los gestos magnánimos de hermano mayor que todavía resuenan, en el día de hoy, como una señal de que, aun envidioso y maleducado, podía ser a veces cariñoso, Skyler prendió la llama EPI en el cuello del vestido de Bliss.

—¡Esto te protegerá, Bliss! El próximo sábado.

Bliss dio las gracias a su hermano, mientras parpadeaba para contener las lágrimas.

—¿Me harás también un corazón de tinta roja? ¿Como el tuyo?

(Repartidos por sitios secretos del cuerpo de Skyler, incluida la palma de la mano izquierda, había pequeños «tatuajes» ridículos en tinta roja, del tipo de los que lucían sus compañeros de clase que pertenecían a pandillas. Pero se suponía que nadie estaba al tanto de los «tatuajes» de Skyler Rampike porque Skyler no pertenecía a ninguna pandilla; y Skyler pensaba además que, si los otros chicos se enteraban, iban a enfadarse con él.)*

—¡No! Mamá lo descubriría y le parecería muy mal.

Porque mamá conocía hasta el último centímetro del cuerpo de Bliss. Todo lo que tenía que ver con Bliss, mamá lo sabía.

—¡Para cuando patine, Skyler! Un corazón de tinta roja.

Pero Skyler negó con la cabeza, *nooo*.

Como en aquel momento Bliss estaba sin profesor particular, Skyler se había ofrecido a ayudarla con el mismo material de primer grado que sus anteriores profesores habían tratado sin éxito de enseñarle: el abecedario, nociones elementales de lectura, las todavía más elementales para escribir, los numerales y las reglas básicas de la aritmética. Pero Bliss progresaba muy poco y se desanimaba con facilidad. Skyler advertía un rechazo fundamental, podría decirse que metafísico, del concepto mismo de realidad objetiva por parte de su hermanita, dulcemente testaruda: Bliss no podía entender por qué, por ejemplo, seis veces seis «tenían que ser» treinta y seis y no sesenta y seis; ni cómo puede ser que si se sustraen («retiran») doce de diez, la respuesta «tiene que ser» menos dos. (¿Y cómo explicar «menos dos» a una niña escéptica? Bliss sonreía como si barruntara un chiste, algo así como uno de los chistes pícaros de papá para hacerle creer algo tonto y luego reírse de ella. Y con frecuencia Bliss le preguntaba a Skyler «¿Papá se creería esto?» con expresión dubitativa. O «¿Cree mamá esto?».) A Skyler le producía gran frustración que cualquier cosa que conseguía enseñarle se le hubiera olvidado a los pocos días: «Es como si mi cabeza fuese un cuenco de cristal con cosas resbaladizas, Skyler, y si metes dentro cosas nuevas, las antiguas se caen».

---

* ¡Maldición! Esto no son más que tonterías de críos, pero no lo puedo pasar por alto. El lector atento advertirá cierta lógica en su torpe colocación aquí, de todos modos. Como corresponde a un «misterio» propiamente tal, tanto las pistas verdaderas como las falsas han de colocarse con antelación.

Era cierto. La cabeza de Bliss parecía estar abarrotada. Cuando mamá se separaba de ella y se le permitía quedarse sola y en silencio, Skyler se daba cuenta de que su hermana estaba sumamente ocupada con sus pensamientos y sabía, por pequeños estremecimientos y tics en sus extremidades, y la sonrisita fija de muñeca que mamá insistía en que luciera durante sus actuaciones como patinadora, que Bliss estaba *entrenándose* mentalmente, y que aquellos *entrenamientos* podían ser tan agotadores como la realidad.

El mismo Skyler, en sus propios pensamientos febriles, se descubría con frecuencia reconstruyendo de nuevo, una y otra vez, y vuelta a empezar, aquellos momentos catastróficos en los que su joven vida había quedado irrevocablemente alterada en el Laboratorio de Gimnasia bajo la tutela de Vasili Andreevich Volojomski cuando Skyler se agarró a las anillas con valor, audacia y desesperación y dio un salto en el aire ▬▬▬▬▬▬ .

Pero no: aquello estaba acabado. Hacía muchísimo tiempo.

Bix Rampike había recibido una cantidad de dinero «nunca revelada» del atribulado Gimnasio y Club de Salud Medalla de Oro y como papá decía, acompañándose de una mueca maliciosa, típica suya, el asunto estaba *fi-ni-to*.

La lección de hoy con Bliss era muy sencilla: Bliss tenía que escribir, con letras de imprenta, palabras que Skyler pronunciaba («caballo», «perro», «niña», «casa», etcétera) y que se suponía que Bliss era capaz de deletrear; pero Skyler decidió hacer un experimento: puso con letras de imprenta su apellido R A M P I K E y le pidió a Bliss que lo copiara «tal como lo veía»; de manera que, sujetando con fuerza un lápiz con la mano derecha, Bliss reprodujo con aplicación

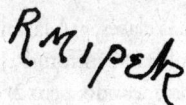

—Bueno, ¿qué os parece?

Al igual que papá había extendido los planos del Hogar Soñado de los Rampike sobre la mesa del comedor con un gesto triunfal unas semanas antes, una mamá muy agitada extendió ahora los «contactos» de Bliss que enviaba la agencia Starbright. Eran docenas de fotos en color de Bliss Rampike en poses de modelo, vestida con una colección de ropa de Miss Elite Skates en su versión más juvenil: pantalones de chándal para entrenamiento y suaves pulóveres, jerséis de cuello alto y falditas de tablas, leotardos con bandas de colores, gorros de punto con borlas, faldas escocesas, tutús de tul, vestidos de «corista» de satén y lentejuelas. En la más espectacular de las fotografías, Bliss estaba colocada sobre el hielo —una brillante superficie azulada— con sus bonitos patines blancos de cabritilla Junior Miss Elite. Sin embargo, aunque Bliss llevaba patines y estaba sobre el hielo, donde de ordinario se sentía sumamente a gusto, aquí parecía rígida, casi incómoda, y su dulce y tímida sonrisa de muñequita no resultaba convincente.

—¡Estás estupenda, cariño! ¡Mi niñita maravillosísima! —papá se había limitado a lanzar sobre los «contactos» una mirada superficial, porque papá ya tenía su whisky en la mano, y algún sitio (¿el «despacho de casa»?) al que ir, aunque a continuación encontrara tiempo para besar suavemente a Bliss en la coronilla.

—¡Bix, espera! Estas fotos son buenas, ¿no te parece? Bliss está... cautivadora, ¿no es cierto?

Mamá hablaba alegremente, pero Skyler, siempre perspicaz, veía que se mordía nerviosa la uña del pulgar, igual que Bliss cuando ella la reñía, cosa que sucedía con frecuencia.

—¡Claro! Bliss lo está siempre. ¿Cuál es el problema, Betsey?

Papá hablaba con el más afable y paciente de sus tonos hogareños. Acompañado de un guiño para Sky-boy, como diciendo *¡Estas mujeres!*

—Bueno, el caso es que en la agencia dicen que Bliss está «rígida» y que «parece mayor de los años que tiene». Que quizá necesite asistir a algunas clases antes de que podamos conseguir un contrato con Elite Skates.

—«Asistir a algunas clases.» ¿A las modelos hay que enseñarles a estarse quietas mientras les hacen fotos? ¡Jesús bendito! —papá rio para sugerir 1) que estaba bromeando, pero 2) que no estaba bromeando.

Mamá protestó:

—¡Bix, no te pongas tonto! Trabajar de modelo es... una profesión. No todo el mundo lo puede hacer.

—Como tampoco todo el mundo puede ser astrofísico, ni paleontólogo, ni neurocirujano, ¿no es eso? O una mamá de primera, como *tú* —papá rio, amablemente. El rostro de papá, de huesos prominentes, su rostro de chico grande, empezaba a enrojecer.

—Bix, por favor. Tus sarcasmos *duelen*.

Esta vez protestó papá:

—¿Quién está siendo sarcástico? Sólo se trata de papá preguntando por cuánto me van a salir esas «clases», además de las «clases de patinaje» y todo lo demás.

Mamá se puso muy colorada. Estaba de pie, detrás de Bliss, abrazándola sólo a medias mientras movía los contactos para verlos mejor.

—Bix, el «quid de la cuestión» no siempre es el condenado dinero. Está la belleza, y está el... arte. ¡Por el arte la gente ha hecho sacrificios a lo largo de los siglos! Después de Besos, el festival de Hershey, donde se espera que nuestra hija gane el título de Pequeña Miss, y de la competición femenina de Hudson Valley en Newburgh, dentro de dos semanas, Bliss tendría todo el tiempo del mundo para asistir al curso de «inmersión total», así lo llaman, en Starbright y en el que la agencia nos haría un descuento.

Papá rio con resignación.

—¡Vaya! Buenas noticias. Temí por un momento tener que apoquinar el importe completo.

Cuando papá estaba a punto de volverse, mamá le tiró de la manga.

Skyler vio que papá apretaba las mandíbulas. *Ahora papá se va a quitar de encima el brazo de mamá,* pensó Skyler; pero, como para contradecir a Skyler y a mamá misma, que quizá se esperaba una cosa así, papá no lo hizo.

—Bix, de verdad crees que esas fotografías son buenas, ¿no es eso? Quiero decir... ¿hermosas? No te imaginas lo que trabajamos para maquillar a Bliss y hacerla posar...

—Ya lo he dicho, claro que sí. Mi maravillosísima niñita siempre está preciosa.

—Pero, Bix...

—¿Sí, Betsey?

—Han dicho... algunos de ellos... en la agencia... que a Bliss le nace el pelo un chispitín demasiado abajo.

—¡Y un cuerno! A nuestra hija le nace el pelo donde debe.

—Han sugerido depilación eléctrica para que el pelo empiece un poquito más arriba. El efecto sería mágico, creo yo: Bliss tendría una frente más amplia y los ojos más grandes. La electrodepilación es un tratamiento sencillo que se realiza en la consulta de un médico con una sedación muy suave y prácticamente sin convalecencia.

Bliss, que había estado mirando sus llamativos retratos extendidos sobre la mesa, se retorció dentro del abrazo de mamá y se tocó la frente en el sitio donde le empezaba el pelo.

—No quiero *lectrodepilación*. Mamá, no.

—Cariño, ya lo hemos hablado. No duele en absoluto, sólo hace cosquillas.

—¡No quiero *lectrodepilación*! Mamá, por favor.

—Corazón, nos la podemos hacer las dos. ¡También yo he tenido siempre una frente demasiado pequeña! Ya es muy tarde para que me haga modelo, o patinadora, pero puedo hacer que el pelo me crezca un poco más atrás. ¿De acuerdo, cariño? Nos lo pueden hacer a las dos juntas, en Nueva York, y divertirnos mucho...

—No —intervino papá—. No creo que esa jodida depilación eléctrica sea una buena idea para nuestra hija.

—¡Bix! Mira cómo hablas. Por favor.

—¡Betsey! Mira cómo hablas. Por fa-vor.

—La agencia no recomendaría la electrodepilación, ni las clases, si no pensaran que Bliss tiene grandes posibilidades como modelo infantil, o incluso como actriz. La han visto sobre el hielo y están locos por ella, quiero decir, literalmente. Y la electrodepilación no es cara, y no es peligrosa y...

—He dicho que no, Betsey. ¿No sabes deletrear? *N-O*.

—Bix, no eres el dictador de esta familia. Anda y que te zurzan, no seas déspota.

—No, no lo soy. Sólo soy el padre de esa niña y el que paga las jodidas facturas, y digo que *no*.

—Pero Bix, ¡si ganas mucho dinero! Sólo tu prima de Navidad...

—De acuerdo, soy millonario. Multimillonario. Y me propongo llegar a tener más de mil millones. ¿Y qué con eso? Digo *N-O*, y *N-O* será.

Torpemente, mamá recogió los contactos como si papá los hubiera ensuciado, al tiempo que se mordía los labios para no gemir. Papá, indignado, abandonó la habitación pero regresó casi de inmediato para continuar la pelea, mientras Bliss retrocedía, metiéndose varios dedos en la boca, y Skyler miraba lo que estaba sucediendo ▬▬▬▬▬

(De acuerdo: no consigo acabar la escena: créanme, lo he intentado, una y otra vez, hasta quedar agotado, y me he rendido. Es inusual que un autor reconozca ante el lector que ha *tirado la toalla:* probablemente carece de precedentes en los anales de la literatura, o de cualquier subcategoría en la que este documento mío se encuentre. Pero Skyler Rampike, de diecinueve años camino de los jodidos* noventa y nueve, *se rinde aquí.*)

---

* ¡No me culpen a mí por las palabrotas de Bix Rampike! Todas las jodidas palabras malsonantes salidas de mi boca tienen su origen en Rampike *père,* no les quepa la menor duda.

Ganarás a lo grande - I

¡El timbre de la puerta!

Lila Laong, la criada de los Rampike, se apresuró a abrir. Qué peculiar fue aquel suceso, Lila Laong sólo se daría cuenta retrospectivamente.

Era el 11 de enero de 1997, a media mañana: un luminoso y frío día de invierno, sólo tres antes de que Bliss Rampike compitiera con otras nueve jóvenes por el codiciado título de Princesa 1997 del Festival de Patinaje Femenino Besos de Hershey y menos de veinticuatro horas después de que Bix Rampike abandonara la casa del 93 de Ravens Crest Drive (pero por poco tiempo, según se creía, porque el señor Rampike sólo había hecho una maleta y disponía de un único par de zapatos, los que llevaba puestos). El timbre sonó por segunda vez, con sensación de impaciencia, y Lila abrió la puerta, encontrándose para su sorpresa en el descansillo de la entrada con un repartidor que sonreía nervioso «y que no estaba correctamente uniformado», «un individuo más bien joven, muy pálido», «pelirrojo, sin gorra», «esforzándose tanto por sonreír que parecía como si le hubieran estirado la boca», con un gran ramo de flores de primavera (tulipanes, narcisos, junquillos, azucenas muy aromáticas y jacintos) que entregó «para la señorita Rampike» y que Lila recogió de sus manos ligeramente trémulas, puso en uno de los grandes jarrones de la señora Rampike y acto seguido procedió a colocar en una mesa con tablero de mármol en el vestíbulo, y al lado una tarjeta pulcramente escrita con letra de imprenta como por un niño muy cuidadoso:

QUERIDÍSIMA BLISS SÉ QUE GANARÁS
EL SÁBADO Y QUE GANARÁS A LO GRANDE
PORQUE ERES UN ÁNGEL SOBRE LA TIERRA AMOR MÍO
LAS ORACIONES DE G. R. CONTIGO PARA SIEMPRE BLISS
CON TODO MI CARIÑO G. R.

Lo más extraño acerca de aquel incidente fue que el «individuo más bien joven», «que no estaba correctamente uniformado», no había traído el ramo de flores para Bliss Rampike en una furgoneta de reparto, sino sujeto con el brazo mientras pedaleaba en su bicicleta.

Ganarás a lo grande - II

Ángel sobre la tierra amor mío.

¡Había venido en bicicleta! ¡Y la mañana de invierno tan luminosamente fría, y el cielo distante tan puramente azul, y una sensación de hielo en el aire! Una solitaria figura romántica sobre una bicicleta inglesa de carreras con varias décadas de antigüedad entre el aburrido tráfico de las afueras, en la estruendosa Great Road, pero que consigue con verdadera habilidad (porque tenía articulaciones de goma, y un algo de acróbata, aunque fuese terriblemente torpe en lo que se denomina la vida real) sostener el rígido ramo de flores con un brazo; atraviesa Woodsmoke Drive, y Hawksmoor Lane, y Pheasant Run, para girar después por la serpenteante Ravens Crest Drive, y pedalear hasta el final mismo de esta calle estrecha, de muchas curvas y con abundantes baches, y sólo se cruza con un vehículo, una furgoneta de FedEx; mantiene una velocidad uniforme mientras avanza, y lleva una chaqueta de imitación de ante y de color beis que cubre holgadamente su cuerpo esbelto, junto con una bufanda a rayas de colores alegres en torno al cuello, aunque con la cabeza descubierta pese al frío, de manera que sus cabellos de color cobre, como los de Percy Shelley, son algo así como una llama en aquel monótono paisaje invernal de Durero.[*] Qué figura tan llamativa resulta ser, si alguien en Ravens Crest Drive lo está viendo (como él mismo se observa siempre, igual que si tuviera una pantalla de televisión en la cabeza, porque G. R. nunca *se* pierde de vista), si un entrevistador invisible le pregunta por qué ha hecho su tarea tan difícil, incluso peligrosa, la de traer este ramo de flores a Bliss Rampike, su ángel, en bicicleta desde la casa de su madre, en el 29 de Piper's Lane, en un modesto barrio

---

[*] Shelley, Durero: admirable, ¿eh? Sólo la punta del iceberg de la educación de colegio privado, caprichosa pero con estilo, de la que, lectores con suerte, se van a librar en un 99%.

«de clase obrera» de Fair Hills, a tres kilómetros de distancia, su respuesta habría sido, con un brusco agitar de sus cabellos rojo encendido y con una sonrisa cautivadora: «Una bicicleta es más personal. Voy en bicicleta siempre que puedo, incluso en invierno».

¿Y es verdad, quiere saber el entrevistador invisible, que ha hecho usted este peligroso viaje más de una vez en el pasado, más de varias veces a lo largo de la serpenteante Ravens Crest Drive, a menudo al anochecer, inadvertido, trayendo consigo su pequeña cámara de vídeo japonesa que pesa muy poco para grabar las posibles fugaces apariciones de su ángel a través de las ventanas del piso bajo de la amplia casa de estilo colonial en el 93 de Ravens Crest Drive? Al hacerle una pregunta tan emocionante a quemarropa, ¿qué respuesta podría dar G. R., excepto una muda agitación de los cabellos rojo encendido, acompañada de la sonrisa que desarma?*

---

* ¡Puaj! Me encuentro de improviso dentro de la cabeza de un psicópata, donde, se lo aseguro, tengo tan pocas ganas de estar como ustedes.

Besos de chocolate

—La próxima vez, rezaremos todos con más fervor.

Porque pese a su elegante traje de terciopelo de color chocolate oscuro con mangas muy ajustadas y corpiño de «oropel», Bliss no lo consiguió. Pese a su breve, airosa, coqueta falda de tul con un vislumbre provocador de braguitas de encaje blanco calado debajo, no lo consiguió. Pese a la crucecita de oro que le colgaba del cuello en una fina cadena de oro, y de los diminutos pendientes de oro a juego, Bliss no lo consiguió. Pese a los cabellos muy rubios (aclarados, apenas perceptiblemente quebradizos) encantadoramente trenzados con cintas de oropel (para sugerir la envoltura de los Besos de Hershey) y su carita meticulosamente maquillada como la de una muñeca de porcelana tradicional y muy cara, Bliss no lo consiguió. Pese a las medias blancas de rejilla y a sus patines Junior Miss Elite de cabritilla blanca y a la tensa sonrisa helada que lucían sus labios tan perfectos como un capullo de rosa, no lo consiguió.

Tantas horas, días, semanas de prácticas de patinaje artístico en la pista de Halcyon llena de corrientes, con mamá grabándolas escrupulosamente en vídeo para que las actuaciones de Bliss pudieran ser analizadas por su entrenadora Anastasia Kovitski y por su coreógrafo Pytor Skakalov; tantas horas de bailar con patines al ritmo sensual del *Bolero,* ese clásico *kitsch* de la competición femenina sobre hielo; tantas sesiones con el doctor Muddick, y el doctor Vandeman y la doctora Bohr-Mandrake y el doctor Rapp y con Kai Kui (acupuntor y nutricionista, en el caso de que el lector lo haya olvidado); tantas inyecciones de SuperGrow, de vitamina C superconcentrada, de CHCJA y HTT y otros fármacos en los sitios más tiernos del cuerpecito de Bliss, y tantos miligramos de Nixil, Nilix, Serenex, Excelsia, Zomix y otros; tantísimas horas del odioso «aparato dental» y tantas espantosas sesiones en el salón de belleza de Fair Hills (donde a Bliss le «aclaraban» el pelo y le colocaban diez falsas uñas perfectas para ocultar las suyas, rotas y mordisqueadas); tantas oraciones ardientes que empezaban con «Padre nuestro que estás en los cielos» y «Jesús querido»; y, sin embargo, *no lo consiguió*.

Skyler lo supo desde el comienzo.

Incluso antes de que Bliss saliera, deslizándose sobre el hielo, y el público rompiera en aplausos y el reflector se posara ávidamente sobre su hermana, Skyler lo supo.

Aunque de hecho Bliss inició su actuación con lo que parecía ser su agilidad y velocidad habituales, en menos de sesenta segundos pudo verse que algo iba mal. Los largos deslizamientos en curva hacia delante y hacia atrás, de ordinario impecables, resultaban vacilantes y erráticos, como si el tobillo izquierdo le estuviera doliendo. Una vuelta, una pirueta, una pirueta con salto... Los labios de Bliss, de un color rosa lustroso, se separaron enseguida por el esfuerzo, se había quedado sin aliento, jadeaba. Sus manitas se agitaban como pájaros heridos. Sus ojos brillaban de sorpresa y miedo. El público, que había recibido con tanto calor a BLISS RAMPIKE, FAIR HILLS, NUEVA JERSEY sólo unos minutos antes, perdió el entusiasmo y guardó silencio. Mientras el *Bolero* alcanzaba ruidosamente su clímax como una boa constrictora atacada de convulsiones, Bliss de repente tropezó y cayó; cayó con violencia; pero consiguió incorporarse sobre las cuchillas de sus patines, con torpeza y una expresión de susto y de consternación. ¡Con qué crueldad el foco de luz se mantuvo sobre ella, exponiéndola a las miradas de los desconocidos! ¡Qué sepulcral el silencio en el estadio, como en una ejecución! Por fin terminó la dura prueba, la humillada patinadora abandonó cojeando el hielo entre algunos aplausos apagados, y allí se presentó Betsey Rampike para apoderarse de su hija y apartarla del foco de luz, abrazándola con fuerza como para protegerla con su cuerpo, mientras decía, con una sonrisa luminosa, valiente, impertérrita, lo bastante alto como para que lo captara el equipo de cámara de la cadena de televisión ABC:

—La próxima vez, rezaremos todos con más fervor.

Traumatismo por golpe contundente

El hecho inapelable: dieciocho días después de clasificarse séptima en la competición de Hershey, en Pensilvania, Bliss Rampike había dejado de vivir.

Corazón de tinta roja

¿Me haces un corazoncito rojo   Skyler? Con perseverancia infantil le pedía *Hazme un corazoncito rojo como el tuyo Skyler por favor* de manera que Skyler accedió: un corazoncito, «tatuado» con tinta roja, en la palma de la mano izquierda de Bliss. Porque era la noche antes de la noche antes de que Bliss cumpliera años, y papá había prometido volver a casa y existía el deseo de que el séptimo cumpleaños de Bliss fuese un día muy feliz dada la terrible desgracia acaecida en la competición de Pensilvania de la que nadie hablaba en la familia Rampike, ni mamá, ni Skyler, ni tampoco Bliss, porque era tan vergonzoso que no se podía pensar en ello sin una sensación de náusea en la boca del estómago, mamá misma tampoco hablaba de ello excepto para decir con su voz más radiante «¡La próxima vez rezaremos todos con más fervor! Y tendremos más fe».

Desde «lo sucedido» en Pensilvania, Bliss había empezado a comportarse como una niña mucho más pequeña. Una niña quejosa, una niña caprichosa, una niña malhumorada, una niña ansiosa, una niña que se chupaba el dedo y se hacía pis en la cama y que sacaba de quicio a su hermano mayor colgándose de él, siguiéndolo por la casa y metiéndose incluso en su habitación, aunque él trataba de darle con la puerta en las narices: «Bliss, vete». A Skyler, sin embargo, también le daba pena: como le daban pena las desventuradas ardillas atropelladas con demasiada frecuencia en Ravens Crest Drive. (Si papá atropellaba a una ardilla, hacía una mueca y se encogía de hombros: «Lo siento, amiga. No tengo nada contra ti». Mamá se quejaba: «Oh no, otra vez no, maldita sea».) De manera que Skyler «tatuó» un corazoncito rojo en la suave palma húmeda de su hermana para que hiciera juego con el suyo en la palma de la mano izquierda y Bliss se estremeció y rio (porque «tatuar» en un sitio tan blando hacía cosquillas) y le echó los brazos al cuello con mucho entusiasmo: «¡Gracias, Skyler!». Sus besos eran jadeantes y pegajosos, Skyler sintió como si le estuvieran sorbiendo el propio aliento. Bliss se miraba de manera obsesiva el corazoncito rojo y abría y cerraba el puño, y la expresión de su carita pálida ponía de manifiesto una concentración tan intensa que te llevaba a pensar *Esta niña sufre*.

Pensabas *No se puede hacer nada por esta niña*.

Sintiéndose culpable, Skyler se preguntaba: si le hubiera dibujado antes a su hermana un corazoncito en la palma de la mano, o en algún otro lugar secreto de su cuerpo, como ella le había suplicado, ¿habría estado Bliss protegida del desastre en el concurso de patinaje? ¿Habría dejado de suceder la cosa vergonzosa que sucedió y que fue transmitida por la televisión nacional? Pero Skyler, cobardemente, no se había atrevido, porque mamá lo habría visto y se habría enfadado muchísimo con él y, en cualquier caso, habría frotado de inmediato el corazón de tinta roja para hacerlo desaparecer. Cuando mamá se enfadaba con su hombrecito, tenía una manera de hablarle con voz cortante como si le hubiera hecho daño: «¡Skyler, tiene que haber un demonio dentro de ti! Un demonio muy grande para un niño tan pequeño», lo que hacía que Skyler se sintiera terriblemente mal.*

Desde lo sucedido en Pensilvania, mamá estaba a menudo fuera cuando Skyler volvía a casa del colegio (¿dónde? Lila sólo tenía el número de su móvil, para llamarla en caso de urgencia), y cuando estaba en casa, lo más probable era que se encontrase en su habitación privada del segundo piso, hablando por teléfono con vehemencia y en absoluto de humor para que sus hijos la molestaran:

—¡Marchaos! ¡Haceos compañía el uno al otro! Para eso sois dos.

Mamá bromeaba, ¡por supuesto! Mamá quería a su hombrecito y mamá quería a su hijita más que nunca.

Porque existía un desacuerdo con papá. Papá quería que Bliss «no vuelva a patinar, nunca jamás», pero mamá estaba decidida a que la carrera de Bliss prosiguiera (inmediatamente después del fracaso de

---

* Pero sin arrepentirse. Porque los tatuajes eran talismanes de buena suerte que Skyler necesitaba para sobrevivir en Fair Hills Day y quizá también en casa. En sus clases, en el aseo de los chicos, en su cuarto de casa, de manera obsesiva, se dibujaba dagas, calaveras, arañas, serpientes y las iniciales secretas C. K. en el interior de los antebrazos y en los codos, en los muslos o en el estómago, completamente liso, con tinta tanto roja como negra, y en su mayor parte escondidos bajo la ropa. La tarea de frotar para hacerlos desaparecer recaía sobre Lila, que no preguntó nunca el significado de los tatuajes y que nunca denunció a Skyler a su madre, como si comprendiera su magia desesperada.

Pensilvania, mamá había despedido tanto a Anastasia Kovitski como a Pytor Skakalov y ambos iban a pleitear contra ella por incumplimiento de contrato, mientras que mamá, por su parte, había puesto pleito a la agencia Starbright también por incumplimiento de contrato a raíz de su brusca pérdida de interés por la carrera de Bliss Rampike como modelo) y Skyler los había oído peleándose en el dormitorio principal al final del pasillo del segundo piso «¡No me la vas a quitar, maldito seas! Es mi hija, es mía, y Skyler es mío, por favor ¡no nos destruyas!». La voz de mamá se alzaba como el chillido de un pájaro herido y la voz de papá era más baja, ahogada, de manera que Skyler sólo reconocía palabras sueltas «Escúchame te quiero, os quiero a todos, pero esto no es negociable, ¿te enteras?».

No es negociable. A Skyler le gustó el peso de aquellas sílabas.

Por entonces papá estaba algunas veces «fuera» y otras «en casa» y no siempre sabías cuál era la diferencia. Imposible situar a Bix Rampike durante aquellas semanas cruciales de enero de 1997 excepto para señalar que cuando regresaba a casa después del trabajo, y cenaba con su familia, a menudo mamá y él parecían estar en muy buenas relaciones, como si no existiera ninguna desavenencia entre ellos y se tratara sólo de imaginaciones de sus hijos; en otras ocasiones la tensión era tal, que Bliss estaba demasiado nerviosa para comer y Skyler tenía que disculparse para desaparecer de la mesa como un crustáceo herido y esconderse arriba en su cuarto, donde presidía batallas a muerte entre pelotones de Guerreros Robo Army.

—¿Qué quiere decir, Skyler? ¿Papá es «nuestro padre»?

Skyler se encogió de hombros.

—Eso es lo que es.

—¿Y mamá?

—Mamá, ¿qué?

Bliss miró inquisitivamente a Skyler como si tratara de desentrañar lo que quería decir. Ahora Bliss no se pasaba horas patinando todos los días, pero seguía sin profesor particular, y en casa se sentía muy sola. La abuela Edna Louise le había regalado un libro infantil con ilustraciones titulado *El dirigible flotante* que era para niños más pequeños, pero Bliss lo estudiaba llena de fascinación, pasaba los dedos por debajo del escaso texto y leía las palabras moviendo mucho los labios. Sin duda se había aprendido ya de memoria la sencilla historia de una niñita con un traje blanco pasado de moda que (de manera imprudente, llevada por la curiosidad) entra en la barquilla de un enorme dirigible negro que se la lleva por los aires mientras sus autoritarios padres aristocráticos corren gritando tras ella, pero aún insistía en que Skyler se la leyera una y otra vez.

Como había insistido en que Skyler le dibujara en la palma de la mano el corazoncito con tinta roja, como si no se lo hubiera podido dibujar ella.

—¿Skyler? —preguntó Bliss, chupándose el dedo—. ¿Por qué estamos con ellos?

—¿Con quién? ¿Mamá y papá?

—¿Por qué somos *suyos*?

Skyler se volvió a encoger de hombros, desconcertado. Si mamá hubiera estado allí, le habría sacado a Bliss el dedo de la boca con un cachete. No violento, pero decidido. Skyler se sintió tentado.

—Porque papá y mamá son nuestros padres. Por eso somos suyos. No seas estúpida.

—Pero, Skyler, ¿por qué? ¿Por qué son nuestros padres?

—Porque lo son. Todo el mundo lo sabe.

—Sí, pero ¿por qué, Skyler? ¿Por qué son ellos?

—Porque... *nos han tenido*. Ésa es la razón.

—¿Es que nos compraron?

Skyler empezaba a sentirse desorientado, como si se le moviera el suelo debajo de los pies. Bliss lo miraba tan anhelante, los húmedos ojos azul cobalto tan fijos en su rostro, que lo que más le apetecía era salir corriendo.

Cerca, en la cocina, Lila preparaba la cena. Aunque acababa de caer la tarde, del otro lado de las ventanas del cuarto de estar la oscuridad era ya como de noche cerrada. Mamá no había vuelto aún de su cita con la doctora Stadtskruller, a no ser que se tratara del doctor Screed o del doctor Eustis, y en cuanto a si papá volvería a tiempo para cenar o tendría que trabajar hasta tarde en su despacho o se vería forzado a pasar la noche en el apartamento propiedad de la empresa en Nueva York, Skyler carecía de información. Afortunadamente, ni mamá ni papá podían oír aquel diálogo: a mamá no le gustaban preguntas tan «indiscretas» por parte de Bliss y tampoco quería que Skyler intentase responderlas; papá pensaba que preguntas así eran «morbosas», quienquiera que las hiciese.

—¡La gente no «compra» a sus hijos, Bliss! No seas tan...
—Skyler vaciló: no quería decir *estúpida* una segunda vez, porque había visto cómo aquella palabra tan despectiva hacía estremecerse a su hermana— tonta. Todo el mundo sabe de dónde vienen los niños.

Bliss se retorció tanto en el sofá que *El dirigible flotante,* abierto sobre su regazo, se le cayó al suelo.

—¿Todo el mundo lo sabe? ¿De dónde?

Skyler respondió con evasivas:

—«Tener un bebé» es lo que un hombre y una mujer hacen juntos cuando se casan. Por eso saben que es suyo. Porque lo hacen.

—¿Lo hacen? ¿Papá y mamá nos «hicieron» a nosotros? ¿Cómo?

Skyler tuvo que admitirlo, aquello era poco plausible y hasta alarmante. Trató de recordar lo que Calvin Klaus le había contado de manera tan vehemente: *se lo montan juntos, agujero entre piernas, encaja la polla.* Algo sale lanzado al interior de la mujer que se le convierte en bebé dentro de la tripa... ¿Cómo? Skyler no lograba imaginárselo. Su cerebro parpadeaba como una bombilla a punto de fundirse.

Bliss explicó en voz baja como quien transmite un secreto:

—Mamá dice que Jesús volverá a querernos si tenemos fe, pero también dice que quizá *somos* malas y deberíamos morir. Mamá y yo, quiero decir —Bliss se estaba rascando el cuero cabelludo de la manera feroz que tan mal le parecía a mamá. Las bonitas uñas falsas habían desaparecido y las de Bliss estaban mordidas y eran quebradizas y se rompían con facilidad. Le había aparecido un tic en la mejilla que creaba la impresión de que sonreía y de que guiñaba un ojo con picardía—. Sería un sitio especial, para mamá y para mí. Y Jesús estaría allí. «Ir a casa», dice mamá. Y papá no estaría.

—¿Dónde estaría yo? —preguntó Skyler, enfadado.

—Con nosotras no. Sólo mamá y yo.

—¿Sí? ¿Dónde está ese sitio especial?

—Mamá lo sabe. Jesús lo sabe.

A Skyler le recorrió un escalofrío de miedo. Las palabras de su hermana eran de una claridad meridiana y al mismo tiempo desconcertantes, como las frases de su madre lo eran con tanta frecuencia desde que aquella cosa tan terrible había sucedido en Pensilvania.

Bliss añadió con voz nostálgica:

—¿Sabes qué, Skyler? Mamá y papá ya no me quieren. Desde que me caí en el hielo nadie me quiere.

Y Skyler respondió muy deprisa:

—Sí que te quieren. También yo.

—¿Tú me quieres, Skyler? —preguntó Bliss, dubitativa—. ¿Por qué?

—Porque eres mi hermana —dijo Skyler, al mismo tiempo que se preguntaba si era ése el motivo; si era un motivo legítimo; y si, en el caso de que aquella niñita con un tic nervioso y ojos tristes no tuviera un hermano llamado Skyler, habría alguien que la quisiera. (¿Y por qué iba a querer nadie a nadie?, se preguntó Skyler.)

En la cocina, Lila estaba cantando una de sus canciones, misteriosamente tristes y alegres al mismo tiempo; a ellos les había dicho que era una canción de cuando era niña en un lugar muy lejano. Y a continuación le habían preguntado si echaba de menos aquel lugar y Lila había dicho que no, porque lo llevaba dentro. Pero Skyler pudo entender, por la mirada tierna y triste en los ojos de la criada, que no era cierto. Bliss estaba diciendo:

—Estaba pensando en el tiempo anterior a que yo naciera, y quién estaba allí, y si me echaban de menos.

Y Skyler dijo desconsideradamente:

—Yo estaba allí. Antes de que nacieras. Sólo mamá, papá y yo, y no te echábamos de menos.

Bliss parpadeó despacio, asimilando aquel hecho. Pareció que se disponía a hablar, pero no pudo hacerlo.

Skyler se corrigió muy deprisa:

—Pero si ahora te fueses, Bliss, sí que te echaría de menos.

¿Qué has hecho?

—¡Skyler, despierta!

Mamá le estaba zarandeando, porque Skyler no se despertaba.

Mamá estaba muy nerviosa y parecía culparlo a él, y Skyler trataba de despertarse pero no podía porque la cabeza le pesaba, era como de plomo, y tenía pegadas las pestañas como con cola.

—¡Skyler, por favor! No encuentro a Bliss.

Bliss había abierto por la noche la puerta de Skyler. Era la tercera vez que despertaba a Skyler aquella semana y Skyler estaba harto de su hermana, de manera que se tapó la cabeza con la almohada fingiendo no oír su voz angustiada *¡Skyler! Algo ha pasado en mi cama   una cosa fea   en mi cama* pero Skyler, malhumorado, se negó a responder y acabó murmurando *¡Vete Bliss! No me voy a levantar límpiate tú la cama* después era incapaz de recordar si aquello había sucedido de verdad o si había sido un sueño porque antes, aquella misma noche, cuando Skyler acababa de acostarse (a eso de las nueve), mamá había entrado en su habitación para traerle las pastillas que tenía que tomar y que (Skyler estaba seguro) Lila le había dado ya, como pasaba todas las noches, junto con la leche templada y las galletas o con la compota tibia de manzana, especialidad de Lila, espolvoreada con canela y que tanto les gustaba a él y a su hermana. Pero allí había aparecido su madre, con entonación burlona:

—Skyler, ¡conozco tus trucos! Sé que Bliss y tú, los dos, escondéis las pastillas en un lado de la boca y cuando nadie os ve las escupís, tú y la astuta de tu hermana también, y hay que vigilaros a los dos —mamá se echó a reír. Le brillaban los ojos, como reflejos en cristal—. Pero no lo podéis evitar, sois sus hijos. Y tú eres su hijo varón. Y te puso el nombre que llevas.

De manera que Skyler se había tomado las pastillas (de nuevo) —si bien le pareció que había una de más, una cápsula grande y blanca que no reconoció— porque era más fácil tomárselas que provocar la indignación de mamá a aquella hora de la noche. Y más tarde, despertado por una intensa presión en la vejiga, una terrible necesidad de orinar, había conseguido salir dando tumbos de la cama para llegar al pasillo y al baño, pero al regresar a su cuarto había visto luz por debajo de la puerta de la habitación privada de mamá y, como un niño en un sueño que no es del todo el suyo, había ido hasta la puerta que estaba entornada y que empujó vacilante hasta abrirla; vio a mamá con su camisón de seda de color champán y encima el cálido albornoz blanco de algodón que se ponía cuando papá no estaba en casa porque aquel albornoz hacía que mamá pareciese gorda y mamá no quería que papá la viese con él. Mamá estaba en su escritorio, apoyada en los codos, fruncido el ceño y murmurando para sus adentros, inclinada sobre una hoja de papel, empuñando con la mano derecha una pluma como la empuñaba Bliss y escribiendo con letra de imprenta que Skyler vislumbró del revés a más de un metro de distancia. Mamá alzó la vista con una sonrisa sobresaltada:

—¡Cómo, Skyler! ¿Qué haces levantado? ¿Qué hora es? Igualito que un búho —mamá hablaba en broma, si bien Skyler notó que le molestaba la interrupción; y a mamá no le gustaba que sus hijos la espiaran, nunca. Sobre el escritorio, cerca de los brazos de mamá, había una botella de color ámbar oscuro con un loro de color verde brillante en la etiqueta y una cajita con píldoras blancas—. Ya que estás levantado, cariño, ¿cómo se escribe *amenasa*?

—¿*Amenasa*?

—Sí. *Amenasa*.

—¿Quieres decir *amenaza,* mamá?

Mamá parpadeó despacio como turbada y luego dijo, encogiéndose de hombros:

—¡Bueno, da lo mismo! Vosotros, los varones Rampike, sois muy listos, ¿no es eso? Pues meteos el cromosoma Y por el culo.

Mamá se sirvió líquido ambarino en un vaso, bebió y rio, y despidió a Skyler con un gesto negligente.

A la mañana siguiente papá iba a venir para llevarse a Bliss —«Una celebración de cumpleaños fuera de lo corriente, sólo papá y su maravillosísima niñita»—, algo que mamá había aceptado a regañadientes, dado que había planeado una «auténtica fiesta de cumpleaños» para Bliss en la verdadera fecha de su aniversario, fiesta a la que papá no estaba invitado. Bliss llevaba días sin hablar de otra cosa:

papá iba a llevarla a Nueva York al hotel Plaza para almorzar y luego a ver una función de tarde en Broadway, el musical *La princesa prometida;* finalmente papá le iba a enseñar el nuevo apartamento donde vivía cuando «tenía negocios» en la ciudad: no el piso propiedad de la empresa sino, al parecer, un apartamento propiedad de papá, en Central Park South, y con vistas al parque. Skyler no tenía motivos para sentir celos de Bliss porque 1) era el cumpleaños de Bliss y no el de Skyler; y 2) papá había prometido llevar a Skyler a ver a los Knicks cuando jugaran en casa, momento en el que papá también le enseñaría a Skyler el nuevo apartamento. Ahora mamá zarandeaba a Skyler para despertarlo, porque Skyler estaba dormidísimo, y mamá le estaba alzando las mangas mientras le decía: «Skyler, déjame verte los brazos», y antes de que Skyler pudiera detenerla le había forzado a exponerse a la luz de manera que borrosas hileras de dagas negras y corazones rojos habían quedado al descubierto en el interior del brazo izquierdo de Skyler.

—¡Tiene que haber un demonio dentro de ti! Esto es horrible. Esto es pagano. ¿Es que mamá no te lo ha advertido?

Avergonzado, culpable, Skyler habría querido esconderse. Pero ¿dónde?

Mamá retiró la ropa de la cama de Skyler, como si de algún modo Bliss pudiera estar escondida debajo, acurrucada al pie de la cama.

—¿Dónde está? ¡Dónde está Bliss!

Se la veía fuera de sí, como enajenada, arrodillándose para mirar debajo de la cama, luego llegó a trompicones hasta el armario de Skyler, donde apartó con la mano las cosas que colgaban, se arrodilló y buscó a tientas por el suelo entre los zapatos de su hijo como lo habría hecho una ciega. Como si Bliss pudiera estar escondida en el suelo del armario. Skyler le preguntó a mamá si había mirado en el piso de abajo y ella dijo «¡Sí!» por supuesto había mirado en el piso de abajo, había mirado por todas partes pero Bliss había desaparecido. Mamá empujó a Skyler para cruzar con él el pasillo y entrar en el antiguo cuarto de los niños, donde la lámpara de Madre Oca, junto a la cama deshecha de Bliss, despedía un suave resplandor cálido que se perdía bajo la luz más intensa de la lámpara del techo, Skyler vio que las sábanas y el colchón de Bliss estaban manchados y un inconfundible olor agrio hizo que se le encogieran las ventanas de la nariz.

Mamá se golpeaba los muslos con los puños, sollozando a medias: «¡Niña mala! ¡Otra vez no! ¡Lo hace a propósito para fastidiarme!», mientras Skyler se inmovilizaba, indeciso, como si tuviera él la culpa y como si, en efecto, se le fuera a culpar, porque mamá se volvió hacia él como si lo viera de repente con una nueva luz, terrible, mirándolo suplicante:

—¿Skyler? ¿Qué has hecho con Bliss? Te la has llevado tú, ¿no es eso? ¿Dónde?*

Rígor mortis

Estos confusos acontecimientos se produjeron aproximadamente entre las 6.20 y las 6.37 de la mañana del 29 de enero de 1997. He tratado de ser fiel —el lector impaciente quizá se queje de que lo he sido en exceso— a las impresiones de un Skyler de nueve años. Tendrían que pasar otras cinco horas y media para que Bix Rampike, el consternado padre de ambos,* descubriera el cuerpo de su hija en un rincón a oscuras del cuarto de calderas de la casa de los Rampike, tiesa ya por el rígor mortis.

---

* El lector escrupuloso ha descubierto aquí un error de uso, que editor y corrector dejaron escapar: «padre de ambos» debería ser «su padre». Porque un cadáver (ya no) es un agente humano, capaz de poseer un padre. Está usted en lo cierto, lector amigo. Pero me niego a cambiar lo que escribí y ¿sabe por qué? Incluso muerta, en pleno rígor mortis, mi hermana Bliss todavía está viva para mí.

IV. Póstumo

Por siempre jamás

Y vivieron horriblemente por siempre jamás.

«Niño de nueve años sospechoso de la muerte de su hermana»

No vertió ni una lágrima.

¡Lloraba sin parar!

Vestigios de su ADN se identificarían más adelante en el pañuelo de seda carmesí utilizado para atar las muñecas de su hermana por encima de la cabeza, en una pose «sugerente» sobre el suelo tiznado del cuarto de calderas.

Se le cayó el pelo. Los cabellos de color castaño, a mechones.

A las pocas semanas de la muerte de su hermana, tenía el cuero cabelludo con bultos, escamoso y arañado; se parecía al de un enfermo de cáncer sometido a un tratamiento de quimioterapia.

Y los ojos: «obsesionados», «de zombi», «de fantasma».

Mudo. (Excepto a solas, o cuando se creía solo: entonces gemía, lloriqueaba, sollozaba, reía, murmuraba, conversaba.)

Porque es un chico nervioso.

Porque es disléxico.

Porque está aquejado de un trastorno de déficit de atención.

Porque su neurólogo cree que quizá padezca una discapacidad en el hipocampo.

(¿Hipocampo? «Cerebro superior», la sede de la memoria.)

Porque sólo tiene nueve años.

Porque ha tenido nueve años durante muchísimo tiempo.

Porque, aunque pronto cumplirá diez, siempre seguirá teniendo nueve años.

Porque no sabe nada sobre lo que le pasó a su hermana.

Porque nos ha contado a nosotros, sus padres, todo lo que sabe. Y no sabe nada.

Porque no es capaz de recordar lo que pudiera haber sabido.

Porque conocemos nuestros derechos como padres.

Porque nuestros abogados nos han aconsejado.

Porque somos una devota familia cristiana.

Porque ponemos nuestra fe en Dios.

Porque quería muchísimo a su hermanita.

Porque es inocente. Sabemos que es inocente.

Porque nuestra hija ha sido sacrificada, pero no perderemos también a nuestro hijo.

Necrópolis

De las tumbas egipcias antiguas, del tipo que frecuentan ricos turistas norteamericanos, se dice que, en sus paredes, hay «murales sin terminar». Y jeroglíficos con miles de años de antigüedad que cuentan fragmentos de historias de faraones y de dioses de hace mucho tiempo.* Debe de haber sido una creencia santificada por su religión que tales murales e historias tenían que quedar inacabados por cuanto los muertos antiguos no estaban exactamente muertos sino en estado de suspensión; y por eso tengo la impresión de que éste, mi

---

* ¿Cómo lo sé? ¡No por experiencia personal! En los meses que siguieron a la muerte de mi hermana, Morris Kruk, amigo de papá, que jugaba al squash con él, empezó a visitarnos con más frecuencia, porque mis padres lo habían contratado (como, más adelante, al señor Crampf, del prestigioso bufete Kruk, Burr, Crampf & Rosenblatt, de Fair Hills) para «proteger los derechos, la intimidad y la reputación de la familia Rampike», y sucedió que el señor Kruk había llevado recientemente a su familia a un crucero por el Nilo además de a una visita guiada por las pirámides. Y aunque se tenía la intención de que Skyler no oyera analizar al señor Kruk la situación legal de los Rampike, sí se le permitía oírle hablar cuando el señor Kruk se explayaba, con voz afable aunque belicosa, sobre temas neutrales. (¡Morris Kruk! Y Josh Crampf, al que también llegamos a admirar mucho. Los dos abogados muy bien pagados de los Rampike, que bloquearían brillantemente cualquiera de los intentos de la policía de Fair Hills de interrogar a mis padres, o a mí, sobre el tema de la muerte de mi hermana. Después de una entrevista preliminar en jefatura, no se volvió a interrogar a ningún Rampike. Y ello debido a que los detectives nunca recogieron pruebas suficientes para convencer al fiscal del distrito de que órdenes judiciales, citaciones o notificaciones debían entregarse a cualquiera de los Rampike, para colocarlos bajo custodia policial y entrevistarlos por extenso, de manera que pasarían semanas, meses y, a la larga, años, en lo que algunos observadores han llamado coma legal).**

** ¡Perdón por añadir una nota a otra nota! Pero estoy obligado a reconocer aquí que cuando presenté a los lectores por primera vez a Morris Kruk, el abogado criminalista, en el capítulo «Aventuras con compañeros de juegos - II», el autor (es decir, yo mismo) no dio la menor pista de que un día, muy pronto, Morris Kruk sería el abogado de los Rampike, a quien se contrató a las pocas horas de que se encontrara el cadáver de Bliss en el cuarto de calderas de nuestra casa. Al preguntarle la entrevistadora B. W. en televisión por qué los Rampike se habían apresurado a contratar a un abogado en el momento de la muerte de su hija, Bix Rampike respondió: «Para evitar la precipitación en el juicio. El terrible choque y el dolor no nos cegaron a la hora de prever el laberinto legal que sin duda se avecinaba».

condenado documento o «confesión», que me está chupando el alma como un vampiro agarrado a mi arteria carótida, va a quedar inacabado («tentadoramente incompleto», «desmedidamente fragmentario») sin que sirvan de nada mis esfuerzos, ni el mucho tiempo, ni lo obsesiva y angustiadamente que trabaje en ello. *Perdónenme, no lo puedo evitar.*

¡Prometo!

Mamá prometió, mamá protegió a su hombrecito, mamá mintió por su bien. *¿Aquel corazoncito rojo en la palma de la mano izquierda de nuestra hija? Bliss se lo dibujó ella misma. Pensaba que le daría suerte.*

Dirigible negro 2007

—¡Cristo bendito! No puedo respirar.

Dieciséis horas. Sin interrupción. El cuarto olía a gases intestinales, a putrefacción orgánica.

El pánico me dominó, *tenía que salir.*

Al día siguiente del cumpleaños de Bliss. Un misterioso atardecer de enero. Algo estaba mal. No sólo mi hermana había muerto —llevaba diez años muerta, y yo lo sabía— sino que a las ocho debía reinar la oscuridad, una oscuridad como de noche, y no la luz del día.

¿Quizá se había incendiado la autopista? Si me arrodillaba en el suelo de mi habitación y miraba, ansioso, de costado, a través de las fisuras de la persiana, veía el reflejo de llamas deslumbrantes en las nubes amontonadas. Pero era imposible que en Nueva Jersey luciera un sol ardiente a las ocho de la tarde a finales de enero.

Me apoderé del chaquetón con capucha y bajé la escalera dando tumbos. Dada la expresión de mi cara, cualquiera habría sabido que estaba loco y se habría esforzado por mantener las distancias, pero alguien me preguntó, sin embargo:

—¿Qué tal, hermano? ¿Cómo te va?

Murmuré que bien para quitármelo de encima. Que me iba bien.

Un inquilino en el mismo inmueble que había que evitar, dado que ya me había tropezado con él un mes antes en el Departamento de Libertad Condicional de Middlesex County.

—Vives en el 3C, ¿no es eso? Me parece que tienes correo.

Era cierto. En el vestíbulo, en la hilera de buzones abollados de latón deslustrado, dentro del 3C, había un único sobre apenas visible entre la habitual propaganda anónima.

—¡Cristo bendito! Ahora no.

Afortunadamente nadie seguía a Skyler Rampike, que parecía haberse transformado en un cretino sudoroso que murmuraba *¡Cristo bendito!* cada poco y que se rascaba la cara sin afeitar.

Skyler Rampike no recibía correo con frecuencia. Había tenido amigos, unos pocos, en el instituto, de los que se hablará más adelante, pero ninguno de esos amigos sabía dónde estaba ahora y, por otra parte, llevaba algún tiempo distanciado de su familia. El único correo que recibía a intervalos regulares, como por un mecanismo de relojería, cada cuatro semanas, el primer lunes de mes, le llegaba en sobres de negocios de Crunk, Swidell, Hamm & Silverstein, el bufete de abogados de Pittsburgh,* pero el tamaño, la forma, el color (más bien pequeño, más bien cuadrado, melocotón pálido) del sobre (apenas visible dentro del buzón abollado) era una patada en el estómago para indicar que aquella carta no procedía de la única persona (el albacea de su abuela) de su vida anterior, de su antigua vida, que sabía dónde habitaba ahora.

—Oye, hermano: ¿te pasa algo?

—¡No! No me pasa nada.

Tenía que escapar. Correr, cojear a lo largo de Pitts Street sin saber adónde demonios se dirigía.

¡Hermano! ¡De quién es *hermano* Skyler Rampike!

Me duele la condenada rodilla. He olvidado el bastón.

¡Dieciséis horas! Y todo lo que he conseguido escribir han sido esos lacónicos capítulos —¿enigmáticamente lacónicos?— que se titulan «Por siempre jamás» (¿reparará alguien ahí fuera en esa breve frase enunciativa, cuidadosamente afilada?), «Niño de nueve años sospechoso de la muerte de su hermana» (en un principio, veintinueve

<hr>

* ¡Lector desconfiado! A estas alturas se ha estado preguntando cómo demonios Skyler Rampike, de diecinueve años, alumno de secundaria que nunca completó sus estudios, desempleado e inempleable, se puede permitir vivir ni siquiera en la miserable habitación alquilada de Pitts Street, Nueva Brunswick. ¿Verdad que sí? Pero sucede que Skyler ha sido el beneficiario de un fondo de fideicomiso creado por Edna Louise Rampike, su abuela, antes de morir en marzo de 2003 después de una larga enfermedad exacerbada por la DSCA (depresión senil crónica aguda) que había atacado a la anciana (en apariencia indestructible) a finales del invierno de 1997 en el proceloso período que siguió al asesinato de su nieta (todavía sin resolver, morbosamente divulgado). ¡Pobre abuela Edna Louise! No sólo la pérdida de su premiada nieta sino el incesante proceso de «mancillar» y de «pisotear» el orgulloso apellido Rampike parecía haberla anonadado por completo. Encontró, sin embargo, tiempo para destinar en su testamento una pequeña pensión a su nieto Skyler, «en recompensa parcial por el dolor y la angustia que ha soportado este muchacho», por lo que Skyler recibía, mediante talones que le enviaba G. Gordon Swidell, el albacea de Edna Louise Rampike, la modesta suma de 500 dólares al mes. No mucho, está usted pensando, y tiene razón, pero con una cantidad así Skyler lograba «arreglárselas». De ordinario.

páginas de prosa entrecortada), «Necrópolis» (la voz áspera de Morris Kruk resonando en mis oídos), «¡Prometo!» (la voz aterradora de mamá, que se me había metido hasta la médula de los huesos) y, más allá de todo eso, el completo derrumbe mental y espiritual.

Lo que estás tratando de decir es indecible.

Mirar la Muerte. La cara misma de la Muerte. Indecible.

A lo largo de cientos —¿miles?— de páginas había creído que la velocidad misma de la escritura, el impulso de las palabras me llevarían hasta la muerte de Bliss y que por fin vería. Inquebrantable, resistente y lleno de valor, vería qué manos se habían apoderado en su cama de la niña dormida, le habían tapado la boca con cinta adhesiva antes de que pudiera gritar y le habían sujetado las muñecas y los tobillos, para bajarla después al sótano y al cuarto de calderas, y me enteraría de lo sucedido allí, de lo que se hizo que sucediera, de lo que alguien conocido de Bliss y mío u otra persona (un extraño que había entrado en la casa durante la noche con la intención de secuestrar (?), violar (?), asesinar (?) a mi hermana) había llevado a cabo; vería por fin cómo por encima de la cinta adhesiva, muy ceñida, alguien ataba el pañuelo de seda carmesí (muy arrugado) y le sujetaba las muñecas por encima de la cabeza en una pose «sugerente»; vería qué manos habían forcejeado con Bliss para obligarla a yacer sobre el suelo tiznado detrás de la caldera (para ser precisos, detrás de la caldera de la izquierda, según se entraba, porque se necesitaban dos calderas para calentar la casa de los Rampike, tan grande, tan desperdigada, y fue detrás de la más alejada de la puerta donde se descubrió el cuerpo de Bliss); vería qué manos se habían apoderado de su cabeza desprotegida, golpeándola contra la pared de cemento una, dos, tres veces, haciendo caso omiso del terror de la niña, y todavía una vez más, y otra (tal como calcularía el doctor Elyse, la cabeza de Bliss se había golpeado contra la pared de cemento no menos de cinco veces y quizás hasta siete), aunque casi de inmediato el frágil cráneo de la niña se fracturó, el hueso mismo hecho pedazos, grumos ensangrentados de cerebro goteándole entre el pelo. Todo aquello era lo que tenía que ver, y de esa manera sabría. Pero no había llegado a saber.

¡Skyler! qué le has hecho a tu hermana

¿Dónde te has llevado a Bliss? se lo tienes que decir a mamá Skyler

Crucé Pitts a la altura de Livingstone y seguí por Livingstone, donde obreros con casco estaban abriendo una zanja: ¿no era extraño? ¿Pasadas las ocho de la tarde? Y, ¿cuándo había nevado? Cegadora nieve blanca, de aspecto tan falso como poliestireno.

Algo no funcionaba. Debía de ser algo en la cabeza de Skyler.

Nadie debe saberlo   Skyler
Mamá y papá te protegerán

En la pared, sobre la entrada principal del establecimiento 7-Eleven, el disco luminoso de un reloj del tamaño de un tapacubos. Lo estaba mirando para tratar de enterarme de la hora: la manilla larga colocada sobre el uno, la corta y regordeta sobre el ocho.

Era una tienda del barrio, y el dependiente indio —un individuo tirando a joven, con buenos modales, nacido en la India, de mirada cautelosa, aire mesurado, indefectiblemente cortés— había llegado a conocerme. No sabía cómo me llamaba pero se acordaba de mi cara. Porque en los Estados Unidos no es posible esconder totalmente el rostro en público. Y al advertir en mí una expresión más retorcida y frenética que de ordinario, el dependiente se había alarmado, aunque sin dejar de sonreír.

—¿Es... de noche? ¿O por la mañana?

Mi pregunta era demasiado apremiante para tratarse de una broma. El dependiente indio sonrió inseguro.

—Por la mañana.

¡Por la mañana! De algún modo había perdido un día. (O una noche.)

Aquella tienda 7-Eleven había sido asaltada por jóvenes armados, incluso por críos de catorce años. A otro dependiente, muy posiblemente un pariente del que me estaba atendiendo, lo habían atacado pocas semanas antes y había acabado en el hospital. Y en aquella coyuntura llegaba a la tienda, cojeando, Skyler Rampike, jadeante y presa de la agitación, con un chaquetón asqueroso provisto de una capucha que escondía en gran parte su extraña cara de hombre blanco. Y además le temblaban las manos.

Era imposible que aquel caballero indio (que tendría que haberse ganado la vida como dentista, médico o ingeniero, pero que en lugar de eso regentaba un 7-Eleven en un barrio de Nueva Brunswick venido a menos y hacía turnos de doce horas para conseguir que sus hijos se graduaran en Princeton con sobresaliente) supiera si el tembloroso muchacho de raza blanca estaba colocado (tenía que ser con metanfetaminas) o, de manera más general, era un chiflado que confundía el día con la noche y la noche con el día. O quizá yo no fuera más que un individuo excéntrico, tal vez estudiante graduado, o un universitario que había dejado los estudios, o un genio, del tipo que existe en los alrededores de una universidad a modo de elefante solitario que siempre se mantiene a distancia de la manada.

Con intención de mostrarse conciliador, Skyler se embarcó en una nerviosa improvisación:

—Perdóneme, pero confío en que esté usted más protegido de lo que parece, veo que la cámara de vigilancia está dirigida hacia mí, pero espero que disponga al menos de un bate de béisbol, ¡por lo menos!, escondido debajo del mostrador. Por si alguien tratase una vez más de robarle. Y lo más probable es que suceda, dadas las horas en que trabaja, altas horas de la noche o muy temprano por la mañana, con los drogadictos que andan por ahí... Y, por favor, no piense que soy uno de ellos, porque no lo soy. Usted..., doy por sentado que éste es un negocio familiar..., ¿o se trata, acaso, de una franquicia de 7-Eleven? Ustedes se merecen algo mejor que... Vaya, muchísimo mejor que... —pero Skyler no estaba seguro de lo que decía. Ni de por qué se había emocionado tanto de repente. Avergonzando y desconcertando al dependiente indio tan bien educado que no sabía cómo responder.

Y por otra parte no estaba seguro de haber pronunciado aquellas frases en voz alta; ni siquiera si las palabras me habían aparecido en la cabeza como un mensaje de texto en completo silencio y luego se me habían borrado de la cabeza también en silencio.

Y no tienes que hablar nunca de esto   Skyler
Ni siquiera con Jesús

Para entonces ya había localizado lo que quería adquirir en la tienda. Llevé mis compras al mostrador, donde el dependiente aguardaba con su cortés sonrisa cautelosa.

—¿Algo más, caballero? ¿Cigarrillos?

¡Caballero! Y, sin embargo, no parecía que se estuviera burlando.

—No, gracias.

Tenía sin duda que parecerle extraño: el chico blanco nervioso y peculiar, de ojos insomnes y barba de varios días, sin el menor atractivo, no le estaba comprando su habitual comida basura a precio de saldo ni el paquete de seis latas de un supuesto refresco sin calorías pero con cafeína, a modo de estricnina, sino una latita de gasolina para mechero y una caja de cerillas de cocina.

Las compras realizadas por el joven al que se identifica como Skyler Rampike, de diecinueve años, con residencia en Pitts Street, Nueva Brunswick, sólo adquirirían lo que un filósofo define como *valor significativo* si el citado joven las llegaba a utilizar esa misma mañana para algún fin importante.

Nuevo escenario: el parque descuidado donde la primavera anterior Skyler Rampike había sido detenido, sin miramientos, con violencia, por la policía de Nueva Brunswick, en lo que los medios de comunicación califican de «redada antidroga». Drogadictos (blancos desaliñados, negros), camellos (negros), prostitutas (diferentes razas), chulos (negros). Y Skyler Rampike, anteriormente de Fair Hills, Nueva Jersey.

Raritan Park, sin embargo, era mi parque. Tenía que serlo. Y ahora que ya me había dado cuenta de que no se acercaba la noche sino que era por la mañana, me sentía mucho más esperanzado. El episodio en el 7-Eleven había sido una cosa positiva.

Si tu vida es una película —o incluso aunque no lo sea—, la puedes «deconstruir» en episodios: en «escenas». Y puedes analizar esas «escenas» de manera retrospectiva, extrayendo de ellas un *significado* que no era aparente cuando las vivías; un *significado* que, según podría mantener un filósofo del conocimiento, no existe hasta que lo analizas en lenguaje coherente.

—Eh, amigo: ¿quieres colocarte?

¡No! Yo no.

Unos metros más allá, en un camino embarrado:

—Amigo, ¿quieres colocarte? —más beligerante esta vez.

¡No! Ahora mismo, no.

Debía de ser la mirada, en mis ojos, de quien está con el «mono», la boca contraída, a nadie se le escapaba que había acudido a aquel lugar desesperado por conseguir droga. Pero *no*.

Me mataré primero. Es una promesa.

Me alejé cojeando. Es condenadamente difícil retirarse con dignidad cuando te marchas *cojeando,* joder. Sobre el sendero de losas de cemento rajadas junto al río Raritan y con aquella luz sombría de Nueva Jersey, que parecía plomo fundido. Había empezado a caer la nieve, blandos copos húmedos, como capullos en miniatura. Nieve que se derretía sobre el cemento y en el río. El viento era frío y en ráfagas racheadas; sabía a metal y también, sin embargo, a «podrido»: no es posible escapar a la «podredumbre» en el norte de Nueva Jersey.

En el último centro docente de Skyler —«privado», «preparatorio para la universidad», «muy seguro»— en Basking Ridge, Nueva Jersey, el tema tabú, el tema más emocionante, más oscuro, más hondo, más delicioso que el sexo, era el suicidio.

Matarse. *Quitarse* la vida.

¡Un desafío! Cualquier perdedor podía participar.

Para curiosos que hojeen unos instantes estas páginas, ¿por casualidad atraen fugazmente su atención libros como *El manual del suicida: 22 consejos para desaparecer sin problemas*? O, todavía mejor, *Cómo morir sin echarlo todo a perder una vez más: un manual para la generación quemada.*

El razonamiento en el caso de Skyler era que no tendría que «doler» demasiado: tan pronto como la cerilla se encendiera, dando por sentado que el fósforo (de madera, tosco) no se rompiese, tan pronto como la llama diminuta saltara a la ropa empapada en gasolina, se entraba en shock, ¿no es eso? Shock significa que la tensión arterial se desploma, que el cerebro se queda sin oxígeno, conciencia perdida, no hay vuelta atrás. Como diría papá *Fi-ni-to.*

O como diría mamá *Nadie conocerá a Skyler   nunca*

Caminar cojeando sobre el barranco de enormes rocas deformes que brillaban con la nieve que se derretía, con el hielo que se derretía, restos de cristales rotos, agujas desechadas de drogadictos. Allí, la cornisa rocosa cubierta de grafitis desde donde hacía unos meses una chica de dieciséis años (de raza blanca, escapada de casa y procedente de Summit, Nueva Jersey) que fumaba metanfetamina con su novio, de algún modo, «accidentalmente», se escurrió, cayó y se mató en las rocas diez metros más abajo. El barranco, un sórdido lugar romántico de noche, cuando jóvenes drogadictos, todavía con buen aspecto, se reunían, y por tanto un sitio apropiado para la «autoincineración», para la «inmolación».

Por encima, un cúmulo gigante. Enorme, contrahecho. En una clase de Ciencias de la Naturaleza en Hodge Hill, Skyler había aprendido los nombres de las nubes, había dibujado y etiquetado formas de nubes y había logrado un sobresaliente. En un examen parcial.

Algo que de ordinario no se advierte, la belleza de las nubes. Incluso la belleza de lo feo. Todo lo que no se llega a ver y que, sin embargo, está ahí. No la basura, ni los grafitis, ni los bancos del parque volcados o destrozados, sino los árboles. Hermosos árboles condenadamente altos. Podrían ser robles, de troncos muy gruesos. Ramas desnudas en esta estación fría, sin hojas pero con acumulaciones de nieve húmeda a modo de flores. La crueldad de una belleza así, que se alza fuera y más allá de ti.

Sentía un dolor punzante en la pierna izquierda. Pero era un dolor antiguo, consolador. Dolor fantasma, lo llamaba mamá. Sin embargo, a Skyler Rampike su dolor le había hecho siempre especial. Como a Bliss también la distinguía su dolor.

—Bliss tenía que morir. Porque era especial.

Skyler caminaba con una muleta improvisada, la rama partida de un árbol. Si el dolor «te pone a prueba» con frecuencia, todo lo que se necesita es una ligera corrección en la manera de andar, una redistribución del peso. Habíamos compartido el dolor fantasma y ahora que Bliss se había ido, el dolor fantasma se quedaba siempre con Skyler.

Voces muy altas, gritos.

—¡Eh, tú!

—¡Que te jodan!

Muchachos jugando al baloncesto mientras nevaba sin fuerza. Sólo un tablero y un aro al que le faltaba la red, pero los chicos, con edad de alumnos de secundaria (negros, grandes), conseguían encestar, saltando y gritando con intensidad febril. Skyler no pudo por menos de pararse a verlos con admiración. Skyler no había sido nunca, como el lector no ignora, un atleta; ni siquiera un admirador de atletas; ya que el cuerpo sólo era algo que, esencialmente, *te traicionaba cuando lo necesitabas,* eso era lo que Skyler creía firmemente.

También cerca, aproximándose a Skyler por el camino, había una robusta joven negra con un cochecito de niño y a su lado una

366

niñita de tres o cuatro años que parloteaba y reía, llena de vida, y cuando pasé junto a la pequeña familia no pude evitar sonreír a la madre joven, al bebé en el cochecito y a la niñita, cuyos brillantes ojos oscuros se alzaron hasta los míos cautelosamente, el dedo índice en la boca, una hermosa niña de ojos dilatados por la alarma y el interés, y me vino a la cabeza el pensamiento de que quizá no sea el momento de castigarte, quizá no sea éste el sitio. Se requiere más audacia para seguir viviendo. Sentí un escalofrío de júbilo: podría volver a mi miserable habitación alquilada, volver a mi tarea, sin esperanza de «completarla», porque la historia de Bliss Rampike tiene que ser una historia que nunca se termine. Sonreí al pensar que aunque no hubiera visto la cara del asesino de mi hermana, al menos no había visto mi propia cara.

¿Le he hecho daño a Bliss, mamá?   he sido yo

¡No!   tú no Skyler   tampoco tú

—Disculpe.

En el camino, a pocos pasos delante de mí, la joven negra de piel clara se había detenido, agitada. Había surgido de la nada. Y el bebé inquieto en el cochecito, y la niñita de ojos oscuros que se chupaba el dedo, escondida a medias tras las robustas piernas de su madre.

—¿Nos ha estado siguiendo? ¿Por qué motivo?

—¿Seguirlos? No.

Por algún motivo, Skyler regresaba por el mismo camino. Inmediatamente delante había un parque infantil poco prometedor con columpios, balancines, un sucio cajón de arena y una piscinita infantil sobre la que descansaba la nieve en misteriosos montoncitos y manchas como en imitación de pequeños bañistas desaparecidos mucho tiempo atrás. La nieve caída se derretía sobre el pavimento y también sobre mi cara, gracias al calor de la piel. Al parecer, sin saber lo que estaba haciendo, había vuelto sobre mis pasos una, ¿dos?, ¿tres veces?

La mujer alzó la voz. Su rostro joven tenía huesos tan marcados como el borde de una pala, sus ojos sobresalían y brillaban con una especie de júbilo salvaje y vibrante.

—Mi hija está preguntando «¿Por qué me mira ese hombre?». Está asustada, ¿sabe? Y no me gusta nada.

Me disculpé rápidamente. No era mi intención asustar a nadie.

—Si no deja de seguirnos, ¿sabe lo que voy a hacer? Voy a llamar a la policía.

Aquello tenía su lógica. No iba a intentar refutarla. Encogido dentro de mi chaquetón con capucha, retrocedí.

Skyler huyó sin dejar de cojear, ayudándose con una rama de árbol a manera de bastón.*

---

* En realidad, fue mucho peor que todo eso. Lo que esperaba evocar en «Dirigible negro» —¡los lectores de ojos atentos advertirán el sutil tropo poético!— era la conmovedora epifanía de Skyler, de muerte-en-vida y vida-en-muerte, y su decisión (¿valiente, quijotesca?) de volver a la redacción de este manuscrito agotador; lo que en realidad sucedió es menos conmovedor y más brutalmente cómico o, quizás, sólo brutal, porque al alejarse cojeando de la enfadada madre negra fue de repente atacado por los chicos que habían estado jugando al baloncesto allí cerca, recibió puñetazos y golpes, cayó al suelo y lo patearon repetidamente. Porque se trataba de chicos negros indignados, ¿quién los culparía? Chaquetón hecho un asco y pantalones rasgados, bolsillos vueltos del revés, billetes sueltos y monedas requisados, unos veinticinco dólares en total, más las compras recientes en el 7-Eleven, y una patada final en la cara, y allí quedó Skyler tumbado, sin resuello, gimoteando, sangrando (nariz, boca), retorciéndose como un gusano gigantesco sobre el pavimento frío, muy duro y nada flexible, de un parque urbano al que no sabía cómo había llegado, porque, ¿qué era lo que le había sucedido, o qué podría sucederle cuando se atreviera a abrir los ojos, muy hinchados?**

** ¿Es ésta una manera dramática de terminar una escena? ¿El desventurado héroe del relato con miedo a abrir los ojos? De hecho, Skyler los abrió enseguida. Y cuando lo hizo, sus atacantes habían desaparecido. La joven madre indignada y sus hijos se habían ido. Incluso la enorme nube oscura se había alejado. Skyler tuvo que regresar cojeando, entre muecas de dolor, a la casa victoriana del 111 de Pitts Street con la humildad de un personaje secundario de una película al que se ha arrojado fuera del encuadre y que, al pasar a la escena siguiente, ha sido inmediatamente olvidado tanto por los espectadores como por los arrogantes protagonistas. Lo único que aguardaba al infortunado Skyler en el descansillo del segundo piso de la pensión era su amigo de la oficina de Libertad Condicional de Middlesex County, que posiblemente se había quedado esperándolo: «Dios bendito, hermano: ¿te han hecho eso unos negros?».

¡«Memoria recuperada»!

... quería a mamá desesperadamente antes incluso de que la desesperación llegara a nuestras vidas...

¡Cinta de vídeo inestimable!*

Skyler qué has hecho   cariño se lo dirás a mamá

Una cinta de muy mala calidad. Se le nota mucho el grano y parece tan turbia como si se tratara de una escena submarina. La grabación —una videocámara muy antigua, al parecer— está hecha a mano: se trata de una mano temblorosa y el espectador nunca sabe a quién pertenece.

La cinta no es más que un fragmento. Lo que se conserva tiene una longitud de setenta y dos segundos.

La voz en *off* es apagada, angustiada, inconfundiblemente femenina *Skyler dime   dónde hermana   has*

¡El niño! Parece ser un varón, aunque sus rasgos faciales no son muy «masculinos». El rostro borroso y ondulado como si de hecho estuviera bajo el agua. O fuese una de esas figuras escurridizas que atraviesan nuestros sueños, a veces incluso familiares nuestros, que, en el colmo de la perversidad, carecen de rostro preciso. Lo que el espectador logra ver de la cara de ese niño es que su piel está anormalmente pálida, como si le hubieran quitado la sangre, y que suda, al parecer; da sensación de pequeñez, con forma triangular, como la cara de una cobra (o quiero decir «la cabeza de una cobra», ¿tienen

---

* ¡Lo que el *National Enquirer* pagaría por este vídeo perdido! ¡La televisión sensacionalista! ¡Las grandes cadenas! Filtrado al prestigioso *New York Times,* la transcripción escueta sería reproducida palabra por palabra y la figura enigmática de Skyler Rampike, de nueve años de edad, quedaría estampada en la primera página del diario, aunque en la mitad inferior. Porque aquel vídeo, que Skyler sólo recuerda haber visto vagamente en el tenso intermedio lleno de suspense antes de que se convocara a su padre para que regresase a casa, y antes de que se descubriera el cuerpo de su hermana en el cuarto de calderas, no lo habrían visto más que papá y Skyler, además de mamá, que fue quien lo grabó. Poco después desapareció. Ningún agente de la policía de Fair Hills, ni tampoco Kruk y Crampf y, más adelante Rosenblatt, los diligentes abogados de los Rampike, llegarían a verlo. ¿Qué piensan ustedes que sucedió con la cinta comprometedora? Mi impresión es que papá, hombre resuelto y activo, la destruyó antes de que apareciera por nuestra casa ningún extraño.

«cara» per se las cobras?) y los ojos hundidos en las órbitas tienen los párpados caídos (¿agotamiento?, ¿evasión?, ¿culpa?) y están inquietantemente vidriosos (¿como canicas de cristal?). Los cabellos de color claro del niño aparecen alborotados, como si acabara de despertarse. La chaqueta del pijama de franela le cuelga extrañamente sobre el pecho angosto como si ya a su corta edad (nadie le echaría más de siete años) hubiera aprendido la estrategia protectora de encorvarse y encogerse para parecer más pequeño de lo que es, más joven, más indefenso e inocente de lo que es.

En teoría la cinta está en color. Pero de hecho el color es tan apagado que parece un film antiguo en blanco y negro del tipo de los que se ven casi exclusivamente en la televisión y de madrugada.

¿Skyler?   cuéntame lo que   hiciste
Dónde tienes   hermana
¿por favor?   mamá está

El autor de la cinta se acerca, cámara en mano, al niño asustado que parece murmurar una respuesta. Diga el niño lo que diga, pronuncia sus palabras con una voz tan apagada que no se le oye. Para empeorar las cosas, se limpia la nariz y la boca con las dos manos.

¿Skyler?   por favor dime   ¿en esta casa?   he mirado y mirado   ¿uno de vuestros juegos?   ¿el escondite?   díselo a mamá no se os castigará a ninguno de los dos mamá promete

El niño mira sin comprender como si no hubiera oído o, aunque haya oído, como si no supiera el significado de las palabras. Abre los labios pero no produce ningún sonido.

Se limpia la nariz que le gotea y se echa a llorar.

(No está en vídeo)

Se apresuró a llevar a Skyler a su cuarto de baño. Despojó al niño aturdido de su pijama húmedo y ella se quitó el camisón de seda. Lo arrastró bajo la ducha con ella mientras murmuraba *Skyler todo saldrá bien   mamá te quiere y Jesús te quiere   nunca pierdas la confianza te protegeremos*. Le lavó la cabeza con champú y también ella se lavó el pelo. Lo enjabonó y frotó el flaco cuerpecillo que se sostenía sobre piernas de cría de jirafa aunque cercano al desmoronamiento. Enjabonó y frotó el carnoso cuerpo materno que estaba enrojecido y caliente por el agua de la ducha. Cuando Skyler se escurría lo sujetaba por los flacos hombros para mantenerlo erguido. Y después el niño se dio cuenta de que le sujetaba las manos, izquierda primero y después derecha, limpiándole con la lima para uñas debajo de las uñas de los dedos de las manos y de los pies y luego, sin contemplaciones, con la amorosa impaciencia de una madre osa, Betsey lo secó bien con la toalla y lo vistió con ropa limpia y se vistió ella y para entonces ya eran las 7.48 de la mañana. Ahora llamaría a papá.

 *

* Indica un período adicional de tiempo perdido. Podrían ser dos o tres días. Después de los capítulos precedentes. Borrado.

Aroma Celestial

Skyler nunca debes   contarlo jamás
Ni siquiera a Jesús, Skyler   Te perdonará de todos modos

Es un hecho cierto: me proponía terminar el capítulo «Dirigible negro 2007» con Skyler abriendo valientemente la carta misteriosa y leyéndola; pero, dado que Skyler se tropezó con el inesperado percance en el parque, y se arrastró hasta su casa derrotado, resultó evidente que el pobre chico no podía enfrentarse con la carta en aquel momento, con los dos ojos hinchados, sangrando por numerosos cortes y orificios, y con los nervios tan de punta que se sentía como algo zarandeado dentro de una lata. De manera que después de arrastrarse escaleras arriba agarrado a la barandilla, entre muecas de dolor y gemidos más o menos interiorizados, una vez en su habitación se derrumbó en la cama, por lo que durante días* nadie recogió la correspondencia en el buzón del vestíbulo hasta que por fin estuvo tan lleno de propaganda postal que el airado cartero tuvo que embutir la publicidad en las rendijas de la puerta del buzón y a la larga alguien (¿un compañero de inquilinato?, ¿el encargado del edificio?) subió las escaleras hasta el tercer piso y golpeó con el puño la puerta 3C para preguntar a gritos si había alguien dentro y si estaba vivo o muerto, por lo que, saliendo al fin de mi atontamiento, repliqué que sí, que todavía estaba vivo; y poco después logré descender hasta la planta baja, donde, con manos temblorosas, abrí el buzón, dado que no tenía otra opción, retiré la carta y la miré tratando de pensar de manera cohe-

---

* De hecho, Skyler salió a trompicones de su cuarto durante el período en que estuvo grogui para que lo atendieran en el centro médico Livingstone y le cosieran y limpiaran las heridas más profundas, que no paraban de sangrar: heridas en el párpado izquierdo, en el labio superior y un corte en la piel, debajo de la ventanilla izquierda de la nariz. Es grande la gratitud que siente Skyler por el centro médico, ¡donde ni siquiera se rechazaba a drogadictos indigentes de raza blanca aunque carecieran de seguro médico! Tal vez los puntos que me dieron fueron rudimentarios y quizás me quedarán cicatrices en la cara de por vida, pero, de todos modos, ¿qué importancia tiene?

rente: debía de haber sido la secretaria de Swidell quien había remiti-
do la carta a SKYLER RAMPIKE en mi dirección actual, aunque yo le
había pedido a Swidell que no me enviara correspondencia de ninguna clase, nunca. Sin embargo, allí estaba.

Supe de inmediato de quién era la carta y también supe que iba
a leerla, aunque había jurado varios años antes no volver a leer ninguna
carta de mi madre, a quien temía como cualquiera temería a la madre
de una cobra, y allí, en el sobre, estaba la dirección del remitente:

AROMA CELESTIAL, INC.
9 Magnolia Terrace
Spring Hollow, Nueva York 10590

Y dentro, en una sola hoja de papel dulcemente perfumado y
de suave color melocotón, con tinta azul lavanda, con la letra que tan
bien conocía, y semejante a una caricia furtiva:

> 25 de enero de 2007
>
> Querido Skyler:
>
> ¡Por favor, ven a verme!
>
> ¡Es tanto lo que he rezado para que lleguemos a
> reconciliarnos!
>
> Cariño, tu padre y tu madre que tanto te quiere
> buscaban tu bien.
>
> He rezado por ti, querido mío.
>
> Me van a operar dentro de poco y le pido a Dios
> verte antes.
>
> Tu madre que tanto te quiere
>
> «Mamá»

¡Rescate!

Estimado señor Rampik

Nos emos apoderado de su ija y la devolveremos si obedese nuestras instrusiones. Pero si no lo ase no volvera a ver a su bella ija y la culpa sera de uste.

Conosemos sus transgresiones en esa familia bendesida por Dios, ahora somos la ira de Dios para castigar por transgresiones del padre de esa casa. No a vivido usted una vida desente sino que a caido en el Pecado. Nos emos apoderado de su ija por su propio bien. Esto no es una amenasa vasia sino Dios que le amenasa en el nombre de Su Ijo Unigenito. Su ija volvera sana y salva a usted cuando su corason lo meresca. No nos interesan los $.

Donde esta su ija señor Rampik, pregunta uste. La respuesta es no en esa casa manchada por el Pecado. Su ija es una joya presiosa guardada en una Casa Segura a unos 30 kilometros. No llame a la policia. No llame al FBI. Puede acudir a su pastor. Podrá ayudarle en este momento de tribulasion. Uste no a vivido una buena vida familiar desente como Cristo nos pide. Señor Rampik este es el presio del mal derramado sobre el mundo. Su ija está en peligro del Infierno. La devolveremos si se arrepiente. Si vuelve a sus promesas matrimoniales de permaneser juntos asta que la muerte los separe. No pida ayuda. No ensienda luses en la casa. No marque el 911 eso es la sentensia de muerte para su ija. Señor Rampik le estamos vigilando.

Le llamaremos por telefono esta tarde. Solo consentiremos ablar con su Pastor. Somos serios en el nombre del Padre. Aqui esta su ija para «firmar» y desirle a uste que esta con nosotros y que resa por uste

Blisss

No contacte con la policia señor Rampik su ermosa ija volvera el seno de Jesus en el sielo para escapar al mal de esa familia. Nunca la volvera a ver aqui.

El Ojo que «Ve»*

---

* ¡Curioso —tristemente célebre— documento! La clave para saber quién mató a mi hermana y por qué lo hizo parecería hallarse en esta supuesta «petición de rescate»... Aunque tal vez no.

«Tramas imperfectas»

> De las tramas y acciones imperfectas, las episódicas son las peores. Llamo trama episódica a aquella en la que los episodios no tienen entre sí una relación ni de probabilidad ni de necesidad.
>
> ARISTÓTELES, *Poética,* capítulo IX[*]

Sin embargo, ¿y si el argumento de la propia vida es una trama «imperfecta», «episódica»? ¿Y si la propia vida carece de «probabilidad» y de «necesidad»? *Terror incognita* de una clase de la que el altivo Aristóteles no tenía ni idea.

La petición de rescate, por ejemplo.

Ese singular documento atribuido a «El Ojo que "Ve"» no es, por supuesto, el original, sino la versión, mecanografiada por el presente autor, de un documento toscamente escrito a mano con letra de imprenta: un intento de reproducir lo que Skyler vio a la edad de nueve años en unas condiciones de extrema coacción mental; si bien Skyler, a los diecinueve, testificaría que recuerda el documento con la misma nitidez que si lo hubiera visto ayer. El original estaba torpemente escrito a mano como por un niño de corta edad, en una sola hoja de cartulina rosa; la «firma» con una ese de más en el nombre de Bliss ha sido reconocida por varios expertos en caligrafía como auténtica, aunque rechazada por otros que la creen una falsificación. Lo más probable es que el lector sepa que El Ojo que «Ve» no fue nunca identificado.

Según la declaración jurada de Betsey Rampike, la nota en la que se pedía el rescate fue descubierta por ella aproximadamente a las 8.10 de la mañana del 29 de enero de 1997, momento en el que Bliss aún parecía estar «desaparecida»; la nota había sido colocada en una mesita en el vestíbulo principal de la casa de los Rampike, doblada

---

[*] Ayer, rebuscando en unos cubos de basura detrás de una casa de huéspedes cerca del campus de Rutgers, encontré un ejemplar en rústica de la *Poética* muy gastado y anotado. Lo juro, no pretendo impresionar al lector crédulo con esta cita de Aristóteles, sino hacer un llamamiento a su inteligencia: esto es un grito de verdadera angustia para llegar, más allá de la tragedia sórdidamente trivializada de la muerte de mi pobre hermana, a algo que se acerque a la Trascendencia.

una sola vez, como una tarjeta de felicitación, de una manera que atrajera la vista de cualquiera que entrase en el vestíbulo.

A lo largo de los años, esta «petición de rescate» ha llegado a ser analizada más que ninguna otra en la historia del crimen. Nunca, sin embargo, se «incorporó a las pruebas» de manera oficial en ningún proceso, ni siquiera en ninguna vista previa, porque nunca se llegaron a formular cargos en este caso, no se practicó ninguna detención, ni hubo tampoco ningún «acusado».

Lector, veo que mueve la cabeza, incrédulo. Usted, como Aristóteles, reacciona con desagrado estético ante un relato tan improbable. Y, sin embargo, *todo lo que estoy revelando aquí es verdad*.

Porque no sirve de nada suponer quién es El Ojo que «Ve»: en el derecho penal de los Estados Unidos es necesario construir una hipótesis acusatoria para probar esa suposición.

Corruptor*

—¡Bix! ¡Cariño! Que Dios nos ayude... Bliss ha desaparecido.

La llamada llegó poco después de las ocho de la mañana del 29 de enero de 1997. El teléfono sonó en la suite 729 del hotel Regency SuperLuxe, al norte de Fair Hills, en una de las salidas de la autopista I-80, donde, por razones poco claras para sus hijos aunque ominosamente claras para su mujer, papá se había alojado durante los últimos días; desde allí viajaba todas las mañanas a Univers, Inc., unos quince kilómetros hacia el este. Era sábado: se esperaba que papá llegase a nuestra casa a eso de las diez y media para llevarse a Bliss a Nueva York con el fin de «celebrar, sólo nosotros dos» su séptimo cumpleaños, que era al día siguiente. No se podía decir que Bix Rampike se hubiera «ido» de la casa familiar en Ravens Crest Drive dado que claramente no era así, porque al hotel Regency se había llevado muy poca ropa y muy pocos objetos personales; no se podía decir que Bix se «hubiera separado» de Betsey, su mujer durante casi once años; como tampoco se podía afirmar que el matrimonio Rampike se «estuviera tambaleando», «pasara por dificultades», «lo zarandease la tormenta», si se exceptúan fuentes con mala voluntad que insistían en el anonimato, de quienes se suponía (por parte de los indignados Rampike, que no soportaban habladurías acerca de ellos) que eran amigos, relaciones sociales, miembros como ellos de los clubs selectos a los que pertenecían los Rampike.

Condenado teléfono que Bix apenas consiguió oír por encima del estruendo del agua que caía. Entre maldiciones, salió un poco de la ducha para buscarlo a tientas en la pared, creyendo que sabía quién lo llamaba, y lo que aquella mujer iba a decirle con su voz gutural de fu-

---

* Como dicen en los documentales televisivos, esto es una «reconstrucción».

Inevitablemente, la mayor parte de este capítulo es producto de la imaginación. Pero cuando papá llega a casa, y mamá le entrega la nota con la petición de rescate, Skyler está muy cerca en la cocina y corre a la puerta para escuchar sin ser visto.

madora que tanto deseaba oír y cómo su cuerpo, encendido y cosquilleante a causa de la ducha, respondería; de manera que Bix estaba sonriendo y, en el espejo empañado, sus dientes lanzaron destellos blancos:

—Eh. *Hola*.

Salvo que: ¿de quién demonios era aquella voz? No de la mujer que había estado esperando sino de... ¿su esposa?

Sí, era Betsey, y a Betsey la angustiaba algo; imposible seguir lo que estaba diciendo: Bix, avergonzado y resentido, tuvo que pedirle que, por favor, hablara más despacio, que repitiera lo que había dicho. Le recorrió una oleada de cansancio, la euforia de pocos segundos antes se había desinflado al instante, envuelta a sus pies en agua jabonosa camino del desagüe de la ducha, mientras se decía que por supuesto quería a Betsey, por supuesto Bix quería a su mujer —de ¿eran casi once años?, ¿once?—, porque Betsey era la madre de sus hijos, y todo el mundo conocía los sentimientos de Bix Rampike hacia sus hijos: «El tesoro más sagrado que se le puede confiar a un hombre». Tenía que estar loco por ella cuando se casó, la fatal debilidad que sentía por mujeres sumisas y de carne suave que lo miraban con manifiesta adoración. Incluso cuando una de ellas injuriaba a Bix llamándolo cretino egoísta seguía encontrado irresistibles a mujeres así, porque el quid de la cuestión y *sin qua none* era que aquellas mujeres adoraban su verga y también a él. Sin duda aquello tenía un inconveniente, y era que hacía falta muy poco para herir sus sentimientos y llevarlas a la histeria; que eran propensas a la desesperación y a la rabia; y que estaban condenada, increíblemente *necesitadas de afecto*. Betsey, clavando en él aquellos ojos suyos marrones, tan claros, decididamente bovinos, que lo sacaban de quicio, aunque (tenía que reconocerlo, era un entendido en esas cuestiones) fuesen bellísimos; pero lo llamaba al despacho con tanta frecuencia que había tenido que dar instrucciones a su secretaria para «mantener a raya a la señora Rampike», con un guiño a la jovencita sexi con mechas rubias porque Bix sabe que lo adora. Y ahora está ya seguro de que la persona que le había llamado de madrugada, poco después de que regresara a su habitación (a las 2.12), y que de nuevo lo había despertado de un sueño plúmbeo (a las 4.06), tenía que haber sido Betsey; pero las dos veces, cuando él respondió al teléfono, se había apresurado a colgar sin darse a conocer. No era la primera vez en su matrimonio de ¿*once años?* que Betsey, movida por los celos, irracional y preocupada y convencida (no se equivocaba, pero ¿cómo lo sabía?) de que Bix estaba «con» otra mujer, había hecho llamadas parecidas para comprobar si Bix se encontraba solo en su habitación de hotel, como si, ingenuamente, pensara que la amiga de Bix iba a contestar al teléfono y a descubrirse. Y ahora, ¿qué trataba Betsey de decirle?: su voz muy alta, pero desesperada, como la de una mujer que trata de atraer la atención de un cónyuge que lee el periódico durante el desayuno, por ejemplo.

—Betsey, más despacio: ¿qué pasa?

—... bu-buscado por toda la casa. ¡No la encuentro! Bix, por favor, vuelve a casa ahora.

—Betsey, ¿qué sucede? ¿Algo acerca de... Bliss?

—... te he dicho que no la encuentro: falta de su habitación, oh, Bix...

—¿Falta? ¿Qué quieres decir? ¿Falta cómo?

—Falta, *desaparecida*. Bix, por favor, ven a ayudarnos. Temo que... temo que haya su-sucedido algo terrible...

A tientas, Bix consiguió cerrar la ducha. Los hombros anchos y el torso grande que empezaba a tener un poco más de grasa de lo necesario, como su estómago. Bix Rampike, la piel caliente, desnudo y goteando, refulgente. Cabeza hermosa, lisa y brillante como la de una foca, pelo aplastado, y el vello espeso y rizado del pecho, del vientre, de las ingles, que brillaba con la humedad. Tenía que reconocerlo, había engordado algunos kilos desde los días de Cornell, pero su aspecto aún era bueno, al menos de frente. Contemplándose en un espejo, inclinó la cabeza hacia un lado: precisamente así. Las mujeres lo adoraban, ¿qué culpa tenía Bix? Era muy de Betsey llamarle en un momento como aquél. Exactamente muy de Betsey llamarle cuando estaba en la ducha, y cuando estaba desnudo. Su mujer tenía el don de llamarle en tales momentos. Si hubiera podido llamarle la noche anterior, cuando estaba con ███, de quien no era posible que Betsey supiera nada pero de quien abrigaba sospechas paranoicas, seguro que le habría llamado. Ahora le hablaba al oído con voz de mamá dura y tranquila y no con la voz histérica de Betsey. Aquello era terrible. Aquello era preocupante. Porque cuando Betsey se exaltaba, se sabía que sus emociones eran auténticas. Ahora debía de ser el Nixil haciendo efecto, para devolverle la «calma», la «serenidad», algunas noches, cuando había estado bebiendo, en estado semicomatoso... ¿O era quizá Percodan?... ¿Excelsia?... Desde el fracaso de Bliss sobre el hielo, ¿en dónde había sido?, en algún sitio en Pensilvania. ¡Pobre Betsey! Bix

Rampike era mucho más dominador de sus estados de ánimo, incluso de los de las personas que lo rodeaban, tenía tan poca necesidad de «antidepresivos» o de medicamentos «estabilizadores» como de inyecciones de testosterona o de esteroides en el trasero. Era difícil no sentir desprecio por aquellas debilidades femeninas.

Pero ahora Betsey no sonaba débil, sino sombría, decidida.

Tuvo que preguntarse, ¿había oído alguna vez a Betsey hablar de aquella manera?

Esforzándose por secarse con una toalla de baño de grandes dimensiones, Bix dijo:

—¿Que no la encuentras? ¿A nuestra hija? ¿Hablas en serio?

—¡Claro que hablo en serio! —replicó Betsey—. ¿Te estaría llamando a esta hora en caso contrario?

Y Bix preguntó, tratando de mantener el control:

—Vamos a ver: ¿están cerradas todas las puertas? ¿Las ventanas? ¿Todas las ventanas? ¿Podría haber entrado alguien?

Y Betsey dijo, un atisbo de desprecio en la voz:

—No seas ridículo, Bix: eso es lo primero que he comprobado. Las puertas, todas las puertas que dan al exterior. Y las ventanas. La puerta del garaje que tú nunca te acuerdas de cerrar.

Bix sintió que se le encendía la cara, pensando ya *Se trata de un truco, un juego que ha preparado con los chicos. Para hacer que papá se sienta culpable y pierda el culo por llegar allí lo antes posible,* quiso saber si le había preguntado a Skyler; Skyler podía saber si Bliss estaba escondida en algún sitio, y Betsey dijo, soltando palabras como una ametralladora:

—Nuestros hijos juegan al escondite con papá, no con mamá. A papá, que es tan grande, lo idolatran, no a mamá, a quien no valoran. Eso lo sabes bien, Bix. En cualquier caso, Bliss nunca se ha escondido en uno de sus sitios secretos durante tanto tiempo. Y la he estado llamando y llamando y nunca hubiera sido tan testaruda como para no salir. Anoche estaba febril, se negó a acostarse a su hora y Lila no está aquí para ayudar. Lila libra todo el fin de semana, los dos han estado muy difíciles y ha sido agotador. Bliss sólo era capaz de hablar de «papá esto», «papá lo otro», papá que venía a llevarla a Nueva York por su cumpleaños, aunque el cumpleaños de Bliss no es hasta mañana, y vamos a tener aquí una fiesta de verdad. ¿No te parece que después del terrible fracaso en Pensilvania, presenciado por todo el mundo, Bliss no querría desaparecer durante una temporada en lugar de marcharse a Nueva York con su maravillosísimo papá? Claro que no, yo tampoco. Bliss estaba contando las horas hasta que papá viniera a buscarla, de manera que no tiene sentido que nos gaste ahora una broma pesada, ¿verdad que no? —y antes de que Bix pudiera responder, poniendo voz de mamá ofendida—: Bliss es una niña muy reservada, no se parece en nada a lo que sus admiradores se imaginan. Y Skyler, al que le ha dado por «tatuarse» pequeñas calaveras, dagas, símbolos de Satanás, le dije, quítate esas cosas horribles, le dije y, ¿sabes?, Skyler no sólo me desobedeció en eso, sino que dibujó también un corazoncito rojo en la palma de la mano de Bliss, con *tinta indeleble*. De manera que cuando me desperté de noche por un sueño inquietante y fui a mirar en la cama de Bliss, estaba vacía; y lo sé, sencillamente lo sé: se está escondiendo de mí y saldrá para recibir a su maravilloso papá, y los dos os reiréis de mamá, ¿verdad que sí? Y Skyler también está al tanto, ¿no es eso? Lo he despertado por la mañana, para que me ayudara a buscar a Bliss, y tenía una actitud muy reservada, algo en sus ojos...

Bix consiguió por fin interrumpirla:

—¿Qué demonios estás diciendo, Betsey? Skyler está «al tanto», ¿de qué hablas?

Y Betsey dijo con voz cortante:

—¡Tú! ¡El padre de los dos! Los has desatendido, a ellos y a mí durante meses. Has profanado nuestro lecho matrimonial, has faltado a nuestras sagradas promesas matrimoniales, vivo en el terror de lo que pueda sucedernos, de los males que nos acechan y, sean los que fueren, no nos atrevemos a llamar a la p-policía hasta que sepamos... si... Skyler ha...

Betsey dejó de hablar como si una mano le hubiera tapado la boca, y Bix dijo, asustado:

—Cariño, no he «profanado» nuestro matrimonio. Juro que te quiero y que quiero a nuestros hijos. Te resarciré, corazón. Lo sabes, verdad que sí...

Se había cortado la comunicación.

¿El registro de las llamadas telefónicas? Sabemos que es irrevocable, irremediable. De la misma manera que se supo poco después que las misteriosas llamadas a Bix Rampike en el Regency SuperLuxe a las 2.12 y de nuevo a las 4.06 de la madrugada se habían hecho, efectivamente, desde el teléfono del hogar de los Rampike, llamadas ambas de una duración inferior a los dos segundos, también se descubriría que, después de recibir una llamada urgente del mismo número, es decir, de la señora Rampike, su marido procedió a llamar a otro número de Fair Hills antes de abandonar el hotel y apresurarse a volver a su hogar. ¿Por qué?

... transgresiones en esa familia bendesida por Dios, ahora somos la ira de Dios para castigar por transgresiones del padre de esa casa.

En menos de veinte minutos estaba en casa. En menos de veinte minutos después de colgar el teléfono de su habitación en el hotel por cuarta y última vez. No se había marchado definitivamente del Regency SuperLuxe. Tenía que ir a casa. ¡Tenía que presentarse en su casa! Aunque una parte de su cerebro le aseguraba *Es un truco, pobre Betsey, el último truco con el que va a intentar engañarme.* Torció por la entrada asfaltada para coches del 93 de Ravens Crest Drive. No había señal alguna, desde fuera, de la menor alteración. No sucedía nada anormal en Ravens Crest Drive. En todo Fair Hills, las perturbaciones eran raras. El viejo e irregular edificio blanco de madera y ladrillos y de estilo colonial era una casa hermosa, y una casa impresionante, si bien, dado el nuevo sueldo de Bix Rampike en Univers, se le había quedado pequeña. Y además le aburría, como las insignificantes vidas que abrigaba. Y sin embargo: todo aquello era suyo.

Desde la compra de aquella propiedad, su valor se había triplicado. Fantástico auge de la propiedad inmobiliaria en Fair Hills y sus alrededores: los precios subían y subían. Bix Rampike, llamado a ser un día director de Desarrollo de la Investigación (nacional) en Univers, Inc., también estaba subiendo mucho.

Las posesiones de un hombre, ganadas con el sudor de su frente y hasta con su sangre, maldita sea, un hombre las defiende hasta la muerte.

«Lo da la especie. Lo dan los genes. "Anatomía es destino."»

En especial, sus hijos: su ADN. Su futuro. Inmortalidad.

Si le sucediera algo a Bliss, la maravillosísima niñita de papá, no lo soportaría.

¡Cómo quería a su hijita! Había llorado a moco tendido cuando la vio en televisión ganar aquel título. Asombrosa patinadora artística. El talento atlético que Bix había tenido, en aquel cuerpecito tan pequeño. Asombroso.

A Bliss la adoraba, Bliss era su ángel.

Bliss, que se subía en el regazo de papá, que le besaba con timidez, que lo abrazaba, mientras él, con sus grandes manos paternas, la abrazaba y le hacía cosquillas a su vez.

¡Papá, papá! ¡Me haces cosquillas!

A él no le importaría, a papá no le importaría que Bliss dejara de patinar. Sólo le importaba a ella, a la madre: a mamá. Sólo le importaba a mamá, demasiado.

En el divorcio, a la señora Rampike le correspondería la casa. En números redondos: dos millones. Habría un juicio sobre la custodia de los niños. Bix pediría custodia compartida. Pero no con excesivo vigor.

Al otro, a Skyler, «¡Pobre chico!». Era fácil olvidarlo. Papá quería a aquel alfeñique, pero siendo como era una persona pragmática, nunca sería demasiado grande su sorpresa ante cualquier cosa que le sucediera: pierna lisiada, cáncer infantil, fibrosis cística (¿o era quística?), ahogarse en el extremo donde no cubre de una piscina mientras otros chicos se tiran desde el trampolín, chapotean, alborotan: infinitas posibilidades.

Estacionó su nuevo automóvil sexi —Jaguar XXL, cupé verde aguacate, interior de cuero marrón topo— delante del garaje y entró corriendo en la casa, a través del garaje y del vestíbulo trasero al lado de la cocina, que era la manera habitual de entrar en la casa de Bix Rampike, y allí llegó Betsey, corriendo hacia él entre jadeos, tendiéndole algo:

—¡Bix! ¡La han raptado! Aquí está la nota de rescate...*

Desconcertado e incrédulo, Bix tomó de la mano temblorosa de su mujer el papel que se le ofrecía y leyó por encima el extraño mensaje con letra de imprenta:

—¿Qué demonios es esto? «Estimado señor Rampik Nos emos apoderado de su ija y la devolveremos si...»

Betsey, mientras tanto, le explicaba dónde la había encontrado, en el vestíbulo de la entrada, cerca de la «habitación de los trofeos» de Bliss, no tenía ni idea de cuánto tiempo había estado so-

---

* A partir de aquí, Skyler oyó lo que se decía; y lo que se reproduce del diálogo entre Bix y Betsey Rampike es *verbatim*.

bre la mesa, pero debía de llevar horas, los raptores tenían que haberse llevado a Bliss por la noche y durante todo aquel tiempo... Betsey hablaba casi con tranquilidad, mordiéndose el labio inferior:

—Nuestra hija ha desaparecido, se la han llevado.

Y Bix dijo:

—Betsey, esto lo has escrito tú, ¿no es eso? ¿Me estás gastando una broma?

Y Betsey se le quedó mirando, y por un momento no pudo hablar, tan herida, tan consternada, la ignorancia del adúltero de su marido, furiosa con él, negando haber escrito la nota:

—¡Cómo puedes decir una cosa así! ¡Estás loco! ¿Tienes resaca, estás borracho?

La vida de su hija estaba en peligro, algún fanático se la había llevado, habían entrado en la casa durante la noche, por qué no había sonado la alarma, por qué Bix no se había asegurado de que funcionaba, Betsey no tenía ni idea de cómo activarla, si Bix hubiera estado en casa, tenía que ser uno o más de los admiradores de Bliss quienes la habían raptado, algunos de los admiradores de Bliss eran «locos obsesos». ¡Ah! Betsey había sabido que algo terrible sucedería si Bix no estaba en casa, si los niños no tenían a su padre en la casa, el mundo advierte la debilidad, el mundo se precipita, como buitres, como hienas, emisarios de Satanás; un zumbido en los oídos de Bix como si, en el campo de fútbol, en el escenario mismo de la fortaleza, de la pericia, de la *quidditas,* un adversario invisible se hubiera lanzado sobre él, lo hubiese derribado y vencido, un porrazo en el cráneo que creía tan duro como el cemento, otro porrazo en la tripa y otro más en la entrepierna, tambaleándose y aturdido Bix trataba de leer la nota de los secuestradores por segunda vez, trataba de desentrañar de qué se trataba, qué lógica retorcida, qué era lo que exigía El Ojo que «Ve», sólo entonces pensó en preguntar ¿estaba Skyler a salvo? Su hijo, Skyler, ¿estaba a salvo?, y Betsey casi parecía estar riéndose de él, riéndose de semejante pregunta, desdeñosa, apretando la sólida muñeca de Bix, por supuesto Skyler estaba a salvo, ¿para qué lo querrían *a él* unos secuestradores? Y Bix dijo:

—Betsey, espera: esto no tiene ni pies ni cabeza. El Ojo que «Ve» no pide dinero. Quienesquiera que sean no piden dinero. Me dijiste que Bliss estaba escondida en algún sitio, ¿se trata de eso? ¿De un juego? Bliss y Skyler están... ¿escondidos en algún sitio?

Miraba a su mujer, que se había colocado incómodamente cerca de él, con un olor a algo agrio en el aliento, con un brillo feroz en los ojos, y una sonrisa cargada con la ira de Dios, Bix Rampike lo vio y se asustó y su corazón se contrajo, sus entrañas se contrajeron dado que desde hacía muchos años no le había dominado un convencimiento tan visceral, del fondo de sus entrañas, una epifanía que se apodera de un atleta superado en pleno esfuerzo, mientras jadea ya, golpea el suelo al correr y algo le late en el tobillo y, sin embargo, alza los brazos para interceptar —¿qué?— mientras ¡zas! ¡zas! ¡zas! lo derriban por última vez sabiendo *Esto no lo puedo hacer. Esto está más allá de mis posibilidades* al ver que el rostro de su mujer, tan familiar, ya no le era igual de familiar ahora, un rostro de muchacha, el rostro indignado de una muchacha, hinchado y pálido bajo franjas de maquillaje de fondo aplicado tan caprichosamente, o con tan mala luz, que se detenía de pronto en la mandíbula, y el lápiz de labios, de un brillante color rojo cereza, recién aplicado y muy espeso, como si se hubiera extendido sin espejo y también desaparecido en parte. El pelo oscuro, que había sido «aclarado», «teñido», «con permanente», se presentaba ahora informe y crespo, como si Betsey se lo hubiera lavado muy deprisa y no hubiera dedicado tiempo a «acondicionárselo». Lo más extraño de todo, aunque fuese temprano por la mañana y Betsey hubiera estado despierta, como había explicado, durante gran parte de la noche, era que llevaba un llamativo conjunto, adecuado para almorzar en el Club de Mujeres del Village, jersey de lana de cachemira color crema, el cárdigan con el canesú de canalé, espolvoreado de aljófares, ¿no se había ocupado la secretaria de Bix Rampike de la compra de aquel atavío de primerísima calidad en la tienda Neiman Marcus de Vast-Valley, por una cantidad que superaba los seiscientos dólares? Y Betsey llevaba además unos pantalones nuevos muy elegantes de lana gris marengo y, al cuello, en una delicada cadena de oro, una hermosa crucecita de oro que se parecía muchísimo a la crucecita también de oro, comprada en Tiffany, que Bix había regalado a su hija por Navidades.

—... tú, ¡tú tienes la culpa! —Betsey le acusaba sin alzar la voz, aunque en los oídos de Bix sonara penetrante, ensordecedora—. ¡Tendrías que haber estado aquí para protegernos! Eres el padre, has permitido que Satanás entre en este hogar y le has ofrecido a nuestra hija en sacrificio.

Bix se quedó clavado en el suelo. Aquel último golpe le produjo una conmoción cerebral. No era capaz de pensar, su cerebro estaba muerto. Sólo disponía de los ojos para mirar de nuevo la nota de rescate:

—El Ojo que «Ve»... ¿dónde?

No parecía ser un truco. Tampoco un juego. Lo sabía ya, no se trataba de jugar al escondite. Su hija había desaparecido. Lo sabía. Y, sin embargo, El Ojo que «Ve» ofrecía esperanza. *La devolveremos si se arrepiente. Si vuelve a sus promesas matrimoniales de permaneser juntos asta que la muerte los separe. Le llamaremos por telefono.* Ahora ya estaba claro: le devolverían a su hija. Se le iba a dar otra oportunidad. Quienquiera que se la hubiera llevado se apiadaría de él. Quienquiera que se la hubiera llevado no haría daño a una niña de seis años. Era ilógico hacer daño a una niña de seis años. Se trataba de personas cristianas, evidentemente. El Ojo que «Ve» era cristiano. ¡Treinta kilómetros! ¡Bliss estaba a treinta kilómetros! Pero la devolverían. Lo prometían. ¿Se trataba de una promesa? El cuerpo estremecido de su mujer entre sus brazos. Apretado contra el suyo. Casi había allí hambre sexual, un terrible anhelo repentino. Bix abrazaba a Betsey, enterrando su rostro acalorado en el cuello de su mujer. Betsey se agarraba a Bix como si estuvieran forcejeando junto al borde de un precipicio y sólo ella pudiera salvarlo. Bix no veía el rostro de Betsey pero oía sus sollozos y eran los sollozos de una verdadera madre, desde el vientre. Se le escapaba lo que Betsey decía, sus palabras eran ininteligibles. Dios mío, lo siento muchísimo. Jesús, perdóname, soy el responsable. Y entonces: ¿llamaban a la puerta? Pero ¿quién? La esperanza desesperada de que Bliss hubiera regresado, nos la han devuelto, pero cuando Bix corrió hasta la puerta principal, en la entrada estaban el reverendo Higley y su mujer, lívidos, y un momento después estrechándole las manos:

—Betsey nos ha llamado, Betsey nos ha contado esa cosa terrible que ha sucedido, los raptores han pedido que llaméis a vuestro «pastor», y aquí estoy.[*]

---

[*] ¿Sorprendidos ante este final? Sucedió exactamente así.

Pese a tratarse de una «reconstrucción», espero que no sea demasiado poco profesional. El lector astuto habrá sentido probablemente la incomodidad de Rampike *fils* cuando trata de «identificarse» con Rampike *père*. Probablemente Sigmund Freud ha escrito de manera impenetrable sobre este tabú. Aunque quizá creamos que conocemos bien a nuestros «seres queridos», si tratamos de meternos dentro de ellos para reconstruir un acontecimiento real, descubrimos que, al fin y a la postre, no se puede hacer.

A la mañana siguiente: el autor desea retractarse (?)

¡Borren de su memoria, lectores amigos, el capítulo precedente, titulado «Corruptor»! Si es que pueden.

Estoy pensando que ha sido un error. Estoy pensando que, si puedo, debería retractarme.

Aunque fue angustioso redactarlo, y provocó un ataque de pánico con taquicardia a mitad de camino (véase el párrafo ofensivo que comienza con *Al otro, a Skyler...*), si bien en mi encogida dimensión secundaria de nota a pie de página estoy en realidad hasta cierto punto orgulloso de él, he tomado conciencia precisamente ahora, a la mañana siguiente, con el impacto de los rugidos de los jets procedentes del aeropuerto de Newark pasando unos quince metros por encima de mi cama, de que ya antes en este documento, en el capítulo «¡Famosos!», se sugirió, de manera precipitada, en una nota a pie de página, que Bix Rampike, mi padre, podía ser responsable de la muerte de mi hermana; y que esa sugerencia —absurda, temeraria, no fundamentada, calumniosa, extraña— bien podía ser verdad.*

_____

* «Rencorosa», «irresponsable», «desvaríos edípicos», «simple locura»: lectores, no voy a refutar sus respuestas a esta teoría. (Aunque me repugne que Bix Rampike, ese imbécil tan grosero, cuente con tantos admiradores. ¿Qué es lo que he estado haciendo mal?) Y sin embargo: no hubiera requerido un exceso de ingenio por parte de Bix Rampike escabullirse por una puerta trasera del Regency SuperLuxe, en algún momento después de las 2.12 de la madrugada, cuando mamá lo llamó por primera vez, llegar en coche a nuestra casa, entrar, subir furtivamente hasta el dormitorio de mi hermana y (por qué razón, prefiero no pensarlo) llevársela al sótano y al cuarto de calderas, con los terribles resultados que conocemos. Papá después escribiría con letra de imprenta la «nota de rescate» que alcanzaría más adelante la distinción de ser citada en *Believe It or Not* [Aunque le cueste creerlo], de Ripley, como la nota de rescate «más frecuentemente reproducida» en la historia de secuestros y raptos... La *Guerra y paz* de las notas de rescate, tal como ha señalado un escéptico agente del FBI: papá la habría dejado en una mesa del vestíbulo delantero, habría abandonado nuestra casa para volver al Regency SuperLuxe a tiempo de recibir a las 4.06 la llamada (no identificada) de Betsey y más adelante la de las 8. Lector: ¿qué hay en este guion que te parezca inverosímil?

¡Qué error garrafal por mi parte, en ese caso, haber «reconstruido» tan eficazmente la escena precedente en la que el bruto de Rampike *père* parece ser por completo inocente!

Post mórtem - I

Papá encontraría a Bliss en el cuarto de calderas.

No a Bliss, sino el cadáver de Bliss. En el cuarto de calderas.

Bliss se ha ido, Skyler. Jesús se ha llevado a Bliss al cielo. Lo que queda son los restos mortales de Bliss.

Skyler no asistiría al funeral. A Skyler no se le dijo cuándo iba a ser exactamente el funeral.

Skyler no vio el cuerpo de su hermana en el cuarto de calderas.

Nunca llegaría ni siquiera a vislumbrar, entre los dedos con los que se tapaba la cara, o con los ojos medio cerrados, el cuerpo (tieso, sin vida) de su hermana, de veinte kilos de peso, con los brazos alzados por encima de la cabeza y las muñecas atadas con un pañuelo de seda carmesí en el rincón más en sombra del cuarto de calderas donde, en su búsqueda desesperada por toda la casa, mamá había mirado varias veces. Y aún volvió más tarde a dirigir una nueva búsqueda por la casa con el reverendo Higley y su esposa y, sin embargo, nadie se aventuró a penetrar lo suficiente en el cuarto de calderas, sin ventanas y escasamente iluminado, pero palpitante de calor como el interior de un pulmón.

Se la han llevado, la han raptado. Nos la han arrebatado. Ha desaparecido. No está en la casa. Hemos mirado y mirado, hemos buscado por todas partes en esta casa y ha desaparecido de aquí, los raptores se la han llevado.

Cuando el grito —los gritos— se oyeron, Skyler estaba —¿dónde?— arriba, en su habitación.

Skyler lo supo al instante. Los gritos de los adultos. Abajo.

Habían encontrado a su hermana: Skyler lo supo.

Corrió hacia la puerta. Lila lo sujetó:

—¡Skyler, no! Tienes que quedarte aquí, conmigo. Tu madre ha dicho...

¡No! ¡Skyler no se quedaría! Retorciéndose para escapar de los dedos de la criada que lo agarraba como se agarra a un niño temerario a punto de caer por un precipicio y de matarse.

En el suelo, los desagradables tebeos de *Zap** y los toscos esbozos de historietas que Skyler había estado dibujando con líneas inciertas, llenas de aristas, torpes figuras sombreadas (papá/mamá/hermano/hermana) que, en la confusión de aquella mañana, nunca se volverían a ver *¡Semejante porquería! ¡En el corazón de ese niño inocente! Debemos protegerlo.*

Lila había estado cambiando las sábanas de la cama de Skyler con rapidez y energía como ya había cambiado las sábanas (sucias, manchadas) de la cama de Bliss y se había llevado la funda del colchón (sucia, manchada) para empaparla en lejía antes de meterla en la lavadora como había ordenado la señora Rampike. Aquella mañana Lila llenaría dos veces la lavadora hasta el tope (incluido el pijama de Skyler y el camisón de la señora Rampike y su albornoz y todas las toallas del cuarto de baño de la señora Rampike) y el hecho estremecedor, y que Lila recordaría siempre, sobrecogida, y que nunca se cansaría de mencionar con asombro y con temor, era que mientras trabajaba en el cuarto de la lavadora (para ella un sitio tan familiar) había estado sin saberlo a no más de seis metros del cuarto de calderas (una habitación en la que muy pocas veces tenía motivos para entrar) en el que la hijita de los Rampike yacía sin vida, quedándose rígida porque estaba muerta.

«¡Ah, si la hubiera encontrado yo! La pobrecita niña.»

Lila tenía que haber librado aquel fin de semana de enero. Muy de mañana, sin embargo, le había llegado la llamada telefónica de la señora Rampike, que sonaba «nerviosa», «preocupada», para pedirle que volviera a casa de inmediato para «ayudar», para «cuidar de Skyler» en aquellos «terribles» momentos.

---

* Los psicópatas admiradores de R. Crumb (no los hay de otra clase) querrán saber exactamente qué *Zap* eran aquéllos, ejemplares que le había dado a Skyler Rob Feldman, el profesor particular de Bliss que dejaría astutamente de trabajar para los Rampike antes de que lo despidieran. Aquellos *Zap* eran publicaciones tempranas, deben de haber sido de los años setenta, de hecho uno de los tebeos no era un *Zap* sino algo llamado *Dirty Laundry* [Ropa para lavar], típico Crumb de los comienzos en el que había una familia Crumb rara y bobalicona con un niñito muy malhablado que posiblemente se llamaba Adam. También querrán saber los interesados qué fue de aquellos tebeos que Skyler tanto apreciaba y cómo acabaron los intentos por parte de Skyler, toscos pero apasionados, de dibujar historietas. Bien, ¿qué suponen ustedes que sucedió con semejantes «pruebas» de inclinaciones psicópatas? En el período que siguió a la muerte de mi hermana —es decir, al asesinato de mi hermana—, lo más conveniente para los Rampike era que desaparecieran todos y cada uno de los materiales «comprometedores» que hubiera en la casa antes de llamar al primero de los agentes de policía de Fair Hills.

¡Siempre tanta emoción en el hogar de los Rampike! Como el resplandor de los relámpagos y los truenos ensordecedores que los seguían.

Los Rampike, de todos modos, eran buenas personas. En Fair Hills no era probable encontrar mejores señores que ellos a pesar de sus problemas y de sus exigencias especiales.

Incluso la señora Rampike, que se ponía nerviosa con frecuencia y era difícil de contentar, tenía buen corazón, Lila estaba convencida. A veces se dirigía a ella para decirle, mientras brillaban las lágrimas en sus cálidos ojos castaños: «Lila, eres la única persona de quien me fío. ¡Que Dios te bendiga!» (Lo que resultaba violento, pero mucho mejor que cuando la reñían o le hablaban de manera sarcástica.) Y estaba el señor Rampike, alto y apuesto, que en la casa era como un tornado, ropa y toallas esparcidas tras él, siempre lograba que a Lila le ardieran las mejillas con sus bromas, y tenía además la costumbre de obligarle a aceptar en secreto billetes de veinte y cincuenta dólares: «Pago por las dificultades, *señorita,* por aguantar a Betsey y a Bix, tan grandes ellos. Sé que los *gringos* somos un coñazo». Guiñándole un ojo a Lila, en ocasiones pellizcándole el antebrazo regordete, ¡qué buen hombre era el señor Rampike en el fondo! Y estaban los niños. Lila había llegado a quererlos. Porque no eran como los hijos de otros señores para los que Lila había trabajado —mezquinos, mimados y crueles—, sino niñitos encantadores: la niñita que era tan famosa y estaba tan triste y el niñito de «ojos fantasmales», a quien Lila tenía que proteger en aquel momento terrible.

¡Skyler que estaba tan nervioso! A Lila le sorprendió ver que, a una hora tan temprana, Skyler llevaba una de sus camisas blancas de algodón para ir al colegio y sobre la camisa un jersey de punto de manga corta verde oscuro con dibujo de ochos, unos pantalones de pana limpios y las más nuevas entre sus varios pares de zapatillas de deporte. El pelo castaño de Skyler estaba suelto y limpio como si acabara de lavárselo. El mismo Skyler parecía anormalmente limpio: hasta donde Lila podía ver, los borrosos tatuajes que tanto habían disgustado a su madre habían desaparecido, a base de restregar, probablemente. Tampoco era normal que Skyler se mostrara tan indiferente ante Lila, sin sonreír, con aire aturdido y en apariencia agotado, como si no se hubiera acostado en toda la noche. Cuando Lila le dirigió la palabra, Skyler se limitó a parpadear despacio, y a limpiarse la escasa nariz, además de temblar de dos maneras: estremeciéndose desde los pies para arriba o con temblores desde la cabeza hacia abajo.

Los labios resecos de Skyler se movieron. Estaba preguntando si celebraban una fiesta en el piso de abajo.

En el piso de abajo rezaban. A la espera de que llamaran los secuestradores. A Lila sólo se le había explicado lo más elemental de la situación. Las personas que se habían llevado a Bliss sólo hablarían con el pastor de los Rampike, que era el reverendo Higley, el párroco de la Trinity Church. También estaba la señora Higley y algunas damas más que la señora Rampike conocía de la iglesia: la señora Squires, la señora Poindexter y la señora Hind. También habían acudido Dale McKee, ayudante de la señora Rampike, y la doctora Helene Stadtskruller, su terapeuta, con quien la señora Rampike había «forjado» unos lazos muy íntimos —«¡tan unidas como hermanas!»—, y todas aquellas personas, además de la señora Rampike y del señor Rampike (¡una sorpresa para Lila, lo aturdido y ausente que parecía el señor Rampike!, nada de su habitual manera de ser, sonriente y autoritaria), estaban reunidas en el cuarto de estar, cerca del teléfono.

Esperando la llamada de los secuestradores. ¡Espera que te espera!

Y rezando: de rodillas, incluso las ancianas señoras Poindexter y Hind a pesar de su artrosis, incluso la doctora Stadtskruller que había reconocido, de manera un poco abrupta, al reverendo Higley y a los Rampike no ser «creyente» —«más bien, en realidad, una racionalista agnóstica»—, también de rodillas sobre la alfombra boliviana de piel de cabra, todos con las manos estrechamente enlazadas mientras Archie Higley dirigía con fervor infantil la oración salmodiada *Padre nuestro que estás en los Cielos santificado sea Tu nombre venga a nosotros Tu Reino hágase Tu voluntad en la tierra como en el Cielo devuélvenos a Bliss sana y salva escucha nuestra súplica Padre Celestial y Jesús Su Hijo Unigénito ¡ten piedad!*

Al oírlos desde el piso de arriba, Lila susurró «¡Amén!» y se santiguó rápidamente.

Ofreciendo en secreto una oración a la Virgen María, en quien, según la información a disposición de Lila, los protestantes no creían.

¡Imagínense! ¡Qué locura! No «creer» en la Madre de Dios que era la verdadera productora de milagros en la humanidad si te limitabas a rezar de una manera muy sencilla, como te habían enseñado de niña antes de que aprendieras a leer *Ave María llena eres de gracia el Señor es contigo, bendita Tú eres entre todas las mujeres y bendito el fruto de Tu vientre Jesús.* Ahora repítelo diez veces.

Tensos y nerviosos mirando el reloj —9.48... 10.07— (de hecho, se habían producido llamadas, del Evita's Beauty Emporium, confirmando la cita de la señora Rampike para el lunes a las diez de la mañana, cita que había que anular, y la de Penelope Dressler, presidenta de la Gala Spring Frolick —una ocasión de recaudar fondos para la asociación de voluntarios de Charity Hill, de la que Betsey Rampike era miembro—, otra llamada en cierto modo misteriosa de una mujer con voz chillona para invitar a «los dos Rampike» a un cóctel el día de San Valentín en la residencia de «los Klaff», de quienes ni Betsey ni Bix parecían tener la menor noticia) y después, a las 10.29, cuando Betsey ya estaba «demasiado impaciente» para seguir en aquel cuarto, y procedió a reclutar a Mattie Higley, Frannie Squires, Dale McKee y a la doctora Stadtskruller para emprender una nueva búsqueda por la casa, no con idea de encontrar a Bliss (que había sido raptada) sino en busca de «signos», de «pistas», que Betsey pudiera haber pasado por alto: aquel grupo de mujeres subió al segundo piso y al ático, descendió de nuevo al segundo piso y entró en todas las habitaciones (excluida la de Skyler, donde se había recluido al niño junto con la criada para evitarle mayores traumas dentro de lo posible); regresaron finalmente al primer piso, donde Archie Higley todavía esperaba la llamada telefónica, mientras Bix rondaba por allí cerca, sudoroso y lívido, abriendo y cerrando los puños como un hombre sentenciado a la pena capital pero ignorante de la dirección desde la que la muerte se abatiría sobre él, ni qué rostro le presentaría; y cuando las mujeres que charlaban nerviosas recorrían, como una procesión de peregrinos, las habitaciones del primer piso, Betsey se dirigió a Bix con tono casi festivo para pedirle que hiciera el favor de incorporarse a su grupo: sería mejor que por lo menos un varón las acompañara; de manera que como un perro grande y torpe al que se saca de su sueño, aunque sigue todavía grogui, con ojos anonadados que parpadeaban muy despacio, Bix se unió a las mujeres, siguiéndolas con una extraña tranquilidad, tropezando a veces como si perdiera el equilibrio, mientras Betsey conducía impaciente a sus amigas a través de la cocina —y una cocina tan cuidada y limpia que las otras mujeres no dejarían de quedar impresionadas— hasta salir, de nuevo, de la casa y volver a entrar por el garaje, donde no había nada que ver, aunque se esperase ver algo, como en una película de suspense; después de abandonar el garaje, dieron vueltas, en el aire frío, inmóvil, alrededor de la casa Rampike que era tan irregular y atractiva, atentas como perros guardianes hicieron el recorrido, mientras Bix Rampike se tambaleaba tras ellas, a la caza de «huellas extrañas» en la nieve; excepto que, desgraciadamente, la nieve ya había sido pisoteada en búsquedas anteriores. Esta vez, sin embargo, mientras Betsey conducía al grupito alrededor de la parte trasera de la casa, Dale McKee, con ojos de lince, exclamó:

—¡Oh! *Mirad*.

Una ventana rota en el sótano, escondida en parte por un denso arbusto de hoja perenne. ¿Cómo era posible que no se hubieran dado cuenta antes?

Deprisa ya, el grupo regresó a la casa, y se apresuró a descender al sótano y al trastero, que era la habitación con la ventana rota.

—La habitación más escondida de la casa —dijo Betsey con voz entrecortada.

Los raptores podían haber entrado por allí. Fragmentos de cristal brillaban en el suelo.

Las mujeres deliberaron, nerviosas: ¿alguien se había arrastrado a través de la ventana rota, oculta en parte por cajas de cartón amontonadas? (Lo que explicaría por qué los Rampike no se habían fijado antes.) Era posible ver cómo, debajo de la ventana, lo bastante grande para que un «hombre más bien pequeño» pudiera introducirse, había una caja de cartón colocada a modo de escalón. (Y que el intruso habría utilizado al marcharse.)

En medio de una oleada de emoción y de alarma, mezcladas con miedo y euforia, las mujeres se acercaron a la ventana. Si había telarañas, las apartaron rápidamente.

—¡Hemos encontrado el sitio! —estaba diciendo Betsey—. ¡Dios santo, por aquí es por donde el secuestrador entró en casa! Y la alarma no estaba conectada... Bix había prometido repararla, de manera que no saltara sin motivo, pero nunca se ha llegado a hacer... Y quienquiera que fuese el secuestrador, de algún modo sabía dónde estaba la habitación de Bliss, la sujetó mientras dormía y se la llevó. Y yo nunca me di cuenta. Estaba dormida, tan confiada, Jesús apiádate de mí, no me di cuenta —Betsey lloraba ya, y temblaba con violencia mientras las mujeres la consolaban.

Bix no la miraba, ni parecía estar oyéndola, sino que examinaba la ventana rota y la zona alrededor de la ventana; resopló con el esfuerzo de alzarse, codos y antebrazos sobre la repisa de la ventana, resollando, ahogándose:

—¡De manera que es aquí! ¡Aquí! ¡El muy hijo de puta! Por aquí es por donde entró.

—Bix, por favor —le riñó al instante Betsey—. No digas palabrotas.

Salto rápido a: dos pisos más arriba, donde Skyler estaba preguntando a Lila si era culpa suya; si lo que le había sucedido a Bliss era culpa suya; porque mamá ahora parecía estar enfadada con él. Mamá parecía no quererlo ya.

Lila le aseguró que no. Su mamá no podía estar enfadada con él. Su mamá lo quería.

—Lila, ¿lo he hecho yo?

Lila habría abrazado a Skyler, si bien, como necesitaba urgentemente orinar, Skyler la apartó de un empujón, corrió al cuarto de baño, cerró la puerta y trató de orinar, trató de orinar con toda su alma, pero sólo un patético hilillo brotó de su magullada pilila. Skyler se echó a llorar y Lila entró en el cuarto de baño y lo llevó de nuevo a su cuarto y le apartó el pelo húmedo de la frente enfebrecida. Lila hubiera besado al angustiado niño, excepto que Skyler no era hijo suyo para poder besarlo; Skyler era hijo de otra mujer; y como Lila sabía estar en su sitio, entendió de manera instintiva que Betsey Rampike no querría que Lila Laong, la criada filipina, besara y mimara a su hijo.

De todo corazón Lila aseguró una vez más a Skyler que su mamá lo quería. Que su padre lo quería. Todo el mundo que le conocía lo quería. Muy pronto encontrarían a su hermana, y aquellos momentos tan terribles habrían pasado.

—¿Por qué no te sientas aquí y lees tus tebeos, Skyler? O, ¿quizá te gustaría dibujar? Te prometo que me voy a quedar contigo.

En la confusión de aquella mañana, Skyler no recordaría más adelante la sucesión de los acontecimientos. Porque posiblemente fue antes cuando Lila le llevó el desayuno en una bandeja, como si estuviera enfermo y se quedara en casa y en su habitación sin ir al colegio: Count Chocula (cereales con un baño de chocolate) con rodajas de plátano, tostada de pan con pasas y jalea de uvas, y un vaso grande de leche enriquecida con vitaminas. ¡Cómo le gustaban a Skyler los cereales Count Chocula! Y, sin embargo, al llevarse una cucharada a la boca y ponerse a masticar, no logró tragársela, por lo que la escupió en el cuenco, algo que sin duda era, como hubiera dicho cualquiera en la clase de Skyler en Fair Hills Day con expresión desdeñosa, *repugnante*.

Pareció como si aquella mañana supiera ya que nunca regresaría al colegio privado «prestigioso», «selecto», donde había adquirido —¡por fin!—, entre sus condiscípulos, la reputación de ser, si no «normal», al menos no imposiblemente «raro»; y es que el brillo por ser una celebridad local hacía que Bliss arrojara sobre su hermano un halagüeño resplandor lunar, y había llegado a ser corriente que se le acercaran las chicas más populares, incluidas las de sexto grado, para preguntarle por Bliss con mucho interés. Y también estaba el brillo adicional de su designación como EPI, brillo del que ahora tendría que desprenderse para siempre.

De hecho, Skyler Rampike nunca volvería a ser alumno de ningún centro docente en Fair Hills. Y parecía conocer ya aquella realidad tan melancólica en la mañana del primer día de su nueva vida.

A las 11.05 seguía sin recibirse llamada alguna del secuestrador o secuestradores. En el piso de abajo, las oraciones de súplica, implorantes, de los fieles habían pasado de lo abyecto, de la adulación y de la desesperación al cansancio.

Una vez más, el reverendo Higley leyó en voz alta la nota de rescate.

—El Ojo que «Ve». ¿Quizás esté vigilando esta casa?

Era una idea nueva. Una idea nada descabellada. Una idea perturbadora. Bix Rampike se levantó, tambaleante, y declaró que saldría a investigar. Recorrería en coche Ravens Crest Drive y estaría pendiente de los «vehículos sospechosos» que encontrara. De manera que salió de la casa y se alejó con su nuevo Jaguar cupé, tan elegante, abandonando, durante unos cuarenta minutos, la vigilia junto al teléfono y las oraciones.*

Regresó para informar de que no había visto a nadie sospechoso. Sólo las habituales furgonetas de los repartos, el cartero. Si el secuestrador o secuestradores estaban vigilando la casa, no parecía haber manera alguna de que un ciudadano particular los localizara.

—Puede ser que tengamos que llamar a la policía, después de todo —dijo el reverendo Higley—. Podría ser que El Ojo que «Ve» no tuviese en realidad intención de ponerse en contacto con nosotros y sólo se propusiera torturarnos.

Precisamente en aquel momento sonó el teléfono.

El reverendo Higley lo descolgó rápidamente, al mismo tiempo que Betsey Rampike se ponía en pie con dificultad, llevándose una mano al pecho. Higley, tapando con la mano el teléfono, dijo en un susurro:

—¿Betsey? Es una amiga..., la señora Chaplin.

¿La señora Chaplin? *¿Trix?*

¿Después de tantos meses de no llamar? ¿Trix Chaplin en un momento así? Por un instante Betsey vaciló, como si estuviera a punto de contestar, pero luego retrocedió, el ceño fruncido; y a continuación dijo, con dignidad, aunque le temblaba la boca:

—Por favor, dígale a la señora Chaplin que la llamaré más adelante. Éste no es un buen momento.

Fue entonces cuando Bix Rampike se puso en pie, murmuró algo inaudible y sin volverse a mirar a sus sorprendidos compañeros salió de la habitación como un hombre que está soñando, pero decidido a despertar de una vez por todas.

—¿Bix? ¿Dónde vas? Bix... —le llamó su mujer sin el menor resultado.

Eran las 12.06. El reverendo Higley lo recordaría después.

En la despensa antigua que daba a la cocina y donde Bix guardaba reservas de bebidas alcohólicas, hizo una pausa para servirse una buena cantidad de Dewar's y bebérsela de un trago. Así fortalecido, procedió a dirigirse a las escaleras de atrás y a descender por

---

* ¡Cuarenta minutos! Imagínense todo lo que Bix Rampike pudo llevar a cabo en cuarenta minutos y que ningún investigador de la muerte de Bliss Rampike llegaría nunca a averiguar.

ellas al sótano... ¿Por qué? Bix no sería nunca capaz de explicarlo: una corazonada, una premonición, una sensación como de una descomunal ave de presa agitando las alas por encima de su cabeza. Sin la menor vacilación atravesó la sala de estar del sótano (¡nunca utilizada por la familia Rampike! Nunca utilizada y que después sería totalmente desmantelada por los siguientes ocupantes de la casa) así como el «gimnasio familiar» (raras veces utilizado) con una triste bicicleta fija, cinta para caminar y pesas desperdigadas por el suelo, semejantes a gigantescas monedas ya retiradas de la circulación, también la lavandería (en donde, en aquel preciso momento, ropa de cama recién lavada y prendas de ropa de los Rampike giraban alegremente en el interior de una secadora extragrande), el trastero en el que aún se sentía el frío exterior (donde la ventana rota recién descubierta había sido «reparada» de manera temporal, con un trozo de cartón tapando el agujero), y delante de la puerta del cuarto de calderas hizo una breve pausa antes de abrirla y de encender la luz, y esta vez avanzó más hacia el interior del recinto de techo bajo donde casi no entraba nadie excepto los técnicos de Valley Oil, y allí, en un rincón del suelo tiznado, detrás de la caldera que calentaba el primer piso, yacía el cuerpecillo roto.

—¿Bliss? Dios mío.

(¿Escondiéndose de papá? ¿Durante todas aquellas horas? ¿Cuando ellos pensaban que la habían raptado? ¿Cómo era posible?)

Bix se inclinó sobre ella, metida como estaba entre la caldera y la pared de cemento. Vio, tuvo que ver, las manchas de sangre en la pared, de sangre coagulada ya, aunque todavía brillase en el pelo rubio apelmazado. Tuvo que ver los brazos rígidos, torpemente forzados hasta situarlos detrás de la cabeza de la niña, atados con cinta aislante, y el pañuelo de seda carmesí con muchas arrugas y manchas. Tuvo que ver el rostro como de cera, los ojos opacos abiertos a medias y la cinta aislante que le tapaba la boca. El camisón rasgado y manchado y las piernas desnudas semejantes a zancos. Tuvo que saber que la niña estaba muerta, pero el grito le surgió de muy dentro: «¡Bliss! ¡Cariño!». Le arrancó la cinta de la boca. Se inclinó más, se arrodilló sobre el suelo pegajoso, la alzó en brazos, resoplando por el esfuerzo, qué extrañamente pesada se había vuelto su hija, qué indiferente a sus súplicas, salió a trompicones del cuarto de calderas con ella a cuestas, subió, frenético, tropezando y tambaleándose y regresó al cuarto de estar donde los otros lo esperaban después de oír sus alaridos, y todavía pensando en revivirla, incluso mientras los otros gritaban horrorizados, la depositó tiernamente en el suelo, no en el sofá sino en el suelo, sobre la alfombra boliviana blanca de piel de cabra, y ¿por qué? Entrecortadamente explicaría «Va a necesitar respiración artificial, el suelo es más práctico» mientras arriba, en su habitación, al oír los gritos de los adultos, Skyler lo supo al instante: habían encontrado a su hermana.

Lo que fuera que le tenía ocupado, tebeos, cuaderno de dibujo, salió volando. Lila, alarmada, trató de detenerlo:

—¡Skyler, no! Tienes que quedarte aquí, conmigo. Tu madre...

Pero Skyler corría ya por el pasillo y bajaba las escaleras de dos en dos, con el riesgo de romperse la otra pierna, o de repetir la (doble) fractura, y entró corriendo y jadeando en el cuarto de estar y vio a su padre agachado sobre algo en la alfombra blanca de piel, su madre aullaba como un gato herido, arrojándose sobre lo que fuera, sobre la alfombra blanca, y Skyler, sin contemplaciones, se abrió camino entre los adultos que le cerraban el paso, un puñetazo en el poderoso muslo de una de las abuelas de pelo blanco que siempre lanzaba exclamaciones admirativas al verlo, aunque ahora no, no intentó detener a Skyler, Skyler que se agarró al hombro de su padre, tratando de ver, tratando de ver qué era aquello sobre lo que su madre estaba tumbada como si hubiera caído desde una gran altura, delirante y entre gemidos y entonces Skyler vio que era Bliss, por supuesto que era Bliss, tenía que ser Bliss, y Skyler gritó:

—¡No le pasa nada! ¡Es lo que hace siempre para llamar la atención!

Post mórtem - II

¿Cuándo pasó todo aquello? Hace mucho tiempo.

Si se viera a través de un telescopio, pero por el extremo equivocado del telescopio, aún parecería más distante en el tiempo. Y todo aquello que sobrevivió habría desaparecido ya, como Bliss.

Nuestro pedófilo - I

—Es él. Tiene que ser él.

En los años finales del siglo xx, en gran parte de la acaudalada Nueva Jersey rural y de los alrededores de las ciudades, entre los profesionales adiestrados en tales cuestiones, se observaba la existencia de un número muy reducido de delincuentes sexuales, por lo que, en todo Morris County, los municipios de Basking Ridge, Bernardsville y Fair Hills estaban obligados a compartir a Gunther Ruscha, de treinta y cuatro años, maestro de escuela elemental, sin trabajo en aquel momento y residente en el 29 de Piper's Lane, Fair Hills.

—¿Quién sino Ruscha? Triste psicópata pervertido.

¡Pobre Gunther Ruscha! Todas las veces que se informaba de un incidente sexual a la policía de la zona, pese a que la especialidad valorada por Gunther era la pedofilia, una subcategoría infrecuente dentro de las perversiones sexuales, y sin que importara lo mucho que la descripción del (supuesto) delincuente se alejara de la descripción de Gunther Ruscha en los archivos de la policía, era muy poco el tiempo que pasaba antes de que un coche patrulla, equipado con una sirena ensordecedora, luz azul sobre el techo lanzando destellos, el rótulo POLICÍA DE BASKING RIDGE, POLICÍA DE BERNARDSVILLE o POLICÍA DE FAIR HILLS estampado en sus laterales, y tripulado por fornidos agentes de policía, acabara con el silencio de Piper's Lane para introducirse agresivamente en la estrecha entrada para coches, y con el asfalto agrietado, de la casa de Ruscha.

—¡Rusch-a! ¡Gun-ther Rusch-a! Policía.

El pobre Gunther reconocía el aporrear a la puerta, estilo Gestapo, como una patada en la entrepierna, muchas veces repetida y a la que ya estaba acostumbrado.

A lo que se añadía la señora Ruscha gritándole:

—Gunther, ¿qué has hecho ahora? ¡Qué vergüenza!

Incluso los vecinos de Piper's Lane que en su mayor parte simpatizaban, o se apiadaban, de Gertrude Ruscha, de sesenta y tres años, la madre del pedófilo, residente de Piper's Lane desde hacía muchos años y recientemente jubilada de su empleo con sueldo mínimo en el servicio de comidas del centro médico de Fair Hills —donde había trabajado desde la abrupta e inexplicable deserción del padre de Gunther cuando el pedófilo en ciernes era todavía un niño muy pequeño—, no resistían un escalofrío de *Schadenfreude** cuando miraban a través de sus persianas venecianas mientras el coche patrulla se detenía una vez más en el 29 de Piper's Lane, cada vez con más frecuencia al parecer, a medida que a la policía local se la informaba más a menudo de los incidentes sexuales, ante la casa de madera estilo Cape Cod a la que sistemáticamente se describía en el *Fair Hills Beacon* como una «vivienda modesta»; y veían cómo Gunther, desgarbado, pelirrojo, de aspecto extrañamente juvenil, era conducido por la fuerza, entre agentes de policía con expresión adusta, hasta el coche patrulla que esperaba, y cómo allí se le hacía agacharse para ser introducido en la parte trasera del vehículo, y cómo la mano (enguantada) de un agente de policía empujaba hacia abajo la cabeza de Gunther en un gesto que se podría creer amistoso, para evitar que el aterrado pedófilo se la golpeara contra el coche.

—¡Ese Gunther! ¡Qué habrá hecho esta vez!

Se observaba que, en el rostro de nuestro pedófilo, anormalmente pálido, con labios carnosos contraídos en una sonrisa aterrorizada, sus ojos vidriosos que miraban con fijeza, y que más de un observador (del sexo femenino) calificaba de «poéticos», aparecían con frecuencia en tales ocasiones anegados en lágrimas. Si la policía se presentaba en su busca sin avisar, que era lo que hacía de ordinario, lo más probable era que Gunther vistiera ropa anodina (pantalones de color caqui, sudadera, suéter demasiado grande) como cualquier varón adulto de Fair Hills, y no el atuendo «estilizado», «fardón», «de marica» (falso ante, cuero negro, pañuelo de colores brillantes alrededor del cuello) que se ponía cuando dejaba la casa al volante del viejo y gastado Datsun de su madre o pedaleando en su bicicleta (¿con qué

---

* *Schadenfreude:* elegante vocablo alemán que significa estar encantado, casi siempre en secreto, con las desgracias de otros; a no ser que esas desgracias te perjudiquen de algún modo, en cuyo caso los «compadeces».

destino: parque público, zona infantil de columpios, matiné para niños, pista de patinaje?); si la policía se presentaba a buscarlo de noche —sus horas preferidas, porque eso implicaba focos cegadores que iluminaban la fachada de la casa estilo Cape Cod, como en un plató cinematográfico—, lo más probable era que a Gunther lo sacaran en pijama, sin zapatos; en la ocasión más humillante la policía se lo llevó sin otra prenda que un eslip blanco, lo que puso de manifiesto que sus piernas eran muy flacas y que carecían de músculos, como las patas de un avestruz; que su entrepierna no abultaba más que la de un impúber, y que su tórax, cóncavo y estrecho, era igualmente lampiño, con pezones como bayas, que resaltaban mucho sobre la palidez enfermiza de la piel. Aunque de pronto se hiciera *tabboulah rasa* con toda la información sobre el escabroso pasado de Gunther Ruscha, bastaba con que mirases una vez a nuestro pedófilo, al paria de Morris County, nada más que una vez, y una primitiva señal de alarma detonaba en el lóbulo frontal de tu cerebro de reptil: «¡Pervertido!».

Lóbulos frontales, más sutilmente afinados, estallarían con: «¡Pedófilo!».

Sin embargo, de manera muy extraña, se podría decir que, contra toda lógica, Gunther Ruscha parecía incapaz de adaptarse a su situación. Después de cumplir sólo dieciocho meses de una sentencia de tres años y medio en la conocida unidad de Delincuentes Sexuales de Rahway, la horrenda prisión estatal para hombres a la que sólo se envía a los malhechores «más empedernidos» de Nueva Jersey, y después de perder toda posibilidad de que nadie volviera a contratarlo de maestro en una escuela elemental (especialidad: música), como consecuencia de declararse culpable de varios delitos de «mala conducta sexual poniendo en peligro a menores», Gunther Ruscha manifestaba todavía sorpresa y dolor, en ocasiones indignación, cuando residentes de Fair Hills que conocían su identidad lo miraban mal. Y cuando, en el centro comercial, al desplazarse a toda prisa con la cabeza baja y los ojos fijos en el suelo, oía a su paso la grosera salmodia *¡Pedófilo! ¡Pedófilo! ¡Psicópata pervertido!*, nunca miraba a su alrededor por miedo a descubrir a un adolescente conocido suyo del barrio donde, más que nada en el mundo, quería sentirse en casa.

Se creía que, al concedérsele la libertad condicional y abandonar Rahway, Gunther había tratado animosamente de encontrar trabajo, pero sin suerte: porque, ¿quién en su sano juicio contrataría a un pedófilo convicto? Se creía que a Gunther le daba miedo abandonar el único hogar que había conocido, con la tonta de su madre, la señora Ruscha, que debe de haberlo querido mucho porque bastaba ver cómo lo había mantenido durante años, lo había defendido y protegido durante años, y había pagado a terapeutas sexuales, psiquiatras, así como los esfuerzos de Gunther —de poca duración— para asistir a «cursos de estilista» en West Orange, aunque la exigua pensión de la señora Ruscha y los pagos mensuales de la Seguridad Social debían de bastar apenas para pagar la ropa pretenciosa de su hijo. ¿Por qué, se preguntaban los observadores, no se marchaba nuestro pedófilo de Fair Hills y abandonaba la deprimente casa de madera en Piper's Lane? Por cobardía, lo más probable; o podría haber sido por saber que si trataba de trasladarse a otra comunidad, en cualquier lugar de los Estados Unidos, incluso en las remotas soledades árticas de Alaska o en las poblaciones llenas de musgo, sofocantes, plagadas de caimanes, de los Everglades de Florida, habría tenido que ir a inscribirse en el registro de la policía local como delincuente sexual y pedófilo convicto; y la policía en cuestión no habría sabido que Gunther era un psicópata totalmente inofensivo e incluso patético, que no requería más de dos agentes de policía para llevarlo a la comisaría e interrogarlo, sin «refuerzos» de ninguna clase ni patrullas SWAT o lo que suele llamarse «equipos especiales».

Vecinas de Piper's Lane que a lo largo de los años habían llegado a conocer a la desafortunada Gertrude Ruscha hablaban de su convencimiento «inquebrantable» de que su hijo era por completo inocente de los delitos por los que lo habían enviado a Rahway: el pobre Gunther, de veintiséis años por entonces, había sido la verdadera víctima; un grupo de «maliciosas» chicas de sexto grado del instituto Kriss, donde Gunther había enseñado sin problemas durante dos años después de graduarse con sobresaliente en la Escuela de Educación de la Universidad Rutgers (Newark), habían acusado de repente, sin razón alguna, por pura maldad, a su profesor de música, el señor Ruscha, «de decirles cosas malas», de «tocarlas de manera inconveniente», de enseñarles su «colita» y preguntarles «si les gustaría tocarla», «una colita tan insignificante», «arrugada y fea como un ratón aplastado» y aunque todo aquello había parecido un chiste grosero, cruel y tonto o algo así como un fueguecito que se extiende absurdamente sin que nadie lo controle, sucedió que los padres de las chicas denunciaron a Gunther y a la larga demandaron al director del instituto Kriss y al Consejo Escolar de Fair Hills, así como al desafortunado Gunther Ruscha, que no estaba asegurado contra semejante posibilidad. Y de esa manera Gunther se convirtió en un conocido delincuente sexual: en un *pedófilo*.

Gunther, sin embargo, seguía sorprendiéndose, desorientado y aterrado, cada vez que lo despertaban por el procedimiento de aporrear la puerta de su casa, junto con los gritos: «¡Rusch-a! ¡Gun-ther Rusch-a! ¡Policía!». Y, además, las luces cegadoras.

Aunque Gunther Ruscha medía por lo menos un metro ochenta, y era anguloso y nervudo como una anguila, tan pronto como se posaban sobre él las fuertes manos de los agentes, parecía encogerse, y quedarse sin huesos; y si usted fuera un fornido agente de policía de Morris County sería difícil que sintiera otra cosa que desprecio masculino por el medroso, encogido, tembloroso pedófilo de hombros caídos y pelo rojo de color fuego que, al meterlo a empujones en la parte trasera del vehículo policial, gemía: «¡No me hagan daño! ¡No he hecho nada! Créanme, por favor, sea lo que sea *soy inocente*».

Llevarse a la jefatura de policía al solitario pedófilo de Morris County se había convertido en una rutina en la que los nuevos agentes de policía habían tenido que ser iniciados durante los últimos seis años; Gunther Ruscha, sin embargo, seguía sorprendiéndose, presa de una gran agitación, como si, de hecho, fuese culpable. En jefatura se «entrevistaba» a Gunther mientras el denunciante lo observaba a través de un cristal que sólo era transparente en una dirección: «¿Ése? ¡Claro que no es ése! Ya les dije que el hombre que se *exhibió* delante de mi hija era bajo y calvo y parecía el abuelo de alguien». O: «¿Ése? Ése es pelirrojo. Del que les hablé tenía el pelo oscuro y piel morena, era hispano o indio...». O: «¿Billy? Abre los ojos, cariño. El hombre malo no te puede ver a través del cristal, ni te puede volver a hacer daño, te lo juro. ¿Billy? Haz el favor de mirar, cariño. No querrás que el hombre malo salga libre, y vuelva de nuevo a perseguirte, ¿verdad que no?...».

Muy raras veces se «detenía» a Gunther Ruscha: la mayoría de sus improvisadas visitas a jefatura no eran más que oportunidades para hacerle unas preguntas y para intentos de identificación. Cuando, como sucedía a veces, se detenía a Gunther y se le acusaba de haber cometido algún delito, se sustituía la urbanidad de la «entrevista» por las agresivas estrategias del «interrogatorio»; al pedófilo de costumbres morigeradas, habituado a tomar su medicación nocturna (Zomix, Percodan) con un vaso de leche tibia y unas galletas a las diez y media la mayoría de las noches, y a quedarse dormido hacia las once, se le tenía despierto en jefatura durante toda la noche para ser «acribillado a preguntas» —como dicen en la televisión—, a menudo sin saber cuál era el delito por el que se le había detenido; como tampoco quedaba claro quiénes eran sus acusadores. Gunther había aprendido a no solicitar la presencia de un abogado: tal petición sólo enardecía a los agentes, al igual que las protestas de inocencia.

—¡Déjenme pasar! ¡Déjenme pasar! Tengo que verla... ¡a Bliss! *Déjenme pasar.*

Al mismo tiempo que se había enviado a dos agentes de policía a la deprimente casa, estilo Cape Cod, de Piper's Lane, para llevar a jefatura, lo más deprisa que fuera posible, a Gunther Ruscha, delincuente sexual y pedófilo convicto para interrogarlo sobre la muerte de Bliss Rampike, de seis años, de la que acababa de informarse al departamento de policía de Fair Hills, sucedió que, a las 3.07 de la tarde del 29 de enero de 1997, se presentó precisamente el mismo individuo —pálido, desarreglado, sin aliento— en un destartalado Datsun, modelo del 93, con el propósito de entrar por Ravens Crest Drive, calle que estaba cerrada al tráfico para todo el mundo excepto la policía y los vehículos de emergencia, y con un deslucido ramo de flores blancas en el asiento a su lado:

—¡Son para Bliss! ¡He oído la terrible noticia en la radio! ¡Esa criatura angelical está herida! ¡Yo la puedo salvar! ¡Me la puedo llevar! ¡Es mi amor! ¡Soy su amigo íntimo! ¡Estas flores son para ella, agente! Por favor, déjeme pasar.

Pero el angustiado individuo todavía joven de pelo rojo encendido, con la palidez lechosa característica de los pelirrojos y con ojos de un gris verdoso que miraban fijamente, fue rechazado por un policía completamente ignorante de que aquella persona era el pedófilo de Morris County, a quien en aquel preciso momento buscaba para interrogarlo el departamento de policía de Fair Hills; excepto que el conductor del Datsun había parecido «nervioso», «como si estuviera "colocado" gracias a alguna droga», «con un extraño ramo muy grande de flores blancas para la niñita muerta». Porque Gunther Ruscha no fue la única persona interesada en entrar por Ravens Crest Drive aquella tarde y a la que los policías de Fair Hills obligaron a dar la vuelta.

A las 12.29 el reverendo Higley (que tartamudeaba y que resultó casi incoherente) había hecho una llamada al 911 solicitando «ayuda de urgencia» para el número 93 de Ravens Crest Drive; a las dos de la tarde se retransmitió el primero de los boletines de noticias en la radio y en la televisión locales; a lo largo de la tarde lo sucedido se «difundió de boca en boca» por Fair Hills y los alrededores en una tempestad de emociones más allá incluso del *Schadenfreude:* «¿Han matado a Bliss Rampike?», «¿Asesinada?», «¿La pequeña patinadora?», «¿El prodigio del patinaje artístico?», «¿En su propia casa, en su cama?», «¿Por la noche, cuando los Rampike dormían?», «¿Alguien había entrado en la casa?», «¿Alguien había tratado de raptarla y había terminado matándola?»

El primer homicidio en Fair Hills desde hacía setenta años.

En la casa de los Rampike y en sus alrededores había una nube de agentes de policía uniformados y de paisano, criminólogos, personal sanitario de emergencia; y en la entrada para coches de los Rampike y también en la calle se habían acumulado numerosos vehículos de la policía, una furgoneta especialmente equipada, un centro de mando móvil. Un agente de la brigada canina del *sheriff* de Morris County llegó con Blazes, un pastor alemán de dos años dispuesto a olfatear con explosiva energía y grandes esperanzas el exterior de la casa de los Rampike y las fincas vecinas, los alrededores de una zanja de drenaje y las bocas de alcantarilla cercanas, y la franja de terreno, propiedad del municipio, detrás de la parcela de una hectárea de los Rampike, un paraje muy arbolado aproximadamente de quince metros de ancho que corría paralelo a Ravens Crest Drive, y cuya finalidad era impedir que los propietarios vieran la parte de atrás, nada glamurosa, de las fincas de Juniper Pine Lane en la siguiente subdivisión. Blazes era un perro magnífico, de ojos vivos e inteligentes, esbelto hocico oscuro, de pelaje que parecía bruñido, con la energía elástica y el ladrido agudo de un perro joven, muy admirado por sus cuidadores por su brillante habilidad olfatoria e infatigable optimismo, si bien Blazes no había descubierto ningún olor crucial entre los árboles y ya se estaba a punto de reconducirlo en dirección a la casa de los Rampike cuando empezó a ladrar ferozmente: porque había aparecido, a trompicones a través de la maleza, un individuo que sería descrito por los agentes que lo detuvieron como un varón de raza blanca, de poco más de treinta años, un metro ochenta de estatura, sesenta y ocho kilos de peso, pelirrojo, «nervioso» y «agresivo», que transportaba torpemente un gran ramo de flores en un jarrón del que se iba derramando agua que le caía sobre las perneras del pantalón; al ordenarle el agente de policía que se detuviera, y mientras Blazes le ladraba con gran vigor, el pelirrojo todavía joven intentó seguir adelante con la mayor frescura, como si, gracias a la pura insolencia, pudiera ser capaz de continuar su avance haciendo caso omiso de Blazes y del agente, al tiempo que afirmaba con voz muy aguda:

—¡Soy... soy amigo de la familia Rampike! ¡Me están esperando en este momento tan difícil! ¡Soy el amigo secreto de Bliss! ¡Bliss me está esperando! ¡Exijo verla! ¡He estado muchas veces en esa casa como amigo de confianza! ¡Exijo ver a Bliss! Estas flores son lirios... para ella. No para *usted*...

Cuando el agente de policía, al que se unió otro agente, forcejeó con él y el jarrón y los lirios salieron volando, Blazes saltó contra el pelirrojo que deliraba, ladrando ferozmente, tirándolo al suelo, sobre la maleza cubierta de nieve helada; aunque dominado por dos agentes de policía y un pastor alemán que pesaba más de cuarenta y cinco kilos, y aunque uno de los agentes le apretaba la espalda con una rodilla y le aplastaba la cara contra la tierra, el pelirrojo, con desesperación de maníaco, siguió forcejeando, incluso cuando le sujetaron los brazos detrás de la espalda y los afilados colmillos amarillentos de Blazes le rasgaron la oreja izquierda.

—¡Bliss! ¡Bliss! ¡Te quiero, Bliss! ¡He venido a salvarte!

Esposado y aturdido y sangrando por varias heridas en la cara y en la cabeza, Gunther Ruscha habría de ser el primer sospechoso* al que se detuvo en la investigación sobre el homicidio de Bliss Ram-

---

* ¡Nuestro desventurado pedófilo! También se le detuvo acusado de entrada delictiva en propiedad ajena, alteración del orden público, negativa a obedecer la orden de un agente de policía, dos cargos por agresión a un agente de policía y un cargo por agresión a un perro policía. Se le fijó una fianza de 450.000 dólares.

pike; detención efectuada con gran prontitud, por lo que la policía de Fair Hills sería universalmente alabada, puesto que se llevó a cabo en un tiempo estimado en menos de doce horas después de la muerte de la niñita.

Nuestro pedófilo - II

—Es él. Tiene que ser él.

La policía de Fair Hills no tardó en descubrir que Gunther Ruscha había sido detenido varias veces en los últimos tres años por policías de servicio debido a su «comportamiento sospechoso» en Ravens Crest Drive, según quejas de los residentes del 89, del 65 y del 47 de la citada calle, que lo habían denunciado por recorrer «repetidamente» en bicicleta la sinuosa carretera hasta su final sin salida, para regresar luego al cruce con Great Road; al interrogarle los agentes de servicio llamados al lugar de los hechos, Gunther logró convencerlos de que sólo estaba «paseando en bicicleta» por el barrio porque la carretera no tenía salida por el otro extremo y el tráfico era muy escaso; y porque se trataba de un «barrio muy hermoso y tranquilo» que daba la «sensación de ser un sitio sagrado». Se mostró «cooperativo», estaba «desarmado» y era «residente de Fair Hills». Lleno de pesar por haber molestado a alguien, Gunther sugirió con gran seriedad a los agentes que se le permitiera disculparse en persona con los denunciantes así como a la familia (apellido desconocido: tal fue el disimulo del astuto pedófilo) que vivía en la casa de estilo colonial situada en el 93 de Ravens Crest Drive:

—Alguien en esa casa quizá me haya visto también, y se haya preguntado quién era. Y si yo..., si he ofendido... a alguien en esa familia..., un niño de corta edad, por ejemplo... ¡Las niñas pequeñas recelan especialmente de los desconocidos! Querría decirle cuánto..., cuantísimo... lo siento.

Como cabe imaginar, no se invitó a Gunther Ruscha a que «se disculpara» en persona y se le conminó a que no volviera a aparecer por Ravens Crest Drive porque, de lo contrario, se procedería a detenerlo.

—Es él. Ese hombre...

Muy pronto Lila Laong, la criada de los Rampike, a quien se llevó a la comisaría de Fair Hills para que observara, a través del cristal que sólo era transparente en una dirección, a Gunther Ruscha, de aspecto enfermizo, mirada huidiza y en continua agitación, afirmó que se trataba del mismo hombre que había ido en bicicleta a la casa de los Rampike varias semanas antes, a principios de enero, muy poco antes de que Bliss tuviera que patinar en la competición de Pensilvania, para hacerle entrega de un ramo de flores —un «ramo grande, muy hermoso, de flores de primavera»— y de una tarjeta escrita con letra de imprenta y firmada *G. R.* Lila había pensado entonces que era «raro» que hiciera una entrega de flores en bicicleta, ¡y con un tiempo tan frío!, un «hombre todavía joven, muy pálido», «pelirrojo, sin sombrero», «que se esforzaba tanto por sonreír que parecía que le hubieran estirado la boca», y «que tampoco iba vestido como un repartidor».

Lila, estremecida, escondió entre las manos el rostro, marcado por el dolor.

(La tarjeta, escrita con letra de imprenta, de Gunther Ruscha, firmada G. R., una de los cientos de tarjetas guardados por Betsey Rampike en media docena de álbumes en la «habitación de los trofeos» de Bliss, que quizá el lector recuerde de un capítulo anterior titulado *Las bodas de la curruca y el petirrojo,* fue pronto descubierta por los detectives de Fair Hills y «vinculada de forma concluyente» con el pedófilo de Morris County. ¡La soga se apretaba ya en torno al delicado cuello de G. R.!)

—¡Ese hombre! ¡Esos ojos! Tanta maldad en esos ojos...

En la comisaría de Fair Hills le mostraban a Betsey fotos de G. R. procedentes del archivo policial. Como dominada por un desfallecimiento repentino, mamá se encogió en el asiento, sujetándose la cabeza, y Morris Kruk, que nunca dejaba solo a un cliente cuando agentes de la policía estaban cerca, se inclinó sobre ella y la animó a que respirase despacio, hondo y con calma, y que tratara de recordar si había visto antes a aquel hombre.

«Aquel hombre»: para entonces preso ya en el Centro de Detención de Morris County, y al que se mantenía aislado de otros detenidos que no eran delincuentes sexuales ni pedófilos.

Era al día siguiente de que hubiera sucedido *aquello: aquello* era una manera de hablar de los Rampike, que quería decir ████.

De la misma manera que, para algunos, *D--s* es una palabra que no se debe pronunciar, ████ tampoco se tenía que pronunciar en el seno de la familia Rampike.

Mamá, papá y Skyler estaban en jefatura. Creo, sí, que Skyler estaba allí.

A Skyler lo habían llevado mamá, papá y el señor Kruk a la comisaría de policía porque miraras donde mirases, Bliss no estaba allí.

Skyler empezaba por entonces a entender. Estaban los restos de Bliss que habían salido de la casa (¿para llevarlos dónde? Skyler no quería saberlo), pero la misma Bliss se había ido y no estaba en ningún sitio.

¡Qué extraño! Skyler miraba alrededor, con los ojos entornados, conteniendo el aliento, y *Bliss no estaba allí.*

Y le vino una idea perversa, la de que la última vez que mamá, papá y Skyler habían estado juntos y solos como ahora, sin Bliss, había sido hacía mucho tiempo: antes de que Edna Louise naciera.

Con voz muy débil, mamá estaba diciendo:

—... ¡ese hombre! Lo conozco. Recuerdo haberlo visto en los concursos de patinaje de Bliss. Llegas a reconocer sus caras. ¡La suya! Lo conozco. Era muy agresivo cuando grababa a Bliss en vídeo. Cuando nos grababa a nosotras. La primera vez que lo vi fue hace años. En una pista de patinaje, aquí en Fair Hills, donde había llevado a Skyler (no a Bliss, a Skyler), ¡también él sabe patinar!, y allí apareció un desconocido, que se acercó mucho a nosotros, ¡qué ojos!, ¡qué pelo!, y en torno al cuello un pañuelo de un color muy brillante, naranja o rojo, y preguntó si Skyler era «mi preciosa hijita, o mi precioso hijito» y yo le respondí: «Skyler es mi hijo». Y años después, cuando Bliss ganó su primer título, Peques sobre Hielo, Miss Debutante 1994, nuestra hija sólo tenía cuatro años, y allí apareció el mismo individuo que se acercó a nosotras con una cámara de vídeo y nos la puso delante de la cara, lo recordé al instante, ese pelo rojo no parece el pelo normal de una persona, y los labios carnosos y húmedos, y en torno al cuello se había puesto un pañuelo de seda de color carmesí brillante que tampoco era nada que hubiera usado un hombre normal, y me dijo: «La primera vez que nos vimos tenía usted un guapo niñito patinador, y ahora tiene una hermosa niñita». ¡Dios mío! Estaba poniendo en peligro a mis hijos, estaba en presencia de un pedófilo, y *no tenía ni la menor idea.*

Mamá empezó a llorar amargamente. Y entonces papá se puso en movimiento para consolarla; rígidamente, como un hombre que sale de un sopor. Porque durante todo aquel tiempo papá había estado sentado en silencio y con la mirada perdida —contemplando una esquina de aquella «habitación para interrogatorios» con luz fluorescente y sin ventanas, tan fría como una sala de autopsias—, como si no estuviera escuchando nada de lo que se decía. Antes de entrar en la comisaría (¡qué edificio tan corriente! Un solo piso, semejante a una clínica dental, en Charity Street, que compartía espacio con el despacho del secretario municipal y una sala de tribunal pequeña y sin ventanas y sin más interés ni más intrigante que un aula de Fair Hills Day), papá se había detenido en los escalones de la entrada mirando al cielo mientras fumaba un cigarrillo, consumiéndolo con rápidas chupadas sin el menor disfrute, Skyler no recordaba a papá fumando nunca antes de aquel día y por eso le pareció extraño y mal. Y también le pareció extraño a Skyler, y mal, que papá pareciera no verlo y *mirase a través de él,* ¡como si Skyler fuese un fantasma!; no Sky-boy, no muchacho, ni hijo, sino ¡un fantasma! Y ahora papá se despertó para consolar a mamá, pero con una mirada de tensión y de desagrado, como se podría consolar a una criatura herida o enferma a quien no soportas mirar, la mano de papá en el hombro de mamá, y mamá se estremeció pero no se volvió hacia papá mientras el señor Kruk hablaba a mamá al oído. ¡Pobre mamá!, tan acongojada por *aquello.* Que no se repondría nunca después de *aquello.* Habían tenido que llevarla en una ambulancia al servicio de Urgencias del centro médico de Fair Hills cuando se desmayó y cayó al suelo en el cuarto de estar golpeándose la cabeza con violencia sin saber dónde estaba al despertarse, conectada a un monitor cardíaco y obligada a respirar oxígeno puro y con una aguja intravenosa en la parte interior del codo derecho, donde un feo moratón del color de plátanos podridos había empezado a florecer y ¿dónde estaba Bix?, ¿dónde estaba Bix?, ¿dónde estaba su familia?, ¿qué se había hecho de su familia?, pero ahora ya era al día siguiente y mamá había sido dada de alta en el centro médico y allí estaba papá a su lado, y Morris Kruk también a su lado y mamá se mostraba deseosa de cooperar con los detectives de Fair Hills que habían sido tan amables con ella y con Bix, y en sus rostros sombríos se veía lo impresionados que estaban por la cosa terrible que le había sucedido a Bliss, una «invasión del hogar» allí, en Fair Hills, un secuestro, o un intento de secuestro, una niña de seis años asesinada en su misma casa mientras, sin saberlo, miembros de la familia dormían en sus camas: ¡la materia prima de una pesadilla!, ¡de frenéticos titulares de la prensa sensacionalista! Se había nombrado a los detectives Sledge y Slugg,[*] veteranos con muchos años de servicio (como los periodistas señalarían con diversos grados de respeto o ironía) en el pequeño y cuidado departamento de policía de una zona residencial como Fair Hills, donde las detenciones habituales eran por infracciones de tráfico, por conducir bajo la influencia del alcohol, por beber siendo menor de edad y por venta de drogas (hierba, «anfetas») en el instituto de Fair Hills; y donde nadie recordaba una investigación por homicidio, y mucho menos aún haber participado en alguna. De manera que los detectives Sledge y Slugg se movían por el hogar de los Rampike con la torpe cautela del ganado al que se empuja para que se apresure camino del matadero, titubeando a la hora de tomar notas en sus cuadernitos con espiral, tal como se les había adiestrado a hacerlo; los dos se esforzaban mucho por dirigirse a los desconsolados Rampike con respeto porque claramente tenían enfrente a ciudadanos prominentes de Fair Hills, sin duda alguna gente adinerada; Bruce Rampike era, al parecer, un «ejecutivo de alta categoría» en la megaempresa Univers, Inc., y Betsey Rampike era miembro del Club de Mujeres del Village; los dos pertenecían al selectísimo Sylvan Glen Golf Club; vivían en una hermosa casa de estilo colonial en un barrio residencial muy caro; pertenecían a la Trinity Church y eran amigos íntimos del reverendo Higley y de su mujer; todavía más destacable, los Rampike

---

* Claramente apellidos ficticios, relacionados de la manera más oblicuamente onomatopéyica con los verdaderos apellidos de los agentes de Nueva Jersey ya jubilados.

eran amigos de Howard O'Stryker, fiscal del distrito de Morris County, para cuya oficina trabajaba el departamento de policía de Fair Hills, mantenían relaciones amistosas con el presidente del Tribunal Supremo H. Frass, y su abogado era Morris Kruk, «brillante» y «controvertido» abogado criminal. Por lo que respecta a la víctima misma del asesinato, no se trataba de un «caso» de negligencia o maltrato de padres empobrecidos o adictos a las drogas en asociación con la conocida incompetencia de la Oficina de Bienestar Infantil de Nueva Jersey: nada de una niña «de color» de seis años, objeto de malos tratos, y a la que se había estrangulado, o a la que se hallaba destrozada en el hueco de un ascensor en una casa de vecindad de Newark, o en un contenedor detrás de un supermercado de alimentos en Trenton. Se trataba de una niña de Fair Hills. Una niña de raza blanca. ¡Una *niña famosa* de seis años de edad! Porque ya, para consternación de los detectives Sledge y Slugg, el Village de Fair Hills, de ordinario un lugar idílico, empezaba a llenarse de intrusos: furgonetas de equipos de televisión, periodistas y fotógrafos, desenvueltos emisarios del mundo de los «medios de comunicación» con el terrible poder de poner en evidencia, de humillar, de vilipendiar a los veteranos simplemente competentes, bienintencionados pero sin experiencia, que habían recorrido su camino a través de las filas de un departamento de policía de una ciudad muy pequeña y que ya pensaban en la jubilación y en las generosas pensiones por servicios públicos, de manera que la incalificable desgracia acontecida en casa de los Rampike era algo así como un fuego, un fuego que sólo acababa de empezar, un fuego a punto de explotar y de convertirse en una conflagración, por muy desesperado que fuera el deseo de *apagarlo* por parte de los veteranos guardianes de la ley.

—¿Skyler? ¿Reconoces a este hombre, hijo? Tómate todo el tiempo que quieras antes de contestar.

Slugg hablaba en voz baja. O era Sledge. Hombres de edad indefinida, muchos años mayores que el padre de Skyler, rostros contraídos por el desasosiego, por la fatiga. A Skyler se le hizo saber que debía contestar *sí*. Qué poderoso el deseo de que Skyler dijera *sí*. Mientras miraba las fotos del archivo policial —¡como en la televisión!— pertenecientes a un hombre todavía joven, con aspecto asustado, enormes ojeras y boca blanda, magullada. Pelo tirando a largo, alborotado. ¿Quién era aquel individuo? ¿El «delincuente sexual en libertad condicional» que había roto una ventana del sótano en la casa de los Rampike, había entrado arrastrándose con intención de secuestrar a Bliss, pero que había acabado matándola? Un Skyler muy sedado (Serenex, Zomix) tenía problemas para pensar aunque se esforzaba por ignorar el rugido que le llenaba los oídos. Cuántas horas o cuántos días habían transcurrido ya desde que *aquello* sucediera, Skyler no hubiera podido decirlo. Su corazón le latía con fuerza y con violencia en el pecho como un punzón para partir hielo, porque todos los adultos presentes en el cuarto lo miraban fijamente y esperaban a que hablase.

—... ¿lo viste en la pista de hielo? ¿No es eso?

—... ¿en Ravens Crest Drive? ¿Por los alrededores de tu casa?

Skyler trataba de pensar. Había visto a aquel hombre en algún sitio: estaba seguro. ¿En una de las pistas de hielo? Los ojos que miraban fijamente, la boca blanda y magullada que daba la sensación de ser como la boca del mismo Skyler, porque se había estado mordisqueando los labios. Los ojos de aquel hombre eran saltones, como los de Skyler, y estaba aquella expresión afligida, culpable. *Por favor, apiádate de mí, soy tu amigo.*

De repente Skyler recordó: un espejo horizontal, un espejo que abarcaba toda la pared de un aseo para hombres, encima de una hilera de lavabos. En el espejo, el hombre con el pelo rojo herrumbroso lo estaba mirando, y una sonrisa distendía sus labios carnosos.

Rápidamente Skyler agitó la cabeza, no.

—¿Quieres decir... no? ¿No reconoces a este hombre?

Testarudo, Skyler agitó de nuevo la cabeza. *No.*

Mamá lo estaba mirando, decepcionada. El rostro de mamá, hinchado y descolorido por las lágrimas. Y papá, con la cara también hinchada y aire cansado, frotándose la boca con uno de sus enormes puños.

¡No! Skyler no se acordaba de aquel hombre. Como tampoco se acordaba de *aquello.*[*]

---

[*] ¡Qué desconcertante es esto! Aunque Skyler «recuerda» haber visto a Gunther Ruscha en un aseo para hombres una noche, ese recuerdo me resulta totalmente inaccesible a la edad de diecinueve años. Sí, me acuerdo de «recordarlo», aunque el recuerdo original se ha desvanecido. Y no tengo ni la menor idea de por qué no les conté a aquellos adultos que lo había visto, porque ¿qué razones habría tenido yo, en un momento así, para mentir?

El Infierno de la Prensa Sensacionalista

PEDÓFILO EXPRESIDIARIO CONFIESA:
«YO MATÉ A BLISS»
Psicópata de 34 años, de Fair Hills, Nueva Jersey,
en libertad condicional, después de 18 meses
de una condena de 3 años y medio

New Jersey Sentinel
10 de febrero de 1997

«MATÉ A BLISS PARA SALVARLA»
AFIRMA RUSCHA, EL EXPRESIDIARIO VIOLADOR DE NIÑAS
Patinadora prodigio de 6 años asesinada
mientras familia duerme en el piso de arriba

Star Eye Weekly
10 de febrero de 1997

EL ASESINO DE BLISS RAMPIKE, DE 6 AÑOS, CONFIESA
Ruscha, expresidiario pedófilo,
acusado en Fair Hills, Nueva Jersey
«Maté a Bliss porque la quería»

The Trentonian
11 de febrero de 1997

The Star-Ledger*
12 de febrero de 1997

---

* Lector, repita estos titulares, acompañados de fotos de la pequeña Bliss Rampike, que ocupaban toda la primera página, y de su supuesto asesino Gunther Ruscha, ad náuseam. Y fotos de Betsey Rampike y de Bix Rampike. Y la fotografía de la familia Rampike hecha para nuestra felicitación de Navidad de 1996. Si es usted capaz de soportar tantas estupideces, fantástico. ¡Yo no! Aunque es cierto que crecí en la hirviente penumbra del Infierno de la Prensa Sensacionalista, y que llevé el apellido «Rampike» como uno puede llevar la ignominia de una figura obscena grabada a fuego en la frente, fui capaz de prescindir de todo ello. En su mayor parte.

Nuestro pedófilo - III

Con su voz temblorosa y muy aguda, Gunther afirmó valerosamente:

—Soy el culpable. El asesino de Bliss Rampike. Sólo yo.

Cómo surgieron de él esas palabras. En la comisaría de policía de Fair Hills. En el cuarto para entrevistas sin ventanas y con luz fluorescente. Y sin necesidad de un abogado. Había insistido: no quería abogado.

—Se me tiene que castigar por lo que ha sucedido. Soy el culpable.

Con tan increíble facilidad confesó Gunther Ruscha ante la policía de Fair Hills, si bien lo hizo de manera tan incoherente, en más de treinta horas de entrevistas laberínticas grabadas durante un período de varios días, que resultaría muy difícil para los investigadores ordenar, extraer y verificar tal declaración. Inicialmente, Ruscha contó a los detectives que se había presentado en casa de los Rampike para «llevársela», confundiendo su intento de ofrecerle flores, que era cuando había sido detenido, con llegar a la casa de los Rampike a través del bosque y entrar por la ventana del sótano la noche del asesinato; quedó claro que Ruscha, de algún modo, había confundido los dos incidentes, aunque cuando los detectives se lo preguntaron no pareció escucharlos, repitiendo con voz temblorosa: «Soy el culpable. El asesino de Bliss Rampike. Sólo yo».

¡Cómo le brillaban los ojos! De color gris verdoso y turbios, con párpados temblorosos y enrojecidos y pestañas que parecía haberse arrancado en parte y que también eran de color rojo pálido. El pedófilo, encarcelado en el Centro de Detención para Hombres de Morris County, aislado ex profeso para evitar que lo atacaran otros presos (normales, no psicópatas ni pedófilos), no se había afeitado aquella mañana ni había tenido tiempo, al parecer, de lavarse, porque su cuerpo esbelto, escurridizo, olía claramente a sudor, angustia y culpabilidad.

Lo que pudo corroborarse de la declaración de Ruscha fue su reconocimiento de que había recorrido en bicicleta numerosas veces Ravens Crest Drive y se había presentado en dos ocasiones ante la puerta de los Rampike; de que había asistido a los concursos de patinaje de Bliss Rampike a los que llegaba muy pronto y se quedaba hasta tarde y grababa en vídeo todos los «preciosos momentos de Bliss» que le era posible; de haberle escrito postales y cartas y de haberle enviado «regalos especiales» durante un período de dos años aproximadamente.

Había habido un «entendimiento secreto» entre Bliss Rampike y Gunther Ruscha, aseguraba Ruscha. Desde el principio habían sido capaces de «enviar volando entre ambos sus pensamientos»: compartían sueños («Que eran más reales, ¡mucho más reales!, de lo que es esto, o ustedes»); cuando Bliss lo llamó desesperadamente con sus pensamientos, acudió a ella, recorriendo en bicicleta Ravens Crest Drive, pasando por delante de la hermosa casa de los Rampike que estaba situada lejos de la calle, al final de una entrada para coches asfaltada y en cuesta; Ruscha había pedaleado sin cansarse hasta el final de Ravens Crest Drive y había dado media vuelta, para regresar luego pasando por delante de la entrada para coches de los Rampike, «en muchas más ocasiones de las que habían provocado las quejas de otros vecinos», y por las noches, cuando muy pocas veces era detectado, Ruscha captaba —dentro de la casa a través de una ventana del segundo piso que daba a la calle— «señales secretas» de su querida Bliss: «La tenían allí encerrada. No creo que fueran sus verdaderos padres. Creo que la adoptaron. La *compraron*. Esas cosas suceden. Era un ángel en la tierra, los Rampike la *compraron*. ¡Le hacían cosas terribles, Bliss me lo contó! Bliss prendía una vela en la ventana para hacerme señales. O encendía una linterna y hacía guiños con ella: como el código Morse. "Ayúdame, Gunther... Estoy tan sola en este sitio, Gunther... Tengo mucho miedo... No me dejes con estas personas horribles, ¿me ayudarás, Gunther?"».* La voz de Ruscha se quebraba cuando relataba aquellas súplicas. Y en los concursos de patinaje de Bliss, en medio de una de sus actuaciones sobre el hielo, la niña «clavó sus ojos» en los de Gunther, sentado siempre aproximadamente en

---

* ¡Qué extraño es esto! No me gusta en absoluto. Que los desvaríos delirantes de Gunther Ruscha sean un eco de lo que Bliss me decía. Porque, como sé muy bien, yo era el único destinatario de sus palabras.

el mismo sitio en el estadio: en las cintas de vídeo del pedófilo se podía ver cómo la pequeña patinadora prodigiosa, incluso mientras se deslizaba sobre el hielo, mientras ejecutaba a la perfección sus evoluciones sobre la pista, encontraba tiempo para dirigirle sonrisitas de connivencia.

Al preguntarle los detectives por qué, si quería tanto a Bliss Rampike, la había matado, Ruscha contestaba con vaguedades y se ponía nervioso, insistiendo al principio en que no había tenido intención de «hacerle daño» sino sólo de «llevársela», porque eran «almas gemelas» pese a la diferencia de edad. Ruscha se mostraba impreciso sobre adónde iba «a llevar» a la niña de seis años, como también divagaba, se ponía nervioso y no resultaba muy coherente al explicar a los detectives cómo había cruzado entre los árboles hasta llegar a casa de los Rampike la noche del crimen, porque Bliss lo había llamado para que acudiera a su lado, cómo había roto la ventana del sótano, se había arrastrado para entrar en la casa y luego había subido las escaleras en la casa a oscuras: «Bliss tiraba de mí hacia ella, con sus pensamientos. Era como uno de nuestros sueños». Y dentro del cuarto de la niñita, Bliss lo estaba esperando en su cama. Ruscha habló con gran agitación afirmando que lo que había sucedido era un accidente: «En la escalera Bliss se cayó. No la pude salvar. De manera que la escondí en el sótano. No sé por qué. En las noticias hablaron de "ataque brutal". No tuvo nada de "brutal", ¡fue un accidente! Bliss se me cayó de los brazos y se golpeó en la cabeza. Estaba herida. Sangraba. Lo vi». Al preguntarle por qué no había pedido ayuda, dado que la niñita estaba herida, Ruscha bajó la cabeza, se golpeó la frente contra la mesa ante la que estaba sentado y murmuró: «Porque soy un cobarde. Merezco morir».

A la mañana siguiente, sin embargo, la historia de Ruscha había encontrado un tono distinto, y se hizo más oscura y más lasciva, aunque también más romántica; porque, de algún modo, su noche en una celda del mugriento interior del centro de detención hizo que Ruscha recordara de otro modo lo que le había hecho a su querida Bliss Rampike: «Señores detectives, fue un pacto para el suicidio. Habíamos decidido que moriríamos los dos. Para escapar del mundo que nos juzgaría con dureza. El plan era que yo *extinguiría* la vida de Bliss... sin dolor. Y que luego me mataría. Y así lo hice. Pero luego, era tan terrible ver a mi adorada sin vida, que me faltó el valor para matarme. Comprendí que era un cobarde y hui. Hui en la noche. Y pensé *¿Quizá sea esto un sueño?* Porque se parecía mucho a los sueños que teníamos los dos. Pero cuando el estado de Nueva Jersey me ejecute, repararé el daño que he hecho. Se me perdonará. Bliss verá que no la he abandonado. Bliss verá que la maté para salvarla. La maté porque la quería. ¡Nadie ha querido a Bliss Rampike como yo! La quiero ahora, nunca dejaré de quererla. Cuando muera, me reuniré con ella. Se me tiene que castigar. Eso es lo que se debe hacer y lo que es justo. Mamá tiene que entenderlo y dejarme *ir*».

Ruscha se derrumbó, sollozando; pero su expresión, conservada en la cinta de vídeo de mala calidad hecha por el departamento de policía de Fair Hills para la posteridad, era radiante. Allí estaba el resplandor mismo de la locura: o de alguien transfigurado, como San Sebastián, el mártir, por el sufrimiento.[*]

—Repugnante.

Se expidió una orden judicial para permitir a la policía de Fair Hills registrar la casa de los Ruscha en Piper's Lane y allí, en las habitaciones personales de Gunther en el segundo piso, donde la señora Ruscha reconoció que llevaba años sin entrar, se encontró el tesoro secreto del pedófilo.

En las paredes, casi cubriendo por completo el espacio a la altura de los ojos, había fotografías de Bliss Rampike con sus deslumbrantes trajes de competición, sonriendo tímidamente a la cámara o patinando sobre el hielo; muy cerca de la estrecha cama del pedófilo (cuya colcha, estoy obligado a revelar, aunque ni a un solo lector entre ustedes le importaría un pimiento si no lo hiciera, o incluso pres-

---

[*] Está claro que Gunther Ruscha era un hombre atenazado por la culpa y la vergüenza, pero el hecho de que en su laberíntica confesión de más de treinta horas no hable nunca ni de la «nota de rescate» ni del pañuelo de seda carmesí utilizado para atar las muñecas de Bliss por encima de su cabeza parecería indicar que Ruscha está sencillamente fabulando y que no es el asesino. Sin embargo, nada menos que un experto de la talla de E. L. Lance del FBI, al comentar el «tan enmarañado y tan mal llevado» caso Rampike años después, llegó a la conclusión de que Ruscha seguía el modelo de los asesinos psicópatas «más tortuosos e ingeniosos»: alguien que «confiesa» de una manera tal que sugiere delirio, y por consiguiente inocencia, al tiempo que astutamente evita hablar de hechos cruciales que confirmarían su culpabilidad. Siguiendo esa pauta, el asesino psicópata no dejará huellas en la escena del crimen, que fue lo que sucedió con Ruscha. «En mi opinión, Ruscha fue el secuestrador y asesino de Bliss Rampike. No los padres.»

cindiera de un detalle tan trivial si no estuviera metido con calzador aquí, desvergonzadamente parentético, cuando el deseo evidente del lector es seguir adelante, ver qué demonios hay en la pared de Ruscha: esta colcha, desteñida y manchada con Dios sabe qué secreciones pastosas y endurecidas del pedófilo psicópata, era de color azul pálido, estampada con juveniles símbolos náuticos: siluetas compulsivamente repetidas de fragatas, buques de guerra, ballenas saltando, anclas), dibujos a pastel empalagosos y sentimentales de Bliss Rampike como niñita patinadora y angelical; cuidadosamente colocadas en estricto orden cronológico en una librería de metro y medio de madera de pino sin tratar procedente de Ikea, había cintas de vídeo de concursos de patinaje artístico de jovencitas que empezaban en 1986 (cuando el pedófilo tenía sólo veintitrés años), mucho antes del debut de Bliss Rampike. (¡Y qué afortunadas eran aquellas anónimas patinadoras de pocos años!) Pero con la espectacular aparición de Miss Debutante 1994 de Peques sobre Hielo en el día de San Valentín y en la pista de Meadowlands, el pedófilo descubrió su destino, Bliss Rampike, con lo que el espacio dedicado a otras patinadoras, aunque ocuparan cierto sitio en las cintas de Ruscha, tenía aire de algo accidental y caprichoso.

—¡Repugnante!

La espantosa revelación era que Gunther Ruscha llevaba desde febrero de 1994 acechando a Bliss. ¿Cómo era posible que el alto y desgarbado pedófilo pelirrojo hubiera conseguido grabar horas de los entrenamientos de Bliss en la pista de Halcyon? (Tuvo que hacerlo disfrazado, y con diferentes disfraces.) Había mucho metraje de Betsey Rampike llevando en coche a su hija por Ravens Crest Drive, tanto hacia la ciudad como de vuelta de la ciudad; había numerosas escenas borrosas en el centro comercial, y escenas en el aparcamiento; Betsey y Bliss, y en algunos casos Skyler, entrando o saliendo del coche o de la furgoneta de Betsey; había metraje de la llamativa familia Rampike: Bix, grande, apuesto y sonriente; Betsey, glamurosa y sonriente; encantadores niñitos endomingados y con zapatos relucientes que entraban en la pintoresca Trinity Church entre otros muchos feligreses de raza blanca muy bien vestidos. (En días futuros resultaría sorprendente para Skyler verse de muy joven con su familia, y sin darse cuenta de que estaba siendo grabado en vídeo, inmortalizado para una morbosa posteridad inimaginable: un niñito de aspecto normal y siete u ocho años caminando junto a su padre sin cojera discernible, lo que es muy extraño, porque yo sé que cojeaba, y sé que mi cara de niño estaba desfigurada porque ponía mala cara.) Había incluso un plano surrealista de mamá, Skyler y Bliss con ropa dominical, o quizá fuese el cumpleaños de mamá, Bliss y Skyler de la mano y mamá detrás inclinada por encima de nosotros y sonriendo feliz, los tres colocados sobre un montículo de (supongo) Battle Park de Fair Hills (adonde no me he molestado en llevar al lector dado que, según pensaba yo, nada importante en este documento había sucedido nunca allí); retratados, quiero decir, por papá situado a pocos metros de distancia y sosteniendo su nueva cámara de vídeo, sonriendo encantado por el amor paternal que le inspiraba su pequeña familia; y en algún lugar cercano, escondido a la vista, el pedófilo Ruscha estaba al acecho, atreviéndose a grabar a los Rampike sin que lo supieran. (¿Si papá lo hubiera sabido? ¿Si hubiera visto a Ruscha? En ese caso es posible que *Hermana mía, mi amor: la historia secreta de Skyler Rampike* nunca se hubiera escrito y ni usted, lector, ni yo, enredados juntos en sus páginas como la desventurada familia de Laocoonte en el abrazo de la gigantesca serpiente, habríamos llegado a conocernos.)

Qué difícil es entender, incluso para Skyler —tenso, pesimista, paranoide—, que durante años los Rampike habían sido observados por un desconocido; que momentos de su vida les estaban siendo escamoteados y conservados en cinta o en película; y que, en algunas de esas escenas, de manera por completo inesperada, Skyler aparece joven, inocente, *nada más que un niño*.

Y sin embargo, el lector sabe, como lo sé yo, que eso no puede ser verdad.

En lustrosos álbumes de color rosa, no muy distintos de los que le gustaban a Betsey Rampike, Ruscha había insertado amorosamente recortes plastificados de entrevistas con Bliss en publicaciones como *People, New Jersey Lives, Galleria, The Star-Ledger Magazine;* artículos de periódico sobre los triunfos de Bliss: Miss Debutante 1994 de Peques sobre Hielo, Miss Princesita del Hielo de Paramus 1995,* Campeonato de Patinaje Artístico Femenino All-Star (categoría jú-

---

* Qué extraño, yo no me había acordado de aquel éxito; no hay mención alguna en mi manuscrito; Gunther Ruscha, sin embargo, lo recordaba y lo recogió aquí para que no se olvidara.

nior) 1995, Pequeña Miss Estados del Atlántico (regional) 1995, Miss Princesita Patín de Oro 1996, Miss Princesita del Hielo de Nueva Jersey 1996, Pequeña Miss «Mejor Patinadora Americana» de la Gala del Hielo 1996. Y otros más.

Siempre, en la vida de una figura pública, tiene que haber más.

(De la derrota y humillación de Bliss en la competición Besos de Hershey no quedaba el menor rastro. ¡Hasta ese punto se sentía protector Gunther Ruscha, aunque asegurase haber matado a mi hermana!)

Pero aún se descubrió material más perturbador en una habitacioncita con olor a viejo, anexa al cuarto de Ruscha, donde el pedófilo tenía una especie de taller, o estudio; allí los detectives encontraron dibujos a pastel y retratos de Bliss Rampike con pintura acrílica, extrañamente brillantes, en desacuerdo con el contenido «poético»:

—Una jovencísima (¿cuatro años?) Bliss Rampike de puntillas sobre los patines, con falda de tul amarillo narciso y blusa con lentejuelas, cintas de color lavanda revoloteando entre sus cabellos oro pálido.

—Una Bliss ligeramente mayor, menos tímida y más «seductora», con el traje sexi para *Bolero* con lentejuelas rojas y el corpiño con relleno (muy poco) y falda con abertura, braguitas negras caladas debajo (que el artista aficionado había tratado de representar, los detectives descubrieron con repugnancia, mediante un trocito de encaje negro de verdad).

—Una Bliss etérea, «angelical», con un traje de bailarina de encaje antiguo que se ajustaba a su cuerpecito como un guante, vaporosa falda de tul blanco, un vislumbre de braguitas blancas de seda, medias de encaje blanco, cabellos de un rubio ceniciento trenzados como una corona sobre la que descansaba una tiara de oro blanco.

—Ojos cerrados, manos unidas sobre el pecho, Bliss tumbada de espaldas dentro de lo que parecía ser un ataúd de color blanco marfil, con su traje para la competición Besos de Hershey de terciopelo chocolate oscuro con ribetes de oropel; al parecer en paz, una sonrisa dulce en sus labios de color capullo de rosa; los párpados, sin embargo, eran transparentes, como si viera a través de ellos; si te acercabas, veías el atisbo de una mirada azul cobalto fija en ti.

En todos los retratos de Bliss obra de Ruscha, la niñita rubia estaba representada de manera rudimentaria pero con ternura; su rostro, empalagosamente sentimentalizado, con facciones exageradas, era sin embargo reconocible como el rostro de Bliss Rampike.

—¡Dios bendito! ¿Qué nos queda por ver?

Igualmente repulsivos para los detectives resultaron los pinitos literarios de Gunther Ruscha, conservados en un libro de contabilidad encuadernado en piel con el rótulo BLISS AMADA MÍA:

BLISS AMADA MÍA

Tú, mi destino; y yo, el tuyo,
nunca entenderé
de Dios los crueles designios,
tú, una niña, y yo, un hombre,
por una suerte cruel,
a unirnos no nos atrevemos.

BLISS MI DESTINO

Llámame mi amor, y estaré a tu lado,
en la tumba tú serás mi esposa,
tus huellas diminutas sobre la nieve
me revelan adónde debo dirigirme.

«PRINCESITA DEL HIELO DE NUEVA JERSEY 1996»

Nadie es más hermosa que tú,
nadie más angelical que tú,
nadie más perfecta que tú,
nadie tan bendita como tú.

CANTO DE INOCENCIA

Quien habita en la belleza es una niña
que desconoce el corazón atroz del hombre,
quien habita en la alegría llorará un día,
las promesas que ha hecho no las podrá mantener.

¡ÁNGEL CRUEL, ESCÚCHAME!

¡Ah, ser el hielo
bajo tu patín afilado
en el abrazo del éxtasis,
soy tu destino!

Dominados por la indignación, los detectives examinaron unas cuantas páginas del manuscrito. Había «versos», ¿«poesía»? Más de sesenta páginas de versos de amor pedofílico, pero me apiadaré de ustedes, lectores.

Por fortuna, Ruscha carecía de ordenador. Era el año 1997, un poco demasiado pronto para que los pedófilos sin medios excesivos hubieran descubierto las posibilidades de Internet para la pornografía infantil. Por lo que también nosotros nos ahorramos más porquería despreciable.[*]

—Cristo bendito. Ven a ver esto.

Más desconcertados todavía, los detectives de Fair Hills descubrieron, en el sótano maloliente de la casa de los Ruscha, lo que parecía ser un taller de taxidermista: sobre una mesa, muy manchada y rayada, había cierto número de animalitos torpemente «disecados» (ardillas listadas, ratones, una rata joven con un rabo muy tieso y puntiagudo y bigotes hirsutos) y aves (sobre todo gorriones pero también un rabilargo, un cardenalito, un pardillo mutilado); allí reinaba un intenso olor a formol, junto con un olor todavía más fuerte a putrefacción animal. Gunther Ruscha, conocido durante mucho tiempo como el pedófilo de Morris County, ¿había sido, también, en secreto, taxidermista aficionado? Dentro de varias cajas de plexiglás había ensayos de composiciones «artísticas» con criaturas disecadas y, en una de ellas —al parecer la favorita de Ruscha, porque se exhibía sobre un pedestal—, había un pájaro del tamaño aproximado de un cardenalito, pero con plumas de color oro pálido que daban la sensación de estar pintadas; el pajarillo tenía ojos de cristal mal colocados y, en las extremidades, diminutos patines para hielo hechos con oropel. Y en su coqueta cabeza alzada, una diminuta tiara de oropel. Sólo se apoyaba en un patín, sobre una superficie de papel de aluminio que sugería hielo, con las alas desplegadas, mientras a los lados de la caja

---

[*] ¿Estoy siendo demasiado «duro» y «sentencioso»? ¿Estoy traspasando la frontera tácita entre autor y lector y hablando con demasiada franqueza cuando debería esforzarme por conseguir unos tonos más sutiles y más modulados? Si hay pedófilos entre mis lectores, ¿me puedo permitir ofender a alguien y perder su apoyo? Déjenme decirles entonces a los lectores con un interés «científico» por los delirios de una mente perturbada: las obras completas de Gunther Ruscha —versos amorosos, reproducciones de «obras de arte»— están disponibles en el rebosante pozo negro del ciberespacio. ¡Investíguenlo por su cuenta y riesgo!

de plexiglás un público de pajaritos, en su mayoría gorriones, miraban y aplaudían con las alas. Las paredes laterales de plexiglás se habían rociado con polvo brillante. El efecto era tiernamente pintoresco y al mismo tiempo grotesco. Y el olor resultaba inconfundible.

Los detectives Sledge y Slugg contemplaron en silencio aquel despliegue infernal, tapándose la nariz con un pañuelo. Porque aquellos detectives de Fair Hills, «veteranos» de muchos años en la policía, nunca habían visto, ni olido, nada tan estrambótico.

—¿Qué te parece? ¿Iba también a disecarla?*

---

* Si alguno entre mis lectores piensa que esto es divertido, he de decirle que no.
No se sabe si fue Sledge o Slugg quien hizo semejante observación. Aunque ninguno de los dos incluyó tan macabra suposición en su informe, muy pronto se convirtió en parte de la leyenda de Gunther Ruscha, mantenida en el ciberespacio por personas convencidas de que G. R. era un ingenioso asesino en serie todavía en ciernes que había planeado matar y «disecar» a su querida Bliss.

Nuestro pedófilo - IV

—¡Dios del cielo! ¡Mira a ese cabrón!

A las seis de la mañana del 14 de febrero, día de San Valentín, de 1997, exactamente tres años después de que Gunther Ruscha hubiera visto por primera vez a Bliss Rampike, su cuerpo sin vida fue descubierto en la celda que ocupaba en el Centro de Detención para Hombres de Morris County, en una postura «retorcida y convulsa» en el suelo, junto a su cama. El asesino confeso se había colocado en torno al cuello un tosco nudo corredizo, hecho con jirones de camisa, uno de cuyos extremos estaba atado a un travesaño de hierro de la cama; de algún modo, con esfuerzos titánicos, Ruscha había conseguido estrangularse hasta morir, mediante repetidos tirones hacia abajo con su cuerpo. El forense definió su muerte como «autoinfligida», el «suicidio más inusual» en la historia del centro de detención, donde de ordinario los internos se colgaban de las duchas o de artefactos eléctricos o, después de fabricar cuchillos rudimentarios con cepillos de dientes y otros objetos parecidos, cortándose una arteria.

Cuidadosamente colocada sobre la almohada de Ruscha había una nota escrita con letra de imprenta:

VOY A REUNIRME CON MI AMADA.
SOY «EL OJO QUE "VE"»*
G. R.

---

* «Soy El Ojo que "Ve"» es una reivindicación tardía de haber escrito la nota de rescate, lo que les hizo preguntarse a los investigadores: ¿acababa Ruscha de tener noticia de su existencia o la había escrito, efectivamente? Los comentaristas bien informados están divididos sobre este asunto: el 52% cree que Ruscha escribió la nota con materiales (papel, pluma) encontrados en casa de los Rampike; el 37% cree que fue Betsey Rampike; el 9%, Bix Rampike; el 2%, «otra persona».

No se hizo ningún intento de reanimar a Ruscha, ni por parte de sus carceleros ni del personal médico de emergencia, porque estaba claro que llevaba horas muerto.

De inmediato se dio la noticia a escala nacional de que el «asesino confeso» de Bliss Rampike había muerto «por su propia mano».[*]

Para entonces, el doctor Virgil Elyse, forense de Morris County, ya había devuelto el cuerpo de mi hermana después de practicarle la autopsia; la enterraron en el cementerio de la Trinity Church. Se celebró también un funeral privado al que sólo se invitó a un número reducido de familiares de los Rampike y de amigos íntimos, si bien la pequeña iglesia estaba abarrotada, incluido un número impresionante de los residentes de Fair Hills que anteriormente habían figurado en la secreta pirámide de nombres confeccionada por mamá. ¡Y tantísimas flores! Un diluvio de flores, muchas de ellas blancas, de un blanco deslumbrante, lirios y otras flores primaverales, rodeando el féretro de una pequeñez desgarradora e impoluto color blanco, colocado delante del altar.

La fragancia enfermizamente dulce de las calas invadía la pintoresca iglesita «histórica» como un aliento.

Fuera, en Highland Avenue, en aquel barrio de grandes casas antiguas, distantes de la calle y con aire de dignidad patricia, se había congregado una multitud a la que se calificaría de «indisciplinada», «compuesta sobre todo por desconocidos». Aquella multitud, de unas mil personas según los cálculos, había empezado a formarse ya a las seis de la mañana. Agentes de la policía de Fair Hills, incluido un pelotón ecuestre —unidad de élite— (cinco vistosos caballos y cinco agentes), estaban cerca para dirigir el tráfico y mantener el orden.

***

[*] ¿Creen ustedes que esto es cierto? La señora Ruscha no se lo creyó nunca: «Mataron a mi hijo. Primero le hicieron *confesar* y luego lo mataron». Poco después de la muerte de Gunther, empezó a decirse que se había ahorcado de aquella manera tan extraña «con la asistencia» de un carcelero o dos; y que aquella «asistencia» había sido una expresión popular de la justificada repugnancia que la comunidad de Nueva Jersey sentía por el pedófilo; con el tiempo, llegaría a insinuarse que la «asistencia» podría haber sido comprada por un agente de un agente de un socio del astuto señor Kruk. (Sí, ya lo sé: no debería reproducir tales rumores en este documento que quiere ser objetivo, pero, de todos modos, ¿y si los rumores son ciertos?)

Aunque se había avisado a los Rampike, y se había contratado a un grupito de guardas de seguridad para proteger a la familia de los medios de comunicación, todavía más entrometidos, así como de los desconsolados admiradores de Bliss, fue una sorpresa para los Rampike el tamaño de la multitud, y también la emoción que provocó su aparición cuando se apearon de una limusina negra y subieron los escalones de piedra hasta la iglesia. Gritos de «¡Betsey!», «¡Betsey!», «¡Bix!» los fueron siguiendo.

A Betsey Rampike le costó creer que su preciosa hija pareciera haber conseguido, muerta, un nivel de fama que no tenía cuando estaba viva; y que ella, Betsey, la madre de Bliss, destrozada por el dolor, pareciera haber ascendido igualmente a un lugar santificado.

Era como una anunciación. ¡Y tan deprisa!

Bix Rampike, piel cenicienta y ojos insensibles, miraba al frente y no se dio por enterado de la presencia de la multitud. Detrás de sus gafas oscuras, Betsey parpadeó para retener las lágrimas y sonrió —con valentía, pálidamente— alzando una mano enguantada hacia los rostros embelesados y hacia los ojos de aquellos desconocidos humedecidos por unas lágrimas que eran reflejo de las suyas.

—¡Betsey! ¡Que Dios te bendiga!

—¡Betsey! ¡Queríamos mucho a Bliss!

—¡Betsey! ¡Bliss está con Jesús!

Betsey deseaba ardientemente hacer una pausa, dar la mano a los desconocidos apenados, hablar con ellos y compartir sus lágrimas, pero aparecieron los dedos poderosos de Bix que la sujetaron por el brazo sin dejarse conmover y que la exigieron que siguiera adelante.

Betsey llevaba elegantes gafas oscuras, para ocultar las ojeras y los párpados hinchados, gafas que se quitó torpemente al entrar en la iglesia. La madre dolorida iba envuelta en negro: chaqueta de cachemir negro con cinturón, cuello y puños negros de visón, sombrero negro con adornos de visón, guantes negros de piel. Lápiz de labios rojo semejante a una herida en el rostro pálido y empolvado que parecía haber perdido su forma, como masa de pan sin cocer. Se observó que Betsey Rampike parecía haber ganado peso, que estaba como hinchada. En cuanto a Bix Rampike, también se observó que se había vuelto extrañamente adusto —en contra de lo habitual—, ajeno a todo. Que se movía torpemente y casi con un gesto de dolor, como un atleta que se queda atónito ante la derrota y sin una idea clara de la gravedad de la lesión. (¿Había estado bebiendo? ¿Estaba Bix *borracho*?)

—¡Betsey! ¡Bix! ¡Rezamos por vosotros!

En su banco de la primera fila, los Rampike estuvieron flanqueados por los numerosos parientes de Bix —hermanos, hermanas, tíos, primos—, Edna Louise, su madre, que era ya una mujer mayor, enferma, encorvada como un zopilote, la parte inferior de su rostro helada en una mueca de asombro, dolor, susto, como a raíz de un derrame cerebral; durante el sermón del reverendo Higley, la anciana señora Rampike le susurraba a Bix al oído, tirándole enfurruñada de la manga. («¿Quién es ese hombre? ¿Qué está diciendo de mi nieta? ¿Quién se lo ha permitido? ¿Qué hacemos aquí?») Ningún miembro de la familia Sculhorne estuvo presente, porque Betsey había rechazado sus fervientes deseos de trasladarse desde Hagarstown en una furgoneta para asistir al funeral. («¡Ahora no! ¡Ahora es demasiado tarde! No conocisteis a mi preciosa Bliss cuando vivía, y no vais a conocerla y a aprovecharos de su fama cuando ya ha muerto. Nuestro dolor no es el vuestro.») Un organista tocaba a Bach: «Jesús, nuestro redentor». Una soprano cantó *Oh Cristo que eres la luz y el día* con voz de emocionada convicción. El coro de la iglesia se alzó para cantar «¡Loor a Ti, mi Jesús santificado!». Para entonces se sabía ya que el pedófilo, el asesino de Bliss Rampike, había sido rápidamente detenido por la policía de Fair Hills y había confesado; y ahora había que dirigir los esfuerzos, como dijo con mucha gravedad el reverendo Higley, conteniendo las lágrimas desde el púlpito, a iniciar la tarea de «curar», «ayudar con nuestro apoyo a la familia Rampike» en este tiempo de «insondable tragedia y dolor».

En la pintoresca iglesita «histórica», al igual que en el «histórico» cementerio de la parte de atrás, donde Bliss Rampike en su ataúd infantil de un blanco impoluto sería «enterrada para su eterno descanso», hubo muchas lágrimas, tengan ustedes la seguridad. Pero ninguna de ellas fue de Skyler Rampike: ¿por qué?

Skyler no estaba allí. No estaba en el funeral de su hermana. Skyler estaba en cuarentena.

(De hecho, ¿echaron ustedes de menos a Skyler? ¿Es que hubo alguien que advirtiera la ausencia de aquel alfeñique?)

¡Salto rápido! Abandonemos la solemne «escena religiosa», trémula gracias al organista (varón, británico), que se exhibía tropezando y repiqueteando arriba y abajo por los teclados de su instrumento para emitir un Johann Sebastian Bach, el más estiloso de los clásicos, todavía más ensordecedor de lo habitual, para trasladarnos a una habitación sin identificar, con aburridos muebles antiguos de «buena calidad», Skyler recuerda vagamente, en el estado de confusión mental y con la cabeza como llena de algodón en rama, efecto del Serenex y del Zomix, que ésta es la habitación designada como suya, donde se le ha traído para quedarse con mamá en una vieja casa de estilo Tudor inglés y de color marrón oscuro que huele a bolas de alcanfor, y que debe de pertenecer a una de las ancianas viudas ricas con las que mamá ha hecho amistad en la iglesia, Frannie Squires o Adelaide Metz, y a quienes había encantado acoger a los Rampike después de que *aquello* sucediera, porque Skyler no podía ya dormir en su habitación, nunca más en aquella habitación donde de noche, e incluso en medio de la bruma provocada por el Zomix, su hermana Bliss, descalza y tiritando en camisón, empujaba su puerta para abrirla suplicando *¿Skyler? ayúdame Skyler ayúdame hay algo malo en mi cama* provocando que Skyler se despertara gritando y retorciéndose y con su corazón de alfeñique galopando al doble de velocidad de la normal, ni mamá podía dormir en aquella casa «maldita» en la que «Satanás» se había introducido porque el corazón de mamá estaba «hecho trizas» como había dicho llorando en numerosas entrevistas «exclusivas». Sin duda era cierto ya, y sería cierto para siempre, que Skyler no podía dormir en aquella casa en aquella cama pero Skyler no dormía bien en ninguna casa ni en ninguna cama ni podía comer sin necesitar devolver lo ingerido ni permanecer sentado más de dos o tres minutos, ni tampoco permitía Skyler que le examinara ningún médico sin dejarse llevar por el pánico y dar patadas y gritar como un pequeñín de dos años excepto que cuando tenía dos años Skyler no había cogido nunca semejantes rabietas, de manera especial Skyler se puso hecho un energúmeno («ener-gúmeno», una palabra súper en el vocabulario disléxico de Skyler) cuando una enfermera trató de sacarle sangre de sus venas de alfeñique, horrible oír a un niño diagnosticado como «retraído», «indiferente a su entorno», «mudo», gritar de repente *¡Nooo! ¡Noooo! ¡Nooooo!* de manera tan lastimera como el mugido de un becerro. Especialmente molesto para los adultos, Skyler se negaba a «mirarlos a los ojos», incluidos adultos tales como mamá, papá, la abuela Edna Louise y la nueva María, de cara triangular, a quien mamá había contratado para ocuparse de Skyler ahora que Lila Laong había decidido regresar a las Filipinas, a no ser que quizás mamá hubiera tenido que «dejarla marchar»* (pero ¿por qué? Skyler no lo sabría nunca) ¡y Skyler echaba de menos a Lila! ¡Por supuesto que la echaba de menos! Skyler lloraba acordándose de Lila que había sido tan paciente y tan amable con él incluso cuando la apartaba, hacía muecas y escupía y se negaba a dejarle que lo bañara, le golpeaba las manos para apartárselas cuando Lila trataba de impedir que se rascara el cuero cabelludo con tanta violencia que las uñas acababan manchadas de sangre y empezaba a caérsele el pelo, qué cruel había sido con Lila *Te aborrezco dejaste que le hicieran daño a Bliss te detesto NO TE SOPORTO* lo que no tenía sentido (¿verdad que no?) pero Skyler recuerda aquellas acusaciones como recuerda que se le cerró tanto la garganta que no podía gritar, ni tampoco hablar, que se ahogaba y tenía náuseas, posiblemente tenía que ver con la medicación: después de que sucediera *aquello* se incrementó como es lógico la medicación de Skyler con nuevos fármacos prescritos por la nueva psiquiatra infantil, la doctora Splint. Y fue así como Skyler faltó al funeral de su hermana. Skyler también se perdió el entierro de su hermana en una esquina remota del cementerio de la vieja Trinity Church. Y tampoco se le explicó dónde se había *enterrado* a su hermana porque la brutal palabra *enterrada* nunca se pronunciaba en presencia de Skyler al igual que otras palabras como *morir, muerta, muerte*. Ni palabras todavía más brutales como *asesinato* o *trauma por golpe contundente*. Ni palabras como *sospechoso*. Y en aquel día, en el día de San Valentín de 1997, mamá se presentó para despertar a Skyler de su siesta y de su aturdimiento en una habitación desconocida que olía a bolas de naftalina; en el rostro de mamá brillaban lágrimas recién derramadas, y a mamá le brillaban los ojos y abrazó a Skyler con tanto apasionamien-

---

* ¡Pobre Lila! Espero que, una vez de vuelta en su isla nativa, a una cómoda distancia de Fair Hills, Nueva Jersey, aquella mujer encantadora no esté enterada de cómo, en los recovecos más morbosos del ciberespacio, las más lunáticas entre las páginas de Internet dedicadas a Bliss Rampike contemplan la posibilidad de que, entre quienes tuvieron «oportunidades» y «motivos» para matar a Bliss, la criada y niñera de los Rampike siga siendo, si no la principal sospechosa, sí una «sospechosa».

to, pensó Skyler, en la confusión de despertar de un sueño muy pesado, que Bliss tenía que haber vuelto con ellos: ¿era aquello una buena noticia?

Mamá sacó a Skyler de la cama, para que los dos pudieran arrodillarse juntos.

—Vamos a rezar por el alma de ese hombre terrible, Skyler. Jesús lo perdona, no sabía lo que hacía.

V. Y después

«La casa del asesinato»

No vivía nadie allí. Dentro ardían «luces fantasmales». El encargado aparecía de cuando en cuando con una furgoneta. Al comienzo de la larga entrada para coches con suelo de grava se colocó un cartel de SE VENDE. Después otro de PROHIBIDO EL PASO. Debido a una violenta tormenta invernal, la nieve cubrió aquella entrada y no acudió ningún quitanieves privado para dejarla expedita. Transcurrido algún tiempo llegaron los de la mudanza con un enorme camión de la empresa Mayflower y se llevaron el mobiliario. Pasaron meses. Siguieron pasando meses. No aparecieron compradores para la hermosa casa de estilo colonial y de planta irregular del 93 de Ravens Crest Drive donde se había asesinado a una niña de seis años. La mayoría de los «posibles compradores» no pasaban de ser curiosos movidos por un interés morboso. O, peor aún, periodistas y fotógrafos dispuestos a ver la historia de los Rampike desde un «nuevo ángulo». ¡La señora Cuttlebone se esforzaba al máximo para librarse de ellos! La señora Cuttlebone era «amiga personal» de los Rampike y sí, había conocido a la preciosa niñita Bliss Rampike, la «patinadora prodigiosa», asesinada en su cama por un maníaco sexual, pedófilo y psicópata que habitaba en el corazón mismo de Fair Hills: un delincuente sexual en libertad condicional que había cumplido menos de dos años de una condena de diez por abusos deshonestos contra menores. ¡Obra de los jueces demasiado liberales de Nueva Jersey, un estado corrupto y controlado por el partido demócrata! Era como para echarse a llorar.

La señora Cuttlebone lloraba a veces. Clientes desconcertados la miraban mientras el atractivo rostro de una mujer de cuarenta, cuidadosamente maquillado, se agrietaba como una máscara de papel para revelar el compungido rostro de cincuenta y nueve que había debajo.

—No la llamamos «la casa del asesinato». ¡Por supuesto que no!

Los agentes inmobiliarios presentaban el 93 de Ravens Crest Drive como una «casa colonial del siglo XVIII parcialmente restaurada y de una belleza sobrecogedora. Precio: negociable».

Skyler no volvió nunca a verla. Con el tiempo llegaría a «olvidarla». Skyler llegaría a «olvidar» su habitación. Skyler «olvidaría» gran parte de lo sucedido en la casa. Porque mamá no hablaba de ella y papá tampoco. Durante algún tiempo Skyler fue paciente externo del Centro de Tratamiento Neuropsiquiátrico Infantil Cedar Hills en Summit, Nueva Jersey. Y después, cuando se dijo que su enfermedad «progresaba», se le ingresó en el Centro de Tratamiento Neuropsiquiátrico Infantil Cedar Woods en Summit, Nueva Jersey. De esa manera fue pasando el tiempo.

¿Cuándo se vendió por fin la casa en el 93 de Ravens Crest Drive? Skyler nunca volvió a verla.

Excepto con mucha frecuencia, en sueños.

Taxidermia de aficionado

¿Sonrieron algunos de ustedes, con altanero desdén, ante la taxidermia de aficionado de Gunther Ruscha? Animalitos despedazados y deformes, pieles con bultos, ojos de cristal mal encajados y, lo más ignominioso de todo, el olor. Pese a todos los esfuerzos de Ruscha con la taxidermia (el desangrado, la extracción de las vísceras, el «embalsamamiento» y la «momificación»), sus animales disecados no pasaban de ser criaturas «reales», que no resultaban nada convincentes cuando se los colocaba junto a animales de peluche. Melancólicas criaturas a las que, en la muerte, se les privaba de la dignidad de la muerte porque su taxidermista no era más que un aficionado.

Cómo me gustaría, en honor de mi hermana Bliss Rampike, que la «conmemorasen» un Homero, un Dante, un Shakespeare en lugar de Skyler, su hermano. Y, sin embargo, Skyler es todo lo que Bliss tiene.

Me ayudarás Skyler   No me dejes nunca Skyler

Anoche, mientras escribía «La casa del asesinato», en una oleada incandescente de inspiración y euforia, me di cuenta de que, pese a mis buenas intenciones, y a mi fervor, *Hermana mía, mi amor: la historia secreta de Bliss Rampike** también se asemeja a un ejercicio de taxidermia y no es en gran parte nada más que una chapuza, como lo fueron los de Ruscha. Las razones son las siguientes:

—Tanto G. R. como S. R. son aficionados, y los aficionados se preocupan demasiado.

—Tanto a G. R. como a S. R. los desconcierta lo «real».

—Tanto G. R. como S. R. «se acercaron demasiado a la llama».**

---

* Debo de haber escrito esto por equivocación. Pero vamos a dejarlo así.

** ¿Qué significa esto? ¿Algún tipo de estupidez mística? Pero ¿cómo expresar, si no, lo inexpresable? Porque el hecho es que G. R. y S. R., los dos, siguen siendo «sospechosos» en la investigación policial, todavía sin resolver, sobre la muerte de mi hermana. Si bien se sigue creyendo de manera general que Ruscha fue el asesino, la policía no ha encontrado

Y en las arenas movedizas de mi desesperación, se me apareció el hombre que pide ser conocido —con desenfado y sin ironía— como pastor Bob, insistiéndome *Cuenta hijo lo que hay en tu corazón el amor y no el odio debe guiarte descubre que la verdad es belleza, no te esfuerces hijo por crear mera belleza.* ¡Qué ganas tengo de creer al pastor Bob de la Iglesia Evangélica Nuevo Canaán de Cristo Resucitado!

A lo que tengo que renunciar es a la ironía. Tengo que renunciar a mi conciencia de estar herido. Al olor de mis heridas que supuran. El pastor Bob tiene razón. ¿Qué sucede entonces si este documento en el que he vertido mis entrañas no es una obra de belleza sino una especie de fracasado trabajo de taxidermia? Es lo mejor que soy capaz de hacer.

De la misma manera que los patéticos especímenes de Gunther Ruscha eran lo mejor que aquel pobre desgraciado era capaz de hacer.

Como en los films contemporáneos más elegantes, cambiemos rápidamente a una escena conmovedora y enigmática en una habitación de la casa de color marrón oscuro y estilo Tudor de Adelaide Metz, viuda acaudalada, una de las ancianas de la asociación ligada a Trinity Church que habían rivalizado entre sí por ayudar a los Rampike en sus momentos difíciles y que aseguraban haber querido a Bliss «como a una nieta». Aquí aparece mamá, que entra en la habitación a paso de carga, con la expresión asombrada y gozosa de alguien que acaba de ganar la lotería de Nueva Jersey con un billete robado, y alza a Skyler con tanta fuerza que le crujen las costillas, y de lo que Skyler se entera a continuación es de que su madre lo ha dejado en el suelo a su lado y que los dos están rezando juntos por el alma de Gunther Ruscha que pocas horas antes —Skyler lo ignoraba— se acaba de

---

nunca pruebas materiales que vinculen a Ruscha con el crimen, ni tampoco con el interior de la casa de los Rampike; y ningún testigo ha afirmado nunca haberlo visto en la casa o cerca de ella en el momento de la muerte de Bliss. En el ciberespacio se ha formado una facción pequeña pero vociferante, como musgo venenoso en el interior de paredes húmedas, que insiste en afirmar que Skyler, el hermano de Bliss, fue su asesino, algo que me enferma tener que reconocer, pero sé que debo hacerlo. (La última vez que me acerqué a la cloaca del ciberespacio, hace cosa de dos años, me había «colocado» con Dextromethorpan [una medicina para la tos que se vende sin receta] y lo único que hice fue reírme. Ahora estoy limpio de drogas y tan sensible como si me hubieran arrancado la capa más exterior de la piel. Y la euforia de anoche por «la oleada incandescente de inspiración» se ha esfumado por completo. Y peor aún... Bueno, no. Reservaré el «peor aún» para otro capítulo.)

«suicidar», en el centro de detención, de la más ingeniosa de las maneras: ahorcándose desde una altura de menos de un metro.

¿Por qué rezar precisamente por el alma del hombre que había hecho daño a mi hermana?, se preguntó Skyler.

Pero mamá insistió.

—Jesús abomina del pecado pero ama al pecador. Piensa sólo que si Jesús ama a ese hombre terrible, ¡cuánto más tiene que querernos a nosotros!

Y así, a partir de aquel momento, se le diría siempre a Skyler que el «hombre malo» que había hecho daño a su hermana nunca «volvería a hacer daño a nadie», y sin embargo, podría decirse que, contra toda lógica, Skyler encontró muy poco consuelo en aquel hecho, ¿quién sabe por qué?

Siguieron semanas, meses y años en los que a Skyler se le estuvo medicando «por su propio bien».

En febrero de 1997 se amplió el tratamiento de Skyler al diagnosticársele un SDP (síndrome depresivo precoz) y un SAC (síndrome de ansiedad crónica). No hace falta decir que se le continuó tratando por otras afecciones que seguían su curso, como dislexia, trastorno de déficit de atención y algunas más, aunque pronto, después de su décimo cumpleaños, en marzo, al malhumorado mocoso le diagnosticó el doctor Vandeman una afección tan nueva en los Estados Unidos y, sin embargo, tan «epidémica», que los expertos en salud mental infantil sólo estaban empezando a hacerse cargo del ámbito y amplitud de su prevalencia y las empresas farmacéuticas sólo empezaban entonces a manufacturar los (costosos) inhibidores psicotrópicos de la monoaminooxidasa que se necesitaban para combatir los TEA.[*]

Bruscamente, se había retirado a Skyler del colegio.

_____

[*] «Trastornos del espectro autístico»: afección definida por la Asociación Norteamericana de Neuropsicoterapeutas Infantiles como «importante reducción de la interacción y comunicación social y aparición de comportamientos, modalidades de expresión e intereses irracionales». En 1997, un estudio a nivel federal puso de manifiesto que uno de cada trescientos niños americanos padecía TEA; ahora es uno de cada ciento cincuenta. Si el lector ha perseverado hasta aquí en la lectura de este libro flagrantemente «irracional», lo más probable es que el lector padezca TEA, como el autor, y deba estar tomando, como el autor ha dejado de tomar, quinientos miligramos de Claritan tres veces al día.

Hannity, el director, estuvo de acuerdo con los Rampike en que aquel «muchacho traumatizado» supondría una distracción para sus condiscípulos y debería evitar «situaciones estresantes» durante los próximos meses. (Skyler, sin embargo, llevaba en secreto su blazer de color verde militar, con su preciosa insignia de oro EPI en la solapa, de la que se había sentido tan patéticamente orgulloso. En secreto, Skyler se sonreía lánguidamente ante el espejo al recordar las emocionantes palabras del director: «¡Skyler! Enhorabuena, hijo. En la meritocracia americana, nuestro colegio apuesta por ti, convencido de que sabrás llegar, por nosotros, hasta el final».)

(¡Embarazoso! Al lector que nunca se ha sonreído ante ningún espejo, ni menos aún se ha susurrado tales lastimosas palabras de autoelogio, se le ruega que deje pasar en silencio tales revelaciones.)

El asesinato de Bliss tuvo una consecuencia positiva: se cancelaron todas las citas para jugar de Skyler. De manera permanente.

A manos de Skyler Rampike sólo llegó la tarjeta de un antiguo compañero de juegos:

> QUERIDO SKYLER:
> POR FAVOR ACEPTA MI MÁS SENTIDO PÉSAME POR LA PÉRDIDA DE TU HERMANA. ME GUSTARÍA VOLVER A VERTE PERO TU MADRE DICE QUE SERÍA DEMASIADO TRISTE.
>
> ATENTAMENTE,
> *E. Grubbe*
> ELYOT GRUBBE

A veces Skyler se acordaba de sus amigos de Fair Hills Day con una punzada de nostalgia. Tipos «bien» como Calvin Klaus y Billy Durkee que habían sido sus íntimos; y la inteligente Mildred Marrow que había manifestado el deseo de que Skyler se convirtiera en su hermano. Pero la mayor parte del tiempo, en el estado nebuloso que le provocaban los medicamentos, Skyler apenas reparaba siquiera en la ausencia de su hermana.

A escondidas, en casa de la señora Metz, oía, desde el descansillo de la escalera, cómo mamá les decía a las visitas: «Mi hijo se está adaptando. Ha sufrido un trauma terrible, como si ese hombre tan horrible también *le* hubiera puesto encima sus malvadas manos. No hablamos nunca de ello».

En total, mamá y Skyler pasaron varias semanas como invitados de la señora Metz, tan devotamente religiosa, y la casa de Ravens Crest Drive quedó desocupada, aunque en habitaciones aisladas se mantenían encendidas «luces fantasmales» para disuadir a los ladrones. Skyler nunca tuvo del todo claro dónde se alojaba papá, que con frecuencia se quedaba en un hotel —o apartamento— de Quaker Heights, que se hallaba a poca distancia de Univers, Inc.; pero papá también utilizaba algunas veces su apartamento de Central Park South, donde, a Skyler se le había prometido, podría ir a visitarlo pronto, y Skyler y papá asistirían a un partido de los Knicks; mejor aún, Skyler podría «pasar unas cuantas horas a solas con papá» en la metrópoli; aunque, pensándolo mejor —tal como papá y mamá, los dos, habían acordado, dada «la fragilidad de su estado mental»—, era en realidad mucho más sensato que se quedara en Fair Hills con su madre; mucho más sensato que continuara el tratamiento con Vandeman, Splint y con Yu Kwon, su nuevo fisiólogo pediátrico para la gestión del dolor, que estaba siempre tan alegre y tan esperanzado sobre la «curación» de Skyler.

Papá había quedado terriblemente afectado por *aquello*. Papá nunca hablaba de *aquello* con Skyler. (¿Ni con ninguna otra persona?, se preguntaba Skyler.) Aunque a papá se le había concedido un período de excedencia en Univers, Inc., en el momento de la tragedia, había vuelto al trabajo la mañana que siguió al funeral de Bliss, porque papá necesitaba lanzarse de inmediato al trabajo: «¡Cuanto más trabajo, mejor! *Sick transit mundi*».

Por supuesto, papá trataba de pasar los fines de semana en Fair Hills con su familia. ¡Cómo se le llenaban los ojos de cálidas lágrimas cuando saludaba a mamá y a Skyler! A Skyler lo aferraba por las costillas, lo alzaba y acariciaba con la nariz y procedía a besar el sensible rostro del niño. «¡Skyler! Te quiero, hijo mío.» Pero la voz de papá era tan ronca como el croar de una rana y su gran sonrisa tenía menos potencia. Papá ni siquiera resultaba tan alto como antes, porque llevaba un poco más bajo el hombro derecho, como si hubiera recibido el peso de un objeto al caer. En ocasiones así, Skyler encontraba extraño que papá prefiriera quedarse con amigos de Fair Hills, de ordinario el señor Kruk, y no con mamá y Skyler en sus habitaciones de la mansión de la señora Metz en Great Road; pero papá explicaba que no podía arriesgarse a dormir en aquella casa donde el olor a bolas de naftalina era tan fuerte que le preocupaba la posibilidad de quedar «embalsamado».

¿Había hecho papá un chiste? *¿Embalsamado?* ¿Se suponía que tenías que reírte? Ahora papá hacía muy pocos chistes. Skyler se había olvidado de cómo responder.[*]

  * ¡Qué capitulito tan melancólico resulta ser éste! Supongo que obedece a que Skyler, su niño protagonista, está «embalsamado».

Seda roja

¿A quién pertenecía el pañuelo rojo de seda?

Atado alrededor de las muñecas de mi hermana, unidas con cinta aislante y muy apretadas. Y los bracitos forzados por encima de la cabeza, y colocados en una «postura sugerente».

Y las piernas al descubierto, abiertas, piernas que no eran muy delgadas, sino esbeltas y elásticas en razón de los músculos, un espectáculo inesperado en una niña tan pequeña, el manchado camisón de franela arrebujado por debajo de las caderas.

El lector avisado recordará —al menos eso espero— el pañuelo de seda carmesí citado en mi innovador capítulo «¿Juguetes eróticos?». Sin embargo, tal como el señor Kruk informó a los investigadores, era probable que el intruso lo hubiera encontrado en el interior de nuestra casa y que lo hubiese utilizado para sus propios fines.

—Llevaba guantes. Vino preparado. Se llevó consigo el rollo de cinta aislante. No dejó rastro alguno de su presencia.

New Jersey Sentinel, Star Eye Weekly, National Inquirer y *Up Close & Personal* publicarían incontables «entrevistas» con «fuentes anónimas» cercanas a los Rampike, alegando que se había abusado sexualmente de Bliss Rampike, y que aquellos abusos sexuales eran el motivo del asesinato. (Si no, ¿qué razón tendría nadie para matar a una niña de seis años?)

Y, sin embargo, Virgil Elyse, el forense de Morris County, dijo en su informe que no había encontrado señal alguna de trauma sexual en el cuerpo infantil de la víctima. Ningún resto de semen en el cuerpo o en el cuarto de calderas.

Lo que significaba que el asesinato de Bliss Rampike no había sido un crimen sexual, ¿no es eso?

Y, sin embargo, ¿por qué se había colocado a Bliss en aquella postura «sugerente», los brazos por encima de la cabeza y las piernas provocativamente abiertas, con su camisón de niña pequeña tan manchado...?

> *¡Skyler! ayúdame   Skyler hay mucha oscuridad aquí*
> *No me dejes   Skyler*

En la prensa sensacionalista, al igual que en el pozo negro del ciberespacio, se aseguraba que Bliss Rampike había sido «casi con toda seguridad» víctima de un incesto. «Fuentes anónimas próximas a la familia Rampike» así lo aseguraban. «Fuentes anónimas» del departamento de policía de Fair Hills, del despacho del fiscal y del forense del condado. Según la mayoría de las hipótesis, el perpetrador era el padre de Bliss y, sólo según algunas, su hermano.

En *Up Close & Personal,* una «antigua niñera» que había trabajado para los Rampike aseguraba que «Había sido el hermano. Hacía maldades con ese angelito desde que era bebé».

En una de las páginas de Internet de admiradores de Bliss, un «antiguo condiscípulo» de su hermano en Fair Hills Day aseguraba «¡Era un verdadero psicópata! Nos enseñaba extraños tebeos, como los de R. Crumb, y hacía cosas verdaderamente extrañas con su hermana. Como si esperase que le dijéramos, "¡Qué bien te lo montas, tío!"».*

¡No les estoy tomando el pelo! Sólo estoy reseñando con tristeza lo que está ahí fuera en el Infierno de la Prensa Sensacionalista, donde, a diferencia de los Rampike, no tienen ustedes su domicilio. Me arranco los puntos de la cara. Me hurgo las costras hasta que sangran y la sensación de humedad en las uñas, secas y agrietadas, me resulta agradable, de manera que el papel sucio en el que estoy escribiendo otro capítulo mutilado —«Seda roja», que sonaba tan condenadamente prometedor— está manchado con mi sangre como si se tratara de piojos aplastados.

---

* ¿Quién podría ser? ¿Tyler McGreety? ¿Difundiendo terribles mentiras sobre Skyler Rampike, su antiguo compañero de juegos? ¿Por qué?

«El Infierno de la Prensa Sensacionalista»: una nota

Sólo para tranquilizar al lector: nada de todo esto les sucederá nunca. Nunca sabrán cómo «fuentes anónimas», sin olvidar a sus amigos, difundirán mentiras terribles sobre ustedes como si les brotaran murciélagos de la boca y si se les preguntara por qué, por qué mentir, por qué hacer daño a otra persona, la respuesta sería «Porque soy anónimo, ése es el porqué».

«Peor todavía»

Hoy por la mañana le ha llegado a Skyler Rampike otra carta, enviada por Crunk, Swidell, Hamm & Silverstein, el bufete de abogados de Pittsburgh, en un sobre de color melocotón pálido con AROMA CELESTIAL como remitente.

¡No! No la abras pero ya la había abierto.

Una sola cuartilla en un papel para cartas del mismo color del sobre y ligeramente perfumado, la inconfundible letra con tinta de color lavanda, que vuelve a hacerme la misma petición:

> *14 de febrero de 2007*
> *Querido Skyler:*
> *Cariño por favor.*
> *Tu madre que tanto te quiere,*
> *«Mamá»*

No iré. No pienso ir.

Esta vez no había mencionado la intervención quirúrgica. Pero yo lo sabía.

Arrugué la carta de color melocotón pálido, me la metí en un bolsillo de los pantalones militares de faena y salí a la calle dando traspiés, al deslumbrante sol invernal. Debía de haber estado arrancándome costras en la cara, porque la gente tenía una manera muy rara de mirarme, y me caía sangre por la mejilla izquierda. Se suponía que tenía que volver al centro médico para que me quitaran los puntos, pero lo había ido dejando. Unas pocas manzanas más allá, las campanas de la iglesia repicaban con fervor demencial. Si pudiera creer en Dios, habría un sitio para mí en esa iglesia, pero no puedo y por lo tanto no lo hay. Avanzo cojeando por Pitts Street mientras maldigo y me limpio la cara. «No iré, no pienso ir.» El miedo, sin embargo, se apodera de mí *¿Y si se muere? ¿Qué pasa si es cáncer y se muere? ¿Qué pasa si no veo a mi madre una última vez?* pero no voy a ceder ante esa mujer, nunca jamás.*

---

* El lector curioso se preguntará: ¿por qué le tiene Skyler tanto miedo a una mujer de mediana edad que es, o que ha sido, su «madre» durante aproximadamente quince años? ¿Cuál es el poderoso «ascendiente» de esa mujer sobre él, ascendiente que lo hunde en un miedo infantil y derrite su capacidad para la ironía como un microondas derrite un robusto carámbano? ¿Qué es lo que llena de pavor a Skyler? ¿Que esa mujer detente la llave de *su* memoria (la de Skyler)? ¿Que esa mujer posea conocimientos sobre él, como un oráculo sabelotodo en una tragedia griega, de los que él, chico inteligente, no tiene la menor idea? Siga leyendo.

Mamá televisiva

—La gracia de Dios, Avis. No hay otra manera.

La primera vez que Skyler vio a mamá en televisión no se dio cuenta de quién era la mujer que aparecía en la pantalla. Su visión era borrosa y le lloraban los ojos a causa de los medicamentos, y en los oídos tenía un zumbido constante muy agudo que interfería con sus pensamientos. Se dejó ir hasta la sala de espera para visitas de dondequiera que estuviese, ¿Cedar Hills?, una zona del «centro de tratamiento» prohibida para los pacientes. ¿Y por qué?, no lo sabía. No era lo bastante ingenuo como para creer que hubiera visitantes esperando para verlo, porque su última «visita» había aparecido semanas atrás y luego, para desilusión suya, sólo se trataba de la abuela Edna Louise, mal envejecida, al cuidado de su enfermera y acompañante, y de humor lloroso y deseosa de besar, acariciar y abrazar a Skyler, que se puso rígido al tocarle la anciana y se negó a hablar con ella. Y ahora, al repasar las caras en la sala de espera, no vio a nadie relacionado con él. Pero en el televisor, en cambio, reconoció un rostro familiar, oyó una voz cálida, apremiante, que suplicaba:

—... oración, Avis, y humildad ante los inescrutables planes de Dios para nosotros. Sin amargura. Sin «quedarse en el pasado». La fe me sostiene. Y saber que Bliss está siempre conmigo, y que su espíritu mora con todos los que la quieren...

¿Era aquella mujer la mamá de Skyler? ¿Era Betsey Rampike? ¿Hablando con otra mujer en un programa televisivo de entrevistas? Skyler se quedó atónito. La boca de Skyler, siempre un poco abierta, se abrió todavía más. Se secó, se frotó los ojos que derramaban lágrimas vergonzosas para él, porque los otros pacientes compañeros de Skyler lo ridiculizaban por llorica y, maldita sea, Skyler no era llorica.

De hecho, Skyler no lloraba nunca. Como tampoco hablaba. Y se negaba a mirar a los adultos «a los ojos».

En la televisión, una voz como un clarín interrumpió a su mamá:

—¡Pero Betsey! ¿Cómo sobrevive una madre a semejante tragedia? Yo lo sé..., y nuestro público de la televisión también lo sabe..., que «has entregado tu corazón a Jesús»... Y, sin embargo, ¿cómo puedes *perdonar* a un monstruo enfermo como el pedófilo que asesinó a tu hija en su misma cama? Cómo puedes dar cabida a ese sentimiento en tu corazón, cuando...

La entrevistadora era una mujer de cara chupada, ojos hambrientos y dientes de tiburón que brillaban en rápidas sonrisas salvajes. Se llamaba Avis Culpepper y era la presentadora de *Up Close & Personal con Avis Culpepper,* un programa de tarde con entrevistas que veía buena parte del personal de Cedar Hills y que estaba vinculado al periódico sensacionalista *Up Close & Personal;* porque de día los aparatos de televisión permanecían siempre encendidos en el Centro de Tratamiento Neuropsiquiátrico Infantil Cedar Woods en Summit, Nueva Jersey, donde Skyler, a la edad de once años, estaba ingresado. (¿Por qué lo habían «internado» mamá y papá? Porque algo «funcionaba mal» [expresión de papá] en el cerebro de Skyler y «no se repararía en gastos» [promesa de mamá] con el fin de rectificar lo que parecía haberse desviado.) Y allí estaba Betsey Rampike —«mamá»— en la televisión, hablando con su voz cálida y apremiante que contrastaba con la estridente de Avis Culpepper, porque a Avis Culpepper sus muchos partidarios la admiraban precisamente por su estridencia, por su indignación, por su risa burlona que invitaba al público de la televisión a ponerse de su parte. Skyler se sintió aliviado al ver que a la mujer de la cara chupada parecía gustarle mamá y que le hablaba con simpatía. Comparada con Avis Culpepper, Betsey Rampike tenía una voz que resultaba melodiosa y era la de alguien que desea caer bien; con un rostro juvenil y redondo, sólo ligeramente avejentado en la parte inferior de las mejillas, vistosamente maquillada para la televisión, ojos muy realzados, lustroso lápiz de labios rosa y el cabello de color caoba y elástico como una peluca y no lacio y con mechas grises como había estado en las semanas de pesadilla, terribles y confusas, que siguieron a *aquello*. Mientras hablaba, Betsey seguía sonriendo incansablemente a Avis Culpepper como si aquella terrible mujer fuese una figura de autoridad que era necesario aplacar. Skyler vio que su madre estaba muy atractiva con un vestido lila con elegantes drapeados y pronunciado escote para mostrar la cremosa prominencia de sus pechos; en torno al cuello llevaba una crucecita de oro que colgaba de una cadena también de oro; mantenía las manos, regordetas, con varias sortijas, unidas sobre el regazo; qué poderoso el impulso de Skyler de correr hasta el televisor y asombrar a los visitantes que estaban en la sala al trepar hasta la imagen gritando *¡Mamá! ¡Mamá! ¡Soy Skyler! ¿Por qué no vienes a verme?* Porque mamá llevaba nueve semanas sin ir a verlo, aunque era cierto que le telefoneaba por lo menos una vez a la semana, y lo mismo hacía papá; y siempre con promesas de visitas futuras. ¿Por qué estaba mamá tan ocupada? ¿Cuál era su «nueva vida», de la que hablaba con tan esperanzada nostalgia? Avis Culpepper, cuyos cabellos dorados eran un casco brillante como el de una valquiria, sostenía en alto un libro con una cubierta de color rosa carne y letras carmesíes para que su público de la televisión pudiera verlo —*Bliss: la historia de una madre* por Betsey Rampike*— además de instarles a que fueran corriendo a comprarlo, o, si no tenían cerca una librería, enviaran un talón de 26,95 dólares a Avis Culpepper en Eagle News Network, apartado 229, Cincinnati, Ohio:

—Si no se les rompe el corazón y no les hace despotricar contra todos los legisladores de izquierdas y jueces radicales y liberales que dictan condenas más que benévolas a sanguinarios delincuentes sexuales que proliferan entre nosotros, pueden pedirme que les devuelva el dinero.

Mientras la implacable entrevistadora seguía haciéndole preguntas a su invitada, la pantalla pasaba a mostrar a una niñita que patinaba: una chiquilla rubia con aire de muñeca, vestida de rosa pálido, con falda de gasa y «alas de hada» sujetas a los hombros, muy estrechos: ¿era aquélla la hermana de Skyler? ¿Era aquélla Bliss, a quien Skyler no había visto, excepto en sueños, durante tanto tiempo? ¡Qué maravillosamente patinaba! Skyler se había olvidado de las «alas de hada» y también de la canción a cuyos compases Bliss había patinado —*Over the Rainbow*—, pero recordaba la velada de Peques sobre Hielo, la tarde en que había empezado todo, en el estadio de Meadowlands, lleno de corrientes: la primera victoria de Bliss Rampike, a la edad de cuatro años. Después la escena pasaba a una Bliss

---

* *Bliss: la historia de una madre* por Betsey Rampike en su relato a Linda LeFerve (Simon & Schuster, 1998), 208 págs., 26,95 dólares. Aunque he visto este superventas del *New York Times* en las librerías, nunca acabo de decidirme a leerlo.

un poquito mayor, que sonreía dulcemente a la cámara mientras irrumpía patinando en la pista con sorprendente agilidad en medio de un *crescendo* musical —el *Vals de la Bella Durmiente*— con un traje de un blanco deslumbrante, elástica falda de tul, braguitas blancas caladas y medias blancas también caladas; y luego la pantalla cambiaba de nuevo y allí estaba Bliss con los rubios cabellos recogidos en alto, estilo Las Vegas, Bliss Rampike, niña glamurosa, con un seductor traje de lamé, bronce y naranja, bailando sobre sus patines con el muy rítmico *Kiss of Fire;* a continuación Bliss, el pequeño ángel, con tirabuzones, satén y lentejuelas de color rosa, bailaba con la música «disco» de *Do What Feels Right,* y finalmente cuando era coronada, ante una multitud que la vitoreaba, Miss Princesita del Hielo de Nueva Jersey 1996 por el gigantesco Jeremiah Jericho, que se salía del esmoquin como una ballena que se hubiera puesto en pie. Cuando Avis Culpepper reapareció en la pantalla junto a Betsey Rampike, la entrevistadora de cara chupada fingió secarse unos ojos empañados por las lágrimas mientras se maravillaba de aquel «prodigio del patinaje artístico» cuya vida había segado, a la edad de seis años, una «horrenda maldad en estado puro», y que sin embargo había hecho ya felices a todos los que la conocían y viviría para siempre en el recuerdo de todos los norteamericanos. A Betsey la conmovieron mucho las palabras de Avis Culpepper, y se secó cuidadosamente los ojos mientras, para concluir, la entrevistadora estalló en lo que parecía un discurso preparado sobre el tema de la «epidemia de delincuentes sexuales» que invadía los Estados Unidos a raíz del «ateísmo impío» desencadenado por los demócratas de la izquierda radical «Billy el resbaladizo» y Hillary, la feminista de su mujer:

—Pero, afortunadamente, tal como de manera constante señalan nuestras encuestas en Eagle News, esta repugnante situación terminará en la próxima elección presidencial en noviembre del año 2000. Betsey Rampike, gracias por acompañarnos esta tarde en *Up Close & Personal* y por habernos abierto tu corazón. ¿Cuáles son las palabras finales con las que quieres despedirte de nuestros espectadores, Betsey?

Betsey parpadeó, como con sorprendido deleite, y miró hacia la cámara, buscando los ojos de Skyler:

—Tan sólo que «tengan fe en Dios». Dado que soy alguien que ha «caminado por el tenebroso valle de la muerte», puedo decirles *que no desesperen nunca* porque Dios nos ama a todos, y que se acuerden de rezar por Bliss, porque Bliss rezará por ustedes.

Salto rápido a un anuncio a todo volumen en el que aparecía un alegre mocoso que procedía a zamparse una buena ración de Nutty Nugget Krispies.

Durante la entrevista, todo el mundo en la sala de espera había estado pendiente del televisor. Y acto seguido Skyler, al fondo de la sala, se quedó anonadado al oír a una mujer reír malvadamente:

—¿Qué les parece? ¿Esa horrible mujer Rampike? Fue ella quien asesinó a su pobre hijita, ¡todo el mundo lo sabe!

Y una acompañante dijo, desconcertada:

—¿«Todo el mundo lo sabe»? Siempre he creído que algún «delincuente sexual» mató a Bliss Rampike.

De inmediato todo el mundo en la sala de espera empezó a hablar. Se trataba sobre todo de mujeres, aunque había también algunos varones muy aferrados a sus opiniones. Uno de ellos dijo muy enfadado:

—¡Debería darle vergüenza! Esa pobre mujer *perdió a su hija*.

La primera mujer que había hablado dijo entonces, burlándose:

—Los Rampike escaparon tan campantes porque son ricos y están muy bien relacionados. Tengo amigos en Fair Hills y es un secreto a voces.

Mientras protestas furiosas sonaban a su alrededor Skyler permaneció paralizado oyendo su apellido —*¡Ram-pike! ¡Rampike!*— con tanta violencia como clavos disparados por un martillo de aire comprimido, hasta que llegó alguien por detrás de él que le tiró suavemente de una manga, una negra joven del personal del centro llamada Serena que era amable con Skyler y que le susurró:

—¡Skyler! ¡No tenías que estar aquí! Ven conmigo, es hora de tomarte las medicinas.

Tres días después se produjo un «fuego sospechoso» en un almacén del sótano de Cedar Woods, incendio que causó daños considerables antes de que se lograra apagarlo. Se dijo que había sido provocado, pero no se identificó a ningún pirómano. Sucedió, sin embargo, que, menos de cuarenta y ocho horas después del fuego, Skyler abandonó el centro de tratamiento, sin que llegara nunca a saber si sus padres habían querido sacarlo de allí, o si las autoridades de Cedar Hills lo habían expulsado, porque no se le dio ninguna explicación; una limusina Lincoln de color negro con una enfermera privada se presentó para llevárselo, escasamente una hora de viaje, hasta el Centro de Tratamiento Neuropsiquiátrico Infantil Robert Wood Johnson en Nueva Brunswick donde el TIEE (trastorno incipiente del espectro epiléptico) que acababa de diagnosticársele a Skyler recibiría un tratamiento de vanguardia.

Queremos que te pongas bien de nuevo Skyler lo sabes ¿verdad que sí?
A tu papá y a tu mamá nada nos importa tanto como tú
¡Tu antigua manera de ser Skyler! depende sólo de ti y acabaremos consiguiéndolo

Salto rápido a una posterior aparición de mamá en la televisión cuando Skyler tenía ya trece años y estaba en lo que se llamaba octavo grado en Hodge Hill School, Hodge Hill, Pensilvania: «Recostado en las colinas de Bucks County, Hodge Hill School (fundado en 1951) es un internado privado que cuenta con 220 alumnos y dispone de un campus con mucho arbolado y una extensión de quince hectáreas cerca del pintoresco río Delaware. Hodge Hill cuenta con una tradición de excelencia académica combinada con la atención a "necesidades especiales". En su claustro figuran profesores, psicólogos y terapeutas sumamente preparados, además de un médico residente a tiempo completo. Se mantiene un servicio permanente de enfermería. El colegio se encuentra a menos de doce minutos del centro médico de Doylestown y está reconocido por la Asociación Norteamericana de Psiquiatras, Psicólogos y Fisioterapeutas Infantiles. Hodge Hill School proporciona un entorno tranquilo, seguro y estimulante para niños de diez a dieciocho años a los que se han diagnosticado discapacidades sociales, emocionales, psicológicas y académicas. Se requiere el pago anticipado, no reembolsable, de la matrícula completa de un año».

Para entonces, en el otoño del año 2000, Skyler se había encerrado en un mutismo casi completo. Consideraba el «lenguaje una forma de agresión». Su suave pelo infantil de color castaño que se le había caído a mechones después de la muerte de su hermana le había vuelto a crecer mucho más áspero y de un extraño color zinc. También en las axilas y en la entrepierna le habían aparecido mechones de vello rizado del mismo color, que a Skyler le repelían y al mismo tiempo le fascinaban.

También había dejado, por otra parte, de ser un alfeñique. Aunque flaco y descarnado, e incapaz de correr sin cojear, había alcanzado una altura de casi un metro setenta y se había convertido en uno de los chicos más altos de octavo grado además de ser, por insuficiencia de los otros, uno de los más inteligentes.

En una sala común estaba mamá televisiva.

Una sala vacía y, en el televisor, alto el sonido. Por todo Hodge Hill había televisores y de ordinario estaban encendidos durante el día y si te acercabas a una habitación no sabías si las voces que charlaban dentro eran voces televisivas o «reales».

—... una peregrinación hasta el infierno, ida y vuelta. Aceptar el dolor que te agarra por el cuello como la mano de un demonio. Pero ahora siento que Dios me ha bendecido, Zelda, y por fin soy capaz de hablar a otros en los momentos en que más lo necesitan...

A Skyler se le desencajaron los ojos y se quedó con la boca abierta, pese a las reservas de cinismo que había ido acumulando. Porque allí, a menos de dos metros, estaba su mamá televisiva.

¡La madre de Skyler! ¡Betsey Rampike! No había tenido ningún aviso de que Betsey fuese a aparecer aquel día en televisión; la última vez que tuvo noticias de su madre no fue por boca de la misma Betsey sino de su nueva ayudante, que había telefoneado para decirle, con voz de sincero pesar, que su madre, desgraciadamente, no iba a poder hacer el viaje hasta Hodge Hill para asistir al fin de semana dedicado de manera especial a los padres de los alumnos.

Bix tampoco había podido asistir al fin de semana para padres por razones de fuerza mayor, dado que estaba de camino a Seúl, en viaje de negocios.

Pero ahora, de la manera más inesperada, allí estaba Betsey Rampike entrevistada por Zelda Zachiarias, mujer entusiasta y de pecho generoso que presentaba un animado programa de entrevistas sobre cuestiones de interés femenino, *Las mujeres hablan claro,* todas las tardes de los días de entre semana en CBS, muy ridiculizado y abucheado por los adolescentes de Hodge Hill. Skyler, al verla, sintió el sabor del pánico: con un aspecto más joven y más «radiante» de como él la recordaba, con el pelo, que le llegaba hasta los hombros, llamativamente aclarado, y con una piel cálida, rosada, fresca, que parecía tan suave como masa de pan sin cocer, y te hacía pensar que conservaría la huella de tu dedo si lo metías. Betsey llevaba un traje pantalón de color fucsia con un escote vertiginoso que mostraba la empolvada división de sus grandes pechos, y muchas sortijas, collares y repiqueteantes brazaletes que, según estaba descubriendo una admirativa Zelda Zachiarias, Betsey había diseñado ella misma como una manera de «mantener a raya el dolor» después de la trágica pérdida de su hijita tres años y ocho meses antes. Sonriendo valerosa, ganándose los corazones del público de Zelda en el estudio de televisión gracias a secarse los ojos y a titubear cuando hablaba, Betsey estaba contestando a las audaces preguntas de la entrevistadora sobre la muerte de su hija de seis años, y sobre los esfuerzos de su familia para seguir adelante, para continuar con sus vidas; Skyler se estremeció al oír que se evocaba el nombre de su hermana con tanta frecuencia, y que a Zelda Zachiarias tampoco se le caía de la boca, y que hablaba de Bliss con tanta familiaridad como si la hubiera conocido de toda la vida.

Skyler suponía, con desazón, que en Hodge Hill todo el mundo sabía quién era él, o quién había sido.

Había otros estudiantes en el colegio con apellidos «conocidos», en varios casos apellidos «famosos» o «infaustos». No estaba bien visto aludir a tales rasgos destacados, y menos aún preguntar sin rodeos al interesado «¿Eres familia de...?» o «¿Qué se siente...?». Todavía peor era pedir un autógrafo.

«Skyler, oye: ¿querrás escribir tu nombre en esta hoja? No es para mí, es para mi madre.»

—... unas memorias audaces, valientes, sin miedo, que ayudarán a otros, Betsey. He dado ejemplares a todos mis amigos y familiares y ahora voy a empezar a regalar estos preciosos diseños de Aroma Celestial, me encantan las cruces «verde esmeralda» y los brazaletes, que son tan divertidos, juveniles y que repiquetean.

Betsey, sumamente conmovida, alzó los brazos, bien proporcionados, para exhibir sus sonoros brazaletes que eran de todos los colores del arcoíris y Zelda Zachiarias, con la generosidad maternal y exuberante de la mejor amiga que hayas tenido nunca, alzó al máximo el nuevo libro de Betsey de brillante cubierta, también con los colores del arcoíris y letras doradas en relieve: *«Reza por mamá»: La peregrinación de una madre desde el dolor hasta la alegría,* por Betsey Rampike.*

Skyler miraba incrédulo. Se le caía la cara de vergüenza. Si alguien entraba en la sala de estar, ¡qué mal rato iba a pasar! No apagó el televisor, sin embargo, ni salió corriendo del cuarto.

—Mamá. *Oh.*

La ironía era que Skyler ya no llamaba así a su madre si conseguía darse cuenta a tiempo.

Como tampoco llamaba ya *papá* a su padre, excepto en algunas de sus conversaciones telefónicas, y acompañando aquel apelativo de una mueca que Bix no podía ver.

A Skyler le fastidiaba de manera especial *mamá,* expresión de terrible debilidad, de nostalgia infantil. Le recorrió un escalofrío de repugnancia y sintió que se le erizaba el pelo de la nuca.

Ya no era un condenado crío: tenía trece años.

Ya no era el *hombrecito* de mamá, sino una persona independiente, carajo.

—... el primer año resulta el más duro, por supuesto, se trata en verdad de «caminar por un valle tenebroso»... La tensión por la pérdida es tan agotadora como una enfermedad. Y las cosas terribles que se dijeron en los medios de comunicación sobre mi marido y sobre mí..., e incluso sobre mi hijo de nueve años. Aunque se sabía..., lo sabía el mundo entero..., que mi pobre Bliss fue raptada y asesinada por un delincuente sexual que la estuvo acechando durante años sin que lo supiéramos... Aquel hombre confesó y terminó suicidándose. Y sin embargo, como sabes, Zelda, en los medios es siempre lo más retorcido y sensacional lo que vende —Betsey hizo una pausa para secarse los ojos con un clínex. Zelda, que estaba pasando las hojas del libro de Betsey, leyó en voz alta un pasaje sobre la «conclusión» y le pidió a Betsey que lo comentara y Betsey dijo, recuperando la compostura—: Creo que fue Freud, Zelda, Sigmund Freud, el polémico pio-

---

* *«Reza por mamá»: La peregrinación de una madre desde el dolor hasta la alegría,* por Betsey Rampike, texto recogido por Brooke Swann (Basic Books, 2000), 192 págs., 21,95 dólares. Antes me rociaría con queroseno y me aplicaría una cerilla que leerlo.

nero del Inconsciente, quien dijo que sentimos melancolía cuando perdemos a alguien porque nos apropiamos de esa persona querida y nos «convertimos» en ella... —al vacilar Betsey, confusa, Zelda Zachiarias hizo un guiño al público para señalar *¡Está logrando que yo me pierda con esos pensamientos tan profundos!*, lo que provocó bondadosas risas ahogadas, de manera que Betsey se disculpó por estar tan afectada—: Zelda, he participado en una terapia. Y eso es algo que sucede con las terapias, ¡piensas demasiado! Piensas demasiado sobre cómo te ha herido la vida, y eso puede ser «narcista»... «narcisita», porque te has tragado a la persona amada que has perdido, y lo que has de hacer es ceder esa persona amada a un Poder Superior, y seguir adelante. La «conclusión» es la meta. Mis memorias terminan con «Conclusión: Aroma Celestial». Porque mi surtido de productos y servicios de belleza ha sido de verdad un regalo celestial porque me ha salvado la vida. Pero tensiones como las que hemos padecido pueden provocar la muerte de un matrimonio... —aquí Betsey hizo una pausa, momentáneamente afectada.

Zelda Zachiarias la tomó de la mano, instándola amablemente:

—¿Querrás hacer partícipe a nuestro público, Betsey, como me has hecho partícipe a mí, antes de este programa, de los últimos acontecimientos en tus quince años de «vida matrimonial»?

En un primer momento, Betsey pareció ser incapaz de hablar, pero luego se repuso, con una sonrisita temblorosa:

—Sí. Lo voy a hacer. Mi ma-marido y yo hemos iniciado los trámites del divorcio.

¡Divorcio! Skyler escuchó, anonadado.

Al tiempo que consolaba a Betsey, Zelda no pudo resistirse a preguntar, mientras el público escuchaba, pendiente de sus labios, de quién había sido la decisión; y Betsey, en un momento de tierna confianza, como una mujer comparte impulsivamente sus secretos más íntimos con otra mujer con la que está ligada, siguió hablando:

—¡Ah, Zelda! Tengo el corazón destrozado. Estoy deshecha. Sabes con qué fervor creo que el matrimonio es para siempre, «en la enfermedad y en la muerte», y esto ha sido un golpe terrible para mí. Desde que Bliss nos fue arrebatada, mi marido ha sido lo que se llama un «obseso» en su búsqueda de... otras mujeres. Más jóvenes. La virilidad de un hombre está muy determinada por la fantasía, la más ligera contrariedad del yo masculino se traduce en

—Betsey, avergonzada, bajó la voz, aunque el micrófono recogió con nitidez todas las sílabas— impotencia; y el varón culpa a la mujer todas las veces.

En aquel momento dramático, el público del estudio, compuesto exclusivamente por mujeres, estalló en aplausos y en risas desfachatadas. Zelda Zachiarias aplaudió también, inclinándose sobre Betsey Rampike para besarle la mejilla ruborizada, y añadió acto seguido que correspondía hacer un breve descanso:

—Por favor, sigan con nosotros y continuaremos esta fantástica conversación con Betsey Rampike, autora del nuevo superventas de éxito instantáneo *«Reza por mamá»: La peregrinación de una madre desde el dolor hasta la alegría.*

Siguió una sucesión de anuncios durante los cuales Skyler permaneció paralizado a pocos centímetros de la pantalla del televisor, que desprendía un calor ominoso. Había empezado a rascarse la cara y el cuero cabelludo hasta hacerse sangre. ¡Cómo le picaba la piel! ¡Cómo le hubiera gustado arrancarse la piel! Hasta sus oídos llegaba un rugido semejante al de un camión de la basura cuando aplasta inmundicias en sus entrañas.

¿Acabar? ¿El ma-matrimonio? ¿Papá y mamá? ¿Y a Skyler no se lo había dicho nadie? Una idea terrible se le presentó *Ninguno de los dos querrá ocuparse de mí.*

Skyler comprendió que debería apagar el televisor y retirarse rápidamente a su cuarto antes de que Betsey Rampike regresara o de que alguien entrase en el cuarto de estar. ¿Porque dónde, en Hodge Hill School, o en cualquier otro internado al que se le pudiera enviar, habría más seguridad, más cordura, que en su propia habitación? Skyler se retiraba con frecuencia a su cuarto en el tercer piso de la residencia, incluso durante las horas de las comidas, aunque era uno de los alumnos más altos de octavo grado, y les caía bien a sus profesores, exceptuadas algunas desconfianzas, porque entre tantos inadaptados, fracasados y «discapacitados mentales», era imposible que Skyler Rampike dejara de brillar; las notas que le ponían eran en su mayor parte sobresalientes, y además había dominado el truco para no tener que tomar las medicinas más fuertes que le administraban; y aunque no pudiera cerrar su puerta por dentro, podía atrincherarse utilizando muebles. Skyler, sin embargo, no se movió de la sala de estar. Como un roedor fascinado por la cobra que se balancea delante de él, siguió ante el televisor hasta que se reanudó el programa y Zelda Zachiarias presentó de nuevo a Betsey Rampike; Zelda manifestó ahora su deseo de evocar para los espectadores la «trágica pérdida» de su invitada, de manera que aparecieron en la pantalla secuencias de Bliss Rampike, el prodigio del patinaje artístico, escenas bien conocidas que presentaban a la hermana de Skyler patinando de nuevo sobre el hielo, el famoso debut de Bliss con *Over the Rainbow* en la competición Peques sobre Hielo; una vez más a Bliss con su traje de bailarina de un blanco deslumbrador; y en Las Vegas, con el pelo glamurosamente recogido en alto, y el traje tan sexi de color bronce y naranja bailando al ritmo desenfrenado de *Kiss of Fire,* porque *todo ha sucedido ya muchas veces y no hay manera de escapar* y Skyler ha visto estas secuencias muchas veces, desde la muerte de Bliss se han pasado una y otra vez por televisión, incontables veces, siempre era posible ver aquellas escenas en cualquier momento, día y noche, en cualquier canal de televisión, gracias a una magia siniestra había sucedido, y quién sabe cómo suceden esas cosas, que la hermanita de Skyler, a raíz de su muerte, se había convertido en la persona de seis años más famosa de la historia de los Estados Unidos y ¿qué significaba que aquella niña de seis años hubiese muerto?, ¿que la hubieran asesinado? Skyler, sin embargo, tampoco fue capaz de forzarse a apagar el televisor ahora, como tampoco logró salir tambaleándose de la sala, porque salir de allí sería dejar a Bliss y abandonarla; Skyler la abandonaría una vez más; la abandonaría a mamá, renunciaría a salvarla; aunque su hermanita lo llamaba ¿*Skyler? ayuda   ayúdame Skyler* sin embargo la abandonaría, porque era el hecho irrevocable de su vida.

—... Zelda, no sabes lo duro que ha sido. Increíblemente duro. Nuestro hijo es un niño «con problemas». Lleva años haciendo terapias por cuestiones de «déficits» neurológicos y también por problemas relacionados con una personalidad *borderline.* Recibe la mejor atención profesional, pero, ¡créeme!, no ha sido fácil. Tanto mi marido, ayer destacado jugador de fútbol americano en la universidad y hoy ejecutivo de alto rango, como mi hijo padecen de «agresividad desviada». En el caso de Skyler, se cree que el horrible y repugnante pervertido que estuvo acechando a mi Bliss y que la asesinó también se aprovechó de él, de alguna manera que Skyler no ha revelado, porque un trauma así está bloqueado en el hipocampo (la «sede de la memoria»), en estado de rechazo. Hay además un problema de «pasividad-agresividad». Un «abismo de comunicación» entre nosotros. Muchas personas entre tu público, Zelda, quizá hayan pasado por la misma experiencia: un trauma en la familia, y la «dinámica masculina» empieza a desintegrarse, incluso mientras la «dinámica femenina» se hace más fuerte por necesidad. En este caso fue nuestro problemático hijo Skyler quien dio el golpe de gracia. Nuestro matrimonio de quince años, que podría haber resistido el trauma de la pérdida de Bliss, quedó finalmente deshecho por el «masoquismo edípico» provocado por el estrés postraumático de nuestro hijo...

A regañadientes, abrumada por el dolor, pero con valentía, Betsey Rampike siguió hablando. No es fácil desnudar el alma en la televisión nacional. Todavía menos el alma de otros. Con ternura, la cámara se alargaba sobre el rostro sonrosado y encendido de Betsey. Una llama surgió de pronto en el cerebro de Skyler. Podría haber sido un aneurisma en el hipocampo excepto que el pobre chico no se derrumbó muerto sino que empezó a jadear asmáticamente y luego a gritar de manera ininteligible. A continuación empezó a golpear, a dar puñetazos y patadas al televisor hiriéndose las manos, que se le llenaron de cardenales. Gritó con más fuerza, como una sirena cada vez más alta, hasta que alguien entró corriendo en la habitación, uno de los fornidos ayudantes del director, que agarró a Skyler, enfurecido:

—¡Maldito Ranpick! Al suelo.

Pero Skyler, como una ardilla presa del pánico, consiguió eludir al musculoso individuo porque su mamá aún seguía hablando en la televisión, su mamá nunca dejaría de hablar en la televisión, y aunque Skyler pesaba veinticinco kilos menos, consiguió zafarse de la presa del ayudante y corrió de nuevo hasta el televisor y esta vez lo tiró al suelo y lo pateó salvajemente, hasta que por fin la pantalla estalló y trozos del rostro de la mamá de Skyler saltaron en agudas astillas y fragmentos por toda la habitación, incluido el pelo de Skyler, las pestañas, las ventanillas de la nariz y el interior del cuello de la camisa. Un guarda de seguridad uniformado entró a toda velocidad en la sala, tan fornido como el ayudante del director, sujetó al adolescente amotinado agarrándolo por la cabeza y casi lo decapitó al arrojarlo al suelo, derribando en el forcejeo sillas, una pesada lámpara de pie, montones de anuarios de Hodge Hill School, aunque todavía Skyler consiguió liberarse chillando como un murciélago enloquecido hasta ser dominado por pura fuerza bruta, el peso combinado de más de quinientos kilos aplastándole la cara contra la mugrienta alfombra, rompiéndole la nariz, que empezó a sangrar, así como varios dientes a la altura de la encía, dejándolo sin aliento como cuando se pega con un sacudidor y con mucha energía a una alfombra polvorienta colgada de una cuerda de tender la ropa, de manera que más adelante, durante años, se repetiría el relato morboso de cómo se habían necesitado tres poderosos ayudantes y dos guardas de seguridad con cachiporras para dominar a Skyler Rampike, que pesaba menos de cincuenta kilos y que no sólo luchó contra ellos con puños, rodillas y pies, sino enseñando los dientes y echando espumarajos por la boca como un animal rabioso hasta que se le introdujo por fin en una «chaqueta de contención» inflable y lo sacaron en una camilla para llevárselo, en ambulancia, con una sirena ululante, al centro médico de Doylestown para que lo sedaran y transportarlo a la mañana siguiente al hospital general de Allentown para una evaluación psiquiátrica[*].

«¿El chico Rampike? ¿El que quizá mató a su hermanita? Un energúmeno. *Finito!*»

---

[*] Véase el artículo titulado «El hermano de la asesinada Bliss Rampike, campeona de patinaje artístico, ingresado en el hospital psiquiátrico de Pensilvania», *Celebrity Watch Weekly*, 4 de octubre de 2000. Una morbosa historia de primera página que incluía primeros planos de Skyler atado con correas a una camilla, en las que su rostro, contraído por la rabia, resulta irreconocible.

Desventuras en materia de «salud mental»

En beneficio de un testimonio más pleno y sincero y para satisfacer la curiosidad de los lectores con un interés morboso por la psicoterapia, la psiquiatría, la psicofarmacología psiquiátrica, etcétera, he aquí una lista parcial de los especialistas a los que se envió a Skyler Rampike en los años que siguieron al asesinato de su hermana: Splint, Murdstone, Qualls, Schiskein, Roll. Y también una lista parcial de las conclusiones diagnósticas sobre Skyler a las que llegaron aquellos profesionales: trastorno de ansiedad hiperactiva; trastorno narcisista de fase anal; trastorno obsesivo compulsivo; dislexia (crónica, progresiva); trastorno de déficit de atención + síndrome del cromosoma 15 en anillo; trastorno de privación afectiva de Casandra (TPAC); amnesia; hiperamnesia; anorexia; agnosia; anosognosia; afasia; analgesia; TPAC + catatonia (intermitente); trastorno del espectro autístico (TEA); trastorno dominante del desarrollo; personalidad *borderline* con trastorno bipolar; ecolalia; apotropismo; trastorno del espectro autístico + trastorno de agresividad infantil; psicosis maníaco depresiva + trastorno de «dolor fantasma»; hebefrenia[*]; algolagnia; paranoia con trastorno del espectro esquizoide (TEE); histeria; depresión anaclítica; hiperdependencia + trastorno regresivo; trastorno de agresión infantil; síndrome de Asperger ¡y más!

Cada uno de estos diagnósticos iba acompañado de las correspondientes prescripciones, algunas de las cuales se han recogido en el presente documento, repleto de detalles «observados con agudeza» y de hechos semejantes a gusanos en un cadáver en descomposición.

Estaba la doctora Splint. A través de una bruma de dolor de color sepia, aparece la doctora Splint con unas gafas demasiado grandes airosamente colocadas sobre una nariz ganchuda.

---

[*] ¿Sorprendidos? No se lo reprocho. Redactar este documento no ha sido exactamente una cosa comiquísima ni nada parecido a lo que pueda sugerir el término *hebefrenia* (literalmente: «intrincado bosquecillo de risas»).

—¿Skyler? Háblame. Conmigo puedes hablar. No eres mudo, Skyler. Ni les pasa nada ni a tus cuerdas vocales ni a tu garganta, Skyler. Lo sabes perfectamente. Se trata de una mudez *histérica*, Skyler. No es *real*. No hablas ni con tu madre ni con tu padre, Skyler, y están muy preocupados, pero puedes hablar conmigo, Skyler: ¿hablarás?

Seis sesiones con la doctora Splint. (Una mujer huesuda, de dientes grandes apretados en sonrisas. ¿O era la doctora Roll, que vino después?) Me dieron plastilina para «dar forma a mis pensamientos» ante la testaruda ausencia de comunicación oral y lo que produje, en su mayor parte, fueron serpientes.

Con la excepción de la muñeca bebé. Finalmente hizo acto de presencia la muñeca bebé, que llegó después de ocho serpientes de distintas longitudes y grosores, de distinta ambición y autenticidad. La muñeca bebé era del tamaño de una rata y la modelé con plastilina de color carne, esperé a que se secara y luego —tan de repente que las grandes gafas de plástico de la doctora Splint casi se le cayeron de la cara— *bang, bang, bang* contra la mesa. La cabeza de la muñeca bebé *bang, bang, bang* contra la mesa. Y la doctora Splint perdió su compostura profesional, se estremeció de manera visible y retrocedió detrás de su mesa como si le diera miedo su enfurecido paciente de diez años, aunque luego consiguiera serenarse y decir:

—Skyler, tú no golpeaste a tu hermana. No fuiste tú quien golpeó a tu hermana.

Pero Skyler rio como un loco mientras seguía destrozando lo que quedaba de la muñeca bebé, trozos del tamaño de perdigones esparcidos por la mesa y el suelo y también sobre el escritorio de la doctora Splint. Y por primera vez habló a la terapeuta, burlándose:

—¡Fui yo! ¡La maté yo! ¡Le rompí la cabeza! ¡Era lo que yo quería hacer! ¡Le até los brazos además! Fui yo.

La sexta y última sesión con la doctora Splint.

—¡Esa mujer! Sin nada más que un título de la Universidad Rutgers. Tendría que haberme dado cuenta, una «especialista en traumas infantiles» que no tiene hijos. Y tan carísima, cualquiera habría pensado que era un *hombre*.

Ahora a Skyler le venían despacio los pensamientos. El doctor Murdstone miraba a Skyler desde cierta distancia. Skyler le había confesado de manera entrecortada, entre balbuceos, tartamudeando, como si no tuviera muchas luces, que su hermana a veces se le acercaba por detrás y se burlaba de él y le pedía que la ayudara, y se reía de él porque no podía verla, sólo oírla, pero que cuando escuchaba con atención tampoco la oía. A Skyler ahora le venían despacio los pensamientos en la bruma de color sepia provocada por los medicamentos como las piedrecitas del estreñimiento que tenías que esforzarte y apretar y gruñir y gemir, dolorido, para expulsarlas de tu «trasero» (la palabra de mamá, mucho más agradable que *culo,* la palabra de papá), ¡y hacía tanto daño esforzarse!, y a veces después había sangre que era necesario hacer desaparecer con las asquerosas piedrecitas, tan duras, tirando de la cadena.

El doctor Murdstone, a diferencia de la doctora Splint, no era partidario de las sonrisas. El doctor Murdstone miraba desdeñosamente a Skyler porque el doctor Murdstone era como si tuviera rayos X en los ojos para ver en el cerebro maquinador de aquel mocoso:

—Skyler, sabes que tu hermanita no está «ahí». No te persigue ningún fantasma. Sabes que sólo se trata de una alucinación auditiva, es algo que se te ha explicado muchas veces.

¿Se lo habían explicado? Skyler sintió vergüenza. No conseguía recordarlo.

En el espejo se reflejaba un muchachito que casi parecía calvo, con un cuero cabelludo lleno de bultos, ojeras enormes y piel cetrina y con manchas. No podía dejar de rascarse a no ser que se le aumentara tanto la medicación que las manos le pesaran demasiado para alzarlas hasta la cara.

—¡Skyler!

¿Era el doctor Qualls? De algún modo Skyler estaba en la consulta del doctor Qualls adonde alguien tenía que haberlo llevado. Con bigote color de arena mojada, burlón destello de gafas.

—Skyler, eres demasiado mayor para semejantes fabulaciones infantiles —le explica el doctor Qualls—. Tienes diez años y a esa edad el fantasear se ha terminado ya y desde luego has agotado la paciencia de los adultos de tu entorno.

Y luego vino el doctor Schiskein, directo, pragmático (más bien gordo, psiquiatra psicofarmacólogo), que rechazó sin contemplaciones los relatos de Skyler, acompañados de lágrimas y gemidos, sobre la persecución a la que le sometía su hermanita muerta, y prescribió convenientemente el nuevo medicamento milagroso Zilich —fármaco psicotrópico «revolucionario» aprobado por la FDA para niños afectados por el trastorno explosivo intermitente (TEI) junto con el trastorno del espectro paranoide esquizoide (TEPE)— y Skyler aprendió, como también lo aprenderá el lector, que, tratado con trescientos miligramos de Zilich dos veces al día, cualquiera deja de oír voces fantasmales en el interior de la cabeza ¡*Skyler!* *hay algo malo en mi cama* no oirás tus propios pensamientos porque todo lo que podrás oír será un incesante latir a gran profundidad dentro del tronco encefálico.

En el Centro de Tratamiento Verhangen para niños y adolescentes con enfermedades crónicas, institución situada en Bleek Springs, Nueva York (ochenta kilómetros al norte de Manhattan, «impresionantes vistas sobre el río Hudson») estaba la doctora Hedda Roll, M. D., Ph. D., con diploma de especialista en terapia para recobrar la memoria, y que instó con rapidez y energía a Skyler a que le revelara el *daño secreto* que había tenido que soportar en la infancia, prolongada y demorada, de hecho interminable, durante una sesión tras otra, en aquel confuso tiempo estancado que siguió a su marcha, morbosamente publicitada, de Hodge Hill School porque fue un interludio en el que la madre de Skyler (¡a quien su hijo no estaba dispuesto a llamar *mamá*!) se había «ausentado», estaba «de visita» en Palm Beach, Florida, con su querida amiga, la anciana y acaudalada señora Poindexter, propietaria allí de una casa de estilo español, y el padre de Skyler (¡a quien el niño no estaba dispuesto a llamar *papá*!) se encontraba «inevitablemente ausente, me sabe muy mal fallarte, hijo» aunque hasta donde Skyler llegaba a saber, Bix Rampike era todavía un «alto ejecutivo» de Univers, Inc., si bien vivía casi todo el tiempo en Manhattan, en el piso de Central Park South que Skyler no había visitado aún, como tampoco se le había llevado nunca a un partido de los Knicks en el Madison Square Garden. No estaba claro para Skyler, de cuyo yo «inestable, precario, paranoide-esquizoide» había que mantener a una distancia deliberada las dimensiones más crudas de la Realidad, si para entonces sus padres se habían «divorciado» o estaban sólo «separados» o «trataban con toda su alma de que las cosas se arreglaran» porque ya incluso antes de la aparición de su mamá en *Las mujeres hablan claro*, Skyler había más o menos renunciado a tratar de comunicarse por teléfono con sus escurridizos padres porque en los números que Betsey le había dado nunca contestaba nadie o «habían dejado de funcionar» y tampoco existía ya el hogar de los Rampike, porque en la antigua casa de estilo colonial y planta irregular del siglo XVIII en el 93 de Ravens Crest Drive ya no quedaba nada de los Rampike y, hasta donde a Skyler se le alcanzaba, unos desconocidos vivían ahora allí y eran felices. Cuando en una ocasión había logrado comunicarse con Bix Rampike en Univers, Inc., su padre había sido sincero al decirle que quería a Skyler «más que a nada» pero que estaba «asqueado e indignado» por el artículo de primera página en el *Celebrity Watch Weekly* que había sido recogido, desaprensivamente, en otras muchas publicaciones entre las que figuraban el *New York Post, The Star Spy* y, en tres párrafos breves en una página interior de la crónica local, el *New York Times*. Las sesiones de Skyler con la doctora Roll eran agotadoras y demoledoras porque al parecer Skyler padecía de nuevo su antigua mudez (histérica, como «mecanismo de defensa») en presencia de aquella mujer que se cernía sobre él, estremecida y de forma cambiante como un pulpo gigante, instándole que le revelara el *daño secreto* que casi con toda seguridad se le había infligido cuando era un niño muy pequeño, posiblemente un bebé, porque los abusos deshonestos en el caso de los niños pueden empezar a una edad muy temprana, cuando Skyler era todavía demasiado pequeño para resistirse y demasiado pequeño para recordar el trauma sufrido a manos de su maltratador o maltratadores contra los que no se podía proteger y que eran... ¿quiénes? Cuéntame, Skyler, quién ha abusado de ti, quién te ha maltratado, quién ha impedido tu crecimiento psíquico, atrofiándote en consecuencia, ¿de qué te estás escondiendo, Skyler? ¿Por qué no me miras y me dices A QUIÉN ESTÁS PROTEGIENDO?». Sobre la mesa, delante del adolescente de catorce años que se retorcía culpablemente, se había materializado un muñeco desnudo del tamaño aproximado de una rata adulta y Skyler miraba fijamente aquel objeto con la boca seca y paralizado de vergüenza porque Skyler ¡ya no era un niño! ¡A Skyler era inútil intentar estimularlo con aquellos accesorios de psiquiatría infantil! Skyler era un adolescente, aunque estuviera «subdesarrollado» física, social y emocionalmente; sin embargo, allí delante tenía un muñeco desnudo, varón; un muñeco, que es una cosa muy diferente de una muñeca; y sus rasgos anatómicos eran de una franqueza y claridad inusuales, ominosas de hecho, a diferencia de cualquier otro muñeco o muñeca que Skyler hubiera tenido nunca la desgracia de ver, porque allí había un muñeco con un «pene» del tamaño de una babosa parcialmente hinchada, al que acompañaban «testículos» del tamaño de ciruelas claudias y, todavía más alarmante, cuartos traseros realistas de un tipo que nunca se ve en un muñeco corriente; en contraste, su rostro era insulso y vacío y de raza blanca; la boca se podía abrir porque sus mandíbulas, pequeñas, tenían goznes, y había dentro una cavidad rosada e incluso una lengua discernible; qué terrorífico le pareció aquello a Skyler, que lo miró y lo siguió mirando largo tiempo; qué aterrador (Skyler estaba recordando ya: una amnesia como una cortina de niebla se alzó de repente y se le apareció cómo en uno u otro de los «centros de tratamiento» a los que había sido sentenciado, es decir, enviado por sus padres «sumamente preocupados» había tenido que ser «alimentado a la fuerza» por medio de un tubo introducido por la boca, que protestaba, lastimándole los labios, la lengua, el interior de la boca, la garganta) y la cabeza del muñeco se parecía burlonamente a la calva cabeza de Skyler de varios años atrás, cuando el trauma de la muerte de su hermana había provocado que se le cayera el pelo a puñados de manera que al abordarlo otros chicos de su edad, niños que lo miraban con descaro, le preguntaban «¿Tienes cáncer? ¿Te dan quimio?». Peor aún, al lado del desventurado muñeco se materializaron a continuación dos muñecos adultos, varias veces más grandes, de raza blanca, con los mismos rasgos insulsos y vacíos y con bocas similarmente movibles, muñecos adultos desnudos con espantosos genitales adultos, Skyler se cubrió los ojos no queriendo ver, un vislumbre de pechos femeninos de buen tamaño, con pezones del tamaño de bayas, así como de un pene semierecto de color rosado de un tamaño, en comparación con el tamaño del muñeco, que los antiguos condiscípulos de Skyler habrían catalogado como formidable. Skyler cerró sus estremecidos ojos para no ver aquellos muñecos adultos, lo que provocó que la doctora Roll los empujara, acercándolos de manera sugerente al muñeco que representaba a un niño y también a Skyler, mientras decía con voz amablemente acariciadora «¿Skyler? ¡No seas tímido! Tómate todo el tiempo que necesites y utiliza estos muñecos para mostrar lo que se hizo con tu cuerpo y que te has empeñado en ocultar durante años. ¿Skyler? ¿Por qué no me miras, cariño? ¿Por qué proteges a los que te maltrataron? Conmigo ahora estás a salvo». Skyler se estremeció, recorrido por escalofríos. Skyler quería con toda su alma complacer a la doctora Roll, porque siempre se quiere complacer al adulto depositario de la autoridad, sin embargo Skyler no conseguía forzarse a hablar mientras la doctora Roll repetía su orden, acercándose más, temblorosa y de forma cambiante como un pulpo gigantesco, y a Skyler le daba miedo el roce de sus tentáculos contra su piel expuesta, Skyler temía el dolor de una picadura. Sufriendo mucho se apretó los ojos con las dos manos, enviando chispas al interior de su cabeza, y a la parte inferior de su cabeza, sus labios entumecidos se movieron para decir entre dientes a la doctora Roll que tenía la sensación de que no recordaba que nadie le hubiera hecho daño cuando era pequeño. Que no recordaba en absoluto que nadie le hubiera hecho daño. Y ahora la doctora Roll dijo con voz mucho más cortante «Skyler, por qué los proteges, por qué te niegas a cooperar, no empezarás a curarte a no ser que cooperes con tu terapeuta, seguirás atrofiado durante el resto de tu vida, ¡mírame, Skyler!, y mira esos muñecos» porque la doctora Roll sabía que su joven paciente que se retorcía, sintiéndose culpable, mentía; por supuesto la doctora Roll sabía por años de experiencia en la recuperación de recuerdos que lo que tenía delante era un niño enfermo, maltratado, con graves heridas, si bien Skyler testarudamente *negaba* con la cabeza, testarudamente se negaba a tocar los muñecos desnudos y también se negaba a mirar el resplandor de la mirada penetrante, como de rayos X, de la doctora Roll, porque Skyler no podía decir *sí fue mi padre, sí fue mi madre*. No podía decir *Me mataron. Mataron a mi hermana y me mataron a mí*. No podía. No podía. No.

«ERS»

Para que conste, conviene señalar que después de que la doctora Roll se deshiciera, indignada, de Skyler Rampike como paciente e informara de manera cortante a sus padres de que su hijo estaba «anclado en un estado tan intenso de rechazo, equivalente a un cáncer con metástasis en todos los huesos», de que no podía «en conciencia» seguir tratándolo, aquella mujer vengativa añadió al historial médico, que seguiría al detestable joven durante el resto de su vida, un nuevo diagnóstico, tan desalentador como misterioso: «ERS».[*]

La minuta de la doctora Roll, correspondiente a menos de seis sesiones, y entregada por mediación del venerable Centro de Tratamiento Verhangen, ascendió a la sorprendente cantidad de 46.399 dólares.[**]

---

[*] ¿«ERS»? ¿Se preguntan ustedes qué trastorno es ése? Skyler también se lo preguntó.

[**] De los que el astuto Bix Rampike, para entonces director de Desarrollo de la Investigación (nacional) en Univers, Inc., no pagó ni un céntimo. En lugar de eso, el pleiteador padre de Skyler demandó tanto a Hedda Roll como al Centro de Tratamiento Verhangen para niños con enfermedades crónicas por «negligencia extrema» y «difamación» y pidió una compensación económica de 13 millones de dólares más costas. (El pleito se resolvió finalmente mediante una transacción extrajudicial por una cantidad que Skyler no llegó a saber nunca.)

¡Adiós, primer amor!*

Recuerdos adolescentes de un amor perdido

<hr>

* Tenía el convencimiento de que este título tan inspirado era mío, pero ahora recuerdo vagamente un libro con ese título, un libro de bolsillo con una portada rosa, suntuosa y húmeda, como un palpitante órgano femenino: tiene que haber sido una de las novelas románticas que mi madre trataba de ocultarle a mi padre, quien muy probablemente bromearía sobre ellas y las despreciaría con erudita superioridad pagada de sí misma: «¡Dios del cielo, Betsey! ¿Cómo puedes leer semejante porquería?».

I

... te quiero, supongo.
Yo también.

* * *

¿Piensan que no soy capaz?

¿Piensan que yo, Skyler Rampike, empapado en ironía, resentimiento y *sand fraud* crónica como un calamar envuelto en tinta, no puedo dejar de lado las estrategias posmodernistas de la «ficción narrativa» para cambiarlas por las emociones ingenuas, crudas, palpitantes, de la mera «narración»? Con aire de suficiencia creyeron que no sería capaz de presentar la muerte de mi hermana ni el confuso período que siguió a aquella muerte si bien, aunque extraordinariamente limitado por mi ignorancia de todo lo que sucedió, sí que lo hice; en consecuencia, creo que estoy en condiciones de presentar la historia «agridulce», «conmovedora», «imposible» del primer amor de Skyler, que concluyó de una manera bien abrupta y melancólica.

Porque ¿acaso existe algo más estimulante que el amor para la hastiada sensibilidad posmoderna? ¿Y, todavía más estimulante, el amor entre dos adolescentes dolorosamente inexpertos en el marco de un colegio de secundaria?

Sigan leyendo.

—Ahí está: «Heidi Harkness».

Los chicos se hallaban en los escalones de piedra de Babbitt Hall. Hablaban en voz baja y entre risitas pero con intención de ser oídos por la chica alta y desgarbada con ropa de aspecto descuidado que pasaba deprisa junto a ellos, evitando mirarlos. Porque «Heidi Harkness» era el nombre de la nueva alumna transferida a la academia de Basking Ridge, en Nueva Jersey, y de quien se sabía que era la hija de un reciente criminal famoso, antiguo jugador de béisbol de primera división, acusado de haber asesinado a su mujer, de la que estaba separado, al supuesto amante de su mujer y a Yin y Yang, los dos caniches de su esposa, muy queridos por ella, y a quien se había absuelto la primavera anterior, después de un largo proceso morbosamente divulgado; *Harkness* no era un apellido que se pareciera mucho al original, pero *Heidi* no distaba demasiado del verdadero nombre de la hija.

Excepto que, para los fines que me propongo con este documento, he hecho tanto de «Heidi» como de «Harkness» nombres por completo ficticios. También he cambiado, de la misma manera, hechos y circunstancias cruciales relacionados con el padre y el apellido de Heidi, ambos notorios.

Skyler   no escribirás sobre mí ¿verdad que no?

Skyler   no estoy seguro de poder prometerte   que no vaya a escribir sobre ti.

Del adusto Babbitt Hall, después de noventa adustos minutos de trabajo en el laboratorio de química, salió Skyler Rampike, que había crecido hasta alcanzar la altura de un metro setenta y cinco, de expresión malhumorada, de hombros caídos y dieciséis años, con cabellos «de un extraño color metálico» que se le alzaban desde la frente como la cresta de un gallo loco, un Skyler adolescente que el lector se sorprendería de ver: había dejado de ser un alfeñique, y no tenía tampoco alma de alfeñique, porque había aprendido por fin las ventajas de ser el hijo profesionalmente desgraciado de padres ricos; entre los heridos todavía en pie de la academia de Basking Ridge, Skyler mantenía el tipo con cierta dosis de rebeldía y de dignidad; la cojera misma, que antes le avergonzaba, había empezado, en determinadas circunstancias, a empuñarla como un garrote, a voluntad: sabía caminar pesadamente, golpear con un ruido sordo suelos y escaleras que crujen, y forzar a otros a abrirle paso mediante bandazos y caídas. Y ahora, al salir tambaleándose de Babbitt Hall, para incorporarse a la tarde húmeda de finales de septiembre, Skyler pasó por detrás, pero provocativamente cerca, de dos alumnos de último curso, a los que podemos llamar «Beav» y «Butt» por su parecido con dos cretinos de unos dibujos animados de la televisión cuya fama y descrédito habían llegado a la cima y se habían desvanecido dentro de los límites de los recuerdos adolescentes de Skyler; Skyler oyó las voces burlonas y vio cómo se daba la vuelta y se alejaba la chica hostigada; Skyler sintió una oleada de puro odio, enganchó a Beav, el más alto, con el borde de su mochila, como de manera accidental, y Beav giró violentamente hacia él —«Cuidado, tú»—, y los dos, Beav y Butt, se volvieron contra Skyler, le golpearon y empujaron, le dieron puntapiés desde la mitad de las escaleras hasta abajo haciéndole perder el equilibrio y caer con fuerza sobre una rodilla (maldita sea, la rodilla derecha) y Skyler trató de no hacer una mueca de dolor mientras los otros reían triunfantes por encima de él:

—¿Qué tal te va, Sly? Ram-pole, Ram-pole...

Salmodiaban, deformándolo, el apellido de Skyler mientras él se ajustaba la mochila y se alejaba cojeando.

Y ¿dónde estaba Heidi Harkness, que Skyler tenía la esperanza de que hubiera sido testigo del audaz ataque a los dos gamberros en defensa suya? No se la veía por ningún sitio.

Mientras un Skyler con el ceño fruncido y el rabo entre las piernas cruza cojeando el «césped» —una extensión de hierba destrozada y mutilada y en su mayor parte de color marrón sobre la que se alzan corpulentos robles que bordean Babbitt Hall, Skudd Chapel, McLeer Hall y el Monumento— estoy obligado a detener la acción, en sus modestos límites, y explicar *Sly Rampole*.

De la misma manera que *Heidi Harkness* es un nombre ficticio inventado (por mí) para ocultar un ficticio nombre «real», y ese nombre ficticio oculta un nombre y un apellido «reales» de celebridad indeseable, también el nombre de Skyler en la academia de Basking Ridge, Nueva Jersey, en el otoño de 2003, cuando se matriculó como nuevo alumno en décimo grado, era ficticio: «Sylvester Rampole».

A raíz de la debacle en Hodge Hill School, y de la expulsión de Skyler, los Rampike padre y madre llegaron a la conclusión de que se debía intentar proteger a su atribulado hijo de la notoriedad «injusta, cruel, vengativa e ignorante» que se había acumulado sobre el apellido Rampike: «Al menos mientras Skyler continúe estudiando y su situación mental siga siendo tan frágil». (¡Palabras de mamá! Y papá estuvo de acuerdo.) Porque desde la muerte de Bliss, sin que importara que su asesino, pedófilo que había cumplido una condena anterior, no sólo hubiese confesado su crimen sino que procediera a suicidarse como expresión de su culpabilidad y remordimiento, los insaciables medios de comunicación, una «manada aulladora» de hienas, chacales y buitres, seguían persiguiendo a los Rampike; y no se avergonzaban en absoluto de tratar de acercarse al pobre Skyler, ni de persuadir a cualquiera que se relacionase con él (profesores, condiscípulos, terapeutas)* para entrevistarlo en busca de información sobre Skyler. La academia de Basking Ridge, según aseguró a los Rampike Horace Shovell, su director, había adquirido una «reputación nacional sin paralelo» por respetar la privacidad de sus alumnos «muy selectos, muy especiales»: excepto mediante invitación, no se permitía la entrada en el campus a ningún representante de la prensa, y todos los profesores y personal administrativo firmaban contratos que incluían la prohibición de conceder entrevistas y/o de escribir sobre cualquier alumno de Basking Ridge en ningún momento. («¿En ningún momento? ¿No existe una ley de prescripción?», preguntó dubitativo Bix Rampike, pero el director Shovell le aseguró que «Nunca se nos ha cuestionado, señor Rampike. Pero si eso sucediera, nuestros asesores legales garantizan que prevaleceremos».)

Establecida sobre veinte hectáreas boscosas en las idílicas suaves colinas al norte del Village de Basking Ridge, en Nueva Jersey, la academia era conocida por sus elevadas exigencias académicas así como por la calidad de su personal de orientación psicopedagógica; a diferencia de la mayoría de los centros privados consagrados a la educación de «alumnos con necesidades especiales» —con «problemas mentales, emocionales y psicológicos»—, Basking Ridge proporcionaba además cursos avanzados de preparación para la universidad en disciplinas como chino mandarín, suajili y coreano; también se ofrecían cursos introductorios «a nivel universitario» en ciencias económicas, inversiones financieras, sociología del desarrollo de la propiedad, «bioética y bioingeniería»; por una mínima matrícula adicional, la academia dispensaba seminarios intensivos con los que se preparaba a los alumnos para los exámenes de acceso a la universidad, así como sobre «El arte de redactar un currículo» o «El arte de mantener con

---

* Por ejemplo, la doctora Roll. En violación de la ética profesional, por resentimiento contra aquel joven paciente poco dispuesto a cooperar, y quién sabe por cuántos miles de dólares, aquella terapeuta del Centro de Tratamiento Verhangen casi con toda seguridad tuvo que ser la «fuente psiquiátrica anónima» utilizada para un morboso artículo aparecido en *Up Close & Personal* con el título de «Memoria reprimida recuperada: ¿confesó Skyler Rampike haber asesinado a su hermana Bliss?». (¡No! Nunca lo leí.) (Bix Rampike presentó una demanda de 10 millones de dólares por difamación en nombre de su hijo [un menor]; hace pocos meses el pleito se resolvió mediante una transacción extrajudicial, pero ¿cómo voy a saber yo por qué cantidad?)

éxito una entrevista para ser admitido en la universidad». A los Rampike se les aseguró que su hijo, pese a su historial de «problemas de adaptación», encontraría un «hogar cálidamente acogedor» en Basking Ridge; con la excepción del director Shovell y de sus ayudantes más cercanos, nadie en la academia conocería su identidad.

—Este centro se fundó en 1891 como institución presbiteriana, para los «hijos díscolos» de distinguidos habitantes de Nueva Jersey —explicó el director Shovell, con una risita obsequiosa—, y en décadas recientes la institución no ha perdido de vista su misión original: la de proporcionar un «refugio seguro» para los hijos, y ahora las hijas, de personas cuyos apellidos «se sabe» que causan problemas en determinados ambientes. Sepan ustedes que en el momento actual hay en la academia media docena de jóvenes matriculados de incógnito, y satisfechos de su situación.

El director Shovell hizo una pausa, como para proporcionar a los Rampike la oportunidad de preguntar, con la más inocente de las curiosidades, quiénes eran aquellos jóvenes: ¿los hijos de políticos, financieros, *artistes* o gente del espectáculo en desgracia?; pero ni Bix ni Betsey mordieron el anzuelo, al darse cuenta de que a su pregunta el director respondería con una correctísima y silenciosa negativa. Shovell continuó:

—Skyler no sería una excepción, señor y señora Rampike, con tal de que él no hable de sí mismo de manera despreocupada, porque a veces los chicos que están en esas situaciones se descubren, quién sabe por qué. «La adolescencia es un país extranjero, allí las cosas se hacen de otra manera.» Esta sabia observación de nuestro fundador, el reverendo Elias Dingle, es tan adecuada hoy como lo era hace más de un siglo. Y, ¿cuál es el nombre que han elegido para su hijo aquí, en Basking Ridge, señor y señora Rampike?

Eran muchos los nombres sugeridos por sus padres, pero Skyler los había rechazado todos. Al enfrentarse con la pérdida de «Skyler Rampike» —un nombre que creía aborrecer—, Skyler tuvo una sensación de mareo, de estar hundiéndose, como la que se puede sentir al mirar desde el borde de un abismo. Porque, ¿cómo podría localizarlo Bliss, si Skyler dejaba de ser Skyler? ¿Aquella débil súplica semejante a un maullido, de noche, a oscuras, en cualquier cama en la que Skyler se encontrase, aturdido, agotado e insomne? *¿Skyler?   ayúdame Skyler   dónde estamos   Skyler*

Durante la entrevista en el despacho del director, los padres de Skyler evitaron mirarse; habían llegado a la academia en distintos vehículos; a Skyler no se le había informado aún de que sus padres se habían «divorciado» y por otra parte no quería hacer averiguaciones.* A continuación, Betsey dijo, con una mirada de reproche a Skyler y, más allá de Skyler, a su marido, que había estado mirando a escondidas el suntuoso Rolex en su musculosa muñeca, con el aspecto comedido pero inquieto de un hombre que anhela estar en otro sitio:

—¿«Sylvester Ram-pole» no es un poco... llamativo? ¿Afectado? —pero Bix respondió, con una cálida sonrisa paternal, como si se despertara de un sueño que se hubiera prolongado varios años:

—«Sylvester Rampole.» Tiene estilo. Tiene dinamismo. Me gusta. ¿Te das cuenta, Sky-boy? Mantienes tus iniciales S. R. En «Rampole» hay un eco de «Rampike» y además está «Rambo». Muy inteligente, chico.

De manera que Skyler se quedó con él. Con el ridículo pseudónimo que había estado convencido de que sus padres rechazarían. Shovell, el director, tampoco se inmutó. De Bix Rampike había recibido un cheque bancario por los gastos de matrícula de todo un año, no reembolsable.

Mi intención había sido, por motivos literarios, «congelar» a Skyler en el acto de atravesar cojeando el césped en persecución de Heidi Harkness, pero de hecho casi lo hemos perdido de vista, porque, pese a ir renqueando, ha dejado atrás ya el Monumento, Old Hill Hall, la «histórica» Casa de los Fundadores, hecha de adoquines, colina abajo por el empapado sendero de virutas de madera hasta más

---

* Al lector (maduro, no neurótico) le resultará difícil creer que Skyler, a los dieciséis años, sea aún tan inmaduro. Que este muchacho que adopta una postura de desaprobadora indiferencia, quitándose espinillas de la cara mientras los adultos debaten su futuro, tenga tantas vacilaciones para reconocer lo que es, para entonces, un *fête accompli:* porque, ¿no había vislumbrado un morboso titular a página entera en la portada del *SleazeWatch Week* que proclamaba

LOS PADRES DE BLISS RAMPIKE, LA ASESINADA
CAMPEONA DE PATINAJE ARTÍSTICO, SE DIVORCIAN?
Al preguntarle si hay otra mujer, Bix responde: «Sin comentarios»?

allá de Yelling West y Yelling East, más allá de Craghorne (residencia masculina), más allá de Clapp (comedores), del gimnasio Clapp, del estadio Clapp; más allá del aparcamiento de visitantes y más allá de los edificios de calefacción y de refrigeración; más allá de las pistas de tenis (ocupadas, ruidosas) y del campo de fútbol (gritos, silbatos, se está celebrando un ruidoso partido), a través del Gran Prado (aquí se necesita información visual: hay que dirigir al lector hacia espléndidas láminas de color formadas por flores otoñales, de manera especial vara de oro, zanahoria silvestre, achicoria de flores azules, sin olvidar unas matas con bayas de color rojo intenso de *Arisaema triphyllum;* cerca del límite pantanoso del campo hay también algunas espadañas y hierbas secas no identificadas que se pueden localizar sin problemas en la *Guía de campo Audubon de las flores silvestres de América del Norte*) en dirección al bosque; testarudo e indomable, cojeando tras el rastro de la esquiva Heidi Harkness, cuyo pseudónimo no la había protegido de las muecas ni de las miradas persistentes ni de las sonrisas compasivas de los desconocidos más de lo que Sylvester Rampole había protegido a Skyler. *Saben quiénes somos. Nuestros enemigos. Sólo nos tenemos el uno al otro.*

Seguía a Heidi Harkness hacia el bosque. Al menos, Skyler creía que estaba siguiendo a Heidi hasta el bosque porque, de lo contrario, ¿dónde estaba Heidi?

Con frecuencia la había divisado, caminando sola por el límite del campus, cubierto de maleza. Por aquella chica con la que no había hablado nunca sentía Skyler una punzada de nostalgia erótica, ¿o se trataba de *Schadenfreude,* la deliciosa palabra alemana para *voluptuosidad del sufrimiento*?

Pensaba *Es más famosa que yo. Sufre más.*

¡No existía *voluptuosidad del sufrimiento* más exquisita, más grata, más desbordante de sensualidad que la germánica!

Y también puede haber sido que a Skyler le molestara Heidi Harkness. No por su fama, infamia, sufrimiento, sino por el hecho fastidioso de que, cuando Skyler había tratado de hablar con ella —en el estruendoso corredor de Babbitt Hall donde los dos, alumnos de décimo grado, tenían sus clases—, la chica, tímidamente huidiza, había conseguido evitarlo: ¡*a él,* a Skyler Rampike, que raras veces hacía el menor esfuerzo para hablar con nadie, y menos aún de sonreír a nadie! Heidi Harkness lo había *desairado.*

En el interior de todo perdedor torpe, como un bocadillo que se escurre de su envoltorio grasiento, se halla un egotista desenfrenado. Sobre todo a los dieciséis años.

«Heidi Harkness, quiero ser amigo tuyo.»

O, con más contundencia: «Heidi Harkness, me llamo Skyler Rampike y quizá hayas oído hablar de mí. Quiero ser amigo tuyo».

Todavía con más contundencia, con la esperanza de hablar con voz más grave y decidida como en un primer plano de una película: «Heidi Harkness, no me tengas miedo. Sé cómo es tu vida. Quiero ser amigo tuyo. Me llamo...».

Pero ¿dónde estaba Heidi Harkness? Skyler empezaba a sudar por dentro de la ropa. Tenía los zapatos casi empapados. Insectos diminutos, del tamaño de signos de puntuación, de los que tenía la vaga idea de que se llamaban jejenes, zumbaban en una nube alrededor de su pelo de punta y se le enganchaban en las pestañas. Si el lector no lo ha acompañado hasta ahora por «entornos naturales» idílicos es porque Skyler parece haber pasado la mayor parte de su vida en sitios sin aire, claustrofóbicos, desprovistos de horizontes. Por alguna razón el sendero de virutas de madera que había estado siguiendo había desaparecido en el suelo pantanoso. Algo se escabullía entre la hierba húmeda: ¿una serpiente? ¿*dos* serpientes? Diez metros más allá había un arroyo nada profundo que discurría sobre piedras desperdigadas semejantes a vértebras deformes. No se había perdido porque ¿cómo podía perderse Skyler? Incluso un chico nada acostumbrado al aire libre no se podía perder tan deprisa. Había caminado menos de dos kilómetros desde los escalones de piedra de Babbitt Hall. Pero estaba sintiendo la familiar sensación asfixiante del pánico* como si la parte de reptil de su cerebro quisiera creer perversamente que se había perdido y que corría peligro.

(Desde su incorporación a la academia, Skyler se había vuelto descuidado, «carecía de supervisión», «iba por libre» y, en consecuencia, había olvidado tomar sus medicinas de la mañana [Zilich + Soothix] y de manera deliberada había prescindido del fármaco que tomaba con el almuerzo [Effexor] que le dejaba la boca tan seca como un calcetín viejo, y que le enturbiaba la vista.)

---

* Pánico: relacionado o semejante al estado mental o emocional provocado por Pan, el dios pagano que habita en el bosque, a la espera de incautos. ¡Como nosotros!

«Prométeme que te tomarás las medicinas como te las han prescrito, Skyler, sabes que te pondrás otra vez enfermo si no lo haces.» Tal era la súplica de su madre.

Skyler había murmurado «¡Claro! Me las tomaré».

Y había añadido cortésmente «Claro que me las tomare, madre».

Ahora la llamaba *madre* cuando hablaba con ella. ¡*Mamá* se había acabado! Ya no era el *hombrecito* de mamá.

Quizá por el efecto acumulativo de tantísimos fármacos, de tantos años y de tantos medicamentos, el caso es que Skyler no había sentido con frecuencia lo que suelen llamarse *impulsos sexuales*. Hasta hacía poco.

Desde que lo habían «entregado» a la academia de Basking Ridge para «empezar de nuevo», a Skyler le gustaba el hecho de «carecer de supervisión» y de «ir por libre».

Ahora, en el bosque, por ejemplo. ¿Por qué había ido a parar al bosque? Se secó la cara con la manga. Malditos jejenes.

Hasta donde se le alcanzaba, estaba solo. Sin embargo: Heidi Harkness tenía que estar por allí en algún sitio. ¿Acaso lo había visto seguirla y se estaba escondiendo de él?

¿De *él*? ¿De Skyler Rampike? ¿Su único amigo?

Oyó un ruido, se volvió alarmado y allí estaba Heidi Harkness a menos de tres metros, mirándolo con ojos húmedos y enloquecidos. Su rostro era asimétrico, como si alguien lo hubiera retorcido, deformándolo sutilmente, y su piel cetrina estaba enrojecida como si hubiera corrido. Sus dientes delanteros, blancos y grandes, se superponían como dedos cruzados. Skyler no podría haber dicho si era fea o guapa o una extraña mezcla de las dos cosas. Se había acuclillado, jadeante. Algo brillaba en su mano temblorosa: ¿algo de metal? ¿Un *cuchillo*?

Asustada, habló en voz muy baja, tan áspera como papel de lija frotado contra papel de lija:

—No te acerques. ¡Deja de seguirme! Vete.

¿Cómo pudiste pensar que me proponía hacerte daño? Te quise desde el primer momento.

No dije que quisieras hacerme daño. Dije que me estabas siguiendo.

Pero sólo porque te quería...
Eso es lo que dicen todos los obsesos. *

De los doscientos cuarenta y tres alumnos de Basking Ridge, *Sly* pronto adquirió la reputación de ser «algo así como un extraño genio» en asignaturas tan difíciles como trigonometría, química y ciencias naturales. Sly se apresuraba a esconder sus ejercicios y exámenes cuando se los devolvían en clase, pero era imposible no ver las aes mayúsculas en rojo que equivalían a un sobresaliente. «Ese tipo tan raro se sabe todas las jodidas respuestas.» Sly era distante, desdeñoso, siempre preocupado; en clase miraba siempre al profesor y a la pizarra; también era taciturno, no estaba nada dispuesto a hablar, pero el profesor podía contar con él para dar las respuestas correctas a sus preguntas, aunque su voz era ronca y entrecortada como si la usara poco. Llevaba la ropa de la academia: blazer de color brezo, camisa blanca de algodón de manga larga y la corbata del uniforme que se sujetaba con un clip y que era probable que estuviera arrugada si había dormido sin quitársela. Nunca parecía saber hacia dónde se dirigía, la cabeza baja y el ceño fruncido, o la mirada perdida a lo lejos; había que saltar para apartarse de su camino o, si eras uno de los fornidos deportistas, te lo quitabas de en medio con un empujón y una maldición: «¡Mira por dónde vas, gilipollas!».

Afortunadamente, Sly estaba protegido por su codiciada DMP (dispensa médica permanente) con la que disfrutaba del lujo de evitar por completo la gimnasia y los ejercicios atléticos, de manera que se libraba de actividades físicas competitivas en las que la ira justificada de sus condiscípulos se habría desencadenado sobre él. «Jodido tío suertudo, ¡quién lo pillara!»

Sly llegaba a las aulas solo y se marchaba solo; excepto en clase de inglés, que de ordinario abandonaba en compañía de su único amigo; de la misma manera que, en el estruendoso refectorio, construido a imitación de algún legendario mausoleo de Oxford, si Sly se presen-

---

* Salto hacia delante al futuro (inmediato) para deshinchar el «suspense barato» —el pan nuestro de cada día de la narrativa simplemente popular y de los superventas— y asegurar al lector incómodo que el comportamiento de Skyler no era en absoluto lo que a Heidi Harkness se le pasó por la imaginación.

taba alguna vez, era para sentarse con su amigo[*] en una mesa de perdedores y solitarios en el rincón más apartado. Bix Rampike, siempre tan sociable, había insistido en que su malhumorado hijo se alojara en una «suite» y así disfrutara de la compañía de otros estudiantes, pero Betsey, de mentalidad más pragmática, sabía que era mucho más prudente ceder ante la vehemente preferencia de su nervioso hijo por una habitación para él solo; sucedió, por tanto, que a Skyler, es decir a Sly, se le permitió vivir en una habitación individual en el cuarto piso, el último, de Old Craghorne, una desvencijada residencia vecina de Craghorne Hall (la nueva); mientras Craghorne era de ladrillo de color beis, Old Craghorne, un edificio mucho más pequeño, se había edificado con un tipo de piedra oscura que se desmoronaba y con la que se tenía la impresión de que desde hacía siglos no paraba de lloverle encima. Mientras la nueva Craghorne era la residencia de los chicos más populares, Old Craghorne se identificaba con los perdedores, los solitarios y los bichos raros. La habitación de Skyler, del tamaño aproximado de dos retretes, se hallaba en lo alto de un empinado tramo de escalones que crujían bajo su insignificante peso (cincuenta kilos para un metro setenta y siete: esquelético, ¿verdad que sí?); aunque con corrientes, ventanas que cerraban mal y suelo de tablas torcidas, la habitación de Skyler pronto se convirtió para él en un refugio impagable. Porque los bullangueros «deportistas» de la nueva Craghorne no llegaban a tomarse la molestia de subir tan alto para hostigar a Sly Rampole, algo que les hubiera encantado si las circunstancias fueran otras; mientras que los chicos de Old Craghorne no compartían aquel espíritu de hostigamiento, y todavía menos las acciones derivadas. A Skyler le parecía que aquellos chicos estaban ligados por una previa encarnación, porque ya habían sido alumnos de Basking Ridge en el pasado, pero sin resultar en absoluto amenazadores, y todos ellos eran más bajos que Skyler. Si hubiera querido, podría haberlos amenazado él.

Siempre se daba cuenta de cómo, cuando con el aspecto de un fantasma con escasa encarnadura material se exponía a sus miradas sombrías, tenía que oír después «Es él: ¡Rampick!».

---

[*] ¿Podría alguien haberlo adivinado? ¡Elyot Grubbe, su antiguo compañero de juegos! Una vez más, de manera inteligente, estoy evitando el «suspense barato» tan denostado por los proveedores de literatura seria.

O: «¿Es él? El pájaro que mató a su...».

¡Con cuánta despreocupación había asegurado el director Shovell a los Rampike que nadie en la academia estaría al tanto de la identidad de su hijo! Muy pronto, sin embargo, quedó claro para Skyler que en Basking Ridge todo el mundo sabía quién era, o que era «alguien» sobre quien se acumulaba cierta medida de vergüenza y escándalo. Y es que lo miraban de una manera bien extraña, y lo seguían mirando con verdadera insistencia cuando ya les daba la espalda, o le sonreían compasivamente y enseguida apartaban la vista: hasta Rusty, el más risueño de los trabajadores de la cocina en Clapp Dining Hall, con su piel oscura y grasienta y los dientes de oro que le brillaban en la boca; hasta el equipo administrativo de Shovell, compuesto en su mayor parte por señoras de avanzada edad y aspecto remilgado que tenían que contenerse para no santiguarse cuando pasaba Skyler. (De la misma manera que, a los pocos días de su llegada, todo el mundo parecía saber que Heidi Harkness, la chica nueva, era la hija de Leander Harkness, de tan triste notoriedad.) Skyler aprendió a soportar su desgracia como uno tiene que soportar un rostro desfigurado o un cuerpo deforme, con toda la dignidad de que era capaz. «Oye, ¿qué tal te va, Sly?» era una burla o una pregunta habitual; posiblemente una burla amistosa, o una pregunta por completo inocente; *Sly* no era un nombre demasiado malo; estaba el ejemplo varonil de «Sylvester Stallone»; se podía defender que *Sly* era un nombre más bien elegante; así que *Sly* conseguía responder con una sonrisa que era una mueca de dolor y decir: «No me puedo quejar, hombre; ¿y a ti qué tal te va?».

En cuanto a sus profesores, Skyler no podía estar absolutamente seguro de quién estaba enterado y de quién no. El señor Badian, su profesor de química, lo miraba con aire perplejo, a veces; Madame Du Mont, la profesora de Francés, parecía interesarse por él de manera especial, entre tantos alumnos aburridos e inquietos; pero el señor Dunwoody, el profesor de inglés, lo miraba sin duda alguna como si quisiera aprendérselo de memoria y aparentaba una actitud amistosa hacia «el nuevo alumno recientemente trasladado». Dunwoody sonreía a su cautivo, a quien había sentado en la primera fila (como sentaría más tarde a Heidi Harkness, que empezó a ir a clase doce días después del comienzo del trimestre); sonreía a Skyler mostrando húmedas encías rosadas y se frotaba enérgicamente las manos regordetas como una mantis religiosa podría frotarse las patas en previsión de un festín:

—Sylvester Rampole. ¿Eres nuevo en Basking Ridge, Sylvester? ¿Y dónde estudiabas antes?

En su asiento de la primera fila, a Skyler le hubiera gustado encogerse hasta quedar reducido a un denso objeto duro, tan impenetrable al escrutinio como un pedazo de kriptonita. El pelo basto que le había empezado a crecer hacía poco, que era imposible peinar y que se le alzaba desde la frente misma le daba un aspecto anormal; y aunque llevaba el uniforme de la academia (blazer de color brezo con botones de latón, camisa blanca de algodón y corbata a rayas que se sujetaba con un clip) destacaba entre los demás alumnos de manera alarmante; con la excepción de su cuerpo escuálido, nadie habría pensado que tuviera dieciséis años, sino muchos más. A raíz del incidente en Hodge Hill School, cuando a Skyler lo golpearon los guardas de seguridad, se había sometido a cirugía dental para reparar parte de los desperfectos en la boca, y la nariz se la habían curado dejándole un bultito óseo que le daba, al menos eso pensaba Skyler cuando se miraba de reojo en cualquier superficie que lo reflejara de manera favorecedora, el aire varonil de un boxeador curtido. Y ahora, cubriéndose la boca con la mano, Skyler farfulló en respuesta a la pregunta del profesor de inglés:

—... Hodge Hell, Pensilvania.

Con los modales desenfadados de un imbécil de mediana edad acostumbrado a provocar las risas de adolescentes cretinos, Dunwoody se inclinó hacia delante haciendo bocina con la mano en un oído:

—¿Syl-vester? Tendrás que perdonarme. Mucho me temo que no soy capaz de descifrar palabras groseramente formuladas.

Risas ahogadas. Incluso las chicas más comprensivas, que de ordinario se apiadaban de sus compañeros convertidos en víctimas propiciatorias, no pudieron dejar de reír entre dientes.

Skyler no tuvo otro remedio que hablar un poco más alto, aunque fuese con gesto hosco y sin sonreír:

—Hodge Hill, profesor. Un centro docente.

—Ah: ¡Hodge Hill! En modo alguno del calibre académico ni social de la prestigiosa academia de Basking Ridge, ¿no es cierto? No es difícil entender el porqué de tu traslado —Dunwoody, un tipo tirando a gordo, con papada, entre los cuarenta y los cincuenta, modales falsamente británicos, escasos cabellos muy finos y gafas oscuras pretendidamente sexis con montura de aviador, sonrió a Skyler como un dentista puede sonreír a un paciente atrapado—. ¿Y dónde está tu hogar, Sylvester? Tu acento, como de quien tiene los senos nasales obstruidos, sugiere Nueva Jersey, ¿no es cierto?

¡Su hogar! ¡Dónde estaba el hogar de Skyler!

Pregunta imposible de contestar. Porque Skyler no podía decir «Soy de Fair Hills». Tampoco podía decir: «Mi hogar está en Fair Hills». Porque la realidad era que Skyler ya no tenía un hogar en Fair Hills, en el 93 de Ravens Crest Drive. Todo aquello se había acabado para siempre. Y además, lo que era todavía más vergonzoso, Skyler no tenía ya hogar. ¿Lo sabía Lionel Dunwoody y por eso preguntaba? En los últimos años, Skyler no había pasado más que muy pocos días, de manera intermitente, con su madre, en una u otra de las «residencias temporales» de Betsey Rampike; mientras que, por otra parte, esperaba en vano a que se le invitara a visitar a Bix en el legendario apartamento de Central Park South, y también a que se le llevara a ver un legendario partido de los Knicks; el último «hogar» en el que Skyler había vivido era la gran casa antigua de la abuela Edna Louise en Pittsburgh, adonde se le mandó para que pasara unos pocos días de confusión en las Navidades de 2002... La anciana Edna Louise había dejado de hablarse con su «desvergonzada» nuera, y no estaba «muy contenta» con el comportamiento de su hijo Bix; pero, como la mayoría de los familiares adultos de la familia de Skyler, tampoco había explicado nunca sus razones. Bajo el escrutinio de Dunwoody, a Skyler empezó a arderle la cara. El rostro lleno de manchas, el rostro maltrecho, el rostro de chico enfermo y culpable. Había estado apretándose un granito por debajo de la ventanilla izquierda de la nariz y al final había conseguido hacerse sangre con las uñas y un hilillo carmesí le corría rápidamente barbilla abajo;* y, al ver que se había hecho sangre, Dunwoody se apresuró a escenificar su preocupación por su afligido alumno:

---

* A los escasos lectores con gustos literarios algo pervertidillos y morbosos quizá les interese saber que de la misma manera que el rostro del Skyler de dieciséis años empezó a sangrar en el aula de Dunwoody, el Skyler de diecinueve se hurgó y rascó tanto los puntos que le habían dado en la cara que también empezó a sangrar sobre la página que tienen delante.

—¡Vaya por Dios! ¡Qué nos ha sucedido! Sylvester, aquí, deprisa, toma este clínex.

Pero Sylvester, furioso, apartó la mano del profesor, se levantó del asiento y salió corriendo a trompicones del aula...[*]

Ꝫꞽꞽᴏꞅ ᴅᴇꞁ ꞽꞐꝼꞽᴇꞃꞐꝋ
ᴅᴇ ꞁᴀ ꝯꞃᴇꞐꞅᴀ ꞅᴇꞐꞅᴀꞇꞽꝋꞐᴀꞁꞽꞅꞇᴀ
(un poema en prosa)

En el extremo más apartado del comedor con revestimiento de madera de nogal, modelado de acuerdo con algún legendario mausoleo de Oxford, indiferentes al rumor, al estruendo y a la hilaridad de sus condiscípulos, el trío de exiliados estaba sentado bajo una alta ventana con parteluz: Harkness, Grubbe, Rampole. Jóvenes a quienes la infamia de sus padres había desfigurado como si se tratara de una deformidad física.

Atraídos entre sí por temperamento y no, como habrían afirmado apasionadamente, por los vulgares accidentes de la historia, eran Hijos del Infierno de la Prensa Sensacionalista.

Lector: éste era mi comienzo, originalmente, para «¡Adiós, primer amor!». ¡Me gustaba tanto, lector! Me avergüenza confesarlo.

Pero a algunos de ustedes les desagrada, por principio, esta prosa poética pseudoartística. Su mirada perceptiva, acostumbrada desde antiguo a la anodina afabilidad y a la predecible normalidad de tipos de imprenta como Baskerville, Century, Bodoni, etcétera, reac-

---

[*] Lector, ¡lo siento! No puedo seguir adelante.

¡Ni siquiera sé por qué estoy escribiendo sobre Lionel Dunwoody!

Mi intención era escribir sobre Heidi Harkness y de algún modo resulta que estoy escribiendo sobre Lionel Dunwoody. Como el lector debería recordar de hace muchos capítulos, fue Dunwoody quien nos puso como lectura en clase la conocida obra de E. A. Pym *The Aesthetics of Composition* en la que se afirma que «La muerte de una hermosa niña de menos de diez años es el tema más poético del mundo». Por puro sadismo hacia «Sylvester Rampole», Dunwoody nos asignó aquella tarea sabiendo lo mucho que afectaría a su alumno. Se trata de la persona que concedió una entrevista (en julio de 2004) a un reportero de *No Holds Barred* como «fuente anónima» para comentar hasta con los detalles más dolorosos el «perfil psicológico» de Skyler Rampike; al preguntarle el periodista si creía que el «atribulado joven» podía haber sido capaz de asesinar a su hermana de seis años, Dunwoody respondió: «Cuando yo miraba aquellos ojos acerados, me hundía en un abismo. ¡No tengo más que decir!».

ciona negativamente ante otras tan «características» —tan «acaparadoras de atención»— como la Old English Text de la que el párrafo de arriba es un ejemplo: sin duda la ven ustedes como «extravagante», «excesiva», «adolescente». Aunque sé que tienen razón, cada vez que leo este párrafo, me entusiasman sus posibilidades, que me parecen de dos clases:

Posmodernistas: autorreflexión, autoironía, «rareza».

Tradicionales: sinceridad, apertura, «linealidad».

Sin embargo, la solemnidad de la prosa, la entrecortada gravedad con que se entona «𝕳𝖎𝖏𝖔𝖘 𝖉𝖊𝖑 𝕴𝖓𝖋𝖎𝖊𝖗𝖓𝖔 𝖉𝖊 𝖑𝖆 𝕻𝖗𝖊𝖓𝖘𝖆 𝕾𝖊𝖓𝖘𝖆𝖈𝖎𝖔𝖓𝖆𝖑𝖎𝖘𝖙𝖆» sería muy difícil de mantener incluso para el más hábil de los estilistas, y no es ése mi caso.

Podría argumentarse, sin embargo: *Skyler Rampike es de hecho un adolescente.*

Durante la mayor parte de este documento, Skyler ha sido un niño pequeño: un *menor*. Ahora, en estos últimos tiempos, ha entrado en la *adolescencia*. Sin embargo, su confuso corazoncito sigue habitando en la *infancia*. Quizás el lector está al tanto de los últimos avances neurofisiológicos, a saber, que en el cerebro adolescente el córtex frontal no está plenamente desarrollado, en especial el córtex frontal del adolescente varón. (Y ¿cuánto dura la adolescencia en nuestros tiempos? ¿Hasta pasados los veinte años en el varón? ¿Quizá los treinta? ¿Todavía más allá?) La costumbre del lector de tratar con condescendencia al Skyler de dieciséis años y al «recargado» poema en prosa que tan adecuadamente expresa sus sentimientos es una simple consecuencia de que el lector tiene más años que Skyler, con toda probabilidad varias decenas, por lo tanto, ¿qué importancia tiene su acartonada valoración?

Oigan, lo siento: no era eso lo que quería decir.

Quiero decir que no era mi intención mostrarme hostil.

Puede que esté más cabreado que una mona, que no sea más que una purulenta placa de Petri de hirvientes beligerancias, pero, lector, no era mi intención mostrarme hostil; y si he ofendido a unos cuantos lectores acartonados de mediana edad, ¡lo siento!

¡Skyler ten cuidado! Llevas dentro un demonio que, sobre todas las cosas, anhela que lo dejen libre.

II

—No te acerques. ¡Deja de seguirme! Vete.

De manera inesperada, allí estaba Heidi Harkness, haciéndole frente. Ingenuamente, Skyler había creído que se colocaría en silencio tras ella y, en cambio, era ella quien se había presentado.

En la mano, temblorosa..., ¿qué llevaba? Skyler no conseguía ver si era un trozo de papel de aluminio que había cogido del suelo o una navaja.

—No te estaba si-siguiendo —protestó Skyler—. Que-quería ayu-ayudarte. He visto...

—¿Ayudarme? ¿Cómo vas a «ayudarme»? No puedes.

La afirmación era categórica, rotunda, desafiante. Aquella chica angustiada parecía presumir de que *nadie podía ayudarla*.

Skyler se limpió los ojos. La excitación nerviosa se los empañaba. ¿Era una navaja lo que Heidi Harkness empuñaba amenazadoramente o un trozo inofensivo de papel de aluminio? Tenía dilatadas las ventanas de la nariz, los ojos mostraban un borde blanco por encima del iris. Heidi Harkness estaba asustada, a punto de estallar. Skyler olía la agitación de la chica y también la suya propia. Se atrevió, sin embargo, a acercarse, como para calmarla. Vio que sus ojos eran de un pálido color avellana dorado, como pequeños soles en rotación. Tenía las córneas delicadamente atravesadas de sangre, capilares rotos de noches sin dormir o por el mucho llorar, entendió Skyler. Eran, sin embargo, ojos hermosos, Skyler no soportaba mirarlos. En la sien izquierda le latía una delicada vena azul. Y en el comienzo del pelo, una zona que era como una cicatriz del tamaño de una moneda de medio dólar, un sitio donde Heidi se había estado arrancando el pelo a mechones, igual que Skyler lo había hecho en otro tiempo. Skyler llegaría a enamorarse de los cabellos descuidados de Heidi Harkness, de color castaño claro, densos cabellos elásticos a semejanza de una escoba, del mismo color del pelo de Skyler antes de que se quedara calvo a los diez años.

—¡Tú, sí! ¡Me has estado siguiendo! ¡Tú y tus odiosos amigos! Déjame en paz —dijo Heidi, furiosa.

—¡Yo no! —replicó Skyler deprisa—. Y no son mis «amigos». No tengo amigos.

Dejándose llevar de un impulso, tendió la mano hacia el objeto reluciente en la mano de Heidi Harkness. Pudo ser que, en aquel momento de confusión, a Skyler se le ocurriera que podría calmarla, protegerla y consolarla si le quitaba el arma. Sucedió, en cambio, que sus dedos se cerraron sobre algo tan duro y afilado que no tuvo la seguridad, en un primer momento, de haberlo tocado. La sorpresa que le produjo hizo que le temblara todo el brazo. A través de sus dedos atónitos algo pareció pasarle rápidamente como un alambre muy delgado que estuviera al rojo vivo. Tuvo una sensación húmeda, pegajosa, en la mano. ¿Qué era aquello? ¿Sangre? ¿*Su* sangre? ¿Se había cortado? Como una vengativa figura de mujer en un film asiático de acción, en parte con personajes de carne y hueso y en parte de animación, Heidi saltó hacia atrás arrancando la navaja de los dedos de Skyler, que ya empezaban a aflojarse —era una navaja, con una sólida hoja de diez centímetros—, y la arrojó en dirección al arroyo.

—¿Estás lo-loco? —tartamudeó Heidi—. ¿Qué es lo‵que has he-hecho? Te po-podría haber ma-matado...

Skyler se miró la mano que sangraba. ¿Se había cortado?

—No pasa nada, no es un corte profundo. No duele, apenas.

—¡Pero estás sangrando! Debe de doler.

—De verdad que no. No me pasa nada.

—¡Lo siento! Pero me has o-obligado a hacerlo...

Con la magnanimidad de un heroico hombre de acción, en lugar del asombro y la frustración de un muchachito sin experiencia ante lo que le había sucedido en la mano, Skyler trató de sonreír. Le aseguró a la desconcertada joven que la culpa de la mano herida era toda suya:

—Te he provocado. Sólo te estabas defendiendo —Skyler se examinó la mano y se dio cuenta de que varios cortes superficiales corrían horizontalmente a lo ancho de cuatro dedos, además de un feo tajo en la carne blanda de la base del pulgar—. Escucha. No es demasiado grave. Podría haberme quedado sin el pulgar, pero no ha sido así.

Extrañado y exaltado y extasiado por una poderosa inyección de adrenalina en el corazón y de adrenalina corriéndole por las venas: algo que Skyler no había sentido —¿desde cuándo?— desde la crisis emocional en la sala de la televisión en Hodge Hill, cuando hicieron falta quinientos kilos de fuerza bruta masculina para dominar a un chaval muy flaco.

El instinto femenino llevó a Heidi Harkness a hurgarse en un bolsillo para extraer un doblado clínex de color rosa que parecía usado. Con aire contrito dijo:

—Es todo lo que tengo. Toma.

—Escucha, no pasa nada. Yo mismo me hago daño todo el tiempo, peor que esto.

—Por favor. Mira cómo sangras. No... no te lo limpies con la manga de la chaqueta. Ten.

Skyler, aturdido, no coordinaba demasiado bien, y manejó el pañuelo con tanta torpeza que Heidi se vio obligada a apoderarse de la temblorosa mano herida, limpiando los cortes con el clínex rosa. Skyler se quedó muy quieto, sin resistirse. Con la excepción de los camilleros, las enfermeras y los fisioterapeutas, y el rápido apretón de manos intercambiado con su antiguo compañero de juegos Elyot Grubbe que se había acercado a él el primer día de clase en Basking Ridge, a Skyler no le había tocado nadie desde hacía mucho tiempo. La sensación fue como si estuviera en el borde de un precipicio mirando hacia abajo a un abismo mucho más profundo de lo que había imaginado...

Con la cabeza baja, muy concentrada en su tarea, murmurando para sus adentros con una mezcla de alarma, de simpatía y de exasperación, Heidi se vio obligada a estar muy cerca de Skyler. Era casi de su misma altura, pero ahora miraba al suelo, en la frente las arrugas de la preocupación. Desde tan cerca, Skyler vio con más claridad la calva del tamaño de una moneda en el comienzo del pelo. Vio también que Heidi se había arrancado la mayor parte de las pestañas. Quien hace una cosa así es que se está castigando. Y se prefieren las uñas más puntiagudas. *Es como yo. Es otra persona como yo. Lo tiene que saber.*

A los dieciséis años Skyler Rampike —*Sly* en su nueva encarnación— tenía un aspecto tan amargo, malhumorado y agresivo que parecía varios años mayor. Era una persona a la que no era probable que nadie se acercara. Rodeándolo como una especie de campo magnético negativo había un espacio que no se podía invadir sin disgustar a Skyler de manera notable, si bien ahora, de repente, con total olvido de aquel espacio magnético negativo, Heidi Harkness, una chica, se hallaba muy cerca de él. Y tiernamente ocupada con la mano herida de Skyler... La hostilidad en su rostro terriblemente encendido parecía haberse esfumado. Hablaba con asombro y pesar:

—Dios mío, ¡no tendría que haber sacado esa navaja! «Las acciones tienen consecuencias», lo sé. Esa navaja del ejército suizo... me la dio mi padre. Pero no tendría... no tendría que haberla traído aquí, a la academia de Basking Ridge... Soy una alumna en período de prueba. Una navaja es «contrabando» y me podrían expulsar. Si alguien se en-entera de esto...

Skyler se apresuró a asegurarle que nadie se iba a enterar. Él, desde luego, no se lo iba a contar a nadie. No la expulsarían. Si alguien se interesaba por su mano, Skyler diría que había sido un accidente, que se había herido él solo.

—Soy de lo más propenso a los accidentes. TEPA, «trastorno del espectro de la predisposición a los accidentes», está en mi historial clínico. Aquí tienen nuestro historial clínico completo: la academia de Basking Ridge es una clínica además de un centro docente y todos somos pacientes. Estamos todos asegurados, si pasa algo —a Skyler le conmovió profundamente ver que Heidi Harkness tenía otro clínex para él, y que le preparaba un tosco vendaje para la mano que luego sujetó con una goma elástica. Skyler sintió un fuerte deseo de besar la calva del tamaño de una moneda en el comienzo del pelo de Heidi, pero se echó a reír en cambio, de forma un poco desatentada.

Heidi dijo con tono reprobatorio:

—¿Y si la navaja te hubiera llegado al corazón? No estarías riéndote ahora.

Skyler rio, embargado por la ternura.

—Quizá fuera eso lo que tenía que haber sucedido. *Como hierba segada.*

—¡Estás loco! ¿Por qué dices esas cosas... tan... terribles?

El tono de voz de Heidi, irritado, desconcertado, a Skyler le resultó familiar: era el tono de la desaprobación paterna. Pensó de nuevo *Tiene que saberlo, está en el mismo caso que yo*. Como un mago que saca del vacío un resplandeciente pañuelo carmesí, se oyó decir:

—Algunas cosas son sencillamente «destino». Algunos encuentros. ¿Sabes? Nuestras vidas son «contingentes». Eso quiere decir no «predeterminadas». Si se pudiera rebobinar el tiempo, regresar al comienzo de la «vida orgánica»..., las primeras formas de vida unicelulares... —improvisaba ya con las cadencias de voz y algunas de las expresiones faciales de Rob Feldman, el brillante profesor particular de su hermana—, el *Homo sapiens* nunca aparecería por segunda vez. ¡Es cierto! ¡Lo dicen los científicos! Son demasiados los factores que intervienen en la evolución de una especie con un desarrollo tan extraño, y todos ellos «contingentes»... como las glaciaciones, o los asteroides estrellándose contra la Tierra. Todo lo que puedes decir con seguridad es que lo que sucede *es*. La vida es un *acte gratut*.

Heidi Harkness sonrió insegura.

—*Acte gratut*... ¿es como *acte gratuit*, algo que sucede sin finalidad alguna? ¿Como un puro accidente?

—Eso también. ¡Exacto!

Recelosa, Heidi Harkness miró a Skyler Rampike como si no hubiera visto nunca a nadie como él en toda su vida. El párpado izquierdo le temblaba de una manera que imitaba, por pura casualidad, un temblor crónico en el párpado derecho de Skyler. ¡Qué hermosa era Heidi! Aquellos ojos de color avellana dorado, unos ojos tan hermosos que Skyler no podía apartar la vista. En un estado tan extraño, con un leve zumbido en los oídos, y el dolor punzante en la mano herida, Skyler no tenía más que una vaga idea de dónde se encontraba. Desde algún lugar cercano le llegaba el susurro del arroyo entre rocas desperdigadas y de aspecto reseco. Un arroyo sin nombre que corría por el borde de los terrenos de la academia de Basking Ridge. Muy por encima, en las copas de aquellos árboles altos —a Skyler le parecían árboles anormalmente altos, de troncos rectos y lisos, y no tenía ni idea de cómo se llamaban—, torpes pájaros de alas oscuras se revolvían entre el follaje y emitían breves gritos agudos como en un drama de enigmática intensidad. Skyler no sabía nombres de pájaros, no tenía ninguna experiencia de semejantes escenas silvestres. Y empezó a pensar con asombro y en parte con temor *Esto con lo que me he tropezado ¿es una escena de la naturaleza? ¿Una escena de amor en la naturaleza?*

La suya había sido una vida privada de amor. Nadie había vuelto a quererlo desde Bliss. Y puesto que había abandonado a Bliss, nadie lo había querido. Había justicia en aquello, y también lógica.

Durante todo aquel tiempo Heidi Harkness siguió mirando a Skyler con ojos burlones. Había cruzado con fuerza los brazos sobre el pecho, de manera que daba la impresión de estar abrazándose, y casi hasta el punto de hacerse daño. Era una pose, una afectación, inconsciente, desconcertante; como las arrugas en la frente y la costumbre de mordisquearse el labio inferior. Al igual que Skyler, llevaba el uniforme de la academia: blazer, camisa blanca de manga larga, corbata. La chaqueta era de color brezo, la corbata del mismo color con rayas de «púrpura imperial». Al igual que Skyler, daba la sensación de que Heidi se había puesto aquellas prendas descuidadamente, sin recurrir a un espejo. Nada más abandonar Babbitt Hall, Skyler se había aflojado la condenada corbata y se había desabrochado la camisa a la altura del cuello; Heidi había hecho lo mismo.

—Bueno. Me voy a ir —dijo Heidi de pronto—. Adiós.

—Te... te acompaño —respondió Skyler muy deprisa.

—He venido aquí para estar sola —dijo Heidi de manera cortante—. Necesito estar sola.

—Bueno, yo también —respondió Skyler.

—Yo ne-necesito estar sola para poder soportar este sitio tan terrible.

¿Este sitio?, pensó Skyler, *¿terrible? ¿Comparado con qué?* Pero lo que dijo fue:

—Lo sé. También yo.

—No es nada personal —dijo Heidi—, pero necesito la soledad. El estar con otras personas me confunde.

—¡Cierto! Es exactamente así.

—Necesito no hablar con nadie —insistió Heidi, irritada—. Me pone nerviosa que me hablen.

Y Skyler estuvo de acuerdo; porque hubiera estado de acuerdo con cualquier cosa que hubiera dicho aquella criatura fascinante. Al tiempo que pensaba *¡No me puedes parar ahora, mamá! Nada de hombrecito.*

Heidi añadió, ablandándose:

—Si me quieres acompañar, pero sin hablar, puedes hacerlo.

—Muy bien. Vamos —dijo Skyler, entusiasmado.

Pero Heidi objetó, con un parpadeo nervioso:

—Excepto que no puedo volver por ahí.

—¿No puedes? —preguntó Skyler, perplejo—. ¿Por qué no?

Heidi indicaba el camino por el que habían venido, que regresaba directamente al campus.

—Sencillamente, no puedo —dijo Heidi, evitando explicarse—. Adiós.

El temblor en el párpado izquierdo, sin pestañas, se había hecho más visible.

Skyler entendió entonces: aquello debía de ser una de las peculiaridades de Heidi Harkness.

Si padeces un trastorno obsesivo compulsivo relacional, o tan sólo obsesivo compulsivo, te pasan cosas así.

Las fijaciones eran rituales. Rituales en el comportamiento. Para abrirte camino por el laberinto traicionero de cada día sin tropezar con una mina personal. El resultado puede ser que tengas que dar muchos rodeos, que el camino sea condenadamente largo, pero es el tuyo. El que te corresponde.

Como estar obligado a lavarse las manos —¡con gran energía!— tres veces. Como cepillarse los dientes —¡con gran energía!— hasta conseguir que sangren las encías, a los pocos minutos de haber comido (y si a Skyler se le impedía cepillarse los dientes en ese momento tan crucial, allí estaba Skyler al borde mismo de la locura). De Bliss había adquirido la costumbre de caminar exclusivamente sobre la alfombra en cualquier suelo que tuviera alfombra, o en una escalera; del mismo modo que había una manera perfecta de salir a la pista de hielo, una manera que hacía posible, aunque no la asegurase, una actuación perfecta, también había una manera perfecta de acceder a cualquier espacio, y de salir luego. A diferencia de Bliss, Skyler había aprendido a controlar su cama y la ropa de la cama. Desafiantemente descuidado en otros aspectos, Skyler nunca dejaba de hacerse la cama —¡con gran energía!—, de estirar muy bien las sábanas y de sacudir las almohadas a conciencia, y eso a los pocos segundos de levantarse: porque una cama sin hacer es una vergüenza y un desastre. A diferencia de Bliss, Skyler había aprendido a hacer escrupulosamente los deberes para casa: a leerlos no menos de tres veces, y a repasarlos también tres veces; por otra parte, las largas listas que había que aprender de memoria eran la especialidad de Skyler. Y oraciones dirigidas a un Dios en el que no creías y que murmurabas entre dientes una docena de veces al día sin importarte ni el sitio ni el momento ni la futilidad del esfuerzo «Ayúdame ayúdame a mí y a mi hermana Bliss si sólo nos quisieras ayudar en el nombre de tu Hijo en Quien tampoco creo AMÉN».

Skyler se estremeció ante la arriesgada perspectiva de regresar al campus por un camino diferente porque el trastorno obsesivo compulsivo de Skyler se caracterizaba por la necesidad, para él supremamente lógica, de regresar a cualquier sitio por el mismo camino utilizado para llegar allí: siguiendo aquella lógica ¿cómo podía uno perderse? (¡No te perdías nunca!) (No como Skyler se había perdido, con graves consecuencias, en los laberínticos pasillos de Univers, Inc.) Pero dado su interés por acompañar a Heidi Harkness, Skyler cedió.

A regañadientes, o tal vez tímidamente, Heidi Harkness tendió la mano (derecha), estrechó la de Skyler y la soltó casi en el mismo instante. Con los ojos entornados y voz sin inflexiones dijo:

—Y yo soy... Heidi Harkness.

Se produjo una pausa incómoda. Porque *Heidi Harkness* no era el nombre de aquella chica; y Skyler sintió que tenía que hacer ver que lo sabía, pero sin ofenderla. Porque, al igual que un ciervo asustadizo, estaba preparada para salir huyendo por el bosque a la menor provocación, y Skyler tendría que seguirla cojeando. Tratando de adoptar un tono que manifestara confianza, dijo:

—Sylvester Rampole es como me llaman oficialmente aquí, un nombre bien raro, desde luego. Pero como me llamo de verdad es Skyler Rampike. Quizá te suene ese apellido, Rampike —la voz de Skyler se elevó, temerosa.

Heidi Harkness frunció el ceño.

—¿*Ram-pike?* No.

Sin embargo, algunos minutos después, mientras se iban abriendo camino, con alguna dificultad, por un sendero invadido por la maleza junto al arroyo, a través de hierbas altas y juncos de olor desagradable, además de zarzas hostiles que a Skyler se le enganchaban en la ropa, Heidi dijo de repente, con voz neutral:

—*Ram-pike.* Quizás sí, quizá lo haya oído.

Batta!, como exclamaría papá Bix.

Lo sé, les ha consternado esta escena por su falta de ironía. En aquella tarde de comienzos del otoño, en el pintoresco paisaje accidentado al norte de Basking Ridge, Nueva Jersey, todo lo que aquí se ha reseñado sucedió tal como lo cuento. Dos adolescentes empalagosos, sentimentales, ridículamente tristes y dolorosamente reales. Como Skyler había previsto con nerviosismo, Heidi y él se perdieron en el camino de vuelta al campus; como Skyler podría haber anticipado, su mano herida pronto empezó a dolerle de verdad. (Dolor para el que su nueva amiga le ofreció, amable, sus «medicinas de emergencia» —dos cápsulas de cien miligramos del analgésico OxyContin, que Heidi guardaba cuidadosamente envueltas en papel de aluminio, en un bolsillo. «Me encantan. Pero es un amor peligroso. Las guardo para los días malos.») Skyler, cuyos anteriores analgésicos (Dopex, Dremzil) no habían sido opiáceos, se tragó agradecido las cápsulas en seco e imaginó que, al cabo de pocos minutos, el dolor de la mano empezaba a desaparecer.

Se desvaneció el dolor y apareció el amor.

Llegaron tarde al campus, por lo que perdieron la posibilidad de cenar en el comedor y se vieron obligados a conseguir algo de comer en las máquinas expendedoras. Para entonces a Skyler le había sido revelado que, en la parte interior de los delgados brazos de su nueva amiga, había un verdadero mapa de viejas heridas curadas y otras nuevas y sólo curadas en parte, cortes de navaja nada distintos de los suyos en los dedos de la mano, y que era algo así como un exquisito documento en braille sobre el que a Skyler le gustaría pasar los dedos para leerlo.

Y besarlo. Unas cuantas noches después.

¿Por qué querría hacerse daño, «cortarse», no sólo en los brazos sino (como Skyler descubriría) en el vientre, los pechos y el interior de los muslos? Skyler se lo tenía que preguntar, aunque sabía el porqué: ¿no había querido hacerse daño él mismo, lleno de furia, y de hecho se había lastimado y volvería a lastimarse? *Es sencillamente algo que se siente que es lo correcto. Que se siente como bueno.*

¡Quédate conmigo! Pero no hables.

¡No me mires! Soy feo.
Yo soy fea. Tú no.
¿Tú? Tú no eres fea, eres hermosa.
Eso es ridículo. Te pones en ridículo cuando dices cosas ridículas, por favor, no sigas.
No es ridículo decir que eres hermosa y que te quiero.
Bueno. Yo también te quiero... Supongo.

Los aborrezco, sus ojos. La manera que tienen de seguirme con los ojos. Susurrando entre sí «¡Es ésa! La hija de Leander Harkness».

... la manera que tienen de mirarme mientras piensan «¡Es ése! El hermano de Bliss Rampike».

¿Quieres hablar de eso?

¿Quieres tú?

No.

Una vez, sin embargo, echándose a llorar en los brazos de Skyler, lágrimas ardientes que caían sobre él, agarrada al cuello de Skyler como un nadador que se hunde se agarra al cuello de su salvador, Heidi habló con voz infantil, quejumbrosa y dolorida: «¡No fue él! Lo que todos dicen que hizo, ¡no lo hizo! Nunca creeré que lo hiciera».

(¡De manera que Heidi Harkness creía que su padre era inocente! Skyler sintió una punzada de envidia, porque él podría haber creído cualquier cosa de cualquiera de la familia Rampike, incluido él mismo.)

Durante aquel otoño y aquel invierno de 2003 en la academia de Basking Ridge la joven pareja fue objeto de continuada observación: Sylvester Rampole y Heidi Harkness se sentaban juntos en las comidas, con Elyot Grubbe, su amigo y compañero en el exilio; asistían juntos a las reuniones académicas, obras de teatro y películas; paseaban juntos como olvidados de su entorno, dedos enlazados, caderas, codos y hombros que tropezaban suavemente, se besaban con frecuencia, se consultaban en voz baja, con sensación de urgencia. Sucedía, sin embargo, aunque ninguna de las personas que los observaban lo hubiese creído, que «Sylvester» y «Heidi» raras veces hablaban de sus catástrofes familiares.

Se murmuraban «Te quiero». Una docena de veces al día, dos palabras proferidas como un encantamiento.*

---

* ¿Da por sentado el lector lascivo que Skyler y Heidi —según la cruda frase típica— «follaban»? Quizá sí, quizá no. No seré yo quien proporcione esa información.

Skyler adoptaba una actitud protectora y nunca habría disgustado a Heidi diciendo lo que no debía. Los temas tabú eran muchos, se sabía por una rigidez en la mandíbula de Heidi, por el temblor que era como un latido frenético en el párpado, porque cerraba los puños. Como tampoco quería Skyler sacar a colación el tema tabú de su familia, los ya bien conocidos Rampike de Fair Hills, Nueva Jersey. (Gracias a vagas observaciones que se le habían escapado a Heidi, Skyler entendió que su amiga sabía que algo perturbador le había sucedido en el pasado, cuando aún era niño; pero no parecía estar enterada de la historia de su hermana o quizá no recordaba lo sucedido. Como el mismo Skyler, Heidi sólo tenía nueve años en la época de la muerte de Bliss.) En cambio, los (supuestos) asesinatos de la madre de Heidi, de su (supuesto) amante y de los desdichados caniches Yin y Yang, obra del padre de Heidi, y el juicio, muy aireado en los medios de comunicación, que se había celebrado en Nassau County, Long Island, sólo se remontaban a la primavera precedente y era todavía lo que Bix Rampike llamaría un tema «de actualidad».

De hecho, Skyler tenía muy poca información sobre el caso Harkness. De pequeño, como sabemos, nunca había sido aficionado al béisbol. A los once años ya había adquirido la reacción instintiva de evitar incluso mirar de reojo los titulares del periódico; en las tiendas en las que se vendía prensa sensacionalista, apartaba rápidamente la vista, como Heidi había aprendido a hacer mucho después, de cualquier despliegue de las publicaciones del género, de fotos a toda página y de grandes titulares. Con gafas oscuras y expresión sombría, allí estaba mamá tirándole a Skyler de la manga «¡No! ¡No mires! Es la venganza de Satanás contra nosotros».

Skyler había mirado unas pocas veces. Aquello había sucedido años atrás. Y sí, siempre se había arrepentido.

Es difícil pensar en Skyler Rampike como «adolescente norteamericano» —al menos, difícil para mí—, pero más o menos eso es lo que era y estaba muy poco interesado, por tanto, en el ingrediente básico de las conversaciones entre adultos: las noticias. La conciencia que tenía el Skyler de dieciséis años de lo que recibe el nombre de «conflicto de Oriente Medio» no era más que el vago malestar que un campesino europeo de la Edad Media podía haber sentido por algo llamado la peste negra, la guerra de los Cien Años, o el frenesí provocado por una caza de brujas que, según los rumores, avanzaba en dirección a su aldea. «Iraq», «Irán», «Israel», «Madagascar» se podrían haber colocado en el mismo espacio geográfico en África del Norte, o Asia Occidental, o en las estepas del Tíbet, por lo que hace a los conocimientos de Skyler o a su interés. En los centros docentes de los que había sido alumno, y de manera especial en Basking Ridge, los profesores de Historia evitaban discretamente las referencias a la historia contemporánea de los Estados Unidos, a su política exterior y a los políticos en general, dado que familiares de los alumnos más acomodados muy probablemente participaban en el gobierno, de manera clandestina o de otras formas; entre los condiscípulos de Skyler había hijos e hijas de políticos y abogados en desgracia, hombres de negocios, miembros de grupos de presión, personas que daban y aceptaban sobornos. Skyler no sabía quiénes eran aquellos jóvenes ni tenía interés en saberlo como el proverbial avestruz con la cabeza enterrada en la arena evita todo interés por otros avestruces en la misma situación.

A Heidi le daba miedo y al mismo tiempo le fascinaba la televisión, a la que parecía adicta, pese a la desaprobación de Skyler. Por supuesto, Heidi nunca veía los telediarios: la posibilidad de ver un rostro o varios rostros familiares —incluido el de la misma Heidi— era demasiado grande. Tenía debilidad por las tertulias televisivas de la tarde, siempre sin sonido; sus programas favoritos eran reposiciones; programas como *The Young and the Restless* [Jóvenes e inquietos], *Only One Life to Live* [Sólo una vida que vivir], *Historias de hospital, Sorrows of the Rich and Damned* [Sufrimientos de los ricos y sin esperanza]; a diferencia de Skyler, que evitaba la televisión, en especial la de la última hora de la tarde, como alguien que se ha puesto muy enfermo por comer en un restaurante evita el restaurante donde se puso tan malo, Heidi era capaz de hacer novillos, atiborrándose, como en un sueño, de Pepsi Light y pasándose el día entero viendo reposiciones en la televisión:

—¡Skyler, no me riñas! Eran los programas que veía mi madre. Y si enfermaba, cuando era pequeña, me podía quedar en casa y no ir al colegio y verlos con ella, y era una época feliz y una cosa estupenda estar enfermo. Y ahora me consuela mucho ver cómo acaban las historias. Esta vez.

Skyler besaba a su chica. Era probable que Heidi alzara los brazos para convocar a Skyler a una cómoda y caliente confusión de colcha, almohadas, pijama de franela, gruesos calcetines, crespos y recios como zapatillas, que cubrían sus largos pies angulosos, para ser besada; y para ser besada muchas veces. Cuando estaba «baja» de ánimos —lo que alternaba con su estado de ánimo resplandeciente, febril, de alto voltaje—, Skyler tenía que mostrarse protector, y así lo hacía. No deseaba sin embargo revelarle que también su madre había visto los culebrones de por la tarde, en un tiempo ya muy lejano de felicidad antes de Bliss, cuando Skyler era el *hombrecito* de mamá y lo que papá no supiera no iba a perjudicarles a ninguno de los dos.

Del trío de exiliados que comían juntos en un remoto rincón de Clapp Dining Hall, era Elyot Grubbe quien lleno de valor, o quizá con la mayor frescura, se había matriculado en la academia de Basking Ridge con su propio nombre, el verdadero, y no con uno falso. Elyot explicaba con aire sombrío:

—Grubbe no es lo bastante famoso como para disimularlo. La verdad es que poca gente, fuera de Fair Hills, conoce a Grubbe como conocen a Rampike y a Harkness.* Ya os dais cuenta de que la gente me mira sin verme, como sucedía en Fair Hills cuando todavía estaba en primaria. Y, de todos modos, ¿por qué tendría que importarme?

Sólo el observador más obsesivo entre los lectores, y tan morbosamente «retentivo anal» como este autor, es posible que recuerde al compañero de juegos y amigo, y a quien Skyler había imaginado con nostalgia como su posible hermano. (Véase el capítulo, ya remoto, «Aventuras con compañeros de juegos - II».) Había sido toda una sorpresa para Skyler, en la noche del interminable primer día en Basking Ridge, refugiado en su disfraz de Sylvester Rampole, que se le acercara en el comedor un chico brioso y macizo, con gafas como de aviador que le daban la apariencia de tener ojos de pez, para decirle, *sotto voce:*

—Eres Skyler, ¿verdad? ¿Rampike? ¿Te acuerdas de mí? Elyot Grubbe.

Una sorpresa para Skyler, pero una sorpresa muy agradable. Sylvester Rampole casi se había echado a llorar.

En el primer apretón de manos entre las dos víctimas infantiles de Fair Hills estaba la promesa implícita de que *Nadie sabrá quienes somos o fuimos en otro tiempo.*

---

* Como es lógico, Elyot no decía *Harkness* sino el verdadero apellido de Heidi.

Elyot tenía por costumbre, sin duda una costumbre británica adoptada, de darle la mano a Skyler cuando se reunían a la hora de las comidas. Cuando otras personas podían oírlos, Elyot nunca dejaba de llamar «Sly» a Skyler; en otras ocasiones, Elyot llamaba «Sky» a Skyler, de manera que, aunque le oyeran los despectivos internos que los rodeaban, se mantuviera la confusión entre «Sky» y «Sly».

¡Siete años desde la última vez que se habían visto! Siete años desde que Skyler recibiera la carta de pésame, lacónica pero conmovedora, de su amigo:

QUERIDO SKYLER:
POR FAVOR ACEPTA MI MÁS SENTIDO PÉSAME POR LA PÉRDIDA DE TU HERMANA. ME GUSTARÍA SER DE NUEVO TU HERMANO PERO TU MADRE DICE QUE ESO SERÍA DEMASIADO TRISTE.

ATENTAMENTE,
E. Grubbe
ELYOT GRUBBE

Skyler, que por entonces (era lo más probable) estaría sometido a sedación, y ya no vivía en Fair Hills, tenía una idea más bien vaga de la catástrofe familiar que se había abatido sobre Elyot cinco años antes, pero sí estaba al tanto de las horribles líneas básicas de la historia: Imogene, la madre de Elyot, rica heredera, había sido misteriosamente asesinada, «brutalmente golpeada hasta morir», en su dormitorio de la mansión de los Grubbe en Great Road; el padre de Elyot había intervenido de algún modo; ¿o quizá, puesto que se le había absuelto de todos los cargos relacionados con el asesinato, no había tenido nada que ver?... Por supuesto, Skyler no iba a preguntar a Elyot dónde estaba su padre, ni qué relación tenía con él, como tampoco era probable que Elyot preguntase a Skyler dónde estaban sus padres ni qué relación tenía con ellos. El «Nadie sabrá quiénes somos o fuimos» se había sellado con un apretón de manos.

(Skyler recuerda: mamá había empezado a hablarle sobre «la cosa horrible» que le había sucedido a Imogene, la madre de Elyot, como para sugerir al meditabundo mocoso que el mundo está lleno de sufrimiento y que somos cristianos que no tendríamos que dejarnos vencer por el dolor, pero Skyler se tapó los oídos con las manos, gritó «¡Cállate, mamá!» y salió corriendo de la habitación como un elefantito loco.)*

Aquél era el segundo año de Elyot en Basking Ridge. Al igual que Skyler, había faltado a clase durante largos períodos y, como Skyler llegaría a saber, había estado «brevemente recluido» en el Centro de Tratamiento Verhangen; de todos modos, Elyot iba un año por delante de Skyler, y parecía adaptado, hasta cierto punto. En la solapa de su blazer de Basking Ridge llevaba una pequeña serpiente plateada, erguida sobre la cola, para indicar el título honorífico CAP («curso avanzado preuniversitario»); sus dos intereses principales eran ciencias (es decir, curso de preparación para medicina) y música (antigua). De manera retrospectiva, Skyler supuso que, de niño, a Elyot Grubbe le daban muchos fármacos porque, invariablemente, parecía amodorrado, hablaba despacio y arrastrando las palabras y tenía una sonrisa ensimismada; ahora, en la adolescencia, a los diecisiete años, Elyot era un joven con mucha más animación y que sin duda hablaba más deprisa; la manera en que le temblaba la boca antes de sonreír le sugería a Skyler la presencia de fármacos estimulantes en su torrente circulatorio, los mismos que a Skyler se le habían recetado con frecuencia cuando se hallaba en el modo «bipolar»; a la hora de las comidas, Skyler veía a veces a su excéntrico amigo tragar pastillas disimuladamente, una buena cantidad de pastillas, y aunque algunas le parecían familiares (¿Prizzil? ¿Xaxil? ¿Vivil?) Skyler se dio cuenta de que a Elyot le molestaría que Skyler hiciera comentarios; como cuando Skyler se rebuscaba en los bolsillos tratando de encontrar sus medicinas y sólo hallaba clínex usados y pelusas, Elyot fingía no darse cuenta o —meticulosamente preocupado con revisar sus deberes, o porque estaba escuchando su walkman— no se daba cuenta. Si bien los dos amigos se sentaban juntos en Clapp Dining Hall, con frecuencia se pasaban toda la comida sin intercambiar más que unas pocas palabras murmuradas. «Hola. ¿Qué tal? ¿Cómo estás?» «Bien, ¿y tú?»

Skyler, sin embargo, sentía afecto (oblicuo, no declarado) por su antiguo compañero de juegos. Porque Skyler tenía pocos amigos,

---

* Recuerdo perturbador —«recuperado», supongo—, liberado y alzado hasta la conciencia de entre el cúmulo de porquerías, como S. Freud las llamaba desdeñosamente, de lo Reprimido. Skyler debía de tener al menos doce años en aquel momento, puesto que con toda claridad había desaparecido su «mutismo histérico».

de hecho no tenía amigos, y sin duda no tenía «viejos» amigos. En los últimos años Skyler se había convertido en un chico alto, anguloso, desgarbado, asimétrico, y ninguna palabra lo describía mejor que raro; Elyot, por su parte, había crecido cautelosamente, hasta un metro sesenta, pero con un cuerpo robusto, siempre muy erguido y con las mejillas suaves de un maniquí infantil; más parecía tener doce que diecisiete años, un preadolescente lleno de vida, de ojos miopes pero inteligentes, y rostro tan poco definido como una simple mancha. Qué vulnerable sería Elyot para los Beavs y Butts de Basking Ridge si no hubiera sido capaz de intimidarlos con su porte y sus modales; y por el hecho de que, si bien *Grubbe* no parecía ser un apellido conocido en la academia, sugería sin embargo un aura de riqueza, excelentes relaciones familiares y capacidad para ganar pleitos.

Porque A. J. Grubbe había contraatacado, y había puesto en marcha una flotilla de pleitos en los que pedía que lo resarcieran económicamente las publicaciones, los periodistas y los particulares que lo habían «difamado».

Elyot no se parecía en nada al fogoso y exuberante A. J. Grubbe, a quien Skyler sólo había vislumbrado a lo lejos, en un cóctel en casa de los Rampike; Elyot se parecía a su desgraciada madre, la rica heredera, que había sido una de esas mujeres molusco, demasiado blandas, que se estremecen con unas emociones que nadie desea compartir; una esposa y madre siempre deseosa de sonreír, aunque sienta cómo la vida se dispone a destrozarla sin que importe lo amable, lo generosa, lo «maternal» y «amante» y «buena» que sea; porque es una heredera con mucho dinero y ha atraído, fatalmente, a la peor especie de marido.

—¡Y tú tienes la hermanita más adorable del mundo que es como un ángel, Skyler! ¡Qué suerte la de tu madre!

Una tarde de llovizna y de juegos en la mansión Grubbe de Great Road, tras bajar a trompicones la escalera, se presentó la señora Grubbe vestida con lo que parecía ser un kimono japonés, disimulando así sus blandos pliegues adiposos y, acompañándose de exclamaciones, interrumpió la partida de ajedrez de los chicos y se apoderó del rostro de niño pequeño de Skyler con dedos rechonchos y húmedos como una águila se apodera con sus garras del pequeño mamífero que constituye su presa; el aliento de la señora Grubbe, tan cerca de la cara de Skyler, olía a Chardonnay dulce, y ella profirió exclamaciones para alabar a la hermana de Skyler y maravillarse de la suerte de la madre de Skyler. Después, un tanto avergonzado, Elyot había dicho:

—Por favor, disculpa a mi madre. Está diagnosticada como «tripolar», y se está medicando, pero a veces la medicación no funciona y se entusiasma demasiado. Creo que lo que mi madre quería decir ahora mismo era que, si llegara a perderme, se quedaría sin hijos; mientras que tu madre, si te perdiera a ti, seguiría teniendo a tu hermana; y por eso tu madre tiene «suerte», algo que a ella no le sucede. Pero dudo que mi madre sea capaz de expresar bien una idea así, incluso para sus adentros.

(¡Sí! Ya de niño Elyot hablaba con frases bien construidas, de pedante en ciernes.)

En Basking Ridge renovaron su amistad, que siempre había tenido un algo de teórica. Los dos agradecían la compañía del otro, aunque sin excesos. Raras veces se veían fuera de las comidas en el ruidoso Clapp Dining Hall, donde se sentaban en el extremo desocupado de una mesa en la que se acumulaban perdedores y exiliados, y consumían sus alimentos casi en completo silencio. La manera habitual de proceder de Elyot era comer despacio y con aire distraído mientras escuchaba música con su walkman y fruncir el ceño sobre páginas con complicadas anotaciones musicales; cuando Skyler se reunió con él por primera vez, Elyot se estaba abriendo camino por la música sacra de Josquin des Prés; luego pasó a Bach y a sus *Seis suites para violonchelo solo,* interpretadas por Yo-Yo Ma: «El más exquisito de los compositores en conjunción con el más exquisito de los chelistas». Skyler recordó que Elyot había recibido clases de violonchelo en Fair Hills, pero cuando Skyler le preguntó por ellas, Elyot se puso tenso: «No he seguido. No». Skyler vio que Elyot no quería dar explicaciones, pero no pudo dejar de preguntarle por qué había renunciado a seguir, y Elyot respondió, con tristeza: «Mi madre creía que yo era algo así como un fenómeno del chelo. No lo era. Pero se me consideraba "prometedor". Así que la música llegó a ser demasiado importante para mí. Sobre todo después de... ya sabes. Practicaba y practicaba y practicaba, pero no llegaba a hacerlo del todo bien. Cuando tocaba para mi profesor siempre daba alguna nota falsa. A veces llegaba hasta el final de una clase, y entonces el arco se me escurría, cometía un error y tenía que volver a empezar.

Y si volvía a suceder lo mismo, y el profesor no me dejaba empezar otra vez de inmediato, me ponía nerviosísimo. Tratamos de quitar hierro a la situación equivocándome yo (¡aposta!) al comienzo, para superar así el obstáculo, pero...». Mientras Elyot hablaba con su voz más realista y apesadumbrada, temblores que eran como sonrisas le deformaban las comisuras de la boca, mientras Skyler escuchaba en un silencio lleno de comprensión al tiempo que pensaba *¡Peor que yo! Pobre desgraciado.*

Cuando Elyot se sumergía en música exquisita, Skyler se sumergía en Cosas Aburridas. Nada sorprendente —¿a ustedes sí les sorprende?— que el raro de Sylvester Rampole se convirtiera en alumno de sobresaliente en Basking Ridge, porque sus asignaturas le proporcionaban una plétora de Cosas Aburridas que memorizar y que luego podía, con la precisión de un mecanismo de relojería, y como muy pocos más en la academia, regurgitar en exámenes y evaluaciones. Skyler, por ejemplo, sobresalía en la asignatura de historia de los Estados Unidos gracias a memorizar largas columnas de fechas: guerras, batallas, tratados de paz; exploradores, conquistadores, territorios; estados, cuando se les admitía en la Unión; elecciones, tomas de posesión, muertes de Grandes Hombres; hechos destacados de whigs, federalistas, demócratas, republicanos, republicanos antiesclavistas, abolicionistas, «Copperheads» o nordistas partidarios de la paz con el sur, *Tippecanoe and Tyler Too,* «Teapot Dome», «We stand at Armageddon»,* la «elección robada» (1876).** Aún más consoladores, sin embargo, eran la soporífera tabla periódica de los elementos, para la clase de química; las listas de vocabularios y de conjugaciones de verbos, para la clase de francés; largos parlamentos de *Macbeth* y de *Julio César* para confundir al señor Dunwoody que asaltaba a sus alumnos con frecuentes «exámenes sorpresa» con la excusa de mantenerlos en un perpetuo estado de tensión nerviosa, y a quien no había mane-

---

* *Tippecanoe and Tyler Too,* canción popular en la época de la campaña para las elecciones presidenciales de 1840. «Teapot Dome», escándalo de 1922 por la cesión de una zona petrolífera estatal a una compañía privada. «We stand at Armageddon», frase final del discurso pronunciado por Theodore Roosevelt durante la convención nacional republicana de 1912. *(N. del T.)*

** ¿Resulta consolador saberlo o quizá no tanto? ¿El hecho de que en el hirviente pozo negro de la historia de las campañas políticas en los Estados Unidos, al menos en el caso de una elección anterior, la del republicano Rutherford Hayes contra el demócrata Samuel Tilden, se nos informa de que fue «robada»?

ra de disuadir de su convencimiento de que Sylvester Rampole, de algún modo, tenía que haber copiado.

Una vez que Skyler conoció a Heidi Harkness y se enamoró de ella, su celo por las Cosas Aburridas perdió fuerza rápidamente.

—¿Elyot? Quiero presentarte...

Ya eran tres los exiliados en la remota mesa bajo la alta ventana con parteluz. Skyler pensó *Somos todo lo que necesitamos.*

Pero las relaciones entre Heidi y Elyot parecían estar siempre en proceso de negociación, tan agitadas como una manga de viento. En un primer momento, cuando Heidi empezó a sentarse con Skyler en las comidas (posibilidad impredecible, porque Heidi «detestaba los alimentos, por principio»), Elyot no sonreía y respondía con fría formalidad; estaba claro que lo deslumbraba por el simple hecho de ser ella; ¡qué sobresalto descubrir una nueva faceta en su amigo más antiguo e íntimo, a quien sin duda consideraba poco atractivo para las chicas, y de quien creía que el sexo femenino le interesaba tan poco como a él! Heidi recelaba por su parte de Elyot Grubbe: Skyler lo había descrito como su amigo más antiguo e íntimo de Fair Hills, alguien a quien le había sucedido «algo terrible» —de hecho, a su madre—, algo de lo que no había que hablar, nunca, y que era «algo así como un genio». Skyler ansiaba que sus dos amigos se llevaran bien, porque le parecía insoportable la idea de prescindir de Elyot aunque tuviera a Heidi; pero, dada la manera de ser temperamental y el comportamiento impredecible de Heidi (que Skyler sólo estaba empezando a conocer), le asustaba hacerle un feo...

—A Elyot le gustas —le dijo Skyler a Heidi, que procedió a morderse la uña del pulgar hasta hacerse sangre—, pero es tímido y no está acostumbrado a tratar con chicas.

—Tengo la sensación de que me está juzgando. Que es ese «Ojo que Ve», juzgándome.

A Skyler le sorprendieron las palabras de su amiga, que daban la sensación de ser improvisadas, arrojadas con la descuidada pala de sus emociones.

—¿«Ojo que Ve»? ¿Qué quieres decir?

—Bueno, dos ojos. La manera que tiene de mirarme.

—Pero ¿por qué has dicho «Ojo que Ve»? ¿De dónde viene eso?

—No... no lo sé, Skyler. Son cosas que se me ocurren, sin más.

—Sí, pero ¿de dónde viene? «Cosas que se me ocurren», pero ¿de dónde vienen?

—Skyler, ¡no lo sé! Me estás haciendo daño.

Heidi se apartó. Sin darse cuenta, Skyler le había apretado mucho la delgada muñeca, quizá se la torcía, ¿se la retorcía? Pero no aposta.

¿Había buscado Heidi a *Skyler Rampike* en la cloaca del ciberespacio? ¿Era eso lo que había hecho?

¡Vergüenza!

Porque allí estaba Skyler con una asquerosa camiseta negra, pantalones caqui, zapatillas putrefactas y mugrienta gorra de béisbol, con el uniforme del alumno local de secundaria pasando el rato en el 7-Eleven de las afueras del centro histórico de Basking Ridge. Bebía de una botella de Coca-Cola, y ojeaba inocentemente el expositor donde se exhibía la prensa sensacionalista, algo que sabía que no tenía que hacer, que no debía hacer, que era como tragarse un comprimido sin identificar, que podía ser el peor error de su vida, *no lo hagas.* Skyler, sin embargo, pasó las páginas de aquellas revistas baratas, *Star Watch, Star Weekly, US Spy,* donde en octubre de 2003, más de seis años después de la muerte de su hermana, era poco razonable suponer —¿o sí lo era?— que pudiera encontrarse de nuevo con que una fotografía de Bliss Rampike, la conmovedora niñita captada en un elegante deslizamiento sobre el hielo, glamurosamente maquillada como un hada infantil, con una tiara resplandeciente sobre sus rubios cabellos rizados, Princesita del Hielo de Nueva Jersey de 1996, fuese a asaltarlo una vez más, ni tuviera que sorprenderlo de nuevo otra fotografía sonriente de sus horrendos padres saliendo de la Trinity Church rodeados de sus incondicionales seguidores el reverendo Higley y su mujer, e identificados con titulares en tinta roja como Betsey y Bix Rampike, ¿mamá y papá asesinos o desconsolados progenitores? Sin duda no volvería a aparecer la espantosa imagen sonriente de sí mismo como niño, Skyler Rampike: el secreto que nunca ha revelado, ni las fotos tímidamente yuxtapuestas de Gunther Ruscha, pedófilo y asesino confeso y Skyler Ram-

PIKE, ¿LA PRIMERA VÍCTIMA SEXUAL DE RUSCHA? Con una parte de la cabeza Skyler vigilaba al dependiente indio delante de la puerta de la tienda incluso mientras pasaba las hojas del sórdido *US Spy* tratando de contener la respiración para que no le llegara hasta las ventanas de la nariz el hedor a cloaca de la prensa sensacionalista, el deprimente sentimiento de pérdida, dolor, derrota, vanidad de todos los deseos humanos, absoluta impotencia de la clase que encarna la conciencia mínima de la siempre ondeante manga de viento, o la cinta de Moebius, agobiada por las preocupaciones, que gira y gira interminablemente con el planeta Tierra alrededor de su Sol en una galaxia remota cerca ya de contraerse hasta el tamaño de una cabeza de alfiler, titubeando al pasar una página del *US Spy* para descubrir lo que ha estado buscando: HARKNESS. NO RAMPIKE SINO HARKNESS. Mientras piensa con alivio infinito *¡Pobre Heidi! Pero no yo,* porque allí aparece un reportaje de seis páginas, fotografías en su mayor parte, grandes titulares en tinta roja SEXI LEANDER EXJUGADOR DE LOS YANKEES & SUPERMODELO STEFFIE: ¿ESPERAN UN HIJO? Skyler estudia las fotos del apuesto Leander Harkness, sobre el montículo del lanzador de béisbol, inclinado hacia atrás, Serie Mundial de 1988; en otra se le ve con la cabeza afeitada, mirada turbia, boca desdeñosa; en otra, con el uniforme de los Yankees, está inclinado hacia delante en el momento de lanzar la pelota; hay fotos de Harkness y de Alina, su atractiva esposa, una mujer rubia, y de Heidi, la hijita de Harkness; Harkness, Alina y Heidi en su casa de la calle Ochenta y Seis Este, en la ciudad de Nueva York; otra de Harkness y su hija Heidi en la casa a orillas de Oyster Bay; con qué ternura aprieta este papá grandote la manita de Heidi; con qué confianza mira ella a su papá con una sonrisa de adoración; a Skyler le impacta la imagen de su amiga como niña pequeña, tan diferente de la de ahora, angulosa, tensa, nostálgica; a los dieciséis años Heidi se parece más a su madre asesinada que a la niñita de estas fotografías. Y, en otra página, una foto nada favorecedora de Alina Harkness, al parecer ajena a un *paparazzo* que la acecha, mientras, con aire enfadado, sin nada de gracia, sale torpemente de un automóvil dejando al descubierto un buen trozo de pierna demasiado gruesa: ALINA HARKNESS, 35. Con una cercanía cruel aparece la SUPERMODELO STEFFIE, 23: guapísima Steffie, labios prominentes, pechos asombrosos, cintura y caderas estrechas, casi desnuda y luciéndose ante la cámara en un «vestido combinación» de seda negra firmado por Armani. Steffie tiene cabellos rubios lisos muy suaves, labios carnosos y ojos tímidos y cándidos, una hermana más joven, más esbelta y más hermosa de la asesinada señora Harkness.

El reportaje termina con una foto desgarradora de los caniches Yin y Yang mirando hacia la cámara con expresión de perruno desconcierto sobre el pie «¡Nuestro amo, no!».

A Skyler no le queda más remedio que reírse. Como los movimientos de la aguja de una brújula, que indican, para una inteligencia despierta, la presencia de una Fuerza misteriosa, aunque invisible e inescrutable más allá del mundo de las meras apariencias, igualmente es posible percibir, más allá del fango y de los desechos de la prensa sensacionalista, la presencia de un Director invisible, inescrutable y malévolo.

Skyler se entera por el *US Spy* de que Leander Harkness, incluso cuando jugaba en la liga nacional de béisbol con los Yankees, había sido detenido varias veces por la policía en la ciudad de Nueva York, en Oyster Bay y en St. Bart's; en la época de la muerte de su mujer existía contra él una orden judicial dictada por un juez de Nassau County en la que se le prohibía acercarse a menos de treinta metros tanto de su mujer como de su hija, u hostigarlas de cualquier modo; Harkness había sido juzgado por asesinato en primer grado no sólo una sino dos veces en Nassau County: el primer juicio, a finales de 2002, había terminado con un jurado en desacuerdo y el segundo, en la primavera de 2003, con la absolución del acusado. Ningún otro sospechoso había sido nunca investigado y al parecer se creía de manera general que, pese a las decisiones de los jurados, Leander Harkness, actuando en solitario, era la persona que había apuñalado a su mujer hasta quitarle la vida (catorce heridas en el torso, la garganta y la cara) en el hogar de los Harkness, valorado en cinco millones de dólares, en la orilla norte de Long Island; Harkness también había apuñalado hasta causarle la muerte al supuesto amante de su mujer (once heridas, pecho, vientre, ingle); y en una explosión de rabia machista, de la especie frecuentemente exhibida durante su carrera como jugador de béisbol, de gran resonancia, también había acabado con los adorables caniches Yin (pelo blanco rizado) y Yang (pelo negro rizado). Durante la agresión mortal, que se perpetró en una habitación acristalada de la planta baja que daba al Estrecho de Long Island, Heidi, de quince años, la hija de los Harkness, estaba arriba en su habitación y afirmaría haber «dormido» durante todo el episodio, aunque los asesinatos habían tenido lugar aproximadamente a las ocho de la tarde de una noche de julio, cuando apenas empezaba a anochecer. Heidi Harkness insistiría en que no había visto ni oído a su padre en la casa, ni en ningún otro sitio por los alrededores; y que tampoco lo había visto marcharse en lo que vecinos de Oyster Bay describieron como el «inconfundible» cupé Rolls Royce de color bronce. Heidi Harkness, por «motivos de salud», no había testificado en ninguno de los dos juicios contra su padre, y había permanecido internada durante quince semanas en el Centro de Tratamiento Verhangen de Bleek Springs, Nueva York.

Con manos temblorosas, Skyler vuelve a colocar el *US Spy* en el expositor donde lo ha encontrado. A ciegas, sale de la tienda dando tumbos.

Pensando *¡Pobre Heidi! Pero no pobre Skyler esta vez.*

III

—Te quiero.
—Te quiero.
Como en dos espejos que se reflejan mutuamente hasta el infinito.

Protegería a Heidi Harkness, se juró Skyler. Lo que había descubierto en el *US Spy* nunca se lo revelaría a Heidi. Ni en sus momentos de mayor intimidad le insinuaría Skyler *Viste a tu padre aquella noche no es cierto me lo puedes contar Heidi no se lo diré nunca a nadie* porque era responsabilidad de Skyler, si quería a Heidi Harkness, evitar que le hiciesen daño. Tenía la fuerza suficiente, estaba convencido. Esta vez.

No era infrecuente en la academia de Basking Ridge, dada su población de alumnos con diferentes problemas, que aparecieran por el campus, a intervalos regulares, automóviles de alquiler con cristales tintados en las ventanillas de atrás, para llevarse a determinadas personas y luego devolverlas; y así todos los jueves a la una de la tarde un Lincoln de color negro hacía su aparición en el camino de grava para vehículos del pintoresco campus, el guarda uniformado en la cabina de la entrada le permitía el paso y luego iba serpenteando hasta Toll House, la residencia de las chicas, notable por sus habitaciones privadas de tamaño *suite* y cuartos de baño igualmente privados, y de ella surgía, precipitada, Heidi Harkness con unas gafas oscuras que le tapaban buena parte de la cara —pálida, tensa—, un pañuelo atado con prisa en torno a sus cabellos enmarañados, para viajar dos horas hacia el este a la ciudad de Nueva York, adonde se trasladaba para su sesión semanal con un psicofarmacólogo de Park Avenue cuya especialidad eran, en palabras de Heidi, «adolescentes hechas un lío»; y a veces Heidi regresaba a Basking Ridge hacia las ocho y Skyler la estaba esperando, pero otras veces, imprevisibles, Heidi no regresaba y se quedaba en la metrópoli por la noche y luego se mostraba evasiva sobre dónde y con quién había estado y acababa contándole a Skyler que con parientes o amigos de la familia, pero Skyler creía que Heidi pasaba la noche en casa de su padre en la ciudad, en la calle Ochenta y Seis Este, con toda seguridad Heidi pasaba la noche con su padre si Leander estaba en la ciudad; pero Heidi nunca reconocía ante Skyler la realidad de aquellas visitas, como tampoco reconocía siquiera, ante nadie de Basking Ridge, la existencia misma de Leander Harkness ni su relación con él. A Skyler aquello le parecía una traición porque, ¿cómo podía mantenerlo a él, Skyler, al margen de tales secretos, si afirmaba que lo quería? Sin mucha convicción, Heidi rechazaba su razonamiento:

—Pero tú también tienes secretos que no me cuentas. No podemos saberlo todo el uno del otro.

Skyler pensó *Tú no puedes saberlo todo de mí. Pero yo necesito saberlo todo de ti.*

Lo que le ofendía era que Heidi no distinguiera entre él y los otros. Si lo quería, tenía que ser distinto de todos los demás.

—Skyler —le suplicó Heidi—, no. No me fuerces. Quiéreme sólo.

Y se echaba a llorar. Lágrimas ardientes que le salpicaban el pálido rostro anguloso.

De manera que Skyler transigió; cuando Heidi lloraba se sentía impotente, dominado por la culpa y por el extraño placer de la culpa. Le gustaba que su chica —la hija de Leander Harkness, que había mentido para proteger a su padre— apretara contra el suyo su cuerpo trémulo, deslizándole los brazos alrededor del cuello en un gesto de sumisión, de necesidad; pero también de posesividad femenina, lo que le excitaba.

—Ea. No llores. Sabes que voy a cuidar de ti.

Era así: Skyler protegería a Heidi Harkness de cualquier mal, incluso del que pudiera infligirle Skyler Rampike en persona.

¿Qué era lo que más detestabas de aquel tiempo?
No poder decir nunca la verdad. ¿Y tú?
No poder decir nunca la verdad.

Diagnósticos compartidos: dislexia, trastorno de déficit de atención, síndrome crónico de ansiedad, depresión adolescente clínicamente diagnosticada, trastorno relacional obsesivo compulsivo, ERS («¿Qué demonios es eso, Heidi?», preguntó Skyler, porque nunca se lo habían dicho; y Heidi se estremeció y se acurrucó en los brazos de Skyler, besándole el labio inferior para que Skyler no le viera los ojos, y dijo: «Cielo santo. Tampoco lo sé yo».)

CI compartido: la prueba más reciente en el caso de Skyler, 139. La más reciente de Heidi, 141.

Medicamentos compartidos. Los de Skyler: Zilich, Dumix y (recientemente recetado) Upixl, un «antidepresivo para adolescentes». Para Heidi: Oxycodone, OxyContin. Ropa compartida. De Skyler: chaquetón con capucha de cremallera, guantes de piel sin dedos, botas deportivas impermeables; de Heidi: mitones trenzados de la marca L. L. Bean y la bufanda roja de cachemira. Alimentos compartidos: si Skyler pelaba una naranja despacio y sensualmente y se comía la mitad de los gajos, Heidi podía aceptar comerse (muy despacio) la otra mitad. Lo mismo en el caso de pomelos y manzanas. Las barras de Granola de Skyler, ricas en proteínas. (Por cada trozo que Heidi conseguía tragar, un beso de Skyler en calidad de hermano mayor.) (¿No le había insistido Skyler a Bliss para que comiera, años atrás? Cuando mamá no los vigilaba.) (Pero ¿estaba Skyler seguro de que Heidi no se escabullía para meterse un dedo en la garganta y devolver todo lo que había comido a petición suya? Cosa que Bliss no había hecho nunca.) Porros compartidos: marihuana cabezona que Skyler le compraba a un alumno de último curso de Basking Ridge, cuyo proveedor era un chico de un instituto local que tenía «lazos con Newark». Marihuana Acapulco Gold de muy buena calidad, que Heidi traía de contrabando a Basking Ridge de sus misteriosos jueves en Manhattan. Besos compartidos. (¡Besos entre los ensueños de la droga! *Te quiero te quiero* tumbados y entrelazados como perezosas boas constrictoras que se besan, se susurran, ríen en voz baja, entran y salen de los sueños del otro escondidos en la habitación de Heidi, mucho más grande y más independiente que la de Skyler y con baño privado.)

Música compartida: las bandas de Skyler, heavy-metal, punk-rock, Shank, Whack, Futt, Dream Bone; Arvo Pärt, el esotérico «minimalista estonio» de Heidi. («¿"Minimalismo estonio"? ¿Estás de broma?» A Skyler no le llamaba la atención la música de Pärt, que era muy lenta, sobria, tan tranquila que casi no se oía; Skyler sudaba tratando de escuchar; decidido a oír lo que Heidi encontraba tan «hermoso», tan «místico» en aquellas mínimas notas frugales que a Skyler le recordaban a las peculiares cagarrutitas de ratón que con frecuencia encontraba en su cuarto en el ático de Old Craghorne; si el valor de la música reside en su poder de ahogar las voces demoníacas de tu cerebro, Arvo Pärt no era lo bastante sonoro, violento, desmadrado para semejante tarea, de manera que Skyler se impacientaba con los intentos de su novia de convertirlo a la música minimalista: imagínense la consternación de Skyler cuando, una noche, entre las alegres cacofonías de Clapp Dining Hall, Heidi Harkness, su chica, y Elyot Grubbe, su amigo, compartían auriculares para oír con gran seriedad *Alina,* de Arvo Pärt, mientras Skyler, enfurruñado, devoraba lo que tenía en el plato sin saborearlo para alzarse finalmente de su asiento y marcharse sin volver una sola vez la cabeza.)

—Skyler, ¿estás enfadado conmigo? ¿Por qué, Skyler?

Y:

—No seas ridículo, ¡no hay nada entre Elyot y yo! Sabes perfectamente que no hay nada entre Elyot y yo. Es un buen chico, y está muy triste.

Y:

—No volveré a hacerlo, Skyler. Fuera lo que fuese, no lo volveré a hacer. Pero quiéreme...

La querría. La quiso. El amor rezumaba de él en lentas gotas dolorosas como la sangre que se exprime del corte en un dedo. *Puedo. Lo haré. Tengo fuerza suficiente para los dos.*

—... qué es lo que espero hacer con mi vida, espero conseguir un título en salud pública, espero trabajar como voluntaria en un hospital para luchar contra el sida en un sitio como Kenia o Nigeria... ¡De verdad! Quiero redimir mi apellido, que ha quedado contaminado, y lo haré.

A Skyler le conmovieron tanto aquellas palabras —entrecortadas palabras infantiles que revolotearon como mariposas en el aire alrededor de sus cabezas, mariposas de alas frágiles, de una especie que no vive más que un día—, que cuando Heidi le preguntó qué esperaba hacer con su vida, Skyler no fue capaz de pensar en cómo contestar, la cabeza se le había quedado en blanco, ni idea de cómo responder, excepto el convencimiento de que no podía decir «Mi vida está acabada, lo que estoy es jodido», ni siquiera «Mi vida es una cinta de Moebius, ¿sabes lo que es eso? Nunca puede ser más que lo que es, y no se termina nunca». Con entusiasmo de niña, Heidi se inclinó hacia delante para besar a Skyler en la boca, uno de sus rápidos besos anhelantes, y se lo preguntó de nuevo, qué esperaba hacer con su vida, y Skyler se oyó decir:

—... seminario. Quizá la Unión Teológica, en Nueva York. Quiero estudiar en un seminario.

Y Heidi dijo, emocionada:

—¿De verdad, Skyler? ¿Quieres hacerte pastor? No sabía que fueras tan religioso, Skyler, pero es maravilloso.

Skyler rectificó rápidamente, no quería ser pastor, no se veía predicando a una feligresía ni sirviendo de modelo a nadie: «Sólo quiero saber *por qué*». Y es que de hecho era verdad, un hecho tan sencillo que se podía pasar por alto. Skyler quería saber el porqué, como Heidi Harkness quería saber el porqué, y también Elyot Grubbe.

—¡Podemos buscar juntos el porqué, Skyler! Puedes venir conmigo a África. Puedes ser un «hombre de Dios» en África, Skyler. Aunque no creas.

Luego, en la fiesta de Acción de Gracias, Heidi se marchó y lo dejó. Cinco días.*

Y cuando regresó estaba tensa y distraída y reía con más frecuencia, con una risa nerviosa y quebradiza que irritaba a Skyler como cuando se hace chirriar una pizarra con una uña. Se mostraba imprecisa sobre dónde había estado y en dónde había cenado la noche de la fiesta: «Skyler, sólo con parientes y amigos de la familia: mujeres que trataban de hacerme comer y yo que trataba de escaparme». Y a Skyler le molestaba que Heidi Harkness fuese teóricamente su chica y le resultase una desconocida; su lealtad más honda estaba en otro sitio, como si una parte de su delicado cuerpo femenino quedara fuera de su alcance. Si cerraba los ojos, Skyler recordaba el dibujo fantástico de los órganos reproductores femeninos que había contemplado, posiblemente en el dormitorio de Tyler McGreety, su compañero de juegos, un texto médico que se abría por aquella página, *cuerpo del útero, uretra, oviducto, ovario, canal cervical, boca del útero, monte de Venus, himen* y una ilustración que tenía, para los ojos de un niño, el aspecto de un dibujo muy detallado de un extraterrestre con brazos de oviducto semejantes a zarcillos. Ningún pene juvenil podría de verdad penetrar semejante laberinto, Skyler parecía saberlo ya de antemano.

—¿Ves lo que he traído para ti, Skyler? Bueno, para nosotros.

En una bolsita con cremallera para almacenar comida en el frigorífico, lo que Skyler pensaba que sería algún nuevo tipo de droga de excelente calidad resultó ser unas cuantas tabletas de OxyContin (machacadas).

Skyler quiso saber quién le había enseñado a disolver el polvo, quién le había dado las relucientes pipetas; Skyler insistió pero

---

* ¿Se preguntan ustedes adónde fue Skyler durante aquellas fiestas? No fue a ningún sitio. Aunque tampoco se quedó demasiado solo en Basking Ridge, porque hubo un considerable número de condiscípulos suyos que tampoco tenían adónde ir en la fiesta que celebra la glotonería de la familia americana, Elyot Grubbe incluido, así que Shovell, el director, y Gwendolyn, su animada esposa, nos invitaron a todos a la cena de Acción de Gracias en su casa. Como soy más bien torpe con los eventos cálidos, amistosos, «simpáticos», así como con las expresiones de gratitud, pasaré en silencio por la fiesta de Acción de Gracias de Skyler.

nunca tuvo la convicción de que Heidi le dijera la verdad cuando se reía y lo besaba y respondía:

—Cariño, ¿qué más da? No tiene importancia.

—Heidi, hazme el favor.

Durante una sucesión de días Heidi sólo tomó plátanos aplastados en yogur sin azúcar, comida para niños de pecho. Acompañados de latas de Pepsi Light con cafeína que la dejaban aturdida y borracha e hinchada, sintiéndose, dijo, como si estuviera encinta.

A Skyler le preocupaba su chica, tan debilitada a causa del hambre que a veces apenas lograba subir un tramo de escaleras, pero que insistía en apartarlo cuando trataba de ayudarla.

—Skyler, quítame las manos de encima, no quiero que la gente se nos quede mirando ni que invente rumores ridículos.

Las notas de Heidi eran imprevisibles, porque con mucha frecuencia se dormía en clase, en mitad de un examen, la cabeza se le caía sobre el papel y lo manchaba de babas; aparte de la fama o la ignominia que le acarreaba su identidad, Heidi Harkness había adquirido pronto un aura legendaria, dado que aquella «chica tan lista» llegó a quedarse dormida de pie mientras le preguntaban en clase y bajo la mirada incrédula del profesor. (Heidi se despertó enseguida, antes de caer y abrirse la cabeza contra el suelo.) A las horas de las comidas en Clapp Dining Hall, a Skyler le desagradaba la manera en que Elyot y él competían tratando de engatusar a Heidi para que comiera, por el sistema de ofrecerle alimentos de sus platos como se intenta convencer a un niño caprichoso. Skyler sabía que no era una buena idea, que era «darle alas»; sin embargo, como Elyot se empeñaba en tentar a Heidi ofreciéndole algo con la cuchara o el tenedor y Skyler veía que, a veces, como un polluelo que abriera el pico, Heidi comía, sentía una oleada de celos. *¡Vamos! Come lo que yo te ofrezco, maldita sea, tu novio soy yo, no él.* Además de la comida para niños de pecho a base de plátanos aplastados con yogur, Heidi aceptaba (a veces) unos cuantos bocados de insípido arroz blanco, de coliflor y calabacín demasiado blandos e igualmente insípidos y medio vaso de leche desnatada. Con ingenua presunción, Heidi argumentaba a favor de la pureza de los llamados «alimentos blancos», «si es verdad que tenemos que comer».

Skyler reía. Skyler fruncía el ceño. Pensaba *Lo que cagas es del mismo color que lo que caga todo el mundo y huele igual de mal, no hay manera de purificar eso.* Aquella grosera pero perspicaz observación al estilo de Bix Rampike no se le ocurrió compartirla con sus amigos, que le hubieran mirado consternados.

Eh, no soy un tipo simpático. Soy el fulano que mató a su hermanita pequeña. Que quizás la violó. ¿Por qué os sorprendéis tanto? Soy Skyler Rampike.

Nerviosamente pendiente de Skyler, Heidi se daba cuenta de lo que pensaba. Heidi conocía sus estados de ánimo. Incluso mientras Elyot regañaba amablemente a Heidi con su remilgada actitud de futuro estudiante de Medicina («La "anorexia nerviosa" es un trastorno que crea hábito, una compulsión que se convierte en enfermedad, perjudicial para el cerebro, los riñones, el corazón, el hígado y que se parece a un misticismo equivocado de una religión en la que no hay Dios...»), Heidi miraba fijamente a Skyler, quien a su vez la miraba con una extraña indiferencia, casi con hostilidad, incluso mientras le acariciaba la delgada muñeca al final de la amplia manga de una sudadera de Basking Ridge demasiado grande para ella. Aquellos ojos de color avellana casi dorados, como pequeños soles giratorios, y el descarado labio superior, los dos incisivos superpuestos como dedos cruzados... Skyler sintió algo que le apretaba la frente como un fórceps: ¿quién era aquella chica y por qué lo miraba con tantísima intensidad?

Bruscamente Heidi se apartó de la mesa, buscó a tientas su mochila, que era tan pesada y voluminosa como un fardo que hubiera tenido que transportar una mula y, sin una mirada a Skyler ni a Elyot, que se quedó con la boca abierta, abandonó el comedor.

—¡Cómo puedes hacerme daño! Lo que necesito es que me quieras.

—Necesito que tú me quieras *a mí*.

—... necesito que confíes en mí.

—... necesito que tú confíes *en mí*.

Heidi empezó a dejarle regalos. Había un algo frenético en su deseo de sorprenderlo con regalitos inútiles y no deseados, tímidamente dejados en el buzón de Sylvester Rampole en Old Craghorne.

—Escucha, Sylvester: Heidi ha estado aquí —uno de los residentes de la casa le guiñó un ojo.

Sylvester frunció el ceño, porque no quería ruborizarse, avergonzado.

Claro que estaba conmovido, era un gesto cariñoso por parte de Heidi, pero ¿qué iba a hacer Skyler, por ejemplo, con un diminuto ramillete de florecillas que daban la sensación de estar hechas con papel de seda y saliva, rosas miniatura, margaritas, lirios que debían de haberse fabricado con unas pinzas? Skyler se imaginó a Heidi trabajando muy de noche, envuelta en la bruma de quien se olvida del paso del tiempo, una de las dudosas ventajas de la ingestión de OxyContin. Y una noche, en el sitio habitual de Skyler en la mesa del comedor de Clapp Hall, había un sobre con unas iniciales *S. R.* de complicada caligrafía, y dentro una tarjeta de felicitación SÓLO POR-QUE TÚ ERES TÚ, con dibujos de tira cómica: una figura de largas piernas, brazos largos, pelo puntiagudo de color zinc y ojos también de color zinc representados con algo brillante como mica, y Skyler quedó impresionado, los dibujos eran de una sorprendente habilidad, y profesionales, en la vena de un R. Crumb un poco menos feroz. (Pero ¿acaso le había hablado Skyler a Heidi de su devoción infantil por R. Crumb? Le parecía que no.) Y otros detalles de cariño fueron apareciendo en sitios inesperados, en un bolsillo de la chaqueta de Skyler (un pequeño relicario de oro con una fotografía de Heidi niña y un mechón de sus cabellos, y un trozo de encaje blanco que procedía probablemente de unas braguitas suyas); en la mochila de Skyler una cajita azul de Tiffany y dentro un par de gemelos de plata con aire de ser caros y grabadas las iniciales *S. R.* (¡Gemelos! Para un chico de dieciséis años que se ponía unas camisas que prácticamente no tenían puños.) (Aquel regalo, aunque inútil, resultaba halagador: ¡cómo le hubiera gustado a Skyler presumir ante Bix Rampike! «¿Ves estos gemelos? Cosa fina, ¿no es cierto? Adivina de quién es hija la chica que me los ha regalado. Un lanzador de los Yankees, retirado ya, ha salido mucho en las noticias. Sí, lo tienes que haber conocido, es más o menos de tu edad.») Y un día de diciembre apareció en el buzón de Skyler en su residencia un tarrito azul de cristal tallado y dentro diminutos bombones —corazones rojos de canela— que, al caer sobre la palma de la mano de Skyler, empezaron al instante a derretirse y a mancharle la piel y algo se deshizo bruscamente dentro de la cabeza de Skyler como un paquete mal envuelto que contuviera un objeto en forma de cuña *Skyler   ¿me dibujarás un corazoncito rojo Skyler? me harás un corazoncito rojo como el tuyo   Skyler por favor* Tan nítida aquella quejumbrosa petición, llevaba meses sin oírla pero ahora se quedó mirando los corazoncitos rojos que le manchaban la palma de la mano de una manera bien extraña, de una manera que debió de ser mucho más rara de lo corriente, porque uno de los residentes de Old Craghorne empezó a preguntarle, con precaución pero amablemente, si le pasaba algo. Y le llamaba Sly, como si *Sly* fuese su nombre de verdad, preguntándole si se había hecho daño, ¿acaso le sangraba la mano? Pero «Sly» se alejó de un salto como un gran pájaro asustado y huyó sin responder y sin saber dónde demonios estaba, ni por qué.

¡Skyler! no me dejes Skyler
Skyler estoy tan sola aquí

Había descuidado tomar sus medicinas. Los malditos medicamentos que se había empeñado en creer más o menos superfluos y ad líbitum. Hurgándose en los bolsillos en busca de cápsulas de Zilich. Los jodidos Dumix, Upixl, uno de los Oxy de Heidi, cualquier cosa que se le pusiera a mano.

Hazme un corazoncito rojo Skyler   como el tuyo y lo había hecho. Claro que sí. Lo había hecho y, sin embargo, no la había salvado. Skyler no había conseguido salvarla.

Aquella noche le preguntó a Heidi el porqué de los corazones rojos.

Heidi sonrió recelosa al ver que su taciturno novio rechinaba las muelas, que casi se sentía el olor de los dientes que despedían humo. Luego se rio pensando que aquello tenía que ser un chiste y dijo:

—¿Corazones rojos? ¿Los bombones con forma de corazoncitos? No es posible que estés enfadado conmigo; dime que no, dímelo porque sería demasiado raro en caso contrario.

Skyler insistió en que no estaba enfadado, tan sólo tenía la curiosidad de saber por qué Heidi le había dejado corazoncitos rojos en el buzón, uno de sus simpáticos y absurdos regalitos, no es que no estuviera agradecido (reconozcámoslo, no lo estaba) pero le resultaba embarazoso que Heidi Harkness dejara cositas misteriosas para «Sylvester Rampole» en su buzón, de manera que la gente los veía y hablaba de ellos; y Heidi dijo fríamente que si Skyler no quería los condenados bombones no tenía más que tirarlos, ninguna importancia, por qué era todo tan complicado con él, y Skyler dijo otra vez que no estaba enfadado con ella excepto que tenía que preguntárselo: ¿por qué corazones rojos? Heidi dijo que sin duda parecía enfadado, y que no estaba dispuesta a llevarle la corriente con sus malos humores bipolares, también ella tenía sus problemas personales a los que enfrentarse. Heidi se volvió para marcharse y Skyler la siguió, a Skyler le molestó que le diera la espalda y se marchara, pero ella apartó la mano con la que intentaba retenerla y dijo que estaba cansada de querer a alguien que no deseaba su cariño, alguien que con toda claridad la detestaba, y Skyler protestó: ¡no la detestaba, la quería! Y Heidi dijo, lágrimas ardientes salpicándole las mejillas, rabiosa, indignada, se veía que era la hija de Leander Harkness, irguiéndose hasta su metro setenta y cinco, y maldiciendo a Skyler por su manera egoísta de ser, que no la había besado, ni siquiera la había tocado y menos aún le había dado las gracias por los bombones, sólo la atacaba como un ave de presa enloquecida por la sangre, empezaba a tenerle miedo, las cosas tan extrañas que le decía a veces y de las que después no se acordaba, sus celos cuando se quedaba a pasar la noche en Nueva York y sus celos del pobre Elyot que estaba tan solo y era tan desgraciado, y Skyler estaba bien lejos de ser un amigo observador, casi se podría decir que estaba ciego; no deseaba volver a verlo, había terminado con él, su madre ya se lo había advertido, si un chico te pone la mano encima basta con una vez, si un chico trata de intimidarte basta con una vez, y Heidi se alejaba deprisa, medio corriendo, estaban sobre un sendero húmedo de virutas de madera por debajo del Monumento, a Skyler no le quedaba otro remedio que correr tras ella, agarrarla por el brazo, la muñeca tan fina se la podría haber arrancado como el ala de un gorrión, acabó por inmovilizar a la chica que se debatía, trató de consolarla, Dios mío lo sentía mucho, la quería, nunca era su intención hacerle daño, nunca jamás, pero ella le disgustaba a veces, parecía que quería molestarle, como cuando se arroja una cerilla encendida sobre algo inflamable, y Heidi aseguró que no era cierto, que eso no lo hacía nunca, y Skyler se había abierto la cremallera del chaquetón y la de la parka de Heidi, de manera que se podían estrechar, se besaron frenéticamente, Skyler le sujetó la cabeza con las manos para besarla, abriéndole los labios, su lengua en la de Heidi, los dos entre susurros, Skyler limpió con besos las lágrimas de su chica, las manos de Heidi dentro de la ropa de Skyler, las palmas de las manos sobre la espalda que se le había llenado de granitos, confió en que no se diera cuenta, también sus manos estaban dentro de la ropa de Heidi, dentro de su seria camisa almidonada de Basking Ridge, y sobre la piel caliente de su espalda tan suave y sobre sus pechos, pechitos suaves que le cortaban la respiración, con leves cicatrices como signos de Braille de heridas antiguas, Skyler quería creer que eran heridas antiguas y no recientes, porque Heidi le había prometido que nunca volvería a cortarse, como también le había prometido que comería y ganaría peso, recuperaría los siete kilos que había perdido, en el refugio de un roble enorme con raíces por encima del suelo, gigantescas raíces deformes semejantes a piernas, se sostuvieron como nadadores que se ahogan durante tanto tiempo en el refugio del corpulento roble mientras copitos de nieve se les derretían sobre la cara, en un delirio de sensaciones las rodillas empezaron a debilitárseles, casi se podrían haber quedado dormidos, cada uno habitando el sueño del otro, de pie los dos agarrados el uno al otro. *Amor amor te quiero para toda la eternidad.*[*]

> *Skyler no me traicionarás verdad que no Skyler*
> *No hablarás sobre mí   no escribirás nunca sobre mí Skyler*
> *¿Me lo prometes?   no lo haré nunca*

Sin embargo, el televisor en la habitación de Heidi preocupaba a Skyler. Siempre encendido por la tarde, aunque sin sonido. Era para que le hiciera compañía, decía Heidi disculpándose. Aunque no mirase la televisión, para que le hiciera compañía. Las tardes en que, una vez terminadas las clases del día, Skyler se introducía en Toll House por una entrada trasera, prohibida, una puerta pesada que usa-

---

[*] Sé que al lector le ofende semejante ironía tan pasada de rosca. Lo peor de todo es, sin embargo, que no pretendo ironizar. Skyler y Heidi sentían exactamente así.

ban todas las chicas para casos así; cogidos de la mano, con Heidi sin aliento, por las escaleras de atrás hasta su habitación en el tercer piso donde lo primero que hacía Skyler era apoderarse del mando a distancia y apagar el condenado televisor.

Y las revistas de baile, desplegadas por la habitación, también preocupaban a Skyler. Fijación con el ballet, le parecía. Como la fijación de Bliss con el patinaje sobre hielo. Era aplausos lo que querían, exhibirse para que las quisieran y las aplaudieran. Y Skyler sabía por qué. Aunque sólo quería proteger a Heidi. Cuidadosamente colocados en los alféizares de las ventanas había lustrosos ejemplares de *Dancer, Dance Spirit, Young Dancer, Pointe*. Y en las paredes fotografías de bailarinas jóvenes, tutús de tul blanco, cinturas esbeltas y corpiños que aplanan, brazos desnudos alzados y hermosos rostros semejantes a máscaras ofrecidos al espectador: *Quiéreme o moriré*. Aunque Heidi era muy reservada acerca de su infancia, le habló a Skyler con animación de sus clases de baile en la Escuela de Danza de Manhattan de la calle Ochenta y Cinco Oeste, su madre la había matriculado cuando tenía tres años y desde entonces hasta los quince había dado clases, había bailado todos los años en los recitales de la escuela y se decía de ella que «prometía», que «prometía mucho», pero luego, cuando su vida cambió un año antes, lo había dejado: «Me quedé sin cuerpo». Y Skyler supo que no tenía que preguntarle nada más, supo que Heidi sólo quería que se la consolara, que Skyler la tuviera entre sus brazos. Y eso fue lo que hizo.

Quiéreme o moriré.

¡Qué manera tan peculiar de organizar la ropa en su armario, por colores! Skyler tuvo que sonreír, muy de *chica*. Pero no sonrió al ver que también había organizado sus libros por colores, no en orden alfabético, ni por temas, como hacía Skyler y como era inevitable hacer. Al ver semejante desorden, Skyler empezó a sentirse incómodo, molesto.

—Heidi, ¿qué es esto? ¿Te parece serio? ¿Ordenar libros por el color puramente arbitrario de los lomos? Steinbeck al lado de Brontë, Poe junto a Shakespeare...

Heidi explicó que no soportaba los contrastes visuales, «juntar colores equivocados», porque la ponían nerviosa. Skyler se rio de su expresión de verdadera angustia, y empezó a sacar libros de las estanterías de Heidi para recolocarlos con destreza, en orden alfabético, y Heidi trató de impedírselo, riendo, luego de repente ya no se reían porque a Skyler le estaba enfadando el comportamiento infantil de Heidi, como tampoco le pareció nada bien que tratara de sujetarle las manos y alzara la voz:

—¡Skyler! El rojo no puede estar junto al verde, y esas líneas en zigzag me volverán loca, esto es barbarie.

Y Skyler dijo con tono reprobatorio:

—Heidi, lo bárbaro es ordenar los libros con un criterio tan rudimentario como el color.

Y Heidi dijo:

—¡Dios santo! No me lo puedo creer, que insistas en colocar mis libros a tu gusto, son muy importantes para mí.

Y Skyler dijo, burlón:

—En su mayor parte son libros para «jovencitas», ¿cómo puedes leer semejante porquería?

Y Heidi protestó:

—¡Son mis libros! ¡Es mi habitación! No tienes derecho.

Skyler se sintió desconcertado, Heidi se había molestado de verdad. Y cuantísimo se parecía aquella chica lánguidamente atractiva a Leander Harkness cuando fruncía el ceño y escupía. Heidi se acercó a Skyler con expresión de rabia:

—¡Que te den por saco!

Y Skyler se rio:

—¡Que te den a ti!

Y Heidi gritó:

—Te de-detesto.

Y Skyler dijo:

—Y yo a ti, zorra —Skyler sólo estaba bromeando y sin embargo una llama pareció abrasarle el cerebro, y con un gesto de rabia tiró al suelo con el brazo una fila de libros de Heidi agrupados por el color. Heidi lo maldijo y se le tiró a la cara, y le alcanzó con una uña afilada debajo del ojo derecho, Skyler también la insultó, sujetándole los brazos desencadenados, sujetándole las muñecas, a Skyler le sorprendió la energía frenética de aquella chica que apenas pesaba cuarenta y cinco kilos, fue la fuerza de la pura tozudez y de la resistencia frente a él lo que la estremecía de pies a cabeza. Pero Skyler era más fuerte y consiguió reducirla encima de la cama. La cama donde los dos se tumbaban con frecuencia para compartir un porro, donde se besaban ensoñadoramente y susurraban, donde se entrelazaban como grandes serpientes amorosas, aunque ahora no hubiera nada amoroso entre los dos. Heidi le enseñó los dientes como dispuesta a morderle y le escupió:

—¡Te aborrezco! ¡Hijo de puta!

Skyler rio sujetándola, mientras jadeaba y gruñía con la esperanza de que ninguno de los tutores que residían en Toll House hubiera oído el estruendo en el tercer piso y subiera corriendo las escaleras para llamar a la puerta de Heidi Harkness sospechosamente cerrada con llave y exigirle que la abriera.

Pero eran las seis de la tarde. Todo el mundo estaba cenando. Le encantaba la manera ███ y ella ███ Dios mío, tan dulce ███ dormir entrelazados en ███ cama deshecha hasta después de la cena para despertarse aturdidos a las ocho y veinte una vez más y tener que arreglárselas comiendo algo en las máquinas expendedoras.

Aviso al lector:

Al lector sensible, si hay alguno, se le aconseja que prescinda del próximo recuerdo de Skyler, todavía más escabroso. Aunque ya he reconocido que este documento anda escaso de encuentros eróticos, como también de otras muchas cosas, sin embargo la escena que sigue me resulta tan desagradable que la incluyo aquí muy a regañadientes, tan sólo porque le sucedió a Skyler. En interés de la exactitud estoy obligado a mantenerla, pero el lector no está obligado a leerla.

RECUERDO MORBOSO

—¿S-Skyler? Te necesito.

Una llamada al móvil de Skyler, que se apresura a reunirse con Heidi. Sube por la escalera de atrás hasta su habitación, cuya puerta no está cerrada con llave para que pueda entrar. No hay nadie en el dormitorio en penumbra, pero en el cuarto de baño casi a oscuras la chica desnuda a medias está tumbada sobre una gran toalla de baño a rayas y se ha cortado con una cuchilla de afeitar debajo del pecho izquierdo, en un ligero entramado semejante a una extraña caligrafía que se extiende sobre su vientre, tan plano.

—Heidi, Dios mío.

Skyler se arrodilla junto a la chica semiinconsciente que le sonríe lánguidamente; con la escasa luz su sangre casi parece tinta negra, o manchas de lápiz de labios morado, que Skyler besa y lame mientras Heidi se sujeta con la mano el pelo, que es como plumas de metal.

—Skyler. Ah.

Skyler se apodera de la cuchilla y se corta ligeramente el antebrazo, tajos muy ligeros porque Skyler sólo quiere conseguir un poco de sangre para mezclarla con la sangre ardiente de su chica colocando el antebrazo sobre la piel caliente debajo de sus pechitos, en la curva de su vientre. Skyler aprieta su boca contra la boca de Heidi, sus dientes contra los de Heidi. Skyler no lo soporta ▆▆▆ Heidi se apodera de su mano y la guía entre sus ▆▆▆ obsesionados para el resto de sus vidas mortales

IV

Bruscamente, terminó.

Como el lector sabía que iba a terminar, sensiblero *recuerdo adolescente de un amor perdido.*

Irónicamente, sin embargo, Skyler salió de la vida de Heidi Harkness, o de lo que quedaba de aquella vida, sólo tres días antes de las vacaciones de Navidad en un momento en que estaba planeando acompañar a su novia, que se disponía a visitar a familiares de su asesinada madre, en su casa del golfo de México, en Nápoles, Florida. («¡Mi tía Edie se muere de ganas de conocerte, Skyler! Le he contado todo acerca de ti, bueno, casi todo.»)

La primera visita de Skyler Rampike a la familia de una novia suya.

Skyler pensó, eufórico y preocupado *Eso es vida normal. Eso es lo que hace la gente. Eso es lo que va a hacer Skyler. ¡Espero que funcione!*

—¿Skyler? Entra, enseguida estoy contigo.

A Skyler le gusta la manera despreocupada con que Heidi le dice que pase, entreabierta la puerta del cuarto de baño, que deja escapar vapores perfumados. *¡De lo más normal!*

Skyler se ha pasado por el cuarto de Heidi antes de cenar para ayudarla con unos ejercicios de química. Y después de entrar cierra la puerta que da al pasillo en contra de las reglas de la academia.

(¿Se acuestan juntos, estos dos? Eso es lo que se da por sentado de manera general, *sí.*)

Lo primero que hace Skyler cuando entra en la habitación de Heidi Harkness es apoderarse del mando a distancia para apagar el televisor (sin sonido, pero perturbador), si bien esta vez Skyler se detiene al mirar a la pantalla porque ve a una patinadora muy joven, con unas alas de hada sujetas a los bracitos esbeltos; fascinado, Skyler devuelve el sonido al televisor. Salto rápido a la misma niña un poquito mayor, con vestido de bailarina en tul blanco, que se desliza en largas y elegantes curvas y gira al ritmo ensoñador del *Vals de las patinadoras;* nuevo plano de la jovencita con un vestido resplandeciente de lentejuelas rojas con falda muy corta, vislumbre de braguitas de encaje blanco, cabellos rubios recogidos en lo alto de la cabeza, abrillantados con polvo de estrellas mientras baila y patina al ritmo trepidante del *Bolero.* Embelesado, Skyler contempla cómo la asombrosa patinadora se desliza sin esfuerzo hacia atrás sobre el brillante hielo azul, ejecuta saltos muy elegantes, gira una y otra vez, Skyler siente el mareo de alguien que se ha aventurado peligrosamente cerca del borde de un gran abismo... Casi había olvidado qué patinadora tan asombrosa era su hermanita, con qué entusiasmo la aplaudía el público... Repentino primer plano del rostro de Bliss, dulce sonrisa nostálgica bajo la lustrosa pátina de la boquita hábilmente pintada con carmín y, debajo de la sombra de ojos, del delineador, del rímel, esos ojos de color azul cobalto fijos en él ¿*Sky-ler?   Sky-ler dónde estás   ayúdame*   Ruido en la cabeza de Skyler: es como si Shank, Whack, Futt, Dream Bone y Arvo Pärt estuvieran simultáneamente explotándole en los oídos con toda la fuerza con que su walkman es capaz de reproducir el sonido. A lo lejos, sin embargo, oye una voz superpuesta a la de la televisión, tiene que ser la de Heidi que lo llama desde el cuarto de baño, con los grifos abiertos, donde se está lavando el pelo, mientras Skyler va a sentarse acuclillado ante el televisor que de ordinario desprecia, para contemplar a la hermosa patinadora rubia que se desliza, salta, gira, tímida sonrisa que aparece intermitente, plano del público que aplaude entusiasmado, plano de Bliss Rampike con vestido rosa de satén y lentejuelas y una alegre faldita de tul, medias de malla gruesa y un vislumbre de braguitas blancas de encaje, que baila la música «disco» sexi y llena de vida de *Do What Feels Right* y allí está mamá estrechando a Bliss contra su pecho, besos, abrazos, lágrimas en el éxtasis del triunfo, las lágrimas que se deslizan por las mejillas encendidas de una mamá joven, toda una impresión para Skyler que lleva años sin ver a esa mamá joven, como tampoco ha visto a Betsey, su madre más madura, desde hace varios meses. A continuación Bliss Rampike de Fair Hills, Nueva Jersey, de seis años de edad, recibe los aplausos fervorosos del público, en su mayoría femenino, antes de ser coronada por... el mastodóndico Jeremiah Jericho, famoso y muy querido maestro de ceremonias de los concursos femeninos de patinaje artístico de Nueva Jersey y zonas vecinas y ¿a quien se había encontrado muerto «en circunstancias misteriosas» en Atlantic City el año anterior? Jeremiah Jericho, sin embargo, aparece agresivamente vivo en la pantalla, casi estallando dentro de su esmoquin de satén de mala calidad con faja decorada con corazones del día de San Valentín, y coloca con una amplia sonrisa la resplandeciente tiara «de plata» sobre la cabeza de la patinadora rubia y procede a proclamarla «Miss Princesita del Hielo de Nueva Jersey 1996». «¡Que las palmas echen humo por Bliss Rampike, amigos míos!» Salto al canal de televisión Hawk News en el programa *Los cristianos dicen lo que piensan* donde Randy Riley, el presentador, saluda al público en el estudio y al público de la televisión con la agresiva magnanimidad de un señor de la guerra, rubicundo rostro irlandés, nariz protuberante y ojos inquisitivos como láminas de mica, porte militar, en el ojal una insignia con la bandera de los Estados Unidos, Randy Riley es el presentador más popular de los programas de entrevistas de la televisión por cable. A Skyler le da un vuelco el corazón al ver que esta tarde la invitada de Randy Riley es Betsey Rampike, qué ingenuidad el horror de Skyler, pero eso es lo que sucede, y se siente mareado y aturdido como si alguien le hubiera golpeado con una esponja empapada en éter.

Cualquiera pensaría que Skyler sabe de sobra (y así es, sin duda) que no debería seguir viendo la entrevista, que Skyler tiene prohibido ver a su mamá televisiva y sin embargo Skyler seguirá viendo la actuación de su mamá televisiva de la misma manera que una gran mariposa nocturna de alas pulverulentas es atraída por una llama y acaba por perecer. El fornido Randy Riley acoge a Betsey Rampike con sorprendente calor: «heroica Betsey Rampike», «la mujer más valiente que conozco, Betsey Rampike», de hecho Betsey Rampike sonríe llena de valor ante los estruendosos aplausos de los espectadores presentes en el estudio y con el mismo valor sonríe a la cámara de televisión y al inmenso corazón de América, Skyler ve que su madre parece sin duda una mujer de más edad, pero todavía juvenil y atractiva con un nuevo peinado que disimula acertadamente su rostro con forma de luna y demasiado ancho, Betsey se ha «aclarado» el pelo hasta conseguir una tonalidad cobriza, de moneda recién acuñada; también sus cejas han sido artísticamente remodeladas y ahora se arquean de manera más delicada; sus lozanos labios rojos brillan carnosos como siempre e invitan al beso; Betsey Rampike, glamurosa y maternal, con un revelador vestido de punto de motivos morados en zigzag y pronunciado escote que descubre la rubicunda separación entre sus pechos. Randy Riley felicita a Betsey Rampike por su «nuevo libro, brillante, audaz», por su «prosa intrépida y desgarradora»; Randy Riley alza hasta la cámara un libro verde y rojo de aspecto navideño *Del infierno al cielo: once etapas para los fieles*. Randy Riley habla con Betsey Rampike de sus nuevas memorias, «recuerdos íntimos» de su hija campeona de patinaje artístico sobre hielo que murió «de manera tan espantosa», «víctima de un maníaco sexual en libertad condicional después de una condena escandalosamente leve, obra de los demócratas laicos y progresistas de Nueva Jersey». Mientras Betsey habla a su manera entrecortada, titubeante, Randy Riley asiente con vehemencia. ¡Cuán cierto! ¡Nada más que la verdad! ¡Cuánta razón tiene Betsey Rampike en todo lo que dice! Betsey habla de su fe cristiana que nunca le ha fallado, ni siquiera en los momentos de mayor oscuridad, cuando su inocente hija muy querida de seis años fue arrebatada de su cama, agredida y asesinada en la casa misma de los Rampike mientras su familia dormía en el piso de arriba ignorante de lo que sucedía:

—Hace años que resuena en mis oídos el versículo que dice «Aunque camine por el valle tenebroso de la muerte», porque he tenido que hacerlo mientras vivía el fracaso de mi matrimonio y el distanciamiento de mi hijo, tan aquejado de problemas... Todos nos vemos obligados a caminar por ese valle, Randy; y todos tenemos que superarlo. Ése es el plan de Dios para nosotros, Dios quiere que sobrevivamos.

¡Cómo le tiembla la voz! Una solitaria lágrima luminosa brota de su ojo izquierdo para deslizarse por la mejilla maquillada y desaparecer después en la comisura de la boca. Randy Riley, visiblemente conmovido, sorprende a su invitada al proceder a nombrarla «Heroína cristiana de la semana». Mientras el público aplaude, Betsey esconde el rostro como si fuera una niñita. Salto rápido a Betsey Rampike durante una ceremonia en la Casa Blanca —«Premios Literarios Espíritu de América 2003»—. Un sonriente presidente Bush y a continuación la señora Bush, también sonriente, estrechan la mano (antes de hacerles entrega de macizos medallones con el águila americana) de varios autores de autobiografías «ejemplares» convertidas en superventas; entre ellos, por ejemplo, el pastor californiano autor de *Dios guía nuestras vidas* y también Michael Crichton, autor de novelas de ciencia ficción.

De nuevo con Randy Riley, que cambia de tema para hablar de política, porque le indigna la «proliferación» de delincuentes sexuales en los Estados Unidos, agresores irrecuperables convictos pero en libertad condicional, a quienes se les permite merodear por nuestras ciudades, acechar a nuestros inocentes hijos, porque esos psicópatas no son más que síntomas de la podredumbre moral, ya que los verdaderos representantes de Satanás son esos jueces de izquierdas repartidos por todo el país, educadores también de izquierdas, medios de comunicación, el «semillero» está en el noreste, en la ciudad de Nueva York, la «capital liberal de los psicópatas», «izquierdistas sin Dios», «enemigos de los valores de la familia», «fanáticos proabortistas», «chiflados de la Ivy League», «marxistas de la Ivy League», cuando la crucial necesidad es que se promulgue una legislación mucho más dura contra los delincuentes, «tres condenas justifican la pena capital». Randy Riley ha conseguido alzarse hasta un paroxismo de indignación patriótica y procede a dar las gracias a Betsey Rampike por ser un «modelo de conducta tan deslumbrante» para las jóvenes y las mujeres norteamericanas y también la felicita por el «éxito espectacular» de sus productos Aroma Celestial: «De las cenizas de la tragedia se recogen nuevos frutos, tal es la manera americana de proceder».

Se invita a Betsey a que explique a los espectadores cómo, en 1998, puso en marcha la serie de productos Aroma Celestial como una manera de «contribuir a curar las heridas purulentas» de su tragedia personal. Se procede a exhibir cierto número de productos Aroma

Celestial: un estuche cosmético, una selección de perfumes, baño de burbujas, chocolates navideños, accesorios (como pañuelos para el cuello, cinturones, brazaletes y demás), bizcocho para Navidad con la receta especial de Betsey; todos ellos artículos disponibles para su envío inmediato. A continuación, se produce un murmullo de admiración entre los espectadores del estudio cuando Betsey presenta orgullosa a Bliss Rampike, la muñeca de Aroma Celestial: una reproducción en miniatura, sorprendentemente realista, de Bliss Rampike, con intensos ojos azules de cristal que se abren y se cierran, boca como un capullo de rosa, piel superrealista, delicados cabellos rubios que le llegan hasta el hombro, brazos y piernas que se mueven, patines para hielo desmontables, de tamaño adecuado para unos pies diminutos. La muñeca Bliss Rampike se puede adquirir con una selección de pelucas, tiaras y trajes para competición (tul de bailarina, seda con tablas, *chiffon,* satén y lentejuelas, Cenicienta, Blancanieves, vaquera, corista de Las Vegas, baile de salón, baile «disco», flamenco y demás).

La muñeca Bliss se ofrece antes de Navidad por sólo 99,99 dólares; y con un guardarropa completo más los patines para hielo por sólo 49,99 dólares más.

Betsey habla con gran seriedad mientras se seca los ojos y mantiene a Bliss, la muñeca que parece viva, sobre el regazo, precisamente en el momento en que Heidi entra en la habitación con una toalla sobre los largos cabellos húmedos.

—¡Esa mujer! ¿Quién es esa mujer tan horrible? ¿Cómo se puede ser tan completa, tan terriblemente *grosera*?

Heidi ríe, la risa frágil, tensa que tanto irrita a Skyler; mientras él sigue mirando la pantalla, Heidi se inclina sobre su hombro, burlándose:

—Esa mujer, ya la he visto antes, tuvo una hijita, como esa muñeca, que patinaba sobre hielo, la vestía de fulana y un maníaco sexual fue y la asesinó, ¿no es *espantoso*? Y él, ese tipo siniestro con morros de cerdo, ese tal «Riley», ¿por qué demonios estás viendo a esa gente tan imposible, Skyler?

Skyler se pone en pie dando tumbos, le rugen los oídos, como un zombi se abre camino hasta la puerta, no puede respirar, se ahoga y no puede respirar, tiene que irse, Heidi lo llama:

—¿Skyler? ¿Qué te pasa? Pareces tan... —acercándose para tocarlo, pero Skyler no soporta que lo toquen, Heidi Harkness lleva una camiseta térmica de color azul eléctrico, pantalones de pijama de franela, sus asquerosos calcetines de lana, Heidi tiene el pelo húmedo, le duelen los ojos, está irascible y sus dientes delanteros, extrañamente cruzados, brillan como en un gesto de burla, Skyler le aparta la mano y murmura lo que suena como:

—... equivocación —ya del otro lado de la puerta y Heidi lo sigue indignada e incrédula.

—¿Skyler? ¿Qué te...? ¿Por qué?

Y Skyler se oye decir con una voz fría y sin entonación:

—... no te quiero, nunca te he querido, ha sido una equivocación, adiós.

Heidi está tan asombrada que Skyler oye el ruido brusco de su respiración. Skyler no se vuelve, sino que se aleja cojeando. Si le ha hecho daño, ¡mejor! Se la debe castigar, como a Skyler. Cegado, Skyler empuja la puerta que da a la escalera trasera de la residencia, la desciende a tientas y en el exterior se enfrenta, cojeando, a un viento feroz.

No tiene ni idea de dónde está. En el Valle Tenebroso de la Muerte, quizá.

Después de Bliss, es incapaz de querer. A nadie. Nunca.

Skyler consigue tragarse, entre sudores, un puñado de píldoras, cápsulas, tabletas, junto con varios vasos de agua tibia antes de empezar a vomitar, de que la nariz le gotee y, en un delirio de agotamiento, se derrumbe sobre su cama como desechos arrojados sobre agua negra en movimiento ▮▮▮▮ mientras que —como en una película de arte y ensayo de los años setenta con la pantalla dividida—, a medio kilómetro en el otro extremo del campus, ya de noche, Heidi Harkness consigue tragarse nueve tabletas de OxyContin y se hunde en un sueño muy profundo ▮▮▮▮ al descubrirla en su habitación en estado comatoso, es trasladada velozmente al hospital más próximo en Summit, Nueva Jersey, donde se la describe como en situación crítica mientras Skyler duerme entre sábanas sudadas, retorcidas y pronto empapadas en orines, incapaz de despertarse, duerme a lo largo de toda la mañana en su cuartito angosto en lo alto de Old Craghorne hasta primera hora de la tarde cuando por fin despierta grogui, la boca seca y tan aturdido como alguien a quien le han dado un golpe terrible en la cabeza mientras piensa *¿Todavía estoy aquí? Dios del cielo.*

A la larga, Skyler supo de Heidi Harkness. Llegó a enterarse del significado de ERS.*

V

1 de enero de 2004

Querido Skyler:

Esto es una carta de pésame por la muerte de nuestra amistad. Después de pensármelo mucho he decidido que no quiero volver a hablar contigo ni volver a verte. No te estoy acusando de empujar a Heidi a actuar de manera desesperada porque no deseo saber la gravedad de tu culpa. No quiero odiarte porque no creo en el odio, que es la maldición de nuestra especie.

Adiós, Skyler.

Tu antiguo amigo,

E. Grubbe

---

 * El lector astuto habrá descifrado «ERS» en un capítulo anterior, pero para aquellos otros que, como Skyler, estuvieran in albis, quiere decir «elevado riesgo de suicidio».

Epílogo: ¡Adiós, primer amor!*

  * ¡Eh, aquí abajo! Skyler está aquí abajo. Skyler habitó durante mucho tiempo en notas a pie de página. Después de que Heidi Harkness desapareciese de Basking Ridge para no regresar nunca, ni siquiera los ávidos escritorzuelos del Infierno de la Prensa Sensacionalista se pusieron de acuerdo sobre la «situación» en la que se encontraba Heidi Harkness, incluso sobre dónde estaba, si hospitalizada, o en algún lugar «privado» con parientes, o cuidadores; incluso después de la desaparición de Heidi a Skyler Rampike se le permitió seguir en la academia de Basking Ridge, aunque dejó de asistir a la mayoría de las clases, y las buenas notas surrealistas del inteligente «Sylvester Rampole» descendieron a las regiones inferiores que habitaban los más gravemente discapacitados, los que padecían mayores hándicaps, los más raros de sus condiscípulos. No resulta necesario informar al lector de que a Skyler no le faltaron drogas en abundancia mientras vivía en aquellas regiones inferiores. Ustedes habrían hecho lo mismo. Sin embargo, a diferencia de otros consumidores de drogas de Basking Ridge, que anhelaban la compañía mutua como los áfidos, Skyler Rampike evitaba cualquier compañía. Nunca tuvo noticias de Heidi Harkness, por supuesto. (Es posible que creyera que había muerto. No se mantenía al día con las noticias.) Había perdido a Elyot Grubbe, su único amigo. (No hizo ningún intento de reconciliarse con Elyot porque creía que el juicio de Elyot sobre él era justo.) (En cualquier caso, Elyot hizo pronto amistad con otro chico solitario, con talento como él y de inclinaciones musicales; Skyler los veía a veces a lo lejos, escuchando música por medio de audífonos gemelos y frunciendo el ceño sobre una partitura compartida.) Parece razonable que el lector se pregunte por qué la academia de Basking Ridge no se apresuró a expulsar a Skyler Rampike, y la razón es muy sencilla: Bix Rampike había pagado una considerable cantidad por la matrícula y el alojamiento de su hijo hasta el 12 de junio de 2004, y no tenía intención de permitir que Skyler se marchara antes; enfrentado con la amenaza de un pleito millonario, Shovell, el director, no tardó en ceder. (Porque ni Betsey ni Bix Rampike deseaban proporcionar un hogar a un adolescente de casi un metro ochenta crónicamente trastornado, con tendencias socialmente patológicas y posiblemente suicidas, ¿y quién se lo podría reprochar?) Más adelante, a Skyler se le buscaría otro centro que lo preparase para la universidad. O fue quizá un centro médico. Para entonces, mientras merodeaba por las tiendas en las que se venden publicaciones sensacionalistas, Skyler obtuvo su recompensa por hurgar en las cloacas al descubrir, en un ejemplar de octubre de 2004 del *SleazeWatch Week,* una fotografía tentadoramente borrosa, según se suponía, tomada en la academia de Basking Ridge, de Heidi, la hija de Leander Harkness, cuando se había refugiado en un enorme roble con las raíces al aire, objeto del apasionado abrazo de un «varón sin identificar» que, según se creía, era un profesor de la «selecta» academia preparatoria, famosa por «atender a las necesidades» de los hijos e hijas de personas acaudaladas pero caídas en desgracia. ¡La foto era de Skyler y Heidi!, cabe creer que hecha de manera furtiva por algún audaz *paparazzo* mientras la confiada pareja de adolescentes se abrazaba, se besaba y hablaba en voz baja bajo los copos de una nevada poco importante. Skyler, desvergonzadamente, arrancó la página del *SleazeWatch Week* sin pagar por la revista, y conservó aquella única fotografía de Heidi Harkness con él durante algún tiempo hasta que a la larga la perdió como perdía la mayoría de las cosas.

VI. Descenso a los infiernos y regreso

La petición

¡Por favor, ven a verme!   es tanto lo que he rezado
para que lleguemos a reconciliarnos   cariño
me van a operar dentro de poco   le pido a Dios verte antes
tu madre que tanto te quiere buscaba tu bien   Skyler

No había ido. Semanas antes, Betsey le había pedido que fuera. Y más recientemente había vuelto a hacerlo. Skyler no había hecho caso. No. Pero ahora, sin embargo, se disponía a ir. Iba a ir. Se había despertado de un sueño tan pesado como la muerte y ahora iría.

Y si era demasiado tarde..., y si se había muerto. Y si... Había dicho «me van a operar». Aquella frase y nada más, y a Skyler le cortó como un cuchillo porque su primer pensamiento fue *cáncer*.

Cáncer era la idea. Y *muerte*.

Se lo había prometido al pastor Bob. Iría a ver a aquella mujer. Iría. No la perdonaría pero iría a verla. Y Bob había dicho que la fortaleza de un hombre se mide por su capacidad para perdonar a quienes lo han herido. Su debilidad, por su incapacidad para perdonar. Skyler rio groseramente. Skyler rio presa del pánico. Skyler tenía el tic nervioso de meterse la uña del pulgar entre dos de sus incisivos inferiores como para arrancárselos.

—Pastor Bob —dijo—, al carajo con *perdonar, ¿*se entera? Sólo estoy tratando de entender qué es lo que se necesita para perdonar. Mi búsqueda es más epistemológica* que moral. Mi búsqueda es saber por qué estoy tan jodidamente confundido a la edad de diecinueve años que necesito que la persona que me ha destruido me cuente qué es lo que sé.

---

* ¡Una palabra con clase! *Epistemología:* doctrina de los fundamentos y métodos del conocimiento científico. Skyler, sin embargo, hace bien al usarla, porque no hay ninguna otra palabra tan apropiada, de la misma manera que está esencialmente en lo cierto cuando asegura estar tan jodido que necesita que su madre le cuente lo que ya sabe.

Al pastor Bob no le había enseñado ninguna de las cartas de su madre. Ni la carta que había recibido semanas antes, en enero, firmada por «Tu madre que tanto te quiere». Ni la segunda, fechada el día de San Valentín. (Y, ¿por qué el día de San Valentín? ¡Sí que lo sabemos, mamá y Skyler!) Aquellas cartas escritas a mano en papel perfumado con aroma a melocotón que Skyler había envuelto en papel de periódico para esconderlas en un estante del armario y alejar el poderoso olor de su delicada nariz. Se puede decir que no había vuelto a mirarlas desde el momento en que las recibió, si bien, por otra parte, no era capaz de destruirlas. Como el desventurado lector puede atestiguar, a Skyler le ha preocupado al máximo sincerarse en estas páginas. Imposible ser más morboso que en estas páginas. Desvergonzada basura de prensa sensacionalista, estas páginas. Porque Heidi Harkness le suplicó que no escribiera sobre ella y en la desesperación y el deseo de librarse del veneno que llevaba en las entrañas, Skyler procedió a traicionarla. Porque al escribir sobre Heidi como lo ha hecho, Skyler ha descubierto que la quiere. Que la ha traicionado y que la quiere. Que está enfermo de culpabilidad por haberla traicionado, que la quiere. *Heidi si estás viva y si lees estas palabras Heidi perdóname.*

Encorvado sobre su mesa de trabajo, sobre estas páginas sin orden ni concierto semejantes a un pie deforme.

La parte final de este documento que tanto me ha costado, y que recogerá la quijotesca peregrinación de Skyler a Spring Hollow, Nueva York, sin duda será mucho más breve que las anteriores y constituirá la conclusión del «épico» viaje de Skyler. Para aquellos lectores que perseveren en creer que el arte trágico produce catarsis —al menos, el gran arte trágico—, los tentaré con la esperanza de que la catarsis se alcance en las páginas finales de *Hermana mía, mi amor*. Si no es así...

Lector, creo que no soy capaz de enfrentarme con esa posibilidad.

El Arca

¡Ahora tenía que darse prisa! Por todo su cuerpo la sangre vibraba exultante y también aterrada.

Corrió, cojeando, medio kilómetro hasta El Arca en Hurtle Avenue. «El Arca», la casa parroquial, tan grande como un establo, donde Bob Fluchaus, el pastor, vivía con un conjunto siempre cambiante de ayudantes, voluntarios, «familia».

A Skyler Rampike se le había hecho saber «Tú también eres de mi familia, hijo».

Desde la calle, El Arca parecía un barco viejo abandonado en un solar. Era una antigua mansión venida a menos que tenía tres pisos e innumerables habitaciones, con empinados techos de pizarra, torrecillas victorianas y una esbelta entrada principal, enmarcada por pilares como un templo griego. Hurtle Avenue era un barrio de grandes casas llamativas, ahora cerradas, abandonadas o convertidas en apartamentos y pequeños comercios. Antes de que Skyler conociera al pastor Bob, voluntarios bienintencionados de Nueva Canaán habían empezado a pintar la casa parroquial como gesto de buena voluntad hacia su pastor muy querido, pero la pintura de color amarillo narciso que habían elegido para la casa se convirtió, al secarse, en amarillo mostaza, de manera que sólo se había pintado la fachada, mientras que los laterales y la parte de atrás conservaban el gris plomo original. Desde el púlpito el pastor Bob afirmaba con su comicidad de cara de palo:

—Jesús se sentiría como en casa en El Arca. «Porque la vida vale más que la comida, y el cuerpo más que el vestido.»

Su ministerio, decía el pastor Bob, era para todos los que necesitaban curarse. «De esa manera espero curarme también yo.»

El pastor Bob hablaba por teléfono, de pie en su despacho, cuando se presentó Skyler sin aliento y emocionado y deseoso de pedir prestado uno de los vehículos de la iglesia para encaminarse a Spring Hollow, Nueva York.

—Quizá necesites un acompañante, hijo —fue lo primero que dijo el pastor.

El pastor de la Iglesia Evangélica Nuevo Canaán de Cristo Resucitado tenía por costumbre hacer frente con calma a los individuos presa de agitación nerviosa. Porque allí estaba su joven amigo Skyler Rampike con aspecto de nadador aterrorizado a punto de catapultarse en el espacio desde un trampolín altísimo.

Skyler movió decidido la cabeza para decir que no. No quería ningún acompañante.

La cara de Skyler estaba aún magullada, extrañamente hinchada y descolorida. Por algunos puntos en la ceja izquierda y cerca de la boca aún escapaba sangre. Llevaba algún tiempo sin lavarse y olía mal. Se había afeitado por primera vez desde hacía semanas y tenía las mejillas raspadas y manchadas de diminutas gotitas de sangre. Llevaba un sucio chaquetón de color guisante, vaqueros y botas de campaña. Los cabellos grises antes de tiempo y tan tiesos como plumas se los había echado para atrás y torpemente se había tejido una trenza en el cogote de unos veinte centímetros.

Tratando de no tartamudear, Skyler afirmó:

—Tengo diecinueve años, pastor Bob. Tendré veinte el mes que viene. Maldita sea, *ya no soy un niño.*

El pastor Bob no era una persona que sonriera con facilidad. El pastor Bob repartía sus sonrisas con moderación. Y cuando sonreía de una determinada manera sesgada, una manera calculadora, meditativa, el tejido de las cicatrices producidas por la quemadura en el lado izquierdo de su cara brillaba como escamas. Sus grandes ojos serenos, perpetuamente húmedos, brillaban con algo parecido a la simpatía, pero no credulidad. Por su profesión, el pastor Bob era un tipo renacido por la gracia de Jesucristo, pero por naturaleza (se daba por hecho que Bob Fluchaus había sido sargento en el ejército de los Estados Unidos en los años ochenta, y más adelante carcelero en la prisión estatal de Rahway) tenía que reírse de las sandeces. Como Skyler Rampike temblando delante de él mientras afirmaba no ser un niño.

—Hijo mío, todos necesitamos compañeros en nuestras horas de peligro.

Skyler se mordió el labio inferior. *Que le den por culo al hijo. Quién es hijo.*

—¡No estoy en peligro! Sólo son unas horas de autopista. Sabe usted que se puede fiar de mí, pastor Bob. Usted ha dicho que se fía de mí —Skyler hizo una pausa al oír aquellas palabras: ¿eran verdad?—. Tengo carné y ya he conducido un coche familiar, puedo volver a hacerlo.

Era cierto. Por improbable que le parezca al lector escéptico, que da por sentado que Skyler ha pasado la mayor parte de su tiempo en Nueva Brunswick escondido en su horripilante habitación alquilada redactando este documento caprichoso e imprevisible, es verdad que ha conseguido aprobar el examen de conducir y desde el verano anterior, con la ayuda del pastor Bob, dispone del carné del estado de Nueva Jersey. De cuando en cuando Skyler había ayudado al pastor Bob. Porque en El Arca siempre había trabajos pendientes y en su mayor parte eran voluntarios quienes se ocupaban de ellos. En Skyler no se podía confiar plenamente, porque era alguien que tan pronto aparecía como desaparecía. En la vida del pastor Bob Fluchaus como consejero voluntario en la clínica de rehabilitación de Middlesex y como ministro de la Iglesia Evangélica Nuevo Canaán de Cristo Resucitado, apariciones y desapariciones tan abruptas no eran infrecuentes.

A veces las desapariciones se convertían en permanentes. De un día para otro, nunca se sabía.

Si (por ejemplo) Skyler Rampike, presa de la desesperación, se hubiera rociado con líquido para mecheros y encendido una cerilla no mucho tiempo atrás en el helado parque urbano sobre el río Raritan. A los asombrados espectadores les habría parecido un maniquí en llamas, ardiente y espectacular pero de breve duración, y la policía de Nueva Brunswick se habría puesto en contacto con Bob Fluchaus en Nuevo Canaán: «Lo sentimos, pastor: pero parece otro de los suyos».

Otro de los perdedores exyonquis del buen pastor, definitivamente perdidos.

¡Si...! Pero no había sucedido, y Skyler se sentía más que contento de que no hubiera sido así. Elevado riesgo de suicidio significa que te enfrentas al desafío de resistirte a tu destino un poco más de tiempo.

Durante el proceso de rehabilitación, Skyler le había hablado al pastor Bob de su diagnóstico de ERS, y de otros muchos. Skyler se había confiado al pastor Bob hasta un extremo que no habría creído posible, y a veces llegaba a preguntarse si no le habría revelado demasiado de sus interioridades.

(¿Demasiadas interioridades? Lo que corresponda.)

(El lector, sin embargo, sabe tanto de Skyler Rampike como se le había permitido saber al pastor Bob. El problema consiste en que cuanto más se sabe de un individuo, más difícil es conocerlo. Como, por ejemplo, cuanto más sepas sobre ti mismo, lector, menor será la certeza con que podrás resumirte. ¿No es cierto?)

El torpe de Skyler tratando de hacer un chiste:

—¿Rezará por mí, pastor Bob? Para que no llegue de-demasiado tarde a la ca-casa de mi ma-madre.

Skyler se adornó con una sonrisita siniestra para indicar al hombre de más edad con el ceño fruncido que por supuesto no hablaba en serio, no creía en la oración porque *qué es la oración* excepto ilusos que con toda seriedad hablan consigo mismos y esperan una respuesta.

¡Skyler no! Skyler se arengaba casi sin pausa aunque no esperaba respuestas.

Pero el pastor Bob no sonrió. No sonreía nunca cuando se hacía uno de aquellos chistes tan patéticos porque una persona que ha elegido seguir el camino marcado por Jesucristo sabe que a los heridos que caminan no se les puede ayudar riendo con ellos sobre la posibilidad de que sus heridas no tengan curación. Sobre todo porque los heridos lo saben y están siempre poniéndote a prueba.

—¿Llamarás primero a tu madre, Skyler? Te lo aconsejo.

El pastor Bob hurgaba en el contenido de un cajón, en busca de las llaves de la furgoneta. Skyler se animó.

—No tengo el teléfono de... —Skyler vaciló, sin saber cómo llamar a la mujer que era, o que había sido en otro tiempo, su madre. ¿Madre? ¿Betsey?— ... ella.

El pastor Bob maldijo sin demasiada violencia mientras buscaba en el cajón que contenía numerosas llaves. Su mesa de trabajo estaba situada en el centro de una habitación cavernosa que podría haber sido, en otro tiempo, a juzgar por la araña deslustrada que colgaba del techo, un comedor de gala con ciertas pretensiones. Se había pintado sobre las paredes empapeladas pero el techo era de estuco blanco, con complicadas molduras de indudable belleza. Una ventana en saliente que daba sobre la ruidosa Hurtle Avenue tenía cristales emplomados. El suelo era de madera noble muy raspada, y se notaba la ausencia de alfombras. El vestíbulo principal era tan grande como había sido el vestíbulo de la casa de los Grubbe, o de la casa de los McGreety, pero sus muebles eran utilitarios y faltaba un espejo que te recibiera.

—Ten, hijo —el pastor Bob depositó las llaves sobre la mesa, pero de una manera tan vacilante que Skyler entendió la inevitabilidad de que fuesen acompañadas de algún tipo de instrucciones. Una simple mirada al pastor Bob Fluchaus evidenciaba que se tenía delante a un predicador del evangelio: ¿y qué es el evangelio de Jesucristo sino *la buena nueva*? Incluso Skyler, que no creía en nada que fuese mucho más allá de 2 + 2 = 4, se veía obligado a reconocer que «Todo es posible para el que cree».

Porque Skyler adoptaba siempre una actitud suplicante con el pastor Bob, mediante miradas nostálgicas *Creo: ayuda mi incredulidad.*

El pastor Bob le estaba explicando a Skyler que, dado lo mucho que había retrasado la visita a su madre, podría darse el caso, para cuando por fin llegara, de que ya la hubiesen operado, y estuviera aún hospitalizada; o, y Skyler tendría que estar preparado para esa eventualidad, «que la intervención no hubiera tenido éxito».

Skyler no estaba escuchando. Le zumbaba la cabeza, de manera que no oía gran cosa de lo que le explicaba el pastor Bob, excepto la reiteración de *hijo* y *Skyler,* que eran al mismo tiempo una molestia y un consuelo para alguien que había pasado tanto tiempo solo.

—O las circunstancias podrían haber cambiado, y es posible que tu madre no esté en casa. Según la impresión que tengo, Betsey Rampike es una mujer «pública» muy ocupada y que viaja mucho.

Skyler quería protestar *¡Pero me ha pedido que vaya! Me estará esperando.*

Con tozudez infantil Skyler dijo:

—La última carta que me escribió está fechada el 14 de febrero. Estamos a 20, no ha pasado tanto tiempo.

—Hijo, estamos a 27.

¡27! Skyler tragó saliva con dificultad.

—¿Te das cuenta? Lo has ido dejando para más adelante. Has tenido miedo.

Maldita sea. A Skyler le hubiera gustado apoderarse de las llaves del coche como un audaz hijo adolescente que provoca a su enfadado papá o coquetea con él, pero Skyler sabía que no era posible. El pastor Bob podía jugar contigo, pero tú no podías jugar con el pastor Bob excepto cuando contabas con su anuencia. El pastor Bob no hubiera vacilado en aplastar con el puño sobre la mesa la mano de Skyler.

El pastor Bob era un hombre fornido de un metro noventa y edad un tanto misteriosa —¿cerca de los cincuenta?, ¿más de cincuenta?, ¿aún mayor?— con una manera de respirar por la boca como si sus vías nasales estuvieran bloqueadas y de hecho su nariz parecía en cierta medida aplastada, castigada. Se desprendía de él un aire al mismo tiempo doloroso y digno. Su cabeza, de aspecto escultural, recordaba a Skyler un busto romano que había visto en un museo. Coronaban su cabeza unos cabellos entrecanos que eran como cerdas de cepillo. La boca estaba bien definida, cincelada. Sus ojos eran lo que cualquiera llamaría «penetrantes», despiertos, ávidos. Tenía una voz extraordinariamente sonora que apenas necesitaba ayuda desde el púlpito de la iglesia de Nuevo Canaán, donde, en sillas plegables muy juntas unas de otras, se reunían con frecuencia más de ochocientas personas para los servicios dominicales. Todo el lado izquierdo de su cara estaba cubierto de cicatrices semejantes a escamas, consecuencia de quemaduras. Y uno las miraba fascinado. Era imposible dejar de mirarlas. La primera vez que había visto al pastor Bob, cuando Skyler estaba muy enfermo, se había quedado mirando a aquel hombre destrozado como podría mirarlo un niño, grosera, ingenuamente, y el pastor Bob había reído entre dientes:

—Parece una calabaza de Halloween que se hubiera prendido fuego, ¿no es eso, hijo? —fueron sus palabras—. ¿Lo quieres tocar?

De hecho, Skyler había querido tocar la cara —que parecía cocida— de aquel hombrón. El pastor Bob cogió la mano de Skyler y la deslizó despacio sobre las escamas lisas y superpuestas, que estaban muy calientes, como si un gesto así fuese la cosa más natural del mundo.

Más adelante, Skyler se daría cuenta de que era un gesto que el pastor hacía con frecuencia. Siempre que alguien se le quedaba mirando. Había un algo dulcemente vanidoso en ello, fanfarrón. En la clínica de rehabilitación todo el mundo había querido tocar la piel abrasada del ministro evangélico. Todo el mundo había querido ser «salvado» por el pastor. Él les confesaba con toda franqueza que durante mucho tiempo después de su accidente sin duda alguna había deseado morir —aunque otros conductores habían participado, el accidente, en la autopista de Nueva Jersey, era *suyo*—, pero a la larga había llegado a aceptar el aspecto que tenía. Sólo en la cara se había sometido a ocho operaciones porque además había sufrido quemaduras de segundo y tercer grado en más del treinta por ciento de su cuerpo y lo que aún seguía con él dos décadas después era la sabiduría de la Sala de Quemados:

—Algo de piel es muchísimo mejor que nada de piel. Como, en cuestiones del alma, algo de alma es condenadamente mejor que nada.

Skyler se había estremecido. Aquellas palabras lo habían conmovido profundamente. En aquel momento estaba demasiado débil para la duda, para el cinismo. Semejantes complejidades del espíritu resultaban agotadoras en aquel momento. Cuando eres un nadador que casi se ha ahogado, hundido en el agua, y alguien te ofrece una paja —angosta, doblada, a punto de romperse— gracias a la cual es posible respirar, se respira.

Y además, estabas agradecido de verdad. No te quejabas de la mala calidad de la pajita de papel.

No te quejabas de quien te rescataba. Adorabas a tu salvador.

El pastor Bob estaba diciendo que no era la furgoneta Dodge lo que le preocupaba, sino Skyler, que no le parecía que debiera estar conduciendo solo en aquel momento.

—Iría contigo yo mismo si no fuera porque ha surgido aquí una crisis familiar de la que tengo que ocuparme, pero si pudieras esperar quizá una hora, creo que podría encontrar a alguien que te acompañara...

—¿Cree usted que estoy consumiendo drogas, pastor Bob? ¿No se fía de mí?

Un aire enfebrecido en el rostro de Skyler, un algo de desigual en los ojos. Pero Skyler no estaba consumiendo drogas. El pastor Bob lo tenía que saber.

Apareció una mujer llamada Miriam con tazas de café para Skyler y el pastor, pero Skyler no se atrevía a llevarse el líquido humeante a la boca: demasiado caliente, demasiado fuerte. La cafeína lo enloquecería más de lo que ya estaba.

Skyler tenía la boca seca, había estado tragando saliva sin parar.

Miraba las llaves de la furgoneta, sobre la mesa. Deseaba con toda su alma apoderarse de ellas y echar a correr.

Diecinueve. Veinte dentro de muy pocas semanas. Y su vida había llegado hasta aquel punto: exyonqui perdedor que mendiga.

—¿Tu cara, Skyler? —estaba diciendo el pastor Bob—. ¿Te han tenido que dar puntos? ¿Alguien te ha atacado? ¿Pateado? No da la sensación de que esas heridas se te estén curando. No dejas de hurgártelas con las uñas...

Skyler se tocó la cara apenado. Al retirar los dedos, estaban húmedos: ¿sangre?

—Permite que Miriam te dé un repaso, Skyler. Miriam es enfermera.

—Pastor Bob, necesito ver a mi madre. Tengo que verla ya.

—Lo sé, hijo. Pero no quieres ponerte en peligro, ni ponerla a ella.

A ella: ¿qué significaba eso?

¿Piensa el pastor Bob que Skyler está tan angustiado que podría tratar de hacer daño a su madre?

¡Qué extraña electricidad había en El Arca! Como la electricidad en la iglesia de Nuevo Canaán (antiguamente una fábrica de conservas, remodelada para convertirla en un vasto templo) cuando el pastor Bob deambulaba sin descanso por el estrado brillantemente iluminado desde el que hablaba con gran seriedad y de manera insistente y miraba a cada uno de sus oyentes en sus respectivas sillas plegables con su sombría mirada ardiente. Skyler nunca estaba a la altura. A Skyler siempre le daba muchísimo miedo. Aunque le hubieran suspendido en Basking Ridge —es decir, el sentenciado «Sylvester Rampole» había sido suspendido— sí había llegado a aprender en clase de química que si no estabas suficientemente conectado a tierra —¿o era si lo estabas?— la electricidad te atravesaba y te detenía el corazón en un instante.

Era una cuestión de carisma. Bix Rampike, su padre, también irradiaba carisma, como gotas de sudor que se desprendieran de su espléndida cabeza.

El pastor Bob puso una mano en el hombro de Skyler. Para consolar, o para contener.

—«El espíritu soplará donde quiera.» De acuerdo. Pero deja que Miriam se ocupe de ti, hijo. Date una ducha antes de salir. Y ponte ropa limpia. No puedes ir a ver a tu madre, cuando está tan necesitada de consuelo, con el aspecto que tienes, hijo. Pareces la muerte, y hueles. Sencillamente no puedes hacer una cosa así.

En una demostración de repentina confianza, aunque fuese muy probable que el astuto ministro evangélico viera con profunda desconfianza aquella situación y su complicidad personal en ella, el pastor Bob empujó las llaves de la furgoneta Dodge en dirección a Skyler. Un teléfono había estado sonando y el pastor Bob se volvió para responder.

—¿Sí? Aquí estoy —su voz traicionaba una ligera irritación suavizada por la esperanza.

Skyler hizo un gesto para dar las gracias y se apoderó de las llaves, que tenía que creer que había merecido, aunque se le hubiera hecho humillarse y defenderse como cualquier hijo suplicante.

A Skyler se lo llevó la enfermera Miriam, que procedió a regañarlo por haberse hurgado en los puntos. Tuvo que ser así, porque Skyler y Miriam se conocían: Skyler no había prestado mucha atención a la mujer presente en esta escena, de la misma manera que, al reproducir ahora el intercambio, he omitido a propósito a otros que han estado yendo y viniendo como telón de fondo, igual que en un film muy *amateur* o muy artístico; porque en El Arca siempre había gente; rostros que a Skyler le resultaban familiares y otros completamente desconocidos; había incluso un perro que ladraba, nervioso, en la parte trasera de la casa; teléfonos que sonaban, pasos en la escalera, gritos de «¿Pastor Bob? ¿Dispone de un minuto?», cosas que tanto molestaban a Skyler Rampike, que quería atención personal exclusiva, por lo que eran filtradas hasta esfumarse y han desaparecido de mi memoria.

Excepto Miriam. Allí estaba Miriam, del círculo de «allegados» del pastor Bob, personas que vivían en El Arca, de la misma manera que Skyler pertenecía a la familia «exterior». Muchas veces, después de terminar la rehabilitación, Skyler había consumido comidas preparadas por Miriam y por otros, y Skyler había ayudado en la cocina agradecido de que se contara con él. Pese a su evidente autoridad, Miriam también tenía aspecto de antigua drogadicta. La circunspección en la mirada, el deseo de estar siempre *disponible*. Miriam era más joven que Betsey Rampike pero tenía un rostro blando y avejentado como el de Betsey y un cuerpo voluptuoso que se iba cayendo como el de Betsey, excepto que Miriam llevaba pantalones de trabajo llenos de manchas, camisa de franela masculina sobre una camiseta de manga corta y un pañuelo en la cabeza, no era en modo alguno glamurosa como Betsey Rampike, una mamá tan sexi. Sus ojos, sin embargo, se clavaban en Skyler, adolescente desgarbado en el límite ya de los veinte, con censuradora intimidad maternal:

—¡Esos puntos! Es una suerte que no se te hayan infectado, dada la manera que tienes de hurgártelos con las uñas sucias.

En su trayectoria de adolescente enfermo psíquico, Skyler había llegado a creer que la mayoría de las dolencias tenían un origen psíquico, eran psicosomáticas. ¿Qué *es* exactamente una infección? ¿Algo en la sangre, como una invasión? ¿Puede ser mortal una infección?

Avergonzado, Skyler tuvo que sentarse ante un fregadero. Miriam, habilidosa, le quitó los horribles puntos con unas tijeritas. Sacudido por una tormenta de picores violentos, Skyler se hubiera rascado sin miramientos de no ser porque Miriam le sujetó las manos.

—¡No! Estate quieto.

Miriam le lavó la cara, que le latía con fuerza, como enfebrecida, con agua tibia; luego aplicó un antiséptico de primeros auxilios, *Alcohol isopropílico estéril al 70%,* a las heridas, y las cubrió con tiritas de extrañas formas y blancura inmaculada. Skyler se miró asombrado en un espejo: ¿aquello era *él*?

—Reza para que se te cure la cara sin dejar cicatrices. Trata de tener las manos quietas.

A continuación, Skyler se duchó. Hubo de reconocer, avergonzado, que por primera vez en muchos días. Sin deshacer el rabo de rata que lucía a modo de cola de caballo, consiguió lavarse el pelo, tan descuidado. Qué agradable era purificarse, permanecer, con los ojos cerrados, debajo de una ducha que lo acribillaba, casi desvanecido de gratitud. Quería al pastor Bob, que lo había tratado tan amablemente. Casi quería también a Miriam, que le había curado las heridas con tanta delicadeza. De los grandes arquetipos que, según se nos asegura, forman parte de nuestra vida espiritual, los de padre-hijo y madre-hijo reaparecen por todas partes. Cuando Skyler se presentó en El Arca aquella mañana con su habitual falta de previsión, como un nadador inexperto que se arroja a un mar con olas de tres metros, no podía haber anticipado un final feliz.

Eso es lo que he aprendido gracias al esfuerzo realizado para redactar este documento: no todas las ocasiones «simbólicas» son artificiosas. Algunas brotan espontáneamente de la «vida».

Cuando terminó de ducharse, a Skyler le esperaba ropa recién lavada y planchada: amplia camiseta de algodón, calzoncillos, pantalones marrones que le estaban demasiado anchos en la cintura y de perneras demasiado cortas, una camisa de franela del pastor Bob y calcetines blancos de lana muy resistentes.

En la cocina, Miriam insistió en ofrecer a Skyler un almuerzo ligero para el viaje, dado que no había querido desayunar; también le obligó a llevarse un termo lleno de zumo de naranja recién exprimido. Como si tuviera que conducir más de mil kilómetros en lugar de cien: Skyler se lo agradeció con voz entrecortada. Sintió una repentina necesidad de apoderarse de la mano de aquella mujer y besársela.

Miriam no sabía quién era Skyler. Sólo lo sabía el pastor Bob. Su secreto estaba a buen recaudo con el pastor Bob. A Skyler no le cabía la menor duda.

¡Os quiero mucho a todos, de verdad! Algún día sabré cómo demostrarlo.

Pero ¿qué había sido del pastor Bob? ¿No estaba en su despacho? Skyler había abrigado la esperanza de que apareciese para despedirlo y para aconsejarle que condujera con prudencia, pero el pastor Bob había salido ya para enfrentarse con su crisis matutina. Miriam condujo a Skyler a través de la casa hasta una puerta trasera que daba al garaje donde estaba la maltrecha furgoneta Dodge del año 2001. En los laterales estaba escrito a mano con pintura de color bronce: Iglesia Evangélica Nuevo Canaán de Cristo Resucitado.

—Skyler, te queremos. Jesús será tu compañero.

Caída libre

Creo: ayuda mi incredulidad.

Skyler conducía. Por la I-95. Conducía apretando con las dos manos el volante de la maltrecha furgoneta Dodge. Por el carril de la derecha de la atronadora autopista. Conducía sin sobrepasar nunca el límite de velocidad mientras camiones de dieciocho ruedas con remolque lo alcanzaban y dejaban atrás entre burlonas nubes de gases tóxicos. ¡Conducía! Conducía, valeroso, rechinando los dientes. Conducía muy erguido detrás del volante, como si condujera un vehículo militar cargado de explosivos. ¡Pero conducía sin miedo! Conducía con decisión y plena concentración. Conducía en un ventoso día de invierno lleno de luz. Conducía en un ventoso día de invierno de un mes y de un año que no habría sido capaz de identificar. *Hijo, hoy es 27. Hijo, no quieres ponerte en peligro, ni ponerla a ella.* Conducía con un sol invernal que lo deslumbraba desde los cromados de otros vehículos que pasaban a toda velocidad. Conducía bajo un cielo fantástico de nubes blancas que cruzaban raudas a gran altura más hermosas que todas las nubes que había visto nunca excepto, mientras Heidi Harkness reía tontamente y se retorcía en los nudosos brazos juveniles de Skyler, las que aparecían en el interior de sus párpados después de ingerir unos granos de Psilocibina que su chica había traído a escondidas a la vuelta de uno de sus jueves en Manhattan, pero para qué pensar en eso ahora, cuando ya era demasiado tarde. Skyler conducía denodadamente. Conducía impertérrito. No pensar en Heidi Harkness ni en Elyot Grubbe requería una concentración enorme mientras conducía. A la edad de diecinueve años, once meses y tres semanas. Conducía sin la menor esperanza de llegar a cumplir veinte años. Conducía sin esperanza de encontrarle nunca sentido a su vida. Conducía ya ligeramente inclinado hacia delante como si estuviera agarrado al volante. Conducía sujetando el volante de la vieja furgoneta Dodge del pastor Bob con las dos manos de poderosos nudillos como si esperase que el volante se retorciera de repente y catapultara la furgoneta —que traqueteaba torpemente con la inscripción IGLE- SIA EVANGÉLICA NUEVO CANAÁN DE CRISTO RESUCITADO— a tra- vés de la mediana de cemento contra el tráfico en dirección contraria y al olvido definitivo. Conducía pensando *Podría pasar muy deprisa.* Conducía pensando *Dada la suerte de Skyler, no sería tan rápido.* Con- ducía oyendo la voz cortante de su abuela *¿Va a ser un lisiado? ¿Cojea- rá toda la vida?* Conducía con lentitud exasperante por el carril de la derecha porque era un conductor sin confianza. Conducía a menos de cien kilómetros por hora dado que por encima de aquella veloci- dad la furgoneta empezaba a temblar y a estremecerse. Dejó atrás la salida para EDISON y de inmediato su cerebro (¿el hipocampo?) em- pezó a lanzar destellos, rápidamente bloqueados, de Recuerdo Repri- mido.* Siguió más allá de EDISON y más allá de METUCHEN. Siguió más allá de salidas en Nueva Jersey tan líricas como RAHWAY**, ELI- ZABETH, NEWARK, AEROPUERTO DE NEWARK, UNION CITY, WEE- HAWKEN, HACKENSACK. Skyler conducía recordando la primera vez que había asistido a un servicio religioso en la Iglesia Evangélica Nue- vo Canaán de Cristo Resucitado por invitación del pastor Bob y lo mucho que le había fascinado su sermón —a una feligresía de razas y edades bien dispares— sobre la «eterna buena nueva» de los evange- lios. Conducía recordando el rostro quemado, extrañamente escamo- so del pastor, y su voz sonora. Conducía sintiendo un respeto reveren- cial por los ojos penetrantes y amables de aquel hombre que parecía reconocer, uno por uno, a todos los presentes. Conducía recordando su convencimiento de que *El lugar del que formo parte es éste.* Condu- cía oyendo de nuevo la voz del pastor, que era como un eco en el pe- ríodo que sigue a un sueño poderoso: «Soy la luz del mundo, quien cree en mí no camina en la oscuridad». Conducía secándose las lágri- mas. Conducía sin esperanza y, sin embargo, ¡con cuánta esperanza! Al ver 3 KM HASTA EL PUENTE GEORGE WASHINGTON empezó a su-

---

* ¿Lo han olvidado? Skyler no se quiere acordar del tiempo transcurrido desde que Bix Rampike prometió despreocupadamente que llevaría a su hijo a visitar allí el museo de Thomas Edison.

** EDISON ha despertado vagas sensaciones de dolor, pérdida, abandono; RAHWAY hace que Skyler se acuerde de Gunther Ruscha, que había cumplido una breve condena en la sección para delincuentes sexuales de la prisión estatal de Rahway. (Nada de sorprendente que poco después Skyler se equivocase al tomar una salida crucial de la autopista.)

dar dentro de aquella ropa que no era suya y a pensar que sí, que probablemente aquel viaje había sido una equivocación. Una equivocación ponerse en camino sin haber llamado antes a su madre, como le había sugerido el pastor Bob. Conducía sin embargo convencido de que, de algún modo, vería a su madre, que no se le podía impedir verla, puesto que ella lo había llamado. Conducía oyendo su propia voz, titubeante: «Ma-madre: ¿te acuerdas de mí? Soy Sky-Skyler». Ensayando las palabras que pronunciaría si un desconocido lo recibía en la puerta del número 9 de Magnolia Terrace, Spring Hollow, Nueva York: «Soy Sky-Skyler Rampike. El hi-hijo de Bet-Betsey Rampike». Conducía incapaz de recordar cuándo había visto a su madre por última vez. No a su mamá televisiva, sino en la vida real. ¿Hacía dos años? ¿Tres? En la existencia de un adolescente tres años es muchísimo tiempo porque la adolescencia misma es infinita. Después de ver a Betsey en televisión y de la ruptura con Heidi Harkness, Skyler no soportaba pensar en su madre y se había negado a responder cuando lo llamaba por teléfono, incluso cuando se le había convocado en el despacho del director Shovell por el mismo motivo «¡No, no! No puedo, nunca jamás; la aborrezco» y ahora conducía acordándose con vergüenza de aquellas palabras llenas de ira, porque ¿no le había explicado el pastor Bob «Debemos perdonar a quienes han sido injustos con nosotros, Skyler, no sea que nuestro odio se convierta en veneno en nuestras entrañas»?

Distraído con aquellos pensamientos Skyler se perdió. Durante un momento de confusión, se perdió. Después de vislumbrar una señal de salida por el Puente George Washington, abandonó la autopista de manera impulsiva y descubrió tardíamente que se había equivocado, que no tenía ni idea de qué era lo que había hecho mal pero se había equivocado porque ahora no se dirigía hacia el puente sino hacia Fort Lee, Nueva Jersey. Y enseguida se encontró de manera abrupta en un tráfico congestionado que se movía con la lenta peristalsis de un colon bloqueado, con lo que su velocidad se redujo a menos de diez kilómetros por hora. Por encima de su cabeza, el cielo estaba lleno de nubes semejantes a tumores distendidos y amarillentos. Pesadas masas de cúmulos cargados de lluvia, nubes de color marrón excrementicio, con forma de explosiones de bombas de hidrógeno. ¿Qué había sucedido para que Skyler, tan deseoso de llegar a Spring Hollow, Nueva York, hubiera pasado de largo el puente

George Washington? ¿Cómo es posible «dejar de ver» una estructura tan mastodóntica y magistral como el puente George Washington? Skyler no podía, sin embargo, acercarse ni al «nivel superior» ni al «inferior» porque se había perdido en Fort Lee, Nueva Jersey: un laberinto para ratas, un sumidero de calles estrechas de dirección única, sin salida o en construcción. ¡No llegaría nunca a Spring Hollow! ¡No llegaría nunca a su destino! Empezó a sollozar con roncos gemidos guturales como si se ahogara. Empezó a insultarse —«¡Gilipollas, más que gilipollas!»— porque no podía culpar a nadie más que a sí mismo, su propia estupidez y la mala suerte que no es más que una forma de estupidez, aunque, de todos modos, no le quedaba otra posibilidad que continuar, por mucho que le pesara. De la misma manera que la cinta de Moebius no tiene otra posibilidad que girar interminablemente... En un lento arrastrarse de tráfico envuelto en gases de tubo de escape en N. Syke Street, Fort Lee, Nueva Jersey...

¡Pobre Skyler! Frustrado a mitad de camino en su viaje a Spring Hollow, Nueva York, y, hasta donde se nos alcanza, quizás no llegue nunca. Mientras Skyler está perdido *in medias race* en Fort Lee, Nueva Jersey, podemos utilizar el período de calma en la narración para presentar una miscelánea de noticias demasiado poco flexibles para haberlas «incluido» en capítulos anteriores.

Así por ejemplo, a lo largo de este documento, sincero en apariencia, Skyler se ha mostrado decididamente reservado en cuanto a las relaciones con sus padres. El lector confiado pensaría, al leer «¡Adiós, primer amor!», que Bix y Betsey no intentaban casi nunca ponerse en contacto con su problemático hijo y que más o menos lo habían abandonado a los servicios psiquiátricos y a los colegios privados de «alta seguridad»; lo cierto es que Betsey telefoneaba de vez en cuando a Skyler a Basking Ridge; y si no telefoneaba Betsey en persona, era una de las ayudantes —risueñas y optimistas— de Betsey en Aroma Celestial, Inc. quien dejaba un mensaje para Skyler, rogándole que, por favor, devolviera la llamada. (Cosa que Skyler nunca hizo.) Poco antes de la aparición de Betsey en el programa de Randy Riley, primer paso en la gira de promoción por veinte ciudades de sus nuevas memorias *Del infierno al cielo: once etapas para los fieles,* Nathan Kissler, socio de Betsey en Aroma Celestial, además de asesor financiero y compañero romántico, realizó varias llamadas urgentes a Skyler con la esperanza de presentarse así por teléfono al hijo de Betsey, de quien había oído numerosas informaciones preocupantes, pero, por supuesto, Skyler no había devuelto tales llamadas; el señor Kissler, además, había enviado a Skyler un largo correo electrónico, cuidadosamente redactado, para explicarle su papel en la vida de su madre como «amigo y consejero íntimo»; Skyler había recibido aquel mensaje, lo había leído por encima en actitud burlona y lo había borrado en el espacio de pocos segundos, como se puede borrar de la pantalla del ordenador un anuncio obsceno. El pobre señor Kissler, muy enamorado de Betsey Rampike y decidido a ser un «padre, dentro de lo posible» para el hijo problemático de Betsey, envió a Skyler una versión en papel de aquel mensaje, por correo certificado; Skyler aceptó la carta, imaginando que podía contener un talón de su madre, pero al ver que no era así, procedió a hacer trizas la sentida misiva con típica furia de adolescente.

¿Qué podía hacer yo? Créanme, si hubiera incorporado este material extemporáneo a la melancólica historia de amor entre Skyler Rampike y Heidi Harkness —adolescentes exiliados del mundo por la prensa sensacionalista y que, durante un breve período mágico, «se habían encontrado» en la academia de Basking Ridge—, el resultado habría sido tan discordante como, pongamos, una repentina erupción de John Philip Sousa en las etéreas meditaciones musicales de Arvo Pärt, el estonio. A todos ustedes les habría parecido odioso, y los críticos habrían denunciado con ferocidad un cambio de tono tan flagrante en completa violación de las unidades aristotélicas.

Otra omisión en «¡Adiós, primer amor!» es el silencio de Skyler en cuestiones de dinero, sin explicar quién estaba pagando al malhumorado Skyler centros privados tan exorbitantemente caros como la academia de Basking Ridge;* quién estaba pagando los medicamentos exorbitantemente costosos, la mayoría de los cuales, a despecho de las indicaciones de los médicos, Skyler se negaba a tomar, o —¿el lector se escandaliza?— vendía a varios de sus condiscí-

---

* Matrícula, pensión completa y otros gastos ascendían, en Basking Ridge, en la época de la encarcelación de Skyler, aproximadamente a 65.000 dólares por un año académico. Compárese con cifras entre 40.000 y 45.000 dólares para universidades de la Ivy League tan venerables como Princeton, Harvard, Yale e instituciones de artes liberales tan prestigiosas como Swarthmore, Williams y otras.

pulos, residentes en Old Claghorne, que sentían la necesidad de automedicarse por motivos personales. (Al lector le escandalizará saber que Skyler proporcionaba Zilich, el potente antidepresivo, con regularidad, a un chico de su piso tan física y psíquicamente debilitado que podría haber llevado grabado a fuego sobre la frente el diagnóstico de ERS; Skyler recibía de aquel chico «colateral» —que era como se llamaba a los vástagos de figuras públicas caídas en desgracia, tanto entre ellos como por otros en Basking Ridge— hasta cien dólares a la semana y apenas tuvo sentimientos de culpa, o no tuvo ninguno, cuando su cliente se excedió en la dosis, de manera deliberada o por accidente, y fue rápidamente retirado de la academia pocas semanas después, como sucedería más adelante con Heidi Harkness. Pero ustedes no han tenido la menor noticia de este vergonzoso episodio de labios de Skyler, ¿no es así?)

Aunque en Basking Ridge Skyler iba casi siempre vestido de la manera más descuidada posible, se duchaba sólo de forma esporádica y llevaba la misma ropa asquerosa muchos días sin interrupción, el lector tendría que saber que sus padres, sobre todo Betsey, le pasaban una generosa «asignación para ropa y otros gastos»; ni Betsey ni Bix se olvidaban nunca en marzo del cumpleaños de Skyler, y daban instrucciones a sus ayudantes para que adquiriesen para él tarjetas adecuadas con «¡feliz cumpleaños, hijo!» que ellos después firmaban *con todo cariño* y que iban acompañadas de los correspondientes regalos de cumpleaños: por parte de Betsey, de ordinario un jersey de ochos muy caro, y en el caso de Bix, un regalo relacionado con los deportes como, por ejemplo, un bonito guante de béisbol de auténtico cuero de vaca, o un bastón de hockey con las iniciales de Skyler grabadas a fuego en la madera. En el momento en que Skyler dejó de asistir a las clases en Basking Ridge, como ya hemos visto, Bix insistió en que su hijo siguiera en la academia con la esperanza de que llegara a «animarse» y a «restablecerse»; al comprobar que Skyler no se restablecía, y que podría incluso haber empeorado, Bix telefoneó varias veces para dejarle a Skyler mensajes con voz de extrema seriedad:

—¡Skyler! El director Shovell me ha contado algunas cosas muy preocupantes sobre tu comportamiento ahí y quiero que quede constancia de mi terrible decepción ante la idea de que me falles una vez más, hijo. Shovell asegura que mantienes una relación con una chica de ahí, ¡la hija de Leander Harkness!, que esa joven «con graves problemas» ha tratado de suicidarse y que las drogas parecen haber sido parte del problema. Tu terapeuta de ahí dice que has dejado de ir a su consulta, si bien a mí me siguen pasando las facturas. Será mejor que contestes a esta llamada, Skyler. Quizá puedas manipular a la crédula de tu madre, pero no ensayes tus trucos de enfermo mental con tu papá, ¿te enteras? *Quid pro quod!*

Otra omisión en el relato de Skyler sobre su año en Basking Ridge está relacionada con la naturaleza exacta de su relación con Elyot Grubbe; o, más bien, de la relación de Elyot con Skyler. Porque tiene que haber llegado a quedar penosamente claro a medida que pasaban las semanas que si bien Skyler veía con actitud condescendiente a Elyot como un simple amigo, Elyot consideraba a Skyler algo más; sólo un mojigato homófobo podría haber malinterpretado las tímidas sonrisas de Elyot y sus maneras de enamorado, que trataba de disimular, de manera no muy convincente, escuchando música con sus cascos de manera obsesiva. Fue, por tanto, un gesto grosero y cruel de Skyler introducir a Heidi Harkness en escena, como para alardear de su novia ante el pobre Elyot y para resaltar el hecho de que, a diferencia de Elyot, pese a su aire estrafalario, Skyler Rampike era un *tipo normal*.

Pobre Elyot Grubbe, con sus 159 de CI, destinado a la Facultad de Medicina de Harvard, obligado a ser un desventurado observador de Skyler y Heidi, aquellos dos adolescentes tan enamorados, tan visiblemente cogidos de la mano, sumidos en continuos susurros y besos; la pareja desprovista de atractivo de la manera más desafiante, y los dos, para pesadumbre de Elyot, tan altos; ¡de lleno en lo que el lector sereno, con olfato para lo francés, reconocería de inmediato como una *folie-à-do*!* Todavía peor, también Elyot, como ya hemos visto, parecía haberse enamorado de Heidi Harkness. (Por fortuna, la *folie-à-trey* no llegó a cuajar. Skyler se encargó de eso.) No tiene nada de raro que, a la postre, después del colapso de Heidi, Elyot reaccionara contra su amigo, tan egoísta e insufrible, que, pese a ser el compañero más antiguo de Elyot de los días idílicos de Fair Hills anteriores al trauma, despedía con frecuencia un mal olor, tanto corporal como en su aliento; y procedió a escribirle una fría cartita poniendo fin a su amistad.

---

* *Folie-à-do:* una de esas misteriosas frases francesas que se aplican con gran precisión a otras personas pero nunca a uno mismo. ¿Por qué será?

¡Qué orgulloso me sentí de Elyot Grubbe en aquel momento! No lo había previsto, pero me pareció que era exactamente lo que tenía que hacer. Un Skyler atormentado por la culpa recibió ni más ni menos lo que se merecía con aquella concisa misiva.

Y todo ello escapó sin detección incluso para el lector más astuto, ¿no es así? ¿Saben por qué?

Ninguno de ustedes, por ejemplo, tuvo la suficiente agudeza visual para darse cuenta de cómo, en un momento entre tonto y tierno, típico de los adolescentes, Heidi Harkness cautivó a Skyler Rampike cuando retiró, como jugando, una funda nacarada de sus dientes delanteros, encantadoramente torcidos:

—¿Ves? Mi madre quería que mi sonrisa fuese «perfecta»... ¿No lo es?

Skyler rio, descendiendo en picado para besarla.*

Pero ningún lector tomó nota de este mínimo incidente dulcemente ingenuo porque Skyler no se molestó en recogerlo. De hecho, la mayor parte de lo que Skyler experimentó, y sigue experimentando, desde diciembre de 1991 —empezando por el capítulo «En el principio» («En el principio, ¡hace mucho tiempo!, no existía Bliss»)— ha quedado fuera de este documento. La mayor parte de la vida de Skyler no está recogida y se ha perdido; como se pierden todas nuestras vidas. Y la situación es todavía mucho peor si, como el pobre Skyler, el narrador parece estar encerrado en un yo incesantemente asediado por lo que Sigmund Freud llamó tan acertadamente el inconsciente.

Porque Skyler no sabe todo lo que saben las neuronas del cerebro de Skyler; y ustedes, que son los lectores de Skyler, sólo saben lo que Skyler decide contarles. Aunque supuestamente yo sea el «autor», sólo conozco lo que Skyler me pueda contar.

Así, por ejemplo, Skyler, en repetidas ocasiones, no ha llegado a reconocer las innumerables consecuencias —legales, personales— que se han seguido de la muerte de su hermana. En su mayor

---

* De hecho, Skyler está tan afectado en ese momento por un recuerdo reprimido, que rápidamente besa a su chica para ocultar su emoción. Como tampoco recogerá el incidente en este documento, dado que, al reflejar de manera tan inquietante un gesto similar de Bliss Rampike años antes, el de Heidi podría parecer, al teórico literario más al día, demasiado transparentemente «simbólico» para ser convincente. (No todos los eventos que de verdad suceden se consigue que parezcan «reales» al ponerlos en prosa.)

parte, las complicaciones legales no le atañen directamente, dado que Skyler era, por supuesto, menor por aquel entonces. Skyler ha aludido, pasando siempre como sobre ascuas, a los groseros reportajes de la presa sensacionalista, que han mantenido a la vista del público la imagen glamurosa y de niña perdida de Bliss Rampike, al igual que las figuras de Bix y Betsey; pero también las publicaciones más importantes y serias y otros medios de comunicación se han ocupado de manera esporádica del caso de Bliss Rampike, que es como ha venido a ser conocido. No uno sino los dos jurados de acusación reunidos en Morris County para investigar todos los aspectos de un caso tan controvertido llegaron a un punto muerto prematuro, por llamarlo de algún modo, cuando Gunther Ruscha, el principal sospechoso, murió de repente, tras lo cual el caso languideció bajo la jurisdicción de Howard O'Stryker, fiscal del distrito durante muchos años y a quien se conoce en los círculos legales por su renuencia a llevar a juicio casos criminales si no está absolutamente seguro de ganarlos. Cediendo a la presión de la opinión pública y a la del fiscal general de Nueva Jersey, el señor O'Stryker reunió finalmente un segundo jurado de acusación en el otoño del 2002, que procedió a reunirse a intervalos regulares por espacio de tres meses, en un secreto total. Se llamó a una sucesión de testigos: agentes de policía de Fair Hills, los detectives que investigaron el caso originalmente, Sledge y Slugg (ya jubilado este último), forenses locales, estatales y del FBI, expertos en delincuencia sexual y pedofilia, al sepulcral doctor Elyse («De todas las víctimas de homicidios infantiles en mi carrera como forense, es Bliss Rampike quien continúa obsesionándome. Temo morirme antes de que se encuentre al asesino de esa pobre niña»); otras muchas personas (terapeutas, carceleros, presos de Rahway, el funcionario de prisiones encargado de los presos con libertad condicional, parientes, vecinos, etcétera) asociadas con Gunther Ruscha; vecinos de Fair Hills, conocidos, amigos, antiguos empleados, feligreses de Trinity Church relacionados con los Rampike y muchas otras personas; aunque, irónicamente, ni Bix ni Betsey Rampike, porque M. Kruk, su abogado siempre vigilante, conseguía detener todas las peticiones de entrevistas con sus clientes, quienes, para entonces, habían abandonado ya Nueva Jersey. Dado que ninguna prueba material ni testigo alguno había situado nunca a ninguno de los Rampike adultos en la escena del crimen, tampoco se podían enviar citaciones para forzar a los

Rampike a cooperar con el jurado de acusación; como tampoco recibió una citación judicial Skyler Rampike, representado por un abogado apellidado Crampf, socio del bufete de Kruk. Si bien es posible que una mayoría de miembros del jurado creyeran que Gunther Ruscha, autor confeso del asesinato, había dicho la verdad, tal como mantenían los forenses, no había ninguna prueba material que vinculara a Ruscha con la escena del crimen, ni con el interior de la casa de los Rampike, ni testigo alguno que afirmara haberlo visto aquella noche. Y en consecuencia, en diciembre de 2002, el segundo jurado de acusación del ya notorio caso de Bliss Rampike fue disuelto por el fiscal del distrito de Morris County sin formular cargos contra nadie y sin establecer que Gunther Ruscha hubiera sido el asesino.*

En los medios de comunicación, sobre todo en la prensa sensacionalista y en la televisión, este segundo fracaso por parte de un jurado de acusación para alcanzar conclusiones sobre el caso de Bliss Rampike se recibió con burlas y desdén apenas disimulados, o, como en el caso del *New York Post,* con escarnio declarado, como en este gran titular de la primera página:

EL JURADO DE ACUSACIÓN DE NUEVA JERSEY A BLISS:
«NO TE PODEMOS AYUDAR»

En su defensa debe decirse que Skyler apenas estaba al tanto de la existencia del jurado de acusación, dado que, por hallarse para entonces en uno u otro centro de tratamiento, casi no tenía conciencia del mundo de las «noticias».

De manera más misteriosa, Skyler tampoco incluyó en «¡Adiós, primer amor!» este episodio enigmático:

Una tarde de noviembre de 2003 le llegó un aviso, en mitad de una clase de matemáticas, que se impartía en el quinto período del día, para que se presentara de inmediato en el despacho del director Shovell donde, para sorpresa de Skyler, un hombre de mediana edad que le pareció vagamente familiar, quizás uno de los amigos con los

---

* Al lector quizá le intrigue, o tal vez le repugne, la noticia de que al menos otra persona, también «delincuente sexual convicto», residente en Nueva Jersey, había confesado para entonces ser el asesino de Bliss Rampike. Skyler no estaba al tanto de quién era aquella persona (tampoco quería saberlo), qué crédito daba la policía de Fair Hills a las afirmaciones de aquel psicópata, ni si la policía estaba investigando otras teorías sobre «intrusos».

que Bix Rampike jugaba al golf, al tenis o al squash, le saludó con una sonrisa y un enérgico apretón de manos:

—¡Skyler! Ya veo que has crecido. Ha pasado algún tiempo, seis años y cuatro meses para ser exactos, pero espero que te acuerdes de mí: soy Josh Crampf, tu abogado.

¡El abogado de Skyler! Skyler no había pensado ni una sola vez en Crampf durante aquellos años. Fue todo un golpe para él que Bix Rampike siguiera al parecer manteniendo a Crampf en el papel de «abogado de Skyler».

Antes de que Skyler pudiera preguntar el porqué de la presencia de Crampf en Basking Ridge, otro individuo dio un paso al frente para presentarse a Skyler:

—Detective Hal Ransom, del departamento de policía de Fair Hills.

El señor Ransom explicó que se le había designado recientemente para ocuparse del caso de Bliss Rampike, caso que había vuelto a abrirse, y que quería hacerle algunas preguntas a Skyler: no les llevaría mucho tiempo. Skyler, que enseguida empezó a asustarse, murmuró algo que sonaba como *De acuerdo supongo* con una mirada a Crampf, que le sonrió consoladoramente. Shovell, discreto, se ausentó, y Skyler y sus dos visitantes se sentaron en torno a la lustrosa mesa de caoba. Era la época, en su enfebrecida vida adolescente, en que Skyler estaba deslumbrado por Heidi Harkness, su primer amor; pero todo pensamiento sobre ella se borró al instante de su mente, como agua que desaparece por un sumidero. Skyler recordó la advertencia de mamá *No hables nunca de ello con nadie ni siquiera con Jesús. Ni se te ocurra*. La entrevista duró quizá cuarenta minutos, en los que Ransom le hizo a Skyler una serie de preguntas («¿Qué recuerdas de la noche de la muerte de tu hermana?» «¿Cuándo fue la última vez que viste viva a tu hermana?» «¿Qué fue lo último que te dijo tu hermana?») y cada vez que Skyler abría la boca para hablar, quizás para tartamudear «En re-rea-lidad no re-recuerdo gran co-cosa», el astuto señor Crampf decía: «Detective, mi cliente prefiere no responder». Skyler sintió varias veces un intenso deseo de hablar, como cuando se tienen ganas de estornudar, pero el astuto Crampf intervino rápidamente, con la facilidad virtuosística del jugador de ping-pong que siempre se anticipa a su oponente, por rápido que sea, diciendo: «Detective, mi cliente prefiere no responder». Un leve rubor de indignación apareció en el rostro del señor Ransom, aunque no parecía demasiado sorprendido. Al final de los cuarenta minutos entregó su tarjeta a Skyler, tarjeta que, con un gesto que podría haber parecido descortés en una persona con menos aplomo, Crampf retiró de la mano de Skyler con el comentario: «Gracias, detective. Hasta la vista». Aunque Skyler prácticamente no había hablado durante los cuarenta minutos, apenas tuvo fuerzas para levantarse de la silla, tal era su agotamiento. Como levantarse de una esterilla de gimnasio, imitación de piel de serpiente, sobre la que se ha caído con violencia. Con mucha violencia.

—Hijo —a continuación, con un gesto amable, Crampf puso la mano en el hombro de Skyler. Era un gesto que tendría que haber hecho pensar a Skyler en su padre, pero el recuerdo se torció y se perdió—, recuerda: nadie te puede tocar. «Tienes derecho a guardar silencio», tal es la piedra angular de la justicia en los Estados Unidos.

Y ¿qué saca el lector en limpio de este intermedio? ¿Acaso se está investigando a Skyler, de dieciséis años, como sospechoso del asesinato de su hermana? ¿O se trata de que Skyler sea un testigo capaz de informar, alguien que podría señalar al asesino?

Vaya usted a saber. El mejor remedio es extirpar aquel incidente del recuerdo. Para cuando Skyler se reúne con Heidi Harkness aquella noche en Toll House, ha olvidado por completo el episodio.

Durante el retorcerse y el gemir de aquella noche entre sábanas sudadas, malolientes y manchadas de semen que no se habían cambiado en una semana, Skyler sintió la caricia consoladora de su madre y oyó su advertencia —amable aunque apremiante— como la letra de un himno secreto *No hables nunca de ello con nadie ni siquiera con Jesús. Ni se te ocurra.*

Y ¿dónde está Skyler? ¿Ha salido de Fort Lee, Nueva Jersey, y se acerca a Spring Hollow, Nueva York? ¡Lector, no me lo esperaba!

Mientras estaba tan ocupado proporcionándoles a ustedes información (crucial) sobre la situación, mi intrépido héroe todavía adolescente parece haber sido expulsado del primer plano de esta narración sin que yo me diera cuenta.

—Me llamo Sky-Skyler Rampike. He venido a ver a mi...

Skyler ha conseguido de algún modo —si he de ser sincero no me imagino cómo— encontrar su camino y abandonar N. Syke Street de Fort Lee en el espacio de pocos minutos, para volver a la estruendosa I-95 y de esa manera, en el «nivel superior», cruzar el puente George Washington por primera vez, como conductor, en toda su vida. (De lo cual, y siendo como es un chico inseguro, Skyler se sentiría enormemente orgulloso, si bien cuando se tienen los nervios a punto de estallar, la boca tan seca como un puñado de ceniza y el corazón en un puño, no se puede decir que el orgullo importe mucho.) (Además, mientras cruzaba, por el carril de la derecha, no se había atrevido a mirar ni hacia la izquierda ni hacia la derecha, por lo que había tenido tan poca conciencia de cruzar el gran río Hudson como la habría tenido si hubiera atravesado un cauce seco.) De manera igualmente inesperada, Skyler consiguió, ya en el lado neoyorquino del río, no meter la pata una vez más y coger una salida equivocada, como cualquiera habría esperado, sino resolver con éxito un cambio de carril insidiosamente peliagudo para tomar, en dirección norte, la Henry Hudson Parkway; desde allí, sintiendo ya que había conseguido un pequeño capital de confianza, Skyler no tuvo ningún problema para salir de nuevo en dirección norte a la Route 9; sin necesitar apenas consultar su mapa hecho a mano, Skyler condujo a velocidad constante a través de las comunidades residenciales de Irvington, Tarrytown y (con un nombre peculiar, que hacía pensar en el Jinete Sin Cabeza y en una calabaza diabólica) Sleepy Hollow; para torcer finalmente hacia Spring Hollow, con una población de 2.800 habitantes donde, en un estado de creciente animación, o pánico que le secaba la boca, Skyler se detuvo en una gasolinera para adquirir combustible por valor de doce dólares y llegar a trompicones hasta el aseo para caballeros aturdido y con un zumbido en la cabeza, tratando de no respirar los nauseabundos olores de sus innumerables predecesores y diciéndole al rostro con palidez de enfermo que reflejaba el espejo lleno de manchas encima del urinario *Eh, escucha: todavía te puedes dar media vuelta, ¿me oyes? Tu madre no sabe que estás aquí.* Pero regresó sin embargo a la furgoneta Dodge prestada que le esperaba en la gasolinera con aspecto de vehículo desechado pero cargado ya de nueva vida, con brillantes letras de color bronce Iglesia Evangélica Nuevo Canaán de Cristo Resucitado, de manera que Skyler se oyó preguntándole al encargado de la gasolinera cómo llegar a Magnolia Terrace y recibió una respuesta, en inglés con un fuerte acento, que sonaba como «Dos semáforos a la izquierda, girar en dirección al río».

Magnolia Estates es una zona residencial muy nueva, muy cara sin duda alguna, ostentosamente separada de un barrio de hogares más antiguos y más pequeños: MAGNOLIA ESTATES 3 Y 4 DORMITORIOS DISEÑADOS POR ENCARGO HOGARES DE LUJO ALGUNAS PARCELAS TODAVÍA DISPONIBLES JUNTO AL RÍO. Enseguida aparecen estrechas calles con muchas curvas —Magnolia Drive, Magnolia Heights, Magnolia Terrace— como las que Skyler recuerda de Fair Hills, Nueva Jersey; en el número 9 de Magnolia Terrace se alza una casa de estilo plantación anterior a la guerra civil, con complicados adornos de color blanco en hierro forjado y pórtico con columnas, de color melocotón, muy semejante a una tarta. En el 11 de Magnolia Terrace la casa es colonial, de color crema y cereza; la del número 7 es de estilo griego renovado, de color verde pistacho y frambuesa. Las casas de Magnolia Estates son más pequeñas de lo que parecen desde la calle porque sus llamativas fachadas de dos pisos ocultan estructuras de un solo piso; si bien sus parcelas parecen largas desde la calle, la mayor parte de la propiedad está delante, mientras que por detrás les falta profundidad, disponen de poco más que unos metros; al igual que en la secuencia cinematográfica de un sueño, Skyler tiene una sensación de dimensiones que se encogen. Trata de no dejarse dominar por el pánico. Se araña la cara. Está mareado de hambre, pero no ha sentido ningún deseo de comerse el almuerzo que Miriam tan amablemente le ha proporcionado y ahora se dedica a registrarse los bolsillos de la chaqueta en busca —¿de qué?— de píldoras perdidas de Zilich, de uno de los OxyContin de Heidi cubiertos de pelusa. Pensando *¡Pero todavía me puedo volver! No me ha visto.*

Durante todo este tiempo, Skyler no ha querido reconocer que algo no está en absoluto como debiera en Magnolia Estates. No se trata sólo de las casas pretenciosas, sintéticas, varias de las cuales parecen estar vacías, con carteles de CASA DE LUJO EN VENTA en los jardines delanteros, sino de que ve a demasiada gente, y a la clase de gente que no debería estar allí, en un entorno como éste, en donde de ordinario no se debe ver a ningún peatón, puesto que no existen aceras. Y hay, además, demasiado tráfico, no los automóviles de alta gama y líneas elegantes que prefieren las esposas adineradas de los barrios residenciales, sino una ominosa preponderancia de furgonetas. En la calle, delante de la casa de estilo plantación y de color melocotón, hay un grupo variopinto, inquieto, de una treintena de personas: equipos de televisión, fotógrafos, reporteros, curiosos boquiabiertos. ¿Qué ha sucedido? ¿Por qué lo miran esas personas? ¿Por qué lo llaman? Asustado, Skyler se agacha para ocultarse. Con sus diferentes tiritas, tan peculiares, y el pelo, como de acero, recogido en una cola de rata, no es posible identificarlo con Skyler Rampike, ¿o sí es posible? Los fotógrafos lo apuntan con sus cámaras, un equipo de televisión de WSRY-TV graba con avidez, y los reporteros corren animadamente tras la furgoneta Dodge:

—¡Espera! ¿Eres Skyler? ¿Eres... el hijo?

Skyler ve que la policía ha colocado barricadas en la calle para evitar que estas personas tan agresivas invadan el césped del número 9 de Magnolia Terrace y corran hasta la casa de color melocotón. Dos policías uniformados de Spring Hollow dirigen el tráfico. Al inicio de la entrada para coches, asfaltada, dos guardas jurados —los dos negros, con cara de pocos amigos— vigilan junto a otra barricada con un cartel que dice PRIVADO   SÓLO POR INVITACIÓN. A varios vehículos, incluida una furgoneta en la que se lee WCBS-TV, se les ha permitido aparcar en el interior; con el tono más de persona mayor que le es posible Skyler explica a los guardas que es el hijo de Betsey Rampike, y que su madre le está esperando.

—¿Tú? ¿Hijo de la señora Ranpick? ¿Eres tú?

—Sí. Soy yo. El hijo de la señora Ranpick.

—Eres... ¿alguna clase de... qué? ¿Iglesia de Nuevo Canaán? ¿Pastor?

—No. Quiero decir, sí. Per-pertenezco a...

—¿Vienes para un servicio religioso, hijo?

—Sí —Skyler enseña a los ceñudos guardas jurados su carné de conducir de Nueva Jersey. Por primera vez en su vida, está deseoso de que se le identifique como Skyler Rampike.

Al ver la expresión en el rostro de la mujer, una María de piel oscura, con un uniforme blanco almidonado, Skyler entiende que ha llegado demasiado tarde.

—¿Quién eres? *Skii-ler...*

—¿Dónde está mi madre? ¿Dónde está Betsey?

Ha entrado en un vestíbulo brillantemente iluminado en el que hay varios espejos y donde el papel pintado de las paredes resulta tan centelleante y alegre como una decoración navideña. Rápidamente la criada se aparta de él, los ojos empañados por la compasión.

—Perdóname, voy a llamar al señor Kissler.

Skyler sigue a ciegas a la mujer hasta un cuarto de estar espléndidamente decorado con lo que deben de ser «muebles de época». Cuantísimo tiempo ha pasado y en qué país lejano e improbable se produjo el idilio entre mamá y su *hombrecito,* aquella época en que la joven madre de Skyler buscaba «muebles de época», «antigüedades» para la casa, tan amplia e irregular, de Ravens Crest Drive. Aquí, en un marco más pequeño pero más llamativo, más semejante a la decoración de un escaparate, hay lujosos sofás de terciopelo, sillas tapizadas con cretonas de colores tan vivos como las alas de los loros, lámparas de pie de formas extrañas, cortinas de brocado. En los sofás de terciopelo hay cojines lo bastante grandes para ahogar a un elefante. En el suelo, una alfombra oriental tan gruesa como las esterillas, imitación de piel de serpiente, del gimnasio Medalla de Oro, enguirnaldada con grandes rosas de color carne y con acabado de un brillante color mostaza. ¡Qué perfumado está el aire! Skyler apenas consigue respirar.

En la pared, sobre una chimenea de mármol blanco, hay un gran retrato de Betsey Rampike en la mejor época de su belleza juvenil con Bliss en brazos. Bliss tiene unos cinco años, toda dulzura, muy rubia y muy bonita, con una de las tiaras de plata sobre sus cabellos rizados. Aunque Betsey es una morena exuberante de ojos oscuros y Bliss una rubia de piel blanca y ojos azules, el pintor, sin embargo, con el estilo de un glamur pop a lo Renoir, indudablemente *kitsch,* ha conseguido que madre e hija se parezcan de manera asombrosa.

Skyler retrocede, tapándose los ojos. Noooó.

Todo lo que ha logrado ingerir por la mañana, en las largas horas llenas de tensión de la mañana, que han empezado en una oscuridad ventosa antes de amanecer en la habitación alquilada del tercer piso de Pitts Street, hace ya tanto tiempo que apenas logra recordarlo, han sido unos cuantos sorbos del zumo de naranja recién exprimido que Miriam le ha ofrecido amablemente para el viaje, y que después ha ido derramándose sobre el asiento del copiloto en la furgoneta Dodge, manchándolo y dejándolo pegajoso. De manera que Skyler está aturdido y no se siente demasiado bien.

¿Dónde está Betsey? Tendría que haber aparecido, ahora que la María del uniforme almidonado le ha dicho ya que ha llegado Skyler.

Más allá de un arco con molduras esculpidas —un friso blanco de ninfas, cisnes, jóvenes patinadoras— se abre otra habitación, un poco más pequeña, en la que, bajo brillantes luces cegadoras, y supervisada por un equipo de media docena de personas, parece estar celebrándose una entrevista para la televisión. Se ha colocado un sofá en ángulo con relación a la pared, y otros muebles se han organizado de manera ingeniosa como el decorado de un programa de entrevistas en la televisión; una mujer glamurosamente maquillada de voz cantarina y enérgica, cuyo rostro le parece familiar a Skyler, entrevista a un hombre de mediana edad y de pelo negro que parece lacado; aunque su rostro está marcado por el dolor, parece, sin embargo, tan broceado que llama la atención. Al ver que Skyler se adelanta tambaleándose como si estuviera borracho, se levanta deprisa para acercársele, interrumpiendo la entrevista.

—Eres... ¿Skyler? ¿El hijo de Betsey?

—Sí. ¿Dónde está mi madre? Quiero ver a mi madre.

—¿No te lo han dicho, hijo? Tu madre, nuestra querida Betsey, se nos ha ido.

—¿Se ha ido? ¿Adónde?

La voz de Skyler resuena inmadura y brusca y con un punto de desprecio. A Skyler le preocupa que le tienda las dos manos este desconocido, un hombre de poco más de cincuenta años a quien no conoce, porque Skyler no quiere que lo toquen.

—Skyler, soy Nathan Kissler. Creo que Betsey ha tenido que hablarte de mí... —Kissler es el socio de Betsey en Aroma Celestial, Inc. Asesor económico, «compañero». Aunque no sabe muy bien cómo, por alguna ojeada subrepticia y no reconocida a la prensa sensacionalista, Skyler parece saber que Kissler es el prometido de Betsey Rampike—. ¿Skyler? ¿Hijo? ¿Por qué no te sientas? Aquí. Vamos a traerte algo de beber, estás muy pálido. Por supuesto es un golpe terrible para ti. Un golpe terrible para todos los que queremos, queríamos, a nuestra incomparable Betsey...

—Déjeme decirle que habla usted demasiado. Quiero ver a mi madre.

Skyler mira a Nathan Kissler con los ojos varoniles y burlones de Bix Rampike. Este hombrecillo atildado de poco más de un metro sesenta y cinco, que no le llegaría a su padre ni al hombro, ¿es el prometido de su madre? ¿Y qué significa *prometido*? A Skyler le horroriza la idea de que pueda haber algo sexual entre Kissler y su madre, no está dispuesto a pensar en algo tan obsceno. Kissler lleva camisa negra de seda, fular, también de seda negra, vaqueros negros de Armani que se le ajustan a la cintura y a las caderas como si fuera un maniquí treinta años más joven. Especialmente ofensivo para el sentido del decoro de Skyler es un cinturón negro de cuero con una hebilla que es un medallón de latón. Y en realidad no tiene el rostro bronceado, sino que lo ha maquillado una profesional para las cámaras de televisión: maquillaje de fondo con una base naranja, pestañas oscurecidas con rímel. Boquita de pez, enrojecida.

Kissler le insiste a Skyler para que se siente, mientras la mujer del uniforme blanco almidonado se ha marchado a toda prisa para traerle un vaso de agua fría, pero Skyler se escabulle, no se quiere sentar, demasiados ojos lo miran con glotonería. El operador de televisión ha vuelto la cámara en su dirección y la lucecita verde está encendida. Kissler está diciendo con gran seriedad:

—... se nos ha ido, Skyler, esta misma mañana. Por complicaciones aparecidas después de la intervención quirúrgica. Acaba de darse la noticia y ya se ha producido un diluvio de...

—Pero ¿dónde está? Quiero verla.

Skyler tiene la idea de que aunque «se haya ido», Betsey también está en algún sitio cercano, en otra habitación de la casa, preparándose para una entrevista en la televisión. Qué otra razón para las luces brillantes, para la cámara. Dos operadores. Y la entrevistadora cuyo rostro le resulta familiar. ¿Por qué una de las ayudantes de Betsey no le dice *está aquí Skyler*?

—... después de la intervención, su corazón no soportó la tensión... Había querido que la operación se mantuviera en completo secreto... ¡Nada de filtraciones a la prensa sensacionalista! El funeral será dentro de dos días, aquí en Spring Hollow.

—Pero yo quiero verla. Quiero verla ahora. Tengo derecho a verla. Soy su hijo y me invitó a venir aquí.

Kissler explica pacientemente:

—Los restos mortales de Betsey están todavía en el hospital, Skyler. La capilla ardiente se organizará para los íntimos en el tanatorio...

Skyler le interrumpe:

—Me ha dejado algo, ¿no es cierto? ¿Dónde está?

Rápidamente la entrevistadora de la televisión interviene, y abraza a Skyler con calor. Skyler está demasiado asombrado para resistirse, la mujer es robusta, entrada en carnes y, aunque glamurosa, se trata de una mujer de tipo maternal, con músculos que Skyler siente, y duros pechos mullidos del tamaño de tapacubos. Ahora Skyler la reconoce: es Zelda Zachiarias de *Las mujeres hablan claro*.

—¡Skyler! Por favor, acepta mi más sentido pésame por la pérdida que has sufrido. ¡Qué mujer tan valiente era tu madre, Skyler! Estamos preparando un homenaje especial a Betsey Rampike que se emitirá el viernes, y significaría mucho para nosotros, como también habría sido una gran alegría para Betsey, que participaras tú, Skyler. ¿Sabes? Betsey hablaba de ti con mucha frecuencia. Betsey decía «Todos los días de mi vida rezo a Dios y a Jesús. Cuidad de mi hijo». Estaba convencida de que ella y tú os reconciliaríais, Skyler. Era su gran esperanza y tenía muchísima fe. ¡Ay, Skyler! No me puedo creer que Betsey Rampike no vuelva nunca a aparecer en mi programa como modelo para las mujeres, para las madres que han sufrido la más dolorosa de las pérdidas y han sobrevivido. Sí, y triunfado. Betsey no quería que se dijera una sola palabra sobre su dura prueba, ya sabes qué persona tan reservada, «estoica», era Betsey... Ni una palabra de su lucha con... —la voz ronca (gutural) desciende solemnemente, como si Zelda estuviera tratando de no echarse a llorar. Skyler tiene que esforzarse para oír lo que suena como *cáncer de búcaro*.

¿Cáncer de búcaro? Skyler se estremece.

Llena de apasionamiento, Zelda Zachiarias continúa, muy cerca de Skyler:

—Antes de que la operasen, Betsey dijo «Reza por mí, Zelda. Dios hará lo demás». ¡Tantísimo valor! Para nuestro público de la televisión, Skyler, querrás decir unas pocas...

Skyler se libera de la mano de Zelda Zachiarias. Trata de protegerse la cara de la rapacidad de los cámaras de la televisión que avanzan hacia él. Las odiosas lucecitas verdes *están encendidas*. Sabe lo que eso augura: Skyler Rampike al desnudo.

Muy cerca, Nathan Kissler ha estado hablando por un teléfono móvil. Parece haber adoptado una actitud precavida, no tan amistosa, hacia Skyler. El aire de afecto paternal ha sido sustituido por una frialdad ligeramente irónica. Skyler vuelve al tema de lo que su madre le ha dejado, y Kissler dice, con una sonrisa dolida:

—Skyler, tu madre ha dejado un testamento. Con toda seguridad ha dejado un testamento. De hecho, puede que haya dejado varios... Siempre estaba cambiando y «actualizando» su testamento a medida que nuevos amigos entraban en su vida y los antiguos invariablemente desaparecían... Habrá una lectura oficial del testamento de Betsey Rampike en el despacho de su abogado en el momento oportuno. Pero mientras tanto...

Skyler dice, alzando la voz:

—¿Dónde está lo que mamá me ha dejado? ¿En algún sitio por aquí?

Y Kissler dice:

—Por favor, Skyler, no levantes la voz. La última cosa que queremos es que esos chacales y hienas de ahí fuera nos oigan. Esto ha sido un golpe terrible para todos nosotros, no sólo para ti. Nuestro gran lanzamiento de primavera está programado para dentro de tres semanas, y hemos invertido más de seis millones de dólares en los productos de primavera de Aroma Celestial. Si hubieras llamado antes, alguien podría haberte preparado.

Y Skyler dice:

—¿Dónde está? Mi madre me ha dejado algo. Una carta, o una cinta de vídeo... Ésa es la razón de que me pidiera venir aquí. ¿Qué ha hecho usted con...?

Y Kissler dice:

—Skyler, no hay necesidad de gritar. Te oímos perfectamente.

Y Skyler dice:

—¡No me oyen! Estoy preguntando, ¿dónde está mi madre? ¿Y dónde está lo que me ha dejado? Maldita sea, lo puedo buscar yo mismo...

Skyler trata de apartar con un empujón a Nathan Kissler, quien, aunque varios centímetros más bajo que Skyler y tres décadas mayor, es sorprendentemente ágil y fuerte; Skyler, de todos modos, consigue liberar un puño y ponerlo en movimiento, golpeando al hombre de más edad en el puente de la nariz, y rompiéndoselo; se oye un satisfactorio crujido y un cálido fluir de sangre. Pero ya ha aparecido uno de los guardas jurados, un negro grande de gesto adusto que llama «hijo» a Skyler y que amablemente, aunque con firmeza, le impide moverse. Rápidamente Skyler es conducido a algún otro sitio. Mientras el guarda le sujeta por los brazos, Skyler camina deprisa, con las rodillas dobladas, como un personaje de un dibujo animado cuyos pies apenas tocan el suelo. Muy pronto están fuera, en el aire invernal. Skyler forcejea con el guarda jurado, pero la fuerza de Skyler se está esfumando; no son las manos del negro sino algo como una abrazadera, una tenaza que le aprieta el pecho; con el aire frío los pulmones se le abren como cortados por un cuchillo, pero la hendidura es demasiado estrecha. Skyler no consigue sorber suficiente oxígeno, el cielo, en lo alto, es una masa de nubes semejantes a tumores, bajo sus pies el suelo helado se abre de repente y Skyler cae al abismo[*]

---

[*] ¡Exactamente así! Habría caído y me habría roto la cabeza de no haber sido porque, amablemente, Evander Franklin (el guarda jurado) me sujetó. Muy en contra de los deseos de Nathan Kissler, Franklin me devolvió al interior de la casa de muñecas estilo colonial de color melocotón, mientras del otro lado de la calle las cámaras de televisión grababan la escena. Al cabo de unos minutos reviví. Como no quería llamar a una ambulancia, porque eso significaría «dar pábulo» a los chacales de la prensa sensacionalista, Kissler llamó a Bix Rampike, por segunda vez aquel día.

Entfremdungsgefuhl*

—Hijo. Ha habido una historia trágica entre nosotros. Pero quizás... ahora... eso cambiará.

¡Aquellas palabras! Skyler tragó saliva con dificultad. *Ahora* tenía que querer decir «Una vez que tu madre ha muerto».

Estaban en un reservado con paredes de madera en la Old Dutch Tavern, del histórico hotel Washington Irving, en Sleepy Hollow, Nueva York, donde Skyler, invitado por Bix, pasaría la noche después del funeral en memoria de Betsey. Desde que entraron en el bar, Bix había hablado despacio y midiendo sus palabras con lo que parecía, para el oído superperspicaz de Skyler, un ligero impedimento en la voz, como la cojera casi imperceptible que un atleta, o exatleta, procura esconder. Para el ojo normal la cojera es imperceptible. Pero Skyler no tenía un ojo normal, ni un oído normal, como tampoco tenía una pierna derecha normal (fémur, peroné, rodilla).

La muerte de su exesposa parecía haber afectado mucho a Bix Rampike, a quien Skyler encontraba menos alto, dominador e imponente de lo que le recordaba. En el abarrotado *après-funeral* ofrecido por Nathan Kissler en el Country Club de Sleepy Hollow, Skyler se había fijado en la manera de beber de su padre. Su comportamiento le había hecho pensar en un peludo bisonte herido, algo entrecano en las cejas, con una carnosidad desconcertada en la parte inferior de la cara. ¿Podría ser, pensó Skyler, que aún quisiera a Betsey?

*Un hombre nunca deja de querer a la madre de sus hijos, Skyler. Ése es el quid de la cuestión.***

—¿Hijo? Me estás escuchando, espero.

---

* Útil palabra alemana para «jodidamente inverosímil».
** Pasajero escalofrío por un recuerdo infantil de cuando, hace mucho tiempo, papá llevó a Skyler en el Road Warrior SUV del año 97 a alguna de las sesiones de fisioterapia en Fair Hills. Probablemente, papá sólo reflexionaba en voz alta, sin pensar en que Skyler le respondiera.

Skyler se apresuró a asegurar a su padre, que había torcido el gesto, que por supuesto estaba escuchando.

—«Quizás... ahora... eso cambiará.» Es lo que has dicho.

Como siempre en presencia de Bix, Skyler hablaba con optimismo juvenil. Incluso en aquella ocasión de duelo compartido, estar tan cerca de su padre hacía sentir a Skyler que ciertos músculos faciales, largo tiempo dormidos, volvían a la vida: *¡Sonríe!* Y cierto entusiasmo cobarde en sus hombros, que se inclinaban hacia delante: *¿Sí, papá?*

Skyler se fijó en que Bix había traído al bar consigo una cartera oscura de suave cuero italiano, y después se fijó también en que Bix alzó la cartera y la colocó en la mesa entre los dos de manera lenta y ceremoniosa; parecía a punto de abrirla, pero no fue así. Qué conmovedora resultaba la frente de Bix, surcada de arrugas, mientras en sus expresivos ojos brillaba algo así como un pesar meditabundo, acompañado, sin embargo, de firmeza. A Skyler el corazón le latía dolorosamente. Pensó *¿Ahí dentro? ¿Hay algo para mí?* No se atrevía a acariciar semejante esperanza.

Bix dejó escapar un profundísimo suspiro. Alzó el vaso de whisky y bebió.

—Por supuesto, hijo: nadie nos la va a devolver.

Incapaz de reaccionar, Skyler asintió.[*]

Skyler se había preparado para no dejarse conmover por la palabra *hijo*. Pero cuando su padre la empleó, el hielo que recubría su nudoso corazón de adolescente empezó a derretirse.

Y la ternura de ciertos gestos de Bix, el torpe abrazo cálido que casi le rompió alguna costilla, el áspero beso paterno que manchó de saliva la mejilla hinchada de Skyler, el apretarle un bíceps reducido pero fuerte, todo aquello le pilló desprevenido. El encontrarse con un papá que respiraba con dificultad, los ojos anegados en lágrimas:

—Es un momento bien triste, hijo. Que la pobre Betsey *requiescat* en paz.

Lectores, perdónenme: esto es sentimental hasta decir basta. Durante muchísimas páginas Skyler ha estado criticando a sus padres,

---

[*] Pero ¿a qué es a lo que asiente Skyler? Con el *la*, ¿Bix se refiere a Betsey o a Bliss?

pero ahora se espera que se compadezcan de Bix, incluso de Betsey, y eso es pedir condenadamente mucho. Y no espero que estén dispuestos a hacerlo. Sin embargo, si he de ser escrupulosamente sincero, como siempre he tratado de serlo en este documento, eso fue lo que Skyler sintió cuando Bix Rampike se presentó sin la menor dilación en el número 9 de Magnolia Terrace, Spring Hollow, reclamado por el angustiado Nathan Kissler que no tenía ni idea de qué hacer con el hijo de diecinueve años de su difunta asociada y prometida y que no sólo había aparecido inesperadamente en la casa menos de seis horas después de que Betsey falleciera, sino que había procedido a desmayarse nada más cruzar la puerta, cuando se disponía a marcharse.

—Una ocasión bien triste, hijo. Pero estamos juntos tú y yo.

(¿Y cuánto tiempo desde la última vez que Skyler había visto a su padre? ¿Dos años? ¿Dos años y medio? E incluso entonces, en circunstancias difíciles. Después de que Skyler se «ausentara» de un centro de tratamiento de drogodependencia en East Orange, Nueva Jersey. Se avisó a la policía de Nueva Jersey, y Bix se había presentado, temblando de asco: «¡Skyler! ¡Cómo coño has podido! Otra vez».)

Ahora Bix parecía más viejo. Y con aspecto de estar impresionado y arrepentido. Había un algo de encorvado y alicaído en su rostro, como si la muerte de su exesposa fuese un golpe personal que aún no había asimilado por completo. A Skyler le dijo:

—Ven. Vamos a encontrar un sitio donde te puedas quedar. Y también un corte de pelo y ropa decente. Vas a asistir al funeral de tu madre, hijo. Conmigo.

Skyler protestó débilmente. Asistiría al funeral de Betsey, pero... no quería cortarse el pelo y tampoco quería ponerse un traje. Sin embargo, Bix hundió los dedos en los tensos hombros de Skyler y dijo:

—No estoy dispuesto a que avergüences otra vez a los Rampike, hijo. Ya lo has hecho con creces en el pasado.

El lugar donde quedarse, dos noches con cargo a la tarjeta de crédito de Bix Rampike, era el hotel Washington Irving, pintoresco e histórico, a menos de tres kilómetros del 9 de Magnolia Terrace. El corte de pelo fue caro y consiguió que Skyler pareciera casi normal desde determinados ángulos. Las prendas de vestir, también adquiri-

das con la tarjeta de crédito de Bix Rampike en una única visita pragmática a Hugo Boss en el centro comercial de Tarrytown, fueron: un
traje gris marengo de lana y seda, con chaqueta ceñida a la cintura,
pantalones estrechos con la raya muy marcada (pantalones que el sas-
tre de la tienda tuvo que ajustar debido al cuerpo desproporcionado
de Skyler); una camisa de vestir blanca de manga larga y algodón egip-
cio, del tipo que le gustaba a Bix Rampike, y una corbata de seda
oscura a rayas. ¡Atuendo de duelo para el hijo desconsolado! En un
espejo triple, Skyler contempló con regocijo su transformación holly-
woodiense:

—¿Yo? No.

Por detrás, Bix sujetó los hombros caídos de Skyler forzándo-
los sólo ligeramente hacia atrás y hacia arriba:

—Mantente erguido, hijo. Se acabó esa tontería del chico
raro. Eres un Rampike, que se note en tu postura.

Bix le proporcionó además unas gafas oscuras. Unas gafas
muy oscuras.

—Mira siempre al frente, hijo. Ni una sola mirada a los chacales. Y no sonrías, por el amor de Dios. Cuando digan tu nombre,
no los oigas. Cuando te saluden con la mano, no los veas. Limítate a
caminar muy cerca detrás de mí, trata de no cojear y recuerda que
eres un Rampike, compórtate como tal.

El primer «velatorio» de Skyler.

Con su ropa nueva (pantalones ajustados a la entrepierna,
cuello blanco almidonado irritándole la garganta) Skyler se acercó,
como un hombre en un sueño que no es el suyo, al ataúd de reluciente oro blanco al fondo de la habitación helada, entre desconocidos que
lo miraban sin rebozo, entre coronas de lirios, armándose de valor
para lo que le esperaba y aliviado luego, pese al sentimiento de confusión, al pensar *¡En el ataúd no está mamá! No es ella* porque aquella
mujer no era nadie que Skyler conociera. Pensando *Ha habido una
equivocación, me puedo marchar ya* excepto que al secarse la humedad de los ojos le pareció, sí, que el cadáver femenino en el ataúd, sobre capas y capas de *chiffon* rosa, con gruesas sartas de perlas en tor-

no al cuello, y con pendientes también de perlas y del tamaño de conchas de almeja, tenía cierto parecido con la Betsey Rampike que Skyler había visto por última vez en televisión en el cuarto de Heidi Harkness. Excepto que el pelo no parecía ser de verdad, sino de un rojo oscuro sintético como una desenfadada peluca «glamur» de Aroma Celestial (359,95 dólares). ¡Nadie hubiera creído que aquella cara era la de una mujer de cuarenta y cuatro años! Frente sin arrugas, mejillas sonrosadas, nada carnoso visible debajo de la barbilla. Ojos serenamente cerrados y maquillados de manera profesional en varios tonos de sombra de ojos (marrón topo, verde plateado, azul plateado) y raya de tinta china, estilo Cleopatra. Los carnosos labios que parecían a punto de sonreír, y decorados con carmín rojo, Skyler tuvo que reconocer que parecían familiares. Y si aquello era mamá, ¿era Skyler su *hombrecito*? Le invadió una sensación de miedo abyecto que lo dejó debilitado, aturdido. ¡Lo horrible era que el *hombrecito* de mamá tenía que despedirse de ella con un beso! ¿O lo que tenía que hacer era despertarla de aquel sueño anormal, besándola en aquellos labios tan pintados de carmín? Como mucho tiempo atrás había vislumbrado a su hermana Bliss tumbada en una confusión de miembros violentados en el suelo del cuarto de estar de su casa, brazos por encima de la cabeza y muñecas atadas, ojos abiertos, boquita herida y floja y él se había asustado mucho, y había sido demasiado cobarde para correr y salvarla: aquel niño era Skyler. Y ahora, para rectificar, Skyler tenía que inclinarse sobre el ataúd de deslumbrante oro blanco, Skyler tenía que mantener con cuidado el equilibrio para no resbalar y caer dentro del ataúd como una figura en un dibujo animado de la televisión a la que (lo sabe, lo reconoce) se parece con su nuevo traje sexi de Hugo Boss, Skyler tenía que besar *ya* a mamá en los labios. Sin embargo —extrañamente—, incapaz de moverse, como si estuviera paralizado, miraba impotente, esperando a que los ojos de Cleopatra se abrieran y le pidieran que se acercara. La respiración de Skyler se había vuelto rápida y superficial y en otro lugar de la sala del velatorio, espléndidamente decorada, a un Nathan Kissler muy agitado no se le ocurrió qué hacer al ver a Skyler Rampike tambalearse sobre el ataúd en el que Betsey Rampike yacía «como si durmiera»; no sabía qué hacer con el hijo claramente psicótico de su difunta prometida, hasta que por fin se atrevió a acercarse a Bix Rampike, el exmarido de Betsey, que estaba colocado un poco a un lado del ataúd, mirando con apesadumbrada fascinación a la voluptuosa figura femenina sin acercarse, y en voz baja Kissler dijo:

—Señor Rampike, su hijo.

Y Bix dijo:

—Qué sucede con mi hijo.

Y Kissler respondió:

—Parece que no se encuentra bien, señor Rampike. Por favor, haga algo.

Y Bix dijo, sacando barbilla a la manera de un antiguo fulbac de clase internacional, aunque ya cumplidos los cuarenta, un tanto reblandecido en el tramo medio, si bien, de todos modos, nadie querría que aquel ejemplar macho alfa de *Homo sapiens* le hiciera un placaje:

—Mi hijo está llorando la pérdida de su condenada madre, *Nathan*. ¿Te parece un problema?

Y Kissler respondió, estremecido, vestido de luto como un correcto maniquí, con grises oscuros, negro, corbata ascot de seda de brillante color morado oscuro que disimulaba los excesos carnosos de debajo de la barbilla, tratando de no parecer amenazador ni suplicante:

—Señor Rampike, por favor, le estoy pidiendo que aparte a su hijo de Betsey, lleva seis minutos o más tambaleándose ahí encima y da la sensación de que no se encuentra bien.

Debe de ser verdad, pensó Bix, aplacándose. Se acercó a Skyler despacio y, con dedos paternos amables pero firmes, se apoderó del bíceps derecho de su hijo despertándolo del extraño trance en el que el pobre Skyler podría haber cometido un acto de una rareza tan incalificable e irrevocable que su noticia seguiría apareciendo en páginas web de todas las galaxias registradas y desconocidas hasta la última sílaba del tiempo del que se conserve la memoria.

—Hijo. Ven conmigo.

¡Suceso inesperado, lector! A decir verdad yo no había previsto, como tampoco Skyler, que se «reconciliara» tan fácilmente con un padre de quien había estado mucho tiempo separado y de quien sabía muy poco en el momento presente si se exceptúa que se había vuelto a casar, y era el «orgulloso padre» de una criatura muy pequeña (Skyler desconocía su sexo [¿celoso?, ¿amargado?]); que Bix Rampike era ya director gerente (tanta grandeza merece pleno reconocimiento) de New

Genesis BioTech, Inc., subsidiaria de Univers, Inc., con sede en New Harmony, Nueva Jersey, una salida más allá de Univers, dirección este, en la I-80. (Sin embargo, hasta donde Skyler era capaz de establecer, Bix parecía pasar gran parte de su tiempo en la ciudad de Nueva York.) En una obra de arte clásica que celebre la reconciliación, el perdón y haga una reafirmación reconfortante del espíritu humano muy puesto a prueba por la adversidad, Skyler y su padre se reunirían de una manera más que meramente temporal con ocasión de la muerte de Betsey Rampike, de manera que ya veré lo que puedo hacer para lograrlo. Porque, de verdad, pese a todo mi cinismo posmodernista, ¡quiero que este documento resulte «reconfortante», que sirva «de inspiración»!, en lugar de ser «la nota de suicidio más condenadamente larga en la historia del idioma inglés».[*]

—Hijo. Sopórtalo como un hombre.

¡Claro que lo iba a soportar! Skyler estaba seguro.

Después, el funeral. A las once de la mañana del día siguiente.

Y aquí se produjo la primera sorpresa: la ceremonia fúnebre de Betsey Rampike no iba a ser un sobrio servicio de la Iglesia Episcopal, solemne, «hermoso pero infernalmente aburrido», sino un funeral de la Asamblea de Dios, ferviente y apasionado, «de sonrisas entre lágrimas». Porque, al parecer, la madre de Skyler se había desprendido de la vetusta seriedad episcopal que había abrazado al casarse con Bix Rampike para adoptar las ceremonias cristianas mucho más exuberantes, «extrovertidas» y «alegres» que caracterizaban a los fieles de la Asamblea de Dios. (Bix seguía siendo imperturbablemente episcopal, por supuesto. Tal era su «herencia». El Dios de la Iglesia Episcopal no intervenía en los asuntos de la humanidad como, idealmente, tampoco un gobierno nacional debe interferir en asuntos relacionados con los negocios. Con tono desaprobador, Bix le comentó a Skyler: «¿Cómo es posible que tu madre se "convirtiera" a la Asamblea de Dios, después de que los Higley nos apoyaran como lo hicieron en los momentos en que más lo necesitábamos? ¡Condenadamente egoísta!».) Skyler se sintió impresiona-

* «La nota de suicidio más larga de la que se tiene noticia» es *Última voluntad y testemento* [sic], obra de V. Westgaard (1841-1873), un poeta norteamericano de poca importancia, con la asombrosa longitud de 999 páginas escritas a mano. Lector, no soy capaz de emular una cosa así.

do, aunque un poquito abrumado, por la llamativa megaiglesia que era varias veces mayor que la pintoresca y vieja Trinity Church de Fair Hills, y en la que cabían, sentadas, dos mil cien personas; más allá de Wal-Mart, más allá de Home Depot y de Big Savings Bonanza, en el cruce (siempre atascado por el tráfico) de la Route 9 con la I-87, se alzaba una elegante y reluciente estructura moderna de hormigón tan suave como toffee, cristal centelleante y acero, en un fantástico diseño que combinaba el antiguo estilo arquitectónico de las construcciones religiosas con el movimiento ascensional de los platillos volantes de la New Age. Bix dijo, en un elogio a regañadientes:

—Doce millones, ése es el quid de la cuestión. Ahí tienes lo que significa «Volver a Nacer».

Dentro, el templo de la Asamblea de Dios parecía aún más grande. Quizá del tamaño de un campo de fútbol —¿dos campos de fútbol?—: Skyler tenía una idea más bien vaga de unas proporciones tan épicas. El altar era tan enorme como el escenario de un concierto de rock y encima, en apariencia flotando en el aire, había una enorme cruz de bronce de casi cuatro metros de altura. Gran parte del funeral por Betsey Rampike iba a consistir en música: órgano eléctrico y sintetizador, dos «coros gemelos del tabernáculo», con vestiduras blancas, que cantaron, con grandes oleadas de emoción, desde consternados a exultantes, tanto cantos fúnebres como música pop-rock, los himnos favoritos de la difunta: *Más cerca mi Dios de Ti, Cristo Nuestro Redentor ha venido, Qué amigo tenemos en Jesús, Más allá del crepúsculo, Nuestro Señor es una fortaleza inexpugnable, ¡Siempre adelante, soldados cristianos!* A diferencia de los cánticos en la iglesia de Nuevo Canaán, que tendían a ser irregulares y desafinados, resultado del esfuerzo conjunto de aficionados optimistas, las voces en aquella deslumbrante megaiglesia tenían la suavidad almibarada de unos consumados profesionales. (En el programa se hacía notar que los himnos interpretados estaban incluidos en un CD recién editado por Aroma Celestial, con el título de *Los himnos cristianos más inspirados de Betsey Rampike,* disponible por 26,95 dólares.)

Aunque el funeral era una ceremonia privada, únicamente para «amigos íntimos y colaboradores» de Betsey, en el vasto interior la mayoría de los asientos estaban ocupados, así como en el elevadísimo coro. (Nadie se había presentado, sin embargo, de la familia Sckulhorne, informó a Skyler su padre. Y en cuanto a los Rampike, sólo

Bix y Skyler sentados en la primera fila, cerca de Nathan Kissler, el atildado prometido de Betsey.) El pastor de la Asamblea de Dios era el reverendo Alphonse Sked, de cabellera leonina, un hombre con una formidable voz de bajo capaz de rivalizar con la del pastor Bob Fluchaus, aunque con un estilo solemne y dinámico, como de un actor de televisión. Con los brazos cruzados y muy apretados contra el pecho sobre el costoso traje de Hugo Boss, como si se tratara de una camisa de fuerza, Skyler trataba de concentrarse en el rubicundo predicador y en sus alabanzas «a mi querida amiga Betsey Rampike que ha abandonado este mundo demasiado pronto», «una de las mujeres cristianas más valientes de nuestro tiempo», «triunfadora sobre el Mal y el progresismo secular», «defensora de los valores de la familia cristiana y de la libertad», sin mirar al reluciente ataúd de color oro blanco, cerrado ya, que había sido colocado sobre el altar como un joyero gigantesco. Bajo la confluencia de los distintos focos, el ataúd parecía aún más grande que en la sala del velatorio.

—¿Hijo? Ponte en pie. Canta.

Bix sacó a Skyler de su trance. Skyler se levantó y trató de cantar con los demás: «¡Siempre adelante, soldados cristianos!». Sus labios se movían con dificultad. No tenía ni idea de si aquel himno «especialmente apreciado» por su madre era penosamente estúpido o un hermoso canto que levantaba el ánimo. Se acordó de que no se le había permitido asistir al funeral de su hermana. Ni lo habían llevado nunca a visitar la tumba de Bliss, que tenía que estar en el cementerio detrás de Trinity Church. *Skyler estoy tan sola en este sitio   tengo tanto miedo   Skyler ayúdame*

—Hijo. Toma un clínex. Contrólate, por el amor de Dios.

L'après-funeral, que era el nombre que recibía en las invitaciones la recepción que iba a seguir a la ceremonia religiosa, se celebró en el prestigioso Country Club de Sleepy Hollow, situado sobre una colina con vistas al río Hudson. Skyler estaba agotado y vacío de toda posible emoción, pero su padre insistió en que lo acompañara:

—*Nobles oblige* quiere decir que si eres aristócrata, no rehúyes tus deberes para con tus súbditos.

De manera que Skyler —con las gafas de sol que le daban aspecto de escarabajo malhumorado y con su traje oscuro ya bastante arrugado— se dejó llevar a la ruidosa reunión de desconocidos ansiosos de compadecerlo:

—Oh, eres... ¿Skiil-er? ¡Betsey hablaba con tanto afecto de ti en sus memorias y en la televisión! Por favor, acepta mi más sentido pésame.

—Hijo, tu madre era una mujer excepcional. «Creo en la felicidad», dijo Betsey en nuestro club de lectura, «porque mi ángel particular está ya en el cielo, llamándome para que me reúna con ella».

—Scooter, ¿no es eso? Pobre chico, has estado llorando, deja que tía Madeleine te dé un *abrazo*.

Skyler descubrió muy pronto que el astuto Bix, con un whisky en la mano, parecía haberse escabullido.

La mayoría de los presentes eran mujeres, de mediana edad o mayores, a menudo con un peso excesivo o francamente obesas; había también una reducida representación de hombres de mediana edad o con muchos años, la mayoría de los cuales, a no ser que Skyler en su estado de ligero desquiciamiento se lo estuviera imaginando, se parecían al atildado Nathan Kissler. Dada la solemnidad de la ocasión, era sorprendente ver cómo aquellas personas comían y bebían con auténtica voracidad. Skyler vio a un grupo de adolescentes cristianos atiborrándose con los alimentos colocados sobre una mesa de comedor de seis metros de largo: croquetas de bogavante, alitas de pollo al estilo Tex-Mex, pastelitos de batata, buñuelos de plátano y tarta de fresa (todas ellas recetas recogidas en el *Manual para el ama de casa en su luna de miel de Betsey Rampike*, editado por Productos Aroma Celestial, 22,95 dólares). Skyler no vio a nadie que se le pareciera a él ni remotamente. Ni nadie, tampoco, que recordase, ni remotamente, a Heidi Harkness. En pantallas de televisión colgadas de las paredes se proyectaban fotomontajes de la vida de Betsey Rampike como en una instalación de un museo de arte en el que los espectadores transitan, muy serios, de pantalla en pantalla. Skyler contempló imágenes fugaces de su pasado en Fair Hills: fotos de la familia Rampike delante del árbol de Navidad de casi cuatro metros en las que aparecía, en miniatura, jovencísimo, el mismo Skyler, dulcemente inocente, sonriendo. (¿Era posible? Skyler apenas podía creer que aquel niño pequeño fuera él; o que alguna vez hubiera sido aquel niño pequeño.) En una de los fotos, mamá, joven y bonita, abrazaba a Skyler, que se aferraba a un animal de peluche; en otra, un papá joven y guapo parecía estar guiando a Skyler, que iba montado en un triciclo. Skyler se acordaba vagamente del triciclo, pero ni por lo más remoto de aquel niño... Y luego estaba la niñita en brazos de mamá: Edna Louise.

Música religiosa brotaba de los altavoces. Junto al olor de los alimentos había un poderoso perfume de lirios de agua. Skyler fue pasando de habitación en habitación, mirando las pantallas de televisión. Gracias a un folleto que le entregó un empleado de Aroma Celestial, se enteró de que el «funeral de ensueño» de Betsey Rampike había sido una creación de la misma Betsey; en la primavera de 2007, los productos Aroma Celestial iban a lanzar su nuevo servicio de *catering*, con el siguiente lema: «Nunca es demasiado pronto para planear los acontecimientos importantes. Permítanos ayudarle a celebrar esas ocasiones únicas: boda, aniversario, bautizo, el *bat* o el *bar mitzvah*, graduación, funeral».

Skyler estaba mirando una pantalla de televisión en la pared donde, grácil y en apariencia ingrávida como una mariposa, Bliss, su jovencísima hermana, patinaba sobre el hielo. Había visto aquella secuencia muchas veces y, sin embargo, no se atrevía a apartar la mirada. La dulce y diminuta Bliss de cuatro años con su traje de satén blanco y sus alas de hada...

—¡Vaya! ¿Eres Sky-ler? ¿El hijo de Betsey? Por favor, ¿podemos hacer unas pocas instantáneas de Bliss y tú? Si te colocas ahí, junto a la pantalla...

Pareja de mediana edad, rostros pálidos llenos de animación, ojos encantados, algún tipo de aparato fotográfico en las manos alzadas del varón, y Skyler se oyó decir con voz de reptil:

—Si no apaga esa condenada cosa, los voy a estrangular a los dos.

Gritos agudos como de aves acuáticas asustadas. Cierto alboroto, como de un petardo descuidadamente arrojado. Allí se presentó Bix Rampike con cara de pocos amigos para rescatar al hijo psicótico agarrándolo por el brazo y sacándolo de la habitación:

—Hijo, por aquí. La puerta de atrás. Y no me cojees, coño.

Fue así como *Der Entfremdungsgefuhl* se intensificó.

—Por supuesto, hijo: nadie nos la va a devolver.

Por la voz apagada de Bix Rampike, por la expresión desamparada que, fugazmente, apareció en su rostro desprovisto de malicia, de huesos grandes, Skyler no tuvo la menor duda de que su padre estaba hablando de Bliss.

Skyler asintió, sombrío. Se apretaba contra la cara, encendida y ligeramente hinchada, un vaso helado de soda.

Era la última hora de la tarde. Estaban sentados el uno frente al otro en la Old Dutch Tavern —anticuadamente romántica— del hotel Washington Irving, donde Skyler se disponía a pasar la noche. Bix tenía en la mano su segundo whisky escocés, tal vez su tercero. Y nada más decir aquello, se echó al coleto, como con sed, una generosa porción de aquel precioso líquido ambarino. Skyler casi sintió descender el whisky, una sensación deliciosa, ardiente, confortadora. Casi deseó haber sido bebedor en lugar de drogadicto. Las bebidas alcohólicas eran legales, sólo tenías que tener la edad suficiente para adquirirlas. Pero como le había prometido al pastor Bob mantenerse abstemio, ya era demasiado tarde.

Arriba, en su habitación, Skyler había dormido, aletargado, durante varias horas. Bix lo había devuelto al hotel, lo había acompañado hasta su habitación, lo había depositado con afecto sobre la cama, lo había desnudado en parte y lo había dejado para que «se le pasara durmiendo», como si fuera Skyler y no Bix quien había bebido en la recepción. Ahora a Skyler le palpitaba la cabeza con un dolor oscuro y ominoso. Había bajado a la Old Dutch Tavern para reunirse con su padre que tenía «algo crucial» que contarle y también (al parecer) algo que darle. Skyler iba a cenar después con Bix y con Danielle, su «nueva» esposa, a quien Skyler no conocía y a la que tenía muy pocos deseos de conocer pero que, por su parte, como Bix señaló de manera significativa, estaba «deseosísima» de conocer a Skyler, quien era «después de todo, su hijastro».

¡Hijastro! Skyler se estremeció. Extrañamente sediento, se había acabado ya la segunda botella de soda.

Un Bix meditabundo se inclinó hacia delante sobre los codos, colocados encima de la mesa de madera. Skyler vio cómo las cejas de su padre se habían vuelto espesas y prominentes como si se tratara del manto peludo de un animal. Había un brillo de afecto paterno en sus ojos color avellana, siempre cálidos, a no ser que el brillo fuese de malicia paterna.

—Hijo, no bebes, ¿eh? ¿Nunca?

Skyler se encogió de hombros.

—Ya te lo he dicho, no.

—Seguro que «me lo has dicho», pero francamente, hijo, me resulta un poco difícil de creer. Los estudios demográficos sobre el tema dicen que es una cuestión epidémica: las personas de tu edad beben. Y un chico con tus antecedentes, «consumidor de drogas», «drogadicto en vías de recuperación», caramba, Skyler, vamos a no andarnos con rodeos: el día que acabamos de pasar ha sido un infierno existencial —al ver la expresión de alarma en el rostro de Skyler, Bix amainó, enseñó los dientes en una tranquilizadora sonrisa paternal y colocó una pesada mano tibia sobre la de Skyler, helada—. Sólo quiero que sepas que puedes hablar conmigo, hijo. Con tu padre.

Skyler murmuró:

—De acuerdo, papá.

Mucho tiempo atrás Skyler había decidido llamar a su padre *padre* y no *papá;* en presencia suya, sin embargo, era *papá* lo que le venía irresistiblemente a los labios.

Bix estaba diciendo, de una manera lenta, un poco arrastrada, que a Skyler le parecía nueva, cómo también él tenía un problema con el «abuso de sustancias», en su caso el alcohol, y que también había estado «recuperándose» durante los últimos diez años.

—Hijo, cuando un hombre quiere más que nada lo que ha perdido... —Bix hizo una pausa y empezó de nuevo—: Cuando un hombre pierde lo que ha querido más que nada... su alma se desgarra para siempre.

A Skyler le impactaron aquellas palabras. Nunca, desde la muerte de Bliss, le había hablado su padre así. Skyler difícilmente recordaba que su padre le hubiese hablado nunca de una manera tan íntima.

—¿Te acuerdas a menudo de ella, hijo? ¿De tu preciosa hermanita?

Skyler agitó rápidamente la cabeza para responder *sí*. O era *no*. Se retorció como una gigantesca lombriz empalada en un anzuelo moviendo la cabeza (inclinada, atenazada por la culpa) para indicar *no*, no quería hablar de aquel tema, ahora.

Bix había apartado la cartera de cuero italiano, como olvidado de ella. Al hablar con tanta seriedad, había dado la sensación de que estaba suplicando a Skyler. De un bolsillo sacó un billetero abarrotado de tarjetas de crédito y de su interior extrajo varias fotografías pequeñas que extendió sobre la mesa, con ternura y orgullo, para que Skyler las viera: ¿eran fotografías de Bliss? ¿O fotografías de su «nueva» familia? Los ojos de Skyler se llenaron de una humedad ardiente, sólo vagamente distinguió una escultural figura femenina, de cabellos rubios, y que sin duda no era Betsey, y además un niño pequeño, quizás una niñita, también rubia, que sonreía en dirección a la cámara... Skyler no tenía ni idea de lo que su padre estaba diciendo. En el ambiente poco iluminado de la Old Dutch Tavern, cerca, posiblemente, de la enorme chimenea en la que falsos troncos navideños que consumían gas ardían, festivos, Skyler oyó las palabras de su padre, un torrente de palabras apremiantes, de un papá que suplicaba, de un papá honesto, y, a través de la cortina del dolor de cabeza, vio moverse las mandíbulas de su padre, y aparecer una repentina sonrisa de lucio.

—... espero que te alegres por mí, hijo. Podría ser que ésta fuese también tu «nueva» familia.

—... ¿cuántos años tienes, hijo?

—Veinte dentro de pocas semanas.

Skyler hablaba con la voz asustada y sin inflexiones de alguien que prevé un choque y es incapaz de evitarlo. Porque sabía lo que su padre iba a decir a continuación ¿Qué has hecho con tu vida?

Bix, en cambio, le pidió otro whisky a la camarera y dijo, con un suspiro de gran bisonte macho:

—Todavía cojeas, por lo que veo. ¿Qué tal va tu recuperación?

Skyler rio incómodo.

—¿Te refieres a mi pierna, o...?

—A tu recuperación, hijo. «A recuperar tu vida.»

Bix se inclinó hacia delante, como una avalancha repentina. Llevaba un traje muy caro, de corte elegante, y de un gris tan oscuro que parecía negro con la escasa luz de la Old Dutch Tavern; se había quitado la chaqueta, para colocarla, doblada, sobre el respaldo del asiento; se había quitado la corbata y abierto el cuello de la camisa blanca de vestir. A Skyler se le ocurrió que su padre podía haber estado bebiendo durante gran parte del tiempo que él había pasado durmiendo en su habitación.

Skyler le dijo a Bix que su «recuperación» avanzaba satisfactoriamente. Raras veces usaba ya bastón. Podía «correr», aunque no muy lejos, ni muy deprisa. «Sentía dolor», pero nada que no estuviera en condiciones de soportar. Había dejado de tomar analgésicos y todos los demás medicamentos y llevaba cuarenta y nueve días «sobrio».

—Eso suena bien, hijo. Eso suena condenadamente prometedor. Tu aspecto es de «sobriedad». Aunque me cuentan que *son muy frecuentes las redicivas* cuando se deja de consumir drogas.

—Recidivas, papá.

—Si te hubiera enseñado a beber... quizá no existiera esa debilidad en ti. ¡Drogas! —de repente Bix empezó a resoplar con sorprendido desprecio paterno. Skyler recordó lo desdeñoso que su padre se mostraba con los innumerables sedantes y antidepresivos de Betsey.

—Me mantengo sobrio, como te he dicho. Y me propongo seguir así —Skyler habló de manera más cortante de lo que le dictaban sus sentimientos. A través de la cortina del dolor de cabeza vio que los hombros de su padre se movían de manera ominosa.

Llegó entonces la camarera con otro whisky para Bix. Y para él otra soda con zumo de lima que Skyler no recordaba haber pedido. De acuerdo con el decorado de época de la Old Dutch Tavern, la camarera llevaba lo que podía pasar por un atuendo de moza sexi de taberna, falda de tela de saco hasta los tobillos, la cintura muy apretada con una correa de cuero negro y corpiño con cordones que dejaba ver la parte superior de sus generosos pechos. Era una mujer atractiva de nariz respingona que andaba ya cerca de los cuarenta, con peinado a lo *garçon* que le sentaba bien, y con cierto conocimiento previo del padre de Skyler porque le llamaba «señor Rampike» con un coqueto y reverente parpadeo. Skyler sintió una punzada de resentimiento sexual al ver que la camarera se fijaba en su padre y hacía caso omiso de él. Los dos adultos intercambiaron un diálogo chisporroteante acompañado de la clase de miradas que dos perros dispuestos a mantener un trato amoroso se dirigen mientras sus amos tiran de ellos en direcciones opuestas.

Tan pronto como la camarera disfrazada de moza de taberna los dejó, a Bix se le borró la sonrisa de la cara. Al descubrir en su desgarbado hijo pensamientos rebeldes, dijo:

—Esa chica con la que «mantuviste una relación» en Basking Ridge, la hija de Leander Harkness, ¿en qué ha quedado todo?

Skyler dijo rápidamente que no quería hablar de Heidi Harkness. Nunca jamás.

—¿Estás en contacto con ella, hijo?

—No.

—Cuando esa chica dejó la academia, no estaba embarazada, ¿verdad?

Skyler se ruborizó.

—¡Cristo bendito, papá! Está claro que vas al grano, no cabe duda.

—Bien, ¿lo estaba?

—No.

—¿Y eso lo sabes con certeza?

Skyler se mordió el labio inferior, avergonzado. No podía creer que aquella conversación estuviera teniendo lugar y sin embargo no parecía capaz de levantarse de la mesa y escapar. Algo así como un borbotón de sangre se le había subido a la cara.

—Sí que lo sé. No lo estaba. Y no qui-quiero ha-hablar de ello, papá. Te lo he dicho.

En realidad, ¿estaba Skyler seguro? ¿Había estado Skyler seguro alguna vez de algo? Muy probablemente existían maneras de que una chica se quedase embarazada de las que Skyler Rampike —ingenuo, inocente, torpe, mal coordinado— había tenido muy poco conocimiento a los dieciséis años, dada su mínima experiencia.

Durante algunos minutos Bix habló de Leander Harkness. Maravillándose ante la figura del lanzador de «brazo diabólico» y «fríos nervios de acero» y ante la «injusticia» de que no se le hubiera incorporado a la galería de personajes famosos del béisbol, porque de esa manera la misma tradición norteamericana de la galería de personajes famosos quedaba «comprometida», dado que la habilidad de Harkness como lanzador no tenía rival y «después de todo» nunca se había probado que fuese culpable de los crímenes de los que se le acusaba.

Durante aquel parlamento apasionado, Skyler permaneció encogido delante de su padre que se alzaba por encima como un bombardero. Bix Rampike había sido hincha de los Yankees desde mucho tiempo atrás y admirador acérrimo de Leander Harkness; Skyler estaba esperando por tanto a que su padre le preguntara si había llegado a conocer al padre de su chica y (quizá) si le había estrechado la mano; y Skyler se preparaba, tembloroso, para decir con el tono irónico y distante de un joven actor de cine que se dispone a dar una réplica cargada de dinamita a otro de más edad «Coño, no, papá, con un asesino en mi vida tengo más que de sobra».

Lo que sucedió, en cambio, fue que, siguiendo una misteriosa cadena de asociaciones, Bix pasó al tema de su propia vida, sobre la que Skyler no le había hecho ni una sola pregunta: no sólo sobre su nueva familia sino tampoco sobre su nuevo puesto, «fantástico», como director gerente de New Genesis BioTech, Inc.

Skyler pensó *¡Está dolido! Quiere que me interese por él.*

Agradecido por que se le evitara el ominoso tema de Leander Harkness, Skyler optó por complacer a su padre y preguntarle por New Genesis BioTech, Inc.

Durante unos minutos, entonces, casi recuperada su antigua animación, Bix habló de la investigación «apasionante», «revolucionaria», «de vanguardia» que estaba haciendo un equipo internacional de científicos en el laboratorio de la empresa en New Harmony, Nueva Jersey. Con orgullo juvenil, Bix le contó a Skyler que, de las numerosas filiales, muy rentables, de Univers, Inc., New Genesis era la que tenía «el capital social más elevado» y que había sido el director gerente de Univers, Inc. en persona quien le había invitado a encabezar la nueva compañía.

—Aquella llamada nocturna de Hank me pilló totalmente por sorpresa, Skyler. Tiene que ser la *piece-resistance* de mi vida profesional.

—¡Papá, eso es bárbaro!

(¿Se seguía diciendo *bárbaro*? De niño, Skyler nunca había utilizado aquel ingenuo adjetivo, pero tenía idea de que en las historietas cómicas y en los dibujos animados con los que Bix Rampike había disfrutado años atrás, *bárbaro* se utilizaba mucho.)

—... «milagros de ingeniería genética»... «¡donantes cuidadosamente seleccionados para hacer crecer tu nuevo riñón!»... «los transplantes de órganos serían pronto tan corrientes como las dentaduras postizas, como los peluquines»... «regeneración de órganos *à la mode* del lagarto anfibio autorreplicante del género *Caudata* (el lagarto común)»... «PDV»: «Proyecto Donantes Voluntarios»...

Algo acerca del último punto despertó la curiosidad desvergonzada del Skyler adolescente.

—¿Proyecto de Donantes Voluntarios? ¿Qué demonios es eso, papá?

En voz baja y malhumorada, como si la Old Dutch Tavern, con sus desperdigados e intrascendentes clientes, pudiera estar ávida de enterarse de los secretos empresariales de los Estados Unidos, Bix explicó a su hijo que el Proyecto DV era una creación particular suya. En «ambientes restringidos», tanto en los Estados Unidos como en el extranjero, se invitaba a determinadas personas a «ofrecerse como voluntarios» para experimentos de New Genesis y se les «pagaba generosamente» por su participación.

Torciendo el gesto, Skyler preguntó a qué clase de «ambientes restringidos» se refería su padre. Había empezado a notar que Bix arrastraba ligeramente las palabras y que una sonrisa que era como un tic nervioso había hecho su aparición en la boca de lucio característica de los Rampike.

—Cárceles, centros de tratamiento e instalaciones psiquiátricas, hospitales estatales y para excombatientes y algunos hospitales dependientes de distintas confesiones religiosas y exentos de reglamentación estatal y federal demasiado estricta. Como ya he dicho, PDV ha sido una creación personal mía, hijo, y, en nuestros doce primeros meses de aplicación, sólo en Texas, Luisiana, Georgia y Florida...

—Papá, espera, ¿qué quieres decir con que son «donantes voluntarios»? ¿Es que tienen la posibilidad de escoger «no ofrecerse como voluntarios»? ¿Se les dice que los experimentos pueden ser peligrosos?

Pausa dramática. En el bar, una clienta con alguna copa de más reía como una cremallera desbocada. Bix inclinó los hombros de jugador de fútbol y dijo, con el tono imperial del director gerente que repite, ante un nutrido público, un texto preparado:

—A los voluntarios de New Genesis se les informa debidamente de los posibles riegos que impliquen nuestros proyectos. Se les entrega, para que lo firmen, un documento de renuncia, que ha sido minuciosamente preparado por nuestro equipo jurídico en estricta conformidad con la reglamentación federal y estatal en los casos pertinentes. Bajo la presente administración ha tenido lugar una «reforma» muy necesaria de legislación demasiado entusiasta destinada a dificultar la labor de las empresas y a añadirles cargas financieras innecesarias. Por supuesto, los países extranjeros son otra historia distinta. Y con frecuencia nuestros experimentos tienen efectos secundarios beneficiosos, como la «regeneración» de neuronas destruidas, por ejemplo, o un hígado enfermo y muchos otros casos, además de las generosas recompensas económicas que reciben los voluntarios de New Genesis por su participación en el progreso científico.

—¡Jesús bendito, papá! ¿No son gente indefensa que está en la cárcel? ¿Presos, pacientes psiquiátricos? ¿Retrasados mentales? ¿Enfermos terminales, en su lecho de muerte? —la voz ronca de Skyler se alzó, claramente alarmada. No se había emocionado tanto desde hacía mucho tiempo y no tenía ni idea de lo que estaba sucediendo hasta que se dio cuenta de que había derramado su refresco sobre la mesa de madera y que se le habían mojado las mangas de la camisa.

—No alces la voz, hijo —le replicó Bix, furioso—. Ya has hecho todo lo que estaba en tu mano para deshonrar el apellido de los Rampike.

El rostro de Bix se había hinchado como una calabaza podrida. Movido por el enfado, dejó caer la pesada mano abierta sobre los dedos extendidos de Skyler como si fuera un mazo.

Skyler se dirigió a trompicones al aseo para hombres y consideró la posibilidad de colgarse en uno de los retretes, excepto que 1) con la suerte de Skyler, alguien entraría silbando en el aseo para orinar y lo descubriría; y 2) se había dejado en la tienda de Hugo Boss el elegante cinturón de cuero recién comprado, de manera que, de todos modos, carecía de un instrumento para ahorcarse.

También pensó *Después de haber llegado tan lejos en mi épico viaje, ahora no puedo renunciar. ¿Verdad que no?*

—... el mundo podría haber pensado, tú incluido, remilgado Sky-boy, que razonas como un cretino de la Ivy League, que tu madre y yo no manteníamos buenas relaciones debido al divorcio y a las estupideces de la prensa sensacionalista, ¡pero no era cierto!

Skyler quería a toda costa empujar la cartera de cuero italiano hacia su padre, que peroraba sin descanso; o, con la audacia infantil que nunca había tenido de pequeño, apropiársela y abrirla él.

—... aunque me molestó, tengo que admitirlo, que Betsey fuera a todos esos programas de televisión para promocionar sus malditas *memoirs* y hablara de mí, su ex, como si fuera su *beet-noir...*, como si el final de nuestro matrimonio fuese sólo culpa mía. Maldita sea, hijo, dicen que tienes un CI muy alto, aunque con más problemas que el infierno, de manera que, como bien sabes, las cosas nunca son tan sencillas. La navaja de Onan, ¿sabes lo que es?, quiere decir que las cosas tienen múltiples causas. Como la historia, como el porqué de que lucháramos en la guerra civil, o en la Segunda Guerra Mundial, o la diferencia entre amianto y amiantosis, están «sobredefinidos». Ya sabes lo que quiere decir Freud con «sobredefinido»...

Skyler, impacientado, dijo ¡*Sí!* con un movimiento de cabeza. Sí, sabía lo que S. Freud quería decir con *sobredefinido*.

—... digan lo que digan, no es verdad. Betsey y yo hemos seguido en contacto hasta el horrible final. Teníamos un hijo «problemático» del que ocuparnos... Teníamos pleitos conjuntos, como con esa atrocidad de «¡KILL BLISS!»*... Teníamos «violación del copyright» sobre el nombre «Bliss Rampike» y su retrato. (Lo más repulsivo, un fabricante de zapatillas de deporte que usaba la fotografía de Bliss para el maldito *calzado* de las chicas.) ¡Nuestros abogados acaban emparentándose, sus hijos se casan unos con otros! Como es lógico, Betsey me llamó antes de que la ingresaran la semana pasada. «Bix, he vuelto a escribir a Skyler; le he rogado que venga a verme o al menos que hable conmigo, pero *no quiere*.» Le dije a tu madre que no llorase, que no te juzgara con demasiada dureza porque hay razones para no juzgarte como si fueras un chico americano normal, ni siquiera como un chico americano normal muy jodido. De todos modos, tu madre y yo teníamos una excelente relación, nada parecido a como los chacales y las hienas de la prensa sensacionalista nos han pintado. Nadie es capaz de entender lo cerca que estábamos, unidos por el co-

---

* Un popular videojuego que se empezó a vender en el año 2000. La protagonista es una preciosa Bliss de dibujos animados que patina de manera ingeniosa y con desesperación para escapar de sus posibles asesinos entre los que figuran GUNNAR y GUTHER (maníacos sexuales), MAMÁ, PAPÁ y LLORICA (el hermano mayor). Bix y Betsey Rampike unieron fuerzas para demandarlo por calumnia criminal y para retirar del mercado el juego ofensivo, pero se dice que en Internet se vende aún por «millones». (No, «Llorica» no ha visto nunca ese juego repugnante.)

razón, algo que sucede cuando has tenido hijos con una mujer y además has perdido uno.

Bix dejó bruscamente de hablar. Sobre su frente con profundas arrugas había aparecido un velo de sudor que se limpió con la manga de la camisa. Cuando la camarera le trajo un nuevo whisky, Bix la defraudó al no hacerle apenas caso, porque estaba mirando, meditabundo, a Skyler.

—El tal Nathan Kissler, su «prometido»: Betsey se hizo la loca ante el informe de mi detective, que había encontrado pruebas indudables de que ese lameculos había sido detenido por desfalco no una ni dos, sino tres veces, un chanchullo de recaudación de fondos en Darien, Connecticut, también una historia de cheques falsos, pero se ha dedicado a hacer el amor a viudas de avanzada edad, el tipo de personas que no «denuncian» a nadie. El caso es que Betsey se puso en contacto conmigo para decir que me iba a enviar un «documento valiosísimo» por correo certificado, documento que yo podría leer «si así lo deseaba», pero sobre el que no tenía que hablar con ella, ¿estaba dispuesto a prometérselo?, claro que sí, ¡qué demonios!, se lo prometí. Betsey me explicó que el «documento valiosísimo» era una carta para Skyler que llevaba años queriendo escribir. Y la carta iría acompañada de un vídeo: «Bix, seguro que te acuerdas».

¡Un vídeo! Skyler se acordaba de uno. Tragó con dificultad pensando *Quizás esto es algo de lo que no quiero enterarme después de todo. Quizás estoy cometiendo una equivocación.*

—... ¿te das cuenta, hijo? Con este asunto de la intervención quirúrgica, Betsey tuvo una «premonición». Tu madre era una mujer de «premoniciones», la mayoría nunca se cumplieron, pero esta vez tenía razón. Se había sometido a media docena de operaciones, según mis datos, que se mantuvieron secretas. Aquel famoso editor neoyorquino que fue a verla después de que Ruscha, el pervertido sexual, se suicidara, y le ofreció una «suma no revelada» por escribir sus memorias, no es que Betsey tuviera que «escribirlas», contratan a gente para que redacten el libro, como se hace con los discursos, el test crucial es saber si puedes aparecer en televisión, si pasas el test de la televisión, y coño, Betsey Rampike lo pasó. Pero para la televisión y para esas «apariciones promocionales» necesitaba intervenciones quirúrgicas, y las facturas las pagaba el editor.

—¿Operaciones? Como... ¿para el cáncer?

—No, Skyler. No se trata de cáncer.

—Pero ha sido cáncer de... —Skyler titubeó, le daba vergüenza la palabra *búcaro*—... ¿No es de lo que ha muerto mi madre?

Bix alzó su vaso y bebió. Durante un largo momento contempló desconcertado el rostro ansioso de su hijo. Luego dijo, con el aire de quien habla a un niño muy pequeño:

—No, Sky-boy, no. No era cáncer de útero ni de ninguna otra cosa. Las intervenciones de tu madre eran todas de cirugía estética. Ya en Fair Hills empezó con los párpados. Aquellas inyecciones: «Botox», «colágeno», «eliminación de arrugas con láser». La primera vez que se estiró la cara, ya nos habíamos separado para entonces, debió de ser en 1999. La cirugía que la mató, hijo, era la más desagradable: «liposucción».

Bix se estremeció y bebió otro generoso trago de whisky.

—*¿Lipo-suc-ción?*

—Por supuesto, lo que se filtró a la prensa fue «cáncer». El equipo de relaciones públicas de Betsey tenía gran habilidad para «filtrar» lo que aseguraba que eran secretos, y la prensa se los tragaba sin rechistar. ¿Te das cuenta? Si la prensa se traga una trola así, luego pueden «rectificar» en el número siguiente o en la televisión. Son todo necedades, pero necedades lucrativas, esto que quede entre tú y yo, hijo: he invertido en algunos de esos periódicos, porque dejan saneados beneficios y ése es el quid de la cuestión. Pero la tragedia ha sido que Betsey se ha muerto de «liposucción» y no de cáncer, y en Aroma Celestial están desesperados porque no quieren que trascienda. Ya sabes que Betsey Rampike ha sido un fantástico «modelo de conducta» para la comunidad de consumidores cristianos. La pobre Betsey decía siempre que con la dieta no conseguía «despachar» los michelines de la cintura y las caderas. Bien sabe Dios que la pobre lo intentaba, era un suplicio vivir con Betsey cuando se ponía «a dieta»... y si perdía cuatro, seis kilos, era la Noche Oscura del Alma, y luego la condenada piel empezaba a quedársele flácida. A mí me daba pena, de verdad. Como un globo medio desinflado, la piel cuelga. A mí me daba mucha pena. El trasero de esa pobre mujer, que había sido tan suave y tan firme y elástico, no querrías haberlo visto, Skyler. Algunas cosas, como pechos caídos, que en otro tiempo eran prodigios bien firmes, no querrías verlos, hijo. Tu padre está dispuesto a evitarte cosas así, tan joven todavía. El caso es que la operación salió mal.

El lameculos ese se dio cuenta enseguida de que era un desastre, porque me llamó. Ese cabrón tramposo me llamó *a mí*. «La liposucción no ha funcionado. Le ha aspirado parte del estómago... y algo de intestino...» El pobre infeliz berreaba, es posible que la quisiera. Quizá no había conseguido aún que cambiara el testamento. «Bix, no va a salir adelante. El médico dice que el corazón está demasiado débil...» La mantuvieron viva durante tres días. El fulano ese me explicó que era su socio y su prometido pero que no tenía poderes notariales y yo le dije: «Mira. He dejado de ser el pariente más cercano, Betsey y yo nos divorciamos hace años». Ese infeliz estaba desbordado. Un estafador de tres al cuarto, había metido bien la pata y lo sabía. Me pone enfermo pensar en los dos juntos en la cama, de manera que no pienso en ello, y también te lo recomiendo. Mira, hijo...

Bix se había quedado ronco. Las lágrimas empezaron a brotarle de los ojos y a correrle por las mejillas encendidas. Skyler estaba tratando de entender lo sucedido: su madre no había muerto de cáncer sino de «liposucción», cirugía estética. Su madre había muerto, y ésa era la razón de que él estuviera allí.

—Hijo, esto es tuyo.

Bix abrió por fin la cartera. Con manos sorprendentemente firmes sacó un sobre de color melocotón y lo que parecía ser una cinta de vídeo abollada y con manchas de agua.

—Estas cosas son tuyas, Skyler. Tu madre lo preparó para ti «en el caso de que Dios me llame» y era deseo suyo que hagas con ellas lo que quieras y, déjame decírtelo, hijo, eso incluye destruirlas, que es lo que tu padre te recomienda *tutsuit*. Betsey me las confió, dijo, por haber sido el «gran amor de su vida», ¿o fue quizá «el gran amor trágico de su vida»? Entiéndelo, tu madre y yo acordamos entre nosotros no revelar nunca lo que pasó. Es decir, lo que le sucedió a tu hermana en aquella noche terrible. Aunque no estuve presente, fui responsable, como vas a saber. Cabe que esté borracho ahora mismo y quizá sea un hijo de puta sin corazón, pero estoy del todo dispuesto a reconocer un hecho existencial: el de que soy responsable de la tragedia de nuestra familia, porque creo en la verdad sin tratar de escabullirme. La verdad, hijo, es la base del método científico. Y el método científico es la base de la civilización occidental. S. Freud, el polémico pionero del Inconsciente, dijo que la hembra de nuestra especie no está tan «moralmente desarrollada» como el varón y por consiguiente, hijo, el caso es que los varones debemos responsabilizarnos por los actos de las hembras, en ocasiones. Aunque tu madre y yo nos habíamos divorciado y nunca se nos veía juntos en público, hemos mantenido sin embargo una relación «amistosa» a lo largo de los años, como naciones con armamento nuclear preparado para exterminarse mutuamente. Ahora que la pobre Betsey se ha ido, te puedo entregar estas cosas con la esperanza de que se te conceda una nueva resistencia, quiero decir una nueva existencia, con lo que vas a descubrir aquí. No he leído entera la carta tan sentida que tu madre te ha escrito, Skyler: era demasiado doloroso para mí. Tampoco he vuelto a ver el condenado vídeo, que vi hace años y que tanto me engañó acerca de ti, hijo. ¡No hay necesidad de volver a abrir heridas enconadas! Espero, Skyler, que después de que hayas examinado estos documentos me llames y me perdones, hijo, por juzgarte mal todos estos años; y espero que podamos ser padre e hijo de nuevo, como lo habíamos sido en Fair Hills, en tiempos más felices. Pagaré la matrícula de cualquier universidad en la que te acepten (¡si te mantienes sobrio!) y eres libre de estudiar lo que quieras sin perder de vista los desafíos del futuro: «Siempre en evolución» que es el axioma de New Genesis, Inc. Qué orgulloso se sentiría tu viejo progenitor si eligieras una carrera, Biología Molecular, por ejemplo, o Genética, de manera que puedas incorporarte a nuestro equipo de New Genesis. Y también te compraré un automóvil nuevo: francamente, cuando llegué a casa de Betsey no me podía creer que fuese tuya la porquería que vas conduciendo por ahí. Mi «nueva familia» te recibirá con los brazos abiertos, Skyler, aunque probablemente no querrás vivir con nosotros, y cabe, además, que no fuese del todo justo para Danielle, pero estaremos encantados de que nos visites con frecuencia, tanto en el piso de Central Park como en «Harmony Farm», que es nuestra finca de cien hectáreas en Nueva Jersey. ¿Hijo?

Skyler se levantó de la mesa. ¡Quería marcharse! Ya tenía lo que había venido a buscar, lo apretaba contra el pecho, sentía mucho desilusionar a su padre, sentía no conocer a su «nueva esposa», dio las gracias tartamudeando, gracias papá, aceptó el férreo apretón de manos de Bix, y cuando su padre, con la torpeza del borracho, se levantó a medias tambaleándose para abrazarlo y dejarle en la mejilla izquierda un rastro de saliva como baba de caracol, Skyler apretó los dientes para dejarse besar, para dejarse abrazar una última vez:

—Y recuerda, hijo, que tu padre te quiere como nadie.

—Lo sé, papá. Yo también te quiero.

En el oscuro vestíbulo, en parte revestido de madera, del hotel Washington Irving, mientras avanzaba deprisa, aunque cojeando, hacia la zona de los ascensores, Skyler se distrajo al ver a..., ¿se trataba de la señora Klaus? ¿La madre de Calvin Klaus, su mejor amigo, rubia, fríamente hermosa? Pero una inspección más detenida de la mujer con el abrigo de martas cibelinas que le llegaba hasta los tobillos le sacó de su error, porque Morgan Klaus era contemporánea de la madre de Skyler, cuarenta y pico, mientras que aquella otra era considerablemente más joven. Iba camino de la Old Dutch Tavern y su mirada —de un azul acerado, opaca— atravesó a Skyler como un rayo láser. En el ascensor que le llevaba a su habitación en el quinto piso, mientras apretaba contra el pecho el sobre perfumado de color melocotón y la cinta de vídeo con manchas de agua, Skyler pensó *Tiene que ser Danielle.*

«Tu madre que tanto te quiere, mamá»

21 de febrero de 2007
Querido Skyler:
Tu hermana no tenía por qué
morir. Pero, de todos modos, la
culpable soy yo.

Qué terrible es la ira de Dios
y Su clemensia —clemencia—
es una verdadera «broma de
Dios» que la persona que más
quería a Bliss en el mundo —su
madre— fuera la causante involuntaria de su muerte.

Skyler, te ruego me perdones, me aterraba «confesar» lo que

había hecho: la ignominia de la vergüenza ante la humanidad, el juicio de tu abuela, eran cosas insoportables.

A tu padre se le indicó que tú —un niño de nueve años— eras el responsable, de manera que se confabuló conmigo para protegerte <u>a ti</u>. Fue amor por ti, que tu padre también sentía. Su convencimiento fue que «Lo que Skyler ha hecho ha sido la acción de un niño y se le debe proteger». Me las arreglé para convencer a tu padre de que Bliss y tú estabais jugando al escondite y también a ataros, y que por accidente <u>golpeaste</u> la cabeza de Bliss contra la pared de cemento. Pero la verdad es que tu madre fue el instrumento de la Muerte y que fue por Vanidad —para hacer que tu padre me volviera a querer como antes—, ésa es la razón de que mi debilidad permitiera a un demonio entrar en mi alma: el demonio de los celos. Jesús me lo había advertido «Deja que tu marido se vaya y un buen día se olvidará de sus prostitutas pero aférrate a él y trata de sujetarlo y no volverá». Pero en mi ceguera de borracha no fui capaz de escucharle. La «nota de rescate» la escribí como una broma —creo— y estaría esperando a tu padre cuando viniera a buscar a Bliss aquella mañana para llevárse-

la a Nueva York y le preocuparía
mucho, la buscaría por toda la casa y
la encontraría en el cuarto de calderas, donde estaría escondida —con
los brazos y las muñecas atados como
en un juego— y entonces se daría
cuenta de que Bliss era su hija muy
querida y que bajo ningún concepto
podía abandonar a su familia. Por
aquel entonces yo tomaba muchas
medicinas y además había estado bebiendo y no pensaba con claridad
—creo— porque no preví que Bliss no
era ya una niña tan pequeña, sino
que tenía seis años y se resistiría al
plan de su madre de «jugar al escondite», al principio estaba muy dor-

mida y yo enfadada porque había
<u>ensuciado</u> las sábanas y Bliss sólo
pensaba en <u>esconderlas</u> para que yo
no las viera; entonces le dije «Vamos
a gastarle a papá una broma muy
divertida» pero luego en el cuarto de
calderas se rebeló y estaba peleándose
conmigo y dijo «Mamá no quiero estar aquí» y también dijo algo que me
dolió mucho «Mamá estás <u>borracha</u>»
y de algún modo el demonio se apoderó entonces de mí y la sujeté por los
hombros y una oscuridad cayó sobre
mí, Skyler —la maldad que no es
posible deshacer estaba hecha—, de
manera que fui a buscarte y planté la
semilla —la de que eras <u>tú</u> quien ha-

bía golpeado a tu hermanita—, y te-
lefoneé a tu padre para que dejara a
su puta de entonces que luego tuvo la
poca vergüenza de mandar flores y
una tarjeta de pésame y además me
miró de hito en hito durante el funeral de Bliss, a ella no se lo perdonaré
nunca.

   Tu padre entonces _vio_ lo que
había sucedido —y no se podía deshacer— y la cinta de vídeo que había
hecho contigo Skyler _lo siento mu-
chísimo_ porque... porque luego tu
padre siempre creería que tú habías
matado a tu hermana aunque cuando detuvieron a aquel «pervertido
sexual» Ruscha llegó a parecer que

podía ser él el asesino, porque confesó, aquello fue muy sorprendente
para mí pero llegó a parecer —y tu
padre también pensó lo mismo— que
Ruscha era un «regalo de Dios» a los
Rampike en el momento en que más
lo necesitaban y muchos llegaron a
creer que era cierto, que aquel hombre
había matado a Bliss, querían <u>creer-
lo</u> porque era cierto que G. R. era un
pervertido sexual, según él mismo había reconocido. Y tu padre dijo:
«Esto va a salvar a Skyler».

      Recé a Jesús para que me per-
donara por permitir que un «inocente» fuese calumniado en mi lugar y Jesús dijo: «Lo mismo sucedió

conmigo, Betsey, crucificaron a un inocente». Y en otra ocasión Jesús dijo: «Y ahora, ¿sabes, Betsey?, también tú has sido crucificada: has perdido a tu querido ángel hasta que las dos os reunáis en el Cielo».

Skyler, si te resulta posible en el fondo de tu corazón perdonarme, como sólo leerás esto si «algo me ha sucedido», ¿querrás entonces rezar por tu madre que únicamente se proponía mantener unida a nuestra hermosa familia y que nunca ha dejado de quererte?

Tu madre que tanto te quiere,

«Mamá»

En cuanto a la misteriosa cinta de vídeo, abollada, muy manchada de agua, casi destrozada, resultó ser la cinta «perdida» de setenta y dos tenebrosos segundos que Betsey había filmado poco después de la muerte de Bliss, y que más tarde proyectó para él, y también proyectaría para el padre de Skyler que se encargaría de hacerla desaparecer de la casa de los Rampike antes de llamar a la policía.

¡Qué sobresalto para Skyler ver aquella pesadilla de cinta que durante tanto tiempo había supuesto destruida por su padre! Contemplar de nuevo, con angustiada fascinación, la figura borrosa del niño Skyler, la palidez del rostro, soñoliento y aturdido, pelo de color castaño claro, inocentemente alborotado, y el pijama de franela; oír de nuevo la voz en *off* consternada, acusadora, casi inaudible *Skyler dime   dónde hermana   has* mientras el afligido rostro infantil empezaba a desintegrarse y la voz de mamá se quebraba *Skyler   por favor di   ¿esta casa?   ¿el escondite?   dónde está   no se te castigará   mamá promete* y en la cinta en la que tanto se nota el grano y que parece hecha bajo el agua, el niño culpable está llorando como si se le hubiera roto el corazoncito demoníaco.

La revelación

¡*Inocente!* En medio de una corriente de luces de automóviles cruzaba el gran puente sobre el Hudson, engañosamente plácido, casi invisible en la oscuridad, para entrar ya en Nueva Jersey, mientras se enjugaba el flujo de lágrimas ardientes. Al tiempo que pensaba *No fui yo. No fui yo quien lo hizo* asombrado y aturdido como si le hubieran golpeado con un mazo, aunque sonriendo sin embargo para indicar que no estaba herido, sino muy feliz en realidad. Había sido bendecido. Tenía que ser una bendición. Porque su miserable vida retorcida le había sido devuelta, transformada. Girar hacia la izquierda entre la confusión del tráfico para entrar en el carril con la indicación AUTO-PISTA DE NUEVA JERSEY DIRECCIÓN SUR. Conducía ya con más confianza, mientras pensaba *¡No fui yo! Nunca he sido yo.* Se acercaba a guirnaldas de luces en el aeropuerto internacional de Newark y miraba a los aviones que se disponían a aterrizar, certeros en su descenso hasta llegar a las pistas invisibles detrás de los gigantescos terminales, y Skyler tragó con fuerza pensando *Pero podría ser distinto, ese avión se podría estrellar en un instante.* Y a continuación *Cualquiera de esos aviones en cualquier momento.* Y, sin embargo, él se había librado. Durante muchísimo tiempo se había creído condenado y, sin embargo, se le había perdonado. No había hecho daño a su hermana. No le había golpeado la cabeza contra una pared de cemento ni la había dejado morir en la oscuridad del cuarto de calderas mal ventilado. *¡Yo no! Nunca he sido yo* sonriendo, moviendo la cabeza mientras conducía, mientras las lágrimas le dificultaban la visión. No le había quedado más remedio que marcharse del hotel. No soportaba la idea de seguir ni un minuto más en aquella habitación. Porque sabía que el borracho de su padre querría verlo, vendría a llamar a su puerta. Y no soportaba la idea de ver a Bix Rampike. Como tampoco soportaba la idea de conocer a la «nueva» esposa y «madrastra», tan turbadoramente parecida a la madre de Calvin Klaus como para ser su hermana menor.

No podía exponer la trémula llamita de su nueva felicidad a la amenaza que suponía la presencia de otras personas. Porque nadie podía saber con qué fuerza las palabras *¡Inocente! ¡No soy el asesino de mi hermana!* latían por todo su ser.

En su impaciencia, Skyler pisaba a fondo el acelerador. Sin importarle que la furgoneta empezase a temblar si superaba los cien kilómetros por hora, ya que tenía unas ganas locas de regresar a Nueva Brunswick, a su familia de allí. Porque Skyler quería al pastor Bob, y no a Bix Rampike. Skyler confiaba en el pastor Bob, y no en Bix Rampike. ¿Cómo había podido creer su padre, durante aquellos largos años de su exilio, diez largos años expulsado de la familia, que él, Skyler, era un asesino? ¡Asesino de su hermana, a la que tanto quería! No perdonaría nunca a Bix Rampike. Nunca volvería a verlo, si podía evitarlo. Su padre tenía ya una nueva familia, la antigua maldición de los Rampike se había esfumado. ¿Por qué Bix Rampike la había creído *a ella,* y no a Skyler? ¿Por qué había tenido fe *en ella,* y no en Skyler? Sentía tanto alivio como si se hubiera librado del abrazo mortal de una serpiente gigantesca surgida con lógica de pesadilla del mar griego para aplastar a Laocoonte y a sus inocentes hijitos entre sus anillos «Ayúdanos, ayúdanos, oh Dios Todopoderoso» es el grito terrible que brota de la garganta en momentos así pero no hay ayuda, no hay esperanza, dado que la serpiente ataca porque así lo ha decretado Dios. El día en que Skyler había iniciado su peregrinación al Infierno, había rezado en voz alta: «Creo: ayuda mi incredulidad» y aquella oración había tenido respuesta. Aunque Skyler no creía en un Dios que contestase a las oraciones, le parecía sin embargo que sí, que aquel ruego suyo había recibido contestación. Su triste vida destrozada y como de enano le había sido devuelta, completa y transformada. Se le había declarado *inocente. Inocente* era lo que había sido siempre.

Pasaba ya por ELIZABETH envuelto en una nube sobrecogedora de olores químicos tan desagradablemente intensos como los de los huevos podridos. En torno a la furgoneta se extendía un paisaje industrial nocturno de desaforadas luces parpadeantes, de chimeneas coronadas por refulgentes llamas rojas semejantes a lenguas. A Skyler se le contrajeron las ventanas de la nariz y sintió un principio de náusea. Y en la salida de RAHWAY no pudo por menos de pensar *Pero el pervertido murió, murió a manos de Betsey,* y en aquel momento Skyler estuvo a punto de perder el control de su vehículo que iba demasiado deprisa, se salió del carril de la derecha y casi recibió un golpe por detrás de un camión de dieciocho ruedas que se le echaba encima, Skyler, aterrado, regresó al carril de la derecha, abroncado por un claxon burlón, mientras pensaba con un nudo en la garganta *Pero no se me puede quitar esta felicidad, he esperado demasiado tiempo*. Un fogonazo del rostro infantil que lloraba en el vídeo casi inservible, los frágiles hombros, el pecho angosto y la completa indefensión en aquel cuerpo y, sin embargo, ¿acaso se había apiadado Betsey de él? Lo había sacrificado para salvarse: su madre. Empezó a sentirse horriblemente oprimido. Una pesada bota en la nuca, porque lo cierto era *Se me ha privado de diez años de vida y me han arrebatado a mi hermana*.

Muy poco antes de la salida hacia Nueva Brunswick, se encauzaba el tráfico por un único carril que avanzaba muy despacio. Cerca del centro de la autopista se había producido un accidente espectacular en el que habían sufrido daños varios automóviles, y había luces y vehículos de emergencia, coches patrulla con luces rojas que lanzaban destellos, cristales rotos extendidos por toda la calzada y sobre los cuales a Skyler no le quedó más remedio que conducir, estremeciéndose como si estuviera descalzo. Trató de no mirar hacia los lados, porque no quería ver a los heridos, si es que los había. No quería ver cadáveres destrozados. Sí que vio un vehículo grotescamente aplastado y en posición vertical no muy distinto de uno de los SUV con aspecto supermilitar de Bix Rampike y por un momento delirante a Skyler le angustió la posibilidad de que su padre hubiera estado conduciendo aquel vehículo. Y al abandonar la autopista en dirección a Nueva Brunswick tuvo el convencimiento todavía más intenso de que le había fallado a alguien, de que no había ayudado a alguien que necesitaba su ayuda. Al tiempo que pensaba *Pero todo este tiempo he estado vivo y Bliss muerta*. No era ningún descubrimiento, dado que Skyler era propenso a ideas como aquéllas en cualquier momento y en todos los momentos y sin embargo ahora le golpeó con un horror completamente nuevo. Para entonces, la euforia que Skyler había sentido en la primera mitad del viaje se había esfumado. Como agua sucia que sale de una bañera, la felicidad de Skyler se había esfumado. Ahora no lograba entender por qué se había sentido tan feliz... Refocilándose en el descubrimiento de que no había matado a su hermana pese a que no había hecho nada para evitar que su madre, borracha, la matara. Aquel viaje había sido una peregrinación al Infierno y Skyler había creído que escapaba del Infierno sin entender que llevaría el Infierno a rastras, porque el Infierno era la morada natural de Skyler Rampike. *La desesperación demoníaca es la forma más intensa de desesperación: la desesperación de querer ser uno mismo... En su odio por la existencia, quiere ser él mismo, quiere ser él mismo de acuerdo con su infelicidad.*

Con su voz ronca y áspera hablaba dentro del ruidoso y (¿quién sabe?, en la autopista de Nueva Jersey pocos de los que han muerto en espectaculares choques en cadena hubieran anticipado, al recoger el tiqué en la cabina de peaje, que tal pudiera ser su destino) posiblemente mortal vehículo:

—No tengo fuerza suficiente para la felicidad. Mi única fuerza es la desesperación.

«¿Hijo? Despierta»

Aunque agotado por su terrible experiencia, todavía le quedaba devolver la furgoneta al garaje de la rectoría. Y en el garaje, Skyler tenía que colocar el vehículo exactamente en el sitio en el que estaba cuando lo había sacado unos días antes. Era un tornillo que tenía bien sujeto a Skyler, el hecho de *tener que colocarlo en el mismo sitio.*

Una vez dentro de El Arca, dijo a los que estaban allí —interrumpió lo que fuera que creían que estaban haciendo para decírselo— que tenía que hablar aquella misma noche con el pastor Bob. Y cuando trataron de disuadirlo, repitió que tenía que hablar con el pastor Bob aquella misma noche.

Tenía que hablar necesariamente.

(¿Y si no?)

«Tenía que» borra «si no».

En El Arca trataron de disuadir al joven de rostro amoratado, boca nerviosa y ojos de loco, como con frecuencia disuadían a individuos desesperados, atraídos por los misterios evangélicos de la iglesia de Nuevo Canaán, individuos que estaban convencidos de que tenían que ver, en aquel momento preciso, al reverendo Bob Fluchaus para lograr la salvación de su alma; trataron de explicarle que el pastor Bob había empleado la primera parte del día en visitar a una mujer muy angustiada, que se hallaba recluida en el Centro de Detención para Mujeres de Middlesex acusada de homicidio, para ocuparse de la mujer y de sus hijos, muy pequeños, y que en la segunda parte del día había estado a la cabecera de un amigo, un hombre que se estaba muriendo en una residencia local para enfermos desahuciados, y no regresaría a la rectoría hasta tarde y que cuando se presentara estaría agotado, y Skyler escuchó o pareció escuchar, pero luego dijo que esperaría al pastor Bob en la iglesia, no en la rectoría, sino en la iglesia, donde podría estar solo con sus pensamientos; y de nuevo trataron de disuadirlo; trataron de disuadir a Skyler Rampike, que despedía un calor intenso, como una arteria que late, eran casi las once y por qué no se marchaba a su casa a pasar la noche —dondequiera que estuviese su casa— y regresaba por la mañana, y con gesto impaciente Skyler explicó que tenía que ver al pastor Bob aquella noche porque su vida dependía de ello. Y para entonces apareció Miriam con pantalón de chándal, jersey de la Universidad Rutgers y chancletas en sus escuálidos pies, el atuendo de Miriam cuando no estaba de guardia, con el ceño fruncido y muy inquieta. Miriam acompañó a Skyler a la iglesia a oscuras, abrió con llave la puerta de atrás, encendió unas cuantas luces para Skyler, que se metió dentro tan trastornado que apenas se acordó de darle las gracias.

—Ayúdame, Jesús. O que me ayude alguien.

¡Qué austero, qué sencillo el interior de la iglesia de Nuevo Canaán en aquella hora! Era un espacio con tan poco romance o misterio como el interior de un almacén. A excepción del modesto altar y de la cruz colocada encima, sobre la pared, y de las muchas hileras de sillas plegables que desaparecían en una sombra opaca, sillas desoladoramente vacías, de las que un observador neutral podía decir «Nadie importante ni destacado se sentará nunca en sillas como ésas». En un gesto de mortificación Skyler se arrodilló sobre el suelo de cemento. Se arrodilló a pesar de la rodilla dolorida, dispuesto a seguir arrodillado hasta que el pastor Bob se apresurase a venir: se castigaría él mismo pero de manera más sutil castigaría al pastor Bob si no se apresuraba a reunirse con él. Sin embargo, ¡qué incómodo fue sintiéndose en la iglesia vacía! Le invadió la sensación a la que S. Freud atribuía el término *ominoso*. Porque nunca en su vida había visto Skyler una iglesia excepto cuando había gente —«fieles»— dentro; nunca había visto la iglesia de Nuevo Canaán excepto cuando estaba llena de gente y de vida; porque la congregación de Nuevo Canaán era lo que podría llamarse una congregación esperanzada y expectante, una congregación de personas que han acudido preparadas para oír la buena nueva. Y Skyler no había estado nunca en aquel interior sin ver, delante, como una llama muy erguida, estremecida de calor y de energía, a Bob Fluchaus, el pastor. Ahora, sin embargo, no había nadie. Nadie, excepto Skyler. Un escalofrío de temor lo recorrió mientras miraba las hileras de sillas vacías que se perdían en las turbias sombras al fondo de la sala *¿Y si es esto la otra vida? ¡Esto!* Al ver que la sencilla cruz de madera sobre el altar era considerablemente más pequeña que la majestuosa cruz de bronce que flotaba sobre el altar de la Asamblea de Dios. Porque aquí había una cruz, como explicaba el pastor Bob, del tamaño aproximado de la cruz «original» en la que se crucificó a Jesucristo; tal como el pastor Bob le contaba a su feligresía: «Nuestro ministerio es de tamaño humano, defectuoso e imperfecto porque no somos más que criaturas de Dios y no podemos ser dioses».

El pastor Bob nunca hablaba de los milagros de Jesús, ni en sus sermones ni en ningún otro momento. El pastor Bob no creía en la posibilidad de que ocurrieran milagros en las proximidades de Nueva Brunswick, en Nueva Jersey.

Al cabo de muy pocos minutos Skyler no soportaba ya el suelo de cemento contra las rodillas. El dolor provocado por arrodillarse en una superficie tan rígida estaba por encima de la capacidad de Skyler para la mortificación y la humildad, de manera que se dejó caer en una silla plegable, aturdido por el agotamiento, aunque decidido sin embargo a no dormirse antes de que llegara el pastor Bob. Estaba seguro de que acudiría a atenderlo puesto que tanto lo necesitaba. Cruzó los brazos con fuerza sobre el pecho para no estremecerse de manera ostensible y para contener su emoción, semejante a un chisporroteo eléctrico, que estaba a punto de desbordarse. No soportaba aquel repentino descubrimiento de que *no era* culpable; de que *no era él;* todos aquellos años, sin que él lo supiera, *Skyler Rampike no había matado a su hermana.* Aquel hecho asombroso se hinchaba como un globo —se hinchaba y se hinchaba hasta estar a punto de estallar— mientras Skyler hablaba muy deprisa, gesticulaba con las manos a la manera preocupada y agresiva de Rob Feldman, el antiguo profesor particular de Bliss, tratando de convencer a un numerosísimo público de desconocidos ominosamente silenciosos que lo miraban sin la menor simpatía. Skyler esperaba con el mayor descaro convencer a aquel público, aplacarlo y seducirlo con una combinación de la lógica de Rob Feldman y de las sonrisas —entre juveniles y doloridas— con las que había hecho frente a su padre en la Old Dutch Tavern, lugar que ahora se le revelaba a Skyler de repente, con la brusquedad de un trueno, como otra antesala del Infierno.

—¿Hijo? Despierta.

Una mano masculina en el hombro, algo más parecido a un golpe que a una caricia.

Allí estaba el pastor Bob, casi sin aliento ni paciencia y con el ceño fruncido, inclinado sobre un Skyler aturdido por el sueño.

—¿Qué sucede, Skyler? Me han dicho que tenías algo que contarme que no podía esperar hasta mañana.

Skyler optó por ignorar el *no podía esperar hasta mañana*, aquel reproche tan poco sutil.

¡Qué vergüenza, verse así descubierto! Habría querido que el pastor Bob lo encontrase de rodillas y rezando en lugar de derrumbado sobre una silla y tan dormido que ahora tenía la impresión de que el corazón, en parte, se le había salido del pecho. Cuello agarrotado, cabeza caída hasta la cintura y un riachuelo de babas en la barbilla.

Skyler empezó a contarle al pastor Bob lo que había sucedido en Spring Hollow.

Algo de lo que había sucedido en Spring Hollow.

Su madre había muerto tan sólo unas horas antes de que llegara él. Había asistido al funeral. La carta de Betsey que le había dado su padre y la cinta de vídeo que Skyler llevaba diez años sin ver y daba por sentado que había sido destruida... Skyler tartamudeaba tanto que el pastor Bob le pidió que hablara más despacio y con mayor claridad. Skyler se hurgó en los bolsillos para enseñar a su interlocutor la carta de Betsey Rampike, escrita a mano, en ocho hojas de papel perfumado, pero el pastor Bob retrocedió con el ceño fruncido.

—Espera, hijo —exclamó—. Me parece que no es una buena idea. La carta de tu madre está pensada sólo para ti.

Y Skyler dijo, suplicante:

—Pero ne-necesito que me aconseje, pastor Bob. Como lo hizo usted cuando estaba enfermo, en rehabilitación. Cuando quería morirme, en rehabilitación. Y usted dijo: «Skyler, tiene más mérito vivir que morir. Has de ser un guerrero en tu propia vida». Pero ahora es como si hubiera vuelto a rehabilitación, pastor Bob, sólo me queda confusión en la cabeza. Y picores por toda la piel. No soy capaz de pensar más allá de lo que tengo delante de los ojos, no me imagino la semana que viene, ni siquiera mañana..., dentro de una hora. Por favor, ayúdeme.

Y el pastor Bob sorprendió a Skyler, porque no estaba sonriendo de una manera que animase a Skyler, sino que sonreía para desanimarlo, como se puede rechazar a un cachorro entusiasta que te salta contra las piernas; y a continuación dijo:

—¿Ayudarte, Skyler? Ya no eres un niño, tienes casi veinte años, ¿qué es lo que esperas que te diga?

Y Skyler quería protestar, herido *¡Pero si no soy más que un niño! ¡Soy un pigmeo!* aunque en voz alta, de manera más razonable:

—Qué hacer con la carta y con la cinta de vídeo. Dígamelo.

Y el pastor Bob respondió:

—Haz examen de conciencia, Skyler.

Y Skyler dijo:

—No... no creo tener conciencia. Tampoco tengo al-alma.

Y el pastor Bob dijo con mucha paciencia:

—En ese caso debes adquirir una conciencia, Skyler. Debes adquirir un alma, porque nadie te la puede dar.

—¿Debo tra-tratar de pensar lo que Je-Jesús haría? ¿En mi lugar?

Y el pastor Bob dijo:

—¿Por qué traer a Jesús a colación ahora, Skyler? ¿Crees que Jesús es una muleta?

Y Skyler dijo:

—Esto es una prueba..., es una confesión en un proceso criminal, ¿debo entregar esta «prueba» a la policía o destruirla de manera que nadie la vea nunca?

Y el pastor Bob dijo:

—Esa decisión tendrás que tomarla tú, Skyler.

De un bolsillo de su manchada chaqueta de nailon sacó un clínex arrugado con el que procedió a sonarse la nariz enrojecida, mientras Skyler perseveraba, ahora más desafiante:

—... no le puedo perdonar lo que le hizo a Bliss, todo lo que le hizo a Bliss a lo largo de los años, y no le perdonaré nunca lo que me hizo a mí.

Al ver que el pastor Bob no respondía, Skyler dijo:

—Maldita sea, me gustaría que hubiese un infierno para que Betsey Rampike sufriera todo lo que se merece —su voz se alzó furiosa y decidida—; los aborrezco a los dos, a él y a ella, a Bix y a Betsey, querría que hubiera un condenado infierno para que sufrieran como nos hicieron sufrir a nosotros.

Y, de nuevo, mientras Bob, buscándose otro clínex en los bolsillos, se abstenía de responder, Skyler dijo:

—... entregar esta prueba a la policía de Fair Hills, o al FBI... para desenmascararla..., para castigarla...

Y como el pastor Bob siguió sin responder la voz de Skyler se alzó muchísimo:

—... o quizá vender esta porquería. La «Carta de confesión de Betsey Rampike»... La cinta de vídeo que convirtió a Skyler, de nueve años de edad, en asesino psicótico... La prensa sensacionalista se volvería loca por esta mierda, pagarían millones, les daría de propina una entrevista con-conmigo...

Skyler siguió despotricando en el desolado interior de la iglesia mientras el pastor Bob escuchaba, o parecía escuchar, con forzada simpatía; sentado ahora en una silla plegable que crujía bajo su peso y, poco a poco, a través de las lágrimas de furia, Skyler no pudo por menos de ver que el pastor, un hombre de mediana edad y aspecto nada sano, estaba completamente agotado. Arrugas de fatiga en la ruina que era su cara, arrugas semejantes a la erosión en una fachada de piedra. Con la luz escasa y amarillenta, las cicatrices de las quemaduras de Fluchaus parpadeaban como escamas y los ojos estaban humedecidos e inyectados en sangre; pese a su frenesí de autoconmiseración, a Skyler no le quedó más remedio que entender cómo en el mar poco profundo que el pastor vadeaba, lleno de valor, había bancos de veloces pirañas (como Skyler Rampike) deseosas de devorarlo, de satisfacer su terrible hambre insaciable. Un mar poco profundo, nada más que un ser humano y un hambre infinita: y allí estaba Bob Fluchaus incapaz de contener un bostezo, un bostezo tan inmenso que le deformó el rostro como si fuera un personaje de tebeo con la cara de goma; y a continuación se restregó los ojos con sus inmensos puños; Skyler olió algo —¿qué?, ¿alcohol?— en el aliento del pastor Bob y, más allá del olor a pánico de su propio cuerpo, también olió el cuerpo del hombre de más edad, porque el pastor Bob era un hombre fornido que sudaba profusamente incluso en sitios fríos y no se había duchado desde muy temprano por la mañana, posiblemente ni siquiera había tenido tiempo de ducharse en todo aquel día; por la misma razón que su cuadrada mandíbula estaba cubierta por una hirsuta barba plateada, y llevaba el pelo, entrecano, como las cejas, apelmazado y enmarañado; el chaquetón de nailon, morado oscuro, de la clase que podría llevar un entrenador de instituto, estaba manchado de grasa y también los pantalones estaban arrugadísimos; las uñas, rotas y sucias, como si Bob Fluchaus no fuese un clérigo, un «hombre de Dios», sino un trabajador manual que acababa de terminar un turno de muchas horas.

—Tomes la decisión que tomes —dijo el pastor Bob—, tiene que ser tuya, Skyler. Tiene que brotar de un lugar en tu corazón que sea del todo tuyo.

Y Skyler respondió, furioso:

—«Corazón», «conciencia», «alma», ¿qué coño son esas cosas? Necesito que me diga usted qué demonios tengo que *hacer*, la piel me pica tanto que me la voy a arrancar —rascándose la cara, el cuello, las manos, hasta que el pastor Bob no tuvo más remedio que sujetárselas para calmarlo; y Skyler se dejó calmar, y luego dijo—: La carta es «prueba» de que soy inocente. Debería mostrar esta carta al mundo, ¿no es eso lo que debería hacer?

Y el pastor Bob dijo:

—Pero tú tienes que haber sabido durante todo este tiempo que eras inocente, ¿no es así, Skyler?

Y Skyler respondió, sintiéndose muy desgraciado:

—No; no lo sabía.

Y el pastor Bob dijo con una risa amarga, como la de un entrenador de instituto que ve fallar a uno de sus jugadores un tiro muy fácil:

—Por el amor de Dios, claro que lo sabías. No eres un asesino, ¿cómo podías pensar que lo eras?

Y Skyler dijo, confundido:

—No... no, no lo sabía. Hay una diferencia entre *pensar* y *saber*.

Y el pastor Bob dijo:

—¿Necesitabas creer que podías haber sido el asesino de tu hermana para no tener que saber quién lo era en realidad?

Y Skyler respondió rápidamente:

—No... no —y de nuevo con más énfasis, al ver una expresión de desconcertada incredulidad en el rostro del hombre de más edad—: No.

Y el pastor Bob dijo:

—Pero ahora te preguntas si deberías revelar esa «prueba» al mundo, para «demostrar» que eres inocente.

Y Skyler dijo:

—Pero ¿no es ése mi deber? ¿No me lo pide mi «conciencia»? Gunther Ruscha, el «pervertido sexual», el desgraciado que «confesó» y que «se suicidó» en la cárcel, también debería demostrarse que era inocente. Aunque el pobre infeliz lleve diez años muerto.

Y el pastor Bob dijo:

—Esa «prueba» que tienes, esa carta de tu madre..., tengo la impresión de que no proporcionaría una prueba legal para nada.

Y Skyler dijo, suplicante:

—Pastor Bob, dígame lo que tengo que hacer. Esto es un infierno.

Y el pastor Bob dijo:

—Sí, es un infierno. Déjame que te lo explique, hijo: mi ministerio se dirige a los que viven en el infierno. Es un ministerio imperfecto, como mi rostro y mi cuerpo están marcados, de manera que me presento ante mi congregación y ante el mundo con imperfecciones, no como un hombre «perfecto». Siento muchísima simpatía por Pilatos que dijo: «¿Qué es la verdad?». Que me aspen si lo sé. Quizás hayas oído rumores de que voy a llevar mi ministerio ante el público de una televisión por cable... Esos rumores son falsos, porque les he dicho a los aspirantes a productores que sólo soy un pastor de carne y hueso y que sólo predico a personas de carne y hueso que están conmigo en la misma habitación. Para actuar en la televisión tienes que maquillarte para parecer «tú mismo»... Qué insensatez. Todo lo que no sea carne y hueso, todo lo que no sea cara a cara es una tontería. Seguro que has oído rumores de que fui carcelero antes de convertirme en pastor y yo trato de corregir esos rumores: no fui carcelero en Rahway, fui uno de los reclusos. «Bob Fluchaus» cumplió tres años y medio de una condena de siete por homicidio en accidente de tráfico. Conducía borracho, a los veintinueve años, con mi mujer, más joven que yo, y con un hijo de tres años. Conducía borracho por la autopista, exceso de velocidad, adelanté a un tractor con remolque por la derecha y volví al carril demasiado deprisa y cuando me quise dar cuenta mi coche patinaba hacia el centro y giraba sobre sí mismo y chocaba con otro vehículo, y luego me golpeó otro camión que destrozó mi utilitario como cuando aplastas una lata con un mazo de hierro. Mi hijo murió en el acto y mi mujer de veintiséis años, a la que conocía desde que estudiábamos juntos secundaria, murió camino del hospital. Y otro conductor también murió en el otro coche. Pero

Bob Fluchaus vivió. Dos semanas conectado a un aparato de respiración artificial, quemaduras en el treinta por ciento del cuerpo, cráneo fracturado y once huesos rotos: tendría que haberme muerto y quería morirme pero sobreviví. Por qué demonios, quién sabe. De manera que me declaré culpable de todos los cargos que pudieron reunir contra mí y me metieron entre rejas para que reflexionara. Y todavía en el día de hoy no pasa una hora sin que vuelva a acordarme de mi mujer y de mi hijito, que ahora tendría la edad de mi mujer si se le hubiera permitido vivir. E intento pensar en por qué Dios me dejó con vida, si fue por algún motivo o sólo se trató de otro absurdo accidente más en la autopista. Porque a mí, desde luego, mi vida me parece un accidente absurdo. Y es que cuando estaba en el hospital me pregunté «¿Por qué sigo vivo?» y Dios dijo «Te has salvado para que vivas con dolor el resto de tu vida miserable», y no lo puse en duda, porque veía que era lógico, pero más tarde Dios dijo «Te has salvado para traer perdón al mundo, el perdón que tú mismo no puedes recibir de nadie». Y yo dije «No creo en ti, Dios. *Dios* es una mierda pinchada en un palo y Bob Fluchaus fue creado a su imagen y semejanza». Y Dios se echó a reír mientras decía «Lo que yo sea no depende de lo que tú creas, cretino». Debían de tenerme dopado hasta las cejas a base de Demerol en el hospital, porque nunca he vuelto a oír a Dios tan alto y tan claro como entonces. Así que en Rahway tuve tiempo de sobra para pensar, y había allí un capellán, y hablamos mucho y leímos juntos en voz alta la Biblia y los Evangelios y me pareció que el Jesucristo de los Evangelios era un visionario enloquecido por su visión, y que cometió el error de creerse sus propios milagros al ver cómo las «multitudes» eran como niños ansiosos de toda clase de tonterías antes de llegar a «creer», pero también era un auténtico vidente, con una veta de locura, sin miedo a la tortura ni a la muerte; y un día durante mi segundo año en la cárcel tomé la decisión de que trataría de llevar el mensaje de los Evangelios al mundo, hasta donde me fuera posible. Porque si bien no creo en gran cosa, sí «creo» en la humanidad y en nuestra necesidad de «creer», que es una necesidad, como el hambre. Y aunque no soy lo que se llama un hombre feliz, dispongo del poder de hacer felices a otros. Y algo de esto lo veo también en ti, Skyler. En la clínica de rehabilitación, el año pasado. Si dices lo que tienes en el corazón. No hace falta que «creas» en Jesucristo, si Jesucristo está en ti. Si está en ti la agonía de la crucifixión. Y ése es tu caso, Skyler.

O al menos eso me ha parecido. No me equivoco casi nunca en mis juicios sobre la gente, Skyler, déjame que presuma un poco, hijo, y diga que veo en ti algo de mí cuando era más joven, excepto que en ti es de mejor calidad, o lo llegará a ser algún día. ¿Me equivoco?

Para entonces eran las 2.20 de la madrugada y Skyler regresó con Bob Fluchaus a El Arca y en una habitación para huéspedes durmió durante doce horas y cuando despertó fue con una sensación de gran felicidad y calma, dándose cuenta de que *Nada está decidido. Aún.*

Pésame

Skyler recibió una carta, reenviada a Pitts Street, Nueva Brunswick, con matasellos de Cambridge, Massachusetts:

2 DE MARZO DE 2007
QUERIDO SKYLER:
PERMÍTEME QUE TE ACOMPAÑE EN EL SENTIMIENTO CON MOTIVO DE LA MUERTE DE TU MADRE. BETSEY RAMPIKE ERA UNA PERSONA TERRIBLE (EN MI OPINIÓN) PERO ERA TU MADRE.
ATENTAMENTE,
E. Grubbe
P. D.: ESTOY EN MI TERCER AÑO EN HARVARD (CON ESPECIALIZACIÓN EN MUSICOLOGÍA Y EN BIOLOGÍA MOLECULAR). MI DIRECCIÓN ELECTRÓNICA ES EGRUBBE@HARVARD.EDU

Epílogo

Perdonó. No en nombre de Bliss, porque no podía hacerlo, pero sí en el suyo. Skyler los perdonó.

Quemó las cartas. Y la maldita cinta de vídeo.

Quemó ocho hojas, tan delgadas como papel de seda, dulcemente perfumadas y de color melocotón, y también quemó las dos cartas anteriores que Betsey le envió y que había escondido envueltas en papel de periódico en su armario. Y la maldita cinta de vídeo, más difícil de quemar y que produjo un mal olor nauseabundo.

Quemó aquellas cosas en el parque junto al río Raritan, con árboles todavía raquíticos. Una ventosa mañana de marzo, húmedamente resplandeciente. El cielo brillaba como cristal recién lavado, el sol era un trozo de carbón de color rojo apagado que ardía sin llamas detrás de jirones de las nubes favoritas de Skyler: «altocúmulos». Le complacía reconocer el tipo de nube y repetirlo en voz alta.

Había sido un alumno prometedor en otro tiempo. Volvería pronto a aquella vida, eso era lo que creía.

Tu hermana está muerta. Tú estás vivo. ¿Y qué es lo que viene después?

Eso había dicho el pastor Bob.

Había comprado lo que necesitaba para quemar las cartas y la cinta de vídeo en la tienda 7-Eleven del barrio. Donde tan pronto como entró una oleada de *déjà vu* se derramó sobre él cortándole la respiración. *¡Otra vez no! ¡Aquí no! A mí no.* Por un momento se quedó atónito, incapaz de pensar y desprovisto de voluntad.

¿Por qué estaba tan asustado? Se lo había prometido al pastor Bob, había tomado su decisión.

Se encontró con el reloj encima de la entrada principal. Tan plano como un disco, amenazador. La larga manecilla negra de los minutos en el ocho, la corta en el once. En la era digital desaparecerían pronto las «esferas de los relojes», había pronosticado Bix Rampike. Pero esta vez Skyler sabía que era por la mañana.

Déjà vu! Un leve olor teñido de sepia como de hojas quemándose que hizo que a Skyler le picara la nariz y se le irritaran los ojos.

Detrás de la caja registradora estaba el dependiente indio. Casi joven todavía, cortés, cauteloso. Anotaba los artículos que acababa de adquirir un cliente, Skyler vio sus gafas con montura metálica brillar un instante en dirección suya. Skyler hizo una pausa para sonreírle y saludarlo con una mano alzada de manera informal, porque en El Arca se aprendía a saludar con una sonrisa, con una mano alzada que mostraba la palma y los dedos extendidos. En el caso de Skyler el gesto resultaba ligeramente torpe pero bienintencionado.

—¡Buenos días!

—Buenos días, caballero.

Caballero. ¿Era aquello un guiño irónico? ¿O sólo una muestra de cortesía? Detrás de las gafas con montura metálica, los ojos del dependiente quedaban ocultos por el brillo de la luz reflejada, mientras que su sonrisa se había tensado hasta convertirse en algo parecido a una mueca de desagrado.

Esta vez Skyler sabía exactamente qué pasillo. Qué estante. Sólo dos artículos: 150 gramos de fluido Hercules para mechero y una caja pequeña de cerillas de cocina Five Star.

En la caja registradora el dependiente marcó con destreza las compras de Skyler. Luego vaciló, como un actor que recuerda sus frases pero ha llegado a tener dudas:

—¿Algo más, caballero? ¿Cigarrillos?

—No, gracias —respondió Skyler cortésmente.

Charcos de *déjà vu* a sus pies. Brumas tóxicas, y ahora un olor a goma quemada. Skyler se frotó los ojos, molesto. Luego dio las gracias al dependiente indio con más brusquedad de lo que se proponía, olvidándose de sonreír por la prisa de salir de allí como alma que lleva el diablo.

Cerca de medio kilómetro hasta el parque. Skyler conocía atajos: callejones, solares sin construir. Tenía que ser uno de sus días buenos. Caminaba sin cojear, si bien cualquier otro cojo con buena vista podía discernir que había un algo bamboleante en su manera de andar.

Era, en cualquier caso, uno de los días buenos de Skyler. Alégrense de eso. Y hacía poco que había recibido una carta de Elyot Grubbe, lo que significaba que Elyot le había perdonado.

Era doloroso pensar en Elyot Grubbe, porque entonces Skyler tenía que pensar también en Heidi Harkness. Y Skyler no quería pensar en Heidi Harkness en aquel momento.[*]

Faltaban once días para que Skyler Rampike cumpliera veinte años. En El Arca, aquel acontecimiento de dudoso significado para Skyler se iba a celebrar. Como el pastor Bob decía irónicamente: «Celebra lo que tienes. Puede que pase algún tiempo antes de que se presente otra ocasión».

Skyler caminaba ahora por el parque. Se dirigía hacia el sendero por encima del río. *Espero, sí; espero lograrlo* le vino a la cabeza como un trozo de basura alzado por el viento y arrojado contra su rostro. O era parte de la letra de una canción. *¡Espero! Espero poder.* Con aquella feroz luz brillante de marzo, las olas, en el río Raritan, se rompían y centelleaban como si la corriente estuviera hecha de llamitas. El viento era frío y a ráfagas, procedente del noroeste, y gracias a eso no se olían las tóxicas exhalaciones químicas de Nueva Jersey. En el suelo, el hielo se fundía formando brillantes riachuelos. Tan llamativos que se los podía confundir con los restos de láminas de aluminio y de celofán que abundaban por todo el parque. En los bordes de las cosas, en las grietas en sombra del barranco, había espirales de nieve sucia, semejantes a entrañas, que se derretían despacio, reduciéndose. Skyler recordaba, de su infancia, aquellos primeros falsos días de primavera en Nueva Jersey. Un sabor templado y agradable en el aire: el sabor de la *(¿falsa?)* esperanza. Había otras personas en el parque devastado por el invierno: madres jóvenes que empujaban cochecitos de bebés, niños que gritaban, adolescentes, vagabundos que tomaban el sol en los bancos del parque. Y en los restos de una pista de baloncesto, chicos negros, altos y fornidos, con pantalones anchos de pandilla juvenil y camisetas con las mangas cortadas, que se lanzaban la pelota unos a otros y al tablero maltrecho por encima del torcido aro sin red.

---

[*] La verdad es que Skyler ha empezado a escribirle cartas, pero sin pasar nunca de «Heidi, ¿me puedes perdonar? Te quiero» antes de abandonar la misiva consternado e indignado.

—¡Eh, tú!

—¡Que te jodan!

Skyler se estremeció al recordar la paliza que había recibido: lo más probable era que entre aquellos dinámicos jugadores hubiera alguno que había pateado la cara del cabrón de piel blanca dejándole cicatrices para siempre, pero no podía estar seguro, y tampoco tenía intención de comprobarlo. Ni siquiera el pastor Bob le hubiera aconsejado que buscara a sus agresores para perdonarlos.

Como diría su papá *Batta!*

Skyler trepó desde el sendero de cemento hasta el refugio de una inmensa roca de granito, deforme y cubierta de grafitis. Al ver, una vez allí, que no había nadie cerca, que nadie parecía estar observándolo, se acuclilló y se sacó del bolsillo las arrugadas cartas de su madre y la cinta de vídeo, las colocó entre dos piedras y procedió a rociarlas con líquido para encendedores; luego, rápidamente, antes de que tuviera tiempo de reconsiderarlo, no sólo la enormidad de lo que se disponía a hacer, sino su carácter irrevocable, rascó una cerilla, con dedos temblorosos rascó una cerilla, aunque el condenado fósforo de madera se negase a encenderse y se le quebrara entre los dedos; así que lo intentó de nuevo y con la segunda cerilla saltó una llama azulada y amarilla y Skyler la dejó caer sobre las hojas perfumadas de color melocotón y sobre la cinta de vídeo y, con un pequeño ¡*puf!* de asombro, las cartas rompieron a arder y también la cinta, aunque, al parecer, bastante más a regañadientes. En pocos segundos las cuartillas, tan finas como papel de seda, habían ardido por completo y quedaron reducidas a cenizas —«Tu madre que tanto te quiere, mamá»—, reducidas a cenizas tan ligeras como plumas; mientras la cinta de vídeo ardía, de manera mucho más lenta, un humo maloliente ascendió hasta las ventanillas de la nariz de Skyler e hizo que le escocieran los ojos.

Luego llegó un grito repentino, una potente voz masculina.

—¡Tú! ¿Qué cojones estás haciendo ahí?

Skyler despertó de su trance y vio a un joven agente de policía, muy furioso, que gesticulaba en su dirección desde el otro lado del barranco.

—Na-nada —tartamudeó rápidamente, y también rápidamente rectificó, con el instinto de niño bien que sabe prosternarse ante la autoridad—: Na-nada, agente.

Como una figura en una serie policíaca de televisión, Skyler alzó las manos para mostrar que estaban vacías, sin armas; que era inofensivo. El agente no debía de ser más de cinco o seis años mayor que Skyler, pero irradiaba un aire amenazador de brusca seguridad; su rostro áspero, sin matices, parecía brillar en la atmósfera invernal como una bota. Lleno de indignación le dijo a Skyler que apagara el fuego:

—¿Qué crees que es esto, un basurero?

Skyler obedeció enseguida pisoteando las llamas y conteniendo la respiración para sustraerse al mal olor del plástico derretido que contaminaba el aire. La presteza con que Skyler había obedecido sus órdenes pareció aplacar al joven agente quien, molesto, pero sin ganas de dar toda la vuelta al barranco para enfrentarse con Skyler cara a cara, se dio media vuelta con un desdeñoso gesto de la mano, del tipo que debe interpretarse, en cualquier idioma, como *Majadero*.

Skyler sintió una punzada de vergüenza, de humillación. Qué característico de Skyler Rampike echar a perder de aquel modo el gesto más hermosamente simbólico de su corta vida.

En el espacio de pocos minutos, el viento dispersó la mayor parte de las livianas cenizas y, en cuanto a los restos de la comprometedora cinta de vídeo, Skyler los empujó con un pie para que cayeran por el barranco y se mezclaran en el fondo con los desechos acumulados por el tiempo. Ya nadie sabría con seguridad quién había matado a su hermana. Se desconocería ya para siempre la identidad del asesino. Nadie sabría en qué consistía el secreto que había unido a la familia Rampike hasta el punto de callarlo siempre, de no hablar nunca de ello, ni siquiera con Jesús.

—Os perdono, maldita sea. A los dos, a mamá y a papá. Pero no por Bliss, no os perdono por lo que le hicisteis a Bliss, eso sólo lo puede hacer ella. Por lo que a Bliss se refiere, os podéis pudrir los dos en el infierno.

Skyler se dio cuenta entonces, de pronto, de que, desde que se había mudado a El Arca, ya no oía por la noche la voz quejumbrosa de su hermana   *Skyler ayúdame   ayúdame Skyler*

Skyler no estaba llorando. Ira de Dios Skyler no estaba llorando.

Se inclinó sobre la barandilla, por encima del río. Olas inquietas del color del plomo, olor a detergente, misteriosas sustancias químicas. El pastor Bob tenía grandes esperanzas para Skyler Rampike: veía en Skyler alguien que el mismo Skyler era incapaz de ver, en el que no creía. Volvería a estudiar, reanudaría en parte su antigua vida descarriada. No aceptaría ni un céntimo de Bix Rampike, en absoluto. Si Betsey Rampike, atenazada por la culpa, se había acordado de él en su testamento, como era muy probable, no aceptaría ni un céntimo de aquel dinero manchado de sangre. Maldita sea, *ni un condenado céntimo*.

Buscaría a Elyot Grubbe. Iría a Harvard y visitaría a Elyot en primavera. Reanudaría su amistad porque se proponía reanudar lo que era más valioso de su antigua vida.

—Oiga, señor. ¿Podría venir y ayudar a mi mamá?

Una niña de unos cuatro años se acercaba a Skyler con muchas precauciones, con un dedo en la boca. Lágrimas y mocos hacían que le brillase la cara. Su parka de nailon rosa estaba llena de manchas, y el pelo, de color gorrión, apelmazado y sin peinar. Con las piernas al aire, zapatillas y diminutos calcetines blancos que sólo le llegaban hasta los tobillos, estaba muy poco abrigada para un día como aquél. No lejos, una joven, que debía de ser su madre, se había derrumbado sobre un banco, con aire aturdido. Al entrar en el parque Skyler se había fijado ya en aquella joven que caminaba insegura, tirando de la niña con una mano; su comportamiento era extraño, como si estuviera borracha o drogada. Sacudía un teléfono móvil, perpleja e indignada porque al parecer no funcionaba: se le escurrió de entre los dedos y al caer le dio una patada. Tampoco ella estaba bien abrigada: llevaba una chaqueta corta, ajustada, de alguna tela morada suave y sedosa, una falda retorcida, medias o leotardos de color verde brillante, zapatos de cuña de plástico rojo con correas. El pelo, con mechas, se le levantaba desordenadamente con el viento. Sus labios hinchados se movían, parecía hablar consigo misma. Debía de tener alrededor de treinta años, más o menos. A Skyler le pareció que la había visto en algún sitio hacía poco: en la congregación del pastor Bob, en la librería Second Chance que Skyler frecuentaba, tal vez en la clínica de rehabilitación. Concluyó que aquella joven presentaba el aspecto que se tiene después de un período de rehabilitación. No había hablado nunca con ella ni ella con él y Skyler dudaba que se hubiera fijado nunca en él, e incluso ahora, aunque tenía delante de él a su hija, que gemía y suplicaba, aquella mujer seguía sin advertir su presencia. Todos los impulsos de Skyler le decían *Márchate con viento fresco. ¡Corre!* Supuso que la niñita se había acercado a otras personas en el raquítico parque y que nadie le había hecho caso.

Y al ver que Skyler no se marchaba, la niñita insistió:

—¿Señor? Mi mamá se porta de una manera muy rara, no se encuentra bien...

¿Cuál sería exactamente el problema de aquella mamá? Skyler supuso que no tardaría en descubrirlo.

Espero   espero salir adelante

Índice